经以济世

社稷闹事

贺教育印

创新项目

心主主张

李瑞林

教育部哲学社会科学研究重大课题攻关项目

马克思主义文艺理论中国化研究

STUDY ON THE SINIFICATION OF MARXIST LITERARY THEORY

朱立元 等著

经济科学出版社
Economic Science Press

图书在版编目（CIP）数据

马克思主义文艺理论中国化研究／朱立元等著．—北京：
经济科学出版社，2009.9
（教育部哲学社会科学研究重大课题攻关项目）
ISBN 978 - 7 - 5058 - 7789 - 4

Ⅰ．马…　Ⅱ．朱…　Ⅲ．马克思主义 - 文艺理论 - 研究 -
中国　Ⅳ．I206

中国版本图书馆 CIP 数据核字（2009）第 001150 号

责任编辑：王东岗
责任校对：徐领弟　张长松
版式设计：代小卫
技术编辑：潘泽新　邱　天

马克思主义文艺理论中国化研究
朱立元　等著
经济科学出版社出版、发行　新华书店经销
社址：北京市海淀区阜成路甲 28 号　邮编：100142
总编部电话：88191217　发行部电话：88191540
网址：www.esp.com.cn
电子邮件：esp@ esp.com.cn
北京中科印刷有限公司印装
787 × 1092　16 开　29.25 印张　550000 字
2009 年 9 月第 1 版　2009 年 9 月第 1 次印刷
印数：0001—8000 册
ISBN 978 - 7 - 5058 - 7789 - 4　定价：63.00 元

课题组主要成员

（按姓氏笔画为序）

王振复　汪涌豪　陈　炎　郑元者
张宝贵　张岩冰　张德兴　谭好哲

编审委员会成员

总　序

哲学社会科学是人们认识世界、改造世界的重要工具，是推动历史发展和社会进步的重要力量。哲学社会科学的研究能力和成果，是综合国力的重要组成部分，哲学社会科学的发展水平，体现着一个国家和民族的思维能力、精神状态和文明素质。一个民族要屹立于世界民族之林，不能没有哲学社会科学的熏陶和滋养；一个国家要在国际综合国力竞争中赢得优势，不能没有包括哲学社会科学在内的"软实力"的强大和支撑。

近年来，党和国家高度重视哲学社会科学的繁荣发展。江泽民同志多次强调哲学社会科学在建设中国特色社会主义事业中的重要作用，提出哲学社会科学与自然科学"四个同样重要"、"五个高度重视"、"两个不可替代"等重要思想论断。党的十六大以来，以胡锦涛同志为总书记的党中央始终坚持把哲学社会科学放在十分重要的战略位置，就繁荣发展哲学社会科学做出了一系列重大部署，采取了一系列重大举措。2004 年，中共中央下发《关于进一步繁荣发展哲学社会科学的意见》，明确了新世纪繁荣发展哲学社会科学的指导方针、总体目标和主要任务。党的十七大报告明确指出："繁荣发展哲学社会科学，推进学科体系、学术观点、科研方法创新，鼓励哲学社会科学界为党和人民事业发挥思想库作用，推动我国哲学社会科学优秀成果和优秀人才走向世界。"这是党中央在新的历史时期、新的历史阶段为全面建设小康社会，加快推进社会主义现代化建设，实现中华民族伟大复兴提出的重大战略目标和任务，为进一步繁荣发展哲学社会科学指明了方向，提供了根本保证和强大动力。

　　高校是我国哲学社会科学事业的主力军。改革开放以来，在党中央的坚强领导下，高校哲学社会科学抓住前所未有的发展机遇，紧紧围绕党和国家工作大局，坚持正确的政治方向，贯彻"双百"方针，以发展为主题，以改革为动力，以理论创新为主导，以方法创新为突破口，发扬理论联系实际学风，弘扬求真务实精神，立足创新、提高质量，高校哲学社会科学事业实现了跨越式发展，呈现空前繁荣的发展局面。广大高校哲学社会科学工作者以饱满的热情积极参与马克思主义理论研究和建设工程，大力推进具有中国特色、中国风格、中国气派的哲学社会科学学科体系和教材体系建设，为推进马克思主义中国化，推动理论创新，服务党和国家的政策决策，为弘扬优秀传统文化，培育民族精神，为培养社会主义合格建设者和可靠接班人，做出了不可磨灭的重要贡献。

　　自 2003 年始，教育部正式启动了哲学社会科学研究重大课题攻关项目计划。这是教育部促进高校哲学社会科学繁荣发展的一项重大举措，也是教育部实施"高校哲学社会科学繁荣计划"的一项重要内容。重大攻关项目采取招投标的组织方式，按照"公平竞争，择优立项，严格管理，铸造精品"的要求进行，每年评审立项约 40 个项目，每个项目资助 30 万 ~ 80 万元。项目研究实行首席专家负责制，鼓励跨学科、跨学校、跨地区的联合研究，鼓励吸收国内外专家共同参加课题组研究工作。几年来，重大攻关项目以解决国家经济建设和社会发展过程中具有前瞻性、战略性、全局性的重大理论和实际问题为主攻方向，以提升为党和政府咨询决策服务能力和推动哲学社会科学发展为战略目标，集合高校优秀研究团队和顶尖人才，团结协作，联合攻关，产出了一批标志性研究成果，壮大了科研人才队伍，有效提升了高校哲学社会科学整体实力。国务委员刘延东同志为此做出重要批示，指出重大攻关项目有效调动各方面的积极性，产生了一批重要成果，影响广泛，成效显著；要总结经验，再接再厉，紧密服务国家需求，更好地优化资源，突出重点，多出精品，多出人才，为经济社会发展做出新的贡献。这个重要批示，既充分肯定了重大攻关项目取得的优异成绩，又对重大攻关项目提出了明确的指导意见和殷切希望。

　　作为教育部社科研究项目的重中之重，我们始终秉持以管理创新服务学术创新的理念，坚持科学管理、民主管理、依法管理，切实增强服务意识，不断创新管理模式，健全管理制度，加强对重大攻关项目的选题遴选、评审立项、组织开题、中期检查到最终成果鉴定的全过程管理，逐渐探索并形成一套成熟的、符合学术研究规律的管理办法，努力将重大攻关项目打造成学术精品工程。我们将项目最终成果汇编成"教育部哲学社会科学研究重大课题攻关项目成果文库"统一组织出版。经济科学出版社倾全社之力，精心组织编辑力量，努力铸造出版精品。国学大师季羡林先生欣然题词："经时济世　继往开来——贺教育部重大攻关项目成果出版"；欧阳中石先生题写了"教育部哲学社会科学研究重大课题攻关项目"的书名，充分体现了他们对繁荣发展高校哲学社会科学的深切勉励和由衷期望。

创新是哲学社会科学研究的灵魂，是推动高校哲学社会科学研究不断深化的不竭动力。我们正处在一个伟大的时代，建设有中国特色的哲学社会科学是历史的呼唤，时代的强音，是推进中国特色社会主义事业的迫切要求。我们要不断增强使命感和责任感，立足新实践，适应新要求，始终坚持以马克思主义为指导，深入贯彻落实科学发展观，以构建具有中国特色社会主义哲学社会科学为己任，振奋精神，开拓进取，以改革创新精神，大力推进高校哲学社会科学繁荣发展，为全面建设小康社会，构建社会主义和谐社会，促进社会主义文化大发展大繁荣贡献更大的力量。

教育部社会科学司

前　言

　　本书为教育部重大攻关项目"马克思主义文艺理论中国化研究"（项目编号 04JZD0034）的最终成果。这个项目是由复旦大学中文系朱立元教授牵头与山东大学文艺美学研究中心合作承担、完成的。整个项目分五个子课题，由复旦大学朱立元、汪涌豪、郑元者、王振复四位教授各负责一个子课题，山东大学陈炎教授主持一个子课题；最终成果分五篇，每个子课题一篇。

　　马克思主义文艺理论中国化作为当代中国文学理论研究的基本问题，能够也应该对其进行多层面、多视角以及层面和视角之关联域的研究。本书试图立足于文化全球化的宏阔背景，深入考察和分析在新世纪这一新的社会历史条件下马克思主义文艺理论中国化的可能性、现实性、必然性，并对马克思主义文艺理论中国化的实现途径进行大胆探索，从而确立其理论合法性，揭示其符合时代要求和担当意识的思想意蕴，强化马克思主义文艺理论中国化的学术使命和担当意识。其总体设想可以概括为：在各篇有关阐述和解析的基础上提炼、概括、总结本土学术经验、观念和思想，探索在新世纪建构以马克思主义文艺理论为内核的、有中国特色和民族风格的开放性理论体系的思路、途径和方法。其中特别关注的论题是：马克思主义文艺理论近百年来在中国的传播、应用、发展和初步中国化的历程；马克思主义文艺理论与中国文学历史进程以及与中国当代审美文化实践之间的关联；马克思主义文艺理论解析当前文艺问题的有效性和可靠性问题；马克思主义中国化进程中的艺术人类学的现代性视野与研究，等等。

　　本书各篇的内容大致如下：

　　总论主要从宏观上对马克思主义文艺理论中国化做了五个方面的论述：（1）"马克思主义中国化"是一个科学的命题；（2）马克思主义文艺理论中国化与马克思主义中国化之关系；（3）马克思主义文艺理论中国化与当代文艺学的理论创新；（4）马克思主义文艺理论中国化的方法论问题；（5）从文化传播角度考察马克思主义文艺理论的中国化。

　　第一篇"20世纪马克思主义文艺理论中国化历程的回顾总结和理论反思"着重描述一个世纪以来马克思主义文艺理论初步中国化的历史过程。马克思主义文艺理论中国化并非自今日始，而是从马克思主义传入中国之时就已开始。就此而言，马克思主义文艺理论中国化的过程就是马克思主义文艺理论在中国近百年社会革命和文学艺术变革的实践中不断得到传播、接受、应用、发展和深化的过程，也是马克思主义文艺理论不断与当下、本土之文艺实践相结合而获得中国性的历史过程。这一过程并非一帆风顺，而是一个前进与倒退、成就与失误、偏离与纠正、曲折与反复的极为复杂的矛盾运动过程。本篇将这一进程分五个阶段展开：（1）启蒙时期（1898～1919年）：中国先进知识分子初识马克思主义；（2）奠基时期（1919～1949年）：在偏离与错位中探索和建设；（3）十七年（1949～1966年）：在曲折中前进；（4）"文革"时期（1966～1976年）：停滞与异化；（5）新时期以来（1977～现在）：在探索中大步前进。马克思主义文艺理论中国化的历程重新走上正轨，无论在深度和广度上都取得了重大进展和成就，也留下了需要进一步探索的问题。在描述这一历程时，我们既突出从毛泽东到邓小平等革命领袖的文艺思想和理论贡献，也充分关注鲁迅、郭沫若、冯雪峰、周扬等马克思主义理论家、批评家的重要作用，并且注重对新时期以来的一大批文艺理论家在建设马克思主义文艺理论方面的贡献给予实事求是的评价；既注意尽可能客观、忠实地勾勒各个时期马克思主义文艺理论中国化的实际进程，包括其中的曲折和偏离，也注重总结这个进程中的历史经验特别是失误的教训，并加以理论上的反思。

　　第二篇"马克思主义文艺理论中国化与20世纪古代文学、文论研究"运用马克思主义文艺理论观点和方法研究中国古代文学和文论是马克思主义文艺理论中国化研究的题中应有之义。从20世纪30、

40 年代开始到新中国建立以来、再到新时期以来，中国古代文学、文论研究在应用马克思主义文艺理论方面经历了曲折的历史行程，这一行程不仅构成了马克思主义文艺理论中国化进程的一个重要环节，也揭示出了马克思主义文艺理论中国化进程的开放性以及继续展开的现实必要性。本篇在回顾 20 世纪中国古代文学、文论领域马克思主义文艺理论中国化的历史过程和具体形态、方式基础上，探讨马克思主义文艺理论指导下中国古代文学、文论研究的成就和问题、经验和教训；着重阐述了在历史唯物主义指导下，文学史研究从社会历史批评深入到历史文化批评，古代文论学科也从雏形到逐渐发展、走向成熟的历程；概括出革命进程与学术命运二者交织成了 20 世纪中国文学研究的总线索；重点揭示出 20 世纪的中国文学研究在应用马克思主义文艺理论过程中，由于"左"的教条主义思想的干扰和影响，带有深深的革命化、政治化印迹，特别在新中国成立后十七年和"文革"时期出现严重失误和简单化、片面化、庸俗化倾向。通过介入社会和学术本位、理论阐释型研究和实事考证型研究、中西古今之争等三个维度，对 20 世纪古代文学、文论研究在宏观上做了较深入的反思，为今后更好地应用马克思主义文艺理论提供了切实可行的思路。

第三篇"马克思主义文艺理论中国化与当前文艺理论若干重大问题研究"立足于作为马克思主义文艺理论初步中国化成果的现当代文化、文论新传统基础之上，立足于当前中国文学、文化发展的现实语境，直面这一现实语境所产生和提出的一系列中国问题，努力运用马克思主义文艺理论的基本原则给予科学的回答和创造性阐释，并将此视为把马克思主义文艺理论中国化推向深入、提升到新高度的重要途径之一。具体说来，着力研究以下三个最为重要、紧迫的现实问题：(1) 关于文学的审美意识形态问题，论述了新时期审美意识形态论提出的背景、过程和意义，考察了审美意识形态论与苏联马克思主义文论、特别是与"西马"（西方马克思主义）文论的影响关系，认为审美意识形态论不仅仅是新时期文艺理论对于文艺极端政治化、意识形态化反拨的结果，而且在某种程度上也是对肇始于 20 世纪初我国现代文艺理论意识形态论和审美论两脉的扬弃与重建，是当代马克思主义文艺理论中国化的最重要成果和收获之一；并对新世纪以来围绕审美意识形态问题的新争论进行了再反思。（2）关于人文精神与马克思主义文艺理论中国化，对马克思主义文艺理论中国化的人学基础进行了再阐释，重点论述了马克思以人为本的思想及其对当前文艺理论建设的重大意义，并以此为价值坐标，回顾和考察了20世纪90年代人文精神大讨论的深层内涵，着重论述了新理性精神文论在马克思主义文艺理论中国化方面的贡献。（3）关于全球化语境下文艺理论的实践与马克思主义文艺理论中国化，首先在回顾历史基础上，对中国文艺理论教材体系建构和教学实践做了比较深入的探讨；其次从三个方面揭示了中国当代文艺理论的危机和缺陷，主要表现为对其研究对象，即对文艺现实发展的梳理；再其次，提出我们面对古今、西方"三个传统"的观点，对学界关于"古代文论的现代性转化"问题的讨论进行了客观的评论，着重论述了以现代性为理论视角探索在全球化语境中马克思主义文艺理论中国化的新思路。

第四篇"信息化、消费化时代的审美文化与艺术产业"应用马克思主义的艺术生产理论对当代中国审美文化和审美实践中出现的一个重要的新现象——艺术产业建设问题——进行了深入的专题研究，在实践层面上推进了马克思主义文艺理论中国化研究。首先，概述了马克思主义艺术生产理论的思想渊源，着重阐述了其关于艺术生产的社会性、集体性、生产性、实践性和人文性、审美性等观点，揭示出把艺术生产与物质生产、经济活动、政治革命、人性提升、人类解放联系在一起通盘考虑是马克思艺术生产理论的要义所在；又论述了在这一思路影响下，后来的"西马"理论家们从多方面阐发了自己的艺术生产理论，题目中不少人虽然葆有马克思式的政治敏感性，倾向于美学政治化，但也多把艺术生产问题仅仅局限于精神文化领域，简单化为意识形态生产。其次，考察并论述了新时期以来，我国学者适应社会生活的新变化，运用马克思的艺术生产理论研究、阐释当代中国的文艺活动和文化现象的理论主张和实践尝试，指出这种研究出现由注重对文艺生产与物质生产的不平衡关系的研讨向注重对文艺创作生产自身的特征、结构、系统和文艺生产方式的探讨变化，由偏重于文艺创作生产研究向文艺社会生产、消费研究并重变化的新趋势，这为当代文论建设拓展了范围，注入了强劲的活力。再其次，应用马克思主义艺术生产和艺术生产力理论重点探讨了当代中国艺术产业的发展模式和规律，提出当代文化生产力已成为社会生产力的主要组成部分和高级形态的新观点；揭示出当代中国艺术产业的发展有其内在逻辑，即：平等是国家推进文化消费带动社会趋向和谐的核心理念，社会效益与经济效益相统一的原则是发展我国文化艺术产业，推动文化生产力发展必须遵循的基本原则；强调发展艺术文化产业与坚持社会主义精神文化的意识形态取向的一致性，认为产业化艺术在新的社会语境中应当成为建设社会主义核心价值体系的重要力量之一。

第五篇"马克思主义文艺理论话语中国化问题的艺术人类学解析"试图以全球性的人类学本土化运动为背景，立足于作者所阐发的新式艺术人类学的基本含义、基本理念和完全的艺术真理观等理论视野，对马克思主义文艺理论的话语中国化问题做出新的解析，并重点评估了马克思主义文艺理论中国化过程中一些基本话语的历史合法性和当代艺术人类学价值，进而在完全的本土化之可能性和不可能性的人类学语境中，诠释了新世纪马克思主义文艺理论的话语中国化的追求，是否只是近乎当今西方主流人类学所指证的那种"部分真理"之追求的问题。从长远的目标来看，本篇的全面研究将有助于回应或克服全球化时代马克思主义文艺理论面临的"既有的理论的涵盖面在缩小，对新的世界性的文艺现象的某些方面的说服力在减弱"这一挑战，以此来重新研究马克思主义文艺理论在 21 世纪中国的意义、合法性和实现方式。

本书五篇内容的内在关联性在于，以马克思主义文艺理论中国化理论探索和具体实践为轴心，分历史、当下、艺术人类学视野下的思考三个层面，对马克思主义文艺理论中国化论题展开全方位的研究。具体说来，"20 世纪马克思主义文艺理论中国化历程的回顾总结和理论反思"和"马克思主义文艺理论中国化与 20 世纪中国古代文学、文论研究"两篇立足于历史考察，力图勾勒出 20 世纪以来的马克思主义文艺理论研究自身的演进和马克思主义文艺理论在古代文学、文论领域的具体实践的发展脉络，构成整个论题的历史层面；"马克思主义文艺理论中国化与当前文艺理论若干重大问题研究"和"信息化、消费化时代的审美文化与艺术产业"两篇着眼于当下，力图描绘出马克思主义文艺理论中国化在新时期以来的新的动态和成果，并在当代文化实践的新语境中揭示出马克思主义文艺理论的新的发展动向，构成论题的当下层面；"马克思主义文艺理论话语中国化问题的艺术人类学解析"篇则主要尝试从艺术人类学角度对马克思主义文艺理论中国化进行审视，旨在开拓出一个马克思主义文艺理论中国化进程在这一新的文化语境下的发展向度。

历史层面两篇重在揭示历史事实和理论演进的逻辑脉络的考辩，从历史和理论逻辑发展两个向度上论证马克思主义文艺理论中国化的历史必然性，当下层面两篇重在新时期以来马克思主义文艺理论中国化的表现形态，以揭示出马克思主义文艺理论的当代价值，艺术人类学视野下的思考则从艺术人类学这一新兴的学科视野出发，从人类文化发展的整体规律角度阐发马克思主义文艺理论中国化的必要性，并尝试为"中国化"提供一个有待加强且极具可能性的发展方向。三层五篇构成了我们对马克思主义文艺理论中国化课题的整体思考和基本认识。

本课题立项三年以来，我们课题组的全体成员都兢兢业业，按照各子课题的分工，在认真收集第一手材料的基础上，勇于探索，勤于思考，努力工作，按时完成了预定的研究任务。我们自认为，第一，在历史的梳理和考察方面，我们力求客观公正，实事求是；第二，各篇中都有不少我们自己的看法，是我们在大量材料基础上经过独立思考获得的。当然，这两点还有待于专家、读者的检验和评判。

马克思主义文艺理论中国化的研究是一个极为广阔宏大的课题，本书只是就其中若干我们认为比较重要的专题做了一些初步的研究，算作抛砖引玉，希望引起学界特别是文艺理论界的广泛重视和进一步关注，更多地从各个方面深化马克思主义文艺理论中国化的研究，共同推进新世纪文艺理论的大发展。

摘　要

　　《马克思主义文艺理论中国化研究》计五篇20章（含"总论"），分历史、当下、艺术人类学的思考三个层面对百年来马克思主义文艺理论中国化进程中的理论探索和具体实践进行全面研究。历史层面含"20世纪马克思主义文艺理论中国化历程的回顾总结和理论反思"和"马克思主义文艺理论中国化与20世纪中国古代文学、文论研究"两篇；当下层面含"马克思主义文艺理论中国化与当前文艺理论重大问题研究"和"信息化、消费化时代的审美文化与艺术产业"两篇；末篇"马克思主义文艺理论话语中国化问题的艺术人类学解析"为艺术人类学的展望层面。

　　"总论"从宏观上讨论了马克思主义文艺理论中国化的五个基本问题：该命题的科学性、它与马克思主义中国化之关系、它与当代文艺学理论创新的关系、方法论问题和从文化传播视野下的马克思主义文艺理论中国化问题。

　　第一篇"20世纪马克思主义文艺理论中国化历程的回顾总结和理论反思"分启蒙、奠基、十七年、"文革"、新时期五个时段，客观回顾和考察了百年来马克思主义文艺理论初步中国化的历史过程。对此进程中产生的标志性成果进行了总结和阐发，系统总结马克思主义文艺理论中国化的历史经验特别是失误的教训，并进行了理论的反思。

　　第二篇"马克思主义文艺理论中国化与20世纪古代文学、文论研究"认真回顾了20世纪二三十年代到今中国古代文学、文论研究应用马克思主义文艺理论的曲折历程和具体方式，在革命进程与学术命运交织而成的总线索下重点揭示了在"左"的干扰下，中国文学、文论研究存在的革命化、政治化印迹，并以介入社会和学术本位、理论阐释型研究和实事考证型研究、中西古今之争三个维度反思了百年以来的中国文学、文论研究，为今后该领域的研究更好地应用马克思主义文艺理论提供了切实可行的思路。

第三篇"马克思主义文艺理论中国化与当前文艺理论若干重大问题研究"应用马克思主义文艺理论着重探究新现实、新语境中审美意识形态论、人文精神、全球化语境下文艺理论的实践应用三个重要问题。对审美意识形态论提出的背景、过程和重要理论意义和新世纪以来围绕该问题的新争论进行了再反思；以马克思主义人学理论的新阐释为价值坐标，考察了上世纪90年代人文精神大讨论和新理性精神文论的深层内涵；对我国文艺理论教材体系和教学实践、文艺学的学科危机等问题作了深入的探讨。

第四篇"信息化、消费化时代的审美文化与艺术产业"对当代中国审美文化实践中出现的重要现象——艺术产业建设——进行深入的研究，系统论述了马克思艺术生产理论的要义及其后"西马"理论家的多方阐发，着重探讨了当代中国艺术产业的发展模式和规律，揭示出当代中国艺术产业的发展的内在逻辑，并明确提出新的社会语境中产业化艺术应当成为建设社会主义核心价值体系重要力量的主张。

第五篇"马克思主义文艺理论话语中国化问题的艺术人类学解析"以全球性的人类学本土化运动为背景，重点评估了马克思主义文艺理论中国化基本话语的历史合法性及其艺术人类学价值，在完全本土化的可能性和不可能性交织的人类学语境中，追问新世纪马克思主义文艺理论话语中国化是否即是西方主流人类学所指证的"部分真理"之追求的理论问题。本篇提出的问题及其解答将有助缓解或克服马克思主义文艺理论所面临的"既有理论的涵盖面在缩小，对新的世界性文艺现象的某些方面说服力在减弱"的挑战。

全球化语境中，马克思主义文艺理论在我国大学文科教学和文艺学学科领域中的指导地位有所削弱，然而当代文艺新现实、新现象、新问题又迫切要求马克思主义文艺理论给予应对和回答。本书或可为构建我国当代文艺学、美学的学科建设的指导思想和促进我国社会主义文化艺术事业健康、蓬勃的发展产生积极影响。

Abstract

Research on the Chinese Characterization of Marxist Theory of Literature and Art includes five parts, namely 20 chapters (including "General Introduction") . This book is a comprehensive study on the theoretical exploration and specific practice in the Chinese characterization of Marxist theory of literature and art over the past 100 years, which is conducted on three levels: the historical review, the assessment of present situation, and the analysis from the perspective of arts anthropology. The historical review includes "Historical Review of and Theoretical Reflection on the Chinese Characterization Course of Marxist Theory of Literature and Art in the 20th Century" and "Chinese Characterization of Marxist Theory of Literature and Art and the Studies on Chinese Ancient Literature and Literary Theory in the 20th Century" . The assessment of present situation involves "Chinese Characterization of Marxist Theory of Literature and Art and the Research on Current Important Issues in the Theory of Literature and Art" and "Aesthetic Culture and Art Industry during the Information and Consumption Era". The last part, "Arts Anthropology Analysis of the Chinese Characterization of Marxist Theory of Literature and Art" is conducted as an outlook of arts anthropology.

"General Introduction" explores five basic issues about the Chinese characterization of Marxist theory of literature and art from a macroscopic perspective: the scientific quality of this proposition, its relations with the Chinese characterization of Marxism and the theoretical innovation of contemporary science of literature, the methodological problems, and the Chinese characterization of Marxist theory of literature and art from the perspective of cultural dissemination.

The first part, "Historical Review of and Theoretical Reflection on the Chinese Characterization Course of Marxist Theory of Literature and Art in the 20th Century", objectively reviews and examines the historical course of the preliminary Chinese characterization of Marxist theory of literature and art over 100 years, which covers five periods: the Enlightenment, the Foundation, the Seventeen Years, the Cultural Revolution and the New Period. Besides, the landmark achievements of this Chinese characterization process are summarized and expounded. At the same time, the historical experience and especially the lessons drawn from this process are systematically summarized and theoretically reconsidered.

The second part, "Chinese Characterization of Marxist Theory of Literature and Art and the Studies on Chinese Ancient Literature and Literary Theory in the 20th Century", reviews the tortuous course and the concrete application of Marxist theory of literature and art to the study of Chinese ancient literature and literary theory since the 1920s to 1930s. Furthermore, this part runs through the general line with the combined force of revolutionary process and academic destiny, and reveals the revolutionary and political imprint left by research on Chinese literature and literary theory due to the disturbance of "leftist" thought. In addition, a reflection on the study of Chinese literature and literary theory in the last century is made from three different perspectives, namely the comparison between society-oriented research and academic-based research, the comparison between theoretical interpretation research and factual textual research as well as the contention between the ancient research and the modern research, and between the Chinese research and the Western research. Hopefully, these ideas can prove to be feasible for the application of Marxist theory of literature and art to the future research in this domain.

The third part, "Chinese Characterization of Marxist Theory of Literature and Art and the Research on Current Important Issues in the Theory of Literature and Art", employs Marxist theory on literature and art to address three important issues in the theory of literature and art, including the presentation of aesthetic ideology and humanistic spirit in the new reality and context, as well as the practical application of literary theory in the context of globalization. A reflection is made on the background and process of the presentation of aesthetic ideology and its theoretical significance, as well as the controversy about this issue since the new century. Besides, by taking the new explanation of Marxist human theory as the value coordinate, this part explores the profound connotations of the great discussion about humanistic spirit and the literary theory of the new rational spirit in the 1990s. In addition, a serious discussion is made on such important issues as the construction of the textbook system and teaching practice for theory of literature and art, and the crisis of literature science.

The fourth part, "Aesthetic Culture and Art Industry during the Information and Consumption Era", is an in-depth study on the construction of art industry, which is an important phenomenon in the aesthetic and cultural practices of contemporary China. This part expounds on the Marxist art production theory and the theoretical development in the hands of some Western Marxist theoreticians, focuses especially on the development models and laws of the contemporary Chinese art industry and reveals the intrinsic logic of such development, and explicitly proposes that the art industrialization should be taken as an important force in constructing the socialist core value system in the new social context.

The fifth part, "Arts Anthropology Analysis of the Chinese Characterization of Marxist Theory of Literature and Art", is an essential assessment of the basic discourse of the Chinese characterization of Marxist theory of literature and art, including its historical validity and its value of arts anthropology against the background of the anthropological localization campaign across the world. Moreover, considering the anthropological context with the contention between the possibility and impossibility of complete localization, the author inquiries whether the Chinese characterization of the discourse of Marxist theory of literature and art in the new century is what is referred to as the pursuit of "the partial truth" in the mainstream Western anthropology. Hopefully, the problems and answers in this part will help to meet and overcome the challenges faced by Marxist theory of literature and art, which is often accused of being narrow in theoretical coverage and incompetent in addressing the new literature and art phenomena worldwide.

To sum up, in the context of globalization, the dominant position of Marxist theory of literature and art has been weakened in the liberal education and the field of literature science in Chinese universities. However, Marxist theory of literature and art is urgently needed for dealing with and responding to the new realities, phenomena and issues of contemporary literature and art. This book is expected to help set up the guidelines for the disciplinary construction of contemporary literature science and aesthetics, and promote the healthy and vigorous development of socialist culture and art cause in China.

目 录

Contents

Contents

Part Ⅱ

Chinese Characterization of Marxist Theory of Literature and Art and the Studies on Chinese Ancient Literature and Literary Theory in the 20th Century   147

Part Ⅲ

Chinese Characterization of Marxist Theory of Literature and Art and the Research on Current Important Issues in the Theory of Literature and Art   251

Part IV

Aesthetic Culture and Art Industry during the Information and Consumption Era   319

Contents

Part V

Arts Anthropology Analysis of the Chinese Characterization of Marxist Theory of Literature and Art   389

总　论

马克思主义文艺理论中国化是马克思主义文艺理论在中国历史、现实和文化语境中对译、实践、沟通、再阐释和再创造的开放性过程，是马克思主义文艺理论与中国文化艺术实际和社会实践相结合的过程，也是中国化了的马克思主义对文艺创作、文艺批评和文艺理论研究实现普遍指导的过程。这一过程伴随着中国新民主主义革命的鼓点而展开，并在中国革命的历史进程中逐步确立了自己的主导地位和主流形态，成为新中国成立以来社会主义精神文明建设的权威理论支撑。在经历了随后的一系列曲折、主要是"左"的路线和思潮的干扰，特别是"文化大革命"对社会主义文化艺术的破坏和颠覆以后，进入新时期，在党的十一届三中全会解放思想、拨乱反正路线的指引下，学界掀起对马克思主义文艺理论再学习、再认识的热潮，文艺的审美特性重新得到凸显，理论视野不断扩大，并与西方马克思主义文艺思潮产生碰撞和融合，20 世纪 90 年代以来的新的理论资源和研究格局推动马克思主义文艺理论研究进一步转向本土问题。

然而，我们也不能不看到，新时期以来，随着西方文论话语的不断输入，以及全球化和市场化在思想领域造成越来越大的影响，马克思主义文艺理论在中国文艺学学科领域中的指导地位受到一定程度的削弱，其理论的恰适性、普适性和实践意义也不断遭到质疑，主导性地位受到挑战；一些大学中文系的马列文论课程由主干课程、必修课程变为选修课程，乃至被取消，青年学生对于马列文论的热情、兴趣降低。同时，随着我国改革开放的深入、社会主义市场经济的逐步建立、信息时代的迅猛到来，在文学艺术和文化领域不断涌现出的新问题、新现象，要求马克思主义文艺理论给予及时的应对和回答，这些都向马克思主义文艺理论提出了新的挑战，同时也给马克思主义文艺理论的中国化提供了前所未有的巨大机遇。

因此，对马克思主义文艺理论中国化问题展开深入、系统的创新性研究，无疑是一个具有重大战略意义和现实意义的学科前沿性课题。事实上，在 20 世纪以及未来的中国马克思主义文艺理论建设和发展大业中，马克思主义文艺理论中国化问题一直是而且仍将是一个头等重要的理论问题、实践问题，它既决定马克思主义文艺理论体系的学科建构、现实生命和自我创新，也决定了中国社会主义文艺事业的指导思想、正确道路与成败得失；既决定了中国社会主义文艺的中国气派、中国特色和审美原则，也决定了中国社会主义文艺在国际交往和冲突中的中国尊严、话语地位和创造机制。

通过向马克思主义文艺理论原典的回归以及通过对包括西方马克思主义在内的异域文艺思想的横向吸收，20世纪最后二十多年，马克思主义文艺理论中国化的理论探索取得了一些重要成果，这主要表现在：首先，超越机械反映论和庸俗社会学的简单论调，打破了教条主义和唯政治论的束缚，确定了马克思主义文艺理论的科学本质和实践本质；其次，提出了建设有中国特色的马克思主义文艺理论的命题，意识到本土问题参与马克思主义文艺理论体系建设的必要性，马克思主义文艺理论的现实针对性不断增强；第三，表现为中国文艺理论的现代性自觉，注重发掘马克思主义文艺理论本身具有的并在实践中不断发展的现代性内涵，强调马克思主义文艺理论在当代文艺学体系建构中的主干作用。但整体来看，马克思主义文艺理论中国化研究在我国文艺理论研究领域还处于相对薄弱状态，表现为研究的自觉性不够、积极性不高、高水平的直接研究成果不多。这一研究现状凸显了加强马克思主义文艺理论中国化研究的必要性和紧迫性。

概言之，经过近一个世纪的曲折探索，马克思主义文艺理论中国化已经取得了较为丰厚的成果，在某种意义上可以说已经获得了初步的中国化；但"初步"意味着尚处于"中国化"的初级阶段。在马克思主义文艺理论中国化向更高的水平推进的进程中，还需不断拓展新的研究方向、提高研究的思想、学术水平，进一步自觉加强马克思主义文艺理论和中国本土问题、当代问题的联系，与中国20世纪百年来，尤其是新时期以来文艺创作和文艺批评实践的结合，并且与中国古典文学、文论研究的沟通，从理论形态、思维方式、基本概念等层面进行对话，在21世纪，在马克思主义文艺理论与本土化理论观念的相互渗透和交融中以及与中国文化艺术实践的历史性结合中，创造性地推动马克思主义文艺理论中国化的伟大进程。

第一节 "马克思主义中国化"是一个科学的命题

在进入本课题的研究之前，我们必须面对和回答的问题是："马克思主义文艺理论中国化"命题的合法性何在？这一提问绝非无中生有，最近就有学者公开对"马克思主义中国化"命题进行过质疑①。如果这一质疑是合理的，那么，马克思主义文艺理论中国化研究就失去了存在的基础和前提，因为马克思主义文艺理论属于整个马克思主义理论的一个有机组成部分，"马克思主义中国化"不能成立，"马克思主义文艺理论中国化"的提法也就更无从谈起，所谓"皮之不存，毛将焉附"。那么，马克思主义中国化是不是一个科学的命题呢？

据目前资料来看，"马克思主义中国化"的思想来自毛泽东。早在1938年10月，毛泽东在《论新阶段》报告的第七部分谈学习马克思主义和学习民族的历史遗产问题时，明确指出："因此，马克思主义的中国化，使之在其每一表现中带着中国的特性，即是说，按照中国的特点去应用它，成为全党亟待了解并急需解决的问题"。② 我们认为，这里"使之在其每一表现中带着中国的特性"，"按照中国的特点去应用它"，就是对"马克思主义中国化"命题的简要而明确的解释。

需要说明的是，毛泽东不是随意提出"马克思主义的中国化"这个命题的，而是有现实的针对性和中国革命紧迫的客观需要。首先，它主要针对当时党内"左"的教条主义倾向，即不是把马克思主义当作中国革命的指导思想和行动指南，而是当作教条加以生搬硬套，全然不顾中国的国情和具体实践，结果给中国革命造成了巨大而惨痛的损失。所以，使马克思主义中国化，与中国革命的具体实践相结合，在当时已经是刻不容缓的客观要求。因此，这个口号的提出，有其历史的必然性和客观性，因而有其符合客观规律的科学性和真理性。其次，毛泽东提出这个命题，实际上已经明确地把马克思主义定位在西方或外来的思想传统的范围内，虽然马克思主义是普遍的真理，但作为外来的异质文化，如果不能与中国的具体实践、具体特点相结合，不能取得中国的民族形式，就不可能得到真正的应用和实现，这样才有"中国化"的客观要求。所以毛泽东才会在同一篇报告中提出相对于外来（包括西方）思想、传统的"民族形式"的问题，他说，"马克思主义必须和我国的具体特点相结合并通过一定的民族形式才能实现"。③而这句话，在我们看来，包括了"中国化"的内容（中国的具体特点）和形式（民族形式）这两个主要方面和基本要素，因而是对"马克思主义中国化"命题的更加准确而科学的界说。

批评者的理由之一是毛泽东后来放弃了这个提法。确实，毛泽东后来在正式

---

① 易杰雄：《科学地对待马克思主义》，载《江苏大学学报》2005年第6期。

② 《论新阶段》原刊于1938年11月25日《解放》第57期，这里引文转引自袁盛勇的《民族—现代性："民族形式"争论中延安文学观念的现代性呈现》一文，载《文艺理论研究》2005年第4期。

③ 毛泽东：《中国共产党在民族战争中的地位》，载《毛泽东选集》（四卷合订本），人民出版社1969年版，第499页。

文件中没有再用"中国化"的提法。他的《论新阶段》后来改题为《中国共产党在民族战争中的地位》，收入《毛泽东选集》第2卷，这段话也有修改，主要是"马克思主义中国化"改为"使马克思主义在中国具体化"，我们不敢妄猜毛泽东为何做此修改，但至少认为他并没有真正放弃"马克思主义中国化"的思想和提法，因为这个提法后来不但没有消失，反而在全党得到广泛的传播和应用，其中最值得重视的是，1945年在中共七大上刘少奇代表中央讲话时明确提出"要使马克思主义系统地中国化"，这实际上是要求马克思主义在各个领域、各个方面、各项工作中全面、系统地中国化，比之毛泽东的提法又有推进。这说明抗日战争胜利实践已经完全证明了毛泽东这个命题的正确性和科学性。而且，用"使马克思主义在中国具体化"来代替"马克思主义中国化"的提法，虽然没有改变其基本意思，但在表达上述内容和形式两个方面的含义时，却不如"中国化"来得准确和明晰。之所以在全国解放后收入《毛泽东选集》时做这一修改，肯定与当时的国际国内形势有关，或者出于某种策略上的考虑。但无论从理论还是实践上说，"马克思主义中国化"的命题是站得住的，是经得起历史检验的。

批评者的理由之二，也是"根本原因"，是"马克思主义中国化"的命题"不科学"。批评者认为，科学"就是具有普遍性的东西"，进而理直气壮地责问道："这样的东西要不要中国化，能不能中国化？平面几何、普通物理、高等数学等需要中国化、能够中国化吗？"我认为，这个责问犯了双重错误：第一，混淆了自然科学与人文社会科学的区别。马克思主义理论的核心思想是唯物主义历史观。恩格斯指出，这一新的历史观"不仅对于经济学、而且对于一切历史科学（凡不是自然科学的科学都是历史科学）都是一个具有革命意义的发现"[①]。这里恩格斯明确区分了自然科学（如平面几何、普通物理、高等数学等）和历史科学（即人文社会科学），虽然两者都是科学，都有普遍性，但性质完全不一样。自然科学的普遍性是针对自然界的客观规律而言的，是独立于人类社会的，与唯物史观无关；而历史科学（人文社会科学）的普遍性则体现在揭示人类社会历史发展的规律上，即使涉及自然界问题，也纳入人类社会的历史视野，因而以唯物史观为哲学基础。显然，这是对上述批评者混淆了自然科学与人文社会科学的区别的看法针锋相对的。第二，用自然科学的科学性来要求、衡量和建设属于历史科学的问题。自然科学既然独立于人类社会，一般说来对于所有民族、国家都是一样的（也有特例，如中、西医学），所以一般不存在民族、国家特色问题，也就不存在"中国化"问题；而历史科学是关于人类社会历史发展的科学，

---

① 《马克思恩格斯选集》第2卷，人民出版社1972年版，第116~117页。

而人类社会的发展虽然有普遍规律可寻，但这种发展在不同时期、不同民族、国家里，是不平衡的，因而马克思主义作为"放之四海而皆准"的普遍真理，就有了在不同时期、不同民族、国家里进行不同应用、不同实践的问题，提出"中国化"也就是理所当然、势所必然了。所以，批评者的上述责问在理论上是完全站不住脚的。

毛泽东同志一再强调"马克思列宁主义是科学，科学是老老实实的学问"，对待马克思主义的科学态度"就是理论和实际统一的马克思列宁主义的作风"①；而这种理论与实际相结合的科学作风，就是在中国应用马克思主义时"必须将马克思主义的普遍真理和中国革命具体实践完全地恰当地统一起来，就是说，和民族的特点相结合，经过一定的民族形式"②。这样一种和民族特点、民族形式相结合的创造性的应用，不正是"中国化"的工作吗？或者说，"中国化"不正是集中体现在这种将马克思主义紧密结合中国历史和革命实际、具有民族特点和民族形式的理论应用和理论创造上吗？马克思主义"中国化"工作不正是真正体现了科学的态度和作风吗？而毛泽东的这一系列论述，也进一步证明了他始终是坚持马克思主义中国化理念的。我们党在十六、十七大上又反复重申了这个命题，并结合中国改革开放以来的新实践和社会主义市场经济的新特点，做了新的创造性的阐释。

总之，马克思主义是革命的理论、实践的理论，它来自实践，还需要回到实践中去。马克思主义已经并且仍将继续中国化，这是马克思主义自身的本性和要求。马克思主义中国化的过程就是马克思主义理论寻求实践的过程，同时也是通过实践来检验和进一步发展的过程。"马克思主义中国化"命题具有毋庸置疑的科学性。

第二节　马克思主义文艺理论中国化与马克思主义中国化之关系

既然作为整体的马克思主义中国化的科学性与合法性得以确立，那么，作为马克思主义的一个有机组成部分的"马克思主义文艺理论中国化"命题的科学性与合法性也就无可质疑了。这个命题与马克思主义中国化命题一样，在理论

---

① 毛泽东：《改造我们的学习》，载《毛泽东选集》（四卷合订本），人民出版社1969年版，第758～759页。

② 毛泽东：《新民主主义论》，载《毛泽东选集》（四卷合订本），人民出版社1969年版，第667页。

上、逻辑上是十分必要的，也是完全可以成立的。同样，"马克思主义文艺理论中国化"的提法本身也已经预设了马克思主义文艺理论所指范围主要是马克思主义创始人的文艺理论及其在西方一百多年来的演变、发展，换言之，它主要是西方思想文化系统中的马克思主义文艺理论。要不然，就不存在"中国化"的问题了。需要说明的是，笔者是赞同这种预设的，因为这种预设从更大的范围即马克思主义中国化角度来看，如上所述，已经被全部中国革命和现代化建设的社会实践和历史进程所证实了。当然，马克思主义文艺理论中国化与马克思主义中国化这两个命题之间不能简单地画等号。

关于马克思主义文艺理论中国化与整个马克思主义中国化的历史进程的关系问题，我们以为包括两个主要方面：一方面是马克思主义文艺理论的中国化乃是整个马克思主义中国化的有机组成部分，这一点必须首先确定，因为这同上面马克思主义中国化的合法性问题一样，不只是一个理论问题，更是一个实践问题，一个已经被实践证明而且还将被实践继续证明的问题；另一方面也应该看到，马克思主义文艺理论的中国化进程与作为整体的马克思主义的中国化进程在方向大体一致的前提下，具体的内容、方式、进度、路径、阶段等并不完全一致，不能对等照套。

先说第一方面，即马克思主义文艺理论的中国化乃是整个马克思主义的中国化的社会实践和历史进程的一个不可分割的有机组成部分。在毛泽东同志看来，在新民主主义革命时期，这个关系实际上也就是"文艺工作和一般革命工作的关系"，[①]他从"文艺是从属于政治的，但又反转来给予伟大的影响于政治"的观点出发，认为"革命文艺是整个革命事业的一部分，是齿轮和螺丝钉"，是"对于整个革命事业不可缺少的一部分"[②]。他总结了"五四"以来革命的"文化军队"（包括革命的文学艺术）配合整个革命事业所取得的成绩，指出它"帮助了中国革命，使中国的封建文化和适应帝国主义侵略的买办文化的地盘逐渐缩小，其力量逐渐削弱"，而其中革命的文学艺术运动"和当时的革命战争在总的方向上是一致的"[③]。显然，革命的、马克思主义的文艺理论属于当时革命的文学艺术运动的重要一翼，正是在革命的文学艺术运动的发展中，马克思主义文艺理论中国化也取得了长足的进展，毛泽东《在延安文艺座谈会上的讲话》就是这种中国化在当时历史条件下的最重大成果和出色典范。

这里不可能全面叙述这一过程，只想概括地勾勒从"五四"到抗日战争这一段历史时期的中国化进程，来揭示两者基本一致的发展趋向。

---

①②③　毛泽东：《在延安文艺座谈会上的讲话》，载《毛泽东选集》（四卷合订本），人民出版社1969年版，第804、823、804～805页。

　　总体上说，马克思主义中国化的历程从"五四"时期马克思主义开始传播到中国时就起步了。新中国建立前夕，毛泽东同志曾经就马克思主义传入中国后对革命实践所起的决定性指导作用做了深刻总结。他说，自从1840年鸦片战争以来，一直到20世纪初期，"先进的中国人，经过千辛万苦，向西方国家寻找真理"，"努力学习""西方资产阶级民主主义的文化，即所谓新学"，他们"在很长的时期内产生了一种信心，认为这些很可以救中国"，但是，"帝国主义的侵略打破了中国人学西方的迷梦"，学西方在实践中老是"行不通"，辛亥革命也失败了。直到1917年苏联十月革命的成功，给我们送来了马克思列宁主义，"这时，也只是在这时，中国人从思想到生活，才出现了一个崭新的时期。中国人找到了马克思列宁主义这个放之四海而皆准的普遍真理，中国的面目就起了变化了"。① 1919年的五四运动和1921年中国共产党的成立就是马克思主义与中国革命实践相结合的初期的伟大成果。在中国共产党的领导下形成了第一次国共合作，开展了轰轰烈烈的大革命运动；1927年蒋介石背叛革命，导致了长达十年的内战，中国共产党经历了几次"左"倾和"右"倾错误路线的曲折和考验，领导和开展了革命的武装斗争，胜利完成了史无前例的长征，确立了毛泽东在全党的领导地位；中共高举抗日大旗，促成了国共第二次合作，从1937年起进行了艰苦卓绝的八年抗战，同时大力开展新民主主义革命，巩固和扩大解放区，奠定了全国胜利的基础，在长期斗争中形成了马克思主义与中国革命实践相结合的毛泽东思想。这二十多年的新民主主义革命史，就是马克思主义与中国革命实践不断结合的历史，也就是马克思主义中国化从起始到逐步深入、历经曲折不断走向胜利的历史。

　　作为马克思主义中国化的重要一翼的马克思主义文艺理论中国化也沿着上述这个大方向经历了大致相同的历程。马克思主义文艺理论的中国化同样开始于五四时期；而且，同样是从十月革命后起步的。毛泽东说，"中国人找到马克思主义是经过俄国人介绍的"，"十月革命一声炮响，给我们送来了马克思列宁主义"，"帮助了中国的先进分子，用无产阶级的宇宙观作为观察国家命运的工具，重新考虑自己的问题。走俄国人的路——这就是结论"。② 同样，马克思主义文艺理论的中国化也"是经过俄国人介绍的"，从开始到发展、深化阶段也是"走俄国人的路"。中国共产党的创始人之一，中国最早接受、传播马克思主义的知识分子的杰出代表李大钊早在五四新文化运动中就从俄国十月革命胜利中汲取营养，写了一系列宣传马克思主义唯物史观的文章，明确说"基础是经济的构

---

　　①② 毛泽东：《论人民民主专政》，载《毛泽东选集》（四卷合订本），人民出版社1969年版，第1359、1359～1360页。

造",而"上层"的文学艺术、宗教、哲学等为"观念形态,或人类的意识",
"上层的变革,全靠经济基础的变动,故历史非从经济关系上说明不可",① 这就
给包括文艺理论在内的文学艺术以一个历史唯物主义的准确定位;特别是写于
1918 年的《俄罗斯文学与革命》② 一文,更是揭示了俄罗斯文学与革命、与人
民的密切联系,提出了文学与政治一样应当"以俄为师"的主张。由此可见,
从马克思主义传入中国起,马克思主义文艺理论的中国化就同整个马克思主义的
中国化一样走的是一条"以俄为师"的道路。第一次国共合作开展大革命是在
"联俄、联共、扶助农工"的旗号下进行的,而后整个中国新民主主义革命都是
摸索着在中国的历史和现实条件下"走俄国人的路";而从"五四"开始的文学
革命一直到 1928 年后的"革命文学"之争,从李大钊、陈独秀、瞿秋白、恽代
英、萧楚女等早期共产党人到鲁迅、郭沫若、沈雁冰、郑振铎等一批左翼作家、
理论家,从大量译介俄国文艺理论到结合中国新文学的创作实际阐述、推广现实
主义文艺理论,一直到毛泽东《在延安文艺座谈会上的讲话》这一新民主主义
革命时期马克思主义文艺理论中国化的光辉典范的诞生,无疑也是在"走俄国
人的路"。这种文艺理论上"以俄为师"的影响甚至延伸到全国解放以后的 20
世纪 50 年代,这与新中国建立初期经济建设"一边倒"地"学习苏联老大哥"
基本上也是同步的。此是后话。毛泽东曾经对从五四运动、十年内战一直到抗战
时期革命的文化和文学艺术运动给予高度评价,指出"在'五四'以来的文化
战线上,文学和艺术是一个重要的有成绩的部门。革命的文学艺术运动,在十年
内战时期有了大的发展"③。还说,"五四"和中共成立以后,中国的"文化生
力军"以马克思主义的"新的装束和新的武器,联合一切可能的同盟军,摆开
了自己的阵势,向着帝国主义文化和封建文化展开了英勇的进攻。这支生力军在
社会科学领域和文学艺术领域中……都有了极大的发展。二十年来,这个文化新
军的锋芒所向,从思想到形式(文字等),无不起了极大的革命。其声势之浩
大,威力之猛烈,简直是所向无敌的。其动员之广大,超过中国任何历史时代,
而鲁迅,就是这个文化新军的最伟大和最英勇的旗手"④。毫无疑问,这里当然
包括革命的、马克思主义的文艺理论(以研究文学艺术为对象的社会科学)在
那个时期也"有了大的发展",国统区内,这种大发展的一个最主要标志就是马
克思主义文艺理论中国化取得了重要进展。我们认为,毛泽东的上述评价是符合

---

① 李大钊:《马克思的历史哲学》,载《李大钊选集》,人民出版社 1983 年版,第 261 页。

② 李大钊:《俄罗斯文学与革命》,载《人民文学》1979 年第 5 期。

③ 毛泽东:《在延安文艺座谈会上的讲话》,载《毛泽东选集》(四卷合订本),人民出版社 1969 年版,第 804~805 页。

④ 毛泽东:《新民主主义论》,载《毛泽东选集》(四卷合订本),人民出版社 1969 年版,第 658 页。

当时的历史实际的。

由此可见，马克思主义文艺理论中国化的进程属于整个马克思主义中国化进程的重要一翼和有机组成部分，两个"中国化"进程的大方向是一致的。

再说第二方面。上述两个"中国化"在方向大体一致的前提下，具体的内容、方式、进度、路径、阶段等并不完全一致，并不完全同步，不能简单地画等号。这在十年内战时期两种反"围剿"斗争中表现得最为典型。

毛泽东指出，"这一时期，是一方面反革命的'围剿'，又一方面革命深入的时期。这时有两种反革命的'围剿'：军事'围剿'和文化'围剿'"，然而，这十年之久、极其残酷的两种反革命"围剿"最终都"惨败"了，"作为军事'围剿'的结果的东西，是红军的北上抗日；作为文化'围剿'的结果的东西，是一九三五年'一二·九'青年革命运动的爆发。而作为两种'围剿'之共同结果的东西，则是全国人民的觉悟。这三者都是积极的结果。其中最奇怪的，是共产党在国民党统治区内的一切文化机关中处于毫无抵抗力的地位，为什么文化'围剿'也一败涂地了？这还不可以深长思之么？而共产主义者的鲁迅，却正在这一'围剿'中成了中国文化革命的伟人"①。这一段话非常准确和深刻，它一方面明确指出两种反"围剿"的三种结果都是积极的，都是以反革命"围剿"的失败和人民革命方面的胜利而告终的，其中包括文学艺术在内的文化革命在反"围剿"中步步深入、节节胜利，与整个中国革命屡经曲折逐步走向胜利的总体进程基本一致；另一方面文化艺术的反"围剿"又有相对独立、与当时整个革命形势（包括红军军事上的反"围剿"）不完全同步的地方。

总体上看，十年内战，中国革命是处于一个低潮时期，一则由于蒋介石叛变革命，对中共领导的苏区和红军实施一次又一次的大规模军事围剿和政治迫害，二则中共内部先后出现了几次统治全党的"左"的和"右"的错误路线，给国民党反动派的血腥镇压提供了可乘之机，迫使中央红军在第五次反"围剿"失利之后进行万里长征，几十万军队抵达陕北时仅剩三万人，直到1935年遵义会议确立了毛泽东在全党、全军的领导地位后，这种危难的局面才有了根本的改变。与此不同的是，在这十年中，国统区内革命的文化艺术运动却"有了大的发展"，虽然那里的反动力量在"一切文化机关中"占有绝对优势和统治地位，却不但没能阻止左翼文化艺术运动的蓬勃发展，反而被进步的、革命的文化艺术打得落花流水、一败涂地，呈现出某种"高潮"的迹象和态势。这显然同当时中国革命（军事、政治）处于低潮的总体形势是不同步、不一致、不平衡的。

---

① 毛泽东：《新民主主义论》，载《毛泽东选集》（四卷合订本），人民出版社1969年版，第662～663页。

恰恰是他在尊重传统和同时代人、善于从中吸收营养，并在此基础上进行综合创造的结果。

另外，当代西方解构主义的"互文性"（intertextuality）理论对此也有值得我们重视的解释。德里达从其"异延"、"播撒"说出发，认为任何文本都不是一个意义明确的封闭单元，而是都与别的文本互相交织、吸收的，正如克里斯蒂娃所解释，"任何作品的文本都像许多行文的镶嵌品那样构成的，任何文本都是其他文本的吸收和转化"①。这里"互文性"不仅指某个文本明显借用前人或他人的现成词句，而且指构成文本的每个语言符号和词、句都与文本以外的其他符号、词、句相关联，在形成差异中显出自己的意义和价值。在此意义上，世界上不存在所谓"独创性"的东西，也不存在什么可以称为"第一部"的作品，因为所有作品（包括文学与非文学的）都是互为文本即"互文"的。此言固然有些绝对，但确实道出一个真理，即任何创新、独创和原创，其实都离不开对前人和他人的吸收、转化，离不开对传统和同时代思想资源的创造性吸取、综合、改造、转化和重构。同样，文艺学的理论创新也应作如是观。

从上述原则出发，我们认为马克思主义文艺理论中国化正是我们文艺学理论创新的根本途径，从而也是当代文艺学创新建构的根本途径。从大的方面看，现代中国最伟大的理论创新，就是近百年来马克思主义的不断中国化，毛泽东思想、邓小平理论、"三个代表"的思想和科学发展观就是这种理论创新的重要里程碑。马克思主义的中国化，用毛泽东的话来说，就是"将马克思主义的普遍真理和中国革命的具体实践完全地恰当地统一起来，也就是说，和民族的特点相结合，经过一定的民族形式"②。就理论创新而言，毛泽东思想、邓小平理论、"三个代表"的思想和科学发展观，就是把来自西方思想文化传统的马克思主义的普遍真理，作为最根本的思想资源，与中国（民族的）革命和建设的具体实践结合起来，为着解决中国新民主主义革命和社会主义现代化建设这一中国本土、民族的语境中的中国现实问题，来应用马克思主义基本原理的。这样一种将马克思主义理论应用于中国革命与建设现实语境的做法，不但推动了中国革命与建设实践的发展，而且也在中国本土的、民族的条件下丰富、发展了马克思主义，其本身就是伟大的理论创新。

具体到文艺学学科，也是同样道理。把马克思主义文艺理论作为基本的思想资源，为着解决中国现实思想文化语境中的文艺实践和理论发展的实际问题而加以应用，并在应用中加以发展，这就是实实在在的，也是本来意义上的文艺学的

---

① ［法］克里斯蒂娃：《符号学：意义分析研究》，巴黎，1969 年版，第 146 页。
② 毛泽东：《新民主主义论》，载《毛泽东选集》（一卷本），人民出版社 1967 年版，第 667 页。

理论创新。这种理论创新，可以是全面的、系统的，也可以是局部的、个别的。但对于当代文艺学新理论体系的建构都是非常必要的。限于篇幅，这里只想就一个比较重大的问题——以人为本和人的全面发展——来探讨文艺学如何进行理论创新，并进而推进文艺学理论的创新建构。下面从两个方面来讨论。

首先，从我国文艺学发展的现状来看，正面临着一个由认识论向实践论（或价值论）的重要转换。我国一批知名文艺理论家如王元骧、杜书瀛等学者就力主这一观点。我们也在思考将文艺学奠基在马克思的实践论与存在论相结合，即我们称之为"实践存在论"的哲学根基上。王元骧多年来在一系列论著中批评了那种把马克思主义经典作家的文艺理论误读成单纯的认识论文艺观的观点，而认为经典作家在文艺批评中不是持科学的、认识论的标准，而是持价值的、实践论的立场，强调文艺的作用主要不在于向人们传授知识，而是通过提升人的精神，从内部去激励人的行动。杜书瀛则强调被当代文艺学忽视的价值论维度，认为价值论文艺学应该跟随哲学的价值论转向，不仅追求客观知识，更要关心人与人类的生存状况和命运，建设一个更加美好的、合乎人性的、自由和全面发展的世界。① 实践存在论认为，文艺和审美活动是人的基本存在方式和基本的人生实践之一，文学艺术应当成为改善人的生存、推进人生实践、促进人类文明的进化的重要方式，具体来说，文艺在关怀人的生存和命运、展示人性的善恶、打动人的情感、沟通人们的心灵、净化和改善人性、使人性获得自由全面的发展、塑造美好健全的灵魂、协调与和谐人际关系等方面，发挥其他种种方式所无法取代的独特功用。最近，有一位学者作家把文学艺术的这种担当和功用精辟地概括为"为人类构筑良好的人性基础"②，我们觉得这是切中时弊的。这些文艺主张都呼唤着当代文艺学的创新建构必须将马克思主义以人为本和促进人的全面发展的人学理论作为基础和出发点。因为中国当前的思想文化语境（如全球化语境与本土化追求并行，市场经济的发展和消费文化的勃兴，拜金主义、科技至上的盛行，人文精神的失落、人性的扭曲和单面化，现代性和后现代性的同时高扬，等等）也是我们建构当代文艺学理论所面对的现实语境，是我们无法回避的。

其次，马克思主义文艺理论正是在这方面提供了极为重要的思想理论资源。马克思主义理论中有许多内容既具有现代性，同时又具有对现代性负面效应的批判性，关于以人为本和人的自由、全面发展的思想就属于这种情况。在笔者看来，马克思主义的核心思想之一就是人的自由、全面发展的理想。《共产党宣言》提出，在共产主义理想社会中，应是"每个人的自由发展是一切人的自由

---

① 杜书瀛：《"价值论转向"与文艺学和美学》，载四川省比较文学学会主办《比较文学报》，2005年12月15日第四版。

② 曹文轩：《文学：为人类构筑良好的人性基础》，载《文艺争鸣》2006年第3期。

发展的条件"。恩格斯甚至把这一思想直接概括为马克思主义，1894 年，当《新纪元》杂志要求恩格斯用一段话来表达未来社会主义新纪元的基本思想时，他说："除了从《共产党宣言》中摘出下列一段话外，我再也找不出合适的了：'代替那存在着阶级和阶级对立的资产阶级旧社会的，将是这样一个联合体，在那里，每个人的自由发展是一切人的自由发展的条件。'"① 另外，马克思在论述人类社会发展经历的三种社会形态和与之相适应的人的发展三种状态时，进一步明确把社会主义的人的发展定位为"个人全面发展"。他说：与最初的社会形态和第二大形态"以物的依赖性为基础的人的独立性"的资本主义社会不同，社会主义社会是"建立在个人全面发展和他们共同的社会生产能力成为他们的社会财富这一基础上的自由个性，是第三个阶段。"② 在此，"个人全面发展"就是人本身"自由个性"的发展。当前，作为建设有中国特色的社会主义理论的新发展的科学发展观的核心就是以人为本和人的全面发展的思想。以马克思主义这一人学理论为指导，紧密联系当代中国思想文化的现实语境，来思考如何建构具有鲜明现代性和深厚人文精神底蕴的文艺学创新体系的问题，乃是当前马克思主义文艺理论中国化一个非常好的切入点。

综合上述两个方面，将马克思主义关于以人为本和人的自由、全面发展的思想应用于解释和解决当代文艺理论所面临的重大问题，这既是马克思主义文艺理论中国化的过程，也是当代中国文艺学体系的创新建构之路。根据上述思路，我们可以做如下构想：从人的自由、全面发展的总体目标出发，以文学活动为文艺学的研究中心，把文学活动纳为人类整个实践活动的一个环节，从实践存在论、价值论（而不仅仅是认识论）的角度来反思文学活动的性质和功能，并且将整个文学活动视为一个从生产到消费、从创造到接受的完整流程。

第四节　马克思主义文艺理论中国化的方法论问题

马克思主义文艺理论具有很强的真理性，我国文艺界在使其中国化的历程中，既获得了不少成就，又暴露出不少问题。我们认为，唯物辩证法是马克思主义文艺理论中国化的方法论基础，但必须与具体的方法相结合，应当广泛吸收古今中外文艺理论研究中各种有价值的研究方法，倡导马克思主义文艺理论中国化

---

① 《马克思恩格斯全集》第 39 卷，人民出版社 1972 年版，第 189 页。
② 《马克思恩格斯全集》第 46 卷上册，人民出版社 1972 年版，第 104 页。

的具体方法多元化。

一个半世纪以前，马克思主义的创始人马克思和恩格斯提出了一个崭新的思想体系——马克思主义。马克思主义的诞生不仅为无产阶级革命提供了强大的思想武器，而且也给社会科学研究带来了革命性的影响。对于文艺理论学科同样也是如此。马克思和恩格斯对文艺理论都有浓厚的兴趣，在不少理论著作中也都曾论及文艺理论方面的问题。他们以科学的世界观为基础，娴熟地运用唯物辩证法观察和分析文学艺术现象和重要理论问题，对一系列文艺理论的基本问题，如艺术的起源问题、现实主义问题、倾向性问题、典型问题、悲剧问题等都提出了许多极其深刻的见解，给我们以重要启示。

毋庸置疑，马克思主义经典作家的文艺理论具有很强的真理性，即使一个多世纪过去了，对于今天中国的文艺理论研究者仍然是十分宝贵的精神财富，值得珍视。事实上，随着马克思主义传入中国，马克思主义文艺理论也开始为中国的文艺理论工作者所关心，所熟悉。尤其是新中国成立以后，马克思主义成为这个新生的人民共和国的指导思想，马克思主义文艺理论也开始成为新中国文艺理论领域的主导力量。

马克思主义文艺理论的中国化问题并不是今天才出现的新问题，事实上随着马克思主义文艺理论开始为中国文艺理论界以及中国共产党的领导层所了解、所关心的那一天起，如何把马克思主义文艺理论与中国文艺领域的现实状况相结合，如何用马克思主义文艺理论来指导中国文艺的创作和欣赏的实际，使之为中国人民的解放事业服务，就已引起了人们的重视。20 世纪 20 年代，中国的一些敏锐的文学批评家就已受到马克思主义文艺理论的影响，对无产阶级文艺的产生和发展给予了极大的关注。例如沈雁冰在 1925 年发表了《论无产阶级艺术》一文，以鲜明的阶级观点分析了无产阶级文艺的产生和发展的前提条件、无产阶级文艺的形式与内容、无产阶级文艺对于历史文化遗产的态度等重要问题，宣称五四新文学运动应当帮助中国无产阶级实现其理想。他还指出了无产阶级艺术批评的阶级功利性特征，充分表现了早期中国文艺界对于马克思主义文艺理论中国化所做出的努力。而中国共产党的领导阶层在马克思主义文艺理论中国化问题上的立场则一开始就采取了一种鲜明的阶级功利主义的立场，要求文艺为无产阶级政治斗争服务。在这方面，毛泽东在 1942 年 5 月所做的报告《在延安文艺座谈会上的讲话》（以下简称《讲话》——编者注）尤为典型。《讲话》既是中国民主革命时期中国共产党关于文艺政策的一个纲领性文件，又是对于马克思主义文艺理论中国化的自觉行动。事实上在此后，《讲话》提出的一系列基本观点都被付诸行动了：如文艺的工农兵方向、普及基础上的提高和提高指导下的普及，但着眼点放在普及之上，等等。新中国成立以后，马克思主义文艺理论中国化的大方向基本上是沿袭着《讲话》的方向发展的。

马克思主义文艺理论中国化所走过的历程反映了中国进步的文艺工作者和中国共产党领导层在马克思主义文艺理论中国化问题上的艰苦努力，这种努力获得了不少值得称道的成就，但也暴露出某些局限性和问题。

在这些问题中，最严重的是未能正确处理文艺和政治的关系问题。按照马克思主义的观点，文艺和政治都是意识形态，作为上层建筑的一部分受到经济基础的制约："人们首先必须吃、喝、住、穿，然后才能从事政治、科学、艺术、宗教等等；所以直接的物质的生活资料的生产，因而一个民族或一个时代的一定的经济发展阶段，便构成为基础，人们的国家制度、法的观点、艺术以至宗教观点，就是从这个基础上发展起来的，因而，也必须由这个基础来解释，而不是像过去那样做得相反。"① 显然，政治和文艺是互相影响而不是决定与被决定的关系。然而在马克思主义文艺理论中国化的进程中，这种政治和文艺的相互关系被理解成政治决定文艺、文艺服从政治的关系。尽管在一些特殊历史阶段这样的理解仍有积极意义，如在抗日战争时期，当中华民族的生死存亡成为最大的政治问题时，要求文艺为抗战的伟大事业服务具有时代的合理性。然而，在理论上认可政治决定文艺则是片面的，会危及文艺的健康发展。1949 年以后中国当代文艺发展过程中，愈演愈烈的文艺政治化倾向最终把中国当代文艺推进了死胡同：造成了八亿人民看八部"样板戏"、矗立在文艺舞台上的不再是现实的活生生的人物形象，而是所谓"高、大、全"的英雄，他们被无限拔高，成为不食人间烟火，脚踩祥云，升腾于云端俯视人间的神仙一样的形象，其艺术感染力也就荡然无存了。

显然，文艺有自己独特的审美品格，它与政治不可能毫无联系，但是这种联系必须建立在文艺独特的审美本质基础之上。毁弃了这一基础，文艺必定会被异化，从而也就失去了其存在的真正意义。

此外，还有不少问题也是值得我们反思和加以纠正的：如片面强调题材的决定作用、拒绝以一种开放的态度广泛吸收人类的艺术文化遗产，尤其是西方现当代艺术文化遗产、在创作方法上忽视多元化、在艺术批评中只重内容忽视形式等，都对我国文艺的健康发展造成很大的负面影响。

回顾我国在马克思主义文艺理论中国化道路上走过的历程，一个重要的启示便是：正确的方法论是保证马克思主义文艺理论中国化健康发展的基本前提。在文艺与政治的关系问题上，我国文艺理论界之所以长期存在着认识的偏差，就方

---

① 恩格斯：《在马克思墓前的讲话》，载《马克思恩格斯选集》第 3 卷，人民出版社 1972 年版，第 574 页。

法论而言，这与简单化、教条化的方法是分不开的。恩格斯在写于 1890 年 6 月 5 日致恩斯特的信明确告诫人们："如果不把唯物主义方法当作研究历史的指南，而把它当成现成的公式，按照它来剪裁各种历史现实，那么它就会转变为自己的对立物。"① 恩格斯深刻地指出了简单化、教条化在方法论上所具有的巨大危害性，并以对挪威小市民与德国小市民的生动细致的分析，批判了恩斯特的错误：由于不做具体分析，只是简单地把唯物主义方法当作现成的公式，结果就完全错误地把挪威小市民与德国小市民混为一谈，看不到挪威小市民所具有的"首创的和独立的精神"，从而得出了错误的结论。长期以来，我国文艺理论界的不少学者也正是以简单化、教条化的方法处理文艺与政治的关系，从而只看到两者的联系，看不到文艺的独立本质，看不到文艺对政治产生影响是建立在文艺的审美本质的基础上的。离开文艺的审美本质，那么文艺对政治的影响也就成了无本之木，无源之水。

显然，马克思主义文艺理论中国化的顺利发展，离不开正确的方法论，离不开正确的具体方法。就方法论而言，我们应把唯物辩证法作为马克思主义文艺理论的方法论基础。这是因为，唯物辩证法的规律反映了自然界、人类社会和人类思维领域中的普遍联系，唯物辩证法的规律也就是自然界、人类社会、人类思维领域的普遍规律。作为唯物辩证法的三大基本规律，对立统一规律、量变质变规律、肯定否定规律具有普遍意义，同样也适用于文艺理论问题的研究，适用于马克思主义文艺理论中国化的理论研究和实践。然而，应当看到，唯物辩证法作为方法论基础还必须与具体的方法结合起来才能发挥其巨大的指导作用，否则就会被架空，最终丧失其作为方法论基础的重要地位。

在马克思主义文艺理论中国化的具体方法方面，有这样几个问题值得进一步思考：首先，具体方法的采用受到诸因素的制约，我们必须认真地研究这些因素，才能采用最有效的方法达到自己的目的。在这些因素中，马克思主义文艺理论本身就值得关注。因为它是我们要使之中国化的对象，它的基本特征直接制约着中国化的方向、途径和方法。马克思主义文艺理论是马克思主义理论家们采用马克思主义的立场、观点和方法研究文艺理论问题所获得的成果，这表明，使之中国化也必须站在马克思主义的立场上，运用马克思主义的基本观点并在唯物辩证法的指导下进行。同时，必须充分认识中国文艺的历史和现状。我们所做的是把马克思主义文艺理论结合中国的实际，形成一种中国化的马克思主义文艺理论。因此，脱离了中国文艺的历史和现状，那就失去了马克思主义文艺理论中国化的依据。而在尊重和研究中国文艺的历史和现状的时候，又必须加以具体分

---

① 《马克思、恩格斯论文学与艺术》（一），人民文学出版社 1982 年版，第 57 页。

析，把其中有巨大价值、有生命力的东西，包括具体的方法揭示出来，使之为马克思主义文艺理论中国化服务。例如，在具体方法上，中国文艺理论一些传统的研究方法，如考证的方法，诠释的方法等都值得重视。考证的方法注重考证版本的流变、作者的生平、词义语音的演变等，对于理解文艺作品的意义、价值、作用不可小视，当然后来有人把这种方法引向烦琐哲学则应予以摒弃。具体方法的采用还受到其他领域方法论的影响，例如自然科学方法论的影响，人文科学其他学科方法论的影响。比如在当代，信息论的方法在自然科学和人文科学各个领域产生了广泛的影响，甚至在《红楼梦》研究中也有学者运用这种方法，通过不同词汇使用频率的高低来分析作品的含义。在这种情况下马克思主义文艺理论中国化的具体方法的采用能够对它视而不见吗？

其次，马克思主义文艺理论中国化的具体方法采用应立足于中国，适合中国的国情，以解决中国的文艺创作和欣赏实践中提出的问题为出发点。

中国的文化不同于西方文化。在长期的历史发展中，中华民族形成了自己独特的，迥异于世界其他民族的灿烂文化，其中包含了令人叹为观止的艺术文化。在中国文学、中国书画、中国园林艺术、中国建筑、中国音乐等文艺领域中，世世代代的中国人创造了无愧于中华民族的伟大的艺术文化。中国当代文艺，随着改革开放的不断深入发展，也呈现出一派欣欣向荣的景象。马克思主义文艺理论中国化就应当立足于面对中国古典文艺和现当代文艺的特殊性这个现实，把马克思主义文艺理论与中国本土文艺理论中的精华部分有机地结合起来，用以说明和解释中国文艺的独特方面，用以解决对于中国古典文艺的评价、批判和继承方面出现的问题，用以解决中国当代文艺欣赏和创作中出现的各种问题。那么具体方法的采用就不能不考虑到这一现状，否则，就会使马克思主义文艺理论中国化成为水中月、镜中花，可望而不可即。

最后，马克思主义文艺理论中国化的具体方法应当倡导多元化。具体的方法是手段，是工具，是过河的桥梁和舟筏，既然这样，就没有必要仅仅局限于某一种具体的方法，只要能更有效地实现目的的方法都可以采用。基于这样的思考，我们认为采用多元化的具体方法更能实现马克思主义文艺理论中国化这一目标。

中国的文学艺术问题十分复杂，既涉及悠久的历史上的文学艺术的研究，又涉及当代中国文艺中产生的和正在产生的各种问题的研究，在这些问题中，触及了不同的基本方面：既有创作方面的问题，也有欣赏方面和批评方面的问题；从另一个角度看，这些问题既可以从文艺内部加以审视，又可以从文艺与意识形态的其他部分、与社会的历史文化、经济基础等方面的联系中加以审视……这表明，任何一种具体的方法在面对各种具体的问题时，既有其强有力的方面，又难免会有其力所不逮之处。例如采用心理学方法作为一种具体的方法，在分析创作心理、鉴赏心理、文艺作品中人物心理活动等中国文艺中的相关问题时会游刃有余，但在处理其他的许多问题，如版本的流变、与社会经济形态的联系等则会力不从心。又如，采用社会学方法，对于解释中国文艺中存在的文艺与政治的关系问题、与社会经济形态的联系问题等，会驾轻就熟，但在回答中国文艺作品的创作技巧、表现手法等问题时又会束手无策。

同时，马克思主义文艺理论中国化的具体方法倡导多元化，还应注意吸收马克思主义文艺理论范畴之外的各种西方文艺理论的研究方法。尤其是 20 世纪以来，西方现当代文艺理论研究呈现出一种流派更迭迅速、研究方法多元、研究问题多样的纷纭复杂的格局，大大深化了文艺理论研究，在研究的广度和深度上都呈现出前所未有的良好态势。就具体研究方法而言，各种方法纷至沓来，对于研究的深化起到了巨大的推动作用，如：语义学方法、现象学方法、精神分析学方法、符号学方法、结构主义方法、解构主义方法、解释学方法……这些具体方法的采用对于不同文艺理论流派的崛起，对于许多文艺理论问题的深化所起的作用是十分巨大的。在推进马克思主义文艺理论中国化的时候，有条件地借鉴甚至引进这些具体方法是十分有益的。

总之，马克思主义文艺理论中国化任重而道远，以唯物辩证法作为方法论基础，广泛吸收古今中外文艺理论研究中各种有价值的研究方法，是实现马克思主义文艺理论中国化的不二法门。

第五节　从文化传播角度考察马克思主义
文艺理论的中国化

当下中国文化，作为一个包括物质、精神、制度与传播在内的动态时空的四维结构，它决定了马克思主义文艺理论的中国化，无疑直接是一个属于文化传播之维的当下文化批评问题。从文化批评角度看，凡是传播，总是发生在一定种族、民族、时代、制度、语言、心灵与学科之间的一种文化对话实践。这里充满了无休无止的误读与求真、解构与建构、守成与发展、奋进与倒退、对立与回互、沉潜与凸显，以及自然与人文、历史与现实、人性与人格、思想与思维、情感与想象等问题的纠结。文化传播实践本身无限的多元复杂性，也同样充分体现于马克思主义文艺理论的中国化过程之中。

马克思主义文艺理论的中国化，作为一种理论重构的实践活动与当下中国文艺理论之发展极其重要的理论问题，涉及并值得加以深入讨论的问题很多。这里仅从文化传播这一独特角度，略说两点初步意见。

其一，文化传播意义上的马克思主义文艺理论的"中国化"，其经典的理论解读，指由西方渐入的马克思主义文艺理论的基本原理与中国具体的革命文艺实践相结合。毛泽东的《新民主主义论》和《在延安文艺座谈会上的讲话》以及诸多传统马克思主义文艺理论家如周扬与何其芳等的基本见解，都是如此。这一见解有一个理论自信，认为既然马克思主义文艺理论的基本原理"放之四海而皆准"，那么，这种基本原理与中国具体的革命文艺实践相结合，是无条件的和放之四海而皆准的。但是，这里有一个问题值得思考，从革命文艺实践的历史看，其实这两者之间，并不能时时处处做到"相结合"的。原因在于同样是"革命"，中西文化背景、民族特性与时代等条件不同。"基本原理"也是在文化传播中经受考验的。马克思主义认为，一切事物都是发展的，这当然包括马克思主义本身及其文艺理论"基本原理"在内。"基本原理"的发展，正是文化传播实践的产物。但文化传播作为一种实践方式，是"基本原理"之可能而不是必然的现实实现。这体现了不容抹杀的文化传播的主动性。这当然不能由此怀疑马克思主义文艺理论基本原理的普遍真理性。马克思主义认为，一种文化思想被接受的程度，决定于这个民族、时代所需要的程度。其实，某种意义上也决定于文化传播的文化根性、方式、过程、结果与背景等。所以，可以把文化传播看做从一定文化心灵深处所唤醒的一种时间性很强的文化力。

可见，这里所谓中国化，并非仅指马克思主义文艺理论基本原理与中国革命文艺实践相结合。"基本原理"未与中国文艺实践"相结合"或"结合"程度不够，也可以是"中国化"的一种方式、过程与结果。"中国化"总是与"非中国化"有时甚至"反中国化"结伴而行。延安时期的毛泽东，曾经激烈地反对文艺教条主义和文艺经验主义，就是一个明证。这一点在"文革"中表现得更典型。"文革"十年，让我们深切地看到马克思主义文艺理论基本原理被歪曲的严重局面。这正是"非中国化"和"反中国化"的体现。"中国化"作为文化传播，不是一种单向的文化实践方式，而永远是双向或多向回互的文化实践活动。一方面是"马克思主义""化"中国，从而指导、改变与发展中国的文艺实践；另一方面，是"中国""化"马克思主义，使马克思主义文艺理论的基本原理成为中国人所理解、接受并且具有当下现实性的东西。这种互"化"，同时发生，同时进行，同时完成，仅仅由于时空条件的不同，"化"之原因、方式、程度与结果不相同而已。在这互"化"即传播过程中，必然还有其他文化因素参与其间或作为背景。值得强调指出的是，从"中国""化"马克思主义看，在特定情况下就有可能把马克思主义文艺理论的基本原理，变成非马克思主义甚或反马克思主义的（如"文革"时期），这正是文化传播的一种力量。

其二，研究马克思主义文艺理论中国化这一学术课题，尽管可以去研究整个二十世纪"中国化"的历史；研究中国古代文论对马克思主义文艺理论中国化的影响；研究其"中国化"的未来走向等，然而所有这些研究，实际都具有当下性。因为一切文化传播，都是当下实现的。以往的"中国化"历程与文化成果已成过去；未来的"中国化"尚未开始；只有当下的"中国化"实践正在进行。从研究主体看，其文化立场、意识、理念与方法，又必然是当下的。关于"中国化"的历史、现状与未来的研究，研究对象可以各异而研究的语境即自然、人文与主体条件等具有共同性。因为如果没有当下，便无所谓过去，未来也无以展望。原始意义上的马克思主义文艺理论自诞生至今，大约一个半世纪，它是一种属于历史范畴的思想体系，因为其具有普遍的真理性而具有当下性。然而，这普遍的真理性的现实实现，离开文化传播即不断的阐释，是绝对不可能的。这套用《巴黎手稿》"历史向人生成"的话说，可以称为"现实向人生成"。因此，作为当下文化传播的马克思主义文艺理论的中国化，总是因"当下"而实现其重要意义的。我们现在所言说、理解的马克思主义文艺理论的基本原理，尽管所言说、理解的思想原型，是马克思、恩格斯的原始文献，而从其原始思想第一次被解读即传播开始到如今，千百次的传播所负载与传达的思想，实际不是马克思主义文艺理论本身，而是其不离原型的"他者"。这几乎是无数的"他者"，都具有各自的当下性。"他者"之所以经得住不断的传播而依然能够忠于马克思、恩格斯的本始思想，证明马克思主义文艺理论基本原理之真理的顽强性和生命力。

这提醒我们深入研究当下中国马克思主义文艺理论问题的重要性。改革开放以来，学界为了建设中国特色的马克思主义文艺理论体系，有的从"西马"寻找思想与思维资源；有的设想从西方自由主义文艺理论获取真理性因素；有的从中国古代文论挖掘"现代性"以实现"现代转换"，等等，一切努力都是有价值的。而站在当下中国文艺现实的人文立场，研究当下问题尤为必要。

第一篇

20 世纪马克思
主义文艺理论
中国化历程的回顾
总结和理论反思

引　言

19世纪中叶产生的马克思主义是人类精神生产史上的伟大的事件，从19世纪末开始，经由西方传教士和晚清派驻西方的外交官，马克思主义的一些基本概念和命题逐渐进入中国，由此也开启了马克思主义中国化的历史进程。作为马克思主义思想有机组成部分的马克思主义文艺理论在新文化运动过程中发挥了重要的历史作用，在其后的新民主主义时期、社会主义建设时期，马克思主义文艺理论在中国的发展经历了复杂而又曲折的发展历程。概而言之，在中国近百年社会革命和文学艺术变革的实践中，马克思主义文艺理论不断得到传播、接受、应用、发展和深化，而这一过程本身其实也是马克思主义文艺理论中国化的过程，也就是马克思主义文艺理论不断与当下、本土之文艺实践相结合而获得中国性的历史过程。这一过程并非一帆风顺，而是一个前进与倒退、成就与失误、偏离与纠正、曲折与反复的极为复杂的矛盾运动过程。

本篇将着重描述一个世纪以来马克思主义文艺理论初步中国化的历史过程。全篇分五个阶段展开：（1）启蒙时期（1898～1919年），中国先进知识分子初识马克思主义；（2）奠基时期（1919～1949年），在偏离与错位中探索和建设；（3）十七年时期（1949～1966年），在曲折中前进；（4）"文革"时期（1966～1976年）停滞和异化；（5）新时期以来（1977～现在），马克思主义文艺理论中国化的历程重新走上正轨，无论在深度和广度上都取得了重大进展和成就，也留下了需要进一步探索的问题。

第一章

启蒙时期（1898～1919年）：中国先进知识分子初识马克思主义

18 40 年鸦片战争，帝国主义的炮火打开了闭关自守的中国大门。一批有知识的先进分子开始了向西方寻求挽救危亡、救国救民的方法，也开始接触并介绍社会主义思想和马克思主义学说。但由于历史的局限和阶级立场的限制，这时中国知识分子对马克思主义和社会主义学说的认识和介绍，还有许多武断和随意的成分，离真正自觉地接受马克思主义和科学社会主义学说还有很大的距离。但这些译介毕竟开阔了中国知识分子的眼界，启迪了他们的心灵，促进了中国近代救亡和启蒙运动的发展，为 20 世纪初马克思主义在中国全面传播奠定了基础。

第一节　中国知识分子初识社会主义学说

在"中国第一个马克思主义者"① 李大钊完成对社会主义信仰的转变之前，中国还处于"前马克思主义阶段"。各种各样的真假社会主义思潮充斥着中国思想界，尽管有关于马克思主义学说的零星介绍，但大多不成系统且缺乏深度。但

---

①② 　［美］迈斯纳·莫里斯著，中共北京市委党史研究室编译组译：《李大钊与中国马克思主义的起源》，中共党史资料出版社 1989 年版，第 3、48 页。

国门既已打开，中国知识分子对国外各种思想运动的关注，必然包括对西方无产阶级革命的关注。

1871 年 3 月，巴黎工人起义并建立巴黎公社，这是人类历史上第一个无产阶级政权。1871 年，大约在巴黎公社起义四十多天后，在华外国人所办的《中国教会新报》(《万国公报》的前身)转载了有关巴黎公社的报道。1870 年，以翻译身份赴法的中国人张德彝将自己亲眼目击的巴黎公社记入了日记，以旁观者的立场对巴黎起义进行了详细介绍，这是迄今发现的中国人最早对巴黎公社的记载。他在日记中这样说："闻是日会堂公义，出示逐散巴里各乡民勇。"他还记述了反动军队派兵四万分四路向革命武装进攻，企图夺取起义军队的 400 多门大炮。"官兵到时，乡勇阴其前进。将军出令施放火器，众兵搞而不遵，倒戈相向。将军无法，暂令收兵。叛勇犹追逐不已，枪毙官兵数十人，武官被擒二员，一名腊公塔，一名雷猛多，亦皆以枪毙之。戌正，叛勇下山，欲来巴里。一路民勇争斗，终夜喧阗。"①

张德彝曾四次到法国，耳闻目睹了普法战争、法国投降、巴黎公社起义、凡尔赛军队进攻巴黎和对革命者的血腥屠杀，张德彝在《三述奇》中对此都有记载。特别是对公社被颠覆后，公社战士面对屠刀，视死如归的英雄本色做了翔实的记录。他写道："其被获叛勇二万余人，女皆载以大车，男皆携手而行，有俯而泣者，有仰而笑者。"②"又解过叛勇二千五百余人，有吸烟者，有唱曲者，盖虽被擒，以示无忧惧也。"③关于巴黎妇女的革命风貌，书中也有记载："申初，又由楼下解叛勇一千二百余人，中有女子两行，虽衣履残破，面带灰尘，其雄伟之气，溢于眉宇。"④"妇女有百余名，虽被赭衣，而气象轩昂，无一毫袅娜态。"⑤张德彝是清朝的外交官，他对巴黎公社自然不能接受和理解，书中"叛勇"等语汇反映出他的阶级意识，但他毕竟较客观地记述了巴黎公社的始末，并对公社社员"伏罪受刑"表示同情，说"睹之不禁恻然"。作为迄今所知唯一一位目睹巴黎公社起义的中国人，《三述奇》所留下的史料可谓弥足珍贵。

另一位对巴黎公社起义予以关注并加以介绍的中国人是王韬。1870 年，在欧洲翻译、游历、讲学 28 个月后的王韬回到香港。深厚的国学基础、与西方人的多年交游以及在西方的种种经历，使他放弃了英国著名汉学家理雅各（James Legge，1815～1897 年）的再次赴欧邀请，转而开始了利用写作传播西学、开启国人的人生历程。有论者指出，"中国最先报道巴黎公社斗争的，是

---

①②③④⑤ 张德彝：《随使法国记》（三述奇），长沙，湖南人民出版社 1982 年版，第 132、168、173、171、174 页。

香港的《华字日报》、《中外新报》等报纸。"① 大概就是指王韬参与的这些报纸。

带给王韬很大名声的则是他以西方报纸新闻为基础编辑写作的《普法战纪》。该书主要由精通英语的同事张宗良协助，1873 年由中华印务总局出版。在书中，他敏锐地记录了巴黎公社起义。以后的历史证明，这是世界近代史的一个重要转折点，也成为了中国漫长革命历史的一个遥远参照。

耐人寻味的是，社会主义思潮、马克思主义最初传入中国都与教会有关，都是教会作为一种新学被介绍到中国的，而《万国公报》作为传教士的出版物最为典型。

1868 年 9 月 5 日，在华美国监理会传教士林乐知（Young John Allen）创办《中国教会新报》，每年出 50 卷。1872 年 8 月 31 日，自 201 卷起，更名为《教会新报》。1874 年 9 月 5 日，自 301 卷开始，改称《万国公报》（Chinese Globe Magazine），1883 年 7 月 28 日，出至 750 卷，停刊。1889 年 1 月 31 日《万国公报》（此次复刊，英文名称改作 The Review of the Time）复刊，重新计册，1907 年 12 月，出至 237 册停刊。《万国公报》对于"西学的普及"起了重要作用，并直接促进了晚清"自改革"思潮，在中国少有留外学生的时代，成为中国文士"了解世界的媒介"。② 虽然是教会刊物，但《万国公报》包括其前身，都对于俗世事务表现出很大的兴趣，特别是复刊后的《万国公报》成为当时上海广学会的喉舌，广学会的"独立团体"背景，更是倾向于对于清帝国改革的推动。所以，对于西学的介绍并不局限，甚至包括了与教义相悖的达尔文主义乃至马克思学说的介绍。③《万国公报》的编者们"经常超出自己的信仰，倾向较为激进的思想。1889 年夏，他们在中国出版了第一部系统讲解多种社会主义学说的著作（即《醒华博议》，笔者注）。"④ 尽管这个小册子对于后来的中国经济思想有较大影响，但因其过于专业而较少为大众所知。《万国公报》中引起较大影响的著作是贝拉米的《回头看纪略》。

1898 年夏，上海出版了一部系统介绍各国社会主义学说的著作《泰西民法志》。该书原为英国人克卡朴所撰写的《社会主义史》，当时主持上海

① 姜义华编：《社会主义学说在中国的初步传播》，复旦大学出版社 1984 年版，第 1 页。
②③ 朱维铮：《西学的普及——〈万国公报〉与晚清"自改革"思潮》，载朱维铮：《求索真文明：晚清学术史论》，上海古籍出版社 1996 年版。对《万国公报》概况的介绍，同时参考梁元生著：《林乐知在华事业与〈万国公报〉》，中文大学出版社 1978 年版；王林著：《西学与变法——〈万国公报〉研究》，齐鲁书社 2004 年版。
④ ［美］伯纳尔著，丘权政、符致兴译，范道丰、陈昌光校：《一九〇七年以前中国的社会主义思潮》，福建人民出版社 1985 年版，第 26～27 页。

广学会的著名英国传教士李提摩太委托胡贻谷将此书译成中文。该书较为系统地介绍了各种社会主义学说，其中第七章着重介绍了马克思及其学说，其中写道："马克思是社会主义史中最著名和最具势力的人物，他及他同心的朋友昂格思（按：即恩格斯）都被大家认为'科学的和革命的'社会主义派的首领。这一派在文明各国中都有代表，而大家对于这一派认为社会主义中最可怕的新派。"[1] 作者还介绍了马克思的生平及其学说，对辩证唯物主义与历史唯物主义、科学社会主义、政治经济学作了详尽的介绍和评述，其中对于马克思主义经济学中的劳动价值论、剩余价值理论、资本理论和资本主义必将被社会主义取代的理论都有较多的阐述。可惜胡贻谷所译的《泰西民法志》印数太少，加之历史条件所限，在中国思想界并未引起多大反响，但它确实是在中国近代出版物中最早提及马克思及其学说的著作，它在中国马克思主义传播史上具有重要的地位和意义，1898 年该书的出版标志着中国人接触马克思学说的开始。

第二节 1900～1911 年：社会主义在中国的传播热潮

一、日本的影响

马克思主义和社会主义学说虽然起源于欧洲，但由于日本经历了明治维新，率先"脱亚入欧"，步入近代资本主义的轨道，所以也最先在世界的东方迎来了社会主义新思潮。1870 年，社会主义这一名词在日本出现。1882 年东洋社会党成立（该党不久便解散）；1898 年村井知至、安部矶雄等人组织成立"社会主义研究会"；1901 年片山潜、幸德秋水等人发起成立日本社会民主党；该党不久虽然被政府取缔，但社会主义思想却在日本得到了广泛的传播。1904 年《共产党宣言》的日译本便在日本出版。

在 1896 年旧历 3 月底，清朝首次向日本派遣了 13 名留学生。到留日学生最多的 1906 年，留日学生人数达到 8 000 多人。如此举国规模的留学日本，中国思想界必定会受到日本思想的深刻影响。1920 年蔡元培在《〈社会主义史〉序》中说："西洋的社会主义，二十年前才输入中国。一方面是留日学生从日本间接输入的，译有《近世社会主义》等书。一方面是留法学生从法国直接输入的，

---

[1] 张铨亚：《马克思主义何时传入中国》，载《光明日报》，1987 年 9 月 16 日。

载在《新世纪日刊》上。后来有《心声周刊》简单地介绍一点。俄国多数派政府成立以后，介绍马克思学说的人多起来了，在日刊、月刊中，常常看见这一类的题目。"① 无疑，日本是中国早期寻求社会主义（马克思主义）学说的主要途径。

1870 年出版的加藤弘文所著《政治公理》中首次出现了"社会主义"一词。② 之后，社会主义思潮在日本逐渐开始传播开来。

在此风潮之下留日的中国学生，对于社会主义思潮定会有浓厚的兴趣。他们普遍认识到，18 世纪是政治革命时代，以法国大革命为代表，19 世纪是经济革命时代，以资本主义的强力发展为表现，而 20 世纪将是社会革命时代。如 1902 年 11 月，上海商务印书馆出版了日本幸德秋水所著，中国国民丛书社翻译的《广长舌》（又名《社会主义广长舌》），在书中，幸德秋水高声宣告："社会主义之发达，为二十世纪人类进步必然之势。"③ "十九世纪者，自由主义时代也，二十世纪者，社会主义时代也。"④ 这些言论，对于中国知识界，无异于空谷足音。为了寻求救国救民道路而出国留学的中国学生，似乎在社会主义思潮中发现了拯救国家的希望。他们开始了大量翻译日本社会主义著作的工作，希望以此为中国思想界带来新的参照。⑤

二、孙中山、梁启超之争

对于中国近代知识分子来说，考虑中国未来发展问题，不可避免地要受到整个世界局势的影响。现实中，中国的落后和西方的强大形成了鲜明的对比，如何使中国摆脱落后局面无疑是中国近代知识分子思考的核心问题。对

---

① 蔡元培：《〈社会主义史〉序》（1920 年 7 月 23 日），载中国蔡元培研究会编：《蔡元培全集》（第四卷），浙江教育出版社 1997 年版，第 167 页。

② ［美］伯纳尔著，丘权政、符致兴译，范道丰、陈昌光校：《一九〇七年以前中国的社会主义思潮》，福建人民出版社 1985 年版，第 60 页。

③④ 姜义华编：《社会主义学说在中国的初期传播》，复旦大学出版社 1984 年版，第 56、57 页。

⑤ 仅河上肇的著作，就有以下译本：《救贫丛谈》（杨山水译）、《资本主义经济学之史的发展》（林植夫译）、《经济学大纲》（陈豹隐译）、《人口问题批评》（丁掘一译）、《新经济学之任务》（钱铁如译）、《唯物论纲要》（周拱生译）、《社会变革底必然性》（沈绮雨译）、《经济原论》（邝摩汉译）、《马克思主义经济学的基础理论》（李达等译）、《唯物史观研究》（郑里镇译）、《马克斯主义经济学》（温盛光译）、《近世经济思想史论》（李天培译）、《唯物史观的基础》（巴克译）、《社会主义经济学》（邓毅译）、《社会主义社会组织》（郭沫若译）、《唯物辩证法的理论斗争》（江半庵译）、《劳资对立的必然性》（汪伯玉译）、《通俗剩余价值论》（钟古熙译）。见［日］实藤惠秀著，谭汝谦、林启彦译：《中国人留学日本史》，三联书店 1983 年版，第 245~246 页。杨奎松、董士伟统计出 1919 年 5 月至 1922 年，河上肇的中文译著竟达 30 种之多。详见杨奎松、董士伟著：《海市蜃楼与大漠绿洲：中国近代社会主义思潮研究》，上海人民出版社 1991 年版，第 155~157 页。

于历史发展的趋势问题，20 世纪初的知识分子似乎有一个共识："凡人类进步之次第，由射猎而游牧，而耕稼，而工商，唯入工商之期，而后有社会主义"①，而中国目前"犹在耕稼之时代"②。近观西方社会，19 世纪在于政治解放，即获得个人自由主义；20 世纪在于经济解放，即获得社会平等。③ 如今帝国主义虽飞扬于世界，但就趋势来看，在二十世纪"欧洲之政治家，不得独夸其武力；欧美之资本家，不得独炫其经济。化其凌虐之思想为博爱，变其竞争之手段为共和。政治家则由自由主义转为国民主义，由国民主义转为帝国主义，又由帝国主义转为世界平和主义。经济者及社会者，则由自由竞争主义转为资本合同主义，由资本合同主义转为世界社会主义。夫如是，而人类进步之历史，始大成也。"④这种按照时间进化观念看待不同文化发展阶段的思想，背后包含着"文化发展形式类似"⑤ 的含义，他认为"文化的不同只是历史时间的不同"⑥。且不去深究其背后是否包含着西方中心主义，以及梁启超对此所作的杂糅中西式的比附，事实是，认为 20 世纪将是社会主义的世纪则是各派共同的结论。就像那本号称"凡当今时势上最要之问题，包括无遗"⑦ 的幸德秋水的《广长舌》所宣称的那样："社会主义之发达，为二十世纪人类进步必然之势。"⑧"十九世纪者，自由主义时代也，二十世纪者，社会主义时代也。"⑨

在以上这些基本"共识"下，孙中山和梁启超却有着不同的选择，发生了一场论战。梁启超认为社会是进步有序的，中国尚无到达社会主义阶段的基础，如今只能振兴经济，确立和西方列强竞争的基础。共和制的弊端甚多，且对于中国尤不合适，"开明专制"以及"国家社会主义"应当是中国要选择的政治、经济制度。而孙中山则认为，既然中国必然要走向社会主义，何不"毕其功于一役"，社会革命和政治革命一起进行，不但可以使中国走向富强，且能避免欧美资本主义国家的种种弊端。很难说两者关于社会主义的观点有什么不可愈合的差

---

①② 邓实：《论社会主义》，载姜义华编：《社会主义学说在中国的初期传播》，复旦大学出版社 1984 年版，第 66 页。

③④⑧⑨ 姜义华编：《社会主义学说在中国的初期传播》，复旦大学出版社 1984 年版，第 52、53、56、57 页。

⑤ ［美］约瑟夫·阿·勒文森著，刘伟、刘丽、姜铁军译：《梁启超与中国近代思想》，四川人民出版社 1986 年版，第 54 页。

⑥ 葛兆光著：《中国思想史》（第一卷），复旦大学出版社 1998 年版，第 78 页。

⑦ 语出 1902 年 11 月 4 日上海商务印书馆总发行所在《外交报》壬寅第 26 号上登载《广长舌》的广告。见姜义华编：《社会主义学说在中国的初期传播》，复旦大学出版社 1984 年版，第 61 页。

异。其实，论战的起点是民族政策和政治政策，而终点却是社会政策。[1] 论战中双方的观点都随着争论的深入有所变化，论战也促使双方更加系统和深刻地反思和表达自己的见解。

"平均地权"是孙中山民生主义的中心内容。这一来源于亨利·乔治的观点，是梁启超攻击的主要方向之一。孙中山认为社会主义的核心是土地国有，如果国家把土地收归国有，即可抑制贫富分化，同时国家亦可通过地租，成为"地球上最富的国"，实现国家富强的愿望。对于现有富人阶层的疑虑，孙中山特别提出此举"绝无损于今日之富者"。梁启超也主张国家社会主义，但主张国家对于那些还没有产生的大工业和目前绝大部分掌握在国家手中的"大事业"实行垄断，盲目地把土地收归国有，把矛头指向"国之元气"的富人，不可避免要造成大的灾难。[2] 于此类见解中，两派的政治、社会观点显露无遗。[3]

关于两派分歧的原因，有梁、孙两人处于不同时代的原因[4]，有社会主义知识来源不同的原因（梁的知识主要来源于日本，孙则除日本外，受英美思想影响较大），有出身阶层和教育背景不同的原因，或者也有心理学的原因[5]。但是人心向背的事实说明了孤军奋战的梁启超渐渐失去了市场。[6] 论战接近尾声时，两派都在宣告自己的胜利，[7] 但此后革命形势的发展评判了一切。

第三节 1911～1919 年：影响的深入和新的契机

1908 年，日本的社会主义运动由于"赤旗事件"而遭受重创，此后，当局"对社会主义者开始了极残酷的镇压，对所有社会主义者严加监视，不准有任何

---

① ⑤ ［美］伯纳尔著，丘权政、符致兴译，范道丰、陈昌光校：《一九〇七年以前中国的社会主义思潮》，福建人民出版社 1985 年版，第 77、91 页。

② ④ 杨奎松、董士伟著：《海市蜃楼与大漠绿洲：中国近代社会主义思潮研究》，上海人民出版社 1991 年版，第 41、37 页。

③ 关于论战，另见伯纳尔的专章论述。［美］伯纳尔著，丘权政、符致兴译，范道丰、陈昌光校：《一九〇七年以前中国的社会主义思潮》，福建人民出版社 1985 年版，第 114 页。

⑥ 李剑农著：《中国近百年政治史（1840～1926 年）》，复旦大学出版社 2002 年版，第 220～222 页。

⑦ 沈渭滨著：《孙中山与辛亥革命》，上海人民出版社 1993 年版，第 336 页。

活动。"① 和日本休戚相关的中国社会主义运动，也受到了很大的打击，意气全无。但 1911 年 10 月的辛亥革命的爆发带来了新的契机。

民国初年，中国对马克思主义和社会主义学说有了新的了解，出现了一批有一定社会影响的研究论著。1911 年 8 月，宋教仁撰写了《社会主义商榷》一文，文章对欧洲社会主义思潮作了具体分析，他把当时在欧洲流行的社会主义划分为四类：

一无治主义，即所谓无政府主义，在社会主义中最为激烈，其主张之要点，谓国家原以资本家与地主为本位而成立，于是其所施政治法律，专以保护彼等为目的，其偏私可谓实甚，故国家及政府万不可不废去之云云，各国之无政府党皆属此派；

一共产主义，谓一切资本及财产皆为社会共通生活之结果，以为私有实为不当，宜归之社会公有，由各个人公处理之云云，各国之共产党及科学的社会主义家皆属此派；

一社会民主主义，谓现社会之生产手段，皆归于少数富人之私有，实侵夺大多数人之自由，宜以一切之生产手段归之社会公有，由社会或国家公经营之，废止一切特权，而各个人平等受其生产结果之分配云云，各国之社会民主党、劳动党、社会民主主义修正派皆属此派；

一国家社会主义，即所谓社会改良主义，亦名讲坛社会主义，谓现今国家及社会之组织不可破坏，宜假国家权力，以救济社会之不平均，改良社会之恶点云云，各国之政府及政治家之主张社会政策者皆属此派。②

他认为前两派否认现实社会之组织，否定国家，主张破坏现状，可称之为极端的社会主义；后两派则为温和的社会主义或非社会主义。他还认为，要实现真正的社会主义，必须采取前两派，而不能尊崇后两派。这里自然可以看出他对共产主义的认可，但也同样可以看出，他与同时代的不少知识分子一样，把无政府主义与共产主义混为一谈，甚至将无政府主义看作真正的社会主义，这是他理论上的一个局限。不过宋教仁还是看到了，当时要在中国推行"真正的社会主义"还不具备客观条件，若是硬加实施则会出现恶果，这个意见应该说是对的，因为在民主革命阶段，不可能同时进行社会主义革命。

1917 年 11 月 7 日，列宁领导的俄国布尔什维克党成功地进行了社会主义革命，建立了新式的苏维埃政权。中国对于这一革命的反应很迅速，就在十月革命

① 刘玉尊编写：《日本社会主义运动大事记（1897~1945 年）》（初稿），载《中国人民大学科社系国际共运教研室资料》，1982 年 12 月，第 31 页。

② 林代昭、潘国华编：《马克思主义在中国——从影响的传入到传播》，上卷，清华大学出版社 1983 年版，第 298~299 页。

后第三天，上海的《民国日报》、《申报》等对此进行了报道。这些报道的刊物，因其所代表的思想立场不同，而有着不同的反应。如在十月革命爆发后的一年中，《东方杂志》（代表改良派）、《民国日报》（代表民主派）和《新青年》（代表激进民主派），各从自己的立场进行了介绍。① 早期出现的这些报道只是把十月革命作为西方近年来层出不穷的政治纷争中的一次，多认为"极端派"虽一时得逞，但"不久究终归扑灭"②，对于十月革命的历史意义，尚无统一、清晰的认识。倒是与俄国革命者同是主张"激烈手段"的中国无政府主义者首先认识到了十月革命对于中国革命的启示意义。革命不可避免，社会革命比起政治革命尤其重要，俄国现在进行的即是社会革命，中国应该寻此以往。民主派也逐渐开始思考十月革命的意义，他们认为，中国过去的"革命者注重政治，而一般民众则只注重经济，革命者以为争取民权才是改善民生的必要途径，但民众却极端反对一切损害其利益的革命和战争，而不论它是否有利于实现真正的民主共和"。③ 这种目的的分歧使得革命者和民众无法联合起来，造成"以今日之民国，今日之吏治，今日之风俗习惯言，非特真正共和不可冀及，即反而求得一文景小康之局，亦势有所不能。"如今要做的是，学习俄国的革命手段和方法，坚决推行民主主义。④ "俄国数千年之专制政府亦为列宁政府所推翻，行见大陆将为民治潮流所充沛，而侵併强霸之主义，决难实现于今日矣！俄国列宁政府之巩固，即由于和平之放任主义，中国似宜取以为法。"⑤ 随着认识的深入，中国报刊对于俄国革命和新政权的态度有所变化，从1919年5月到1920年5月一年间，关于十月革命的约110篇报道中，属于客观介绍和同情态度者，有95篇之多，和原来有很大差别。⑥

在对于十月革命的报道和研究中，中国知识分子进一步发现，俄国是以马克思主义作为指导的。正如有学者所说那样，"从1905年到1917年布尔什维克革命这段时间，在中国激进的知识分子所研究的许多社会主义学说中，马克思主义似乎最不引人注目。"⑦ 1917年之前，无政府主义也许对中国人有更多的吸引力，而在社会主义诸多学说中，虽然对于马克思多有介绍，但他并不占有绝对重要的地位。而中国人发现，十月革命是"以工场劳动者为基础，祖述加尔氏及马尔

---

① 刘健清、李振亚主编：《中国近现代政治思想史》，南开大学出版社1993年版，第191～192页。

② 《晨钟报》，1917年11月14日。

③⑥ 杨奎松、董士伟著：《海市蜃楼与大漠绿洲：中国近代社会主义思潮研究》，上海人民出版社1991年版，第123、159～160页。

④ 参考《民国日报》，1918年6月25～26、28～30日社论。

⑤ 《俄国外交代表对外之表示》译稿按语，载《民国日报》，1918年5月25日。

⑦ ［美］迈斯纳·莫里斯著，中共北京市委党史研究室编译组编译：《李大钊与中国马克思主义的起源》，中共党史资料出版社1989年版，第59页。

库斯氏之社会主义，务以激烈手段实行。"① 其中"马尔库斯氏"，即是马克思。在后来的《我的马克思主义观》中，李大钊明确指出："自俄国革命以来，'马克思主义'几有风靡世界的势子。"② 自此以后，中国的革命者对于马克思多了一分特别的关注。

最先对十月革命的世界意义及其对中国革命的启示意义作出高度评价的是李大钊。尽管在革命爆发之初，他曾怀疑过布尔什维克是否可以保持住政权。由于革命局势的相似，李大钊很早就开始关注俄国的革命。二月革命推翻了专制君主，李大钊以此为中国共和革命之先声："今以俄人庄严璀璨之血，直接以洗涤俄国政界积年之宿秽者，间接以灌润吾国自由之胚苗，使一般官僚耆旧，确认专制之不可复活，民权之不可复抑，共和之不可复毁，帝政之不可复兴。"③ 和其他人不同，李大钊对于二月革命的看法，更加关注于其对中国革命的启发作用。这种一贯的看法也反映在他对十月革命的观点中。在 1918 年 7 月，李大钊发表了著名的《法俄革命之比较观》。在文中，李大钊强调了他的一个一贯观点，"历史者，普遍心理表现之纪录也。"④ 俄国今日的革命，是与法国大革命同为影响人类文明的"绝大变动"，前者代表的是十九世纪"全世界人类普遍心理变动"，后者代表的是二十世纪人类的心理变动。⑤ 从革命的性质来看，"法兰西革命是十八世纪末期之革命，是立于国家主义上之革命，是政治的革命而兼含社会的革命之意味者也。俄罗斯之革命是二十世纪初期之革命，是立于社会主义上之革命，是社会的革命而并著世界的革命之采色者也。"⑥ 时代不同，革命的性质也是不同的。前一世纪革命的主要目的在于推翻君主政治、贵族政治，现今革命的目的，则是推翻官僚政治。⑦ "一九一七年的俄国革命，是二十世纪中世界革命的先声。"⑧ 中国人"应该准备怎么适应这个潮流，不可抵抗这个潮流"⑨，这样才能在未来的世界有一立足地。

虽有学者认为不应该过分夸大十月革命对于中国知识界的影响，⑩ 但情况已经在悄悄变化。据一项统计显示，1918 年以前约 20 年时间内，在大约 260 种的所有出版物中，曾发表过介绍和同情社会主义文章的刊物，不足 30 种（约 11%）。而 1918~1922 年的五年间，在总数约 280 种的刊物中，发表过介绍和同情社会主义文章的刊物，达到 220 多种（约 80%）。同时，人们也越来越多地开

---

① 《顺天时报》，1918 年 1 月 20 日。

②⑦ 中国李大钊研究会编注：《李大钊全集》（第三卷）（最新注释本），人民出版社 2006 年版，第 15、22 页。

③⑧⑨ 《李大钊全集》（第三卷），人民出版社 2006 年版，第 22、256、255 页。

④⑤⑥ 《李大钊全集》（第二卷），人民出版社 2006 年版，第 227、225~228、226 页。

⑩ ［美］迈斯纳·莫里斯著：《李大钊与中国马克思主义的起源》，中共党史资料出版社 1989 年版，第 67 页。

始关注社会主义，特别是马克思主义，而不是盛极一时的无政府主义。① 在俄国人民胜利的喜悦中，中国的知识分子逐渐找到了自己的道路，"今日中国不发生社会主义则已，苟能发生，则只有俄国式的社会主义"。② 对于十月革命对中国的影响，毛泽东总结说："十月革命帮助了全世界也帮助了中国的先进分子，用无产阶级的宇宙观作为观察国家命运的工具，重新考虑自己的问题。走俄国人的路——这就是结论。"③

在1919年元旦写作的《新纪元》一文结尾处，李大钊用惯有的自信语调写道："这个新纪元是世界革命的新纪元，是人类觉醒的新纪元。我们在这黑暗的中国，死寂的北京，也仿佛分得那曙光的一线，好比在沉沉深夜中得一个小小的明星，照见新人生的道路。"④

在社会主义思潮的冲击下，陈独秀也从民主主义转向马克思主义。1912～1913年，陈独秀参加"二次革命"失败后，逃亡日本。当时日本正处在大逆事件后的社会主义冬眠时代。1915年秋陈独秀回国，在上海创办《青年》杂志。尽管他曾把社会主义与人权说、生物进化论并列为西方近代文明的三大成果，但他还是一再慷慨激昂地布告天下："以科学与人权并重"的精神，以法国资产阶级大革命时代的思想、信仰、理想、方案为摹本，救中国政治上、道德上、学术上、思想上的一切黑暗。为了民主和科学，他在1919年1月《"新青年"罪案之答辩书》中公开声明："一切政府的压迫，社会的攻击笑骂，就是断头流血，都不推辞。"为此，他很快成了享有很高声誉的新文化运动的主将。

虽然这一时期中国知识分子还是初识马克思主义和科学社会主义理论，甚至还很少了解马克思主义的文艺理论，但正是这些先驱的追求与探索，为日后马克思主义，包括马克思主义文艺理论在中国的落地、生根，营造了社会舆论的氛围，奠定了思想理论的基础。

---

① 杨奎松、董士伟著：《海市蜃楼与大漠绿洲：中国近代社会主义思潮研究》，上海人民出版社1991年版，第192～194页。
② 陈启修：《社会主义底发生的考察和实行条件底讨论与他在现代中国的感应性及可能性》，载《评论之评论》，1921年第1卷，第4期。
③ 毛泽东：《论人民民主专政》，载《毛泽东选集》（四卷合订本），人民出版社1969年版，第1360页。
④ 《李大钊全集》（第二卷），人民出版社2006年版，第268页。

第二章

奠基时期（1919～1949年）：在偏离
与错位中探索和建设

马克思主义文艺思想的传播，是一个长期渐进的过程，并不是以哪一场政治运动可以将其截然分期的，但五四新文化运动，作为中国文艺领域里的一场大革命，又的确对马克思主义文艺思想在中国的传播产生了很大的影响。而随着新中国的成立，中国确立了马克思主义的指导思想地位。为了叙述的方便，我们将1919年五四运动和1949年新中国成立这两件政治事件作为马克思主义文艺理论传播与影响的一个分隔点。

从第一章提供的资料我们可以看出，中国先进知识分子选择的马克思主义，并不是一时的冲动，它与中国的现实、世界发展的大环境息息相关。五四新文化运动，高举的是民主和科学的大旗，期望以新文化、新文艺开启民智，改造国民性。而马克思主义关注现实的苦难，并以人类的解放作为奋斗目标。两者有着内在的一致性。为开启民智、反帝反封建而奋斗着的一代先进知识分子，经过反复的比较和实践的检验，最终选择了马克思主义作为思想武器，其中也包括马克思主义的文艺理论。我们在总论中说过，整个马克思主义的中国化与马克思主义文艺理论的中国化过程大方向一致，但具体步骤、路径、方式等并不完全同步。

就马克思主义文艺理论的中国化过程而言，从1919年五四运动开始到1949年新中国成立，大致可分为三个阶段，即探索期、争鸣期、确立期。

1919～1927年为探索期。在这个时期，李大钊、陈独秀、邓中夏、茅盾等早期中国马克思主义者置身于五四反帝、反封的时代洪流中，根据各自对马克思主义的初步理解，从中国的革命与文艺实际出发，探讨了文艺与现实的关系、文

37

艺创作的原则、方法等重大理论问题。由于这些探讨基本是自发的性质，加上经典马克思主义文艺理论尚没有大量介绍进来，看法相对零散，不够深入，同时也和西方带有资产阶级民主主义性质的文艺观纠缠在一起，马克思主义的思想特点有表现，但不够突出。

1928～1936年前后为争鸣期。随着第一次国共合作的破裂，大革命的失败，中共在艰难的生存境遇中开始注意文艺意识形态领域的争夺，第一次自觉地用马克思主义规范文艺思想，并以组织的形式介入文艺团体，成立了"左联"等文艺机构。在国外众多马克思主义著作大量译介过来的条件下，中国马克思主义者试图利用外来的马克思主义文艺思想，解决中国的实际文艺问题，配合中共的社会革命实践，于是有了文艺大众化问题的讨论，与"自由人"、"第三种人"之争、"社会主义现实主义"创作方法的宣传、"典型"问题的论争、"两个口号"论争等重大文艺思想的探索与争鸣。由于过于依赖外来思想，缺少理论辨别力，探索与争鸣有不同程度轻视本国实际，忽视文艺自身发展规律的倾向。虽在一些诸如文艺与政治的关系、文艺创作方法、文艺与大众的关系等重大理论问题上取得了不少建树，在某种程度上奠定了以后中国马克思主义文艺理论的框架和走向，但教条主义、公式化的倾向非常严重，各种意见纷纭交错，缺少统一性。

1937～1949年为确立期。鉴于党内长期存在的教条主义错误，根据当时的国际战争局势和中国的实际命运，毛泽东从中国的实际利益和长远利益出发，1938年提出了马克思主义"中国化"的思想，把立脚点转移到中国实际上面，批判了教条主义，并在1942年发表了《在延安文艺座谈会上的讲话》。《讲话》扭转了早前中国马克思主义文艺理论建设上的异域立场，批判了文艺思想上的教条主义，它本着中国的实际，对文艺的服务对象、服务方式、文艺与政治的关系等重大问题提出了总结性的意见；《讲话》统一了思想，标志着中国化马克思主义文艺理论的基本确立。

第一节　艰难的探索——游弋在"武器"与"诗神"间际

马克思主义在中国的传入与当时中国的实际命运密切相关，作为一种关注现实的革命理论，它适应了中国当时反帝反封建的需要。关注现实，这是马克思主义文艺理论的基本特点，但它进入中国化的进程中，面对中国特殊的现实需要，其理论在关注现实的方式上也必然会产生中国化的特殊形态。在早期，其方式主要有两种，一种是坚持文艺应以艺术的方式来关注现实，更多体现出经典马克思主义的特征；另一种是强调文艺应以一般意识形态的方式来关注现实，显示出对经典马克思主义的游离。在马克思主义文艺理论中国化的早期乃至后来，几乎所有主张都摇摆在这两种方式之间，特别是在早期对文艺创作原则的理解上，体现尤为明显。

一、文艺与现实的关系

早期马克思主义者接受唯物史观，指出了文艺对经济基础的依赖性和反映性，进而提倡描写民间"血泪"的"写实文学"，这大体上符合现实主义创作原则。但问题的关键是，你对文艺写出的现实——艺术真实怎么看，是严格跟着现实亦步亦趋，还是走出既定现实，写出某种"超现实"的东西来。在当时的马克思主义者中，李大钊是后一种意见的代表人物。一方面，他坚持文艺对现实的反映关系，说"文学家的笔墨，能美术的描写历史的事实，绘影绘声，期于活现当日的实况"；① 另一方面他又着力指明，文艺所写出的真实并不拘泥于现实，而是要写出现实的发展趋势来。在 1918 年提出"先声"说："由来新文明之诞生，必有新文艺为之先声，而新文艺之勃兴，尤必赖有一二哲人，犯当世之不韪，发挥其理想，振其自我之权威，为自我觉醒之绝叫，而后当世有众人之沉梦"②，并进而强调，应"视诗人作者为人生之导师，为预言家，为领袖"。③ 而文艺家要扮好这个角色，就要有"宏深的思想、学理，坚信的主义，优美的文艺，博爱的精神"，这才是"新文学新运动的土壤、根基。"④ 让文艺担负起洞悉社会发展方向的使命，它所写出的真实就决不能机械，就要超出既定的现实，显示趋势，这正是经典马克思主义对艺术真实的看法，对文艺创作原则最基本的要求。⑤ 当然，李大钊这种看法的展开还不充分，里面甚至还杂糅资产阶级民主主义的思想成分，比如他对俄国民主主义作家的赞赏，抽象人道主义的内容（"博爱的精神"）等。可是从基本方面看，这种识见无疑是符合马克思主义的。更难得是，他不是从马克思主义的立场来简单地套中国的实际，而是从中国的实际出发，拿自己体悟出的这种思想来服务当时中国的现实，让文艺家对现实负责。这对纠正当时无视中国命运的"休闲文学"、"鸳鸯蝴蝶派"文学，对纠正庸俗社

---

① 李大钊：《史学要论》，载《李大钊文集》（下），人民出版社 1984 年版，第 751 页。

② 李大钊：《"晨钟"之使命》，载《晨钟》创刊号，1916 年 8 月 15 日。

③ 李大钊：《俄罗斯文学与革命》，载《李大钊文集》（上），人民出版社 1984 年版，第 586 页。

④ 李大钊：《什么是新文学》，载《星期日周刊》"社会问题号"，1920 年。

⑤ 恩格斯在《致玛·哈克奈斯》的信中肯定巴尔扎克现实主义的胜利，原因之一就是巴尔扎克在自己的作品中看到了"他心爱的贵族们灭亡的必然性"（见《马克思恩格斯全集》第 37 卷，人民出版社 1971 年版，第 41~42 页）。

会学的文艺观都起到了积极作用，代表着马克思主义文艺理论中国化的正确方向。

第一种意见的代表人物主要有邓中夏、恽代英、萧楚女、李秋实等。对比李大钊，他们年龄要小一些，知识面、思想深度、文学素养上也有一定差距。但他们也有自己的优势，那就是大都具备丰富的实际革命运动经验，有的还是领导者，所以在理解文艺和经济基础关系时，大都能迅速而准确地看到文艺对现实的从属性，这是对的。但涉及对这种属性的进一步理解，也难免有一些简单化、机械的地方，表现出来，就是忽视文艺自身的特点，把文艺反映现实简单理解为等同于现实："只可说生活创造艺术，艺术是生活的反映……只可说艺术是生活，应该要求表现一切的自由，却不可说艺术是创造一切的。"① 艺术反映生活当然没有问题，但让艺术写出的真实一板一眼地跟着现实走，半步雷池也不容跨，那不是文艺的特点，也不是文艺的优势，甚至那也不是文艺。严格来讲，它并不符合经典马克思主义的文艺创作原则。然而，这却是其中国化的早期特色。

把艺术真实混同为生活真实，是马克思主义文艺理论中国化过程中的一种政治功利化的偏离。在理论上，这是对唯物史观的机械发挥；在实践上，恐怕更多是出于对当时中共对革命宣传工作方针的简单化理解。第一次国共合作初期，共产党人多次指责国民党只顾发展军力，忽视政治宣传。国民党那里不方便干涉，但是作为党内对自己的要求，"共产党人人都应是一个宣传者，平常口语之中须时时留意宣传。"② 这当然不是指文艺这方面说的，可既然谈到文艺了，出于宣传上的义务，自然会把文艺和现实革命直接联系起来，进而产生出这样的理解："诗人若不是一个革命家，绝不能凭空创造出革命的文学来……革命的文学家若不曾亲身参加过工人罢工的运动……绝不配创造革命的文学。"或者如恽代英对一个青年的告诫："倘若你希望做一个革命文学家，你第一件事是要投身于革命事业，培养你的革命的感情。"③ 不能笼统地说这些提法不对，强调革命实践的重要性，强调革命感情的培养，这在当时政治环境下很有必要。即便对文艺创作来说，有丰富的实践经验，也是一件很好的事情，甚至可以说这种经验越多越好。而且，这种讲法针对那些艺术至上、为艺术而艺术的倾向，针对脱离实际生活、沉溺山林休闲或满足于卑琐的文艺内容，都很有匡正作用，价值也是很大的。但文艺创作有它特殊的地方，文艺毕竟不只是宣传。对现实主义创作原则而言，它最大的特殊性就在于文艺家能打破生活的真实，按照生活发展的内在规

---

① 萧楚女：《艺术与生活》，载《中国青年》1921年第38期。

② 《教育宣传问题议决案》，载《中国共产党党报》第1号，1923年。

③ 沈泽民：《文学与革命的文学》，载《民国时报》副刊《觉悟》，1924年；恽代英：《文学与革命》，载《中国青年》1924年第31期。

律，写出一些不那么符合生活真实，却符合生活发展逻辑的东西来，也就是艺术的真实。在这种情况下，过分强调文艺家作为革命家的一面，甚至把后者当作前者的充要条件，就难免在原则上把艺术真实同生活真实混为一谈。

中国早期马克思主义者还没看到马克思主义经典作家有关文艺方面的言论，加上当时革命实践的任务又很重，没能把握到生活真实和艺术真实这层区别，发挥和理解马克思主义，执行党的宣传政策有偏颇，不完整，这都情有可原，也很正常。但是又要看到，从这种正常理解又可以发展出绝不正常的极端看法，表现出来，就是艺术怀疑主义或取消主义。由于这段时期革命实践的形势很严峻，文坛上唯美主义，讲求享乐、格调低下的拜金主义，小资情怀的感伤主义还很有市场，难免让一些马克思主义者对文艺产生失望的情绪，做出一些不恰当的判断。其中一种意见认为，"我们生在现代而爱好文学鉴赏文学，不过像乞儿玩耍他自己手指的胡琴而已，绝谈不上艺术。艺术是将来的东西，在现在这种剥削奴隶的时代，并没有艺术。"① 看到文艺没尽宣传思想、服务现实的义务，把问题归咎于社会，说无产阶级在受剥削压迫的时代不能有艺术，这显然是不对的。错误在于他们片面理解了马克思主义对阶级社会的分析，把压迫和剥削形而上学化、绝对化了。② 其实马克思和恩格斯早就肯定过，阶级社会也是有艺术的，他们对莎士比亚、巴尔扎克、歌德、海涅等人的肯定已经给出了答案。

另外一种意见与此类似，但走得更远，它不是怀疑，而是要干脆取消艺术。比如这种说法："文学运动与实际运动哪一种急要？现在这种文学运动，对于社会问题的解决会有效力么？……印度有了一个甘地，胜过了一百个文学家的泰戈尔……你真热心于社会问题解决的事业么？朋友，快快抛去你锦绣之笔，离开你诗人之宫，诚心去寻实际运动的路径，脚踏实地一步一步走下去！"③ 如果说前种意见看错了社会，认为阶级社会不会存在真正的艺术，那么后种意见就是看错了艺术，取消了艺术的社会功能。两种意见的偏失也有共同的地方，它们都没有真正理解和发挥好马克思主义的唯物史观和阶级斗争学说，先是努力把艺术的真实等同于生活真实，让文艺以一般意识形态的形式直接为现实服务，在发现现实中的文艺做不到这点时，就在观念中让文艺把艺术与社会对立起来，干脆抛弃了文艺，这自然是种极端的做法。不过，两种意见从马克思主义的立场出发，要求文艺尽到其社会的本分、现实的功用，这个出发点却没有任何问题，它们的问题只在于没有发现文艺尽这本分和功用的路径，在寻找希望的途中不恰当地收获了

---

① 沈泽民：《文学与革命的文学》，载《民国日报》副刊《觉悟》，1924年。

② 把文艺和阶级社会对立起来的看法在国外马克思主义者那里也有市场，比如马克思的女婿拉法格、学生梅林，包括后来苏联的托洛茨基等也都主张阶级社会里不会有真正的文学艺术。

③ 秋士：《告研究文学的青年》，载《中国青年》周刊第5期，1923年。

一份失望。

二、现实主义的创作方法

文艺在原则上反映现实，而且不能亦步亦趋去反映，要揭示规律，展现趋势，还要写得美，这必然涉及创作方法问题，也就是如何把作者自己理解的规律、趋势——思想倾向性用艺术方式表现出来。由于现实任务的迫切需要，早期马克思主义者大都没注意到这个方面，比如恽代英、李秋实等主张文艺发挥一般意识形态功能的人，他们往往在原则上把文艺描写的真实直接等同为生活真实，在创作方法上自然也容易让作者直接表露自己的思想倾向，而较少顾及到文艺自身特点。与此对比，那些较多注意到艺术本身特殊性的人虽同样强调思想倾向的重要性，但都程度不同地主张按艺术的方式来处理，在这些人当中，谈得较好、对后来影响较大，也最有代表性的人是李大钊和茅盾。

五四新文学运动中，曾出现过一大批"问题小说"、"哲理小说"，它们密切关注现实问题，宣传某些新思想，在当时影响很大。但它们也存在共同的问题，即思想性有余，艺术性不强。李大钊对此早有意识，并明确提出自己在创作方法上的主张："刚是用白话作的文章，算不得新文学；刚是介绍点新学说、新事实，叙述点新人物，罗列点新名辞，也算不得新文学。我们所要求的新文学，是为社会写实的文学，不是为个人造名的文学；是以博爱心为基础的文学，不是以好名心为基础的文学；是为文学而创作的文学，不是为文学本身以外的什么东西而创作的文学。"[①] 孤立地去看"为文学而创作的文学"这话，很容易以为是艺术至上的唯美主义讲法。李大钊当然没这个意思，他的意思是说，文艺在写实的时候，不能简单地沦为口号式的宣传、"介绍"工具，要按照文艺自身的规律办事。口号式的宣传只是"好名"、"造名"的手段，按文艺自身的规律去写倾向性才是写实文学的创作方法。李大钊这篇文章很短，怎样"为文学而创作"，也没有展开来谈，线条很粗略，甚至笼统，这自然遗憾，但仅就他讲出的思想来看，其高屋建瓴，其清醒程度，已达到一个马克思主义文艺理论家的基本境界，和恩格斯对倾向性艺术表现方式的要求也是一致的，[②] 至少在原则上，为马克思主义文艺理论的中国化找出了一条正确思路。

---

① 李大钊：《什么是新文学》，载《星期日周刊》"社会问题号"，1920 年。

② 恩格斯在 1885 年 11 月 26 日给敏·考茨基的信中就强调，作家的思想倾向性应当"从场面和情节中自然而然地流露出来，而不应当特别把它指点出来"（参见《马克思恩格斯全集》第 36 卷，人民出版社 1974 年版，第 385 页）。与恩格斯这种深入而具体的看法对照，李大钊的理解显然还有一定的差距。

茅盾是最早一批的中共党人之一，但这个时期他参加实际革命较少，心力主要花费在文艺领域。他首先强调文艺要对现实负责，要表达出某种思想倾向性，当他看到许多"名士"搞唯美孤芳自赏，个人主义者顺着情欲走下去写恋爱、寻享乐，他不能不极力呼吁："文学是有激励人心的积极性的。尤其在我们这个时代，我们希望文学能够担当唤醒民众而给他们力量的重大责任。"同时他又明晰认识到，这种表达不该以牺牲作品的艺术性为代价。1922年分析新派文学的病理时他就指出："过于认定小说是宣传某种思想的工具，凭空想象出一些人事来让迁就他的本意，目的只是把胸中的话畅畅快快吐出来便了，结果思想上或可说是成功，艺术上实无可取。"[①] 既注重文艺反映现实、表达思想的社会责任感，又注重这种表达的艺术性，虽然有些折中，但无疑应当说是中国早期马克思主义文艺理论中国化进程中了不起的成就。

三、文艺批评的政治与审美视角

谈马克思主义文艺理论的中国化，至少是现代时期的中国化，不能不谈文艺批评。不谈批评，就不会清楚中国化马克思主义文艺理论的原则、方法从何而来，就不会明白这种中国化为何有那么重的现实功利色彩，更不会理解代表艺术性的诗神为何总是身着戎装走上前台。

批评的问题主要也就是标准的问题。在这个问题上，恩格斯在1847年批评卡尔·格律恩《从人的观点论歌德》、1859年的《致拉萨尔》当中，就确立了马克思主义的文艺批评标准。在对前者的批评中他说："我们决不是从道德的、党派的观点来责备歌德，而只是从美学和历史的观点来责备他"；[②] 在给后者的信中他更是强调："我是从美学观点和历史观点，以非常高的、即最高的标准来衡量您的作品的，而且我必须这样做才能提出一些反对意见"。[③] "美学的观点"也就是从艺术自身的审美规律出发，"历史的观点"则建基于唯物史观，二者有机、内在结合在一起，绝不能分开来理解。简单地说，这就是经典马克思主义文艺批评的标准。

从中国马克思主义者的早期著述中，看不出有谁见过恩格斯上面那些话，他们对文艺批评标准的理解多半是从马克思主义基本理论中发挥出来的，当然，最初的时候也杂糅许多非马克思主义的东西。在这些人中间，在这个方面，用力最

---

① 茅盾：《自然主义与中国现代小说》，载《小说月报》第13卷第7期，1922年版。
② 《马克思恩格斯全集》第4卷，人民出版社1958年版，第257页。
③ 《马克思恩格斯全集》第4卷，人民出版社1972年版，第347页。

勤,贡献也最大的是茅盾。上面已经说到,茅盾对创作有一个基本的要求,首先要问对社会有没有用,这当然是功利性的,那个时代对国家民族有点儿责任感的批评家也都这样提。但是,茅盾是懂文艺的人,他每讲到文艺的社会功利性时都会尽量顾及到艺术性,比如 1921 年评价陈大悲的剧作《幽兰女士》时就说:"他对于私产制的攻击用自然主义表现出来,不说一句'宣传'式的话,实是不容易企及的手段。"① 这样的要求当然已不是"自然主义"的,在基本方面是符合马克思主义美学观点和历史观点相统一的批评标准的。

第二节 建设与错位——淹没在"武器"声中的"诗神"

从 1928 年到 1936 年前后是中国马克思主义文艺理论的争鸣期。这一时期又可以划分为特点鲜明的两个阶段,即"革命文学"论争阶段及六年"左联"时期。第一阶段标志着中国马克思主义者自觉建设马克思主义文艺理论的开始,它涉及文艺创作的内容、性质、功能等一系列重大理论问题,为以后马克思主义文艺理论的建设提供了理论资源与思想基础,但也暴露出严重的宗派主义和教条主义倾向。第二阶段以"左联"成立为标志,是中共以组织形式介入文艺的发端。在这一时期,"左联"经过组织的设立、文艺大众化问题的探讨,与"自由人"、"第三种人"的论争、"社会主义现实主义"的倡导、"典型"问题的论争、"两个口号"的论争等一系列重大文艺实践,对文艺与政治、与世界观的关系,文艺与大众化的关系,文艺创作方法等做出了众多的探索,并译介了大量的马克思主义文艺理论著作,为反对国民党政府的文化围剿,建设宣传马克思主义文艺理论有杰出的贡献。但受当时"左"倾教条主义的影响,以世界观、阶级意识代替文艺创作自身规律的倾向比较严重,这些机械化、简单化、教条主义的做法也给后来留下了消极的影响。

一、"革命文学"

从 1927 年末到 1930 年"左联"成立,中国现代文学史上有过一场激烈的论争,论争的发起者主要是后期创造社,也包括太阳社和我们社的人。他们打着"革命文学"的旗号,笔锋攒动,来势疾猛,在文坛上荡起轩然大波,并叠涌翻

---

① 茅盾:《春季创作坛漫评》,载《小说月报》第 12 卷第 4 期,1921 年。

腾，持续近两年的时间，对当时的文艺思想界冲击巨大，对后来的文艺理论走向影响深重。

无论是冲击抑或影响，都与马克思主义文艺理论的中国化有千丝万缕的联系，具体涉及这个时期中国化的起因、内涵两个方面。从起因方面上讲，如果说之前的中国化只是部分共产党人的个人行为，出于个人自发的兴趣，那么这场论争就具有相当大的自觉成分，是有意识地传播和扩大马克思主义文艺理论的影响；更重要的是，论争后期党组织也介入进来，左右了论争的走势。从中国化的内涵上看，论争发起者用作武器的文艺观基本来自苏联和日本，内容主要涉及文艺创作的内容、性质、功能三个方面。从实质上进行分析，其中有些是马克思主义的，而有些不是。无论是或不是，它们都对后来中国马克思主义的文艺理论产生了重大影响。

从那场论争的缘起来看，最初发起者本没有什么明确的目标，更没有想到一定要打上无产阶级革命文学的旗号。1927年7月大革命失败后，创造社诸君先后从革命前线退居上海，其中郑伯奇产生了一个念头，"以为趁这机会，大家应该联合在一起，把文学运动复兴起来"，[①] 于是就想到了刚从广州来到上海的鲁迅。他这想法大概是得到了郭沫若的赞同，于是就在11月9日、19日和蒋光慈、段可情两次造访鲁迅。后者本就有这意思，自是慨然应允。根据当时文献记载和当事人后来的回忆，具体事项也就是成立一个"进步性"、"战斗性"的刊物，提倡一个"新的文学运动"。除了按鲁迅的提议恢复《创造月刊》外，其他像运动的旗号、目标、针对对象等，都很笼统，甚至根本就没有。这些事实说明，论争的最初发起者目的很笼统，对运动的对象、内容都没有考虑，尽管郑伯奇当时已是中共党员，却也没有想到借此运动来宣传马克思主义文艺理论问题。

但随着五位"新锐的斗士"冯乃超、朱镜我、李初梨、彭康、李铁声10月底到11月上旬从日本弃学回国，特别是在成仿吾也从日本匆匆赶回后，情况发生了变化。原来，成仿吾十月上旬去日本也有恢复创造社的想法，于是找到上面五位留日学生商量。由于当时日本共产党比较活跃，部分中国留日学生也深受其影响，所以当成仿吾找他们几个人商量的时候，就有了宣传马克思主义，提倡革命文学，发起一场文学运动的决定。照理说，留日学生这种想法和郑伯奇的提议并不矛盾，可事实上并非如此，特别是联合鲁迅，他们是不赞同的。如郭沫若后来所说："两个计划彼此不接头，日本的火碰到上海的水，在短短的初期，呈出了一个相持的局面。"[②] 经郭沫若电催，成仿吾12月上旬回到上海才有了最后的

---

① 郑伯奇：《不灭的印象》，载《作家》月刊第2卷第2期，1936年11月15日。
② 郭沫若：《跨着东海》，载《今文学丛刊》第1本《跨着东海》，1947年10月20日。

决定，也就是按照成仿吾和五位新锐的想法来操作，结果是创立了《文化批判》这一刊物，并以此为阵地，借提倡革命文学，宣传马克思主义文艺理论，批判非马克思主义的文艺思想。

革命文学的发起者创造社、太阳社诸公明确主张无产阶级的革命文学，批判目标直指资产阶级。1928 年 1 月 15 日在《文化批判》创刊号上冯乃超发表的《文艺与社会生活》标志着论争的开始，也是马克思主义文艺理论中国化的首次自觉尝试。在这篇文章中，冯乃超拿出了四个人物作为资产阶级文学的代表，也作为革命的对象，他们分别为叶圣陶、鲁迅、郁达夫和张资平，矛头主要是鲁迅。[①]

对于文艺的性质，李初梨在他那篇纲领性的《怎样地建设革命文学》中做了集中阐发，他先是否定了表现与再现两大文艺性质说，说他们是资产阶级小有产者的把戏，然后正面提出，"文学，与其说它是自我的表现，毋宁说它是生活意志的要求。……文学为意德沃罗基（即意识形态——笔者注）的一种，所以文学的社会任务，在它的组织能力。"[②] 把文艺当作一种意识形态的形式，看作是意识对生活的组织能力。把文艺看成是利用阶级意识对生活的组织，又把这种组织看作是一种意识的斗争，这就是创造社总结出来的马克思主义文艺理论的中国化形态。

对于艺术的功能，创造社诸公也有自己的看法，李初梨明确提出，我们的作品，是"由艺术的武器到武器的艺术"。文艺明确成为政治的宣传手段，起着暴露、鼓动和教化作用，这就成了文艺的本质。

归纳这段时期马克思主义文艺理论的中国化，其理论核心是对文艺性质的看法。由于把文艺看作为阶级意识的纯化，看作用这种意识去组织生活，才会在内容上排斥以往的文化传统，平白为自己树立了众多的敌手；才会极力强调阶级意识的宣传功能，乃至把它上升为文艺本质的地步。从积极方面看，革命文学论争扩大了马克思主义及其文艺理论的影响，为后者的中国化付出了诸多的热情与探索；其贡献不容抹杀。然而，它给我们留下的教训也是深重的，对马克思主义理论研究不够，认识不清；对中国特殊现实缺乏重视；以及论争中暴露出来的宗派关门主义倾向等，都严重妨碍了中国化的正常进行，并得出了一些欠妥的结论，为后来的马克思主义文艺理论中国化定下了错误的基调，比如孤立地用阶级意识要求作家，要求文艺，一味排斥小资产阶级知识分子，用政治宣传功能取代文艺本质，等等。

总的看来，这段时期马克思主义文艺理论的中国化虽然有了自觉的意识，但

---

① 冯乃超：《艺术与社会生活》，载《文化批判》创刊号，1928 年 1 月 15 日。
② 李初梨：《怎样地建设革命文学》，载《文化批判》第 2 号，1928 年 2 月 15 日。

由于对马克思主义及其文艺理论和中国社会现实都缺乏正确、深刻的认识，又受到当时党内"左"的思想的影响，马克思主义文艺理论中国化实际上发生了严重的偏离和失误。虽然说受主客观条件限制，以上错失都有可以原谅的理由，但教训还是应该铭记。

二、六年"左联"

在马克思主义文艺理论中国化的进程中，"左联"的成立是一个重要转折点。

"左联"的成立是国内外形势催生的产物。从国内的形势来看，1927年末开始的"革命文学"论争是直接触媒。它使党认识到，如果没有组织的领导，就没有文艺阵线的统一对敌，这是其一。其二，在当时的白色恐怖下，几乎一切公开合法的新闻传播媒介都被国民党把持的情况下，文艺领域却有相对的自由，宣传效果也比较好，把党的影响扩大到此通道，自然是夺取意识形态阵地，扩大自身影响，赢得大众理解和支持的必要选择。而从国际形势来看，进入20世纪30年代，左翼文艺团体在各国都有所发展，1927年11月，世界范围无产阶级作家第一次联合会议召开；1930年11月，在苏联的哈尔柯夫召开了第二次国际革命作家大会，出席的国家从1927年的11个增加到23个，代表也从30余名增加到了100多人。会上成立了"国际革命作家联盟"这样一个统一的组织，而中国"左联"就是在这次会议后成为其中的一个重要的支部。由于联盟实质上受制于苏联的"拉普"（RAPP，"俄罗斯无产阶级联合会"缩写的音译——笔者注），"拉普"最高领导人也是联盟最高领导人，因此，联盟的各个支部组织与思想源泉都在苏联。

上述形势和背景决定了"左联"在组织和思想上的基本特点：（1）强烈的政治色彩；（2）鲜明的国际特色。文艺从属于政治，同时又依附于国际，这是"左联"六年所面对的实际境遇，马克思主义文艺理论的中国化，在这种背景下展开，也在这种背景下取得了自己的鲜明特点。

1. 文艺与大众

文艺大众化问题是"左联"关注的重要问题之一。文艺大众化的问题其实在五四时期就有过讨论，自"左联"成立，文艺大众化就成为它的中心工作，并有三项重大举措。在政策理论上，潘汉年在成立大会上明确指出："发展大众化的理论与实际：作品大众化应该成为目前运动的中心口号"[1]，又在原则上规

---

[1] 潘汉年：《左翼作家联盟的意义及其任务》，载《拓荒者》第1卷第3期，1930年3月10日。

定，大众化的出发点是"中国农工斗争"的需要；性质为大众文艺即无产阶级文艺；功能是煽动教育，形式是适合大众接受；内容是鼓动性与暴露性的；价值标准是满足出发点的需要；创作主体则要参加大众实际斗争。这些内容虽然还仅是原则性的，却已经非常全面，以后的讨论都没有超出此范围。

从"左联"最初所讨论的举措可以看出，文艺大众化在理论上的内容还很笼统，并不深入，甚至称不上讨论，它没有大的思想交锋。但作为出发点的政治化视角，作为此视角下的具体指导原则，明确而周详，这是毋庸置疑的。而二次讨论，就是在此视角和指导原则下的深入和展开，内容也更加具体，包括：（1）文艺大众化的性质任务；（2）大众化文艺的题材内容；（3）大众文艺的形式语言等。这些主要是瞿秋白等人对文艺大众化的基本看法，也可以说是在这个问题上"左联"思想最集中、最深入、最全面因而也是最具代表性的意见。1934 年第三次讨论主要是在反对文言复古的运动中，[①] 在"大众语"即语言方面的深入探讨，所介入的看法也多是纯学术方面的。

当然，在这个问题上鲁迅、茅盾也发表过重要的不同意见，比如鲁迅，对全面否定语言"欧化"、否定文言、否定五四白话就持不同看法，说"精密的所谓'欧化'语文，仍应支持"；[②] "我也赞成不得已的时候，大众语文可以采用文言，白话，甚至于外国话，而且事实上，现在也已经在采用。"[③] 还警告说，这种彻底否定会起到"客观上替敌人缴械"[④] 的作用。有时话说得还相当尖刻："有些论者，简直是狗才，借大众语以打击白话的，因为他们知道大众语的起来还不在目前，所以要趁机会先将为害显然的白话打倒。至于建立大众语，他们是不来的。"[⑤] 另外，鲁迅对左联文艺大众化运动的出发点也持认可态度，但具体讲法和结论与瞿秋白却绝不相同。他说："倘若此刻就要全部大众化，只是空谈……若是大规模的实施，就必须政治之力的帮助，一条腿是走不成路的，许多动听的话，不过文人的聊以自慰罢了。"[⑥] 他始终坚信，"必待工人农民得到真正的解放，然后才有真正的平民文学。"[⑦]

还有茅盾，在《文学月报》主编的再三约请之下，才写了一篇探讨文章。文章谈的也都是具体问题，而且和瞿秋白的分歧也主要集中于一点，那就是降低

[①] 1934 年 6 月，国民党政府御用文人汪懋祖在 21 日上海《申报》上发表《中小学文言运动》一文，和其他一些人配合反动当局"新生活运动"，掀起复古逆流，引发第三次文艺大众化、大众语问题的讨论。

[②] 鲁迅：《答曹聚仁先生信》，载《社会月报》第 1 卷第 3 期，1934 年 8 月。

[③] 张沛：《"大雪纷飞"》，载《中华日报·动向》，1934 年 8 月 24 日。

[④⑤] 鲁迅：《致曹聚仁》，载《鲁迅书信集》上册，人民文学出版社 1976 年版，第 615、608 页。

[⑥] 鲁迅：《文艺的大众化》，载《大众文艺》第 2 卷第 3 期，1930 年 3 月。

[⑦] 鲁迅：《革命时代的文学》，载《黄埔生活》周刊第 4 期，1927 年 6 月 12 日。

门槛，在语言文字上让大众都懂得，这种想法并不现实。为此他还根据专门调查的结果，拿出"上海土白"、"江北话"、"江北音"为例，说明瞿秋白认可的"中国普通话"并不存在。所以他主张"技术是主，文字本身是末"，要在文艺本身的艺术性和感染力上做文章，创造出大众文艺，"不能单把作为工具的文字本身开刀了事"。[①] 显然，他这个意思更接近于鲁迅，也就是不能因为文艺大众化而牺牲文艺的艺术性。

不论是鲁迅还是茅盾，他们在文艺大众化的出发点以及各项具体原则上，和瞿秋白的意见并无二致。他们的不同在于，瞿秋白更多是从观念原则出发，特别是从政治大局观出发来谈文艺大众化，所以更注重大众对文艺的优先性，更注重由政治来归拢现实；而鲁迅和茅盾作为五四文化中的中坚分子，更注重现实实际，更注重文艺性对大众文艺、进而对政治发生作用的合理化途径。所以从这个角度来讲，他们的意见与其说不同于瞿秋白，更不如说是对瞿秋白的有力补充。

"左联"时期提倡的文艺大众化是中国化马克思主义文艺理论的一项重要内容，它为后来的文艺"民族形式"以及20世纪40年代的毛泽东文艺思想奠定了基础，提供了理论准备和因循脉络。尤其可贵的是，这是中国的马克思主义者第一次根据中共的实际处境而实施的一项文艺策略，其诸般内容主要针对的也是中国复杂的大众文化构成、政治形势、文艺实际，因而具有比较鲜明的中国特色。在"国际革命作家联盟"下属的各国支部中，"左联"在这方面所取得的成就也是最为突出的。也正因为如此，这场运动在实践中为中共最大程度地争取了群众，扩大了马克思主义的影响。

2. 与"自由人"、"第三种人"的论争

在文艺大众化讨论期间，从1931年底到1933年初，"左联"曾与胡秋原代表的"自由人"、苏汶（杜衡）代表的"第三种人"发生过一场激烈的论争。论争主要围绕文艺的阶级性、文艺的武器功能、文艺与政治的关系三个方面展开，涉及对马克思主义文艺思想的理解，后者在中国的具体应用，更涉及如何对待资产阶级文艺的态度倾向问题。这些均是马克思主义文艺理论中国化进程中非常关键的问题。

首先是对马克思主义文艺理论的理解。

在此之前，这方面的经典原著翻译过来的十分有限，而且基本是从苏联"无产阶级文化派"、"拉普"及日本"纳普"（NAPF，"全日本无产者艺术联盟"缩写的音译——笔者注）那里得来的。对这些有限的资料，中国马克思主义者

---

① 止敬：《问题中的大众文艺》，载《文学月报》第1卷第2期，1932年7月10日。

没有经过充分的消化反省，基本是拿过来就用，从没怀疑过它究竟是不是真正马克思主义的，更没在理论上做过认真辨析探讨。在"革命文学"论争尘烟消隐，特别是"左联"成立之后，鲁迅、冯雪峰等人翻译了大量苏联马克思主义者的著作以及文艺论争、文艺政策方面的资料，但里面思想复杂、分歧众多，究竟什么人、什么样的思想才是马克思主义的？这个问题就在客观上提了出来。面对问题有两种做法，一种如鲁迅，他并不轻信外来的理论，总是坚守现实的土壤，审慎地甄别吸纳；但这样做的人毕竟是少数，大部人仍像以往那样，很少在理论的辨析上下工夫，粗糙地接受，轻率地使用。结果这个问题在这个时期被自己的论争对手尖锐地提了出来。

1932 年 1 月 30 日的《读书杂志》上发表了胡秋原的一篇文章：《钱杏邨理论之清算与民族文学理论之批评》。作者在该文中批评钱杏邨打着马克思主义的"招牌"，实际上"是马克思主义之歪曲，误用与恶用"。[1] 然而，这又不只是钱杏邨一个人的问题，而是一种普遍存在的现象："我国理论界要有选择地有批判精神地学习苏联，不能一步一步地踏袭；否则，今日崇拜波格达诺夫与布哈林，明日又扔将茅厕去？今日喊德波林，明日又批判；今日唱新写实主义，明日又否定……这样走马灯似的追逐，结果成了理论的游戏，要在理论上创作上有什么伟大的建设，是使人焦躁的。"[2]

胡秋原不看"左联"在宣传马克思主义文艺理论上的贡献，不讲他们在实践斗争中付出的牺牲与代价，眼中只是毛病，这无疑是片面的。而且，尽管他自己当时同样信仰马克思主义，特别是在普列汉诺夫文艺思想的翻译介绍及研究上，更是代表了当时国内的最高水平，可他所接受所理解的马克思主义却也有很大程度的非马克思主义思想。但是必须承认，他指出的这个问题在"左联"，在国内都是普遍存在的，而且，这也的确是马克思主义文艺理论中国化过程中至关重要的一个问题，能提出这个问题，本身就有很大的价值，因为他是论争敌手，因为他后来投向国民党政府就忽视这一点，显然并不公允。

同样，说"左联"没有对这种批评有所反省也不客观。至少鲁迅、茅盾等人早在"革命文学"论争时期就注意到了这个问题，对创造社、太阳社宣传的马克思主义正确性有所怀疑，所以鲁迅才多次提及要多翻译一些马克思主义的经典著作，先在理论的正确与否上做足功夫。当然，他们毕竟没有向胡秋原这样，直接把它当作一个重大的理论问题提出来。遗憾的是，"左联"成员在对他的反击中却绕开了这个原则性问题，没能就此深入讨论下去，错过了一个难得的理论

---

① 胡秋原：《钱杏邨理论之清算与民族文学理论之批评》，载《读书杂志》第 2 卷第 1 期，1932 年 1 月 30 日。

② 胡秋原：《〈唯物史观艺术论〉编校后记》，上海神州国光社 1932 年版，第 16 页。

论争时机。

加强理论修养，增强理论辨别力，在这次论争中当作一个理论问题提出来，且不论是由谁提出来的，它本身就是一个重要的标志，是马克思主义文艺理论中国化的一次重大收获。

其次是马克思主义文艺理论中国化的具体内容。

由于在理论辨别力上的缺陷，"左联"在这次论争中承受了极大的理论冲击，在表现出理论信仰坚韧性的同时，一些错误更加明显；不过，其某些态度值得赞赏，一些体会也颇有启发。这一切在三个关键话题上都有所体现。

第一个话题是有关文艺的阶级性。不论是胡秋原还是苏汶，他们都承认在阶级社会文艺是有阶级性的，他们不同意的是，文艺即便反映出了阶级的内容，也不代表"包含一种有目的意识的斗争作用"；即便"假定说，阶级性必然是那种有目的意识的斗争的作用，那我便敢大胆地说，不是一切文学都是有阶级性的"；即便非无产阶级文学是非革命的，也不意味着它一定是反革命的。[1] 论争前期，左联盟员比如瞿秋白、冯雪峰、周扬等对此是反对的，认为这是"反对阶级文学的理论"，"超阶级论者"，"是将文学摆脱无产阶级而自由"，"是有着某种政治目的"。[2] 后来左联批评了自身存在的机械化、教条主义的理解，认可了苏汶的一些看法，比如冯雪峰就承认，苏汶说所有非无产阶级的文学，未必都是资产阶级的文学，这是对的。[3] 这是一种对合理性意见的接纳，对艺术现实的承认，左联的这种做法，明敏而富于勇气，使马克思主义文艺理论的中国化至少在这个问题上得到了深化。

第二个话题是有关文学的武器功能。对"左联"来说，也有前期后期两种不同说法。前期的看法以瞿秋白为代表，他说："文艺——广泛地说起来——都是煽动和宣传，有意的无意的都是宣传。文艺也永远是，到处是政治的'留声机'。"[4]这显然是"革命文学"论争时期李初梨和郭沫若的讲法，把宣传功能当作了文艺的本质，抹杀了文艺本身发挥功能的独特性。对此，胡秋原和苏汶并没有简单否定文艺的政治宣传功能，而是承认了这种功能的存在。不过，他们认为这种功能不过是文艺众多功能的一种，而且，这种功能发挥作用的途径也存在文艺的特殊性。苏汶说："每当文学做成了某种政治势力的留声机的时候，它便根本失去做时代的监督那种效能了。它不但不能帮助历史的演化，反之，它是常常做了历史演化的障碍，因为它有时不得不掩藏了现实去

---

① 苏汶：《"第三种人"的出路》，载《现代》第1卷第6期，1932年10月。

②④ 易嘉（瞿秋白）：《文艺的自由和文艺家的不自由》，载《现代》第1卷第6期，1932年10月。

③ 丹仁：《关于"第三种文学"的倾向与理论》，载《现代》第2卷第3期，1933年1月。

51

替这种政治势力粉饰太平"，① "我们需要效果，也需要真实"。② 意思也就是通过写实来起到匡正、监督社会的作用。胡秋原更是引用了马克思的意见进行了反驳。

胡秋原、苏汶的意见不是都对，比如把宣传当做文艺功能的一种，就值得商榷。如果按文艺的方式来，一切文艺都可以是宣传；反之，那也就不是文艺了。这涉及对文艺性质的把握，而不是一种、两种问题。另外，他们也忽视了中国的特殊实际。"左联"当时作为一个非法的组织，中共作为非法党，在没有言论自由的情况下，如果不通过文艺宣传自己的思想、争取群众，几乎是没有其他途径的。在如此特殊的时期强调文艺的宣传功能，理论上自然可以商榷、完善，实践上绝对是有必要的，一味责怪，不仅太多书生气，而且也是一种理论脱离实际的表现。不过，他们强调按写实的办法，也就是按照文艺自身的规律来发挥"效果"，这无疑是正确的。

第三个话题是有关文艺与政治的关系。胡秋原在这个问题上意见非常明确，认为"文学与艺术，至死也是自由的，民主的……艺术虽然不是'至上'，然而绝不是'至下'的东西。将艺术堕落到一种政治的留声机，那是艺术的叛徒。艺术家虽然不是神圣，然而也绝不是叭儿狗。以不三不四的理论，来强奸文学，是对艺术尊严不可恕的冒渎。"③ 说文艺和政治是两种不同的意识形态，这不错，但胡秋原把二者对立起来显然也大有问题。相比之下，苏汶的讲法则要曲折一些，也更合理一些。最初他和胡秋原一样，也是强调文艺不该做政治的留声机，并用极其俏皮辛辣的反语嘲讽"左联"的做法是把"纯洁的处女"变成"人尽可夫的卖淫妇……因为文学这卖淫妇似乎还长得不错，于是资产阶级想占有她，无产阶级也想占有她。"④ 后来在《论文学上的干涉主义》中具体探讨了"占有"的正确方式，也就是用"写真实"的办法，按艺术的方式来为政治服务，而且要为进步的政治服务。⑤苏汶讨论问题时轻佻的语气固然不好，也影响了论争的正常进行，但他后来指出的，按文学的方式来为政治服务却还是有道理的。

文艺是否可以为政治服务？如何来服务？在这些问题上"左联"没有对胡、苏让步，即便在张闻天对"左联"某些机械、左倾的做法，对"同路人"的态度做出严厉批评之后。这集中反映在周扬的意见里。他说："愈是贯彻着无产阶级的阶级性，党派性的文学，就愈是有客观的真实性的文学。……文学的真理和

①⑤　苏汶：《论文学上的干涉主义》，载《现代》第 2 卷第 1 期，1932 年 11 月。
②　苏汶：《"第三种人"的出路》，载《现代》第 1 卷第 6 期，1932 年 10 月。
③　胡秋原：《阿狗文艺论》，载《文化评论》创刊号，1931 年 12 月 25 日。
④　苏汶：《关于〈文新〉与胡秋原的论辩》，载《现代》第 1 卷第 3 期，1932 年 7 月。

政治的真理是一个，其差别，只是前者是通过形象去反映真理的。所以，政治的正确就是文学的正确。不能代表政治的正确的作品，也就不会有完全的文学的真实。"[①] 把政治和文艺当作一回事儿，政治的真理也就是文学的真理，这种说法抹杀了二者的差别，教条地应用了列宁的党性原则，而无视文艺自身的规律，这是一个方面。另一方面，党派的正确性与否属于价值判断，文学的内容是否真实则是事实判断，把两种不同的判断混为一谈，逻辑上的错误也非常明显。而且，马克思恩格斯曾经讲过，对社会历史规律的正确把握是可以战胜阶级立场的，并举过巴尔扎克的例子，这正是实践决定理论这一马克思主义基本原理在文艺问题上的运用。周扬当时还不能理解这一点，说明对马克思主义做到真正的理解和在中国语境中正确的运用，本就是一项长期而艰巨的任务。

最后是对待资产阶级文艺的态度倾向问题。

对马克思主义者而言，如何摆正与资产阶级的关系本不是什么大问题，无产阶级本来就是以反对、打倒资产阶级为目标的。然而在现代中国，在一个半殖民地半封建国家，一味反对、打倒，显然不合适，所以才有了国共第一次合作，共同来反封建、反军阀、反帝国主义。但事实要远比想象复杂得多。中共要生存，要壮大，要最终夺取政权打倒资产阶级，就必须要和资产阶级合作，问题就是要在合适的时机以合适的方式找出合适的对象。在这个问题上，中共有过错误的做法，比如陈独秀的右倾，之后瞿秋白的左倾、李立三的再左倾、到王明的更左倾；苏共和共产国际也有过很多不切中国实际的指令，给中共留下了很多的教训，比如以上那些中共领导人的错误，很大程度上都是来自苏联的影响。

所有这一切，在马克思主义文艺理论的中国化问题上均有反映，比如"革命文学"论争时期，创造社、太阳社对鲁迅、叶圣陶甚至茅盾的排斥做法就不符合实际，中国革命实质上的低潮需要更多知识分子、小资产阶级的同情和支援，批判他们，实质上就是孤立自己，帮助敌人，何况鲁迅等人完全是革命队伍中的自己人。所以中共才以组织的形式出面，终止了论争，才有了 1930 年"左联"的出现。"左联"成立伊始，受李立三左倾路线的影响，虽理论上批判了"革命文学"论争时期对小资产阶级的"关门主义"，但实质上却依然如故；王明在 1930 年末受苏共共产国际委派担任中共最高领导职位后，一切采用苏联的模式，漠视中国的特殊现实，在对资产阶级、小资产阶级问题上，立场和以往没有什么不同。但随着"九·一八"日本侵入中国，威胁到苏联；随着苏联解散无产阶级文化派的机构，批判、解散"拉普"，日本的"纳普"也随之受到批判之后，中国的"左联"也受到影响。这一影响集中体现在对"自由人"、"第三

---

① 周起应：《文学的真实性》，载《现代》第 3 卷第 1 期，1933 年 5 月。

种人"态度的变化当中。

值得一提的是，瞿秋白文学才能的真正充分施展，还是在 1931 年 1 月党的六届四中全会之后。当时瞿秋白被迫离开党的领导岗位，凭着他对人民大众的忠诚，他对文学的特殊爱好、深厚造诣和杰出才能，瞿秋白很快转换了自己在社会中的角色，由一个政治家变成了文化工作者。从 1931 年到 1933 年短短的 3 年里，瞿秋白和鲁迅一起领导左翼文艺运动和文化运动，写下了大量的文艺论著、杂文，创作了新形式的诗歌和曲艺，直接系统地翻译了大量的马克思主义文艺论著和苏俄作家的作品，提出并且深入探讨了有关发展无产阶级文学运动的许多重大理论问题，反击了形形色色的资产阶级的文艺思潮，给予革命文学以实际的指导。他写下的著名论著包括：《文艺的自由和文学家的不自由》、《普洛大众文艺的现实问题》、《论大众文艺》、《东方文化和世界革命》、《马克思恩格斯和文学上的现实主义》、《文艺理论家普列汉诺夫》、《拉法格和他的文艺批评》、《关于高尔基的书》、《〈鲁迅杂感选集〉序言》、全文翻译了恩格斯致哈克奈斯和恩斯特的两封信，他根据苏联共产主义学院的《文学遗产》第一、第二期公布的文献资料编辑的《"现实"——马克思主义文艺论文集》是中国出现的第一部马克思主义文艺理论专著。他在文学园地中的理论和实践活动，对中国现代文学的建设和马克思主义文艺理论中国化做出了开创性的卓越的贡献，使他成为被公认的中国革命文学事业和中国化的马克思主义文艺理论的主要奠基者和开拓者之一。

瞿秋白从 1931 年离开党的领导岗位来到国统区的上海后，便在文化战线上和鲁迅并肩战斗，领导了中国左翼文艺运动，在这条战线上进行了艰巨而复杂的斗争。20 世纪 20 年代末 30 年代初，在上海的文坛上出现了各种"现代派"思潮，许多作家在进行各种文学实验的同时，也变得越来越脱离文艺为社会、为人生的目标，越来越脱离广大人民群众，瞿秋白从文学的社会性和大众化的角度，对之进行了分析，他在总结了"五四"以来新文学运动取得的巨大成就的同时，也总结出五四文学革命所提出的任务一个也没完成的事实。"贵族文学"并没有被推翻，而且脱胎换骨变成了"绅商文学"，绅士变成了商人，绅商文学也就成了封建的买办资产阶级的文学，也就是当时所说的"民族文学"。它不论用文言写或是用白话写，用旧式的章回体写或是用新式的欧化体写，其所载之道是一样的，本质上都是反共反人民的。"五四"时代提出要推倒的"山林文学"，也没有真正被推倒。旧式的山林隐逸也脱胎换骨，一变而为各色各样的欧化清客，"山林文学"借尸还魂，变成了时髦的"清客文学"。"五四"时代要推倒的陈腐的"古典文学"同样也没有被推倒，要建设的"写实文学"也没有建设起来。瞿秋白对于"五四"以来资产阶级和小资产阶级文学的分析，虽然有些地方还有待商榷，他对"五四"新文化运动所取得成绩的估计也不像鲁迅那样充分，但他针对当时反动腐朽没落的文学现象所提出的批判，是有战斗意义的，特别是对于封建买办资产阶级文学的批判更具有重要的历史意义。

左翼文化运动引起了国民党反动当局的极大恐慌。瞿秋白重返文学园地后遇到的第一股反动势力便是"民族主义的文学家"们，这伙人由国民党中央宣传部直接控制，公开打着反共反苏反对无产阶级革命文学的"民族主义文学运动"的旗帜，是一股十分狰狞的文化反动派，其头子是《中央日报》副刊编辑、"电影检查委员"王平陵、上海市政府委员朱应鹏、上海市党部委员及警备司令部侦缉队长兼军法处长范争波等以及一大批党棍、政客、流氓、特务、文痞。1932年8、9月间，瞿秋白先后发表了两篇重要的文章：《屠夫文学》和《青年的九月》，揭露了"民族主义"文学这种被鲁迅斥之为"宠犬"、"流尸"的反动的文学的反共、反人民的实质，给了"民族主义"文学致命的一击。

但是，瞿秋白对无党派的"自由人"胡秋原和"第三种人"苏汶的批判却不完全正确。我们在前面已经介绍过这场争论，对胡、苏观点的合理性给予了必要的肯定和客观的评价。但也不能不看到，正当左翼文艺阵营遭受国民党反动政府严重压迫的时候，胡、苏一味强调文艺的特殊性而高呼"勿侵略文艺"，鼓吹自由主义的创作论，指责左翼作家妨碍了文艺的自由本质，同样存在着文艺完全脱离政治的片面性，所以瞿秋白批评"胡秋原先生如果不承认自己是艺术至上论派，那么，至少他的理论可以叫做艺术高尚论。他所拥护的，不是什么马克思主义的文艺理论，而是这个似乎是独立的高尚的文艺"；认为胡秋原的理论是一种虚伪的客观主义，他恰好把普列汉诺夫理论中的优点清洗了出去，而把普列汉诺夫的孟塞维克主义发展到最大限度——变成了资产阶级的虚伪的旁观主义，也并非全无道理。但是，这种把学术争论变成政治批判的做法至少是不完全妥当的，不符合马克思主义的。对于苏汶，瞿秋白和鲁迅也进行了批评。鲁迅在《论"第三种人"》中指出了苏汶的这种"第三种人"观点的不现实性，认为这种脱离现实斗争的文学在现实社会中是不可能存在的，这种脱离现实斗争而进行的无阶级的创作也是不可能进行的，他说：

生在有阶级的社会里而要做超阶级的作家，生在战斗的时代而要离开战斗而独立，生在现在而要做给与将来的作品，这样的人，实在也是一个心造的幻影，在现实世界上是没有的。要做这样的人，恰如用自己的手拔着头发，要离开地球一样，他离不开，焦躁着，然而并非因为有人摇了摇头，使他不敢拔了的缘故。①

瞿秋白在表达了和鲁迅一致的观点的同时，进而认为，苏汶的"反对某种

---

① 《鲁迅全集》第4卷，人民文学出版社1989年版，第440页。

政治目的"，其本身就抱有确定的政治目的，他的这种文章是达到某种政治目的的锐利的武器。这里又可以看到瞿秋白批评中的某些"左"的教条主义、宗派主义情绪。这也是"左联"领导人当时比较普遍的倾向①。

1932 年 11 月，身为中共重要领导人之一的张闻天是以"歌特"的笔名写下《文艺战线上的关门主义》，成为"左联"改变态度的标志。在这之前，瞿秋白和"左联"领导人在理论和实践上都存在教条主义和关门主义的倾向。比如在 1932 年 4 月的文章中曾明确地提出关门主义的文艺主张，鼓吹无产阶级大众文艺要揭露"小资产阶级，资产阶级，绅士地主阶级的一切丑态，一切残酷狡猾的剥削和压迫的方法，一切没有出路的状态，一切崩溃腐化的现象，也应当从无产阶级的立场去揭发他们，去暴露他们。讽刺的笔锋和刻毒的描写，对于敌人是不知道什么叫做宽恕的。"② 在批评胡秋原、苏汶时，也存在上纲上线的做法，说胡秋原是"实行攻击无产阶级的阶级文艺"，③ 说苏汶是"超阶级论者"，"是有着某种政治目的"等④。冯雪峰更是在自己的公开信中以激烈的措辞，咄咄逼人的气势指责胡秋原打着马克思主义的旗号，进攻普罗（Prolétariat，普罗列塔利亚音译的简称，即无产阶级——笔者注）革命文学，"暴露了一切托洛斯基派和社会民主主义派的真面目！"，并敦请《文艺新闻》编者"注意胡秋原的狡猾！"⑤ 这种没有根据甚至明显有违事实的攻击正是关门主义的典型体现，正如陈望道所批评的那样，"理论家应该自己反省，自己努力，不要再想仍用警棍主义加帽子主义取胜了。"⑥ 由此可见，在马克思主义文艺理论中国化进程中，种种"左"的和"右"的偏离和干扰是经常发生的，马克思主义文艺理论正是在不断克服和排除这种种偏离和干扰中逐步地实现中国化的。

张闻天敏锐把握住了"左联"的态度倾向，他根据政治形势的变化和苏联文化政策的举措，意识到"左联"对"自由人"、"第三种人"的攻击既不符合党的既定政策，也不符合国际大背景，当然，也无利于无产阶级文学的发展，所以在自己的文章中严厉批评了"左"的关门主义，指出这是影响左翼文艺运动的"最大的障碍物"。并针对对小资产阶级文艺的排斥，明确这"实际上就是抛

---

① 对 30 年代对"第三种人"的批判，王元化先生在回忆冯雪峰的一篇文章中曾提到"三十年代党内'左倾'来自苏联和共产国际，当时苏联认为中间派最坏，要消灭中间派。冯雪峰的'左倾'思想来自组织，……冯雪峰又以他的'左倾'思想去影响鲁迅，当时批判'第三种人'是极'左'的做法。鲁迅喜欢冯雪峰，不抵制冯雪峰的做法。"（王元化：《我所认识的冯雪峰》，载《文汇报》2008 年 6 月 30 日第八版）。可作参考。

② 《鲁迅全集》第 4 卷，人民出版社 1989 年版，第 440 页。

③ 文艺新闻社（瞿秋白）：《"自由人"的文化运动》，载《文艺新闻》第 56 号，1932 年 5 月 23 日。

④ 易嘉（瞿秋白）：《文艺的自由和文艺家的不自由》，载《现代》第 1 卷第 6 期，1932 年 10 月。

⑤ 洛扬：《"阿狗文艺"论者的丑脸谱》，载《文艺新闻》第 58 号，1932 年 6 月 6 日。

⑥ 陈雪帆：《关于理论家的任务速写》，载《现代》第 2 卷第 1 期，1932 年 11 月。

弃文艺界的革命的统一战线，使幼稚到万分的无产阶级文学处于孤立，削弱了同
真正拥护地主资产阶级的反动文学做坚决斗争的力量"；同时，文章也批评了瞿
秋白的文艺"政治的留声机"理论。尽管在一些具体问题上张闻天展开得不够，
个别观点也不能说十分准确，但是，在对待小资产阶级文艺的基本原则上是正确
的，也是符合当时中国实际的。考虑到张闻天在党内的地位，这篇文章应该是代
表了组织政策上的导向。因此在文章发表后，瞿秋白、冯雪峰等人都改变了前期
的做法，特别是后者，连续发表了数篇文章，虽一些原则性问题仍在坚持，但对
对手的态度倾向有明显变化，比如他说："左翼一向以来的态度，是并非不承认
自己的错误，他只要领导一切左翼的以及'爱光明……的人'的文学去和一切
黑暗的势力和文学斗争；它比任何人都最欢迎一切'爱光明……的人'同路走，
在清算自己的错误的时候，也决不肯忽视真正的朋友的意见。"① 当然，也有个
别盟员仍在坚持这种"左"的立场，比如周扬就仍在攻击胡秋原是"滑稽的社
会法西斯蒂的艺术至上主义者"，"'左翼'固然要招致革命的同路人到自己的队
伍里来，把他们当做有可能性的将来的战友，但同时也要在真的革命的同路人与
假的革命的同路人之间划出一根明确的境界线。在过去，在对同路人的态度上，
固然有过不好的地方，但不把胡秋原当作同路人，而只当作敌人来攻击，到现在
为止，是并没有错误的。"② 但这也只是前期批评的余波，个别人一时的意见罢
了。事实上，在经过瞿秋白、冯雪峰等左翼成员改变倾向后，论争在 1933 年初
也就基本结束了。

由此可见，"左联"作为一种政治性的文艺组织，尽管由于种种原因有过一
些失误，但至少在这次论争中，较好地控制了论争的走向，无论是在政治上团结
革命的小资产阶级知识分子，还是在文艺上向马克思主义的正确方向上引导，都
起到了一定的积极作用。特别是后一方面，它使中国的马克思主义者第一次开始
正视和面对马克思主义文艺理论的研究问题，第一次开始严肃思考文艺如何为政
治服务的途径方式问题，也第一次比较正确地处理了与小资产阶级知识分子的关
系问题。虽然这一切尚显被动，尚不成熟，但基本方向却是正确的。

3. 文艺创作方法的探索

在"左联"之前，中国的马克思主义者在文艺创作方法方面有过探索，比
如沈雁冰在"文艺研究会"期间对"自然主义"的介绍与阐发，"革命文学"
论争后期，太阳社钱杏邨、林伯修等人对日本"纳普""新写实主义"创作方法
的介绍，但都还是初步的。到了"左联"时期，无论是实际创作还是创作思想

---

① 洛扬：《并非浪费的论争》，载《现代》杂志（月刊）第 2 卷第 3 期，1933 年 1 月。
② 绮影：《自由人文学理论检讨》，载《文学月报》第 5、6 号合刊，1932 年 12 月 15 日。

方面，公式化、脸谱化、标语口号化，包括以前遗留下来的革命浪漫谛克倾向都未得到有效克服，问题的存在是明显的，可如何来根治？由于严峻、紧张的实际革命斗争形势，由于马克思主义理论修养方面尚不成熟，也由于对文艺自身规律的不重视，"左联"没有时间，没有条件，也没有能力独立来解决这个理论问题，这在主客观上逼迫自己只有靠"输入"。于是，先有后期"拉普"、"唯物辩证法创作方法"的传入，后有苏联共（布）中央批判"拉普"后"社会主义现实主义"创作思想的介绍、宣传与阐发。特别是后者，经中国马克思主义者的改造，几经演变，终于成为现代后期主流的创作理论，成为中国化马克思主义文艺理论极为重要的一部分内容。

唯物辩证法创作方法这个名词最初出现在 1928 年 4 月全苏第一次无产阶级作家代表大会决议《文化革命和当代文学》当中，是作为一种文艺创作方法被提出来的。但是正式赋予它创作方法的明确含义，则是后期"拉普"，特别是其重要领导人物法捷耶夫。1929 年他曾明确指出："我们认为最彻底的方法——辩证唯物主义方法将是最先进、主导的艺术方法"，又说，辩证唯物主义是无产阶级"文学学派的旗帜"。[①] 这个旗帜包含两方面的内容，或者说是两个基本原则，一个是用马克思唯物辩证方法指导创作；另一个是"反对席勒"，也就是反对浪漫主义。

"拉普"的这个主张出台后，1930 年 11 月国际作家联盟在苏联哈尔科夫召开的大会上，就把它作为国际法定的创作方法，推荐给各国支部。萧三作为中国支部的代表，马上又把这个信息反馈给"左联"，"左联"及时做出反应，1931年 11 月在其决议《中国无产阶级革命文学的新任务》中，正式把唯物辩证法作为中国左翼作家的创作方法："在方法上，作家必须从无产阶级的观点，从无产阶级的世界观，来观察，来描写。作家必须成为一个唯物的辩证法论者。……要和那些观念论，机械论，主观浪漫主义，粉饰主义，假的客观主义，标语口号主义的方法及文学批评斗争（特别要和观念论及浪漫主义斗争）。"[②] 强调世界观的指导作用，继承文学遗产，把浪漫主义当作唯心主义的观念论加以批判等，这些都和"拉普"的基本思路一致。在同一年，冯雪峰翻译了法捷耶夫的《创作方法论》，发表在《北斗》上；瞿秋白也把法捷耶夫那篇著名的《打倒席勒》译成中文。于是，不论是对华汉（阳翰笙）《地泉》，对茅盾《三人行》，对冰心《水》的评价，对钱杏邨理论的评估批评，对革命浪漫谛克的批评，包括文艺大众化讨论、与"自由人"、"第三种人"的论争，还是寻找创作不振的原因，到

[①] 引自吴元迈：《"拉普"文艺思潮简论》，载《文学评论》1983 年第 1 期。
[②] 冯雪峰：《中国无产阶级革命文学的新任务》，载《文学导报》第 1 卷第 8 期，1931 年 11 月 15 日。

处都充斥着"唯物辩证法创作方法"的声音，仿佛它已成为无产阶级文艺成功的关键，克服各种错误的万能药方。

不过，"左联"也不是把这种方法简单接受过来了事，它的确是想利用它来解决创作实际当中存在着的问题，而且，也的确取得了一定的效果。在"革命文学"论争的时候，由于强调文艺对生活的"组织"作用，把人的主观意欲看得很重，好像有了无产阶级的"意欲"，现实就可以随意来"组织"。这种观念论当时很盛行，在创作当中也有反映，蒋光慈的《短裤党》就是。造成这种状况的原因当然有很多，但缺乏合适的创作方法的指导和批评，无疑是其中很重要的一个。所以到"左联"早期，那种主观论的做法仍在延续。比如《地泉》这部作品，作者对现实缺乏判断，在革命低潮时仍疾呼"不断高涨"；男主人公在大革命失败后消沉颓废，却可以在形势感召下马上幡然悔悟，一跃为昂扬激越，成为大勇士、大英雄；大英雄不是英雄时没有爱情，一成为英雄就抱得美人归，这种浪漫主观、脱离实际、革命加恋爱、大团圆的创作构思让人觉得革命是那么的轻而易举，人物是那么的飘忽离奇，转变又是那么的突兀奇特。这当然不现实，作品也不能说是成功的。"唯物辩证法的创作方法"明确反对主观论，反对把个人当作时代精神的传声筒，反对这种革命浪漫谛克式的浪漫主义。瞿秋白、茅盾等人以此批评《地泉》，且不管"药"究竟是否灵光，至少它是对症了。它让人们把激情的挥洒转到对社会题材的辩证分析上来，不再空喊口号，不再描画激昂浪漫的脸谱，不在现实之外空言玄思，其作用无疑有积极的一面。

平心而论，"唯物辩证法的创作方法"对中国马克思主义文艺理论建设有积极作用，也有消极作用，虽然消极作用更主要。因为"左联"输入了"拉普"的思想，也输入了其中的错误。除了像"拉普"一样全盘否定浪漫主义，把它当作唯心主义的主观论处理之外，更严重的是它突出"唯物辩证法"取代创作方法方面的问题，把它具体化为无产阶级意识，再把这种意识政党化，最后再把政党的正确性等同为文艺的真实性。诚然，"拉普"提倡这个方法有不对的地方，但也有合理之处；而"左联"在接受这种方法的时候，也存在收糟粕、弃精华的现象。作为一种"法定"的理论，"唯物辩证法的创作方法"只在"左联"存在不到两年的时间，随着1932年苏联共（布）中央解散"拉普"，这种方法在"左联"也受到批判，转而输入"社会主义现实主义"的创作方法。然而，它的影响非但没有消除，反而在以后不同时期、以不同面目凸显出来，成为影响马克思主义文艺理论中国化进程的一个重要因素。

1932年4月，出于"拉普"打击"同路人"的宗派主义思想、妨碍中央政策的执行，"唯物辩证法的创作方法"以世界观代替创作方法、不利于文艺创作的正常进行等原因，苏联共（布）中央解散了"拉普"，并对其种种思想进行了批判。并由斯大林正式提出了"社会主义现实主义"这一新的创作口号。

消息传来，"左联"自然要随风而动。1932年底，"左联"的《文学月报》第5、6期合刊上就介绍了有关的消息。同年11月，《文化月报》创刊号上也介绍了苏联文学界最新动向。也正是在这种背景下，张闻天才写下了《文艺战线上的关门主义》这篇重要的论文。最早把"社会主义现实主义"作为一种创作方法介绍到中国来的，是1933年初《艺术新闻》上的一篇短文，此文根据日本作家上田进的文章提供的材料写成。稍后，《国际每日文选》上一连刊载了两篇题为《关于社会主义的现实》的译文。这些文章的影响都不大。真正引起左翼理论界广泛关注的，是周扬发表于1933年《现代》第4卷第1期上的《关于"社会主义现实主义与革命的浪漫主义"》。这篇文章对苏联清算"拉普"、提倡"社会主义现实主义"的情况做了详细介绍。虽然文章的主体是介绍，但从介绍的选择、强调的重点方面，仍可以看出周扬的兴趣所在及个人理解，看出中国马克思主义者对文艺创作方法的基本意见：（1）对外来理论的接受态度；（2）对新方法新内容的初步理解；（3）包容浪漫主义。保持一种审慎的态度来接受外来的马克思主义，这是马克思主义文艺理论中国化问题上一次重大的策略调整，它把人们的目光拉回到中国的现实上面，意味着针对本国的实际来选择理论，甚至改造理论；意味着立足点的悄悄转移，幅度虽然很小，但步子已经迈出。这需要勇气，也需要卓识。而且，通过社会主义现实主义的输入，一些对于马克思主义关于创作方法理论的正确理解、阐释和应用已现雏形，比如对写真实的提倡，对典型问题的介绍，尽管存在着种种羁绊乃至错误，但基本思路已经走到正确的方向上来。

1931～1933年间，恩格斯的几封文艺通信在苏联《文学遗产》上首次发表，瞿秋白当即编译，并先后刊载在《读书杂志》和《译文》上。在1934年12月6日发行的《译文》第1卷第4期上，也发表了胡风根据日文重新翻译的恩格斯致敏·考茨基信的全文。1935年11月，《文艺群众》第2期在上海出版，马克思、恩格斯五封关于文艺问题的著名书信至此全部翻译介绍到了中国。这对马克思主义文艺理论的辨析、对文艺创作方法的进一步探讨起到了非常关键的作用。而中国对"典型"理论的深入探讨，就是在这种前提和背景下展开的。

1936年1月1日，《文学》杂志发表了周扬的《现实主义试论》，文中有一节谈到了胡风发表在1935年5月《文学百题》上的文章《什么是"典型"和"类型"》，并对其有关"典型"的看法提出批评，由此引出胡风的反批评。之后两人陆续写出文章，针对典型和典型化的理解展开争论。在争论中，双方的观点逐渐明确，从而为中国现实主义创作方法勾勒出两条不同的发展线索。

周扬和胡风都曾留学日本，也都是"左联"的成员，但是在面对社会主现实主义，面对这种方法中的"典型"问题上，二者却有着截然不同的接受倾向与理论立场。作为"左联"的党团领导人，权威文艺理论家，周扬思想上更接近苏联官方立场，尽管在接受社会主义现实主义时，在态度上有所保留，但他保留的也是更为苏联化的东西，更能体现出党性原则的东西；胡风 1933 年 7 月回国后，更多表现出对鲁迅的欣赏，更为靠近鲁迅所代表的五四新文化传统。这让他对主体性的"勇气"和社会性的"战斗精神"情有独钟，并在鲁迅身上看到了二者的完美结合；① 也让他在面对社会主义现实主义时，更少苏联官方立场的牵累，相比周扬，少了一份患得患失，多了一份从容平和。一个是从党性原则、从理论出发，一个是从主体实际感受、从人生实际出发，两种不同的倾向与立场决定了对现实主义典型理论的不同接受视角，也决定了这两种不同看法的现实命运。

首先是对典型的看法，这主要涉及的是普遍性与特殊性的关系。胡风的理解是这样的：

所谓普遍的，是对于那个人物所属的社会群里的各个个体而说的；所谓特殊的，是对于别的社会群或别的社会群里的各个个体而说的。就辛亥前后以及现在的少数落后地方的农村无产者说，阿 Q 这个人物底性格是普遍的；对于商人群地主群工人群或各个商人各个地主各个工人以及现在的在不同的社会关系里的农民而说，那他的性格就是特殊的了。②

把典型看作是普遍性和特殊性的统一，如果只是一般地讲讲，当然没有问题。但是，在谈到对普遍性的理解，以及它与特殊性的统一方式时，胡风的这段话就暴露出两个比较明显的缺陷。第一，他把普遍性归到"社会群"，归到商人、地主、农民等社会阶层那里，并不全面。典型的普遍性应该是一种高度的概括力，越是好的作品，概括力越强，甚至可以完全打破阶层的界限。拿他举的阿 Q 一例来说，他的涵盖力固然在农民阶层体现明显，但是在中国的其他阶层人身上又何尝没有呢？甚至他还可以打破民族的界垒，体现出人性共有的某些特点。第二，他又把阶层的差异当作特殊性的来源，实际上是把普遍与特殊割裂开来。典型的特殊性即个性，不仅对其他阶层的人来说是特殊的，即便对同一阶层的各个人来说，也是特殊的。以阶层作为区分特殊性的标准，说明问题的根源还是在对普遍性的理解上面。当人以"群"分的时候，人的个体特殊性也必然是群的特殊性了。

胡风对典型普遍性的理解周扬没有不同意见，他不赞同的是胡风有关特殊性

---

① 参见陈顺馨：《周扬与胡风：对社会主义现实主义影响的不同接受》，载《中国现代文学研究丛刊》，1997 年第 3 期。

② 胡风：《什么是"典型"和"类型"》，载郑振铎、傅东华主编：《文学百题》，生活书店 1935 年版。

的看法。借用恩格斯的话，周扬指出："阿Q的性格就辛亥前后以及现在落后的农民而言是普遍的，但是他的特殊却并不在对于他所代表的农民以外的人群而言，而是就在他所代表的农民中，他也是一个特殊的存在，他有他自己独特的经历，独特的生活样式，自己特殊的心理、容貌、习惯、姿势、语调等，一句话，阿Q真是一个阿Q，即所谓'Thisone'了。"① 这个批评是对的，也是真正马克思主义的看法。后来胡风反对这种批评，为自己辩解，不免仓促乏力，也是自然的事情。

当然，周扬在对典型普遍性的理解上也和胡风有着相同的错误，他们都用群体的阶层削弱了典型的概括力。之所以会产生这样的理解，与"左联"早期受"拉普"的影响有关，说明以世界观代替创作方法的倾向并未根除，道理很明白，以阶级的眼光看普遍性，自然也就是阶级的普遍性。在一个一切都染上阶级色彩，甚至语言也有阶级属性的特殊时期，让普遍性打破阶级界限的想法毕竟是难以想象的。所以，与其说这是个人的错误，不如说是时代的局限。

其次是对典型创造、即典型化问题的看法，也就是如何在创作实践中处理好普遍性和特殊性的关系。在这方面，一般有两种做法，一种是从个人实际感受出发归纳出典型的普遍性与特殊性，再经加工创造，让它们统一在典型身上；另一种是从明确的观念出发，把普遍性与特殊性注入到典型当中。前者是艺术思维的特点，后者则更靠近科学的理性思维。周扬的看法显然更靠近后者。在《现实主义试论》中他讲到："典型的创造是由某一社会群里面抽出最性格的特征，习惯，趣味，欲望，行动，语言等，将这些抽出来的体现在一个人物身上，使这个人物并不丧失独有的个性。"② 周扬这里虽也谈到个性，谈到实际的"社会群"，但他更为看重的是"抽出"的普遍性，再让这种普遍性嫁接到典型的个性上去。典型是现实的人，现实的人本身是动态、不断生成性的，有着无限丰富的内涵；这种解剖、重组出来的典型当然在理路上更为清晰，但却不是动态的活人，而是静态的类型，所谓整体并不意味着各部分之和，说的就是这种从观念出发来造人的缺憾。

胡风在这个问题上的观点要比周扬的说法更为合理。他批评周扬说："艺术和科学不同，它里面的真理是通过感象的个体（thisone）表现出来的，所以艺术里面的社会的物事须得通过个人的物事，须得个人的物事给以温暖，给以血肉，给以生命……没有个人的物事就不是艺术，没有了社会的物事就不是'典型'"。③ 意思就是说，要"写得像活人一样"。做到这一点是不能从观念出发

---

① ② 周扬：《现实主义试论》，载《文学》第6卷第1期，1936年1月1日。
③ 胡风：《典型论的混乱》，载《作家》月刊第1卷第1期，1936年4月15日。

的，而是要以作家的真诚，从实际生活中体会出那种普遍性和特殊性，以此来构造典型。因此，"有时候，典型底形成并没有经过艺术家意识地从一个特定社会群里取出最性格的共同的等等特征来这一作用，他只在某一环境里发现了一个新的性格，受到了感动，于是加以创造的加工，结果也就造成了一个典型的性格。"① 根据生活真实的实际感受来典型化，甚至交给"印象"、"直觉"来导引，这比从观念出发更为符合文艺创作的实际，也更为符合马克思恩格斯有关现实主义的理论初衷。

4. "左联"解散与国防文学论争

1935 年"华北事变"后，中日矛盾空前激化，帝国主义的威胁日趋严重。正是在这种背景下，共产国际在 7 月召开了第七次代表大会，号召加强反对法西斯反对帝国主义的统一战线；也正是在共产国际的指示下，敦促中共在"八一宣言"中喊出了团结一切力量反帝的口号，停止反蒋，组织"国防政府"。共产国际的这次会议和中共"八一宣言"，对"左联"的解散产生了直接的影响。当时驻共产国际代表王明和康生分别指示"左联"驻国际代表萧三给国内写信，批评"左联"的左倾关门主义，响应统一战线的号召，解散这一组织。

萧三的信经周折辗转，11 月左右交到"左联"文委书记周扬那里，周扬马上召开会议，并征求鲁迅的意见。鲁迅对建立抗日统一阵线没有异议，但不同意解散"左联"，认为要坚持党对统一阵线的领导权。后来虽然同意解散，但要求发表宣言，"声明左联的解散是在新的形势下组织抗日统一战线文艺团体而使无产阶级领导的革命文艺运动更扩大更深入，倘若不发表这样一个宣言，而无声无息地解散，则会被社会上认为我们经不起国民党的压迫，自行溃散了，这是很不好的。"但这个原则性的建议最后没有被采纳，导致本来就对"左联"一部分人的做法有意见的鲁迅更为不满，而"左联"在 1936 年春也就无声无息地解散了，由 1936 年 6 月 7 日成立的"中国文艺家协会"所取代。

在"左联"解散的同时，周扬等人也没有同鲁迅商量，在 1935 年底，提出了"国防文学"的创作口号。这个口号主要含有两层意思，一层意思是统战，也就是联合所有能联合的力量，一致对外；另外一层意思是周扬对创作主题和方法的要求。对于主题，他说国防应该成为汉奸以外的所有作家作品的中心主题；关于方法他则说："主题的问题是和方法的问题不可分离的，国防文学的创作必须采取进步的现实主义的方法。"② "国防文学"口号提出后，立时招致了鲁迅、

---

① 胡风：《现实主义的一"修正"》，载《文学》月刊第 6 卷第 2 期，1936 年 2 月 1 日。
② 周扬：《关于国防文学》，载《文学界》创刊号，1936 年 6 月 5 日。

茅盾等人的反应。在鲁迅的授意下，胡风在 1936 年 5 月写下《人民大众向文艺要求什么》，文章中提出了"民族革命战争的大众文学"这一新的口号，由此拉开了"两个口号"论争的大幕。论争中鲁迅和茅盾等人的意思基本一致，并不认为两个口号不能并存，只是认为周扬对主题和方法的硬性限制容易招致"关门主义和宗派主义的危险"，[1] 因此应该给予作家一定的"创作自由"。论争持续到 10 月结束，在茅盾、鲁迅、郭沫若、巴金、林语堂等人签署的联合宣言中，创作自由被正式确认。

今天来看这场论争，里面有"左联"时期宗派主义和不团结因素的延续，也有学理上的碰撞。双方对建立抗日统一战线的文艺这一原则问题上其实没有分歧，甚至在坚持无产阶级领导权这一问题上也没有大的歧义，问题和最大的分歧在于，周扬一方对文艺主题和方法上的规定的确有引发关门主义和宗派主义的危险，而在实际上影响到统一战线。从这个角度而言，鲁迅一方的意见无疑是正确的。

所以总括这次论争对马克思主义文艺理论建设的影响，还是有着相当大的理论与实际意义的，因为其中的创作自由问题，第一次考验了马克思主义文艺理论在中国的特殊环境和特殊历史时期对其他思想的包容能力，而从总体上看，结果应该说主要还是积极的，对于在新的历史条件下推进马克思主义文艺理论的中国化是有益的。

第三节　立足于中国实际——"武器"与"诗神"的联合

1938 年毛泽东《论现阶段》的发表是中国化马克思主义初步确立的标志。在此之前，虽然张闻天也讲过，要把共产国际有关决议等"民族化"，"使之适合于我们的具体环境"，[2] 但这是根据共产国际"七大"的会议精神做出的，立足点在苏联那里，还不是在自己身上。但是，毛泽东充分利用了共产国际的有关决定，在提出"中国化"这个概念时，表面看来和张闻天的"民族化"并无出入，实际上已经把立足点完全放到本民族的利益上来了。

毛泽东当然非常清楚，中共早已习惯在共产国际后面亦步亦趋，若想真正把立足点调整过来，非得把人们的观念来一次大清理不可。于是在 1940 年的《新民主主义论》中，他再次重申："凡属我们今天用得着的东西，都应该吸收。但

---

[1] 茅盾：《关于两个引起纠纷的口号》，载《文学界》第 1 卷第 3 号，1936 年 8 月 10 日。
[2] 《张闻天文选》，人民出版社 1985 年版，第 82 页。

是一切外国的东西，如同我们对于食物一样，必须经过自己的口腔咀嚼和胃肠运动，送进唾液胃液肠液，把它分解为精华和糟粕两部分，然后排泄其糟粕，吸收其精华，才能对我们的身体有益，决不能生吞活剥地毫无批判地吸收。"① 这当然是对西方资本主义国家的思想文化来说的，但绝不止此。接下来他直截了当地讲道："形式主义地吸收外国的东西，在中国过去是吃过大亏的。中国共产主义者对于马克思主义在中国的应用也是这样，必须将马克思主义的普遍真理和中国革命的具体实践完全地恰当地统一起来，就是说，和民族的特点相结合，经过一定的民族形式，才有用处，决不能主观地公式地应用它。公式的马克思主义者，只是对于马克思主义和中国革命开玩笑，在中国革命队伍中是没有他们的位置的。"② 考虑到王明左倾教条主义在党内的影响和危害，这两段话的意图所属、矛头指向，已是一目了然。然而在最深远的意义上，它们作为一种"中国化"的思想，对以苏联为中心的国际主义也形成了强有力的挑战。

挑战是以两种明确的思想斗争方式开始的。先是 1941 年 9 月开始的在中共高层对王明等教条主义者的思想斗争，取得胜利后，又于 1942 年 2 月趁热打铁开展了全党范围内的整风运动。这次规模浩大、影响深远的整风运动，其意义绝不仅仅是统一以及纯化思想，更重要的是一次目标明确的立场转移。1942 年 5 月，毛泽东《在延安文艺座谈会上的讲话》就是这次马克思主义立场转移在文艺思想上集中而系统的体现。

《讲话》是毛泽东在长期的革命战争和文化实践中，对于马克思主义经典作家的文艺理论遗产和中国左翼文艺运动的成果，加以选择、融合、改造，所形成的独具中国民族特色和时代特色的文艺思想体系的结晶，是对文艺"民族形式"论争的总结与理论升华，同时也是对过往中国马克思主义文艺理论探索的高度概括与系统化定型，是充满中国特色的马克思主义文艺理论的表现形态，也是中国化马克思主义文艺理论基本确立的标志。所有这些特点，充分体现在《讲话》的立场与具体内容当中。

第一是文艺的思想出发点。毛泽东是十分确定地从现实的革命事业和政治任务的要求来看待文艺问题的，带有很强的"实践性"品格。毛泽东这里又一次把"中国化"的思想立足点问题当作首要问题。《讲话》的总结性发言开始就讲："我们讨论问题，应当从实际出发，不是从定义出发。"继而又在后面三令五申："我们说的马克思主义，是要在群众生活群众斗争里实际发生作用的活的马克思主义，不是口头上的马克思主义。""马克思主义只能包括而不能代替文艺创作中的现实主义……教条主义的'马克思主义'并不是马克思主义，而是

---

①② 毛泽东：《新民主主义论》，载《毛泽东选集》（4 卷合订本），人民出版社 1991 年版，第 707 页。

反马克思主义的。""文艺界中还严重地存在着作风不正的东西，同志们中间还有很多的唯心论、教条主义、空想、空谈、轻视实践、脱离群众等等的缺点，需要有一个切实的严肃的整风运动。"① 把文艺思想从"定义"、"空谈"中扭转到"实际"上面，也就意味着一切要从中国的实际出发，要写中国自己的东西，形式也是自己的民族形式。考虑到左翼文艺一贯以一种教条反对另外一种教条的历史，用实际作为标准，有力纠正了以往文艺思想包括创作上的公式主义、教条主义、概念化、口号化的倾向，真正体现了马克思主义的精神实质。

第二是把文艺和为什么人的问题联系在一起。在马克思主义文艺发展史上，经典作家从来都十分重视文艺与人民群众的关系。马克思、恩格斯很早就希望无产阶级与革命的文艺运动结合起来，并期望着"一个新的但丁来宣告这个无产阶级新纪元的诞生"；② 列宁则提出艺术属于人民，艺术必须深深地扎根于广大劳动群众中的光辉思想，并把文艺"为千千万万劳动人民服务"的问题切实提到了党的议事日程上。诚如毛泽东所说，"为什么人"这一问题，"是马克思主义者特别是列宁所早已解决了的"。为了推进马克思主义文艺思想的发展，毛泽东结合中国新民主主义革命的实际，将文艺的服务对象进一步具体化。毛泽东根据人民群众是历史的创造者这一历史唯物主义原理和无产阶级革命功利观，结合当时中国"占全人口百分之九十八以上的人民，是工人、农民、士兵和城市小资产阶级"③ 的国情，提出了"我们的文学艺术都是为人民大众的，首先是为工农兵的，为工农兵而创作，为工农兵所利用的"④深刻思想。如果说马克思和恩格斯时期是对文艺与群众相结合寄予希望、指明方向的时期，列宁时期是明确提出这个要求并着手实践的时期，那么，毛泽东时期则是把这种要求具体化、落实化的时期。从为"工农兵"服务的大方向出发，毛泽东很有针对性地批评了文艺工作者"轻视工农兵、脱离群众的倾向"，实际上针对的主要是小资产阶级出身的知识分子。这个批评在当时是有道理的，因为"工农兵"毕竟是人民的主体，革命的主体，只有靠近他们才能争取他们，这当然是实际的"原则性"的问题。不过，如果把这个原则作形而上学的理解，走向极端，反过来只是以工农兵为基准，忽视小资产阶级特别是知识分子的阶层特点并加以排斥，这本身也不符合实际。这种思想和做法不但在当时存在，在后来很长时期也存在，而且被片面、极端地发展，导致对知识分子的残酷斗争、无情打击，其教训极为深重。

总体说来，《讲话》首次提出并确立了文艺为广大人民群众服务的思想，并

---

① 毛泽东：《在延安文艺座谈会上的讲话》，《毛泽东选集》（4卷合订本），人民出版社1991年版，第853、858、874、875页。以下引文除注明外，均出于此。
② 《马克思恩格斯选集》第1卷，人民出版社1995年版，第269~270页。
③④ 《毛泽东选集》第3卷，人民出版社1991年版，第855、863页。

付诸实践，彻底打破了几千年来文艺只是为满足少数人需要的小圈子，这在中国历史上是空前的，这是中国化的马克思主义文艺理论的核心思想，其伟大的理论和实践意义不容否定。当然，其中包含着的某种轻视和贬低知识分子的倾向，在当时的特定条件下并不明显，但把它教条化，在以后长期的实践中普遍推行，就很难说是马克思主义的了。

第三是文艺如何为工农兵服务的问题。这也是历次大众化运动中讨论的核心问题。毛泽东的意见，其一是在"普及"与"提高"的关系上，主张二者都要兼顾，但是从轻重关系来看，他重视的明显是前者，所以对于工农兵，第一步需要的还不是"锦上添花"，而是"雪中送炭"。其二是围绕这个思路，在文艺与社会生活的关系上，毛泽东一方面提出了著名的文艺创作源泉问题，指出人民的生活是"一切文学艺术的取之不尽、用之不竭的唯一源泉"，并再次以此批评了继承与借鉴问题上的教条主义；另一方面，他也强调了艺术高于生活的观点，指出文艺作品应该"比普通的实际生活更高，更强烈，更有集中性，更典型，更理想，因此就更带普遍性"，文艺应该"把这种日常的现象集中起来，把其中的矛盾和斗争典型化"，目的是"使人民群众惊醒起来，感奋起来，推动人民群众走向团结和斗争，实行改造自己的环境"。其三是毛泽东倡导文艺的民族形式，主张"革命的民族文化"、"为工农兵的文艺"应当有"民族的形式，新民主主义的内容"，有"新鲜活泼的，为中国老百姓所喜闻乐见的中国作风和中国气派"。由此看来，在如何服务的问题上，毛泽东的思虑是周详的，他既考虑到了当时社会实际与时代的需要，因而强调"普及"，强调人民生活是文艺的源泉，同时也注意到了文艺作品本身的特点，强调了文艺高于生活的典型化原则；既要求文艺的革命内容，又注重文艺的民族形式。这是其中国化马克思主义文艺理论一贯立场的集中体现，它是正确的，也是有生命力的。

第四是文艺与政治的关系。这也是自打开始就为中国马克思主义者所关注的中心问题。毛泽东在《讲话》中对以前相关的看法做了高度概括和统一，先是肯定了文艺的阶级性，既而明确肯定了"从属"论，认为"文艺是从属于政治的，但又反转来给予伟大的影响于政治"；然后，又在文艺真实性方面指出，文艺的政治性和真实性能够"完全一致"。从这种说法里，可以明显看出"左联"在受"拉普"影响时期周扬看法的影子，也就是把政治的正确性与文艺的真实性等同起来。不过，毛泽东用"一致"这个说法语气要缓和许多。本来，马克思、恩格斯并不反对文艺作品的政治倾向性，他们反对的只是倾向性的表现方式，也就是不要像传声筒那样直接宣讲出来。考虑到这点，再考虑到毛泽东对教条主义、口号化、公式主义的激烈批评，他这种说法应该不是忽视文艺反映政治倾向的特殊方式。接下来谈到政治和艺术的二重标准时，他强调，"我们的要求

67

则是政治和艺术的统一，内容和形式的统一，革命的政治内容和尽可能完美的艺术形式的统一……因此，我们既反对政治观点错误的艺术品，也反对只有正确的政治观点而没有艺术力量的所谓'标语口号式'的倾向。"这也说明，毛泽东对政治与文艺关系的看法基本还是辩证的，并没有用政治来简单地取代文艺特殊性的意思。不过，他接着说，"现在更成为问题的，我以为还是在政治方面"，把主次给点了出来，这是从现实针对性来考虑的，应该也是可以理解的。在一个政治斗争极其尖锐的社会时期，这样强调政治的突出地位，本就是一种实际的需要，是这种特殊时期的特殊需要。但是，毛泽东在谈到文艺批评的标准时，笼统强调"政治标准第一，艺术标准第二"，显然过于突出文艺对政治的从属和政治对文艺的统率，有使文艺降为政治的工具（"齿轮和螺丝钉"）之嫌。在那个特定时代强调政治因素对文艺的介入，固然有其合理性，但在理论上却有片面性，也不符合马克思主义经典作家的文艺观点。客观地看，在文艺与政治的关系问题上，当时乃至以后的确存在以政治问题取代文艺问题的思想与做法，的确可以在毛泽东的《讲话》中找到根源；然而也必须承认，有些时候，教条主义者往往比那些制造教条的人头脑还要僵化得多，带来的危害也要大得多，我们不能把后来发生的问题都推到《讲话》上，这是不公正的。

概而言之，整体看待毛泽东《讲话》中的文艺思想，其给中国化马克思主义文艺理论带来的积极意义要远远大于其中存在的不足，它成功地把中国的文艺思想从异域的立场转到本土实际上面，这种远见卓识、魄力和勇气给中国带来的收益是巨大的。《讲话》是我国新民主主义革命时期马克思主义文艺理论中国化的光辉典范和最具代表性的理论成果，《讲话》是马克思主义文艺理论从译介和对文艺作品、文学现象的批评实践走向自主和自觉的理论建构的标志，由此也成为新民主主义革命时期马克思主义文艺理论初步中国化的最重要标志。它的历史贡献和理论价值，它对中国文艺发展的重大意义无论如何都不能低估。这一点在当时就有所反映，比如有的著作公正地指出："甚至夏志清，一个公开自称的反共分子，也特别提到1945~1949年时期是共产党地区作家，尤其是小说家的高峰创作期。……与共产党控制区创作的勃发情况相反，城市文坛在这段时期相对说来较贫瘠。"① 另外，毛泽东对文艺服务对象、服务方式以及文艺与政治关系方面的评说，尽管某些方面有鲜明的时代色彩及时代局限，但其基本思路是符合文艺实际的。贯穿《讲话》的基本精神，就是要解决文艺服务实际的问题；在我们后人评说《讲话》的时候，也应该以实际的态度、历史的眼光看待其中的思想，如此才能汲取其中的精髓，才能沿着马克思主义文艺理论中国化的正确路

---

① 费正清、费维恺编：《剑桥中华民国史》下卷，中国社会科学出版社1998年版，第558页。

途前行。

《讲话》发表后，很快在解放区和国统区马克思主义者那里掀起学习和讨论热潮，其精神也被贯彻到实际创作当中。其间，从 1943 年开始，国统区围绕现实主义的讨论与此也有密切关系，对中国化马克思主义文艺理论的建设也显得尤为重要。这次讨论主要是针对胡风"主观战斗精神"的现实主义理论展开的，一直持续了五六年的时间。讨论大致可以分为三个阶段，1942 年底至 1944 年是第一阶段，第二阶段大致是 1945 年初到 1947 年底，第三阶段集中在 1948 年。在三个阶段中，胡风引起争议的观点主要有两个方面，即现实主义的"主观战斗精神"问题，以及作家与群众现实生活的关系问题。

首先是现实主义"主观战斗精神"问题。胡风之所以提出这种精神，既是自己长期经验积累的思想倾向的结果，又有很强的现实针对性。他认为在当时的创作中有两种很不好的倾向，一个是"客观主义"；另一个是"主观主义"。前者被动、冷淡地对待生活，"从事创作的是冷淡的职业的心境"；另一个同样是缺乏热情，创作中虽有主体因素的参入，"但由于所谓理智上的不能忘怀或追随风气的打算，依据一种理念去造出内容或主题，那么，客观主义就化装成了一种主观主义。"① 因此，他提出一种"主观精神与客观真理结合或融合"的现实主义，② 强调发挥作家的"人格力量"。③ 这种看法出来后，受到批评，被认为是"个人主义意识的一种强烈表现"，"处在一种右倾状况中"。现实主义文艺应该同这种主观论划清界线，追求"明确的政治倾向，具有积极、肯定的因素"。④ 胡风指出的问题是存在的，强调主观战斗精神，让作家充满激情地从事写作，反对对现实不动声色的纯客观描写，也反对把文艺机械当作某种观念的"传声筒"，这种看法并不违背毛泽东的意图，甚至是对《讲话》相关问题的有益补充。道理很简单，即便是通过文艺反映政治倾向，如果不带任何激情，就会造成感染力的缺失，不符合艺术的特点，甚至涉及作者本人对自己所宣传倾向的真诚程度。但从另一方面看，胡风所讲的"主观战斗精神"的确与《讲话》存在着某种偏离。尤其当他认为，这种精神可以脱离实际生活，在创作实际当中得来时，这明显与毛泽东所讲的和群众打成一片、深入生活、接受群众改造相违，因而遭到"主观论"的批评并不奇怪。但是，一些批评却反过来把胡风所批评的东西诸如将文艺当作政治倾向的传声筒、当作歌功颂德的东西等也加以肯定，这实际上把《讲话》的精神简单化、教条化了。然而，遗憾的是，这一教条主义

① 胡风：《关于创作发展的二、三感想》，载《创作月刊》第 2 卷第 1 期，1943 年。
② 胡风：《现实主义在今天》，载《时事新报》，1944 年 1 月 1 日。
③ 胡风：《文艺工作底发展及其努力方向》，载《群众》第 9 卷第 8、9 期，1944 年。
④ 邵荃麟：《对于当前文艺运动的意见》，载《大众文艺丛刊》第五辑香港出版，1948 年。

思路后来显然以一种主流的姿态出现在所谓"中国化"马克思主义（实则违背马克思主义）的文艺理论当中。《讲话》反对教条本身却成为教条，说明教条主义毕竟是很难根除的思想痼疾。

其次是作家与群众及现实生活的关系。胡风并不反对作家深入现实生活，与大众亲密接触，也不反对知识分子对自身的改造。然而，他的内心非常清楚，一味地贴近大众，附和大众，一切以大众的思想意识为转移，作家的主体性难免有被"淹没"的危险，"普及"是有了，但由此再难谈"提高"。因此他的确有和大众保持距离的想法，也不赞成只有接受大众教育来改造知识分子这一条途径。这一切，自然和《讲话》的精神不那么合拍。实际上，胡风之所以有这种想法，是基于长期以来的一种认识。他认为，"五四"的反封建使命还没有完成，大众的生活中"随时随地都潜伏着或扩展着几千年的精神创伤"，他们本身还需要"精神改造"，[1] 一味投合大众，反封建自然有中途夭折的危险。这种认识有很强的现实针对性，而且也不能说不深刻。可是，胡风这里多少有把对大众的改造提高，同深入大众接受改造对立起来的意思，有过高评价五四知识分子对大众的超然地位这种不合时宜的做法。更关键的是，这也不符合毛泽东的生活源泉说，或者说没有把握到毛泽东这种学说的宏观真理性，使他的"主观战斗精神"染上了比较明显的先验色彩。这的确是不妥的，遭到批评也不足为奇，他自己后来也在思想上有所调整。当然，毛泽东谈这个问题时，"普及"、"提高"二者并重，以前者为主，在原则上没有问题，但是在细节上由于没有展开，没有论及"提高"的现实操作性，里面是有理论空白的，而且他也的确只看到大众"革命"的积极性，而没有充分重视其思想意识有落后性一面。从这个角度看，胡风的意见未尝不是一个有益的补充，如果剔除其中主观先验的成分，无疑会丰富和健全马克思主义文艺理论的中国化。遗憾的是，历史当时没有给出这样的条件与机会，当人们意识到这点时，时间已经推移到了 20 世纪 80 年代。

---

① 胡风：《置身在为民主的斗争里面》，载《希望》第 1 集第 1 期，1945 年 1 月。

第三章

十七年（1949～1966年）：在曲折中前进

19 49年中华人民共和国建立，中国历史进入了一个崭新的时期。中国新民主主义革命的胜利，新中国的成立，使得浴血奋斗了28年的中国共产党成为执政党，执政党的指导思想必然要成为整个国家的指导思想，成为国家的主流意识形态。此时党及时调整了自己的指导方针，坚持从中国的实际出发，运用马克思主义基本原理制定国家发展的路线方针和政策。在包括文艺在内的思想建设方面既有成功的经验，也有沉痛的教训。

第一节　十七年马克思主义文艺理论中国化历程

新中国建立后十七年马克思主义文艺理论中国化的历程，从建设性的角度来看，大致可划分为五个阶段：从1949～1956年，即第一次文代会召开至"双百"方针提出之前为第一阶段，社会主义现实主义的道路等是这一时期的中心问题；从1956～1958年为第二阶段，主要论及"双百"方针的提出与反右运动等；从1958～1960年为第三阶段，主要论及"两结合"与文艺"大跃进"问题；从1961～1962年为第四阶段，主要是文艺政策的调整期；从1962～1966年为第五阶段，主要是对修正主义批判和"文化大革命"的酝酿期。如从文艺思潮、文艺倾向的演变角度加以考察，可以看到第一阶段存在着"左"的倾向，第二、三、四阶段为"左"与"右"的调衡期，而第五阶段，则完全滑向了极

"左"路线的深渊。

1949 年 7 月 2 日，在北平召开了第一次中华全国文学艺术工作者代表大会。当时全国大部分地区均已解放，国统区行将消亡，全国胜利指日可待。1949 年 2 月北平和平解放后，一大批华北解放区和国统区的文艺工作者都相继聚集到北平。因此，对文艺工作者来说，当时的形势、任务、性质、队伍等各方面因素都已经发生了显著的变化。在此背景下，第一次文代会召开，全国各地共有八百多名文艺工作者代表参加。这次会议的主要精神集中体现在几个大会报告上，即周恩来代表党中央所做的《在中华全国文学艺术工作者代表大会上的政治报告》；郭沫若的题为《为建设新中国的人民文艺而奋斗》的总报告；茅盾的题为《在反动派压迫下斗争和发展的革命文艺》的关于国统区革命文艺运动的报告；周扬的题为《新的人民的文艺》的关于解放区文艺运动的报告。这几个报告为新中国文艺理论的发展指明了方向。大会做出决议，发表宣言，一致认为毛泽东在延安《讲话》中提出的文艺为人民服务并首先为工农兵服务的方向，以及文艺工作者与广大人民、与工农兵相结合的道路，是发展新中国的人民文艺的正确方针，号召全国文艺工作者以最大的努力来贯彻执行。可以说，第一次全国文代会在继承"五四"新文艺革命传统和发扬延安文艺精神的基础上，树起了一座新的里程碑，是我国社会主义文艺运动的新的历史起点。通过第一次全国文代会和强大的现实政治力量的规范，对解放前的四大文艺思想体系（解放区文艺思想体系、国统区文艺思想体系、沦陷区文艺思想体系、"孤岛"文艺思想体系）做了强力整合，四大文艺思想体系在除旧布新的大语境中合流，从此，开启了有民族特色的工农兵文艺思潮的历史时期，形成了新中国人民文艺的主潮，这对新中国建立后十七年马克思主义文艺理论中国化的历程影响尤为深远。

党在 1952 年底提出了过渡时期"一化三改造"的总路线，即在一个相当长的时期内，逐步实现国家的社会主义工业化，并逐步实现国家对农业、手工业和资本主义工商业的社会主义改造；并从 1953 年起开始执行国民经济发展的第一个五年计划。随着中国革命从新民主主义阶段迅速转入社会主义阶段和对外关系上向苏联的"一边倒"，文艺理论工作也迫切要求适应新的形势。于是，倡导社会主义现实主义问题便提上了日程。

社会主义现实主义作为一种创作方法或原则，最早诞生于 20 世纪 30 年代的苏联。其基本含义在 1943 年全苏作家代表大会上通过的《苏联作家协会章程》中得到了更完整的表述：

社会主义的现实主义，作为苏联文学与苏联文学批评的基本方法，要求艺术家从现实的革命发展中真实地、历史地和具体地去描写现实。同时艺术描写的真实性和历史具体性必须与用社会主义精神从思想上改造和教育劳动人民的任务结合起来，社会主义的现实主义保证艺术创作有特殊的可能性去表现创造的主动性，选择各种各样的形式、风格和体裁。①

社会主义现实主义创作方法由周扬等人介绍到中国后，成为中国左翼文艺的指导思想。但直到 20 世纪 50 年代，周扬还认为："中国的社会主义现实主义文学还是远不够成熟的"，"这主要地是因为中国作家的马克思列宁主义的修养、生活经验和艺术造诣都还不够的缘故"，因而，"目前中国文学，就整个来说，还不完全是社会主义的文学，而是在社会主义现实主义指导之下的社会主义和民主主义的文学"。② 1953 年第二次文代会把社会主义现实主义确定为我国社会主义文艺创作和批评的最高原则。

需要一提的是，在新中国建立初期马克思主义文艺理论中国化的历程中，中国文艺界发生了数次全国规模的批判运动，造成了深远的影响。历次运动分别是：（1）1950～1951 年对电影《武训传》的批判；（2）1951 年对萧也牧等的创作的批判；（3）1954～1955 年对俞平伯《红楼梦研究》和胡适唯心主义思想的批判；（4）1955 年对胡风集团的批判。这几次批判不仅是学术和文艺思想的批判，而且几乎都上升到政治批判的高度，因而造成了对许多有重要影响的知识分子的严重伤害。就思想理论而言，这些批判在许多基本问题上也不同程度背离了马克思主义观点，存在着许多庸俗唯物论、机械论的倾向。这使得马克思主义文艺理论中国化的正常进程遭遇阻碍、经历曲折。上述几次错误的思想批判运动，特别是 1957 年"反右"斗争的扩大化，极大地挫伤了广大知识分子社会主义建设的积极性，沉重打击了文学艺术家进行创作、批评和学术研究的可贵热情，造成了难以弥补的后果。遗憾的是，这些问题并没有使中共中央领导人意识到判断上的失误，反而认为抓了阶级斗争激发了人民群众的积极性，并一再强调要抓意识形态领域内的阶级斗争。这一思想路线的严重后果是"文化大革命"的严重灾难以及之后相当长一个时期对人、人性、人道的蔑视。这给党在思想文化战线上留下了沉痛教训。从今天来看，这些批判严重干扰了党的正确的文艺方针的贯彻与执行。

毛泽东于 1956 年 4 月 28 日中共中央政治局扩大会议讨论"十大关系"的总结发言中，正式提出在艺术问题上"百花齐放"、在学术问题上"百家争鸣"的方针。5 月 2 日，他又在最高国务会议第七次会议上做了大致相同的阐释。③ 这是新中国马克思主义文艺理论发展史上的重要时期，正是在这一年上半年，中共中央提出了"百花齐放、百家争鸣"的方针。

① 《苏联作家协会章程》，载《苏联文学艺术问题》，人民文学出版社 1953 年版，第 13 页。
② 周扬：《社会主义现实主义——中国文学前进的道路》，载《人民日报》1953 年 1 月 11 日。
③ 《建国以来毛泽东文稿》第 6 册，中央文献出版社 1992 年版，105 页。

这一方针的提出，有其深刻的国内国际的社会历史背景。国内外的情况，从正、反两方面加强了中国的决策者们原来就已存在的冲破苏联模式、加快探索中国式道路的愿望。如何反对教条主义的思想束缚，以自由讨论和独立思考来繁荣科学和文化事业，用批评和自我批评的办法来处理"人民内部矛盾"，以避免这种矛盾因处理不当而发展到对抗的地步，逐渐成为人们关注的焦点。在中国社会主义建设时期提出"双百方针"本身是完全正确、非常必要的，是马克思主义中国化在新时代的重要成果。可惜的是，"双百方针"在此后很长的历史时期内始终没有被真正认真地执行过，这是需要深刻反思的。

社会主义现实主义之创作原则提出之后，很多人都以为找到了一种最好的创作方法，历年来一些争论不休的问题似乎从此可以解决了。然而，"双百方针"的提出，使一些理论家立足于对中国当代文艺现状的思考，对社会主义现实主义问题重新提出了质疑。1956 年 9 月，秦兆阳以"何直"为笔名在《人民文学》上发表了一篇长文：《现实主义——广阔的道路》。文中认为，现实主义的最基本特征是对生活的真实和艺术的真实的追求，这是一个"基本的大前提"。《苏联作家协会章程》关于"社会主义现实主义"定义中的两句话前后矛盾，后面的话完全是多余的。他说："如果认为'艺术描写的真实性和历史具体性'里没有'社会主义精神'，因而不能起教育人民的作用，而必须要到另外去'结合'，那么，所谓'社会主义精神'到底是什么呢？它一定是不存在于生活的真实和艺术的真实之中，而只是作家脑子里的一种抽象的概念式的东西，是必须硬加到作品里去的某种抽象的观念。这就无异于是说，客观真实并不是绝对地值得重视，更重要的是作家脑子里某种固定的抽象的'社会主义精神'和愿望，必要时必须让血肉生动的客观真实去服从这种抽象的固定的主观上的东西；那结果，很有可能使得文学作品脱离客观真实，甚至成为某种政治概念的传声筒。"[1] 文章以现实主义问题为中心，还对当时理论批评中的教条主义现象进行了严肃认真的分析，指出教条主义束缚主要来自两个方面；一是对社会主义现实主义错误或片面的解释；二是对毛泽东的《讲话》的庸俗化理解。此外对存在于文学创作中的公式化、概念化倾向也提出了很多切中时弊的批评。

该文由于涉及文艺上的一些重大理论和实际问题，因而引起了文艺界的广泛关注。随后，周勃在 1956 年第 12 期《长江文艺》上发表了《论现实主义及其在社会主义时代的发展》一文，在支持秦兆阳观点的同时，又针对某些问题做了进一步的补充。文章说，在今天的社会主义时代，应该向现实主义创作方法提出新的任务，这一方法本身也应该有适应时代要求的新的发展，但是，"从艺

---

① 秦兆阳：《现实主义——广阔的道路》，载《人民文学》1956 年 9 月号。

创作方法本身来说，是不应该有什么改变，从这个意义上讲，前社会主义时代的现实主义与社会主义时代的现实主义在创作方法上是没有、也不可能有什么区别的。因此社会主义时代的现实主义即令是时代如何变化，艺术创作的某些条件如何改变，但作为创作方法，是不必摒弃过去的足以概括现实主义的创作方法的特殊规律的原则，而去另外制定别样的原则的"。因而，《苏联作家协会章程》上的"定义"，从现实主义艺术创作历史的实践去看，或从当时的创作实际来看，都是很难为实践的检验所承认的。

在马克思主义文艺理论中，与现实主义相关的典型问题历来被视为一个十分重要的问题。然而，究竟什么是典型？在文艺作品中怎样创造出典型形象来？这一系列的问题，始终未能得到很好的解决。"双百方针"提出之后，典型问题又一次受到我国文艺理论界的普遍重视。《文艺报》在 1956 年第 8 号推出一组文章，对典型问题进行了深入探讨，其中影响较大的是张光年的《艺术典型与社会本质》和林默涵的《关于典型问题的初步理解》。这些文章虽然对"典型"未能达成完全一致的理解，但大多对典型等于社会本质这种公式持批评和反对的态度，认为这种公式会导致将文艺创作当做某些"本质"观念的简单图解，而忽视了文艺"反映生活"的特殊性。这种对于艺术形象个性化的强调，在文艺理论和创作上无疑都具有积极意义。然而，随着文艺界"反右"斗争的展开，情况发生了逆转。

1957 年 4 月 27 日，党中央发布了《关于整风运动的指示》，决定开展反对官僚主义、宗派主义、主观主义的整风运动，提高全党马列主义水平，改进作风以适应社会主义革命和社会主义建设的需要。这次整风运动本来应该是贯彻"双百方针"的又一步骤，但不幸的是却发展成了"反右"斗争。在此期间，关于社会主义现实主义问题的讨论明显转向，对质疑社会主义现实主义的批判的调子逐步升级。当初"第一个出来赶浪头"的秦兆阳被打成了"右派分子"，他的《现实主义——广阔的道路》一文被认为是"系统的修正主义的文艺纲领"，"是在反对教条主义的幌子下，攻击文学上的马克思主义的根本原则"；他的"攻击社会主义现实主义，其目的不仅是为了反对社会主义文学，而且是为了反对社会主义制度"，[1] 更有甚者认为，"秦兆阳的'理论'和国际修正主义者是一只裤筒里的货色……他实际上是国际修正主义的'传声筒'，帝国主义在文艺领域的代理人"[2]。在后来的"文化大革命"中，秦兆阳的理论又成为"反革命修正主义文艺路线"的"黑八论"之一，被作为"反面教材"任人践踏。

---

① 林默涵：《现实主义，还是修正主义？》，载《人民日报》，1958 年 5 月 3 日。
② 姚文元：《驳秦兆阳为资产阶级政治服务的理论》，载《文学研究》1958 年第 3 期。

与此同时，人道主义思潮亦受到严厉批判，以往的"小资产阶级人道主义"被宣布为"资产阶级人道主义"。在批判者看来，小资产阶级人道主义或许还只是在处理"阶级之爱"时有所不当，对它的批判还可定性为人民内部矛盾，而资产阶级人道主义则从根本上就取消了阶级性，宣扬所谓"人类之爱"，这俨然成了敌我矛盾，对它的批判自然要更加毫不留情。于是，从1957年到1960年代初，展开了对资产阶级人性论、人道主义的大规模讨伐。其主要对象有：钱谷融的《论"文学是人学"》（《文艺月报》1956年第9期）、巴人的《论人情》（《新港》1957年第1期）、王淑明的《论人情和人性》（《新港》1957年第7期）、《关于人性问题的笔记》（《文学评论》1960年第3期）、李何林《十年来文学理论批评上的一个小问题》（《河北日报》1960年1月8日）等。"干预生活"和"写真实"的主张亦成了"修正主义思潮"的重要部分。它的修正主义实质，据说便存在于这一主张的"语义"中："这种理论是站在敌视社会主义立场上提出问题的，它打着所谓'干预生活'的旗号，好像社会主义社会同他们是对立的，他们要从外面来'干预'一下。"[1] 1957年9月16日，中国作家协会党组扩大会议举行第二十五次会议，周扬就文艺界的反右派斗争问题在会上做了重要发言，后经毛泽东亲自审定，该发言稿以《文艺战线上的一场大辩论》为题在1958年2月28日《人民日报》和第5期《文艺报》同时发表。文章指出，社会主义和资本主义之间的斗争是长期的，时起时伏的。而"文艺是时代的风雨表；每当阶级斗争形势发生急剧的变化，就可以在这个风雨表上看出它的征兆"。这次反右派斗争"是文艺战线上的一场大是大非之争，社会主义文艺路线和反社会主义文艺路线之争。这场斗争，是当前我国无产阶级和资产阶级、社会主义道路和资本主义道路的斗争在文艺领域内的反映"。文章以阶级斗争为纲，概括了二十年来革命文艺阵营内部的两条路线斗争，开列出了从王独清、王实味、李又然，到胡风、冯雪峰、丁玲、萧军、陈企霞，再到陈涌、钟惦棐、秦兆阳等一长串"修正主义"者的名单。在该文中，毛泽东还加写了这样一段重要的话：

在我国，1957年才在全国范围内举行一次最彻底的思想战线和政治战线上的社会主义大革命，给资产阶级反动思想以致命的打击，解放文学艺术界及其后备军的生产力，解除旧社会给他们带上的脚镣手铐，免除反动空气的威胁，替无产阶级文学艺术开辟了一条广泛发展的道路。在这以前，这个历史任务是没有完成的。这个开辟道路的工作今后还要做，旧基地的清除不是一年工夫可以全部完成的。但是基本的道路算是开辟了，几十路、几百路纵队的无产阶级文学艺术战

---

① 姚文元：《文学上的修正主义思潮和创作倾向》，载《人民文学》1957年第11期。

士可以在这条路上纵横驰骋了。文学艺术也要建军，也要练兵。一支完全新型的无产阶级文艺大军正在建成，它跟无产阶级知识分子大军的建成只能是同时的，其生产收获也大体上只能是同时的。这个道理，只有不懂历史唯物主义的人才会认为不正确。①

从 1957 年"反右"开始，中国革命现实主义文艺思潮与苏联修改后的社会主义现实主义逐渐分道扬镳。

1958 年 3 月，在指挥"大跃进"的党中央成都会议上，毛泽东在指示搜集民歌时谈到："中国诗的出路，第一条民歌，第二条古典，在这个基础上产生出新诗来，形式是民歌的，内容应当是现实主义和浪漫主义的对立统一。太现实了就不能写诗了。"5 月 8 日，在中共八大二次会议上，毛泽东号召破除迷信，不要怕教授，不要怕马克思，十五年工业生产超英赶美，中国应当成为世界上第一个大国，主张革命热情与求实精神统一起来。"在文学上，就是要革命的浪漫主义和革命的现实主义的统一"②。这就为"两结合"创作方法的形成奠定了基调。

"两结合"的创作方法，虽然是在 1958 年"大跃进"期间提出来的，但其基本理论思想的萌芽却要早得多。在周扬 1933 年写的介绍社会主义现实主义的论文以及毛泽东的《在延安文艺座谈会上的讲话》中，都曾程度不同地谈到现实主义与浪漫主义理想结合的问题。毛泽东说："文艺作品中所反映出来的生活却可以而且应该比普通的实际生活更高、更强烈、更有集中性、更典型、更理想，因此就更带有普遍性。"这段话基本已具备"两结合"的理论雏形了。

继周扬的文章之后，郭沫若在 1958 年《红旗》第 3 期上发表了《浪漫主义和现实主义》一文。文章指出："文艺上的浪漫主义和现实主义，在精神实质上，有时是很难分别的。前者主情后者主智，这是大体的倾向。但情智都是人们所具备的精神活动，一个人不能说只有情而无智，或者只有智而无情……因此，对于一位作家或者一项作品，你没有可能用化学的定性分析和定量分析的办法来分析，判定他或它的浪漫主义的成分占百分之几，现实主义的成分又占百分之几。文艺是现实生活的反映和批判，如果从这一角度来说，文艺活动的本质应该就是现实主义。但文艺活动是形象思维，它是允许想象，并允许夸大的，真正的伟大作家，他必须根据现实的材料加以综合创造，创造出在典型环境中的典型人物，这样的创造过程，你尽可以说它是虚构；因而文艺活动的本质也应该就是浪漫主义。"郭沫若在理论上充分论证之后，得出了自己的结论："古往今来伟大的文艺作家，有时你实在是难于判定他到底是浪漫主义者还是现实主义者"，从

---

① 周扬：《文艺战线上的一场大辩论》，载谢冕、洪子诚主编：《中国当代文学史料选》，北京大学出版社 1995 年版，第 406～440 页。

② 黎之：《回忆与思考——在"大跃进"的年代（上）》，载《新文学史料》1995 年第 2 期。

屈原到鲁迅再到毛泽东无不如此。

然而，这次大规模的"两结合"文艺运动并未能取得预期的成效，其理论上的缺陷逐渐暴露出来。从表面上看，"两结合"的提法似乎是一个纯美学命题，但事实上却隐含着更多的政治蕴涵。它最终非但没有避免"社会主义现实主义"中被秦兆阳视为机械教条的方面，反而将其推向极端，结果是抽空了现实主义也萎缩了浪漫主义。因此，当文艺为政治服务的口号被抛弃之后，"两结合"的创作方法也不得不退出历史舞台。

1960年第1期《文艺报》发表题为《用毛泽东思想武装起来，为争取文艺的更大丰收而奋斗》的社论，社论说："文艺上的修正主义，是政治上、哲学上的修正主义在文学艺术上的反映。它的主要表现是：宣扬资产阶级的人道主义、人性论、人类之爱等腐朽观点来模糊阶级界限，反对阶级斗争；宣扬唯心主义来反对唯物主义；宣扬个人主义来反对集体主义；以'写真实'的幌子来否定文学艺术的教育作用；以对'艺术即政治'的诡辩来反对文艺为政治服务；以'创作自由'的滥调来反对党和国家对文艺事业的领导。"同时发表了署名文章《更高地举起毛泽东文艺思想的旗帜》，文章以高举毛泽东文艺思想旗帜为号召，指出了在文艺领域进行反修斗争的理论主张。1960年4月，为纪念列宁诞生90周年，文化部副部长钱俊瑞发表文章《坚持文学的党性原则，彻底批判现代修正主义》，除了批判资产阶级人道主义外，还批判了和平主义、"写真实"、"创作自由"等理论主张。当时除了继续批判巴人等人外，还批判了上海的蒋孔阳，文学研究所的何其芳，天津的王昌定，湖北的于黑丁、胡青坡、赵寻，山西的孙谦等。他们或因支持了共同人性和人道主义（蒋孔阳等），或因重视了文学遗产的研究和继承即被认为是"厚古薄今"的倾向（何其芳），或因批评了在反映人民内部矛盾问题上的无冲突论和教条主义、公式化（于黑丁等），或因强调艺术创作需要才能给浮夸风泼冷水（王昌定）。总之，凡与"大跃进"反右倾的路线稍有不合者，都被清查出来予以严厉的批判。这场批判除了针对巴人等人展开以外，同时也将锋芒指向他们在国外的同道，并出现了一批宏观总体性的批判文章，如蔡仪的《人性论批判》等。

在这样的背景下，1960年7月22日至8月13日，中国文学艺术工作者第三次代表大会在北京举行。会议是在国内经济形势趋于崩溃、国际上中苏分歧公开化的背景下召开的，总的主题就是反对国内外的修正主义，把1957年以来的反右派和1959年以来的反右倾继续向"左"推进。这是一次用"左"倾思想总结经验的大会。

需要指出的是，对于"大跃进"期间违反艺术规律的创作运动和反对修正主义的批判运动，党中央和文艺界领导人中有的虽积极执行"左"的政策，但同时还保持了自己的某些思想，郭沫若、周扬、夏衍、邵荃麟等都是如此。例如，在1959年7月全国故事片厂厂长会议上，夏衍发了一个"离经叛道"之论，批评"我们现在的影片是老一套的'革命经'、'战争道'，离开了这一'经'一'道'就没有东西。这样是搞不出新品种来的"。① 当年能讲出这番话确实需要一定的勇气。周扬在第三次文代会闭幕前夕召集各地负责人和部分党员代表开会，中间也讲出一番与他反修批资的主报告调子不同的话。

在"大跃进"高潮刚落时，周恩来便有了调整文艺政策的意图。1959年4月23日和5月3日，周恩来两次邀约了人大代表、政协委员中的部分文艺界代表以及在京的部分文艺界人士座谈。1962年8月2～16日，中国作家协会又在大连召开了"农村题材短篇小说创作座谈会"，即"大连会议"。会议从农村题材创作的角度，主要讨论了文艺如何反映人民内部矛盾，更好地为社会主义服务的问题。这几次会议的中心议题是总结以往的经验教训，提倡艺术民主，尊重艺术规律。会议不但批评了"大跃进"以来文艺上的混乱现象，而且对新中国建立以来文艺上存在的一些问题做了全面而深刻的总结。虽然这几次会议仍然存在着很多时代的局限性，但对当时文艺政策的纠偏与调整，对文艺思想的再度活跃，无疑起到了极大的推动作用。

党的文艺政策的调整工作，除了通过会议的形式进行广泛的动员外，还以文件的形式具体体现出来。《文艺八条》便是这样一种纲领性的文件。《文艺八条》的出台，经过了一个反复讨论和修改的过程。1961年初，在周恩来的指示和关怀下，林默涵、周扬分别召集了多次座谈会，在广泛征求意见的基础上，起草了最初的"文艺十条"。同年6月作为一个重要文件提交"新侨会议"讨论，然后由中宣部部长陆定一主持定稿，并将原来的"十条"改为"八条"。1962年4月，经毛泽东、刘少奇、邓小平审阅后，批转全国各地文化艺术单位贯彻执行。

为了更好地贯彻中央的调整精神，一批旨在纠"左"的理论批评文章相继刊出。1962年5月23日，《人民日报》借纪念毛泽东《在延安文艺座谈会上的讲话》20周年之际，发表了由周扬主持撰写的题为《为最广大的人民群众服务》的社论。从这篇社论中，我们可以分明地感觉到它对"大跃进"年代那种"低俗"文艺的膨胀十分不满，要求文艺具有更高的品味；而文艺"为最广大的人民群众服务"这一新的提法显然是对"文艺为工农兵服务"的大胆的拓展，凸显了文艺人民性的思想。此期间，如何其芳的《战斗的胜利的二十年》，瞿白音的《关于电影创新问题的独白》等文章，也都对"左"倾教条主义有所背离，认真地探讨了革命现实主义艺术规律问题。

---

① 转引自周斌：《夏衍传略》，上海文艺出版社1994年版，第246～247页。

　　值此期间，党中央书记处还确定了统编大学文科教材的任务，这是人文社科领域一项重要的基本建设，也是为了纠正"大跃进"运动中片面强调"厚今薄古"、"不要迷信教授"的"左"的倾向。从1961～1965年，周扬具体领导了这项工作，调动、团结、指导、依靠大批老中青的专家学者，取得了相当的成就。以群主编的《文学的基本原理》和唐弢主编的《中国现代文学史》就是很有影响的文艺教材。他们把革命现实主义主流派的文艺理论与批评以大学教材的形式固定下来，其中虽然沉淀下不少"左"的历史痕迹，但基本达到了那个时代所能达到的较高水平。《文学的基本原理》堪称我国第一部努力运用马克思主义原理系统阐释文学现象与规律的教材，抑或说就是一部初步中国化的马克思主义文学理论教程。该教材编者认为，由于时代和阶级的局限，过去的文学理论不可能对文学的本质、特征和发展规律做出全面的科学的说明，只有在马克思主义建立以后才有可能这样做。

　　党中央实行的一系列切实可行的调整政策，使我国的经济和文化事业都得到了改善和发展。文艺政策的调整则为文艺界带来了明显效果，文艺创作环境开始好转，理论讨论气氛再次活跃。然而，无论是经济还是文艺，在这次调整过程中都未能真正摆脱"左"倾的阴影。

　　1963年1月初，上海市委的负责人柯庆施在上海部分文艺工作者座谈会上提出"写十三年"（即新中国建立后十三年）的口号，他声称："旧社会只能培养人们自己为自己的自私自利的思想。社会主义、集体主义思想只有在社会主义革命成功以后才开始建立。"社会主义文艺的主要任务就是要服务于人民，教育人民，因此，只有写"十三年"的现代生活，"才能帮助人民建立社会主义思想"。① 贯彻"写十三年"口号所造成的后果是严重的，它一方面限制了题材的多样化，重提了狭隘的题材决定论；另一方面则将文艺创作完全纳入所谓"反修防修"的轨道，驱使文艺工作者为极"左"政治服务。其实际效果是为江青、张春桥等人极力推行"左"倾文艺路线提供了理论支持，以至于在文艺界发动了不少"左"的战役。

　　文艺界"阶级斗争"的第一场"战役"，是把李建彤的长篇小说《刘志丹》打成"为高岗翻案的反党大毒草"。接着是对孟超的昆曲《李慧娘》及廖沫沙的短论《有鬼无害论》的批判。此后是对周谷城的"时代精神汇合论"的批判。在这场大清算中，尤需一提的是对《海瑞罢官》的作者吴晗的批判。1959年国民经济受到重创时，毛泽东曾对那种广泛存在着的不敢讲真话的不良风气提出过尖锐的批评，他希望敢于直谏的海瑞精神能得以发扬。正是在这种背景下，吴晗

① 见《文汇报》1963年1月6日报道。

写了《海瑞骂皇帝》、《论海瑞》等文章，并在京剧表演艺术家马连良的鼓励下，写成了《海瑞罢官》剧本，于1961年初公开演出。然而，康生、江青等却从这出戏中看出了所谓"替彭德怀鸣冤叫屈"的目的。在江青的秘密策划下，姚文元经过七八个月的努力，九易其稿，终于写成题为《评新编历史剧〈海瑞罢官〉》的批判文章并在1965年11月10日的《文汇报》上发表。接着，在康生、江青的支持下，《人民日报》和《光明日报》于1966年4月2日同时刊出戚本禹的声援文章《〈海瑞骂皇帝〉和〈海瑞罢官〉的反动实质》，文章称姚文元的《评新编历史剧〈海瑞罢官〉》一文"揭开了这一场不可避免的大论战的序幕"，并批评吴晗的剧本"是为右倾机会主义分子向党进攻擂鼓助威"，"是号召被人民'罢官'而去的右倾机会主义分子东山再起"。这种着意的歪曲让吴晗有口难辩，一顶"反党罪行"的帽子最终扣在吴晗的头上。

时任北京市委第一书记的彭真对这种捕风捉影、无限上纲的做法极为反感。在他的建议下，《北京日报》、《人民日报》刊登了《从〈海瑞罢官〉谈到"道德继承论"》、《〈海瑞罢官〉代表一种什么社会思潮》、《评吴晗同志的历史观》等文章，以期把这场带有强烈政治色彩的批判运动引导到对学术问题的讨论上来。为了更妥善地解决问题，彭真于1966年2月3日，以"五人小组"组长的身份召集会议，指出吴晗的问题纯属学术问题，与彭德怀事件无关，并一再强调"学术批判不能过火"。根据彭真的这一精神，"五人小组"拟定了《关于当前学术讨论的汇报提纲》。该《提纲》指出在学术讨论中"要坚持实事求是，在真理面前人人平等，要以理服人，不要学军阀一样武断和以势压人"。这在一定程度上限制了当时"左"倾思潮的恶性膨胀。

由于彭真等人的"阻挠"，对《海瑞罢官》的批判一时未能达到真正的政治目的。1966年4月16~20日，毛泽东主持政治局常委扩大会议，对彭真的"反党罪行"进行了批判，并决定撤销"五人小组"及《提纲》。5月16日，中央政治局扩大会议通过了毛泽东亲自主持制定的《中国共产党中央委员会通知》，即《五一六通知》。彭真被撤职，"五人小组"被解散。很快，中国进入十年浩劫的灾难时期。

第二节　对十七年马克思主义文艺理论中国化的反思

从上面的回顾可以看到，新中国建立十七年期间，马克思主义文艺理论中国化的进程是极其艰难的，充满曲折和反复的。

81

这一时期，马克思主义作为我国主流意识形态，在国内得到了更为广泛的传播。在文艺理论领域，人们普遍开展了学习马克思主义的运动，其中包括文艺学习、文艺整风和文艺工作者的思想改造等。这些学习运动，促使文艺工作者转变自己的立场、观点，从理论原则的高度逐步掌握马克思主义的世界观与方法论。这对于我国年轻的社会主义文艺（包括理论）的建设是十分有益的。但是，总体上看，十七年马克思主义文艺理论中国化进程，并非一帆风顺，而是充满荆棘和险滩，由于"左"的思想、路线的长期支配，出现过不同程度的偏离和局部的倒退。其中原因非常复杂，但最重要的是在新中国建立以后，毛泽东的文艺思想和政策出现过许多失误。

因此，要考察十七年马克思主义文艺理论中国化的基本状况，离不开对这一时期毛泽东文艺思想、文艺政策的了解，它是最集中、最典型地体现十七年马克思主义文艺理论中国化历程中的前进与倒退、进展与偏离、曲折与反复的形态。毛泽东曾经从马克思的一定的"经济基础"决定"上层建筑"的性质、状况的观点出发，考察中国新民主主义时期的文化艺术问题，指出在旧中国"中华民族的旧政治和旧经济，乃是中华民族的旧文化的根据；而中华民族的新政治和新经济，乃是中华民族的新文化的根据"①。据此，随着新中国的建立，中国出现了新的经济基础和新的政治制度，也必然要建立、出现新的文化、新的文学艺术，文艺理论和文艺政策也要有新的发展。如前所说，《讲话》作为新民主主义革命时期马克思主义文艺理论中国化的光辉成果，是在长期的革命战争和文化实践中形成的。随着新中国的建立，我国进入了社会主义和平建设时期，社会性质和社会矛盾也发生了重大的变化，党的经济、政治包括文艺路线、方针、政策理应随之进行重大的调整和改变。但是，从政治路线看，毛泽东仍然把无产阶级与资产阶级的阶级斗争作为贯穿整个社会主义社会的基本矛盾，从而始终把抓阶级斗争作为根本的"纲"。这实际上是把新民主主义时期革命战争的路线、方针、政策以一种新的形式在新的历史条件下继续推行。这在十七年的文化艺术领域表现得尤其明显，而且有时候比战争时期更为严厉。《讲话》是特定历史条件下的产物，其中有些思想在新中国继续有效，有些则需要修正、调整和变更。现在看来，这种修正、调整和变更并没有发生，相反，江青等人还脱离《讲话》产生的特定历史条件，鼓吹《讲话》在社会主义时期还能够"管几百年"。正是在这样一种不顾社会历史条件的变化，在社会主义和平建设时期继续推行新民主主义革命战争时期形成的文艺理论和文艺政策，甚至在用政治运动的方式（这是"中国特色"）对广大知识分子包

---

① 毛泽东：《新民主主义论》，载《毛泽东选集》，人民出版社1966年版，第656～657页。

括文艺工作者进行思想批判和政治上的上纲上线等方面，比革命战争时期还要变本加厉。

又比如文艺队伍问题，新民主主义时期毛泽东曾要求革命的文艺工作者花大力气、下大工夫去实现"立足点"向工农兵立场的转移，从而在自己的创作中自觉而充分地体现出自己作为民族的、阶级的工具的价值和作用。而到十七年后期，毛泽东更致力于直接从工农兵中培养艺术家，以建立"真正的"无产阶级文艺队伍，并"把文艺批评的武器交给广大工农兵群众去掌握"，看做一个战略性的任务。他提出"高贵者最愚蠢，卑贱者最聪明"的口号，号召工人和农民要破除迷信，不要迷信教授，他们不仅有能力掌握科学和技术，而且要进入文艺创造的领域。他提出无产阶级要"厚今薄古"，"抓住真理，就藐视古典"。为了达到工农兵"占领文艺阵地"的目的，就把大批知识分子出身的文艺工作者排除在社会主义文艺队伍之外。

再如在文艺创作上，毛泽东一方面强调作家要深入生活、深入火热的斗争这个创作的唯一源泉，去观察、体验、研究和分析一切人、一切群众、一切生动的生活形式和斗争形式、一切文学和艺术的原始材料，并在此基础上进行自己的创造；另一方面主张作家创作时要清除一切非理性因素的"束缚"，批判直觉、灵感、悟性等"唯心主义"的东西，使创作和批评成为一种有"理"可依的、"透明化"的过程。因为任何"直觉"等的"神秘"成分，都可能阻碍工农大众对创作和批评的有效把握，也有悖于无产阶级文艺的清晰明朗的美学风格。

新中国十七年中毛泽东的文艺思想，是他运用马列主义观察中国社会、中国文艺现状，解决中国文艺运动实际发生的种种问题所得出的新的结论。不幸的是，由于"左"的思想路线的干扰，在十七年期间，毛泽东的许多观点、结论实际上并不符合马克思主义文艺理论的基本原则，表现在上至党和国家的文艺政策，下至作家、艺术家的文艺实践，经常在理论和实践中都出现各种各样、程度不同地对马克思主义文艺理论的偏离和差错。十七年时期，政治形态的文艺思想被设置成了唯一正确的路线与纲领后，对其纯正性的维护成了文艺理论工作者的神圣使命。一个批评家倘想平安无事，就必须不断强化显化自己的政治姿态，稍有越轨，想以文艺批评为武器寻回有限的文艺自性，则可能横遭清除。佛克玛曾指出："由于严重地依赖单独一种特定的思想意识，毛泽东文艺理论事实上没有提出经过实验证明的必要性。除了还留有一点余地可以对党的指示做些大胆的解释之外，中国作家必须明白应该做些什么，这是很清楚的。没有人鼓励作家去怀疑已经过党或毛主席批准的措施，或凭创造性想象去发现与马克思主义模式有相当距离的其他解决办法。这种既经认可便一成不变的思想意识，必然会产生一些僵化作用。"① 在这样的历史语境中，解放前的不少文艺创作者，如郭沫若、巴金、老舍、曹禺、冯至、艾青、田间、臧克家、夏衍、田汉、张天翼、周立波、沙汀、艾芜、卞之琳等，尽管在 50 年代前期，或整个十七年期间，都做过许多的努力，但与"文艺新方向"所规定的创作观念和创作方法之间的关系，始终处于紧张的、难以融合、协调的状态，既不能继续原来的创作路线，又难以写出充分体现"新方向"的作品。从整体而言，这些作家中的许多人，其艺术生命，在进入 50 年代之后已基本结束。这种现象的产生，可以说是政治权力的介入、批评家的非学理性批判以及文艺家对个性化创作的放弃等多方面因素综合作用的结果。

我们认为，上述毛泽东十七年间的这些文艺思想、观点、政策、理论，不能看做是马克思主义文艺理论中国化的进展和积极成果，而应当看成对马克思主义文艺理论中国化的某种偏离、曲折、甚至局部倒退。这个历史的教训是必须深刻反思并值得牢牢记取的。

第三节　二元对立的斗争思维和实践模式

新中国建立十七年马克思主义文艺理论中国化的种种曲折和失误，若从思维方式高度进行反思的话，就是二元对立的思维模式和为斗争而斗争的实践方式。

1957 年 1 月 27 日，毛泽东在《在省市自治区党委书记会议上的讲话》中提出："我们公开承认唯物主义和唯心主义、辩证法和形而上学、香花和毒草的斗争。这种斗争，要永远斗下去，每一个阶段都要前进一步。……在放香花的同时，也必然会有毒草放出来。这并不可怕，在一定条件下还有益。"他制定了对民主人士"主动采取措施"、"让他暴露"、"后发制人"的斗争策略，指示党委书记们"要运用马克思主义的对立统一学说，观察和处理社会主义社会阶级矛盾和阶级斗争的新问题，观察和处理国际斗争中的新问题"②。3 月 12 日，毛泽东《在中国共产党全国宣传工作会议上的讲话》中说："我们提倡百家争鸣，在各个学术部门可以有许多派、许多家，可是就世界观来说，在现代，基本上只有两家，就是无产阶级一家，资产阶级一家，或者是无产阶级的世界观，或者是资产阶级的世界观。共产主义世界观就是无产阶级的世界观，它不是任何别的阶级

---

① ［荷］佛克马、易布思著，林书武、陈圣生等译：《二十世纪文学理论》，北京三联书店 1988 年版，第 122 页。

② 《毛泽东选集》第 5 卷，人民出版社 1977 年版，第 345～362 页。

的世界观。"这就把"百家争鸣"变成了"两家"争鸣，而且是一家批判另一家的阶级斗争。接着他又以"世界观"作为划分阶级的标准，把中国知识分子的大多数从以前定的"小资产阶级"变成了"资产阶级"。①并强调"我们同资产阶级和小资产阶级的思想还要进行长期的斗争"，"凡是错误的思想，凡是毒草，凡是牛鬼蛇神，都应该进行批判，决不能让它们自由泛滥"。他进一步批判了修正主义："在现在的情况下，修正主义是比教条主义更有害的东西。我们现在思想战线上的一个重要任务，就是要开展对于修正主义的批判。"②基于这样的指导思想，1958年，周扬在中共河北省委宣传部召开的全省文艺理论工作会议上说："文艺理论批评，是思想斗争最前线的哨兵。阶级斗争形势的变化，往往首先在文艺方面表现出来，资产阶级思想对我们的侵蚀，也往往通过文艺的资产阶级思想来影响无产阶级，无产阶级思想要打击资产阶级思想，前哨战往往是在文艺方面，延安整风前后是如此，新中国建立以后也是如此。"③既然文艺领域上的斗争最能敏锐地反映阶级斗争的动向，那么新政权对文艺"战线"（文艺成为阶级斗争的"战场"）的重视，就不能简单地当成文艺现象来看，而是要当成整个思想战线甚至整个革命战线里面的一个重要方面来看待。由此，斗争和批判几乎贯穿着整个新中国建立十七年文艺理论的发展历程。

这种二元对立的思维模式和斗争的实践方式，还与长期以来中国左翼文艺界内部的矛盾、冲突有着复杂的因缘关系。纵观20世纪30年代初到70年代的文艺发展过程，可以看到左翼文艺界内部存在着不同的理论派别：一是以胡风、冯雪峰为代表的，包括50年代的秦兆阳等；二是以周扬为代表的，包括后来成为左翼文学的主要领导者的邵荃麟、林默涵、何其芳等；三是在"文革"前夕形成的，以江青、张春桥、姚文元等为首的极"左"派。从20世纪30年代到50年代前期，胡风、冯雪峰与周扬等的矛盾占据主要地位。在胡风等被"清洗"之后，周扬等与更为"左"倾的江、姚等的矛盾便凸显出来。

客观地说，胡风等人并不是艺术至上主义者，在坚持文艺的现实斗争作用、在抨击艺术超阶级、超政治的论调上，他们同样是毫不含糊的。但他们在文艺的政治目的、要求的性质，以及如何实现这一目的、要求的途径、方法上，与周扬等人皆有不同的理解。他们并不认为文艺应该独立于政治，但也不认为应该等同于政治或被政治所取代、淹没。他们认为，左翼文艺在理论和创作上长期存在的问题，是文艺界的领导者"对待这个领域本身"的任何问题，"一切都简简单单依仗政治"的缘故："完全否定了'没有个性就没有共性'这个唯物论的基本原

---

① ② 《毛泽东选集》第5卷，人民出版社1977年版，第409、418页。
③ 《周扬文集》（第3卷），人民文学出版社1990年版，第31页。

则，完全忽视了文艺底专门的特点，完全忽视了文艺实践是一种劳动，这种劳动有它的基本条件和特殊规律。"① 胡风、冯雪峰为了调解文艺与政治的紧张关系，将它们加以整合，都提出了不应从艺术的价值和体现之外去看作品的政治意义和社会政治价值的主张。这就如冯雪峰在《论民主革命的文艺运动》中说的："政治决定文艺的原则，是现实和人民的实践决定文艺实践的原则；这原则，在文艺的实践上，即实践政治的任务上，又须变为文艺决定政治的原则。"总之，文艺的政治倾向问题，文艺作品的政治性问题，必须作为文艺的"构成"因素来对待。1950 年"胡风集团"中的阿垅曾用了这样的比喻来表述："可以把文学比喻为一个蛋，而政治，是像蛋黄那样包含在里面的。"② 胡风在《关于解放以来的文艺实践情况的报告》（即通常所谓"三十万言意见书"）中、秦兆阳在《现实主义——广阔的道路》中对社会主义现实主义的质疑，也都是沿着这一思路，即不应在"艺术"的构成因素之外，强加另外的政治要求和限制。

相比之下，周扬等人作为毛泽东文艺思想更忠实的阐释者、维护者，所张扬和凸显的主要是在革命战争的时代环境里产生和发展起来的马克思主义文艺思想的新形态——毛泽东的文艺思想，尤其强调革命战争年代形成的刚性的、激进的、斗争的一面，即在唯物史观指导下的以意识形态、武装斗争和无产阶级政党理论做基础的文艺思想。在马克思主义文艺理论中国化过程中，周扬等人对能动的反映论的阐释特别突出了政治的作用，以致特别注重文艺与政治的关系，产生出一系列强调文艺的革命化、政治化、大众化、作家的世界观改造、获取无产阶级世界观等关于文艺的外部关系的观点。周扬等所关注的马克思主义文艺思想的侧重点与胡风等显然不同。从马克思主义文艺理论的范畴上来考察，周扬与胡风等由分歧到纷争，不能说是无谓的争吵。他们都把自己看做真正的马克思主义者，所坚持的是正统的马克思主义文艺观，所表达的是"终极"性质的真理；他们都表示拥戴毛泽东的《讲话》，都把建立革命的无产阶级文艺，当做自己的职责。他们从各自的立场所提出和坚持的文艺理论主张，确实都有其不可抹杀的积极意义。但由于党的文艺方针政策的制定者和贯彻执行者所犯的一系列"左"的错误，特别是将文艺学术问题政治化以及由封建残余造成的权力专制主义的错误，使处于"在野"的胡风一派遭到无限上纲的政治批判和打击便是必然的了。同样不幸的是，周扬等虽然始终都认为自己是忠于毛泽东文艺思想的马克思主义者，但后来被更为"左"倾激进的江青、姚文元等当做"异端"、"右派"，"混进"革命队伍的"资产阶级分子"而加以排挤、打击。结果，他们都成了现代

---

① 胡风：《关于解放以来的文艺实践情况的报告》，载《新文学史料》1988 年第 4 期。
② 阿垅：《论倾向性》，载《文艺学习》（天津）1950 年创刊号。

文艺史上的"悲剧人物"。

十七年文艺领域的政治斗争、阶级斗争的直接后果之一是造成粗暴批评的泛滥成灾,这不仅令普通知识分子惶恐不安,也曾引起文艺界上层领导的某些不满,他们曾试图扭转这种倾向。1953 年周扬在第二次全国文代会上严正指出:"报刊上所发表的一些粗暴、武断的批评,以及在这种批评影响下所煽起的一部分读者的偏激意见⋯⋯使不少作家在精神上感到了压抑和苦恼。这种情绪是需要设法转变的。"① 1955 年 4 月 11 日《人民日报》社论也说:"学术批评和讨论,应当是说理的,实事求是的。这就是说:应当提倡建立在科学基础上的批评和讨论,应当以研究工作为基础,反对采取简单、粗暴的态度。"② 1957 年,毛泽东对粗暴批评也多次表示了不满,在谈到"百花齐放、百家争鸣"方针时说:"思想斗争同其他斗争不同,它不能采取粗暴的强制的方法,只能用细致的讲理的方法。"在同文艺界代表座谈时,毛泽东将粗暴批评列为不良批评之一,说它是"教条的,粗暴的,一棍子打死人,妨碍文艺批评开展的"。③ 然而,在一个不仅靠文艺自身的调节,而且靠政治权力干预以建立一体化文艺格局的环境中,表征着政治和阶级斗争动向的粗暴批评未能得到根本的克服。

正是这种二元对立的思维模式和无情斗争的实践方式在十七年中处于权力支配的地位,使马克思主义文艺理论的中国化进程受到阻碍,发生不同程度的偏离,乃至局部的倒退。

第四节　苏联文艺理论的双重影响

在中国马克思主义文艺理论出现之前,西方马克思主义文艺理论和苏联马克思主义文艺理论都已发展成为比较完善的理论模式,并已对整个世界的理论格局产大了巨大的冲击力。因此,当鲁迅、瞿秋白、冯雪峰、周扬、胡风等人为中国的读者介绍马克思主义文艺理论的时候,不得不在两种不尽相同的理论模式中进行一次艰难的选择。也许因为在新民主主义时期政治上走俄国十月革命道路的历史选择,或者因为苏联文艺理论的模式更加具有实践色彩,或者还因为中国当时的文艺情状与苏联的文艺情状有着更多的相似之处,所以,我国的马克思主义文艺理论家们,都自觉不自觉地把学习、借鉴的目光凝注在苏联这块社会主义的圣

---

① 《周扬文集》(第二卷),人民文学出版社 1985 年版,第 246 页。
② 《展开对资产阶级唯心主义思想的批判》,载《人民日报》1955 年 4 月 11 日,第 1 版。
③ 参见《毛泽东文艺论集》,中央文献出版社 2002 年版。

土上。苏联文艺理论、批评的经验对马克思主义文艺理论中国化历程的影响，无疑是巨大而深远的，其中积极影响是主要的，但也有消极影响。

十七年期间，苏联文艺思潮对我国文艺理论的影响比较复杂，大致可分为三个阶段来分析，即"全盘苏化"的 20 世纪 50 年代前期；"解冻"的 50 年代中后期以及自觉"疏离"的 60 年代前期。这里主要谈受苏联文论影响较大的 50 年代前期。应当肯定那时我国对苏联文艺理论的学习和借鉴，对于新中国刚刚建立时文艺理论工作者了解、掌握马列主义文艺理论新体系，并努力与以《讲话》为代表的毛泽东文艺思想结合起来，是起了积极作用的。不过，这种对苏联文艺理论的大规模接受不完全是学术意义上的，而且接受的方式也过于峻急，这不可避免地带来了一些负面影响。比如，苏联文艺理论常把文艺完全纳入到纯认识论领域中进行研究，排除了它与实践论、价值论之间的联系，因而陷入到机械反映论模式之中。它往往把一般规律简单地套用到个别事物上，而忽略了从特殊的层面上对文艺特殊性质和规律做深入的探讨，有意无意地把文艺当做只是一种概念和公式的图解。这对中国文艺理论和创作无疑产生了不良影响。又如，我们在全面朝向苏联时，对西方文论特别是西方现代派文论采取了断然排斥的态度。苏联文论是在与西方文论尖锐对立中显出其价值的，日丹诺夫称西方文论与现代艺术为"资产阶级的没落颓废货色"，资产阶级文学"无论题材和才能，无论作者和主人公，都是普遍地在堕落着。"① 并且，中国在接受苏联文论时，连同其许多"左"的观点也一起吸纳进来，"拉普"习气、"日丹诺夫主义"等得以长驱直入，这些都渗透到新中国建立后的历次文艺批判运动中，助长了诸多不正常现象的出现。

总之，新中国建立十七年期间，由于长期的革命与战乱所造成的启蒙精神、理性精神的匮乏，主体性的失落，由于在现代迷信蛊惑下民众产生的对现代民族国家的乌托邦的想象和"革命"冲动，由于"左"倾思潮的日渐泛滥和德国当代著名哲学家哈贝马斯意义上的"公共空间"的缺失等，使马克思主义文艺理论中国化建设显得艰难曲折，复杂多变。它一方面取得了一定的历史实绩；另一方面也留下了颇多的遗憾，造成了许多负面影响。当此 21 世纪初，回望已经成为"传统"的十七年马克思主义文艺理论中国化历程，其中沉淀的历史经验和教训仍值得我们深深思索。

---

① 《日丹诺夫论文学与艺术》，人民文学出版社 1959 年版，第 7 页。

第四章

"文革"时期（1966～1976年）：
停滞与异化

经历了"十七年"的艰难探索之后，是 1966～1976 年深刻影响中国甚至世界发展方向的十年"文化大革命"（简称"文革"）时期。"文革"是"在社会主义条件下，由执政党领袖亲自发动和领导，以所谓'无产阶级专政下继续革命理论'为指导，由党的中央委员会做出决定并号召全民参加，笼罩着反修防修的神圣光环，运动的重点是整所谓党内走资本主义道路的当权派，性质是'一个阶级推翻一个阶级'的政治大革命，形式是发动亿万群众自上而下地揭露党和国家的黑暗面，全面夺权"①。"文革"十年是动乱之世，使党、国家和各族人民遭受了新中国成立以来最严重的灾难和损失，社会主义政治、经济、文化都受到了极大的冲击和破坏。"文革"针对的是"文化"，包括文艺理论批评和文艺实践在内的社会主义文化首当其冲；"文革"是对社会主义文化事业的浩劫。在这十年内，并没有出现运动发动者所期望的"大乱"之后实现"大治"的时代文化局面，恰恰相反，"大乱"使各种封建的、野蛮的、不合法也不合理的心态和行为泛滥蔓延；在这十年内，也没有出现人性从低级向高尚、自落后向先进、由不纯粹向纯粹的发展局面，恰恰相反，阴霾中的大部分人感受到的是高尚被卑鄙嘲弄、纯粹被权力利用、尊严被反复践踏的"现实"。"文革"是中国社会主义事业的一个特殊历史阶段，也是中国化马克思主义实践的一个不容回避和忽视的特殊时期。今天，从文艺理论的角度反思这一历史时期的深刻教训，对于

---

① 席宣、金春明：《"文化大革命"简史》，中共党史出版社 2005 年第 2 版，第 2 页。

探索马克思主义中国化的健康路径，进而推进中国社会主义事业的健康发展，无疑有着重要的意义。

第一节 "文革"的基本政治语境

一般来说，"文革"指的是从 1966 年 5 月中共中央政治局扩大会议至 1976 年 10 月 6 日以华国锋、叶剑英为核心的中共中央政治局采取果断措施粉碎"四人帮"之间的十年。"文革"是一系列政治纲领和事件、群众运动的集合，以 1966 年和 1976 年的两次重要政治事件为时间界限，以与之前的"十七年"和之后的"新时期"相区别，是合适的。不过，若详细考察，这十年还可根据政治运动属性而划分为三个阶段[①]，它们分别是：

1966 年 5 月～1968 年 8 月。这一阶段在政治话语上以"两条路线"斗争论为主，政治斗争结果以北京市委与刘少奇、邓小平的被打倒为表征；在政治运动方面则以"红卫兵"群众运动最为瞩目。

1968 年 9 月～1971 年 9 月。这是"文革"所谓的"斗、批、改"阶段。除了延续上一阶段"两条路线"斗争的舆论，这一时期突出了对广大干部和知识青年进行再教育的宣传。林彪集团在这一时期政治上的起伏直至覆灭"客观上宣告了'文化大革命'的理论和实践的失败"[②]。

1971 年 10 月～1976 年 10 月。这一阶段，在周恩来、邓小平主持下，中共中央对政策做了一些调整，与"四人帮"展开了针锋相对的斗争，在实践中对"文革"进行了纠偏。1976 年 9 月毛泽东的逝世、10 月"四人帮"的被隔离审查，标志着"文革"十年内乱的结束。这一时期影响较大的思潮是所谓"批林批孔"和"评法批儒"。

虽然依据政治事件和群众运动可对"文革"十年做以上分期，但是亦应指出，贯穿"文革"的主流话语其实就是毛泽东本人提出的"无产阶级专政下继续革命的理论"（简称"继续革命论"）。经历了"大跃进"造成的三年严重经济困难的不幸局面之后，正当刘少奇、邓小平主持经济工作并取得了一些成绩之际，毛泽东在 1962 年 9 月召开的中共八届十中全会上"重提阶级斗争"。会后发表的公报认为，"在无产阶级革命和无产阶级专政的整个历史时期，在由资本主义过渡到共产

[①] 此处对"文革"三阶段的划分参考了《中国共产党中央委员会关于建国以来党的若干历史问题的决议》，在具体时间点上则参考群众运动这一因素做了相应调整。

[②] 《中国共产党中央委员会关于建国以来党的若干历史问题的决议》。

主义的整个历史时期"，"存在着无产阶级和资产阶级之间的阶级斗争，存在着社会主义和资本主义这两条道路的斗争"，强调"阶级斗争是不可避免的"，号召"千万不要忘记"阶级斗争，"在对国内外阶级敌人进行阶级斗争的同时，我们必须警惕和坚决反对党内各种机会主义的思想倾向"。毛泽东1966年8月5日写下的《炮打司令部——我的一张大字报》里，"联想到1962年的右倾和1964年形'左'实右的错误倾向"，"秋后算账"式说刘少奇、邓小平是"右倾"，毛泽东的这番话确实"可以发人深醒"。至1967年11月6日"两报一刊"（《人民日报》、《解放军报》和《红旗》杂志）联合发表的社论《沿着十月社会主义革命开辟的道路前进——纪念伟大的十月社会主义革命50周年》（由陈伯达等人起草，经毛泽东审阅），首次将毛泽东"继续革命论"做了更明确的概括和阐发，指出继续革命最重要的"是要开展无产阶级文化大革命"。林彪在1969年4月召开的中共九大上对"继续革命论"做了系统论证，这次会议修改的《中国共产党章程》的《总纲》还把"继续革命论"写了进去，使之成为党的基本路线。

历史已经证明，影响并塑造了"文革"基本语境的"继续革命论"是一种错误的理论。1981年6月中共十一届六中全会通过的《中国共产党中央委员会关于建国以来党的若干历史问题的决议》正确指出，"毛泽东发动'文化大革命'的这些左倾错误论点，明显地脱离了作为马克思列宁主义普遍原理和中国革命具体实践相结合的毛泽东思想的轨道，必须把它们同毛泽东思想完全区别开来"。不过，在整个"文革"过程中，"继续革命论"被吹捧为马克思主义中国化的新成果，并得到自上而下的贯彻执行。1967年11月6日"两报一刊"社论文章高度评价"继续革命论"是对马列主义关于无产阶级专政时期"阶级斗争观念"、"无产阶级专政观念"的"天才地创造性地发展"，"具有划时代意义，在马克思主义发展史上，树起了第三个伟大的里程碑"。斯以为证。从历史的眼光来看，"继续革命论"这种自以为是的马克思主义学说并没有真正贯彻马克思主义的原则和方法，然而我们也无须否认，受制于特殊的历史语境和主要领导人的错误推动，"继续革命论"虽然在根本上是错误的，但确乎是马克思主义中国化过程中不可跳过的重要历史环节。

第二节 "文革"时期文论话语概况

与"继续革命论"的基本政治语境相符合，"文革"时期文论话语呈现出极强烈的"左"倾色彩，文论沦为政论的工具，成为"影射史学"的帮凶。从历史的眼光来看，以江青、张春桥、姚文元为代表的"中央文化革命小组"为首，以"两报一刊"为主要"阵地"，以分布于京、沪等地的众多"写作组"为依托，"文革"期间正式发表的大量文艺工作指令、文艺批判文章紧密配合当时的政治形势，极不光彩地充当了政治批判、人格贬损、权力争夺的工具，在当时和以后造成了极为恶劣的影响。今天，站在马克思主义的立场上可以说，"文革"时期文论话语虽然自称代表了无产阶级，是"最马克思主义"因而也是"最革命"的，但在实际上却基本是非马克思主义甚至反马克思主义的。它留给世人的是负面而沉重的"遗产"，成为后人的伤痕记忆，也成为后人深刻反思的对象。

"文革"文论话语是阶级斗争扩大化、绝对化的产物，是阶级斗争学说在意识形态领域的延伸。从文艺和文论角度溯源，"文革"文论话语实际上较典型地形成于1964年。这是因为1963年12月和1964年6月毛泽东关于文艺工作的两个批示①，以及1964年江青"文艺革命旗手"地位的确立，为"文革"文论话语定下了基调。

毛泽东在两个批示中认为，新中国建立十五年来文艺部门"基本上（不是一切人）不执行党的政策，做官当老爷，不去接近工农兵，不去反映社会主义的革命和建设。最近几年，竟然跌到了修正主义的边缘"。毛泽东对文艺工作的严厉批评言过其实，在客观上鼓励、促成了文艺界所谓"两条道路"、"两种路线"斗争的舆论，成为文艺界"文化大革命"的动员令，也成为日后林彪、江青合谋炮制"文艺黑线专政"论的依据。1964年5月9日，林彪在《对部队文艺工作的指示》中对部队文艺工作的目的、文艺的评价标准、文艺工作的方向和策略、文艺工作抵制和打击的对象等问题做出了明确的指示，这些成为后来《林彪同志委托江青同志召开的部队文艺工作座谈会纪要》（简称《纪要》）的理论前奏。林彪在《对部队文艺工作的指示》中指出，无产阶级文艺的目的就是要"团结人民，教育人民，鼓舞革命人民的斗志；瓦解敌人，消灭敌人，进行兴无灭资的斗争"。在林彪看来，文艺"是强有力的思想武器，是形象地、通俗地宣传马克思列宁主义、毛泽东思想的工具"。关于文艺评价标准，认为"不能只有一个标准，要有两个标准，就是要有政治标准和艺术标准"，但是"我们的文艺要把政治标准放在首要地位，凡是瓦解部队战斗力的作品，艺术性再强我们也不要"，再次确立了政治标准对于艺术标准的优先地位。文艺工作专政和打击的对象是"帝国主义、资本主义和修正主义"，因为这些文艺是"反动的、颓

---

① 分别为：1963年12月12日在中宣部文艺处反映上海市在柯庆施领导下大抓故事会和评弹改革的《情况汇报》上的批示，以及1964年6月27日在江青违反程序送交的《中央宣传部关于全国文联和所属协会整风情况报告》草稿上的批示。

废的、色情的，是麻痹人民、欺骗人民的"。虽然说"文艺黑线专政"论是1966年正式提出来的，但是在1964年其理论基础已经酝酿成熟了。

1964年6月5日至7月31日，为贯彻毛泽东关于文艺特别是戏剧工作批示的精神，检阅戏剧改革特别是京剧改革成果，文化部在北京举办全国京剧现代戏观摩演出大会。长期不公开露面的江青在观摩演出人员座谈会上发表了题为《谈京剧革命》①的讲话，"提倡革命的现代戏"，要求"反映建国十五年来的现实生活"，把"在我们的戏曲舞台上塑造出当代的革命英雄形象"当做"首要的任务"。此后现代京剧逐渐发展为"革命样板戏"，成为崭新的"无产阶级文艺形式"的典范。正如1965年10月30日《文化部党委关于当前文化工作中的若干问题向中央的汇报提纲》中所说："大演革命的现代戏以来，整个舞台面貌发生了根本性的、历史性的变化。"②1964年的观摩演出标志着无产阶级文艺的典范运动正式拉开帷幕，也标志着江青作为"文艺革命的伟大旗手"的正式登台。后来所谓"红色经典"的树立都是在此基础上展开的。

综上种种，在文艺理论的文脉中，把1964年作为"文革"时期文艺理论的开端之年，是妥当的。

事实上，相比于1964～1966年的文艺运动和文论话语，1966～1976年十年间的文论并没有产生新的话语模式，它只是对1964～1966年文论话语的极端化应用与展开。尽管1971年林彪事件后文艺界的话语控制有过松动与收紧的反复③，但统观这十年，仍是"左"的话语甚嚣尘上。其基本"语法"，仍是在所谓"马克思主义发展史上第三个伟大的里程碑"的"继续革命论"的统领下，一方面否定"十七年"的文艺实践，批判所谓"黑八论"；另一方面鼓吹"根本任务论"，并炮制出"三突出"、"三陪衬"等一套创作原则和方法。在实践过程中，它往往上纲上线、罗织罪名，成为政治批判的工具，或以题材决定论抛弃艺术准则，无以复加地强调政治原则、阶级原则。文艺与政治的关系成为"文革"文论的支配逻辑，而要求文艺、文论隶属于、服务于政治需要（乃至与政治保持"一体化"），则成为这种逻辑的最主要表征。其结果，是文论话语和文艺创作活力的被窒息。因此，用"马克思主义文艺理论中国化的停滞与异化"来定位此一时期的文论实践，是切合实际的。

---

① 后来由1967年第6期《红旗》公开发表。

② 原载中共中央党校党史教研二室编《中国共产党社会主义时期文献资料选编（五）》［内部出版］，1987年。

③ 1971年12月《人民日报》重新发表毛泽东的题词："希望有更多的好作品问世"，文艺政策做了部分调整，之后部分文艺和学术刊物复刊或创刊，文艺创作亦出现了小范围的复兴局面。但1974年就出现了对所谓"黑线回潮"的批判。1975年毛泽东对《创业》、《海霞》做出肯定性批示，要求调整文艺政策。但紧跟着就是反击右倾翻案风运动的开展。

第三节　文论话语中的"破"与"立"

　　除了偶有简短的信件或批示，毛泽东本人在"文革"期间并没有发表系统的文论著作①，"文革"期间真正奠定主流文论基调并影响深远的是《纪要》。

　　《纪要》提出"文艺黑线专政"论，彻底否定了新中国建立后文艺界的工作，认为新中国建立以来对毛主席的文艺路线"却基本上没有执行，被一条与毛主席思想相对立的反党反社会主义的黑线专了我们的政，这条黑线就是资产阶级的文艺思想、现代修正主义的文艺思想和所谓三十年代文艺的结合"，号召"坚决进行一场文化战线上的社会主义大革命，彻底搞掉这条黑线"。《纪要》总结概括了新中国建立后"资产阶级的文艺思想、现代修正主义的文艺思想"的表现，归纳成"黑八论"，即"写真实"论、"现实主义广阔的道路"论、"现实主义的深化"论、反"题材决定"论、"中间人物"论、反"火药味"论、"时代精神汇合"论以及电影界的"离经叛道"论。"三十年代文艺"也有所指，说的是"那时左翼的某些领导人在王明的右倾投降主义路线的影响下，背离马克思列宁主义的阶级观点，提出了'国防文学'的口号"，实际上把批判矛头对准了周扬②。《纪要》号召，一要"破除对所谓三十年代文艺的迷信。那时，

---

　　① 这并不是说毛泽东著作的指导性、纲领性作用在"文革"期间有所松动，实际上，毛泽东在"文革"之前写作的几个相关文件在"文革"之中发挥了巨大的作用。这些文件包括："文革"期间重新发表的"关于文学艺术问题的五个文件"（即《看了〈逼上梁山〉以后写给延安平剧院的信》、《应当重视电影〈武训传〉的讨论》、《关于红楼梦研究问题的信》以及《关于文学艺术的两个批示》）、《在延安文艺座谈会上的讲话》（简称《讲话》）、《关于正确处理人民内部矛盾的问题》和《在中国共产党全国宣传工作会议上的讲话》等。它们被江青炮制的《纪要》称为"马克思列宁主义世界观和文艺理论的新发展"，"够我们无产阶级用上一个长时期了"。其中影响最大的是两个"批示"和《讲话》。当然，从政治影响并决定文艺的角度来看，"文革"期间最重要的政治文件（比如《五·一六通知》等）都是在毛泽东的授意下或经毛泽东批阅后形成的。不过，"文革"后期文艺政策的两次调整（1972年、1975年）都与毛泽东有关，尤其是1975年他指示邓小平、江青调整文艺工作政策，并批示把周扬问题定为"人民内部矛盾"，客观上促进了文艺创作的复苏；毛泽东的这些努力是值得部分肯定的。

　　② 周扬当时担任中宣部副部长、文化部副部长、文联副主席和作协副主席。作为文艺理论家，他自称"是车尔尼雪夫斯基的忠实信奉者"（《文艺与生活漫谈》，连载于《解放日报》1941年7月17～19日）。毛泽东的两个"批示"明确表达了对文化部、文联及其他文艺协会的不满。作为这些部门的主要负责人，周扬首当其冲，尽管他努力跟上形势，但仍对大局发展无能为力。时至1966年初，舆论界已经酝酿着对他的批判了。之后，周扬被批判为"资产阶级文艺黑线的总头目和祖师爷"，是一贯反对毛泽东思想的"反革命两面派"，他和田汉、夏衍、阳翰笙被打成三十年代"文艺黑线的四条汉子"。在舆论的推波助澜下，毛泽东的延安《讲话》成了专门"针对以周扬同志为代表的三十年代资产阶级文艺路线作了系统的批判"，两个"批示"也是"正是针对周扬这些人"了。

左翼文艺运动政治上是王明的'左倾'机会主义路线，组织上是关门主义和宗派主义，文艺思想实际上是俄国资产阶级文艺评论家别林斯基、车尔尼雪夫斯基、杜勃罗留波夫以及戏剧方面的斯坦尼斯拉夫斯基的思想"；二要"要破除对中外古典文学的迷信……一定要用批判的眼光去研究，做到古为今用，外为中用"；三要"对十月革命后出现的一批比较优秀的苏联革命文艺作品，也要有分析，不能盲目崇拜，更不能盲目的模仿"。《纪要》强调"同资产阶级思想必须划清界线，决不能和平共处"。

《纪要》事实上成为十年"文革"的冲锋号。1966 年 4 ~ 5 月，中共中央政治局常委扩大会议贯彻毛泽东的决定，对"彭真、陆定一、罗瑞卿、杨尚昆反党集团"进行了批判，5 月 16 日通过《中国共产党中央委员会通知》（即《五·一六通知》），要求"高举无产阶级文化革命的大旗，彻底揭露那批反党反社会主义的所谓'学术权威'的资产阶级反动立场，彻底批判学术界、教育界、新闻界、文艺界、出版界的资产阶级反动思想，夺取在这些文化领域中的领导权"。

《纪要》的"立"表现在树立"无产阶级文艺样板"："要在党中央和毛主席的领导下，在马克思列宁主义和毛泽东思想的指导下，去创造无愧于我们伟大的国家，伟大的党，伟大的人民，伟大的军队的社会主义的革命新文艺。这是开创人类历史新纪元的，最光辉灿烂的新文艺"，"要有信心，有勇气，去做前人所没有做过的事"。1962 年 9 月毛泽东在中共八届十中全会上做出全国开展阶级斗争的决定，《纪要》特意在新中国建立后十六年工作中突出强调了 1962 年 9 月以后"近三年来"的成就。实际上，江青 1964 年后主抓文艺，大树"无产阶级文艺样板"，《纪要》如此措辞也是江青在为自己邀功。《纪要》认为"近三年来"文艺工作的"亮色"有两个：一是"革命现代京剧的兴起……带动文艺界发生着革命性的变化"；二是"工农兵在思想、文艺战线上的广泛的群众活动……特别是工农兵发表在墙报、黑板报上的大量诗歌，无论内容和形式都划出了一个完全崭新的时代"。这样，江青 1964 年以来搞的两个文艺试点（一是"革命样板戏"；二是天津市郊小靳庄的诗歌运动）都获得了肯定，她对于"无产阶级文艺"话语的权威地位得以确立。

根据"三突出"原则，"文革"文艺形成了一整套形式规则，包括戏剧冲突、舞台调度、灯光和镜头运用、唱腔运用、歌舞乐的安排等。戏剧冲突必须"多侧面"、"多层次"、"多回合"、"多浪头"、"多波澜"、"水落石出"、"水涨船高"，以在"长期的、曲折的、复杂的"、"波澜起伏、曲折跌宕的阶级斗争"中突出主要英雄人物"关于驾驭风云的革命智慧和英雄胆略"。舞台调度上，主要英雄人物始终占据舞台中心，始终坐第一把交椅。灯光要跟着主要英雄人物转，镜头运用上必须让英雄人物"近、大、亮"，让反面人物"远、小、黑"，所谓"我近敌远，我正敌侧，我仰敌俯，我明敌暗"。唱腔设计上英雄人物要有成套唱腔，歌舞乐的安排则必须器乐服从舞蹈，舞蹈服从歌唱。

"三突出"的原则和方法是在唯心主义英雄史观指导下形成的，它最初来源于样板戏的创作，后来延伸并运用到其他艺术门类中，成为"文革"文艺的根本指导思想。它实际上违背了马克思主义文艺理论的"典型"理论，成为套在作家艺术家身上的"条条框框"。"三突出"的贯彻导致了文艺创作和演出严重的公式化、模式化，文艺作品中、戏剧舞台上人物关系千篇一律，人物形象千人一面，社会生活的复杂性、文艺世界的丰富性都被剥夺了。"三突出"是"文革"文论话语极端政治化和异化的体现，也是"社会政治等级在文艺形式上的体现"①，它反映出的是当时英雄至上和个人崇拜的政治与文化生态。

"文革"期间，因为大多数著名的文艺理论批评家已被打倒，大部分文艺批评文章除了姚文元、戚本禹等中央文革小组成员的文章署本人姓名外，其他文章基本是以写作组集体的名义发表的。其中最著名的是"梁效"（北大清华两校大批判组）、丁学雷、罗思鼎、任犊（上海市委写作组）、池恒（《红旗》杂志写作组）、唐晓文（中央党校写作组）、初澜、江天（文化部写作组）、洪广思（北京市委写作组）等。为了制造声势，一个写作组往往使用多个笔名（多者达二三十个）。写作组的领导者是当时负责意识形态的官员（迟群、徐景贤），由中央文革小组成员（江青、张春桥等）在背后指挥、操控。许多文章在"两报一刊"最重要的位置发表，有的还由新华社发通稿，被指定为政治学习文件。这种集体创作并署名的"写作组体"文风的形成虽然起源颇早②，但在"文革"中的盛行仍然与《纪要》有关。《纪要》"提倡革命的战斗的群众性的文艺批评，打破少数所谓'文艺批评家'（即方向错误的和软弱无力的那些批评家）对文艺批评的垄断，把文艺批评的武器交给广大工农兵群众去掌握，使专门批评家和群众批评家结合起来"，还说什么"不要怕有人骂我们是棍子，对人家说我们简单粗暴要有分析……对敌人把我们正确的批评骂做是简单粗暴，就一定要坚决顶住"。不是提倡写作专业的、实事求是的文艺批评，而是号召以"广大工农兵群众"的名义写作所谓"战斗性强"的批判文章，这在客观上纵容并滋长了"棍子"文风，影响极坏。

党的"九大"以前，写作组大批判文章主要集中在政治方面，即便从文艺

---

① 洪子诚：《中国当代文学史》，北京大学出版社1999年版，第203页。

② 集体创作从延安时期就已经出现，到20世纪50年代以后的厂史、村史和中苏论战的"九评"写作班子等继续发展，至"文革"中后期达到鼎盛期。从中央各部委到各省市，都效法上海市委和北大清华的做法，成立了写作组。

问题入手，所要解决的问题仍是政治问题、领导权问题。"九大"以后，各个领域"抓紧革命大批判"，对"文革"前已出现的和"文革"中表现"阶级斗争新动向"的"反动观点"、"反动作品"进行批判①。在此风气影响之下，甚至出现过"把大学文科办成写作组"的怪谈。1970 年 1 月 8 日，《解放日报》发表的《文科就是要办成写作组》称"工农兵写作组才是社会主义文科大学的好样子"。同日，《文汇报》也发表文章称"写作组是造就无产阶级舆论人才的大学"。15 日，《人民日报》刊出《红旗》1970 年第 1 期发表的上海革命大批判写作小组文章《文科大学一定要搞革命大批判》，认为"文科大学是干什么的，是学习马克思主义、列宁主义、毛泽东思想的"，"有一条不可缺少的，就是搞革命大批判"，主张"应该把革命大批判深入到文科各个学科，批判哲学、历史学、文学、政治经济学、新闻学、教育学等领域的反动的资产阶级思想体系。只有这样，旧的文科大学才能在批判中获得新生"。文章甚至认为，文科大学不必搞什么专业分工，要求"把文科办成写作组"，宣称"写作组"是"无产阶级的新生事物"。大学大办写作组的热潮实际上进一步冲击了本已十分薄弱的专业学术研究，帽子、棍子漫天飞舞，正常的学术研究完全停滞不前了。

第四节 "文革"时期文艺实践与文论话语的互动相生

"文革"时期文艺实践具备一定的复杂性，因为有"地下文学"、"潜在写作"的存在，这一时期创作完成的文艺作品并不是完全的"同质化"，而是包含了相当的丰富性，这一点已为众多研究者指出②。在已有研究成果的基础上，这里选取有代表和典型性的个案进行研究，从微观领域来透析宏观的文艺理论动态，反思这一时期文艺实践与文论话语的互动相生关系的几种形态。选取的个案主要有：以无产阶级"红色经典"的典范——"革命样板戏"变成"红色经典"的过程来看待文艺和国家政治意识形态之间的互动关系；从以户县农民画为代表的工农兵绘画来分析大众化文艺模式在"文革"时期的阶段特征；从"红卫兵诗歌"来看国家主流意识形态如何分化出自我否定的因素；最后分析跟

---

① 包忠文主编：《当代中国文艺理论史》，江苏教育出版社 1998 年版，第 116 页。

② 如潘凯雄、贺绍俊《文革文学：一段值得重新研究的文学史》、洪子诚《中国当代文学史》、陈思和主编《中国当代文学史教程》、王家平《文化大革命时期诗歌研究》、李辉《在"知识流放"中吟唱——孙越生和他的"干校诗"》、杨健《文化大革命中的地下文学》等。另外，对于"文革"时期绘画、音乐等艺术门类的研究也逐渐揭示了其复杂性。

主流疏离的"手抄文存"和"地下文学",借以透显文艺在高度同质化政治文化语境中生存的复杂性。

"革命样板戏"① 是文革时期所有文艺中最风光的政治宠儿,它的初期形态是"京剧现代戏"。"文革"之前京剧现代戏在各地已经初具雏形,经过改造之后,于 1964 年 6 月 5 日,在全国京剧现代戏观摩演出大会上粉墨登场,在北京的舞台上演出持续了两个月。6 月 23 日,江青在观摩演出人员座谈会上做了《谈京剧革命》的发言;毛泽东对江青的发言欣赏有加②。后来,整个中国文艺就朝着江青插手的"京剧革命"的方向发展。江青也成为文艺界的实际领导者。

被立为样板的戏剧作品大多在"文革"以前就已上演并获得观众好评,而江青则以文艺专家的身份,打着"京剧革命"的旗号,把样板戏说成是自己"亲自参加并具体指挥下"创造出来的,并恬不知耻地自吹自擂"这些震撼世界的艺术成就"是"人类文艺史上伟大的创举"③。而这些作品从现代京剧、现代芭蕾舞剧、现代交响音乐均冠以"革命"二字,最终成为"革命样板戏",这是红色经典制作的典型范例。样板戏创作遵守的原则主要体现在:"根本任务论"、"三突出"和"革命现实主义和革命浪漫主义相结合"。这些原则并不是一开始就成为指导原则,而是存在着一个总结概括的过程,在原则确立后才使得随后的文艺创作模式化、样板化。"根本任务论"、"三突出"和"革命现实主义和革命浪漫主义相结合"固然显得僵化和呆板,然而把它置入文艺具体实践之中,其内在的逻辑却非常连贯。下面将从几个方面来探讨政治与样板戏的相关问题。

值得注意的是,即便是在这种"左"的环境下,发泄对现实的不满和反抗依然存在,最突出的就是"手抄文存"和"地下文学"。

"手抄文存"和"地下文学"其共同特点是它们与当时主流政治话语、文论话语的自觉疏离,它们体现出来的文学观念、审美原则、思维方式等都跟政治统率下的主流文艺思潮格格不入。它们在"地上"文学艺术一片歌颂和崇拜的喧哗中、在打击和批判的声讨声中保持着自身的趣味和立场。当然这两者之间也存在着很大的差异。周京力在《暗流:"文革"手抄文存》的"代序"中对"手抄文存"进行了这样的注释:"手抄文存"本是在"文化大革命"中产生的一个新的文学类别,用以填充那一段书籍遭禁毁、作家被歧视和冷藏的匪夷所思的文

---

① 最有名的八个"革命样板戏"是 1967 年 5 月正式推出的,包括:现代京剧《智取威虎山》、《红灯记》、《沙家浜》、《海港》、《奇袭白虎团》,现代芭蕾舞剧《红色娘子军》、《白毛女》,现代交响音乐《沙家浜》。

② 6 月 26 日,毛泽东对江青的发言批示道:"已阅,讲得好。"

③ 江青甚至自我吹嘘:"无产阶级从巴黎公社以来,都没有解决自己文艺的方向问题。自从一九六四年我们搞了样板戏,这个问题才解决了。"(1976 年 1 月 21 日对中国艺术团的讲话)

化专制时期，整个一代人们文化生活需求空白的一种新类型的文学作品①。它通常具有以下特征：

由某人匿名写作，再由相信该故事的真实性并喜欢它的阅读者抄写传阅，抄写过程中传抄者不断根据自己的好恶加工或者改变，写作方式接近口语化，叙述方式类似传统话本，故事有不受形式限制的自由，同时还具有集体创作所特有的粗糙的文字、故事性强且紧贴时代特征，属于民间传说现代版的延续。故事内容多属于满足人们当时心理需求和审美情趣为圆满，间或以发生的重大事件为蓝本，是"文革"中后期过剩的激情与弥漫在整个社会的虚幻游离空气相悖的产物，其中不乏道德法庭、道德救赎，僭越禁锢的进步作品，但是大批判、肃杀、颠覆、嗜血成性，拙劣的迎附政治语境、神经质地图解阶级斗争观，空洞浮夸等大标语式的信息符号仍是手抄本的主流。②

如果说"手抄文存"更多的具有民间色彩，那么"地下文学"就具有更为独立的立场和自身有意识的诉求，更能体现作家的个性化思想追求和审美追求。它是思想和文艺走向另外一个方向的能量聚集地所在。在此我们用"地下文学"来指那些跟主流意识形态和官方话语主动疏离、保持独立思考和创作的文艺现象，也包含那些独立思考文艺创作规律的潜在文论话语。主要是：（1）那些被囚禁在监狱、牛棚，被驱赶到干校的作家们的创作，如郭小川压制不住内心的创作冲动，写下了《团泊洼的秋天》、《秋天》等诗篇；茅盾晚年创作的《霜叶红于二月花》初稿；丰子恺的《缘缘堂续笔》；曾卓的《悬崖边的树》，牛汉的《悼念一颗枫树》等，这些创作明显与时代主流文学大相径庭，他们的创作体现出来的个性和追求表达了对主流文艺观念的疏离和反抗。（2）"地下文学沙龙"的文学创作，还有后来下放到农村和边疆的"知青文学"。舒婷的《赠》，北岛的《回答》，食指的《这是四点零五分的北京》、《相信未来》，还有芒克、多多等人的创作都超越了那个时代的主旋律。作家用自己独特的生活和生命的体验，用自己的清醒的思性结合诗性的才华，实现了对标语、口号式的主流文艺系统的颠覆和反叛。他们坚持着文艺自身的立场，他们的作品代表了当时文学创作的最高水平。这是自觉与主流意识形态对文艺的改造保持疏离、抗争的"果实"。他们以沉默的存在方式提示着文艺创作不同于主流意识形态的可能性。尽管"地下文学"的创作也存在着许多问题，但无疑，它在当时代表了一种不同的声音与不和谐的步调，同时，它也召唤着当时及后来的文学艺术家、文艺批评家的创作与批评转向。

从总体上看，"文革"是一个思想专制的时期。但是，或许正是因为毛泽东

---

①② 白士弘编：《暗流："文革"手抄文存》，文化艺术出版社 2001 年版。

在"文革"初期把革命和批判的权力、信心下放到社会底层，在一片类似"无政府主义"的氛围中（所谓"打倒权威"、"造反有理"、"踢开党委闹革命"），基层民众，尤其是受过教育的大、中学生，才敢于、勇于结合他们对中国社会现实的观察，把他们对马克思主义、社会主义的理解以一种大鸣大放的方式表达出来，并在阅读、交流和交锋中接受社会的检验和别人的批判。尤其是在"文革"前期的红卫兵运动和"文革"后期整顿工作期间，更是集中了大量异端思潮。历史也许已经证明，这些当时自称站在马克思主义立场上的"异端思潮"的某些提法是对马克思主义的教条主义理解，而且"相当部分的异端思潮在思想史上不会有多大价值"，但它们的"自发性和独立性"却向当时及以后的人们昭示了："思想的闸门"即便在那样一个追求一统的时代里，仍然充满"智慧和勇气"地开启着①。

按照宋永毅的研究，"文革"期间众多异端思潮的理论核心可概括为：

（1）人权平等的最初追求，以遇罗克的"出身论"、"李一哲"（李正天、陈一阳、王希哲）的"民主与法制"思潮为代表。

（2）巴黎公社式新政体的憧憬，以"省无联"（杨曦光等）、"八五思潮"为代表的，各地以批判革委会、"实行大民主"为旨向的思潮。

（3）激进派"新思潮"的"打倒特权阶级论"、"彻底砸烂旧的国家机器论"、"阶级关系大变动论"，以及"伊林·涤西"、"省无联"、"渤海战团"（丘黎明、王公乾等）的反特权、反体制思想。

（4）河归旧道"十七年"，以"联动思潮"、"十二月黑风"（被毛泽东称为"怀疑一切，否定一切"的"反动"思潮）、"四·一四思潮"（以周泉缨为主）为代表，特征是抑制"文革"对十七年的否定，反思极"左"路线及以"阶级斗争"为遮掩的权力斗争等。

（5）走向民主与法制，以"李一哲思潮"为代表。②

徐友渔的《异端思潮和红卫兵的思想转向》一文则重点发掘了"伊林·涤西"基于马列主义立场对林彪"毛泽东天才论"（所谓"毛泽东比马克思、恩格斯、列宁、斯大林高很多。"）的批驳；自视为马列主义忠实信徒，决心为共产主义事业献身的遇罗克对"血统论"及相关社会问题的超前性思考；杨曦光（即杨小凯）《中国向何处去？》一文表现出的反官僚主义及社会革命思想；大串连时和上山下乡后红卫兵在现实刺激下对社会主义展开的反思和探索（如1972

---

① 徐友渔：《异端思潮和红卫兵的思想转向》，原载《二十一世纪》第37期（1996年10月），收入刘青峰编《文化大革命：史实与研究》，香港中文大学出版社1996年版，第268页。

② 宋永毅：《文化大革命中的异端思潮》，原载《二十一世纪》第36期（1996年8月），收入刘青峰编《文化大革命：史实与研究》，香港中文大学出版社1996年版，第249～266页。

年牟其中等人组织"马列主义研究会",分析、探讨中国的经济体制和结构);"李一哲"《关于社会主义的民主与法制》、《献给毛主席和四届人大》等文章对封建的社会法西斯专制的反思,提出以民主、法制反封建的主张。徐文揭示的"四人帮"垮台后进步理论界对"文革"异端思潮核心精神的继承与发挥,"返回马克思的原初教义,是'文革'中几乎一切思想者背离文革正统的必经阶段","一代人思想的转向是在本土完成的"等论点,深刻而启人沉思。

"文革"的异端思潮给后来的思想者留下了值得纪念的思想"遗产",它们的余绪一直延伸到新时期的思想解放和拨乱反正运动中来。这是马克思主义(包括文艺理论)中国化整体文脉上的一个环节,值得后人正视与反思。

1976年9月9日,毛泽东逝世。10月6日,中共中央采取果断措施,一举粉碎了"四人帮",这场胜利从危难中挽救了党,挽救了中国的社会主义事业,结束了"文革"这场灾难,使我们的国家进入了新的历史发展时期。

恩格斯曾说过,"没有哪一次巨大的历史灾难不是以历史的进步为补偿的"[①]。"文革"留给中国人的"遗产"也是这样。"文革"后三十年的改革开放取得了举世瞩目的伟大成就,中国共产党人在总结新中国建立后三十年,尤其是"文革"十年的经验教训基础上,开始找到了一条建设中国特色社会主义的道路,这正如邓小平所说,"我们实行改革开放政策,大家意见都是一致的,这一点要归'功'于十年'文化大革命',这个灾难的教训太深刻了"[②]。"文革"时期马克思主义中国化(包括马克思主义文艺理论中国化)历程经历了困厄与挫折,但"文革"后中国人民通过重新认识、阐释马克思主义,马克思主义在中国重新焕发了生机和活力。与此同时,中国化的马克思主义文艺理论也在对"左"的文艺思潮、庸俗社会学、文艺工具论、斗争哲学、影射史学、文艺与政治关系等的反思中,迈入了新时期。

---

① 《马克思恩格斯全集》第39卷,人民出版社1977年版,第149页。
② 《邓小平文选》第3卷,人民出版社1993年版,第265页。

第五章

新时期以来（1977～现在）：
在探索中大步前进

在中国现代文论建设和发展的历史行程中，从 20 世纪 70 年代末期开始至今这 30 年一般被称为新时期。新时期的文艺理论呈现出百花齐放的繁荣态势。这其中尽管各种主义纷呈，但马克思主义文论始终是一条主线。建设中国特色的马克思主义文学理论，日益成为广大文艺理论工作者的共识。这是一项紧迫而艰巨的任务，它的紧迫性表现为现实的强烈需求；它的艰巨性表现为面临严峻而复杂的挑战。

总体上看，新时期文论 30 年，收获巨大，成就辉煌。新时期文论 30 年是在马克思主义文艺思想指导下反思、探索、创新的 30 年，也是马克思主义文论中国化大踏步前进的 30 年，马克思主义文艺理论研究在中国始终占有主流地位。当然，由于种种原因，这方面也还存在一些需要继续深入探究和解决的问题。

因此，在这一章里，我们将首先对新时期文论在马克思主义文艺理论指引下所走过的 30 年历程进行历史性的回顾和梳理，然后对于这一行程中的曾经引起热烈讨论、影响重大的几个理论问题进行共时性的审视，最后是对于贯穿整个新时期的马克思主义文论研究独立出来进行单独描述和剖析。

第一节　新时期马克思主义文论发展的理论基础

新时期以来，马克思主义文艺理论经过了批判与反思、回归和探索，形成了 20 世纪 90 年代到现在的综合创新的繁荣时期，马克思主义文艺理论原典的研究以及马克思主义文艺理论中国化进程都取得了重大进展。文艺事业的全面进步离不开国家文艺政策的导向和规范，马克思主义文艺理论与文艺内部各要素的关系也依据特定时期的文艺政策进行了自我调节和平衡。综观改革开放的 30 年，我国的文艺政策经历了重要的变化。这些文艺政策的演进对包括文艺理论在内的文艺事业产生了深刻的影响，马克思主义文论也在此理论基础上取得了长足的发展。党的几代领导集体以对新的社会历史条件的深刻洞察，立足对文艺活动特殊规律的尊重，为推动马克思主义文艺理论与中国实际和中国特色社会主义建设相结合、推动将马克思主义文艺理论"化"为适应中国的改革开放和社会发展的文艺理论提出了指导性意见，为马克思主义文艺理论在新时期的发展奠定了基础、指明了方向。

一、新时期文艺理论的基础

邓小平文艺思想是在深刻总结毛泽东《在延安文艺座谈会上的讲话》发表以来正反两个方面的历史经验和正确把握时代主题的基础上，对马克思主义文艺中国化的重要推进；是对毛泽东文艺思想的继承和发展。邓小平的文艺思想作为邓小平思想体系的重要组成部分，主要体现在十一届三中全会后邓小平对文艺问题的一系列论述中，集中体现在 1979 年 10 月 20 日发表的《在中国文学艺术工作者第四次代表大会上的祝词》[①]（以下简称《祝词》）中。《祝词》就文艺工作的宏观和微观等若干问题做了精确的阐述，富有理论思辨性和历史深刻性。这篇讲话以及后来的有关论述，继承了马克思主义文艺观和毛泽东文艺思想的基本立场，在新的历史条件和社会条件下对马克思主义文艺理论和毛泽东文艺理论有重大推进和发展。邓小平文艺思想是社会主义改革开放时期具有鲜明中国特色的马克思主义文艺理论，是继毛泽东文艺思想之后马克思文艺理论中国化的又一重要成果。

邓小平文艺思想对毛泽东文艺思想既有继承又有发展，其中最重要的是，邓小平以马克思主义者的勇气提出了文艺与政治的关系的新论断；邓小平把文艺事业当做建设有中国特色社会主义事业的有机组成部分，把文艺工作看做是精神文明建设的重要内容。邓小平的一系列论述，不仅在宏观方面重新肯定了文艺来源于人民的创作纲领，拓展了文艺的"二为"方针并置之于与"双百"方针的辩证关系中，结合时代发展对文艺功能的新要求，提出了"经济效益"与"社会

[①] 《在中国文学艺术工作者第四次代表大会上的祝词》，载《邓小平文选》第 3 卷，人民出版社1994 年版。

效益"的问题；而且在文艺创作方法、艺术风格、文艺题材等具体问题上有着精辟和科学的阐述。

第一，在文艺与政治的关系问题上，邓小平以马克思主义者实事求是的精神重新界定文艺与政治的关系，为新时期的文艺领域的探索和发展奠定了稳定和统一的思想基础。文艺与政治的关系问题，是马克思主义文艺理论，也是毛泽东文艺思想的根本性问题。毛泽东的《在延安文艺座谈会上的讲话》中曾明确提出："文艺是从属于政治的，但又反转来给予伟大的影响于政治。革命文艺是整个革命事业的一部分，是齿轮和螺丝钉。"毛泽东的这一提法曾对新民主主义革命时期乃至解放后的文艺领域产生了深刻的影响，被当做一项基本的文艺政策来执行。但是，这一理论产生于阶级斗争为主要矛盾的年代，作为有具体时效性、明显时代特色和战略特征的理论，在时代条件发生变化后，也就是中国的主要任务由新民主主义革命转向社会主义革命和社会主义建设以后，这一理论已明显地不适应于中国的文艺现状和时代对文艺的要求。在新的历史时期，继续提"文艺从属于政治"的口号不利于文艺的繁荣和发展。"文艺为政治服务"、"文学从属于政治"等口号在抗日战争时期、解放战争时期等确实发挥了文艺的重要作用，但是，新中国建立以后的文艺工作由于过分强调"文艺为政治服务"，而且存在一些对这一口号的错误理解和执行失误，1957年以后已经有"左"的倾向，公式化概念化的作品到处可见，到"文革"时期，已经严重偏离了毛泽东的文艺思想而走向了"极左"误区。因此，在文艺与政治关系问题上，进行拨乱反正和正本清源的工作，并根据时代要求进行新的界定就成为文艺领域的重要时代使命。随着新时期社会的发展和思想解放的深入开展，这一政策的调整条件得以成熟。在这一过程中，邓小平对文艺与政治关系的论断起到了关键性的作用。

早在1979年的《祝词》中，邓小平对中国所处的时代给予了基本的论断："我们的国家已经进入社会主义现代化建设的新时期"，这一时代论断使马克思主义文艺理论与中国实际结合的语境从毛泽东《讲话》所处的新民主主义文艺语境跨入社会主义文艺语境，社会主义文艺与新民主主义文艺既有密切关系又有重大区别。在这一论断的基础上，邓小平指出，"党对文艺工作的领导，不是发号施令，不是要求文学艺术从属于临时的、具体的、直接的政治任务，而是根据文学艺术的特征和发展规律，帮助文艺工作者获得条件来不断繁荣文学艺术事业，提高文学艺术水平，创作出无愧于我们伟大人民、伟大时代的优秀的文学艺术作品和表演艺术成果"。这一论述指出了政治直接地左右文艺理论、文艺创作和文艺鉴赏是不符合文艺活动的基本规律的，而应该尊重文艺自身的特殊规律，政治对文艺的领导不是要求文艺盲目地服从，而是应该充分考虑文艺的审美性和形象性等艺术特性。在 1980 年 1 月发表的《目前的形势和任务》的长篇讲话，邓小平又对文艺与政治的关系做出了进一步界定，"我们坚持'双百'方针和'三不主义'①，不继续提文艺从属于政治这样的口号，因为这个口号容易成为对文艺横加干涉的理论根据，长期的实践证明它对文艺的发展利少害多。但是，这当然不是说文艺可以脱离政治"②。这个论述是对长期受到错误理念桎梏和极"左"思想困扰的文艺领域的一次思想上的重大解放。同时，邓小平又强调了文艺也不能脱离政治，并且对"文艺和政治关系"中的"政治"范畴做了扩展。"文艺是不可能脱离政治的。任何进步的、革命的文化工作者都不能不考虑人民的利益、国家的利益、党的利益。培养社会主义新人就是政治"③。在国家和社会的主要任务从阶级斗争到社会主义现代化建设转变的背景下，"文艺与政治的关系"维度中"政治"的含义突破了仅仅以政治斗争和阶级斗争为目的范畴，而是拓展到现代化建设、培养社会主义新人、促进社会主义社会的进一步完善和发展、提高人民的精神境界、满足人民日益增长的文化需要等更广阔的领域。邓小平在《祝词》说，"同心同德地实现四个现代化，是今后一个相当长的时期内全国人民压倒一切的中心任务，是决定祖国命运的千秋大业……对实现四个现代化是有利还是有害，应当成为衡量一切工作的最根本的是非标准"。作为发表在文艺工作者代表大会上的讲话，这里的"一切工作"正是针对文艺工作而说的。

这些论断是邓小平对文艺与政治关系的高屋建瓴的宏观把握和准确判断，也给包括文艺理论界在内的文艺领域的一系列探索奠定了基础。在这一理论基础上，《人民日报》在 1980 年 7 月 26 日发表了社论《文艺为人民服务，为社会主义服务》，社论肯定了"文艺为政治服务"在当时的历史条件下产生过积极的作用，但该口号也在实践的过程中带来了很多失误，造成了文艺匮乏。新的历史条件要求有新的文艺与政治关系，从而提出了"文艺为人民服务，为社会主义服务"的"二为"方针。这一提法较之于孤立地提"文艺服务于政治"的口号更全面、更科学、更适应时代的发展要求，也更重视文艺自身的特殊规律。以该"社论"为标志，新时期文艺政策在文艺与政治关系上有了重大调整。从这一政策酝酿、发展的过程中看，邓小平的一系列重要论述起到了极其重要的影响。

这一政策的重大调整极大地激发了新时期的文艺繁荣，文艺界受到邓小平《祝词》以及"今后不继续提文艺从属于政治"等论述思想的鼓舞，开始解放思想，百家争鸣，对"文艺与政治的关系"展开了大讨论。理论界一致认为，"文艺从属于政治"是一定历史条件下的产物，具有一定的片面性，不能正确地反

① "三不主义"，即在党的十一届三中全会上提出的"不抓辫子，不扣帽子，不打棍子"。
②③《邓小平文选》第 2 卷，人民出版社 1983 年版，第 255、256 页。

映文艺与社会、文艺与政治的科学关系，也不符合文学艺术自身的客观规律。文艺与政治同属于上层建筑的意识形态，二者之间不是隶属关系，而是相互关系、相互影响的并列关系。正是在邓小平一系列关于文艺与政治的关系的重要论述的基础上，文艺界重新认识和逐步廓清了文学久以有之的文艺与政治关系的问题，也积极推动了马克思主义文艺理论的一个重要论题与中国现实的结合。

第二，邓小平文艺思想的另一重要贡献是直接影响并最终形成了 1980 年 7 月 26 日《人民日报》社论提出的"文艺为人民服务，为社会主义服务"的新时期文艺方针。文艺与政治关系的论述是相关的，是文艺为什么人服务的方向问题。列宁曾提出，革命文艺"不是为饱食终日的贵妇人服务，不是为百无聊赖、胖得发愁的几万上等人服务，而是为千千万万劳动人民，为这些国家的精华、国家的力量、国家的未来服务"①，毛泽东坚持了列宁这一文艺为人民服务的观点，《在延安文艺座谈会上的讲话》曾较实际、较全面、较准确地提出和回答了那个时代文艺应该为什么人服务的问题，即文艺是"为工农兵服务"的，"我们的文学艺术都是为人民大众的，首先是为工农兵的，为工农兵而创作，为工农兵所利用的。"同时提出了"文艺从属于政治"的命题。这是在那一特定历史时期提出的命题，其历史合理性是明显的，也是马克思主义文艺理论中国化即与新民主主义革命实践相结合的成果。文艺理论和文艺方针政策要结合其历史语境。在革命胜利以后，在新的历史条件和社会环境下，继续强调"文艺为政治服务"、"文艺从属于政治"则会对文艺的发展造成消极影响。因此，马克思主义文艺理论中国化须立足新的历史条件并得到进一步推进。关于新时期文艺为什么人服务的问题，邓小平在《祝词》中说，"我们要继续坚持毛泽东同志提出的文艺为最广大的人民群众、首先为工农兵服务的方向，坚持百花齐放、推陈出新、洋为中用、古为今用的方针，在艺术创作上提倡不同形式和风格的自由发展，在艺术理论上提倡不同观点和学派的自由讨论"。邓小平创造性地继承和发展了毛泽东"文艺为工农兵"服务的思想，并把为什么人服务的问题与"百花齐放、百家争鸣"的方针辩证地结合起来。邓小平根据新时期的历史特点，对文艺的任务有了新的拓展，"不论是对于满足人民精神生活多方面的需要，对于培养社会主义新人，对于提高整个社会的思想、文化、道德水平，文艺工作都负有其他部门所不能代替的重要责任。"强调要用文艺作品"来激发广大群众的社会主义积极性，推动他们从事四个现代化建设的历史性创造活动"。②

在邓小平关于"文艺为什么人服务"这一问题的论述基础上，1980 年 7 月

---

① 《列宁选集》第 1 卷，人民出版社 1960 年版，第 650 页。
② 《邓小平文选》第 2 卷，人民出版社 1983 年版，第 210 页。

26 日的《人民日报》社论《文艺为人民服务，为社会主义服务》提出了文艺的"两为"方针，指出"为人民服务，这是一切革命工作的唯一宗旨。社会主义是现阶段人民利益的根本所在。人民的物质和文化生活的提高，依赖于社会主义制度的巩固和逐步完善。离开了为人民服务、为社会主义服务，文艺工作难道还有其他的目的吗？没有，这是我们唯一的目的"。这个方针是马克思主义文艺理论与具体的中国实践相结合的产物，是毛泽东文艺思想在社会主义条件下的发展，是对毛泽东文艺思想核心观点的坚持和进一步拓展。社论还对"两为"方针的具体内涵做了阐述，"为人民服务，就是为除一小撮敌对分子外的全体人民群众，包括广大的工人、农民、士兵、知识分子、干部和一切拥护社会主义、热爱祖国的人们服务，首先是为工农兵服务。为社会主义服务，就是为社会主义的经济、政治、军事、文化等各项事业的根本需要服务，在今天，就是为社会主义现代化建设的伟大事业服务"。这一论述是在邓小平关于文艺问题一系列论述的基础上，以马克思主义文艺理论为基础，继承毛泽东文艺思想的精髓，根据我国社会主义建设时期的总任务而提出的社会主义文艺的历史任务和社会功能。它的提出，将"文艺为政治服务"演变为"文艺为社会主义服务"，这一重新界定和内涵拓展对新时期文艺的发展起到了解放思想的重要作用，使文艺理论建设有了坚实的理论基础，把马克思主义文艺理论中国化推向了一个新的台阶。

第三，在论述文艺与人民的关系的基础上，邓小平重申了文艺来源于人民的文艺源泉问题、文艺在新的历史条件下的历史任务、文艺为人民服务的社会功能问题。邓小平在《祝词》中说，"由谁来教育文艺工作者，给他们以营养呢？马克思主义的回答只能是：人民。人民是文艺工作者的母亲。一切进步文艺工作者的艺术生命，就在于他们同人民之间的血肉联系。忘记、忽略或是割断这种联系，艺术生命就会枯竭。人民需要艺术，艺术更需要人民。自觉地在人民的生活中汲取题材、主题、情节、语言、诗情和画意，用人民创造历史的奋发精神来哺育自己，这就是我们社会主义文艺事业兴旺发达的根本道路"。"我们的文艺属于人民。"人民群众是历史的创造者，文学艺术来源于人民，这是马克思主义文艺理论的一贯宗旨。此外，在文艺如何为人民"服务"的问题上，邓小平的论述涤除了"主题先行"、"图解口号"等错误的创作观念，澄清了文艺为人民服务的根本宗旨和目的。"文艺创作必须充分表现我们人民的优秀品质，赞美人民在革命和建设中、在同各种敌人和各种困难的斗争中所取得的伟大胜利"。

文艺为人民服务的另一个重要目的，是培养社会主义新人。"我们的文艺，应当在描写和培养社会主义新人方面付出更大的努力，取得更丰硕的成果。要塑造四个现代化建设的创业者，表现他们那种有革命理想和科学态度、有高尚情操和创造能力、有宽阔眼界和求实精神的崭新面貌。要通过这些新人的形象，来激发广大群众的社会主义积极性，推动他们从事四个现代化建设的历史性创造活动"。"我们的社会主义文艺，要通过有血有肉、生动感人的艺术形象，真实地反映丰富的社会生活，反映人们在各种社会关系中的本质，表现时代前进的要求和历史发展的趋势，并且努力用社会主义思想教育人民，给他们以积极进取、奋发图强的精神。"这一方面肯定了文艺在培养人方面的独特功能，文艺通过形象对人感召，以其形象和情感感染人、塑造人，把文艺的社会功能置于审美本质基础之上，从而对文艺为人民服务的内涵给予了更符合艺术规律的界定；另一方面也包含了文艺与现实的关系的新界说，强调培养人的文艺不能脱离人的生活现实。这两方面显然都彰显了文艺社会功能的具体规定性。

第四，在《祝词》中，邓小平对文艺创作、文艺批评、表现手法、艺术风格等文艺的特殊规律的具体问题都有科学的阐述。在文学创作手法方面，邓小平肯定了文艺题材和文艺手法的多样性，"文艺题材和表现手法要日益丰富多彩，敢于创新"。鼓励文艺领域在各个方向上进行探索，"围绕着实现四个现代化的共同目标，文艺的路子要越走越宽"；并且"要防止和克服单调刻板、机械划一的公式化概念化倾向"。在文艺的表现内容方面，"只要能够使人们得到教育和启发，得到娱乐和美的享受，都应当在我们的文艺园地里占有自己的位置。英雄人物的业绩和普通人们的劳动、斗争和悲欢离合，现代人的生活和古代人的生活，都应当在文艺中得到反映"。这是对文艺题材和问题表现内容不局限于固定类型、敢于呈现生活的丰富性和多样性的有力肯定。

在文艺批评标准方面，与邓小平文艺思想的"人民性"相一致，他提出"作品的思想成就和艺术成就，应当由人民来评定"。文艺批评的政治标准和艺术标准，即在"历史的"和"审美的"标准问题上，他明确指出"在文艺创作、文艺批评领域的行政命令必须废止"。针对文革时期"抓辫子、扣帽子、打棍子"等僭越文艺批评规范的行为，他以马克思主义者的理论眼光敏锐地提出"在文艺队伍内部，在各种类、各流派的文艺工作者之间，在从事创作与从事文艺批评的同志之间，在文艺家与广大读者之间，都要提倡同志式的、友好的讨论，提倡摆事实、讲道理。允许批评，允许反批评；要坚持真理，修正错误"。也坚定地坚持了"百花齐放、百家争鸣"的方针。

在文学创作的特殊规律方面，要尊重文艺活动的独特规律，"写什么和怎样写，只能由文艺家在艺术实践中去探索和逐步求得解决"。

在对待文学资源的问题上，邓小平继承毛泽东"古为今用、洋为今用"的文化观，倡导"文艺工作者还要不断丰富和提高自己的艺术表现能力。所有文艺工作者，都应当认真钻研、吸收、融化和发展古今中外艺术技巧中一切好的东西，创造出具有民族风格和时代特色的完美的艺术形式"。"我国古代的和外国的文艺作品、表演艺术中一切进步的和优秀的东西，都应当借鉴和学习"。

无疑，这些对文艺领域具体问题的论述，是对长期以来文艺界所存在的漠视文艺特征、违背文艺规律的瞎指挥的有力纠正，深刻影响了包括创作、批评、理论等各项活动，并对整个文艺领域产生了深远的影响，也直接推动了新时期初期的文艺创作和文艺理论探讨的大繁荣和大发展，也给马克思主义文艺理论中国化过程中关于人学理论、审美意识形态论以及文学的社会功能等重要论题的探讨提供了重要的理论基础和思想来源。

邓小平文艺思想奠定了改革开放初期文艺的基本方向，为马克思主义文艺理论研究奠定了科学基础，为马克思主义文艺理论在新时期的中国化确立了基本格局。新时期以来，文艺理论界从思想属性、思想内涵、美学风格、理论意义等各个层面和角度，对邓小平文艺思想，进行了认真研究和深入探讨，充分揭示了邓小平文艺思想对于马克思主义文艺理论中国化、对于继承和发扬毛泽东文艺思想以及对于当代文艺理论发展的深远意义。

二、社会主义文艺思想的新发展

在科学地总结新时期以来文艺经验的基础上，结合中国特色社会主义建设新情况，江泽民通过《在第七次文代会、第六次作代会上的讲话》等对文艺领域有大量的科学论述，涵盖了马克思主义文艺理论的诸多方面，涉及文学艺术的很多根本性问题以及新时期以来文艺领域出现的新现象，继承了毛泽东、邓小平的文艺思想，对社会主义文艺的功能、性质和地位进行了进一步明确并做了创新性发展。

江泽民文艺思想以马克思主义文艺理论为基础，与毛泽东、邓小平的文艺思想一脉相承。首先，在坚持文艺领域的马克思主义思想指导地位方面，江泽民《在第六次全国文代会、第五次作代会上的讲话》中强调，"文艺始终要坚持以马克思列宁主义毛泽东思想邓小平理论为指导"。其次，对"两为"方针的继承。在第六次文代会、第五次作代会（1995）以及第七次文代会、第六次作代会（2001）上的两次讲话，江泽民都强调"文艺为人民服务，为社会主义服务"决定着我国文艺的性质和方向，是必须坚持的基本原则。第三，在文艺与政治的关系的把握上，江泽民总结了第四次文代会以来文艺实践和对文艺的领导的经验，进一步深化邓小平《祝词》中的精神，强调文艺有其自身的审美特性与审美规律，"无论是提高艺术表现力，还是判断艺术的优劣高下和学术上的是非，都不能靠行政命令，而要靠艰苦的艺术实际，靠平等的竞争"①。另外，他特别

---

① 《江泽民在第六次全国文代会、第五次全国作代会上的讲话》。

强调文艺也不能"不问政治",因为"政治具体地存在我们的社会生活中,存在于文艺工作者的思想感情中。……所谓不问政治、远离政治是不可能的"①。这是对文艺与政治关系的辩证把握。第四,在文艺的社会功能方面,江泽民强调文艺对推进两个文明特别是精神文明建设方面发挥着重要作用;同时,如邓小平在《祝词》中也曾提出的,文艺还承担着培养社会主义新人的任务,"当代中国的文艺工作者,应该遵循先进文化的前进方向,自觉投身改革开放和现代化建设的伟大实践,努力推进我国文艺的创新和繁荣,努力创作出弘扬中华民族的民族精神和我们时代的进步精神的作品,用以教育人、鼓舞人和鞭策人,为繁荣祖国文艺的百花园,为培养一代又一代有理想、有道德、有文化、有纪律的社会主义新人作出自己的贡献"。"两为"方向和"双百"要辩证结合,"要坚持为人民服务、为社会主义服务的方向和百花齐放、百家争鸣的方针,弘扬主旋律,提倡多样化"。

在文艺的民族性和世界性问题上,江泽民坚持和发展毛泽东文艺思想,着重体现在强调文艺的民族性。民族性,具体来讲就是民族精神、民族传统和民族特色。文艺的民族性,首先表现在对本民族优秀的文艺传统和丰富的文艺资源的继承和发扬上。在"古为今用"和"洋为中用"的关系问题上,他把弘扬民族精神和吸收其他民族的优秀文化成果二者都提升到关系国家、民族命运的重大问题的高度,"保持和发展本民族文化的优良传统,大力弘扬民族精神,积极吸取世界其他民族的优秀文化成果,实现文化的与时俱进,是关系到广大发展中国家前途和命运的重大问题"②。提出文艺要创造的文化,须是"面向现代化、面向世界、面向未来的,民族的科学的大众的社会主义先进文化"。对于文艺对于民族精神的弘扬和继承方面的重要作用,江泽民认为,"文艺是民族精神的火炬,是人民奋进的号角。在培育和弘扬民族精神方面,文艺可以发挥独特的重要作用。"这也是对文艺如何"服务于人民、服务于社会主义"的具体界定。在文艺的民族性与世界性的关系上,越是民族的,就越是世界的,"文艺只有首先赢得中国人民的喜爱,具有中国风格、中国气派,才能堂堂正正地走向世界和屹立于世界文化之林"③。

作为"三个代表"的一部分,江泽民文艺思想的重要特征之一即是为人民的文艺要代表先进文化前进方向,而要代表先进文化前进方向,在文艺领域就是要把握和回应广大人民群众的要求,勇于创新。每一个时代都有这一时代对文艺提出的要求,文艺创作和批评要准确把握时代脉搏和文化走向,"踏着时代前进的鼓点不断探索、勇于创新","艺术形式也不断创新,争奇斗艳,形成了每个

---

① ③ 《江泽民在第六次全国文代会、第五次全国作代会上的讲话》。
② 《江泽民在第七次全国文代会、第六次全国作代会上的讲话》。

时代文艺作品的特色和优势"。所以，对于文艺工作者，江泽民提出了这样的要求："当代中国的文艺工作者，应该遵循先进文化的前进方向，自觉投身改革开放和现代化建设的伟大实践，努力推进我国文艺的创新和繁荣。"这是在世纪之交、社会发生重大转型之际，在民族复兴的历史机遇下，文艺工作者对国家、对民族所肩负的使命。

三、新世纪社会主义文艺繁荣和发展时期的理论指导

进入新世纪以来，随着有中国特色社会主义建设事业的蓬勃发展，文艺领域呈现出大繁荣和大发展的局面。以胡锦涛为代表的领导集体继承了毛泽东文艺思想和邓小平文艺思想，坚持优秀的民族文艺作品要代表先进文化的前进方向，坚持将文艺事业作为党和人民事业的重要组成部分，继续加强对文艺领域的指导。这一时期的文艺领域的指导思想主要集中在胡锦涛 2006 年 11 月 10 日《在第八次文代会、第七次作代会上的讲话》和关于"以人为本"理念的论述上。

首先，继续深化江泽民文艺思想中对民族性和世界性的辩证关系，提出要实现中华民族伟大复兴这一历史赋予的任务，要重视文化的力量，因为"文化的力量，深深熔铸在民族的生命力、凝聚力、创造力之中"。同时，要"弘扬民族优秀文化传统，发掘民族和谐文化资源，借鉴人类有益文明成果"①。

其次，文艺在新时期的社会功能问题上，新的历史任务和社会主题对文艺提出了新的要求。要"大力发展社会主义先进文化，着力培育民族精神、提高国民素质、激发奋斗热情，为改革开放和社会主义现代化建设提供强有力的思想保证、精神动力、智力支持，更好地把全国各族人民的意志和力量凝聚起来，万众一心为实现全面建设小康社会的宏伟目标而奋斗"。

提出了大力建设和谐社会与和谐文化的要求。"和谐文化既是和谐社会的重要特征，也是实现社会和谐的精神动力"。和谐文化要求当前文艺既要坚持主旋律，又要倡导"百花齐放、百家争鸣"多样化，使文艺成为构建和谐社会的重要力量，"促进全社会形成积极向上的共同精神追求"。

胡锦涛在讲话中还强调文艺要有时代性。"一切有成就的文艺家，都注重在时代进步的伟大实践中汲取创作灵感，都注重反映和引导人民创造历史的壮阔活动。只有与时代同步伐，踏准时代前进的鼓点，回应时代风云的激荡，领会时代精神的本质，文艺才能具有蓬勃的生命力，才能产生巨大的感召力"。坚持时代性，就要对前人的成果既继承和发展，又要求有新的发明和创造。"一切有理想

---

① 《胡锦涛在第八次文代会、第七次作代会上的讲话》。

有抱负的文艺工作者,都要大力发扬创新精神,积极开拓文艺的新天地。推进文化发展,基础在继承,关键在创新。"文艺要围绕时代赋予的主题,回应时代提出的要求。

此外,随着文艺观念、文艺创作方式和文艺队伍构成的深刻变化,以及文艺的生产、服务、传播、消费形式日益多样化,胡锦涛创造性地提出了对文艺工作者队伍的管理问题。"面对新情况新问题,各级文联、作协要努力探索适应社会主义市场经济体制、符合文艺发展规律和人民团体特点的管理体制、运行机制、组织形式、活动方式,不断加强行业服务、行业管理、行业自律,依法维护文艺工作者的权益,广泛团结各方面各领域的文艺工作者"。

胡锦涛的讲话继承了从毛泽东到江泽民的文艺思想中一贯坚持的"人民性"标准,从历史和现实的考察出发,创造性地提出了文艺要"以人为本"的理念,并对这一理念做了精辟的概括和总结:"一切进步文艺,都源于人民、为了人民、属于人民。""人民创造历史的活动,是文艺创作的丰厚土壤和源头活水。"这是对马克思主义经典文艺理论的鲜活而生动的阐释。在这里,"以人为本"的"人",是作为人民群体的人,即是以人民为本。文艺应该关注人,"关心群众疾苦,体察人民愿望,把握群众需求,通过形式多样的艺术创造,为人民放歌,为人民抒情,为人民呼吁"。这一把"人"强调和突出为文艺表现、服务对象的深刻论断,在马克思主义文艺理论中国化进程中具有里程碑的意义。

新时期以来,以邓小平、江泽民、胡锦涛为代表的几代领导集体对文艺问题的论述,为制定不同时期的文艺政策奠定了基础,为中国特色的社会主义文艺理论做出了贡献,为马克思主义文艺理论研究和建设奠定了思想基础,是继毛泽东的《讲话》以后,在新的历史时期马克思主义文艺理论中国化的代表性成果。在此基础上,文艺理论界一步步解放思想,广泛吸收古今中外文艺理论的思想资源,不断探索马克思主义文艺理论中国化的方式和途径,推进马克思主义文艺理论与当代文艺实践相结合,更好地回应了时代对文艺理论提出的新问题。

第二节　新时期马克思主义文论发展的历史回顾

新时期30年来,文艺理论界在马克思主义文艺理论指引下,在反思过去的基础上,思想解放,开阔视野,在文学观念上冲破旧有束缚、张扬人文精神,在自律与他律的辩证统一中探索和把握文学的审美意识形态本质,并在此基础上促使文学理论走向多元和成熟;文学研究方法也在借鉴中外文论和其他学科研究方法的基础上取得突破和创新，有力推动了文艺学研究方法的多元化，反过来又促进了新时期文学观念的拓展和更新，促进了马克思主义文艺理论的中国化。根据新时期文论发展的实际，我们将其大致概括为批判与反思期（1978～1984年）、回归与探索期（1985～1990年）、综合创新期（1990年至今）等三个时期。

一、批判与反思期

1978年开始到20世纪80年代中期是中国社会发展进程一个十分重要的时期，中国社会开始走上改革开放的道路，思想束缚逐渐解除，全民性的思想解放运动逐步兴起。这是一个经济、政治、文化、思想、历史等的转型时期，也是重新确定文艺身份的转型时期。批判僵化的话语环境和扭曲的文化思想路径，反思文艺的本质、价值、地位，重新争取曾一度失去的学术话语权力和启蒙地位，成为人文知识分子的共同行动。

1979年上海《戏剧艺术》和《上海文学》先后发表《工具论还是反映论——关于文艺与政治的关系》和《为文艺正名——驳"文艺是阶级斗争的工具"说》，批判文艺工具论，呼吁为文艺正名。[①] 文章发表后，在学界引起了强烈反响。"为文艺正名"讨论的实质是如何看待和理解文艺与政治的关系问题，因此围绕文艺与政治的关系问题，讨论逐步扩展、集中到"文艺是阶级斗争的工具"、"文艺从属于政治"、"文艺为政治服务"等三种长期以来占主流地位的传统观点上，并在其后的两年时间里，引起学界深入持久的学术讨论甚至激烈的学术论争。文艺与政治关系问题的讨论，首先是指向对于"四人帮"的批判，但是讨论始终无法绕开对于过去很长一段历史时期内党的文艺政策的反思和认识，这不能不引起权力话语的参与和裁判。1979年10月，邓小平在第四次全国文代会上的讲话为文艺和政治关系的讨论做出了决断，不再提"文艺必须从属于无产阶级政治"、"文艺必须为无产阶级服务"的口号。次年《人民日报》发表社论，这一口号被"文艺为人民服务，为社会主义服务"所取代，1981年、1982年周扬、胡乔木相继发表讲话，围绕文艺与政治问题做出详尽阐述，至此，文艺与政治关系问题的讨论由政治话语的裁断而结束。[②] 文艺与政治关系问题的

---

① 陈恭敏：《工具论还是反映论——关于文艺与政治的关系》，载《戏剧艺术》1979年第1期；本报评论员《为文艺正名——驳"文艺是阶级斗争的工具"说》，载《上海文学》1979年第4期。

② 邓小平：《在中国文学艺术工作者第四次代表大会上的祝词》，载《人民日报》1979年10月31日；社论《文艺为人民服务，为社会主义服务》，载《人民日报》1980年7月26日；周扬：《解放思想，真实的表现我们的时代》，载《文艺报》1981年第4期；胡乔木：《当前思想战线的若干问题》，载《文艺报》1982年第5期。

讨论无疑包含有一定的现实政治动机，讨论本身也由于思维惯性和理论定势而存在缺陷，但从整体上看，作为一种学术行动，它不仅认真清算了文艺与政治问题上的简单化、庸俗化和片面化倾向，为文艺正名，而且为文艺的突破和发展创造了必要的社会氛围和文化前提，为文艺自身的回归清理了必需的地基。从此，文艺开始摆脱政治婢女的附属地位，逐步确立自己在社会文化结构中的独立品格，从而走进了自身发展的广阔天地。

新时期文艺领域关于人性问题的讨论主要涉及人性本质内涵及其普遍性、人道主义和异化等问题，通过讨论，开始突破这个理论禁区。

文艺理论界关于人性问题的理论探讨是以新时期文艺创作实践为先导的，"伤痕文学"、"反思文学"等以关注人、关注人性、呼唤人的价值和尊严为主导倾向的创作实践成为社会和时代思潮的代言人，关于人性问题的理论探讨也一时成为学术热点。人性普遍性与阶级性关系问题也尤其受到普遍关注。早在1979年，朱光潜就发表了《关于人性、人道主义、人情味和共同美问题》的文章，提出："人性和阶级性的关系是共性与特殊性的关系。部分并不能代表或取消全体，肯定阶级性并不是否定人性。马克思《经济学——哲学手稿》整部书的论述，都是从人性论出发，他证明人的本质力量应该尽量发挥，他强调的'人的肉体和精神两方面的本质力量'便是人性。马克思正是从人性论出发来论证无产阶级革命的必要性和必然性，论证要使人的本质力量得到充分的自由发展，就必须消除私有制。因此，人性和阶级观点并不矛盾，它的最终目的还是为无产阶级服务。"① 当时有学者针锋相对地撰文批评朱光潜在宣扬调和论，认为他"从'人性论'出发论证共产主义之说，就把马克思主义的基础抽掉了，不仅违背了马克思在《经济学——哲学手稿》一书中从资本与劳动的对立出发分析问题的立场，而且把马克思主义将社会主义从空想变成科学的理论这一伟大的历史变革全抹煞了"②。通过较长时间深入的讨论，多数学者基本确认共同人性的存在，代表性的观点是："现实的普遍性"构成了共同人性，共同人性是一个历史的范畴，在阶级社会中，人性是阶级性、社会性、共同人性的浑然一体；人性具有历史性，对人性理解应立足于马克思主义的立场③。人性问题讨论深化了对于人性内涵的理解，对于阶级性与共同人性关系的认识走向辩证，这就冲破了此前庸俗社会学文艺理论的束缚，为当时及以后的文艺创作实践打下了坚实的理论和舆论基础。

---

① 朱光潜：《关于人性、人道主义、人情味和共同美问题》，载《文艺研究》1979年第3期。

② 计永佑：《两种对立的人性论——与朱光潜同志商榷》，载《文艺研究》1980年第3期。

③ 毛星：《人性问题》，载《文学评论》1982年第2期；程代熙：《人性问题》，载《文艺理论研究》1982年第3期。

在人性讨论的同时，学界也对人道主义问题进行了持久而且深入的讨论。文艺理论界关于人道主义问题的讨论首先是受到哲学界人道主义讨论的启示而开始的。1980 年，汝信在《人民日报》上撰文《人道主义是修正主义吗?》，公开为人道主义正名。他在文中写道："马克思主义从诞生的第一天起，就把人的解放作为自己的最高目标。"[①] 他针对当时理论界认为马克思主义理论中没有人的地位这个流行看法，强调指出："至于马克思主义学说本身，则不仅不忽视人，而且始终是以解决有关人的问题作为自己的出发点和中心任务的。"[②] 但是，这个观点引起了学界的争议。陆梅林发表了《马克思主义与人道主义》的长文，针对汝信所引用的马克思的有关论述，提出商榷意见。[③] 讨论中，学界基本上有两种对立的观点：一种观点认为马克思没有否定过人道主义，人道主义就是马克思主义的人道主义，人道主义的原则就是人的价值；针锋相对的观点则反对提倡人道主义，认为人道主义和科学社会主义，是两个对立的概念，即使是青年时期的马克思、恩格斯也都是否定了人道主义的。由于涉及对于马克思主义的理解和认识，人性和人道主义问题讨论中一直伴随着意识形态和政治话语的考量，后期更是由于政治上的原因，尤其是胡乔木《关于人道主义和异化问题》[④] 文章的发表而使讨论一度带有更加浓重的政治话语，人性和人道主义讨论出现波折和反复。尽管如此，从历史角度来看，在文学领域张扬人道主义的合理内核，肯定和倡导人的独立、尊严、价值和地位，在特定的历史时期无疑具有重要意义。

人性、人道主义讨论逻辑地要求对于异化的揭露、批判和克服，哲学、美学界对于马克思《巴黎手稿》的热烈讨论，也使人们更加关注异化问题。该问题早在 20 世纪 50 年代前期就有过初步的短暂的讨论，先后发表了一些正面阐述的文章[⑤]，呼唤人性、人道主义，批判异化。从 50 年代中后期开始，这些观点被打成修正主义而受到批判，并经 60 年代周扬在第三届文代会上的阐述而成为此后近 30 年的思想和理论禁区。新时期伊始，汝信发表了《青年黑格尔关于劳动和异化的思想》，此后不久，周扬发表文章在对自己文革前的观点做了反思和自我批评后，认为"异化是客观存在的现象"。[⑥] 此文引起强烈反响，关于异化问

---

①② 汝信：《人道主义是修正主义吗?》，载《人民日报》1980 年 8 月 15 日。

③ 陆梅林：《马克思主义与人道主义》，载《马列文论研究》第二集，中国人民大学出版社 1982 年版，第 3 页。

④ 胡乔木：《关于人道主义和异化问题》，载《人民日报》1984 年 1 月 27 日。

⑤ 巴人：《论人情》，载《新港》1957 年 1 月号；钱谷融：《论"文学是人学"》，载《文艺月报》1957 年 5 月号；王叔明：《关于人性问题的笔记》，载《文学评论》1960 年第 3 期。

⑥ 周扬：《我国社会主义文学艺术的道路》，人民文学出版社 1960 年版；汝信：《青年黑格尔关于劳动和异化的思想》，载《哲学研究》1978 年第 8 期；周扬：《关于马克思主义的几个理论问题的探讨》，载《人民日报》1983 年 3 月 16 日。

题的深入探讨和广泛争鸣遂不断展开。讨论过程一波三折，先是周扬对新华社记者发表谈话，就发表论述异化和人道主义文章的错误进行了公开检讨和自我批评，随后胡乔木发表文章，对于这次讨论进行了总结和定性。① 异化问题本身就与意识形态存在着某种本质的关联，因而异化问题讨论中一直或多或少掺杂着政治和权力话语，甚至后期出现这种话语的直接介入和干预。虽然异化问题讨论未能正常开展并深入下去，但是由于人性、人道主义和异化问题的讨论将人的地位问题突出的提了出来，从而为以后文学主体性的提出做了必要的铺垫，在价值层面关注和张扬人的价值和独立也有力地支持了当时的文学创作。

随之，在重新学习马克思主义人学理论基础上，文艺学人学命题再度张扬。早在 1957 年钱谷融就提出"文学是人学"的问题，但该文发表后受到批判并长期成为禁区。新时期伊始，钱谷融再次提出这一问题，② 并得到学界响应，肯定"文学作品是写人的，一篇作品的思想力量和道德力量和他们具有的人道主义精神是不可分的"；认为应从关注人的尊严和人格开始，后扩展到关注人的价值、人性和异化等问题，这是我国当代文学中的社会主义人道主义的全面发展；主张人性共同形态是人物性格、典型的构成要素，可从真实性、历史性与道德要求等三方面评价人性共同形态的描写。③ 文艺学人学思想的再度张扬成为新时期文学观念上的重要突破，文艺要表现具体的人性、要关注人、"文学是人学"等人学命题逐步确立，标志着文艺学人学思想的回归，从而为新时期文艺发展确立了正确的起点。在此基础上，学界进行了进一步的思考和探索，理论认识进一步深化。④ 历史地看，"文学是人学"确立展现了命题本身的生命力和理论概括力，把人作为文学的出发点，从而牢固确立文学的人学基础，并为新时期文学主体性的提出和对于文学审美本质的探索提供了重要的理论准备，为文艺理论研究的整体推进、突破创新清理出了必需的场地，也是新时期马克思主义文艺理论中国化的第一个重大收获。

人性、人道主义禁区的逐渐突破，文学的人学基础的牢固确立，促使学界对文学本质的认识也开始向深处挺进。文艺理论努力挣脱政治工具主义的枷锁，逐步从机械反映论走向能动的、审美的反映论，并进一步通过对于艺术反映论、艺

---

① 胡乔木：《关于人道主义和异化问题》，载《人民日报》1984 年 1 月 27 日；周扬：《拥护整党决定和消除精神污染的决策》，载《人民日报》1983 年 11 月 6 日。

② 钱谷融：《论"文学是人学"》，载《文艺月报》1957 年 5 月号；钱谷融：《〈论"文学是人学"〉一文的自我批判提纲》，载《文艺研究》1980 年第 3 期。

③ 王蒙：《"人性"断想》，载《文学评论》1982 年第 4 期；刘锡诚：《谈新时期文学中的人道主义问题》，载《文学评论》1982 年第 4 期；钱中文：《论人性共同形态描写及其评价问题》，载《文学评论》1982 年第 6 期。

④ 杜书瀛：《文学原理——创作论》，社会科学文献出版社 1989 年版。

术生产论的思考与探索，恢复了文艺的审美特性而使文学真正回归自身，并以此为起点，在 20 世纪 80 年代中后期得到进一步深化，且一直延伸到 90 年代。

新中国建立以来，由于受苏联模式的影响和"左"的路线的干扰，片面强调文艺为政治服务的工具主义文艺观主导了文艺学研究，造成了以政治代替文艺、将文艺理论政策化的不良影响。在对文艺本质的认识上，则坚持工具论和机械反映论，实际上完全忽视了文艺自身的特性。新时期伊始，学界反思批判了文艺与政治关系问题上的简单化、极端化的认识，在呼吁为文学正名，让文学回归本身的讨论中，逐渐注意到了文艺自身的特性，进一步从学理上对文艺反映论本身的问题进行了深入探讨。在这一点上，学界普遍接受把文艺的审美特性纳入到艺术反映论之中，突出了艺术反映的审美特征或艺术对社会生活的审美反映，并逐步形成了审美反映论。如童庆炳提出，"文学对社会生活的反映，是审美的反映。审美是文学的特质。……文学之所以是文学就在于它是对社会生活的审美反映"。[①] 钱中文也认为，"如果把文学是生活的反映，改称为文学是现实生活的审美反映，文学和现实生活的关系由此被纳入了审美的轨道，更符合创作实践"[②]。王元骧在对文学本质的论述中，"确立了文学的特殊本质是审美反映"，即"文学是以审美情感与心理中介来反映现实"[③]。应该说，审美反映论更贴近了文艺的本质，它不但恢复了长期以来被扭曲、篡改的反映论文艺观的本来面貌，而且克服了其全面政治化的偏向，给它注入了审美的新鲜血液，使反映论文艺观获得了新生。因此，从反映论到审美反映论是文学本质认识上的重大突破，它突出了文学自身的特质和规律，标志着文学研究向其自身的回归，并为走向审美意识形态论奠定了基础，但同时也应看到，以"审美反映"来概括文学的本质还显不足，对此学界在 90 年代也进行了深刻反思。

总之，在新时期文论的批判与反思时期，从"文革"摧残中走出的文学与文艺学对文学与政治关系以及人性、人道主义等问题展开批判性反思，从而开始了新时期文艺学的批判反思期。文艺逐渐摆脱对于政治的工具论束缚，人性、人道主义、异化问题讨论突破了原有的理论禁区，"文学是人学"的命题得以确立，进而文艺理论努力挣脱政治工具主义的枷锁，逐步从机械反映论走向能动的、审美的反映论，恢复了文艺的审美特性，为在马克思主义文艺理论指导下文学观念走向多元化奠定了基础。

---

① 童庆炳：《文学概论》，红旗出版社 1984 年版，第 46 ~ 48 页。

② 钱中文：《最具体的和最主观的是最丰富的——审美反映的创造性本质》，载《文艺研究》1987年第 6 期；亦见钱中文：《新理性精神文学论》，华中师范大学出版社 2000 年版。

③ 王元骧：《文学原理》，浙江教育出版社 1989 年版；《审美反映与艺术创造》，杭州大学出版社1992 年版。

二、回归与探索期

20 世纪 80 年代中后期是社会思想相对宽松自由的一个时期，文艺学在前一阶段批判反思的基础上，对文学本质及其特性、文学研究方法等问题进行了深入探讨，文学全面向其自身回归：在人学基础确立后，文学主体性问题得到深入讨论；文学研究方法更新成为学界的自觉取向；文学本体层面上的追问激发了以文学本体为中心的形式研究一时兴起，文学研究实现了"向内转"；对现实主义与典型问题的探讨多个角度展开；文学审美特性得到进一步强调，在对文学本质的认识上从审美反映论走向审美意识形态论。

随着"文学是人学"的深入人心以及文学创作中"人"的意识的不断张扬，文艺理论的思考开始走向对于文学主体性的呼唤。刘再复较早提出和阐发了文学主体性理论，它批判机械论、庸俗社会学对主体创造性的压抑，高扬人性与人的主体精神，论证了"人既是实践主体，又是精神主体"的观念，要求无限释放人的精神主体的主观能动性。[①] 文学主体性理论，无论从理论上还是实践上看，都是对长期以来、特别是"文革"中达到顶峰的"左"的政治功利主义和庸俗反映论的畸形结合，严重压抑了文学创作和接受主体性的一种反拨，在当时是有合理性和重要意义的；但它在理论上并不完善，明显存在某些片面和缺陷。

主体性文学理论一提出，就在学界引起了强烈反响。但当时就有一些不同意见。到了 20 世纪 80 年代末 90 年代初，由于众所周知的原因，学界重新展开了对刘再复文学主体性理论的批判和反思，单就学理层面而言，有些反思，比如陆贵山、陈传才、王元骧、董学文等从价值论、实践性和社会现实性等层面进行的思考[②]，还是相当清醒的，有助于推动对于该问题认识的深化。整体看，80 年代中期刘再复文学主体性的提出以及理论界关于文学主体性的讨论虽然有其明显的政治色彩，但是它还是提醒人们一致注意到，文学主体性理论对机械论、庸俗社会学的批判和对单纯认识论文艺学的批评有某种程度的合理性，标志着不同于认识论文艺学的主体性文艺思想的出现，这对于中国文艺学的变革与发展是有重要意义的。对于文学主体性认识的深化有力地促进了 80 年代文学创作的健康发展，并为现代主义文学思潮的再次出场做好了舆论准备。

---

① 刘再复：《论文学的主体性》，载《文学评论》1985 年第 6 期。

② 参看陆贵山：《"文学主体性"理论与审美乌托邦》，载《文艺理论与批评》1991 年第 2 期；董学文：《评刘再复的文学主体价值观》，载《人文杂志》1991 年第 4 期；王元骧：《评〈论文学的主体性〉》，载《高校理论战线》1991 年第 1 期；陈传才：《马克思主义与艺术主体性问题》，载《中国人民大学学报》1991 年第 2 期。

伴随文学主体性讨论而突然升温的，是关于文学方法论的关注和讨论。20世纪80年代中期，学术界在思想解放的浪潮中开始思考拓展文艺研究的思维空间和研究维度，新的拓展呼唤新的研究方法。于是西方现代自然科学研究方法和人文科学研究方法先后被大量引进，学界一方面进行认真的学习、研究和思考；另一方面结合中国当下特殊的语境和文学传统，力图与之展开对话、交流和融合，这一过程直接导致了文学研究方法上的突破与创新。新时期文学研究方法的突破与创新不仅直接有助于各种研究方法之间互相补充、互相促进，推动了文学研究方法的多元化，而且促进了新时期文艺学观念的拓展和更新，成为新观念、新学科或学科新分支生成的重要契机和动因，直接体现了文艺学研究的某些本质方面。

在确立了文学的人学基础和文学主体性精神后，新时期文艺学在文学研究方法论热的推动下，产生了文学研究向内转的强大内在诉求。对文学本体论的追问导致了以文学本体为中心的形式研究一时兴起，对形式、语言等的研究上升到文学本体研究的高度，对"形式"本身也有了不同于以往的全新的理解："形式"建构自足的文学世界和意义，同时也就登上了"内容"的宝座，形式即内容，内容即形式。由此，形式研究打开了文学研究的新天地，这不仅仅是文学研究方法层面的探索，更是思维方式和文学观念的根本变革。而且新时期以来的形式研究并没有走向形式主义，而是逐步挺进到文体、语言、叙事理论等形式研究的更深层次，并取得了许多重要成果，有力地推动了文学批评理论和研究方法的创新和走向成熟。

现实主义与典型问题与反映论、文艺真实性、形象思维等问题有着紧密联系，在文艺学的批判反思期就进行过一些探讨。在这一时期，学界关于现实主义问题的讨论又从多个角度展开，论题涉及现实主义的内涵及其本质特征、现实主义的哲学基础、现实主义的真实性与倾向性、对现实主义的评价等问题。同时，对文学创作和批评中的新写实主义也进行了较为深入的讨论。总的来看，这些讨论从不同方面纠正了以往对于现实主义的片面、狭隘、机械的理解，廓清了现实主义与新写实主义之间的关系，并充分肯定了新写实主义的积极意义，这些成果对于中国新时期的文艺创作与批评无疑具有积极的推动作用。

新时期审美反映论的提出，由外向内贴近了文艺的本质，加深了学界对文艺的审美特性的认识，同时也注意到了反映论框架对文艺本质的局限性。这是20世纪80年代文艺学的重要收获之一，但进一步来看，审美反映论还是偏重于在认识论的框架内来把握文艺的本质，而对文艺的意识形态属性这一涵盖面更广的性质则未予充分重视，因而人们力图从一种更为宏观的视角考察文艺现象，推进对文艺本质的理解和认识。这样，到80年代中后期，学界就提出了文艺作为审美意识形态的命题。审美意识形态理论的提出，就是对审美反映论的发展、完善和提升，是新时期我国文艺理论在整体上取得的重要成就，并对此后文艺学的学科发展产生了深刻的影响。

应当指出，从文学主体到文学本质，从研究方法到文学本体，新时期文论研究在这一时期对于自身进行了全面清理和审视，并呈现出多元探索的格局，这一切都是在马克思主义文艺理论的指导下取得的，而且实际上也体现出马克思主义文艺理论中国化的具体实绩，进而在更广阔的视野中为文艺学的综合创新铺平了道路，准备了条件。

三、综合与创新期

20世纪90年代以来，随着中国改革开放的不断深化，西方文艺思想和理论被大量引入，丰富了中国文论的理论话语，为中国文论的发展积累了思想资源，同时，西方话语的大量引入也在中国学界产生了"影响的焦虑"，"中国文论的失语症"的提出在某种程度上就是比较典型的一个文化表征；另外，在市场经济和社会转型的影响下，文学原有的价值、意义和地位受到挑战，并进一步引发了关于文艺价值的思考。这一时期，学界一方面大量吸收了当代西方的学术思想，提出了许多新的研究方法，开辟了一些新的研究领域，催生了一批新的分支学科，极大地丰富了中国文论的理论话语，为中国文论的发展积累了宝贵的思想资源，促进了中国文论的多元化发展。同时，对传统理论资源进行了认真的反思和清理，尤其是"两个传统"说的提出，明确了当代文艺学建设的基本立足点，具有重要的理论意义。在文艺学的发展上，学界力图沟通今古、融汇中西，使文艺学呈现出多元发展、综合创新的态势。

在20世纪80年代中期方法论热过去之后，对文学研究方法的冷静思考和深入探讨还在继续。20世纪90年代随着中国的改革开放逐渐走向深入，文学研究方法上有了更多的突破与创新，更多的西方现代文艺理论及其研究方法——后殖民主义、新历史主义、文学人类学、全球化理论、文化研究——被介绍进来。这些文学研究和批评新方法，或者侧重于文学活动本身，或者侧重于文学与文化之间的联系，或者侧重于中西文学与文化之间的比较和交流，它们在中国本土的接受和阐释中，与我国文艺理论传统相融合，推动了文学研究方法的多元化，促进了文艺学观念的拓展和更新，对于我国文艺学改变知识结构、拓宽理论视野、推动文学观念的创新和发展具有重要作用；同时积极推动了文艺学学科建设，催生了如文艺心理学、生态文艺学、接受美学等新学科或学科新分支。

中国传统文论是中国文化的重要组成部分，它在漫长的历史发展过程中，积累了一系列有价值的理论成果，成为我们今天文艺理论发展的重要的理论资源。90 年代以来，学界在对中国传统文论的研究上，出现了一批重要成果，但同时，随着西方学术思想的大量引入，乃至可以由此上溯到"五四"以来西方理论话语的强势输入，以及与此相对的中国传统文论概念范畴、理论体系对于现代社会、文化的发展实际难以适应，从而引发了人们对于传统文论及其与当下文艺学建设之间关系的思考，"中国文论失语症"讨论就是这一思考的集中展开。1995年，曹顺庆提出"中国文论的失语症"问题。认为，中国现当代文艺理论长期借用西方的一整套话语以及中西文化的剧烈冲撞，造成中国现当代文论没有一套属于自己的独特话语系统，而仅仅是承袭了西方文论的话语系统。21 世纪中国文化发展的第一步是重建中国文论话语。[①] 失语论的提出，因为触及中国文论发展的一个关键问题，具有重要意义，很快引起了学界的广泛讨论。一种意见认为中国文论确实失语了，现有的西方美学和西方文论存在着自身难以克服的矛盾和问题，因而建立东方美学和中国文论是必要的。[②] 另一种意见认为中国文论并没有患失语症，真正患了失语症的是西方文论。失语症的提法没有看到东西方文论差异的根本乃是由于基本思维方式不同。[③] 关于"失语"问题的讨论涉及了现当代中国文论存在的诸多问题，并提出了许多建设性的意见；更为重要的是，它对我们所面临的传统理论资源进行了深入的考察，其中关于我们面临古今两个传统的观点的提出本身就是一个突破，虽然学界对此还有不同看法。

和"失语"问题讨论相关的一个问题就是中国古代文论的现代转换问题，后者是前者的逻辑延伸。对"失语"问题的观点在很大程度上决定了对中国古代文论的现代转换问题的理论态度。中国古代文论的现代转换问题的讨论的重要意见有五种：一是"西论中用说"，主张"移植西论以为中用"。[④] 二是"古代文论母体说"，主张"当代文论建设必须以古代文论为母体"。[⑤] 三是话语重建和异质利用说，主张"重建中国文论话语"。[⑥] 四是"综合创造"论。认为当代文论建设应立足于民族和时代的需要，走古今中外、广采博纳的综合创造之路。[⑦] 五是立足现实的"融合"论，主张以现实的传统起步，以现代文论为基点和主

---

　　① 曹顺庆：《21 世纪中国文论发展战略与重建中国文论话语》，载《东方丛刊》1995 年第 3 辑；《文论失语症与文化病态》，载《文艺争鸣》1996 年第 2 期；《汉语批评：从失语到重建（笔谈）》，载《求索》2001 年第 4 期。

　　② 陈炎：《走出"失范"与"失语"的中国美学和文论》，载《文学评论》2004 年第 2 期。

　　③ 季羡林：《门外中外文论絮语》，载《文学评论》1996 年第 6 期。

　　④ 周发祥：《试论西方汉学界的"西论中用"现象》，载《文学评论》1997 年第 6 期。

　　⑤ 张少康：《走历史发展必由之路》，载《文学评论》1997 年第 2 期。

　　⑥ 曹顺庆、李思屈：《重建中国文论话语的基本路径及其方法》，载《文艺研究》1996 年第 2 期；曹顺庆：《从"失语症"、"话语重建"到"异质性"》，载《文艺研究》1999 年第 4 期。

　　⑦ 敏泽：《综合创造论与我国文化与美学及文论的未来走向问题》，载《文艺研究》1999 年第 3 期。

导，融合古代文论和西方文论，建设中国特色的文艺理论新形态。①

总体上看，关于"失语"问题和古代文论现代转换问题的讨论，是对当下文艺理论现实的一次清醒面对，也是对中国传统文论资源的一个理性反思，它一方面推进了学界对于古代文论本身的研究；另一方面也促使人们思考古代文论与当代文艺学之间的关系，以及我们当前应当如何吸收古代文论资源，如何建设现代形态的文艺学学科等一系列重要问题，在一定程度上可以说也是马克思主义文艺理论中国化的一个具体成果。

我们对于新时期30年纷繁复杂的行程采取了分阶段的回顾和反思，但并不意味着这一行程是直线的、可以割裂的，也不意味着这一回顾和反思是简单化的，毋庸置疑，在我国新时期文论的发展历程中既有高歌猛进，也有反复曲折，有理性和人文的旗帜高扬，也有非学术的暗流涌动，但是回顾这一历程可以清楚地看到，新时期30年来，我国的文艺理论尽管走过一些弯路，但在马克思主义文艺思想的指导下取得了巨大成就，新时期文论发展最值得重视的成果是：中国文艺学经过百年的变革、创新、积累，到20世纪最后20多年，终于形成了一个以马克思主义文艺理论为指导的多元发展的现代新传统。这也是马克思主义文艺理论中国化的新进展和重大成果。

第三节　对新时期文论发展重大理论问题的反思

在历时性梳理的基础上，我们将对新时期文论发展历程中几个重要的理论问题进行共时性审视。正如上文的梳理所显示的那样，在新时期文论的发展过程中，发生了一系列激烈的具有重要影响的学术争论和讨论，比如人性、人道主义和异化问题讨论、文学主体性问题讨论、文艺方法论问题讨论、人文精神大讨论、日常生活审美化与文艺边界问题讨论，以及审美意识形态论问题讨论，等等。这些讨论既是文艺对于社会生活和文艺实践的即时性反应和理论发言，也是文艺和文艺研究本身的逻辑要求，在某种程度上成为审视新时期文论发展的坐标。本节选择文艺研究方法论问题、人文精神大讨论以及审美意识形态论等问题做一描述和反思。

有必要指出，作为对于20世纪文脉历程的研究的一部分，本节对于新时期文论现象的共时性研究，其基本视角根植于20世纪中国文论的文脉历程蜿蜒和

---

① 钱中文：《再谈文学理论的现代性问题》，载《文艺研究》1995年第3期。

流动，正是这一视野决定了本节研究的重点侧重于对于现象的描述和反思（当然，这一视角也意味着对于研究对象的审视的有限性，但有限性不等于简约性），而对其中一些研究对象的更为深入和广泛的探讨，将留于其他篇章中展开。

一、文艺研究方法论问题

新时期伊始，学界逐步对以往单一的文学批评模式进行了深入的反思和批判，同时伴随着文学创作走向繁荣，贫困和僵化的文艺理论和文学批评丧失了对创作实践的有效阐释能力，出现与实践明显的不协调和不适应。随着文学创作繁荣与客观世界的飞速变化，文艺理论亟待创新和发展，文艺研究和批评的方法论问题勃然凸显，20 世纪 80 年代中期中国文艺研究和批评领域出现了方法论热，包括控制论、信息论、系统论等现代自然科学研究方法被引进到文艺研究领域，接着是现代西方人文科学方法论涌入，方法论更新成为文艺研究的自觉意识。

1985 年被称为中国文艺学发展历程中的方法论年，这一年信息论、控制论、系统论乃至协同论、散耗论等现代自然科学研究方法大量移植到人文科学领域，并受到研究者的青睐，一时成为文学研究争相运用的研究方法，然而早在这以前，自然科学研究方法就已经受到研究者的关注。比如，林兴宅运用新方法论，对一些文学现象进行新的阐释，发掘出传统文学方法论不曾发现的新视域，比如在《论阿 Q 性格系统》[①] 中对于阿 Q 性格系统的阐释在当时是颇有新意的。现代科学研究方法与文艺研究相结合，传统方法论与现代方法论相结合，深化了对于具体文学现象的认识，开阔了研究思路，对文学研究起到了巨大的推动作用。方法论热对于原有的文学批评观念带来猛烈的冲击，在当时具有思想解放的意义，潜移默化地影响和铸造了一代学者的思维品格。

现代自然科学研究方法被引入文学研究领域，对于以往单纯立足于社会、历史维度的文学研究具有极大的冲击力，但是科学方法也有其自身的界限，以科学方法范畴切近文学艺术仍然显得力不从心。现代自然科学研究方法有助于深化理解作品的某些要素，而不能成为一般文学理论的方法论基础。因此在运用现代方法论进行文艺研究的同时，学界同时对于方法论热进行了冷静的理论反思和总结。比如有学者认为文艺理论和美学研究方法论讨论很有必要，并且要进一步深入下去、坚持下去，以期在理论上真正有所发现，有所发展，并且要求重视马克

---

① 林兴宅：《论阿 Q 性格系统》，载《鲁迅研究》1984 年第 1 期。

思主义这一指导、武器或发展运力。① 正是如此，在现代自然科学研究方法之后，1986 年以来大量西方现代人文科学研究方法被引进文学研究领域。

如果说，现代自然科学方法论强烈地冲击了传统文学研究范式和思路、开阔了研究视野、极大地起到了思想解放作用的话，那么，包括心理学、人类学、符号学以及新批评、结构主义、精神分析、解释学、接受美学在内的现代人文科学研究方法的引入则是标志着文学研究思维模式发生了现代转型，标志着现代文艺研究方法论取代了传统文艺研究方法论。文学研究从不同角度、不同领域、运用不同方法对于文学艺术进行了多层次多维度的研究，文学理论与批评争相创造新概念，运用新方法，逐步扩展文艺研究的呼吁领域，从而推动文学研究方法告别了反映论狭隘思路，开始以一种更为清醒自觉的姿态寻求新方法论系统的建立，进入一个文艺研究方法大变革的时代。这一时期，关于文艺理论研究方法的著作大量涌现，如王春元、钱中文《文学原理方法论研究》②、董学文《西方艺术理论中的方法论探索》③、胡经之、王岳川《现代文艺学美学方法论》④ 等是其中的代表。20 世纪 90 年代前后，这些著作在各自层面推动着文艺学方法论的研究和发展，方法论思潮成为文艺话语转型期一股振聋发聩的力量。

总体看来，方法论热色彩斑斓，又风一般转瞬即逝，方法论热虽然时间不长，影响却是长久和深远的。方法论热不仅仅是文学研究方法上的变革，而且是中国学术界走出"文革"阴影、冲破理论禁区和束缚后的第一次自由跳跃，是中西文艺学界沟通理解、平等对话和交流的第一步，也是中国文艺学激活创新思维的必经之路。

在对 20 世纪 80 年代中期文学理论发展的反思中，1985 年被称为方法论年、1986 年被称为观念年，如果说这种划分和界定略显绝对的话，那么，说 20 世纪 80 年代中后期文艺理论研究的总体趋势和重心是从方法论问题转移到了对于文学观念问题的探讨，而且就在这个过程中实现了文学观念的急剧更新，则是客观的事实。这种转向是文艺学发展的必然逻辑。方法论热将文艺研究从理论和思维的贫困和僵化状态中解放出来，推动文艺研究向全方位、多视角、多层次方向迈进，从方法论层面挺进到文学本体论层面，文学观念走向多元和深入。

文学观念所包含的范围是广泛的，但其中核心的是文学的本质问题；文学观念研究方面最大的特点是学者们纷纷选择和运用不同的思维方式和研究方法对于文学本质及其特征进行了多元化的探讨，或从符号学、心理学、传统哲学、文化

---

① 程代熙：《认真开展文艺学方法论的讨论》，载《光明日报》1985 年 3 月 7 日。
② 王春元、钱中文：《文学原理方法论研究》，湖南文艺出版社 1987 年版。
③ 董学文：《西方艺术理论中的方法论探索》，台声出版社 1989 年版。
④ 胡经之、王岳川：《现代文艺学美学方法论》，北京大学出版社 1994 年版。

学、接受美学等不同视角，或从系统论、价值论、本体论等不同层面，进而对于文学做出各自不同的多种多样的本质规定，众声喧哗，百家争鸣。文学反映论在摆脱了机械论和庸俗社会学的束缚以后，走向审美反映论，并进一步与审美意识形态相融合，开始建构崭新的理论体系和框架。

二、从人文精神讨论到新理性精神

1993 年第 6 期的《上海文学》，发表了王晓明等人的《旷野上的废墟——文学和人文精神的危机》，提出了文学和人文精神危机的问题。此后，《读书》、《东方》、《文汇读书周报》等报刊杂志也参与了讨论，遂引起人文精神讨论，讨论主要涉及人文精神的理解、人文精神的危机、人文精神重建、重建人文精神的同时如何认识和对待中国传统文化以及人文精神与终极关怀等问题。

第一是对人文精神的理解。概括来看，一是学者基本上是将人文精神与人的生存及其价值联系起来考虑，比如，或认为人文精神显示了人的终极价值，它是道德价值的基础和出发点，或者认为"人文精神"主要指一种追求人生意义或价值的理性态度。二是注意到这一概念的复杂性。

第二是关于人文精神的危机。虽然有学者对此提出质疑，讨论中学界普遍认为当前存在着人文精神的危机。人文精神讨论有这么比较明确的几条：（1）我们今天置身的文化现实正处在深刻的危机之中；（2）作为这危机的一个重要方面，当代文化人的精神状态普遍不良；（3）从知识分子自身原因来讲，在于丧失了对个人、人类和世界的存在意义的把握；（4）知识分子普遍的精神失据是在近代以来的历史过程中，由各种政治、军事、经济和文化因素合力造成的；（5）要想真正摆脱这样的失据状态，很可能需要几代人的持续努力；（6）作为这个努力的开端，特别愿意来提倡一种关注人生和世界存在的基本意义，不断培植和发展内心的价值需求，并且努力在生活的各方面去实践这种需求的精神；（7）人文精神实践是一个不断生长、日益丰富的过程，一个通过个人性和差异性来体现普遍性的过程，就此而言，正是这种实践的丰富性和多样性，真正体现了人文精神的充沛活力。①

第三是人文精神重建问题。首先是针对这种在思想解放和商品大潮中的困惑，以求重新获得信念的支持和角色的重新定位。一方面要重视大众文化在当前积极性、正面性的功能，充分肯定它；另一方面还要想想有关意义、价值方面的问题。同时，学界普遍将这一问题同知识分子联系起来，强调知识分子承担人文

---

① 王晓明：《批判与反省——〈人文精神寻思录〉编后记》，载《文艺争鸣》1996 年第 1 期。

精神的价值立场和责任，人文精神讨论"带有知识分子自省的意味"。① 对此，知识分子要想真正获得自身的文化话语权，或者必须同大众、大众文化更好地"合谋"，这种"合谋"是一种文化上的联合，两者共同发展，或者提倡理性精神。②

第四是在重建人文精神的同时如何认识和对待中国传统文化。当前重建人文精神应当重视自身的传统，但对传统本身应有具体分析的态度，我们所说的文化传统是看不见、摸不着，不断发展变化，不断生成更新的"将成之物"，是不断形成着各种文化产品并不断对历史和现实进行新的阐释的一种根本动力。在中西文化的对比上，我们也不可以盲目自大。③ 胡绳指出，我们今天要向世界开放，充分大胆地吸取西方有用的东西，但我们不能全盘西化，不能忘记从中国的具体国情出发；同时要尊重中国的历史文化传统，很好地利用传统来建设社会主义精神文明，开拓中国的新文化。④

第五是人文精神与终极关怀。在人文精神的讨论中，很多学者提到，人文精神应具有终极关怀。但应当看到，终极关怀不应当是抽象的，远离现实的。因此，有学者对此提出批评，认为近年来终极关怀被人云亦云地滥用着，想象力、文化积蓄和思想深度远远与终极无缘的朋友，还是先来一点现实吧。⑤ 同时，王晓明提出，应强调终极关怀的个人性，具体说就是：（1）你只能从个人的现实体验出发去追寻终极价值；（2）你能够追寻到的，只是你对这个价值的阐释，它决不等同于这个价值本身；（3）你只是以个人的身份去追寻，没有谁可以垄断这个追寻权和解释权。正是在这个意义上，人文学者在学术研究中最后表达出来的，实际上也首先是他个人对于生存意义的体验和思考。⑥ 此外，也有学者注意到了人文精神讨论中存在的内在矛盾。

人文精神讨论尽管存在着诸多不足，但它直面了中国社会发展、文学演变中出现的问题，并进行了深入的思考和讨论，深化了人们对文学的认识、对知识分子当前责任的认识，具有重要的理论价值和实际意义。人文精神讨论虽以对文学的讨论发端，但逐渐延伸到了整个文化和精神问题，而沿着这一思路，将这一讨论的积极成果运用于文艺理论建设之中，建构文艺理论的新的形态和价值的，则

---

① 陈思和：《道统、学统与政统——人文精神寻思录之三》，载《读书》1994 年第 5 期。
② 参阅王德胜：《关于文化现状、道德重建的对话》，载《东方》1994 年第 6 期；张汝伦：《文化世界：解构还是建构——人文精神寻思录之五》，载《读书》1994 年第 7 期。
③ 参阅乐黛云：《文化冲突及其未来——参加突尼斯国际会议的随想》，载《文艺争鸣》1994 年第 4 期；罗卜：《国粹·复古·文化——评一种值得注意的思想倾向》，载《哲学研究》1994 年第 6 期。
④ 胡绳：《如何认识和对待中国传统文化》，载《中流》1995 年第 2 期。
⑤ 王蒙：《人文精神问题偶感》，载《东方》1994 年第 5 期。
⑥ 王晓明：《人文精神是否可能和如何可能——人文精神寻思录之一》，载《读书》1994 年第 3 期。

是钱中文等所提出的新理性精神文论。

新理性精神的提出，同样是针对当代中国人文精神的淡化、文学艺术的贬值以及人的生存意义的缺失等现实状况，并试图以此重新理解和阐释人的生存和文艺的意义与价值。1995 年以来，钱中文对"新理性精神"的具体内涵进行了不断深入的研究，并在学界获得热烈回应，许多学者对这一构想表示赞成，并就新理性精神建设中的一些具体问题做了多方面探讨，强调了文学艺术的现实指向，推进了对中国当代文论形态的思考和研究。

钱中文认为，新理性精神作为一种对于文化、文学艺术内在的精神信念，是对旧理性的扬弃，它从现代性、新人文精神、交往对话精神、感性与文化问题等四个方面确立自己的理论关系：（1）新理性精神把现代性看做是促进社会进入现代社会发展阶段，使社会不断走向科学、进步的一种理性精神、启蒙精神，一种现代意识精神和时代的文化精神。（2）新理性精神把新人文精神视为自身的内涵和血肉，在历史唯物主义、马克思主义的人道主义视野下，弘扬人文精神，以新的人文精神充实人的精神，以批判的精神对抗人的生存的平庸与精神的堕落。（3）新理性精神奉行交往对话精神，倡导人与人之间、思想与思想之间确立起一种新型的平等的交往对话关系；在对历史现实、文化遗产的评价中，提倡一种可以去蔽的、历史的整体性观念，一种走向宽容、对话、综合、创新的包含了一定的价值判断、总体上亦此亦彼的思维。（4）新理性精神虽然崇尚理性，但也给感性以重要的地位，承认非理性乃至反理性的存在的合法性，特别承认在文艺创作中非理性有着理性所不可取代的重要作用，但同时它反对以非理性的态度与非理性主义来解释现实与历史。总结这四个方面，可以把新理性精神理解为一种以现代性为指导，以新人文精神为内涵与核心，以交往对话精神确立人与人的相互关系，建立新的超越二元对立模式的思维方式，包容了感性的理性精神。这是以我为主导的、一种对人类一切有价值的东西实行兼容并包的、开放的实践理性，是一种文化、文学艺术的价值观。①

三、审美意识形态论

新时期文艺理论的新生和推进发轫于 20 世纪 70 年代末 80 年代初对于文艺工具论的批判，以及对于文艺政治维度的反思，并进而在审美自律性与他律性、文艺与政治的对立中恢复和确立了文艺自律性的地位，随着反思和探讨的深入而提出了审美意识形态论。审美意识形态论不仅仅是新时期文艺理论对于文艺极端

---

① 钱中文：《新理性精神与文学理论》，载《东南学术》2002 年第 2 期。

政治化、意识形态化反拨的结果，在某种程度上也是对肇始于 20 世纪初我国现代文艺理论意识形态论和审美论两脉的扬弃与重建，代表了新时期以来文艺理论建设和发展的重要成果。

新时期伊始，关于文艺的本质的几种较有影响的观点，不论是形象反映论、情感表现论还是审美反映论，它们的核心都在于强调文艺之为文艺的特殊性所在。蔡仪在《文学概论》中开宗明义："文学是反映社会生活的特殊的意识形态"，文艺作为社会意识形态，其特殊性就在于"文学以形象反映生活"。[①] 这固然还没有摆脱认识论思维框架的束缚，但显然已经与过去的机械反映论明显不同，而李泽厚则初步实现了从认识论向情感论的初步转换。在他看来，艺术的本质特征和作用"不只在给人一种认识而已，它毋宁是给人一种情感力量"，如果艺术没有情感，就不成其为艺术，因此，"情感性比形象性对艺术来说更为重要。艺术的情感性常常是艺术生命之所在"。[②] 从认识论到情感论已经蕴涵了审美反映的萌芽，不久就有学者纷纷提出，文学是一种具有审美价值的形象化的特殊意识形态，认为文学的本质特征在于用语言塑造艺术形象，表现人对于现实的审美关系；[③] 作为对于文学是什么的深层次回答，审美是文学的本质，文学是社会生活的审美反映。[④] 这些论述中一个基本相同的认识就是将审美视为文学的特殊本性之所在。

随着 20 世纪 80 年代中期思想领域的进一步解放以及文艺"向内转"思潮的汹涌，文艺理论研究更加侧重于从文艺自身的特性出发切入对于文艺本质的认识，文艺的审美特性日益获得确认，正是如此，"审美特征论"被认为是新时期对于文艺本质最为重要的认识。

文艺本质审美论的确立必然引发它与意识形态论的关系问题，围绕这个问题，20 世纪 80 年代中期又一次发生了文艺本质问题的论争。如果说，70 年代末到 80 年代初围绕文艺本质问题的论争明确了文艺具有意识形态性，那么，意识形态性是否反映文艺的本质则成为这一次论争的焦点。对此，存在三种基本观点：第一种观点认为意识形态性就是文艺的本质属性，二者同一；第二种观点认为意识形态性是艺术本质属性之一，与其他本质属性并存；第三种观点认为意识形态性并不是文艺的本质属性，审美性才是文艺本质属性。[⑤] 随着讨论的深入，尤其是在经过文学方法论年和文学观念年的洗礼后，学界逐步认识到，仅仅局限

[①] 蔡仪：《文学概论》，人民文学出版社 1979 年版，第 1、17 页。

[②] 李泽厚：《美学论集》，上海文艺出版社 1980 年版，第 282、563 页。

[③] 易健、王先霈：《文学概论》，湖南教育出版社 1983 年版，第 15~30 页。

[④] 童庆炳：《文学概论》，红旗出版社 1984 年版，第 47、51 页。

[⑤] 陈理宣：《文艺的意识形态性讨论综述》，载《文艺研究》1992 年第 2 期。

于从文艺的某个属性上去界定文艺的本质，都难以避免地失之片面，要完整的认识文艺本质，必须用系统和综合的观点来整体把握，这就推动了对于文艺本质问题的认识开始走向综合，正是在这一背景下，钱中文、王元骧、童庆炳等学者提出审美意识形态论，并逐步得到学者的认同。

1987 年，钱中文在总结当时苏联及我国学界关于文学本质的观点的基础上，把审美的和哲学的方法结合在一起，来探讨文学第一层次的本质特征。"这两种方法的结合，揭示了文学的常态特征，使人看到作为语言艺术的文学的特性既非单纯的意识形态性，也非单纯的审美。强调意识形态性是必要的，但如果局限于这点，会使其审美特性变为附属物；强调、突出审美特性是必要的，但如果只见这一特性，又会砍削了文学的另一本质特性"，从而提出"文学是审美意识形态"，力图把文艺的意识形态性和审美性结合起来，达到对文艺本质的更具说服力的表述。在钱中文看来，"从社会文化系统来观察文学，从审美的哲学的观点出发，把文学视为一种审美文化，一种审美意识形态，把文学的第一层次的本质特性界定为审美的意识形态，是比较适宜的"。"文学作为审美的意识形态，以感情为中心，但它是感情和思想认识的结合；它是一种自由想象的虚构，但又具有特殊形态的多样的真实性；它是有目的的，但又具有不以实利为目的的无目的性；它具有社会性，但又是一种具有广泛的全人类性的审美意识的形态"。①

不久，王元骧则从认识论与审美性的统一出发，明确将文学界定为一种审美意识形态，指出"文学是反映生活的一种特殊的思想意识形态。这就是说，文学就其最根本的性质来说，它是社会意识形态，但是，又与哲学、社会科学等一般意识形态不同，它是通过作家的审美感受来反映社会生活的，是作家审美意识的物化形态"，说"文学是一种审美意识形态"，就是说，文学"本质上是一种社会意识形态"，具有与其他意识形态形式共同的本质，同时又有"作为审美意识形态的特殊本质"。②

进入 20 世纪 90 年代以来，钱中文对"审美意识形态"的观点进行了进一步的阐发，认为文学作为审美意识形态是以感情为中心、感情与思想的结合，是一种具有特殊形态真实性的虚构，具有不以实利为目的的目的性，具有阶级性和广泛的社会性、全人类性。文学作为审美意识形态是一个审美的本体系统，它的存在形式是艺术语言的审美创造、审美主体的创造系统、审美价值和功能系统以及接受中的审美价值再创造三者的结合，由此形成文学本体。文学本体的三个组成部分逻辑的历史的展开构成文学的第三层次的本质特征，它使文学理论的概

① 钱中文：《论文学观念的系统性特征》，载《文艺研究》1987 年第 6 期。
② 王元骧：《文学原理》，浙江教育出版社 1989 年版，第 24～38 页。

念、问题有序化,并在文化系统中探讨文学与其他艺术的关系。① 这样就把审美意识形态和文学的本体、文学的本质统一起来,形成了一个完整的系统,更加符合文艺的存在方式和本质特征。

童庆炳在《文学理论教程》中将文艺本质审美意识形态论进一步系统化,该书从"文学的一般意识形态性质"、"文学的审美意识形态性质"、"文学是显现在话语含蕴中的审美意识形态"三个层面阐述了文学活动的审美意识形态性质,指出"文学从本质上说是意识形态。而作为意识形态,文学既具有普遍性质,也具有特殊性质。文学的普遍性质在于,它是一般意识形态;文学的特殊性质在于,它是审美意识形态"。"文学的审美意识形态性质是对文学活动的特殊性质的概括,指文学是一种交织着无功利和功利、形象与理性、情感和认识等综合特性的话语活动。文学的这种审美意识形态性质,实际上告诉我们,文学的性质不是单一的而是双重的:文学具有审美与意识形态双重性质"②。自此,绵延了半个多世纪的文艺本质审美论与意识形态论两脉实现了融合,审美意识形态论成为新时期最有影响的文艺本质观,并被目前国内最重要的20多部"文学概论"类教材所采用。

应该认为,审美意识形态论的提出不仅仅是新时期文艺理论对于文艺极端政治化、意识形态化反拨的结果,在某种程度上也是对肇始于20世纪初我国现代文艺理论意识形态论和审美论两脉的扬弃与重建,审美意识形态论是"把马克思艺术本质的两个方面的观点,即美学观点和史学观点,意识形态论和艺术掌握世界论完整地结合的理论创造。这一点正是中国新时期马克思主义文学理论中国化的重要成果"。③

需要提请注意的是,20世纪90年代后期尤其是进入新世纪以后,随着社会生活的转型以及文化研究的展开和西方马克思主义文论研究的深入,在对于文化研究和文艺研究关系的探讨中,审美意识形态论受到了重新审视和再反思,并在学界引起较大的争论和论争,某种程度上表明了我国文艺理论研究在认识文艺本质问题上的思路和认识上的变化。

以上我们对于新时期文论所进行的历时性和共时性的考察表明,新时期文论在马克思主义文艺思想的指导下批判、反思、探索、创新,取得了一系列巨大成就,这些成绩不仅构成了20世纪中国现代文论宏伟画卷的一部分,而且也成为中国马克思主义文艺理论中国化的具体体现,而关于马克思主义文论中国化本身的研究情况则是下一节的任务。

---

① 钱中文:《文学发展论》(增订本),经济科学出版社1998年版。
② 童庆炳:《文学理论教程》,高等教育出版社1998年版,第49~75页。
③ 冯宪光:《意识形态的流转》,载《社会科学研究》2007年第1期。

第四节　马克思主义文论中国化研究的进展

　　众所周知，马克思主义文艺理论研究一直是我国文艺理论和文艺批评研究的根基所在。新时期 30 多年来，马克思主义文艺理论研究逐步摆脱了教条化、简单化、机械化的思维模式，立足于社会主义建设的具体实践，视野开阔，思想解放，取得了巨大成就。首先是马克思主义文艺理论本身的研究得到极大深化，其中马克思主义文艺理论发展史研究、马克思主义经典作家及其经典著作研究得到新的拓展，马克思主义文艺理论体系研究、哲学基础研究、文艺批评研究、艺术生产理论研究等专题研究走向深入；其次是马克思主义文艺理论中国化问题的研究得以全面展开和进一步拓展，作为马克思主义文艺理论中国化的具体体现和伟大成果的毛泽东文艺思想、邓小平文艺思想以及"三个代表"等研究取得丰硕成果，对马克思主义文艺理论中国化问题的理论探讨也在中国文艺理论实践中得到颇有深度的思考；西方马克思主义文艺理论得到全面和深入的研究，从西方马克思主义文艺理论的译介和传播到其主要流派及其代表人物，从西方马克思主义文艺理论的基本理论到对于我国文艺理论建设的意义和影响，西方马克思主义文艺理论研究拓展了马克思主义文艺理论研究视野，构成了我国马克思主义文艺理论研究中的重要一环。下面我们从两个方面来加以考察。

一、关于马克思主义文艺理论本身的研究

　　新时期以来，我国马克思主义文艺理论研究创建了"全国马列文论研究会"、"全国毛泽东文艺思想研究会"等学术团体，创办了《马克思主义与现实》、《马克思主义研究》、《马列文论研究》、《马克思主义美学研究》等学术研究刊物，并以之为阵地开展经常性的学术研讨活动。20 世纪 80 年代起，高校广泛开设了马克思主义文艺理论课程，马克思主义文艺理论教材建设全面展开，马克思主义文艺理论研究不断深化。马克思主义经典作家、经典文本的研究以及马克思主义文艺理论发展史研究也都出版了富有创见的著作，各个研究领域都取得了前所未有的进展，成果显著。《马克思主义文艺思想史稿》、《马克思主义文艺理论发展史》（1990）、《马克思主义文艺美学基础》、《马克思主义文艺思想的发展与传播》、《马克思主义文艺理论发展简史》、《马克思主义文艺理论发展史》

（2001）、《马克思主义文艺思想史教程》① 等是其中的代表。

1986 年 11 月，全国高校首届文艺学会在海口市召开。在这次会议上，争论的一个中心议题就是如何判断当前文艺理论的"走向和趋势"，进而思考和探讨怎样建设马克思主义文艺理论的新体系和新形态。尽管与会者普遍感到我国现代文艺学走过了几十年曲曲折折的道路以后，开始一场变革和更新的过程是不可避免的，但究竟如何在这场变动中找准自己的理论坐标，显然存在分歧。这次研讨会的成果，后来汇集成书出版，其中就有以下题目的文章：《建立具有中国特色的马克思主义文艺学》、《论马克思主义文艺学的民族化》、《中国马克思主义文艺学的命运》等，说明有中国特色马克思主义文艺学的建设已经提到了某些高校教师的科研日程。这一时期值得一提的是，北京有一批中青年美学、文艺理论批评工作者结成"马克思主义文艺美学沙龙"，在我国马克思主义文艺学、美学发展面临种种困境的情况下，认真思索，力求探索走出困境的出路和办法，为新时期马克思主义美学、文艺学的发展做出了努力。他们于 1987 年 7 月的《文论报》上发表了一组《创造性地建设马克思主义美学文艺学》笔谈，其后又于1988 年撰写一组《革新与发展马克思主义文艺学美学》的文章，刊登在 1989 年第 1 期的《天津社会科学》上。尽管他们的学术观点不尽一致，但他们的敏感、自觉和热情，在有中国特色马克思主义文艺美学理论建设史上是应该写上一笔的。

从时间上看，1988 年是关于建设有中国特色马克思主义文学理论探讨的一个高潮。据不完全统计，仅这一年间，发表的有关专门讨论这个问题且有一定质量和学术代表性的论文就有 20 多篇，内容涉及文艺意识形态本性辨析，艺术生产理论体系的建构，马克思主义文艺学的新发展与新课题，以及这一理论的"中国特色"和"现代化"等问题。这其中，产生了较大反响的是《马克思主义文艺学当代形态论纲》和《从"经典形态"到"当代形态"——关于马克思主义文艺学改革的思考》② 两篇文章。由于该作者首次在理论界提出马克思主义文艺学需要适应变化了的形势改换自己的理论形态模式问题，并初步论证了"当代形态"产生的历史根由和逻辑前提，对"当代形态"的面貌做了大胆的设想，

---

① 参见陆贵山、周忠厚：《马克思主义文艺学概论》，中国人民大学出版社 2001 年版；董学文等：《马克思主义文艺理论发展史》，高等教育出版社 1990 年版；赵宪章：《马克思主义文艺美学基础》，南京大学出版社 1992 年版；李衍柱等：《马克思主义文艺思想的发展与传播》，广西师范大学出版社 1995 年版；陈辽：《马克思主义文艺思想史稿》，四川文艺出版社 1986 年版；刘庆福主编：《马克思主义文艺理论发展简史》，北京师范大学出版社 1995 年版；复旦大学中文系文艺理论教研室编：《马克思主义文艺理论发展史》，中国文联出版社 2001 年版；周忠厚等：《马克思主义文艺思想史教程》，中国人民大学出版社 2002 年版。

② 前者发表在《文艺研究》1988 年第 2 期，后者发表在《求是》1988 年第 2 期，作者董学文。

因此，产生了一定的理论影响。

1989 年以后，关于建设有中国特色马克思主义文学理论的研究和思考进一步深化。这表现在论者大体脱离了在舆论上加以鼓与呼的阶段，逐渐进入到了对体系的整体建构的考察和多维透视，开始对新体系的背景、方法和框架加以描述，并对某些新体系构想的"独创与缺陷"提出商讨意见。[①] 有的论者强调理论建设的"开放性"；有的论者集中谈论马克思主义文学理论的历史、现状和前景；有的论者继续完善"当代形态"的设想。《文艺研究》还专门召开了探讨马克思主义文艺学"中国特色"的座谈会。在这之前或之后，《文学评论》、《学术月刊》和《理论与创作》也分别组织了面向新世纪有中国特色马克思主义美学文艺学的座谈会和笔会。为推动马克思主义文艺理论中国化做出了贡献。

这一时期马克思文艺理论体系的研究涉及马克思主义文论究竟有没有理论体系，以及对马克思主义文艺理论体系本身如何理解等一系列重大问题。

马克思主义是否有自己的文艺理论体系？对此学界存在两种针锋相对的观点，但大部分学者认为，马克思主义文艺理论并非只是"断简残章"。判断马克思主义文论有没有理论体系，不能只从文本形态上来看，而要从马克思主义文艺思想的内在关联性上来看。从这个意义上说，马克思主义文论是有自身的思想理论体系的，这可以通过一定的研究梳理达到对马克思主义文论思想理论体系的整体描述和把握。作为对于这一问题的具体应答，国内学者写出了体系化的马克思主义文论著作，比如陆贵山等的《马克思主义文艺学概论》从文艺学宏观视野和具体文艺规律两个层面进行概括和描述，从文艺学宏观视野着眼，概括为马克思主义文论的哲学基础、意识形态论、文艺学研究方法论、文艺人学思想以及美学、思想人类学思想、心理学思想、社会学思想、哲学思想、经济学思想等；从具体艺术规律着眼，则概括为文艺价值论、文艺起源论、文艺发展论、文艺本质论、文艺创作论以及文艺真实论、流派论、风格论、语言论、生产论等。[②]

应该说，新时期以来在认识、把握和描述马克思主义文论思想体系、建构马克思主义文论的理论体系框架方面取得了较大进展。但是也存在着对于马克思文论体系内在有机性和系统性把握不够的问题，如何把马克思主义文论体系与整个马克思主义理论体系的内在血脉关系揭示得更为清晰和完整，从而进一步把马克思主义文论自身的体系建构得更为严密，需要马克思主义文艺理论研究付出更大的努力。

---

① 参见叶纪彬：《马克思主义文艺学当代形态建设的思考》，载《社会科学辑刊》1989 年 2～3 合刊；王元骧：《就建构马克思主义文学理论体系问题谈三点意见》，载《理论与创作》1989 年第 4 期；朱辉军：《艺术生产论的独创与缺陷——兼与何国瑞先生商榷》，载《理论与创作》1990 年第 1 期。

② 陆贵山、周忠厚：《马克思主义文艺学概论》，中国人民大学出版社 2001 年版。

　　艺术生产是马克思主义文艺理论中特有的概念，体现了马克思主义经典作家从唯物史观出发考察艺术问题的重大变革。可以说，从《1844年经济学哲学手稿》到《剩余价值论》等一系列著作，马克思日趋完备地探讨了艺术生产的一般规律及其历史变迁、艺术生产与物质生产的关系、艺术生产的生产方式以及艺术生产力等问题，建构了较为系统的艺术生产理论。新时期以来，随着中国新时期以来社会的逐步转型、社会主义市场经济的确立和发展以及艺术商品化趋势日趋显现和清晰，我国理论界对马克思主义艺术生产理论进行广泛而又深入的研究，取得一系列研究成果。另外，关于艺术生产及其与物质生产的不平衡关系以及两种生产不平衡规律是否具有普遍性、艺术生产论与意识形态的关系，学界也展开了讨论。艺术生产论是马克思主义文艺学的一个重要组成部分，对此的探讨和研究不仅深化了对于马克思文艺体系的理解，而且对于研究我国社会主义市场经济条件下艺术发展中所面临的诸多现实问题也有重要指导意义。关于艺术生产理论本文将在第三篇做专题论述，此处不再展开。

　　此外，马克思主义文艺批评研究，尤其是对马克思、恩格斯所提出并倡导的"美学的、历史的观点"的研究，在新的历史条件下得到了新的思考和探讨，达到了前所未有的深度。以往人们对于恩格斯所提出的"美学的、历史的观点"的理解，由于多方面的原因而往往流于简单和肤浅，认为这仅仅是一般的艺术分析和历史分析，新时期以来对这个问题的理解和发掘则更为具体和深入。坚持美学的历史观点的辩证统一的文艺批评方法，应该说更贴近马克思主义文学批评的精髓，也更贴近文艺现象本身的特点和规律，是新时期以来马克思主义文艺批评方法研究的新发展、新收获。

二、马克思主义文艺理论中国化研究

　　马克思主义文艺理论作为20世纪中国的主流文论，本身就是马克思主义中国化进程中的具体成果在文艺上的理论表达，并构成了20世纪中国现代文论新传统的中坚，同时又作为这一进程的一部分，至今仍在进行之中。马克思主义文艺理论的中国化的具体成果历史性地体现为毛泽东文艺思想和邓小平文艺思想这两种中国化了的马克思主义文艺理论的典型形态中，并在当下具体语境中不断发展。新时期以来，学界对于毛泽东文艺思想和邓小平文艺思想进行了细致、系统的专题研究，并对于马克思主义文艺理论中国化进行了理论层面上的深入思考，有力推动了中国马克思主义文艺理论和当代文艺学的发展。

1. 毛泽东、邓小平文艺思想的研究

　　毛泽东文艺思想作为马克思主义与中国社会实践和中国文艺传统相结合的产

物，不仅仅作为文艺理论及其范畴而存在，而且还作为"中国的马克思主义"的一部分、作为实现社会变革的思想整体的一个组成部分、作为毛泽东把马克思主义具体化的一个有机组成部分而存在，典型地体现了马克思主义文艺理论中国化的历程，是马克思主义文艺理论中国化的伟大成果。新时期以来，毛泽东文艺思想的研究经历了一个逐步深化的过程，毛泽东文艺思想的形成和发展、思想内涵、精神意蕴、影响效应以及集中体现其思想的《在延安文艺座谈会上的讲话》等方面的研究都得到了新的拓展，取得了新的收获。

关于毛泽东的文艺思想的形成与发展，学者基本认为毛泽东文艺思想根源于中国古代传统文艺思想、中国现代文艺思想、西方文艺思想以及马克思主义文艺思想，是对古今中外的文艺理论资源进行吸收、化合与创造的结果。如何在全球化的今天科学解决西方思想理论资源与本土资源以及当下现实的关系，毛泽东文艺思想的形成和发展为我们指出了极具启发性的思考路向，这方面的研究还有进一步深化的必要。

关于毛泽东文艺思想本体的研究主要集中在毛泽东文艺思想的思想内涵和精神意蕴。总的看来，虽然学界对于毛泽东文艺思想体系的概括略有不同，但是应该说，这种不同恰恰反映了毛泽东文艺思想内涵的丰富性；而对于毛泽东文艺思想的基本特征概括为人民性、实践性，学界则基本一致。

关于毛泽东美学思想，童庆炳则把其核心概括为"以人民为本位"，认为毛泽东思想的基本特征是"读者意识"，经验是毛泽东思想的实践品格。[1] 而李准、丁振海则认为毛泽东文艺思想包括了毛泽东美学思想，是对毛泽东美学思想的具体运用和进一步展开，毛泽东美学思想以对于美和美感的哲学把握为其主要内容，以研究艺术美的创造为理论重点，是毛泽东文艺思想的基础和灵魂。[2] 就毛泽东美学思想研究整体来看，虽然取得了较大成果，但是还存在一些问题，比如研究对象还不够明确，毛泽东美学思想研究与其文艺思想研究的内涵和范围基本上一致，二者关系尚未辨明。

在毛泽东文艺思想的研究中，对《在延安文艺座谈会上的讲话》的研究是学界关注的中心之一。《在延安文艺座谈会上的讲话》是毛泽东文艺思想的集中体现，是马克思主义文艺理论中国化走向成熟的重要标志。新时期以来，对于《讲话》的研究经历了一个由开始时较情绪化的争论进入到较清醒的学理层面探讨的过程。学界较为一致的看法是，不能把《讲话》仅仅视为特定时期的文艺政策，它同时也是比较系统的马克思主义文艺理论，应该用历史唯物主义的观点

---

① 童庆炳：《毛泽东的美学思想新论》，载《河北学刊》2003 年第 3 期。
② 李准、丁振海：《毛泽东文艺思想作为体系及其发展》，载《光明日报》1987 年 6 月 2 日。

来看待《讲话》的历史地位及其现实意义，应该把毛泽东文艺思想与毛泽东的文艺思想以及特定历史时期毛泽东制定的文艺政策区分开来。毛泽东文艺思想一方面对我国新文学的发展产生了历史性的影响，研究 20 世纪中国文学艺术发展的历史经验和教训就不可能回避《讲话》所产生的历史性作用；另一方面《讲话》所阐述的许多理论观点和原则对于当代文学及其文论的发展仍然具有指导意义。

研究毛泽东文艺思想，不仅仅因为它曾是一个时代至高至尊的权威思想，在相当长历史时期内支配、指导、规范着中国文艺实践及其发展方向，规范着中国文艺研究方向，也不仅仅因为它是我们十分宝贵的民族精神遗产，影响着我们的思维方式和情感方式，而且还因为，在当今全球化的现实时代背景下，毛泽东文艺思想作为马克思主义文艺理论中国化的伟大成果，对于我们建设面向世界的当代文艺理论具有十分重要的启示作用和指导作用，是我们重要的思想资源和理论资源。

邓小平文艺思想是邓小平建设有中国特色社会主义理论的有机组成部分，是对毛泽东文艺思想的继承和发展，是社会主义改革开放时期具有鲜明中国特色的马克思主义文艺理论，是马克思文艺理论中国化的又一伟大成果。学术界对于邓小平文艺思想研究经历了一个逐步深化的过程，1984 年之前主要是从其时代地位上予以肯定，之后开始着眼于其文艺思想特色和个性进行探讨。随着《邓小平文选》的出版和党中央把邓小平理论界定为"当代中国的马克思主义，是马克思主义在中国发展的新阶段"，邓小平文艺思想作为邓小平理论的有机组成部分，被公认为具有相对独立的学术意义而得到全面、系统、深入的研究。邓小平文艺思想的具体内涵、文艺思想的核心、基本特征、美学风格以及对于文艺理论建设的重要意义等问题都进行了深入而又广泛的研究。随着邓小平文艺思想研究的开展和深化，作为邓小平文艺思想研究的理论成果，一批研究著作出版，如董学文的《论邓小平的文艺思想》、马龙潜的《邓小平文艺思想》、邱明正、蒯大申的《邓小平文艺思想论稿》、杨炳忠、刘江的《邓小平文艺思想研究》、赵晓光的《邓小平文艺思想核心论》是其中的代表。总体来看，新时期以来，文艺理论界从思想属性、思想内涵、美学风格、理论意义等各个层面和角度，对包括文艺与政治、文艺的"二为"方向等许多重要文艺理论问题在内的邓小平文艺思想，都进行了认真研究和深入探讨，充分揭示了邓小平文艺思想对于马克思主义文艺理论中国化、对于继承和发扬毛泽东文艺思想以及对于当代文艺学发展的深远意义。

应该说，新时期以来的毛泽东文艺思想研究和邓小平文艺思想研究取得的丰硕成果加深了我们对于马克思主义文艺理论中国化的理解和认识，对于我们建设走向世界的具有中国特色的当代文艺学无疑具有很大的启发和指导意义。

2. 关于马克思主义文艺理论中国化的理论探讨

新时期以来，学界不仅对于马克思主义文艺理论以及作为马克思主义文艺理论中国化伟大成果的毛泽东文艺思想和邓小平文艺思想进行了深入、系统的研究，而且对于马克思主义文艺理论中国化也进行了深入的理论思考，取得了一些富有启发意义的成果。马克思主义作为放之四海而皆准的普遍真理，内在地包含着民族化、本土化的逻辑要求和实践要求，中国革命和社会主义建设的历史实践已经证明了这一点。马克思主义文艺理论作为文化而言，相对于中华民族的文化和文学传统来说是一种异质文化，同样内在地要求中国化进程，马克思主义文艺理论只有经过中国化才能克服其异质性而成为中国文艺理论的血肉组成部分。

马克思主义文艺理论形成、确立和巩固自己在中国文艺历史实践中的主导地位的过程就是马克思主义文艺理论中国化的过程，这个过程从马克思主义传入中国的那一天起就不同程度地进行着。1958 年周扬提出"建构中国自己的马克思主义的文艺理论和批评体系"的命题，这实际上是明确认识到探索马克思主义文艺理论中国化问题的极端重要性，但是这个命题在后来的 20 年的文艺理论实践中在相当程度上受到了政治实践的遮蔽和扭曲。钱中文回顾了 20 世纪中国百年文艺理论发展的曲折和巨变，指出中国文艺理论经历了文学理论自主性意识的觉醒、文艺观念的激变和亢进、文学观念的新变和文学理论的自主性等三个阶段，提出文艺建设中的新理性精神的重要命题，认为文艺研究中需要一种走向宽容、对话、综合、创造同时又包含了必要的非此即彼、具有价值判断的亦此亦彼的思维方式，一种交往对话的思维方式，一种新的人文精神的思维方式。[①] 这种观点得到了学界的广泛赞同。比如杜书瀛认为，当今世界是一个多元对话的时代，是容纳异端、共同繁荣的时代，我国阶级斗争年代曾经的那种排斥异端、非此即彼的思维方式必须抛弃掉。[②]

走向对话，走向多元，立足国情，汲取中外文艺理论的精华，在自我扬弃、自我改造的基础上，创造性地发展马克思主义文艺理论，建构有民族特色的现代文艺理论体系，已经是学界的共识，具体体现为以下三个环节：马克思主义文艺理论的中国化；中国古代文艺理论的现代转化；西方现代文艺理论的中国化。三个环节密切联系，相辅相成。整体上看，学界从不同视域对马克思主义文艺理论中国化的内涵进行的理论探讨，加深了对于该课题的认识和理解，揭示出马克思主义文艺理论中国化的实质，充分认识到，马克思主义文艺理论中国化必须把握

---

① 钱中文：《曲折与巨变——新中国文学理论批评的回望》，载《文艺理论》2000 年第 8 期。
② 杜书瀛：《新时期文艺学反思录》，载《文学评论》1998 年第 5 期。

马克思主义文艺理论的精神本质，密切结合中国文艺理论实践，正确处理中国本土文论与马克思主义文论的理论张力，创造性地推进马克思主义文艺理论中国化的进程。

如何进行马克思主义文艺理论的中国化？马克思主义文艺理论的中国化在较深层次至少应该包括以下三个层面：在哲学思维层面上的融会贯通；在基本观念层面上的契合；在范畴概念层面上的吸收改造。在哲学基础和思维方式上的层面进行交融和化合，寻找马克思主义文艺理论与中华文艺理论传统哲学思维方式之间的相同之处，具体表现为整体思维方式、两端中和的思维方式、流动圆合的思维方式、知觉妙悟的思维方式等层面的交汇和融通；马克思主义文艺理论与中华文艺理论传统基本观念上的契合点，表现为在"中介说"方面的相同处、在文艺功能和批评标准方面一致处、在艺术掌握世界的特殊方式方面的相近处。①

从整体看，学界结合中国文艺理论实践中出现的新情况、新问题，从不同角度、不同层面对马克思主义文艺理论中国化问题进行了颇有深度的思考。尽管在一些具体方面还存在分歧，但是建设有中国气质的马克思主义文艺理论，必须把马克思主义文艺理论视为开放的理论体系，从整体上把握其精神实质，必须密切结合中国文艺理论实践，与中国固有的文艺理论精华相结合，借鉴吸收当代西方文艺理论的优秀成果，使之既是真正的马克思主义文艺理论，又具有鲜明的中国气派，具有中国文艺实践的当下形态，则是大多数学者的共识。

三、西方马克思主义文论在中国

新时期以来，我国文艺理论界放眼世界，大量引进、借鉴和吸收西方当代文艺、美学理论，西方马克思主义文艺理论就是其中重要的一支。西方马克思主义是一个众说纷纭的概念，因言说视角不同而指称各异，但作为一个共同的概念还是存在意义上的勾连。一般认为，"西方马克思主义"指的是20世纪20年代以来，在西方发达资本主义国家内出现的自觉高举马克思主义旗帜而在理论上又不同于包括中国大陆和苏俄在内的"正统"马克思列宁主义的一种理论思潮和学术群体，它们力图在新的历史条件下阐释、复兴、发展马克思主义，全面批判现代资本主义，其论域广泛涉及哲学、社会学、政治学、文艺理论和美学等多个人文社会学科和研究领域。相应地，西方马克思主义文艺理论也就是这样的西方马克思主义在文艺和美学领域的理论体现。

西方马克思主义文论在中国的传播和接受，对于坚持、发展马克思主义文艺

---

① 朱立元：《美的感悟》，华东师范大学出版社2001年版，第51~79页。

理论，对于建设走向世界的中国当代文艺理论，具有重要意义；对于身处于发生深刻社会转型的当下现实语境的中国文艺理论和批评实践，也产生了重要影响。文艺理论界对于西方马克思主义文论和美学进行了全面的研究，从大量译介、述评到对其各流派及其理论家、对各种文论和美学思想展开广泛、系统地审视、反思和批判，研究逐步深入，取得了显著成果。

虽然早在 1935 年卢卡契的《左拉与现实主义》就被发表在国内的《译文》上，并逐步受到学者的关注；20 世纪 60 年代，卢卡契等西方马克思主义学者被当做反面材料内部引进；80 年代西方马克思主义正式成为学术界的研究对象，但真正在进行平等的对话基础上对于西方马克思主义深入而又富于成效地研究则是从 90 年代开始。新时期伊始，学界对于西方马克思主义文艺理论的研究基本上是翻译、介绍和述评西方马克思主义各流派的文艺、美学思想和理论观点，以及各主要理论家及其著作。整体来看，整个 20 世纪 80 年代对于西方马克思主义文艺理论的研究还处于起步阶段，而且显然还没有完全把西方马克思主义文艺、美学理论作为专门的领域来研究，理论观照的视角还基本安置于批判的维度上，较少形成平等的对话和交流。90 年代以来，在前一阶段研究的基础上，西方马克思主义文艺理论的接受和研究得到进一步的深入和拓展，开始在平等对话沟通理解的基础上对西方马克思主义文论、美学进行解读、批判、借鉴和吸收，出版了一大批研究专著。西方马克思主义文论研究的深入和拓展有其内在逻辑和现实基础。如果说，80 年代西方马克思主义文论的引入主要还是出于打破文艺的封闭和僵化以及文艺理论研究方法和思维模式单一化的需要，那么，90 年代以来，中国社会的急剧转型，市场经济的建立、大众文化的兴起以及人文价值的失落，现实地召唤社会文化批判，而西方马克思主义鲜明的批判意识及其深切的人文关怀正契合了时代的需要，从而为学术界所接受，为知识分子审视时代文化精神拓展了批评视野，提供了批判武器。

西方马克思主义文艺理论的基本理论的研究在不同层面多维展开，主要集中在西方马克思主义文论的理论分支、核心命题、共同的本质特征、与马克思主义文论的区别以及西方马克思主义文论流派及其代表人物等领域的研究上。

总体看，理论界对于西方马克思主义文艺理论进行了较为全面和深入的研究，从对包括批判理论、大众文化研究、意识形态理论、历史非决定论和审美解放论在内的西方马克思主义文论基础理论的研究，到对西方马克思主义各个流派及其思想观点的研究，以及其他对于中国当代文论建设的意义的研究，都取得了较大成绩，出版了一大批著作。这对于深化对当代西方文艺理论的认识、对于推动当代文艺理论实践同社会现实的结合、对于建设中国当代文艺理论无疑具有重要意义。

139

综上所述，新时期文论30年，马克思主义文艺理论研究在中国始终占有主流地位，并取得了前所未有的发展，在马克思主义文艺思想指导下，我国文艺理论界也发生了巨大变化，涌现了大批优秀人才，文艺理论的一系列基本问题取得了重大突破或推进，文艺学的学科建设也在不断的论争和反思中有了长足的发展。但还应看到，近年来，随着社会文化生活的飞速发展和学界对文艺学学科反思的不断深入，文艺学也呈现出某种危机，即文艺学同文艺发展现实语境出现某些疏离或脱节，在某种程度上与文艺发展现实不相适应。需要明确的是：当代文论面临着危机，但危机不是全局的和整体的，而是局部的；因而，面对危机，我们需要的不是基本否定现当代文论新传统，重起炉灶，而应是"接着说"。我们相信，通过文艺学自身的调整，有批判地借鉴、吸收其他研究领域的某些思路、视角、思考方式、研究方法和合理成果，对文艺创作与批评中的现实问题进行积极的思考并做出有效的回应，始终保持理论的鲜活性和创造性，危机是可以克服的。而且，正是在克服危机的过程中，中国现当代文论在马克思主义文艺理论的指引下，在面对当代中国丰富多彩的文艺现象，在面对不断更新的创作和理论实践中，将保持着自己旺盛的生命力。

第五节　留待解决的问题

马克思主义文艺理论中国化，说到底就是要使马克思主义文艺观在同中国以至世界文学运动结合的过程中，实现它的"当代性"和"中国化"，换句话讲，应该成为当代马克思主义——有中国特色社会主义理论的一个有机组成部分。"自由不在于幻想中摆脱自然规律而独立，而在于认识这些规律"①。意志的自由只是借助于对事物的认识来做出决定的那种能力。文学理论的"自由王国只有建立在必然王国的基础上，才能繁荣起来"②。那么从学科建设的目标出发，为了使有中国特色马克思主义文艺学的理论形态更加完整，今后至少应该着重如下问题的研究。

1. 拓展和深化马克思主义文艺理论基本问题的研究

从20纪初开始，我国文艺理论界在不断引进西方学术思想和文艺理论包括马克思主义及其文艺理论的大背景下，经历了从中国传统文论到现代文论的历史

---

① 《马克思恩格斯选集》第3卷，人民出版社1995年版，第153页。
② 《马克思恩格斯全集》第25卷，人民出版社1995年版，第927页。

性转型。百年中国文艺理论的发展经历了持续不断的观点和学派之间的斗争，既有传统与现代的论争，也有唯心主义与唯物主义的论争，还有唯美主义与非唯美主义的论争，更有马克思主义与反马克思主义以及马克思主义学者左、右倾观点与正确观点的论争。应该说，所有以上的论争都程度不同地促进了文艺理论的变革。在新的世纪，当我们面对全球化的语境，面对信息社会的到来和高科技的迅猛发展，也面对市场经济下文艺的新的实践和文化产业的蓬勃兴起，开展马克思主义文艺理论基本问题的研究是必不可少的，这是学科发展的基础。当代马克思主义文艺学正面对来自多方面的挑战，而中国社会主义市场经济的迅速发展也出现了一系列的文艺新问题，如何运用马克思主义文艺理论来分析和解决今天我们所遭遇的丰富多彩的现实问题，对马克思主义文艺理论不仅要继承而且要有新发展，这些都需要基础理论的学理支撑。

2. 拓展和深化意识形态理论与文艺学关系的研究

市场经济的崛起，后现代主义文化现象与潮流的袭来，迫使我们对文艺意识形态视角的考察需要提出某些新的课题。意识形态并未消失，但许多文化现象似乎从表面上消解了从某一特定经济基础和社会阶级、阶层关系中寻求单纯适应性的分析模式。卢卡契较早地意识到这一点，他认为意识形态至少可以有两种含义：一是传统上的理解，即由某种状况决定的意识；二是"在某种对现实作了变形反应的意义上来理解"[1]。在揭示晚期资本主义的全民消费倾向时，他预言"社会生活中的这种区别的逐渐消失迟早会导致一种意识形态上的变化"[2]。他极力张扬"总体性"理论，认为马克思主义与资产阶级思想的根本分歧并不在于从历史来解释经济动机的首要作用，而在于总体性的观点。总体性范畴，总体之于部分的完全至高无上的地位，这是马克思从黑格尔那里汲取的方法论的精华，并把它出色地改造成一门崭新学科的基础。他认为：当资本主义的体系本身不断地在越来越高的经济水平上生产和再生产的时候，物化的结构逐步地、越来越深入地、更加致命地、更加明确地沉浸到人的意识当中。法兰克福学派重要人物阿多诺曾说：商品已经成为它自己的意识形态。这句话的含义是指出意识形态的变化。阿尔都塞甚至绝对地认为"意识形态根本不是意识的一种形式，而是人类'世界'的一个客体，是人类世界本身"[3]。这样一来，意识形态变得越发不安分和不稳定，它渐次地向着政治上层建筑和其他非上层建筑的结构渗透，时至今日，就连科学技术、生产力和生产关系等经济基础乃至物质性的东西也都具有了意识形态的功能。

---

①② 《卢卡契谈话录》，湖南文艺出版社 1991 年版，第 32、80 页。
③ ［法］阿尔都塞著，顾良译：《保卫马克思》，商务印书馆 1984 年版，第 203 页。

美国学者杰姆逊在针对"后工业社会"文化做意识形态分析时，也坚持指出："我们现在已经没有旧式的意识形态，只有商品消费，而商品消费同时就是其自身的意识形态，现在出现的是一系列行为、实践，而不是一套信仰，也许旧式的意识形态正是信仰。"①　按说，杰姆逊是承认"意识形态理论是马克思对异化的认识中一个不可缺少的组成部分，同时也是马克思主义对意识分析和文化分析最有独创性的贡献之一"②。面对"后现代主义"文化现象，他们的意识形态考察视角也在发生移动。霍克海姆、阿多诺认为"艺术的要求，始终也是意识形态的要求"，但同时也认为，在今天，"技术上的合理性，就是统治上的合理性"③。

意识形态的"转型"理论，有特定的时代规定性，其论述也不乏某种偏颇。但它在对意识形态泛化的理解中，对我们依据变化了的时代条件延展和充实意识形态学说的某些原理，认识社会主义文化市场的规律，回答一些反常的文化艺术现象——所谓"善恶无界"、"抛弃信仰"、"消弥深度"、"削平价值"、"零度写作"、"消费至上"、"感官刺激"以及"艺术即商品"等，是有启示意义的。社会主义市场经济体制下，文化市场和文艺创作可能出现一些新的规则和规律，社会变革和体制转化过程中也可能发生意识形态重构。我们研究意识形态"转型"与文艺的关系，对建设当代的马克思主义文艺理论体系具有重要意义。

3. 拓展和深化社会主义文学特征及其规律的研究

无论从哪个角度上讲，这对建设有中国特色的马克思主义文学理论都是至关重要的。文学原理有普遍性的一面，也有时代、国别、民族的特殊性一面。社会主义文学的性质，初级阶段社会主义文学的性质，它们的美学属性、风格特点，它们在创作方法上的追求，在流通消费领域新供求关系的机制，以及它们已经建立和应该建立的一套范畴、概念，始终没有十分清晰地表述出来。我们要建立中国特色的马克思主义文学理论，而这个"中国特色"的题中应有之义就是对符合中国国情的社会主义文学的诸种规定。离开了社会主义文学特征的研究，也就在本质上离开了理论的"中国特色"，因为今天中国在世界文化格局中的位置，正是以高扬社会主义的旗帜为其标志的。离开了对社会主义文学规律的探讨，那么建构当代马克思主义文艺学在中国也就失去了特有的对象和现实的依托。文学理论的"中国特色"包含着比"民族化"更为深广的内涵。现阶段，文学理论要把"中国特色"呈现出来，重要的甚或可以说最重要的就是必须能体现和回答出社会主义制度下中国人民应有和可能有的艺术风尚和价值准则。从严格的学

---

①②　[美] 杰姆逊著，唐小兵译：《后现代主义与文化理论》，陕西师范大学出版社 1986 年版，第 23、198 页。

③　[德] 霍克海姆、阿多诺著，洪佩郁等译：《启蒙辩证法》，重庆出版社 1990 年版，第 10、122 页。

科意义上讲，这应该是当前马克思主义文艺理论中国化的题中应有之义，而且是极为重要的一个方面。因此，要想建设有中国特色的马克思主义文学理论体系，必须总结和概括正反两个方面社会主义文学和文论发展的基本经验和教训，这是一笔不可多得的理论财富。

4. 拓展对中国当下文艺问题的应答能力

自 20 世纪 80 年代以来，中国大地上发生了翻天覆地的巨变，伴随着历史的转型，中国当代文坛进入了一个沸沸扬扬、纷纷扰扰的时期。特别是西方各种社会文化思潮的涌入、移植和引进，对中国当代文论的格局，产生了重大的影响。仅仅 20 年，中国学术界几乎走过了西方文论近一个世纪的学术历程。现当代西方各种文艺思潮、批评模式、文艺观念、文艺思想都得到了不同程度的展示和演练，经过一定程度上的本土化过程，出现了一些发育不甚成熟的中国版。中国当代文论的结构正在发生重组与新变，最值得关注的是马克思主义文艺学面临着严峻的冲击与挑战，遭遇到前所未有的所谓 "祛魅化"（disenchantment）运动的磨砺和考验。然而各种理论资源和学术思想的碰撞、对话与竞争，只能给科学的文艺理论的发展提供开拓创新的动力和契机，通过承接和吸纳一切有益的、合理的思想因素，来丰富和优化自己。事实表明，经历了新变的马克思主义文艺学仍然焕发着旺盛的生命力。这不是偶然的，是由马克思主义文艺学自身的学理优势所决定的。

马克思主义文艺学具有博大的宏观性质和开放的多维视野。马克思主义文艺学的基本原理主要是从现实主义文艺现象中总结、提炼、概括出来的理论体系。强调文艺与现实的关系，以真为基础，尽可能地求得真、善、美的和谐统一，是马克思主义文艺学追求的审美理想和价值目标。

马克思主义文艺学重视和尊重文本存在，运用 "美学观点"、"人学观点" 和 "史学观点" 对作家作品进行审美的、人文的和社会历史的解读，形成了一种比较严谨的理论系统。马克思主义的文本理论是与人本理论紧密结合的，是与文本包含着的审美因素、人文因素和社会历史因素有机相连的，不同于西方封闭的文本主义文论；从 "美学观点" 看文艺，认为美学因素作为文本的审美特性，负载着一定的人文因素和社会历史因素，有别于西方的纯粹的审美主义文论；从 "人学观点" 看文艺，认为作品中的人文因素是通过具有审美特性的文本表现出来的，作为历史的人与人的历史发生着不可分割的联系，从而与西方的那些具有疏离社会历史倾向的人本主义文论大异其趣；从 "史学观点" 看文艺，认为作品中的社会历史因素同样是通过具有审美特性的文本表现出来的，作为人的历史必然同历史的人构成一个有机的整体，从而与那种 "只见物不见人" 的庸俗社会学、庸俗历史学和庸俗政治学划清了界限。

马克思主义文艺学把对文本的美学研究、人学研究和史学研究融为一个有机的整体，从而实现文艺学的美学精神、人文精神和历史精神的和谐统一。与此相联系，还尽可能地把对文艺的外部规律研究和对文艺的内部规律研究结合起来。马克思在《德意志意识形态》中阐述自己的唯物主义历史观时说："这种历史观就在于：从直接生活的物质生产出发来考察现实的生产过程，并把与该生产方式相联系的、它所产生的交往形式，即各个不同阶段上的市民社会，理解为整个历史的基础；然后必须在国家生活的范围内描述市民社会的活动，同时从市民社会出发来阐明各种不同的理论产物和意识形式，如宗教、哲学、道德，等等，并在这个基础上追溯它们产生的过程。""……这种历史观和唯心主义历史观不同，它不是在每个时代中寻找某种范畴，而是始终站在现实历史的基础上，不是从观念出发来解释实践，而是从物质实践出发来解释观念的东西……"[①]。马克思的这些论述为我们研究文艺问题，特别是研究当下问题提供了重要的参照。

我们要借鉴西方文艺思潮和西方文艺理论的有益养分，但我们更要关注近30年来中国文学发展的新现实、新思潮、新特点、新问题，理论是实践的产物，具有很强的现实性。正如马克思在《〈黑格尔法哲学批判〉导言》中所说："理论在一个国家实现的程度，总是决定于理论满足这个国家需要的程度。"[②] 我们的文艺理论理应关注当下丰富的创作实践，为解决当下问题提供思想方法。

纵观百多年来马克思主义文艺理论初步中国化的历程，可以发现，从大的环境来讲，中国选择马克思主义，是历史的必然。然而，从进中国之初，由于其源头来自欧美、日本和苏俄等各个不同国家，对马克思主义的理解也发生了各种各样的偏差。由于"五四"时期知识分子相当多的有日本留学背景，因此"五四"乃至以后创造社成员等对于马克思主义思想的宣传，受到日本藏原惟人等人的影响；社会主义苏联的出现以及瞿秋白等人的努力，使得带有"拉普"色彩的思想在中国文艺界盛行一时。中国共产党人的很多思想，也深受列宁主义的影响。毛泽东的《在延安文艺座谈会上的讲话》中，我们甚至可以从字句间见出列宁的影响。马克思主义本身不是一种封闭的理论，它需要丰富和发展，但在丰富和发展的过程中，会产生各种各样的误解和偏差，这样的事情在日本和苏联发生了，当然也在中国发生了。20世纪80年代后，经历重新"回到经典"的过程，才使一些认识上的混乱得以澄清。

马克思主义文艺理论的中国化乃是整个马克思主义的中国化的社会实践和历史进程的一个不可分割的有机组成部分，因此也总是与政治及政治运动脱不开干

---

① 《马克思恩格斯全集》第3卷，人民出版社1960年版，第42～43页。
② 《马克思恩格斯选集》第1卷，人民出版社1994年版，第11页。

系。应该说，在阶级矛盾、民族矛盾激化的 20 世纪上半叶的中国，在这样的形势下，强调文艺与政治的关系是时代的需要，以毛泽东《讲话》为代表的一系列马克思主义文艺理论中国化的著作，其时代意义也是十分明显的。然而，当历史进入新的阶段，将诞生于战争时期的思想无条件地用于和平时期的文化建设，则是不恰当的，它不仅不会促进文艺的发展，反而会成为一种压制的力量。也正是因为看到这一点，才会有"百花齐放、百家争鸣"方针的提出，然而，由于种种原因，这一方针没得以贯彻，反倒是极"左"思想盛行起来。马克思主义文艺理论中国化的过程，正与马克思主义中国化过程一样，是一个马克思主义指导思想与中国革命具体实践相结合的过程，这个过程不是一帆风顺的，而是一个前进与倒退、成就与失误、偏离与纠正、曲折与反复相交织的极为复杂的矛盾运动过程，其中一个重要原因是，时代变化了，思想不前进，反而将战争时期的斗争哲学在社会主义和平建设时期变本加厉地应用、实施。这是违背马克思主义基本原理的。

　　新时期的思想解放、拨乱反正，在马克思主义文论指导下文论大发展，也是马克思主义文艺理论中国化成果最突出的时期。在这一时期，马克思主义文艺理论经典被重新翻译和解读，文艺界针对文艺与政治、现实主义、人性人道主义、文艺研究方法论、审美意识形态论、人文精神和新理性精神、席勒式及莎士比亚化等一系列问题展开了广泛而深入的讨论，清算了极"左"的错误，使中国文艺理论走向了健康发展之路。当然，面对新时期经济全球化、文化后现代化、文艺理论多元化的局面，马克思主义文艺理论应当做些什么，马克思主义文艺理论如何进一步中国化，需要我们继续思考和共同努力。

第二篇

马克思主义
文艺理论中国化与
20世纪古代文学、
文论研究

引　言

　　如何立足本土资源，整合外来学说，建构既符合当代知识论公义又有效地解明实际问题的文艺理论，是当下学界普遍关注的热点。笔者以为，在盲目崇信西学的风气相对严重的今天，如何准确理解并充分吸纳中国古代文学和文论的优秀遗产，显得尤为重要。然而长期以来，古代文学研究存在着一种自外于理论甚至漠视理论的倾向；更常见的情况是，许多人认为基于从语言到文化的巨大差异，外来的理论与学说根本无法有效地涵容本土经验，而被他们用为最直接的例证的，往往是运用马克思主义文艺理论解说古代文学时所产生的某些偏失。由此，古代文学及其所包含的审美经验可以用为建构当代文艺理论之助这一点，一直以来被湮没遮蔽，不得彰明。有鉴于此，正确认识马克思主义文艺理论中国化的进程，反思其在古代文学研究中的得失与教训，就变得十分迫切和必要。

　　检视古代文学研究中马克思主义文艺理论的中国化进程，真让人感慨良多。应该说它的发端几乎与文艺学之引入马克思主义同步，其具体运用也曾产生过不少积极的成果。但由于众所周知的原因，文艺学研究中出现的泛政治化倾向，还有机械反映论与庸俗社会学的泛滥，在它身上也有体现。以后，因部分从事文艺学和马列文论的研究者转入，这种症候的并发变得更为典型，从对文学性质的认定，到对文学特征与功能的描述，都出现了一些问题。

　　当然，因研究对象的不同，古代文学研究中出现的问题有自己特殊的一面。同时，又因这一领域的研究者别有自己的学养构成，理论敏感和思辨训练或有欠缺，对上述错误的自觉和纠正因此较文艺学界要迟滞一些。许多在文艺学已被证明是错误的观点，在古代文学与文论研究中仍会被使用，甚至被视为当然。比如直到晚近，大多数文学史的撰写仍按先交代时代背景（通常是经济、政治两大要素覆盖了其间存在的其他复杂中介），后分析作家作品（通常是作阶级性、人民性乃或世界观的简单划界，以及用内容与形式的两极观照遮蔽主体的多面性与文本的自体性）的套路展开，而很少考虑历史语境的适切性，以及事实上存在的特殊个体对时代所做出的有意疏离。文学批评史的撰写则一律按本质论（通常限于言志与明道的区别）、创作论（通常多突出抒情与感物的不同）、风格论（通常流于对阳刚与阴柔这两大类风格样态的论列）和功用论（通常体现为对教化与娱情的分疏）几大块，依次铺排对不同时代趣味各异的批评家的论述，而较少顾及古人真正的言说重点和兴趣所在。其间，认为文学是以形象反映生活的

149

既定观念，还有二元对立的思维模式，在研究者头脑中尤其顽固地存在。

这显然与古代文学和文论的实际不相契合。鉴于一种理论要真正实现中国化，进而有中国特色的文艺理论体系要真正建成，都不可能割断与中国本土固有的理论资源的联系，如何正确领会马克思主义的精髓，运用辩证唯物主义和历史唯物主义相结合的方法，在逻辑与历史的统一中，特别是在充分尊重历史和研究历史的基础上，发现传统文学观的理论价值及其之于构建当代文艺理论体系的意义，是一个十分重要的课题。

今天，学界对古代文学与文论独特的民族根性和理论品格已有较深切的认识，对无视这种特殊性，"西体中用"、"移中就西"式的简单处置也有了抵制，但这并不等于说传统文学与文论的精神或精髓已为人所尽数掌握。在古代文学研究者那里，还存在着一个如何通过更进一步的梳理和整合，将古人即兴而灵动的个人发挥，公共化为内核稳定边界清晰的学理表述的问题；在文艺学研究者中，则有一个如何通过深入的了解和体认，真正克服对西方理论的了解反胜于对传统认知的问题。从目前的情况看，因前者，在从散殊的个别中抉发出一般性原理方面，我们并没有太多的成功范例可援；因后者，那种依恃舶来之学轻忽古人、裁割传统的唐突和率意也没有真正绝迹，相反，类似认定古人有感悟而无反思，有命题而无范畴，有观念而无体系的判断仍然时时可见。这很容易使人误信，传统文论并不是一种成熟的理论样态，它已失去了本有的活力，以致即使做书斋的研究，也有引入外来理论罩摄的必要。所以半个世纪以来，在这个领域，我们总能看到不带水土地移植过来的各种新说在作着裁云为裳式的牵强解说。而这显然是有违马克思主义科学的世界观和方法论的。

马克思主义经典作家从来就强调尊重历史，恩格斯在《卡尔·马克思〈政治经济学批评〉》中，就极为赞赏黑格尔的思维方式能以"巨大的历史感作基础"，他并对马克思把黑格尔在这方面真正发现的内核剥离出来，做了由衷肯定和高度的评价。按照经典作家的论述，并不存在全然外在于历史的逻辑方法，因为从根本上说逻辑的方法就是历史的方法，倘说这两者是有区别的，那也不过是它摆脱了历史的形式以及那些起干扰作用的偶然性而已，此即所谓"历史从哪里开始，思想进程也应当从哪里开始"①。基于中国人对文学的特殊认知，我们以为，在运用马克思主义文艺理论研究古代文学时，尤其要强调尊重历史，强调坚持历史唯物主义。只有这样，马克思主义文艺理论的中国化进程才有可能与古代文学兼容并获得实绩，马克思历史唯物主义关于在发展中，在联系中，在当代的经验中把握对象的科学方法论，才能给古代文学与文论研究带来客观性与科学

① 《马克思恩格斯选集》第2卷，人民出版社1995年版，第43页。

性，并同时保证其深刻性。

比如，按照过去反映论模式和泛政治化的教条，我们总是对古人因物生感和赞襄政教的传统文学观给予全面的肯定，乃至将要求文学能反映社会有助教化的言论视为最有价值的主流理论。诚然，古人确有不少这方面的论述，但如果我们尊重历史，细加按察，不难发现它们大多流于言说立场的宣示，而缺少深入细致的展开，其中有一些更是习得语（因为所受教育的熏陶）、门面语（因为日常人际的酬应）和官场语（因为社会身份的多元），还有的就是遭逢特殊际遇时的愤激语（因为失意、在野、党争、易代等原因）。而真正为他们持久服膺并降心认同的，则往往是那些非关上述"宏大叙事"，能熨贴地切入文心精微的蕴藉精妙之语。这情形一如他们的人生选择，通常是"据于儒"以立名，而实际上更重视"依于道"以增才，"逃于禅"以养性，并且这种人生选择和文学趣味事实上确也存在着紧密的内在联系。对此，只要翻开任何一种诗话文评或古人文集，不难得到证实。此所以有论者以为"中国的传统理论，除了泛言文学的道德性及文学的社会功能等外在论外，是以美学上的考虑为中心"。①

由这些以美学考虑为中心的论说可以知道，古人经常是在"通天尽人"的背景下理解和言说文学的。他们以文学为个人仰观俯察之所得，身心安顿之所在，故称"夫文贵有内心，诗家亦然"②，"心之精妙，发而为文"，并认为创作是"以人所心得，与山水所得于天者互证，而潜会默悟，凝神于无朕之宇，研虑于非想之天，以心体天地之心，以变穷造化之变"③，乃至极而言之，径称"诗非他，人之性灵之所寄也"④。以致像白居易这样力主为时事而作的论者，也承认"地有胜境，得人而后发"⑤，这背后显然有着传统宇宙观和哲学观的深刻规定。

盖传统的宇宙观和哲学观认为，宇宙并非机械物质的活动场所，而是普遍生命流行的世界，穷其根底，在道德，在艺术，此即新儒家所谓"价值的领域"。当然，我们不是据此认定，古人一概主张为文必须一任己心乃或相反，而只是说，比之物本观念产生认识和心本观念催生情感，他们更重视的是心与物的交感。在《周易》经传中，"感"写作"咸"，"咸"与"亨"、"通"相通，是为"感通"。这里"咸"之与"感"相通，正表明心物的交感是一种非刻意人为的无心之感，它自然发生，既生机活泼，又光景常新。唯此，古人一方面非常崇尚

---

① 叶维廉：《中国文学批评方法论》，载《从现象到表现》，东大图书公司1994年版，第170页。
② 刘禹锡：《唐故尚书主客员外郎卢公集叙》，载《刘梦得文集》卷二十三。
③ 朱庭珍：《筱园诗话》卷一。
④ 焦竑：《雅虞阁集序》，载《澹园集》卷十五。
⑤ 白居易：《白苹洲五亭记》，载《全唐文》卷六百七十六。

自然和道，同时并不认为在自然与道面前人是无所作为的。他们强调知情意的合一，以拘泥于"格物"所得为"孤明"，并从来认为文学有非认知的目的，从不愿意放弃自己作为一个体悟者反诸内心、证诸内心的天分或职分。由此在很大程度上抑制甚至排斥了非审美甚至反审美的道德功利主义的横行，从而使不同身份与立场的人得以能平静地面对一些十分个人化的浅吟低唱，并对那些惊世骇俗的高呼有特别宽忍的包容和共鸣。这就是中国人的审美本质论，是中国人艺术地掌握世界的特别方式。

其他如通过缀章、调声、属对和用典钻研作品的形式构成，通过尊体、辩体和伸正黜变凸显文体的价值本位，通过标举"诗者雅道也"①，要求作品须"诵要好，听要好，观要好，讲要好"②，即讲"风骨"、"意境"和"象外之象"，等等；同时既主张"鸿文无范"，又力戒"恣意无法"，这构成了中国古代完整的文学作品存在论。在西方，如艾略特也讲"骨格"（Scaffold），讲"读诗时应专心一致于诗之所指，非诗之本身"，"要超出诗之外"，但像中国人这样穷力辩究，深极奥窍，不能不说尚有未逮。这些都需要我们本着逻辑与历史相统一的精神，好好地研究和总结，并使之最终能在具有开放性、包容性和批判性的当代文艺理论体系中得到真正的确立。

总之，经过理论烛照和厘析的中国古代文学和文论，完全可以为当代文艺理论的建构提供有益的养料。其间，中国化的马克思主义文艺理论的指导，是使这种烛照和厘析具有科学性的重要保证，它不仅有益，而且还有效，因为古代文学发展的历史，很大程度上印证了马克思主义对人类社会发展规律以及文化创造和文学本质的阐述。当然，古代文学及文论传统也能丰富今人对马克思主义文艺理论的认识，并有助于当代科学的文艺理论体系的成型与确立。因此，认真回顾和总结近一个世纪以来在古代文学和文论研究中马克思主义文艺理论中国化的经验教训，努力地从传统文学中发见可以纳入到当代文艺理论体系的合理元素，应该是今后一段时期的主要任务。如此既汇合多元，又接应传统；不仅继承，还积极地抽绎、衍生、延展和融合，则不但建构当代形态的文艺学的努力一定能取得实质性的成效，而且也能在新世纪进一步推进马克思主义文艺理论的中国化。

下面，我们重点探讨 20 世纪以来运用马克思主义理论、观点和方法研究中国文学和文论（包括古代文学、文论和现当代文学、文论）的成就和教训。通过对中国文学研究成果作出更为精确而扼要的、客观的、实事求是的描述，以阐明马克思主义理论与中国文化和文学对话沟通、交流融合的内在理路，探讨马克

---

① 王士禛：《师友诗传录》。
② 谢榛：《四溟诗话》卷一。

思主义中国化的传统文化的支撑。历史唯物主义在古代文学研究中的运用，是马克思主义与中国传统文化交流会通的重要方面，促成了社会历史批评在古代文学研究中的广泛运用。新时期以来，历史文化批评在社会历史批评基础上发展起来，体现了马克思主义文论的进一步深化。古代文论学科从无到有地建立和发展起来，我们强调运用辩证唯物主义和历史唯物主义分析古代文论的发展历程和理论体系，研究和阐释中国古代文学理论的独特内涵，解决中国文学自身的问题，以建构具有民族特色的马克思主义文艺理论体系。总结成就固然重要，但反思更是必要。20 世纪的中国，革命是第一主题，古代文学和文论研究受此影响，革命化和政治化色彩非常严重。文学研究固然不能脱离现实，但学术研究应该保持自身的独立性和自由性。由于外在政治权力的介入，文学研究往往迷失方向，成为政治的附庸、政策的传声筒，严重脱离了学术研究的正常轨道。因此处理好学术与政治之关系，有利于马克思主义文艺理论的健康发展。

20 世纪古代文学和文论研究是在中西古今的大格局中展开的。在古今传承、中西会通中，古代文学和文论研究应该有利于马克思主义文论的发展和创新。这种创新既不故步自封，也不崇洋媚外，而是立足中国文化，积极吸收外来文化，这样才能创造出中国化的马克思主义文论。

第六章

历史唯物主义与古代文学研究的发展

历史唯物主义是马克思主义哲学的基础和核心，具有划时代的哲学革命的实质和意义，强调从社会历史领域出发去考察一切。社会是通过人的实践活动形成的，人的实践活动是在历史中展开的，是历史的活动，是由历史决定的活动，是历史地发生的活动。"人们自己创造自己的历史，但是他们并不是随心所欲地创造，并不是在他们自己选定的条件下创造，而是在直接碰到的、既定的、从过去继承下来的条件下创造。"① 马克思在 1859 年出版的《政治经济学批判》序言中，提出了"人们的社会存在决定社会人们的意识"的著名论断，确立了历史唯物主义的基本理论。在马克思主义看来，一切研究活动的基础和出发点就是人的社会实践活动，它具有历史性和社会性。马克思主义传入中国之后，结合中国社会现实社会状况，在历史唯物主义的指导下，古代文学研究继承了传统的"知人论世"批评方式，并加以发展，突出了文学研究的历史性、实践性和介入现实的功能，不但有利于文学史本来面目的呈现，而且直接或间接地影响了社会革命进程。这种社会历史批评，在新中国建立后一度成为文学研究的规范和模式，虽然取得一定成绩，但也限制了文学研究的多向展开。新时期以来，社会历史批评逐渐发展，并形成历史文化批评的新模式。

---

① 《马克思恩格斯选集》第 3 卷，人民出版社 1995 年版，第 43 页。

第一节　历史唯物主义文学观

20 世纪初，马克思主义在中国广泛传播，其中李大钊系统地介绍了唯物史观。"马克思的历史观，普通称为唯物史观，又称为经济的历史观……把人类横着看就是社会，纵着看就是历史。比如建筑，社会亦有基址与上层：社会的基址，便是经济的构造（即是经济关系），马克思称之为物质的，或是人类的社会的存在；社会的上层，便是法制、政治、宗教、伦理、哲学、艺术等，马克思称之为观念的形态，或人类的意识。基址有了变动，上层亦跟着变动，去适应他们的基址。""马克思所以主张以经济为中心考察社会的变革的原故，因为经济关系能如自然科学发现因果律。这样子把历史学提到科学的地位。一方面把历史与社会打成一气，看做一个整个的；另一方面把人类的生活及其产物的文化，亦看做一个整个的；不容以一部分遗其全体或散其全体。"① 李大钊认为唯物史观的历史，是一个"活的历史"，史学的对象是整个的人类社会生活，社会是运动变革的，历史学就是研究社会的变革的学问，也就是研究在不断的变革中的人生以及其产物的文化的学问。唯物史观的核心思想是经济对政治、宗教、思想、道德、文化以及教育等上层建筑的决定作用。李大钊指出："我们批评或采用一个人的学说，不要忘了他的时代环境和我们的时代环境就是了。"② 他强调的是实践活动的历史先行性，研究者只能通过他的研究实践活动的媒介去研究对象。陈独秀也认为："唯物史观固然含着有自然进化的意义，但是他的要义并不只此，我以为唯物史观底要义是告诉我们：历史上一切制度变化是随着经济制度变化而变化的。"③ 一切研究活动的基础和出发点就是人的社会实践活动，它具有历史性和社会性。研究对象不是抽象的，与研究者相分离的，而是研究者生存实践活动的一部分。

一、社会心理和文学研究

"社会心理"是俄国马克思主义者普列汉诺夫的独特发现。他认为构成社会总体文化的五种重要因素有：生产力、经济关系、政治制度、社会心理和思想体

① 李大钊：《史学要论》，载《李大钊文集》下卷，人民出版社 1984 年版，第 714～717 页。
② 李大钊：《我的马克思主义观》，载《李大钊文集》下卷，人民出版社 1984 年版，第 51～55 页。
③ 陈独秀：《答蔡和森〈马克思学说与中国无产阶级〉》，载《新青年》第九卷第四号，1921 年 8 月 1 日。

系（意识形态）。① 这五种因素不是简单的堆积，而是根据各自在社会结构中的作用，从而构成由下而上、一层决定一层的等级序列。在这个等级序列中，五种因素互相依存、制约和作用，形成社会的矛盾和运动，推动人类社会的发展。生产力处于社会结构的最底层，是社会各种因素中的决定因素，是社会心理和思想体系（意识形态）的最终决定因素。而在经济基础和文学之间，有一个"中间环节"，这就是"社会心理"，它是"一定的精神状况与道德状况"，也就是特定社会时期的情感、思想、道德、感觉、观点、意图和理想等，它没有严密的理论体系，它是社会意识的初级形式，直接反映社会状况，而意识形态则是社会意识的高级形态，它通过社会心理间接反映社会状况。他认为文学是通过表现社会心理来反映社会生活的，"任何一个民族的艺术都是由它的心理所决定的"②"在一定时期的艺术作品中和文学趣味中都表现着社会的心理"，因此研究文学应该关注同文学发生直接关系的"社会心理"。要了解某一国家的文学艺术，只关注经济因素是不够的。应该从经济入手进而研究社会心理；对于社会心理若没有精细的研究与了解，思想体系的历史的唯物主义解释根本就不可能。因此社会心理学异常重要，甚至在法律和政治制度的历史中都必须估计到它，而在文学、艺术、哲学等学科的历史中，更是这样。③

1921 年，朱希祖在《新青年》杂志上发表《中国古代文学的社会心理》一文。文章主要是介绍了中国古代文学中所表现出来的几种社会心理现象，如祭祀天神、社稷群神的报功心理以及人死之后还如同活人一样会在阴间生活的迷信心理，人死之后子孙要供给的心理，重男轻女心理，等等，由这些心理产生种种社会陋习，如殉葬、多妻轻女、迷信，等等。很多陋习与其连带而生的社会心理遗传到现在仍然未改，影响社会风俗。他主要是从启蒙角度批判了这些社会心理和风俗习惯。④ 梁启超在《情圣杜甫》中指出：杜甫的集中反映时事的作品，"价值最大者，在能够描写出社会状况，及能确实呕吟出时代心理。""人类对于某种社会现象之批评，自有共同心理，作家只要把那些现象写得真切，自然会使读者心理起反映。"⑤ 时代心理，也就是社会心理，能够反映和表现社会真实状况的心理。瞿秋白在 1922 年出版的《饿乡纪程》中使用"社会心理"概念，认为社会革命是社会心理和经济生活结合的产物，"社会革命，俄国的社会革命，不是社会思想的狂澜，而是社会心理，——实际生活'心'的一方面，——及经

① 《普列汉诺夫哲学著作选集》第 3 卷，三联书店 1984 年版，第 195 页。
② 《普列汉诺夫哲学著作选集》第 5 卷，三联书店 1984 年版，第 350 页。
③ 《普列汉诺夫哲学著作选集》第 2 卷，三联书店 1984 年版，第 272～273 页。
④ 朱希祖：《中国古代文学的社会心理》，载《新青年》第九卷第五号，1921 年 9 月 1 日。
⑤ 原载：《晨报副刊》1922 年 5 月第 28、29 期，《梁任公学术讲演集》第一辑，商务印书馆 1922 年版。

济生活，——实际生活物的一方面，——和合而映成的蜃楼。"① 瞿秋白注意到社会心理和经济生活的密切关系，社会心理是现实生活在社会共同体成员心理上的反映，而经济生活又是现实生活的基础。

陈独秀最先从社会心理角度研究古代文学。在《答张君劢及梁任公》中他指出："社会现象变迁之动因及大多数个人对此变迁之态度即社会心理，推求其最初原因都是物质的，而为因果律所支配，因此，社会科学家才有加以物质的因果的说明之可能……至于个人对于各项问题之态度之变迁，其异时而态度不同者……则仍是明显的社会心理或隐伏的社会实质变迁之结果。"② 陈独秀否定了张君劢等人的个人主观的直觉和自由意志的作用，指出个人心理和社会心理的产生和存在都是由于社会物质基础决定的。陈独秀认识到社会心理是由经济基础决定的，并且会反映社会现状，他从社会心理这一中间环节，来评论文学艺术。"我们一方面希望有许多留心社会状况的纯粹历史家出来，专任历史底工作；一方面希望有许多留心社会心理的纯粹小说家出来，专任小说底工作；分工进行，才是学术界的好现象。"③ 社会心理，是相对于现实的社会状况来说的，当是社会状况在人们的心理上的反映和表现，是某一特定历史时期人们的感觉、情感、思想、观念、意图、理想等的总和。"中土小说出于稗官，意在善述故事；西洋小说起于神话，亦意在善述故事；这时候小说、历史本没有什么区别。但西洋近代小说受了实证科学的方法之影响，变为专重善写人情一方面，善述故事一方面遂完全划归历史范围，这也是学术界底分工作用。我们中国近代的小说，比起古代来自然是善写人情的方面日渐发展，而善述故事的方面也同时发展；因此中国小说底内容和西洋小说大不相同，这就是小说家和历史家没有分工底缘故。"小说与历史的不同，在于小说善于描写人情，也就是善于表现社会心理，这主要是通过描写有个性的人物完成的。"在文学的技术上论起来，《水浒传》的长处，乃是描写个性十分深刻，这正是文学上重要的。中国戏剧的缺点，第一就是没有这种技术。"④ 社会现状是人物活动的舞台，它的主要任务在于衬托主要人物的性格特征。唐代孔颖达对此也早有认识："一人者，其作诗之人。其作诗者道己一人之心耳。要所言一人，心乃是一国之心。""诗人揽一国之心以为己心"（《毛诗正义》），通过个体之心来表现"一国之心"、"天下之意"，个体之心也就表现了社会心理。因此，"心"，具有社会性，是社会现实生活不同角度、不同侧面和不同方式的表现。陈独秀认为："今后我们应当觉悟，我们领略《石头记》应该

---

① 《瞿秋白诗文选》，人民文学出版社 1982 年版，第 87 页。
② 陈独秀：《新青年》（季刊）第 3 期，1924 年 8 月 4 日。
③ 陈独秀：《〈红楼梦〉（我以为用〈石头记〉好些）新叙》，上海亚东图书馆 1921 年版。
④ 陈独秀：《〈水浒〉新叙》，上海亚东图书馆 1928 年。

领略他的善写人情，不应该领略他的善述故事；今后我们更应该觉悟，我们做小说的人，只应该做善写人情的小说，不应该作善述故事的小说。"① 文学不是历史，直接复制现实，而是通过文学形象反映这种社会状况中的社会心理。

陈独秀从社会心理的角度，重新发掘古代文学的价值，"国人恶习鄙夷戏曲小说为不足齿数，是以贤者不为。其道日卑，此种风气倘不转移，文学界决无进步之可言。章太炎先生亦薄视小说者也，然亦称《红楼梦》善写人情。夫善写人情，岂非文字之大本领乎？庄周、司马迁之书，以文评之，当无加于善写人情也。八家七子以来为文者皆尚主观的无病而呻，能知客观地刻画人情者盖少，况夫善写者乎。"② 他认为《庄子》、《史记》、《红楼梦》等巨著，"善写人情"，而不是无病呻吟。在他看来，社会心理是一种客观存在，更能反映社会现实状况，因而也更具有社会价值；而那些毫无社会价值、只注重自我宣泄的无病呻吟之作，是没有存在的价值和理由的。

陈独秀虽然没有介绍和宣扬马克思主义文艺理论，但他运用马克思主义现代性思想分析中国古代文学，发掘古代文学价值，重建古代文学的意义，对马克思主义文艺理论的中国化具有重要的意义。

二、社会历史批评的发展

20 世纪 20 年代中后期，中国社会政治形势风云突变，知识分子认识到马克思主义与中国社会现实问题的密切关联，马克思主义在中国知识分子中广泛传播，促进了历史唯物主义与中国文学的融合。虽然在新文化运动时期，李大钊、陈独秀等人已经运用马克思主义理论进行文学研究，但由于新理论与文学研究融合的艰巨性，他们的研究还略显简单。随着对马克思主义认识的深化，运用马克思主义理论研究中国问题日益娴熟，历史唯物主义在文学研究中的运用更趋成熟。鲁迅等人成功地将历史唯物主义与中国古代文学研究结合起来，为历史唯物主义应用于文学研究奠定了坚实的基础。

鲁迅十分强调"历史性"在文学研究中的重要作用，以及文学作品得以展开的具体历史境域。这种研究活动奠基于社会实践之上，从传统的认识论转向对人生的积极介入，注重文学研究的批判功能和实践功能。他完成了"知人论世"古典范式向社会历史批评研究范式的现代转换。鲁迅的古代文学研究，是对历史唯物主义理论的创造性运用，标志着一种新的研究范式的确立。在新文化运动时

---

① 陈独秀：《〈红楼梦〉（我以为用〈石头记〉好些）新叙》，上海亚东图书馆 1921 年版。
② 陈独秀：《答钱玄同》，载《新青年》第 3 卷第 1 号，1917 年 3 月 1 日。

期，鲁迅就主张文学为人生的现实主义，他称之为"在高的意义上的写实主义"。① 关注现实和人生问题，揭示人的精神病态，揭露造成这种病态的社会的弊端，进而抨击和批判"封建社会吃人"的本质，这种战斗的现实主义精神是鲁迅一贯的立场，也是他转变为一个马克思主义者的心理基础。从 1926 年开始，鲁迅逐渐转变为一个具有历史唯物主义思想的马克思主义者，"我看了几种科学底文艺论，明白了先前的文学史家们说了一大堆，还是纠缠不清的疑问。并且因此译了一本蒲力汗诺夫的《艺术论》，以救正我——还因我而及于别人——的只信进化论的偏颇。"② 他说："以史底惟物论批评文艺的书，我也曾看了一点，以为那是极直截爽快的，有许多暧昧难解的问题，都可说明。"③ 他思考问题的出发点是人当下的生存境遇，不是通过抽象的概念、精神，如平等、自由等理念解释世界，构造世界图景，而是把一切意识观念、历史文本与人的生存境遇联系起来，关注它们与人的实践活动的关系。"我们当下的当务之急，是：一要生存；二要温饱；三要发展。苟有阻碍这前途者，无论是古是今，是人是鬼，是《三坟》、《五典》，百宋千元，天球河图，金人玉佛，祖传丸散，秘制膏丹，全都踏倒他。"④ 对现实生活和当下生存境遇的关注是鲁迅历史唯物主义思想的根本特质，脱离了具体社会历史情境，一切思想观念都是抽象和虚无的。这正如马克思所说的"思辨终止的地方，即在现实生活面前，正是描述人们的实践活动和实际发展过程的真正实证的科学开始的地方。"⑤ 历史唯物主义是真正科学研究的前提，是一切其他领域理论研究的基础。鲁迅将一切意识观念和文本放在历史唯物主义的手术台上进行观察和解剖。

具体到文学研究，历史唯物主义的展开当关注：一是研究对象所产生、存在和发生影响的具体历史语境，以及其在当时的意义和价值，也就是说，要分析研究对象得以展开的历史语境。在《魏晋风度及文章与药及酒之关系》中，他开门见山地说："想研究某一时代的文学，至少要知道作者的环境、经历和著作。"⑥ 他认为文学是某一时代的文学，具有时间性和历史性，因此要了解文学的历史境遇；同时还要理解作家的环境、经历和其他的著作。这两个方面就是文学的大背景和小背景，一个就是"论世"，一个就是"知人"。鲁迅总是联系政治、文化、社会习俗等文学发展的历史境遇来进行研究。无疑，这是对"知人论世"传统的继承和发扬。他认为要善于知人论世，不然就会被欺骗和蒙蔽，

---

① 鲁迅：《〈穷人〉小引》，《鲁迅全集》第 7 卷，人民文学出版社 1981 年版，第 104 页。
② 鲁迅：《三闲集序言》，《鲁迅全集》第 4 卷，人民文学出版社 1981 年版，第 6 页。
③ 鲁迅：《致韦素园》，《鲁迅全集》第 11 卷，人民文学出版社 1981 年版，第 629 页。
④ 鲁迅：《忽然想到（六）》，《鲁迅全集》第 3 卷，人民文学出版社 1981 年版，第 45 页。
⑤ 《马克思恩格斯全集》第 3 卷，人民出版社 1960 年版，第 30 ~ 31 页。
⑥ 《鲁迅全集》第 3 卷，人民文学出版社 1981 年版，第 501 页。

不能发掘作品的真正价值。不同的历史时期和社会状况，会对文学产生不同的影响，鲁迅抓住每个历史时期对文学影响最重要的特点进行分析，突出了政治和经济因素对文学的影响。汉末魏初文学发生的重大变化，是与当时的社会急剧动荡和政治变革紧密相关的。曹操文章"清峻的风格"与他政治上"尚刑名"有关；而"尚通脱"的风格又是对当时的"自命清流"的社会风气的反拨。"建安七子"的"慷慨"，是因为当时天下大乱，亲朋在战乱中纷纷毙命，他们作文不免会带有悲凉、激昂和慷慨的特色。阮籍的"饮酒不独由于他的思想，大半倒在环境"。正是黑暗压抑的政治环境逼迫阮籍沉湎于酒以避免与社会发生直接、正面的对抗，也正是这种险恶的现实环境的压迫，使他的许多诗文意义"隐而不显"。文章最精彩之处莫过于通过服药等文化现象分析魏晋六朝人的精神气质和心态。当时人服一种"五石散"的毒药，他们的高蹈飘逸的形象、任性旷达的精神气质、高傲暴戾的脾气和"居丧无礼"的反礼教行为等，无不与此有关。鲁迅不赞成从一个方面片面地分析问题，认为研究文学、评价人物，需要对对象进行全面的考察。"倘要论文，最好是顾及全篇，并且顾及作者的全人，以及它所处的社会状态"[1]。他提倡一种全面性的方法论，评论作家作品，要照顾到当时的社会政治经济状况、文化风俗情况、士人心态等方面，也就是"知人论世"。他不同于当时的机械地运用唯物史观的理论家，既认识到从社会历史角度能够厘清文学难题，又不仅仅局限于简单化的社会历史的经济政治状况，而是从广泛的意义上理解社会历史背景，将文化、风俗、士人心态等与文学更加紧密相关的因素纳入到文学研究中来，这是对马克思主义社会历史批评方法的发展。

在弄清楚作家所置身于其中的历史境遇以及其生活经历、身份地位、气质品性之后，怎样设身处地地体验作品，感受作家的心态和情感？"世间最不行的是读书者。因为他只能看别人的思想艺术，不用自己。……较好的是思索者。因为能用自己的生活力，但还不免是空想，所以更好的是观察者，他用自己的眼睛去读世间这一部活书。"[2] 鲁迅认为，不能为读书而读书，要从书中读出自己，要通过现实生活境域这一媒介读书。这是一个历史性问题，它涉及作为研究对象的作品和研究主体的历史性。研究者在对研究对象进行细致研究时的具体历史语境，也就是研究者开展研究活动之前就已经存在的现实境遇，它对研究者具有决定作用。这就是运用历史唯物主义研究文学的第二个特征。前者强调的是研究对象的历史性，而这一方面，强调的是研究主体的研究活动的历史性，研究主体不是抛开一切历史条件进行研究的，而是先行地将文学与人之间的现实的历史关系

---

[1] 鲁迅：《"题未定"草（六至九）》，《且介亭杂文二集》，载《鲁迅全集》第6卷，人民文学出版社1981年版，第430页。

[2] 鲁迅：《读书杂谈》、《而已集》，载《鲁迅全集》第3卷，人民文学出版社1981年版，第443页。

植入研究实践之中。它的根本特点就是在研究文学之前，明确研究主体和研究对象的社会历史属性，把整个研究活动建立在研究主体的社会实践活动之上，从而有利于揭示研究活动的社会历史内涵。这种研究的特点表现在研究主体通过现实历史境域这种媒介，形成与研究对象的内在关系。两者不是主客对立的关系，而是主体间的对话关系，在对话中互相使对方意义更加明确和丰富。这种对话不但使研究对象的意义和价值得以澄明，同时也彰显了研究主体的个性特征、精神风貌和社会关怀。这是研究主体积极介入社会和现实的生命实践活动。鲁迅认为现在的青年人最要紧的是行动，而不是沉潜到《庄子》、《文选》中，走"沉静"之路，脱离现实，"与实人生离开"。也就是说，运用历史唯物主义进行文学研究，是一种积极的生命实践活动，强调研究主体积极介入现实社会，在研究中升华自己的生命价值和意义。

研究主体对当下现实的历史性体验、思考和领悟，古代文化和文学研究先行植入其中的具体境域历史性因素的引入，使鲁迅的文学研究具有很强的现实针对性。嵇康、阮籍等人一向是被说成毁坏礼教、不信礼教的。而在鲁迅看来，这种判断是错误的，"魏晋时代，崇奉礼教的看来似乎很不错，而实在是毁坏礼教，不信礼教的。"而那些所谓崇奉礼教的人，表面上提倡名教、承认名教而实际上是"自利"，所谓崇奉礼教，不过是偶尔的崇奉罢了，是把礼教作为谋取利益的手段而已，礼教成为他们牟取个人利益的幌子。这正如同现代的军阀，他们一方面宣称信仰三民主义；另一方面又明目张胆地违反三民主义，屠害人民，自利自肥。① 嵇康等人的狂放不羁、毁坏礼教的行为，表面上毁坏礼教，其实是承认礼教，信奉礼教的，并且还很固执，实际上是因为心底真真切切的信礼教、爱礼教以至于固执于礼教的结果，也是对虚伪的崇奉礼教者的反抗。鲁迅对待历史和古代文化、文学，不是将其抽象化，割断它们与其他事物的联系。历史不是经验世界中的某一段时间的总和，独自存在，自己生成意义，恰恰相反，它是研究者意识到的时间，这种时间具有"历史性"，它涉及研究者置身于其中的具体的历史境域，研究者只能在他的具体历史境域中观照历史，体现历史的时间才能不会是抽象的。历史性在研究者的研究活动过程中体现出来，它是具体研究活动的特性。也就是说，历史要通过"历史性"才能得到澄明。正如马克思所说："人体解剖对于猴体解剖是一把钥匙。反过来说，低等动物身上表露的高等动物的征兆，只有在高等动物本身已被认识之后才能理解。"② 因此说，只有很好地了解现在，才能更好地理解历史。文学研究也是这样。

① 《鲁迅全集》第3卷，人民文学出版社1981年版，第506~514页。
② 《马克思恩格斯全集》第46卷上，人民出版社1979年版，第43页。

　　鲁迅具有正视现实的勇气，积极介入现实的社会斗争，敢于直面惨淡的人生，敢于正视淋漓的鲜血，"这半年我又看见了许多血和泪，然而我只有杂感而已。"① 现实的黑暗和残酷让鲁迅拿起笔以杂感的形式积极介入现实的斗争中。他对现实的殷切关注与深刻理解，使他对古代文学资源的发掘不同凡响，别出心裁。当革命处于低潮的时候有的人战斗意志消退，对现实问题三缄其口，躲进象牙塔过隐士生活；而有的人则提倡闲适幽默小品。"就以现在最流行的袁中郎为例罢，既然肩出来当作招牌，看客就不免议论着招牌，怎样撕破了衣裳，怎样画歪了脸孔。这其实和中郎本身是无关的，所指的是他的自以为徒子徒孙们的手笔。"② 如林语堂对明人小品的理解，就与他提倡幽默闲适的小品有关。这样，就有意地忽视或掩盖了明人小品中激烈沉痛的作品。鲁迅认为"中郎正是一个关心世道，佩服'方巾气'的人，赞《金瓶梅》作小品文，并不是他的全部。"因此他强调"这是研究中国文学史的人们也该留意的罢"③。鲁迅从"几部明人，清人或今人的野史或笔记"中的材料分析了明清两代统治者的残酷和暴虐，借古讽今，鲁迅对《论语》派文人提倡小品文，鼓吹袁中郎进行了尖锐的讽刺，"残酷的事实尽有，最好莫如不闻，这才可以保全性灵，也是'是以君子远庖厨也'的意思。比灭亡略早的晚明名家的潇洒小品在现在的盛行，是再也不能够说是无缘无故。"④ 这种闲适小品，在"风沙扑面，狼虎成群"的现实中，是"抚慰和麻痹"人的鸦片。他认为小品文"必须是匕首，是投枪，能和读者一同杀出一条生存的血路的东西"。鲁迅发掘了古代小品文的精华。"小品文的生存，也只仗着挣扎和战斗的。晋朝的清言，早和他的朝代一同消歇了。唐末诗风衰落，而小品放了光辉。但罗隐的《谗书》，几乎全部是抗争和愤激之谈；皮日休和陆龟蒙自以为隐士，别人也称之为隐士，而看他们在《皮子文薮》和《笠泽丛书》中的小品文，并没有忘记天下，正是一榻胡涂的泥塘的光彩和锋铓。明末的小品虽然比较的颓放，却并非全是吟风弄月，其中有不平，有讽刺，有攻击，有破坏。"⑤ 短短的文字将小品文的发展历史和特点简明扼要地阐述出来了。晚唐小品文洗脱晋朝清言的铅华，直面现实的黑暗，明末的小品也有血性和讽世劝时之情，而现代的小品文正是要继承这种优良传统。正是对现实的深刻洞察，

---

　　① 鲁迅：《题辞》、《而已集》，载《鲁迅全集》第3卷，人民文学出版社1981年版，第407页。
　　② 鲁迅：《"招贴即扯"》、《且介亭杂文二集》，载《鲁迅全集》第6卷，人民文学出版社1981年版，第227页。
　　③ 鲁迅：《选本》、《集外集》，载《鲁迅全集》第7卷，人民文学出版社1981年版，第136页。
　　④ 鲁迅：《病后杂谈》、《且介亭杂文》，载《鲁迅全集》第6卷，人民文学出版社1981年版，第167页。
　　⑤ 鲁迅：《小品文的危机》、《南腔北调集》，载《鲁迅全集》第4卷，人民文学出版社1981年版，第575～576页。

才能把历史看透彻；也正是由于历史的明鉴，才能照亮现实的路。

《魏晋风度及文章与药及酒之关系》作为 20 世纪著名的文学批评论文，是运用历史唯物主义于文学研究的典范之作，此文与鲁迅的其他论文一起奠基了中国马克思主义文艺理论应用于古代文学研究的基础。这种研究范式强调"历史性"在文学研究中的重要作用，一方面要求通过政治、经济、文化等因素揭示历史真相，展现作家作品的精神风貌；另一方面突出了文学作品得以展开的具体历史境域和研究主体的体验。这样，文学研究不仅仅是为了认识文学，描述文学，它更是一个实践论问题，它具有实践性，有现实的意义，是研究者对自己存在于其中的生活世界的积极反思，是研究者积极参与现实的生命实践活动。也就是说，从传统的认识论转向对人生的积极介入，强调文学研究的批判功能和实践功能。鲁迅的文学研究，使文学研究脱离了经史附庸和作为工具的尴尬处境，彰显了文学研究自身的价值和意义，使认识论的"知人论世"的古典范式转化为实践论的马克思主义文学研究范式。

郭沫若较早地认识到文艺与社会和时代的关系："一个人生在世间上，只要他不是离群索居，不是如像鲁滨孙之漂流到无人的孤岛，那他的种种的精神活动，无论如何是不能不受社会的影响的。他的时代是怎么样，他的环境是怎么样，这在他的种种活动上，形成一些极重要的决定的因素。……单就文艺而论，所以一个时代便有一个时代的文艺，一个环境便有一个环境的文艺。"① 人是社会的人，人的活动作为社会行为，必然受到社会的影响，文艺同样也是这样，离开社会，文艺就成了无源之水、无本之木。郭沫若运用唯物史观，采用社会学批评方法，研究《诗经》所反映的社会生活，第一次将《诗经》还给了它的时代，揭示了《诗经》的真相。

郭沫若尝试运用唯物史观研究古代历史，以期明白中国社会和历史的性质。他将《周易》、《诗经》、《尚书》等典籍作为可靠材料，来分析其所反映的社会生活。1929 年他在《东方杂志》发表的《诗书时代的社会变革与其思想上的反映》，是一篇运用马克思主义社会历史分析方法研究中国文学的成功著作。通过对《诗经》中所描写的社会生产、社会关系、社会意识的考察和分析，勾勒出殷商至东周时期中国社会形态从原始社会转变为奴隶社会再变为封建社会的轮廓，展现了《诗经》所反映的社会生活的广阔和丰富：产业的发展，由渔猎进而畜牧再进而农业的发展，私有财产的产生，剥削关系形成，从原始社会进入奴隶社会；铁器生产工具的广泛使用、农业的发达和生产方式的变化，导致生产关系和社会制度的变革，从奴隶社会进入封建社会。文章分为两大部分：第一大部

---

① 郭沫若：《文艺家的觉悟》，载《洪水》半月刊第 2 卷第 16 期，1926 年 5 月 1 日。

分是"由原始共产制向奴隶制的推移",这一部分具体论述了"原始共产制的反映"、"奴隶制度的完成"、"宗教思想的确立";第二大部分是"由奴隶制向封建制的推移",主要论述了"宗教思想的动摇"、"社会关系的动摇"、"产业的发达"等,再现了中国早期社会的生产生活状况。40 年代所写的论文《由周代农事诗论到周代社会》,研究了周代诗歌里有关于农事的诗,认为是"研究周代农业的极可宝贵的一项史料"①。因此,他客观而实事求是地研究周代社会,展现了古代农业生产和生活情况。

人的解放和个性自由是"五四"以来的知识分子追求的目标之一。郭沫若追溯历史,寻找人性解放的历史智慧。他认为在奴隶制向封建制转变的过程中,宗教思想开始动摇,出现了对天的怨望、责骂和彻底的怀疑,出现了愤懑的厌世思想和对祖宗崇拜的怀疑,这时候,人们发现了人自身,"在奴隶制昌盛的时候,人是失掉了他的独立的存在的。宇宙内的事情一切都是天帝做主,社会上的事情一切都是人王做主……所以一切的人是人王的儿子,是天帝的儿子的儿子。人完全是附属品,完全是物品"。但是在宗教思想动摇的时代,人的存在被发现了,《秦风·黄鸟》表现了"殉葬问题",殉葬之所以成为问题,就是因为"人的独立性的发现"。郭沫若并不是孤立地抽象地谈论人的发现和人性独立,"人的发现……正是新来的时代的主要脉搏"。他将人的解放问题放置在社会关系的动摇和产业的发展的基础上。随着农业的发达和商业的兴起,新兴的有产者的力量逐渐增强,而旧有的贵族破产,原有的社会关系发生动摇和变化,阶级意识觉醒。"人的发现,那便是这阶级意识觉醒的反映。在阶级意识还未觉醒的时候,自己处在奴隶地位的人,自己总以为是天命所在,自己受着非人的待遇也就安于非人,但他终有一天要觉醒了。"《小雅·何草不黄》、《小雅·北山》、《小雅·出车》、《小雅·采薇》、《魏风·葛屦》、《小雅·黄鸟》等无不表现了阶级的压迫和人的觉醒。

郭沫若自觉地运用阶级分析方法,特别是把统治阶级不劳而获和农人虽然辛勤劳作而衣食不足穷困潦倒的境况做了鲜明的对比,将社会主要的生产关系呈现出来。社会的性质主要是由建立在生产力基础上的生产关系决定的。郭沫若研究《诗经》的主要目的是分析古代社会的性质,因此更多地关注生产关系和社会关系。如对《七月》、《楚茨》、《大田》等作品的分析解读,清醒地认识到奴隶主剥削压迫奴隶和农夫的事实。"此外还有《南山》、《甫田》,以及《豳颂》的六篇,都是这样风味的诗,就是当时'公子'把农夫的收成榨取来供祭祀享乐,《甫田》的开首四句把那阶级的对立说得异常明白。"《魏风·硕鼠》、

---

① 《郭沫若全集》历史编第一卷,人民出版社 1982 年版,第 406 页。

《魏风·伐檀》等，将阶级对立表现得十分明显，还表现了农人开始寻找乐土的愿望。

运用唯物史观分析《诗经》，从社会历史的角度认识作品所表现和反映的社会状况，这就将作品和社会现实紧密地联系起来，有利于澄清作品本来的面貌。从经济、政治、宗教思想等多个角度分析《诗经》，丰富了解读《诗经》的方法和路径。后世儒家经学解诗，割裂了作品与社会现实的联系，形而上地、主观地将封建教条、理念和思想附会和添加到作品上，穿凿附会、肆意曲解，使作品被诠释的迷雾所笼罩，成为统治阶级的说教工具。比如《甫田》，朱熹赞叹"次见其丰成有余而不尽取，又与鳏寡共之；既足以为不费之惠，而亦不弃与地也。不然，则粒米狼戾，不殆于轻视天物而慢弃之乎？"郭沫若说："我们的见解不是这样的。我们在这儿正看出当时已经有了乞丐的现象！一些奴隶的农妇在男子在的时候，有男子力田，勉强总还有陈可食，但一到男子死了，自己或者因为年老，或者因为貌丑，不能再去嫁人，那可吃什么呢？那不是在收获的时候去拾些遗穗吗？收获时有遗穗可拾，平时呢？那怕只好吃草根或者讨口了。这是奴隶制成立以后必然的现象，一直到现代都不会消灭过一次的现象。在《国风》中采草卉的女人数见不鲜，恐怕多半就是这类无告的寡妇呢？"再如《东山》，根据朱熹的观点，这首诗表现了周公大公至正，天下人相信他没有一丝一毫的自我的私心，受其影响，士兵们也都以周公之心为心，不以自己和自己的小家庭为念，是圣人之徒。郭沫若认为："这首诗明明是怨望的诗"。他对周公的分析，入木三分，还原了他作为奴隶主统治者的本来面貌，肯定了他作为奴隶制完成者的历史功绩，他文武兼备、意志坚定，但是手段毒辣。郭沫若运用社会分析方法研究中国古代文学，及对其古代社会性质的理论分析和批判性态度，使《诗经》在两千年封建社会的陈陈相因的诠释迷帐中解放出来，恢复了本来面貌，把《诗经》还给了它自己特定的时代和社会生活。他从社会和历史的角度切入研究，关注作品与社会历史的密切联系，有利于全面把握作品的现实基础和准确认识作品意义和价值。可以说，郭沫若运用唯物史观研究《诗经》，开创了《诗经》研究的新范式。

20世纪三四十年代以后，运用唯物史观研究古代文学的论文和专著纷纷出现，王瑶的《中古文学史论》是这个时期社会历史批评的成熟作品。王瑶在《中古文学史论·重版题记》中说："研究中古文学史的思路和方法，是深受到鲁迅《魏晋风度及文章与药及酒之关系》一文的影响的。鲁迅对魏晋文学有精湛的研究，长期以来作者确实是以他的文章和言论作为自己的工作指针的。这不仅指他对某些问题的精辟的见解能给人以启发，而且作为中国文学史研究工作的方法论来看，他的《中国小说史略》、《汉文学史纲要》、《中国新文学大系小说二集导言》等著作，以及关于计划写的中国文学史的章节拟目等，都具有堪称典范的意义，因为它比较完满地体现了文学史既是文艺科学又是历史科学的性质和特点。文学史作为一门独立的学科，它既不同于以分析和评价作品的艺术成就为任务的文学批评，也不同于以探讨文艺的一般的普遍规律为目标的文艺理论；它的性质应该是研究能够体现一定历史时期文学特征的具体现象，并从中阐明文学发展的过程和它的规律性。"①《中古文学史论·初版自序》中首先强调，文学的兴衰自有它所以如此的时代和社会的原因，而阐发这些史实的关联，却正是一个研究文学史的人的最重要的职责。"第一部分是'文学思想'，着重在文学思想本身以及它和当时一般社会思想的关系。第二部分是'文人生活'，这主要是继承鲁迅先生《魏晋风度及文章与药及酒之关系》一文加以研究阐发的，着重在文人生活和文学作品的关系。第三部分是'文学风貌'，是论述主要作家和作品内容的。"②其次，由作家的社会地位考察作品倾向，王瑶认为：鲁迅把唐代文学的一章定名为"廊庙与山林"，那是根据作家在朝或在野而对现实采取不同的态度和倾向加以概括的，其意盖略近于他的一篇讲演的题目《帮忙文学与帮闲文学》，目的是由作家的不同的社会地位来考察作品的不同倾向。③王瑶从作家的政治地位来考察作品，而不同政治地位的作家，具有不同的倾向，也会创作不同风格的作品。如果寒士能够不以主流风尚为风尚，而是根据自己的个性和判断进行写作，会获得具有创新性价值的作品。在《隶事·声律·宫体》中，王瑶通过门阀士族和寒素之士社会地位的对比，揭示了一个时期处于主导地位的人物塑造了主流文学样貌。而寒士对待主流文学的态度，是模拟还是创新，是随波逐流还是开启历史，这就是寒士如何选择的问题了。虽然门阀士族领导着文学潮流，而能够自觉处于这个潮流之外，并对其进行审视和批评，求得更有价值的文学见解，这正是钟嵘《诗品》的可贵之处。钟嵘没有模拟和追随主流文学理论，而是创造性地表达了自己的文学见解，在当时虽然不能获得广泛认可，但是历史给予其公正的评价。最后，王瑶还能够以社会心理为基本着眼点，展示社会思想文化状况和经济政治的广阔背景。他紧扣士大夫的具体心态，揭示这种心态的社会普遍性，从个人心态窥测社会心理。《论希企隐逸之风》从社会心理切入，联系时代背景和社会思潮，分析了魏晋时期的隐逸心理。

贺凯的《中国文学史纲要》，是第一部运用唯物史观研究中国文学的专著。1933 年，谭丕模出版了《中国文学史纲》。王礼锡提出"物观文学史"，"用唯物史观的方法来整理中国的文学史"，"根据社会经济政治的变迁，来研究文学的发展"，写作了《李长吉评传》。此外，萨孟武的《由〈桃花扇〉观察明季的

---

①②③　《王瑶全集》第一卷，河北教育出版社 2000 年版，第 4、6~7、4~5 页。

政治现象》、《由〈桃花扇〉观察明代没落的原因》和《水浒传与中国社会》、马肇延的《旧剧之产生及其反封建的色彩》、陆侃如、冯沅君的《中国诗史》、岑家梧的《中国艺术论集》和《翮燕集》、孙俍工《唐代的劳动文艺》、吴晗的《〈金瓶梅〉的著作时代及其社会背景》、嵇文甫的《左派王学》、阿英的《晚清小说史》、李华卿的《中国文学发展史大纲》、郭伯恭的《魏晋诗歌概论》、杨季生的《元剧的社会价值》、刘大杰的《中国文学发展史》、李辰冬的《红楼梦研究》、翦伯赞的《杜甫研究》、萧涤非的《汉魏六朝乐府文学史》、郑振铎的《中国俗文学史》、董每戡的《中国戏剧简史》、朱维之的《中国文艺思潮史略》、王元化的《金批〈水浒传〉辨正》、陈中凡的《红楼梦试论》等，也注意到了社会物质经济、时代思潮、作家个性和思想等因素，显示了运用历史唯物主义研究文学的活力。

第二节　社会历史批评的规范

作为一种文学研究方法，社会历史批评注重作品的社会历史背景和作品社会历史内容以及社会价值的分析。而作为一种文学研究的规范，社会历史批评在我国实际上是通过一系列批判运动而实现的。

新中国建立后，在文化艺术界，思想比较混乱，由于政治的需要，毛泽东认为有必要进一步统一思想，把马克思主义贯彻到包括古代文学研究在内的整个文学艺术领域以及人文社会科学领域。1954 年，李希凡和蓝翎发表《关于〈红楼梦简论〉及其他》，批判俞平伯的《红楼梦》研究。以此为契机，毛泽东领导发动了一场清算胡适派资产阶级唯心主义的批判运动，掌握古代文学研究的领导权，以肃清唯心主义的方法和观念。这虽然在时间的速度和空间的广度上有力地促进了马克思主义在古代文学研究中的运用，但是，政治和思想上的统一要求无疑是文学研究的一种外部规范力量，它使社会历史批评方法成为文学研究的一种必须遵守的规范，一旦规范形成，研究模式化和程式化，学术研究就成为政治政策和统治思想的注脚。由于外部力量的介入，学术研究工具化的弊端日益显露，庸俗社会学和以阶级斗争为纲的观念严重地干扰了古代文学研究的正常发展。

一、《红楼梦研究》批判

1952 年，俞平伯修订旧作《红楼梦辨》，以《红楼梦研究》为名出版，其中包括《〈红楼梦〉简论》。李希凡和蓝翎写作《关于〈红楼梦简论〉及其他》对俞平伯的观点和研究方法提出了批判。这篇文章引起毛泽东的重视，针对这篇文章的内容特别是此文在发表过程中的问题，毛泽东在 1954 年 10 月 16 日给政治局写了《关于红楼梦研究问题的信》，他指出："驳俞平伯的两篇文章附上，请一阅。这是三十多年以来向所谓红楼梦研究权威作家的错误观点的第一次认真的开火。作者是两个青年团员。他们起初写信给《文艺报》，请问可不可以批评俞平伯，被置之不理。他们不得已写信给他们的母校——山东大学的老师，获得了支持，并在该校刊物《文史哲》上登出了他们的文章驳《红楼梦简论》。问题又回到北京，有人要求将此文在《人民日报》上转载，以期引起争论，展开批评，又被某些人以种种理由（主要是'小人物的文章'，'党报不是自由辩论的场所'）给予反对，不能实现；结果成立妥协，被允许在《文艺报》转载此文。嗣后，《光明日报》的《文学遗产》栏又发表了这两个青年的驳俞平伯《红楼梦研究》一书的文章。看样子，这个反对在古典文学领域毒害青年三十余年的胡适派资产阶级唯心论的斗争，也许可以开展起来了。事情是两个'小人物'做起来的，而'大人物'往往不注意，并往往加以阻挠，他们同资产阶级作家在唯心论方面讲统一战线，甘心作资产阶级的俘虏，这同影片《清宫秘史》和《武训传》放映时候的情形几乎是相同的。被人称为爱国主义影片而实际是卖国主义影片的《清宫秘史》，在全国放映之后，至今没有被批判。《武训传》虽然批判了，却至今没有引出教训，又出现了容忍俞平伯唯心论和阻拦'小人物'的很有生气的批判文章的奇怪事情，这是值得我们注意的。俞平伯这一类资产阶级知识分子，当然是应当对他们采取团结态度的，但应当批判他们的毒害青年的错误思想，不应当对他们投降。"[1]

其实，俞平伯在新中国建立前就已经表明自己的立场了，他在《美国发表"白皮书"后记所感》中谴责了美帝国主义的侵略本质。[2] 在发表《〈红楼梦〉简论》之前，已经发表了《我们怎样读〈红楼梦〉》（1954 年 1 月 25 日《文汇报》）、《〈红楼梦〉的思想性和艺术性》（1954 年《东北文学》2 月号）等论文，

———————————

① 毛泽东：《关于红楼梦研究问题的信》，1954 年 10 月 16 日，载《毛泽东文集》第六卷，人民出版社 1999 年版，第 352～353 页。

② 俞平伯：《美国发表"白皮书"后记所感》，载《文艺报》第 1 卷第 1 期，1949 年 9 月 25 日，第 5～6 页。

已经开始发生了转变，试图运用马克思主义观点分析《红楼梦》。不过这种转变还不足以显示出马克思主义文艺理论对古代文学研究的指导意义。李希凡和蓝翎的《关于〈红楼梦简论〉及其他》在两个方面突破了俞平伯的论述范围。第一，在作家世界观与创作方法的矛盾方面，俞平伯仅仅看到了曹雪芹世界观的内部矛盾，曹雪芹能够超越他的阶级局限，在主观方面有着打破传统束缚，争取自由意志的进步思想。[1] 李希凡和蓝翎的文章认为"曹雪芹之所以伟大，就在于现实主义的创作战胜了他世界观中的落后因素"。[2] 第二，将"人民性"运用于《红楼梦》的分析中，"文学的传统性意味着人民性的继承与发挥"[3]。现实主义和人民性是继承古代文学遗产的标准，在1953年第二次全国文学艺术工作者代表大会上，周扬做《为创作更多的优秀的文学艺术作品而奋斗》的报告指出："我们文学艺术遗产中人民性和现实主义的丰富，现在是没有人能够怀疑的了；这是我们所必须加以继承和发扬的。我们应当从学习古典作品中来更好地了解中国人民的过去，以便更好地来表现现代，指出现在的斗争和过去的斗争之间的不可分的联系，从而用爱国主义的精神教育人民。"[4] 李希凡和蓝翎两人在这种思想的指导下，发掘了《红楼梦》的现代价值和社会意义，认为《红楼梦》继承并发展了古典文学特别是小说中人民性的传统，深刻地揭示出封建官僚地主阶级的生活内容，并进而涉及几乎封建制度的全部问题。

何其芳在《没有批判，就不能前进》中肯定了俞平伯的转变，更具体地指出了他研究的根本不足之处。他认为："从胡适到俞平伯先生，在研究《红楼梦》上有一个根本的共同点，就是离开社会历史条件，离开阶级社会里的阶级的存在这一基本事实，而孤立地去研究文学作品。因此，他们最有兴趣的是考证作者的事迹家世，版本的异同，从这些考证去推断作者的主观意图，然后根据他们所推断的作者的主观意图来评价整个作品。……把文学艺术看做离开社会历史条件而独立存在的超阶级的现象，这正是资产阶级唯心论的观点。"何其芳指出俞平伯《红楼梦》研究，离开社会历史条件和阶级社会中的阶级存在，孤立地研究作品。他认为文学艺术是反映物质存在的社会意识形态之一，在阶级社会里反映不同的阶级的观点和利益，为不同阶级服务。因此考察作品，要联系当时的社会经济情况、阶级情况、政治情况以及文化思想情况。"不能限制只考察作者的阶级立场和主观思想，必须充分了解它们通过艺术的形象所反映出来的全部社会生活所包括的客观思想和社会意义。忠实地描写社会生活的古代的杰出作家，他们的作品的内容总是突破了他们的主观意图和阶级偏见的限制，通过形象所反

---

① 俞平伯：《〈红楼梦〉的思想性与艺术性》，载《东北文学》，1954年2月号。
②③ 《红楼梦问题讨论集》一集，作家出版社1955年版，第52、59页。
④ 周扬：《为创作更多的优秀的文学艺术作品而奋斗》，载《人民文学》，1953年第11月号。

映出来的社会生活本身总是显示了比他们原来所意识到的远为巨大远为深刻的意义。"① 这种观点具有一定的代表性，古代文学学者开始将马克思主义社会历史批判作为一种规范，指导自己的文学研究和批判活动。他们注重从社会历史角度切入文学，并且重点探讨文学的社会意义。他们从经济基础和上层建筑的关系出发，探讨社会经济、政治以及由此而形成的意识形态对文学的影响和在文学中的反映，研究作家的生活经历、思想道德观念、阶级立场等对创作的影响，发掘作品的人民性和现实主义精神的社会意义。

然而，今天看来，对俞平伯《红楼梦》研究的批判，存在着把学术研究政治化、学术讨论阶级斗争化的"左"的倾向，将这次批判上升到是否向资产阶级投降的大是大非的政治斗争的高度。从积极方面说，《红楼梦》大讨论，确立了马克思主义思想的指导地位。这场讨论和批判运动，开始于对中国古典文学名著《红楼梦》的研究，结束在政治、哲学、史学、社会学、文学等各个领域清理和批判胡适派资产阶级唯心主义思想，轰轰烈烈，有众多文学家、文学研究专家、历史学家积极参与其中，如郭沫若、茅盾、周扬、何其芳、周汝昌、聂绀弩、端木蕻良、吴组缃、林庚、老舍、程千帆、余冠英、冯沅君、陆侃如、詹安泰、毛星、孙望、王瑶、陈友琴、顾学颉、魏建功、俞平伯等众多知名学者以及孙昌熙、胡念贻、褚斌杰、袁世硕等青年学者。通过这次讨论活动，广大知识分子开展批评和讨论，进行自我教育和自我改造，使马克思主义、毛泽东思想在文化领域的领导地位进一步得到确立。但是也不能不指出，由于政治对学术的干预，讨论中出现学术屈从于政治的局面，学术成为一种为政治服务的工具，严重影响了古代文学研究的独立和自由发展，陷入阶级斗争为纲和庸俗社会学的锁链之中，失去学理性而停顿不前。

二、文学研究的基本范畴和文学史写作

这一时期，运用马克思主义文艺理论开展文学研究的基本范畴是现实主义、浪漫主义和人民性，其所表现的对压迫和剥削的批判、对美好生活的向往以及对广大人民的关怀，具有鲜明的时代特点。

用现实主义分析古代文学，是适应中国民主革命和社会主义革命事业发展的。1952 年，冯雪峰在《文艺报》上发表《中国文学中从古典现实主义到无产阶级现实主义的发展的一个轮廓》（上），用现实主义概括中国古代文学的主

---

① 作家出版社编辑部：《红楼梦问题讨论集》（二集），作家出版社 1955 年版，第 21、22 页。

流。① 刘大杰在《中国古典文学与现实主义问题》中反对用现实主义和反现实主义斗争这种公式化的观点分析中国文学。② 他在《中国古典文学史中现实主义的形成问题》中说：现实主义是文艺复兴时期随着资本主义的发展而产生的一种创作方法，在中国古典文学历史上，没有欧洲那样的资本主义社会文化，但存在真实地反映现实、反映历史本质的现实主义创作方法。在杜甫、元结、白居易等人的作品中，可以体会到诗人们面对现实、深入生活、同情人民的自觉的感情，以及他们对于诗歌改革的进步的要求。在这一基础上，形成了那一时代的有意识的新乐府运动。③ 李长之区别了广义的现实主义和狭义的现实主义。前者是指忠实而感人地反映现实的作品。《诗经》等作品就可以认为是现实主义作品。后者是指特定的历史阶段的产物，"具体地说，是带有鲜明的、近代的，亦即具有在资本主义社会中才可能产生的观察方法和描写方法的产物，并且只作为一个流派看，它能够鲜明地区别于浪漫主义流派的作品"。他认为中国第一部严格的现实主义作品的出现是中国的具体历史决定的，以什么内容和形式出现是具有中国的特殊规律的。"以反映崩溃期的封建社会地主恶霸的罪行为内容，这和中国长期封建社会中人民所受的地主阶级的惨酷压迫的强度分不开；以章回小说的长篇小说为形式，这和中国在那时先行的讲史及话本中的'小说'一体的创作经验分不开，这就是特殊规律。"《金瓶梅》是严格意义上的现实主义作品，写出了特定历史阶段（封建社会崩溃时期）的时代特征和人物性格，暴露了封建社会的罪恶。④ 冯雪峰、刘大杰、罗根泽和李长之都注意到现实主义的现代性特点，虽然对现实主义的分期不同。对于前现代性的作品，他们大都强调现实主义精神，也就是真实地反映社会现实和历史发展规律，表现人民的生活、情感和愿望，换言之，现实主义的精神在于表现人民的生活情况和批判剥削阶级的贪婪、腐朽，而后者是主要方面。余冠英的《诗经选》、何其芳的《论〈红楼梦〉》、力扬的《论杜甫诗歌的现实主义》等论文运用现实主义范畴分析古代文学，具有典型性。在阶级社会中，由于阶级压迫和剥削的存在，现实主义的真实性特点就在于对压迫和剥削的现实的批判，当然批判的形式及内容涉及各个方面，如道德批判、政治批判、宗教批判、人性批判等。可以说，批判性是现实主义的灵魂。在古代文学研究中，学者们强调了古代文学的社会批判性，揭露了社会的弊端，批判了不合理的社会关系，从而丰富了现实主义理论的内涵，同时也发掘了古代文学的现实意义。这种现实主义的阐释，与现代性的追求密切相关。社会批判固然是对社会关系和社会制度的批判，但这种批判的标准在于人性对自由的追求和真

---

① 《文艺报》1952 年第 14 号，第 24~27 页。

②③ 《刘大杰古典文学论文选集》，湖南人民出版社 1983 年版，第 1~11、12~24 页。

④ 李长之：《文艺报》1957 年第 3 期，第 11~13 页。

善美的向往。因此社会批判体现着人性和人道的内涵。

按照马克思主义经典作家的观点,浪漫主义可以分为积极和消极两个对立的思潮或流派。这也体现在西方文学和文论中:一是消极的浪漫主义,表现了在新事物面前的病态敏感;二是积极的浪漫主义,这是一种强烈的情绪,具有战斗性。积极的浪漫主义具有的昂扬精神和对现实压迫的反抗性,表现了人们对未来美好生活的向往,这一点正与新中国建立后人们的心态相一致,遂成为发掘古代文学现代价值的重要命题。刘大杰在《中国古典文学与现实主义问题》中指出:屈原"是一个浪漫主义(积极浪漫主义)的诗人。""李白正如屈原一样……是典型的浪漫主义的诗人。"他在艺术中所表现出来的那种反抗一切传统与束缚,与追求解放、追求独创性的浪漫主义精神是完全统一的。① 林庚在《诗人李白》中认为李白诗歌充满乐观情绪、解放精神和青春奋发的感情,是"盛唐气象"的典型代表。② 他在《陈子昂与建安风骨——古代诗歌中的浪漫主义传统》中认为陈子昂处于"一个全民意志旺盛的前夕,一个上升发展中深具浪漫主义气质的时代"。陈子昂上承建安风骨,"浪漫主义是加强生活意志的,是高瞻远瞩的,这对于建安时代说来是最有代表性的风格,这就是建安风骨。"从屈原到李白,中国诗歌中浪漫主义的优良传统,从来是集中地表现了政治斗争的;爱国主义的精神,反抗权贵的品质,举贤授能的开明政治理想,成了中国封建社会上升发展中诗歌的中心主题;建安风骨为这个传统增加了光辉的成就,这就是陈子昂所以高倡风骨的缘故。③ 林庚在《盛唐气象》中指出:"盛唐气象所指的是诗歌中蓬勃的气象,这蓬勃不只由于它发展的盛况,更重要的乃是一种蓬勃的思想感情所形成的时代性格。"盛唐时代是一个富于解放的精神力量,人民情绪饱满,具有自豪感的时代。④ 王运熙认为:"李白作品中的浪漫主义精神,主要是一种积极浪漫主义的精神,因为这些作品表现出来的理想主要是符合历史时代精神的积极的理想。""他希望国家强盛,社会太平,没有纠纷和战争,人民能够安居乐业。他的主要目的并不在于个人的荣华富贵,志求济世而非徒独善其身;他的理想主要是一种建功立业、为国家做一番事情的抱负。而这种抱负又和当时的时代精神及他个人积极的政治态度有着密切的联系。""我们称李白为积极浪漫主义诗人,还因为他的作品中有着反抗压迫、追求自由解放(这又往往和朴素的平等观点联系在一起)的热烈情绪。"⑤ 冯沅君在《古典戏剧中浪

① 《刘大杰古典文学论文选集》,湖南人民出版社 1984 年版,第 1~11 页。
② 林庚:《诗人李白》,载《光明日报》、《文学遗产》副刊第 25 期,1954 年 10 月 17 日。
③ 林庚:《陈子昂与建安风骨——古代诗歌中的浪漫主义传统》,载《文学评论》1959 年第 5 期。
④ 林庚:《盛唐气象》,载《北京大学学报》1958 年第 2 期。
⑤ 王运熙等著:《李白研究》,作家出版社 1962 年版,第 147~151 页。

漫主义初探》中认为，积极浪漫主义创作方法的特点是从现实的基础上，表现现实中所没有，只有在希望中方能有的事物，是不满现实，向往未来，将美好的理想与丑恶的现实对立起来，用理想改变现实，具有奔放的情感、偏激的性格和奇异的情节等。[①] 浪漫主义从其产生就具有追求自由解放，反对封建专制压迫的特点。它站立在人道主义的立场上，表现了对自由的向往和对解放的歌颂。其奔放的激情、炽热的理想、昂扬的精神激发人们对真善美的向往和追求以及改变不合理现状的决心和行动。浪漫主义精神，与时代精神是相契合的。新中国建立后，万象更新，人们以饱满的热情和积极的精神投入到新社会的建设中，对理想的追求成为他们的行为动力。古典文学中的浪漫主义精神与现实社会中人们的精神发生了共鸣。

"人民"这个词在先秦典籍中就已经被使用，如《诗·大雅·抑》："质尔人民，谨尔侯度，用戒不虞。"主要指从事生产劳动的奴隶。孟子提出"民为贵，社稷次之，君为轻"的仁政学说，显示了民众的力量已经影响到政治的发展。"人民"成为一个关注社会问题的视角，由此而形成中国传统文化中的民本思想。在文化的传播和交流过程中，"人民"这个词在 18 世纪的欧洲得到广泛使用，成为资产阶级宣扬的普世理念。[②] 由于"人民性"与中国古代文化和文学有着血缘的联系，随着资产阶级思想文化和马克思主义的传入，"人民"一词重新被激活，并得到现代转换，成为中国化马克思主义术语。[③] 在文学研究中，俄国的别林斯基、杜勃罗留波夫等人较早使用"人民性"概念；在苏联文艺理论和文学研究中，人民性是在反对庸俗社会学片面强调社会经济状况的决定作用意义上使用的。庸俗社会学对古代的作家及其作品进行简单化的阶级分析，表现出对传统文化的虚无主义态度，不利于社会主义的文化建设。在怎样对待中国文化传统问题上，毛泽东提出人民性的立场，成为指导古代文学研究的一种规范，也促进了传统文化的现代转换。陈涌在《对关于学习旧文学的话的意见》中较早主张发掘古代文学中的人民性传统。国立武汉大学中国文学系教员互助小组的《我们对于接受文学遗产的意见》、罗根泽《陶渊明的人民性和艺术性》、郑振铎《论关汉卿的杂剧》和谭丕模的《掘发古典文学的人民性、斗争性》等论文进一步分析了人民性在古代文学中的表现。黄药眠在《论文学的人民性》一文中具体论述了文学人民性的内涵及其在古代文学中的表现。他认为人民性是历史范畴，具有历史性，衡量作品是否具有人民性，最主要的是

---

① 《文史哲》1961 年复刊号，第 15～20 页。

② 包华石（Martin Powers）、文傅一民、孟晖：《"人民"意象变迁考》，载《视界》2002 年第 8 期，第 2～21 页。

③ ［德］李博：《汉语中马克思主义术语的起源和作用》，中国社会科学出版社 2003 年版，第 216～221 页。

看作者对于人民大众的态度。文学中的人民性应该包含四个特点：第一，作品所描写的对象是为人民大众所直接或间接关心的，或对人民大众的生活有重要意义的；第二，在某一特定的历史时代，作者以当时的进步立场来处理题材，真实地反映了生活的；第三，作品所描写的现象范围广泛，揭露深刻，刻画有力，并以大众化形式表现出它的高度的艺术性的；第四，作者在作品中以具体的形象表现出了当时人民大众的要求、愿望和情绪的。总之，就是列宁所说的具有民主主义和社会主义意识形态的文化。[①] 人民性，也就是从广大人民立场出发，表现他们的利益、愿望和情感。古代文学中的人民性作品，必须能够体现人民的情感，渗透人民的精神，体验人民的生活，超越阶级局限。它是阐释和继承传统文化遗产的重要标准。人民性概念，是一个追求人民大众自由解放的话语，契合了中国当时的社会政治文化。新中国建立后，推翻了三座大山，人民当家做主成了主人，政治热情高涨，积极参与社会运动，显示了人民力量的强大。他们以胜利者的姿态强烈要求社会变革，他们的积极参与意识，表现了人民对国家前途的信心和对美好幸福生活的向往。

这段时期，古代文学研究中社会历史批评模式的运用取得了较大的成就，不但表现在有关《诗经》、屈原、李白、杜甫、元杂剧、明清小说等具体文学个案的研究上，还表现在文学史的写作上。一个时代的文学史写作能够具体反映那个时代的文学研究状况和水平，20世纪五六十年代出版的三部文学史，即刘大杰的《中国文学发展史》、社科院版的《中国文学史》和游国恩等的《中国文学史》就反映了当时古代文学研究的基本状况和水平。

刘大杰的《中国文学发展史》初版于新中国建立前，上册在1941年，下册一直到1949年。新中国建立后，刘大杰同其他学者一样，努力学习马克思主义，并且运用新的理论反思自己的著作。1957年新的修订版初版，在序言中他说："解放后，由于自己对马克思列宁主义的初步学习和看到了一些从前没有看到过的史料，关于中国文学史的某些问题，已有不同的看法。"因此他对自己的旧作做了一定的修改。出版之后，影响较大，在那个批判资产阶级学术思想的年代，此书成为一个被批判的学术典型，刘大杰说："各方垂教甚殷，使我得益不少"，他又进行了一次修订，最终成为1962年的版本。刘大杰的论述模式首先是研究社会历史背景，包括经济状况、政治因素、社会制度等，分析这种历史境遇中文学的发展和特点。刘大杰超越了庸俗社会学的单纯的经济决定论，他将文学放置到文化的背景中来分析，比如《屈原与楚辞》一章，论述了南北文化的交流与楚国文化的发展，由此引入楚辞的特征。对作家的分析，一般是分析其生平情

---

① 《黄药眠自选集》，花城出版社1986年版，第567~670页。

况、阶级地位、性格气质，重点在于他对于人民的态度和对自由解放的追求精神。对作品的分析，从"政治标准"和"艺术标准"两个方面入手，着重探讨作品的现实意义和价值。

中国科学院文学所中国文学史编写组的《中国文学史》出版于 1962 年，本书凝聚了何其芳和文学所古典文学学者的心血。何其芳在《文学艺术的春天》中提出古代文学研究要"真正科学地、细致地去研究我国古典文学发展的历史，解决一些在发展规律上和作家作品的评价上有争论的问题，并以研究的成果来丰富马克思主义的文艺理论"。此书根据历史分期将中国古代文学分为两大时期，即"封建社会以前的文学"和"封建社会文学"，后者又根据封建王朝的变迁，分成"战国时期的文学"、"秦汉文学"、"魏晋南北朝文学"、"唐代文学"、"宋代文学"、"元代文学"、"明代文学"、"清代文学"等，总共九编。在不同的分期之内，又根据社会历史发展状况，考察文学发展的具体状况。在每个分期的章节的具体论述中，首先从社会历史背景出发，论述社会、政治、思想对文学的影响，广泛涉及史学、儒学、道家学说、佛教思想，如"魏晋南北朝文学"一编。第四章为"佛经翻译"，论述了东汉以来佛经翻译对我国文化和文学的广泛影响。本书"在社会发展史的框架内考察文学的变化，从而使时代特征和学术背景与文学的关系扣得更紧，能从横切面上较为分明地显示出文学发展的阶段性和曲折性。"[1] 其次注意到具体文学样式如诗歌、散文、赋、戏剧、小说等的发展状况，按其兴起、繁荣、发展的历史顺序安排作家作品，探讨其思想成就和艺术成就。[2]

游国恩等主编的《中国文学史》，于 1963 年出版，集众人之力和文学史写作的经验，成为那个时代的集大成之作。此书根据马克思主义的历史形态理论以及中国社会朝代更迭的实际状况，将中国古代文学史分成九编，即"上古至战国文学"、"秦汉文学"、"魏晋南北朝文学"、"隋唐五代文学"、"宋代文学"、"元代文学"、"明代文学"、"清初至清中叶的文学"、"近代文学——晚清至'五四'的文学"。在每一编中，有"概说"和由作家作品构成的不同的章节。"概说"部分综合交代某一段时期的社会经济基础和政治文化状况，分析那个时代的社会本质和面貌以及文学发展的基本样貌。具体分析作家作品往往先介绍作者的生平和思想情况，之后分析作品的思想性和艺术性以及其地位和影响。对作家的分析，重在其阶级地位和其与人民的关系；艺术方面，突出了现实主义和浪漫主义两种创作方法，并以此为线索贯穿全书，同时也注重文学体裁、语言、技

---

① 葛晓音：《一个历史阶段的标志》，载《文学遗产》2003 年第 5 期，第 12～14 页。
② 中国科学院文学所中国文学史编写组：《中国文学史》，人民文学出版社 1962 年版。

巧等文体形式的演变，注意到文学自身的发展和流变。①

这三部文学史从唯物史观出发，联系时代背景、社会经济政治状况来分析和评论各种文学现象、思潮、流派以及作家作品，揭示了文学与社会历史的关系，探讨了文学与政治相互影响，并且力避庸俗社会学与机械唯物主义，注意到文化因素对文学的影响，使文学研究深入到道德伦理、宗教、哲学等层次。但这些著作也有着鲜明的时代烙印，对社会政治经济因素分析多于文化因素，外部研究多于内部研究，因而对文学史发展规律的把握有失偏颇，用社会政治经济发展规律来框定文学发展，文学自身的发展规律也就被遮盖了。

第三节　从社会历史批评到历史文化批评

马克思主义历史唯物主义指导下的社会历史批评在鲁迅、郭沫若、王瑶等人的文学研究中日臻成熟；新中国建立后，在政治意识形态的影响下，这种方法成为一种规范，指导着古代文学的研究。文学的社会学批评，认为文学作为一种社会现象，属于上层建筑，是由社会的经济基础决定的，因此只有联系经济基础才能从根本上认识社会和文学，而历史唯物主义为社会历史批评奠定了科学基础。但是如前所说，受庸俗社会学的影响，新中国建立后的社会历史批评往往把文学艺术与经济基础之间的关系庸俗化、教条化和简单化。在特定历史时期，我们的文学研究过分强调阶级分析，使文学研究偏离文学自身，成为政治斗争的附庸。社会历史丰富多彩的内容被抽离，简单化为阶级矛盾和斗争，进而推演出"文学史是现实主义和反现实主义斗争的历史"这种机械的文学史观，将社会历史批评狭隘化、庸俗化。茅盾是提出这种文学史观主要代表。这种机械主义的文学观，在我国文学史研究中产生过不良影响，在理论上也不符合马克思主义历史唯物主义的精神。恩格斯认为，在经济基础与上层建筑的各种意识形态之间，还存在着一系列的"中间环节"，并且对机械唯物主义提出了批评，他指出："如果有人……说经济因素是唯一决定性的因素，那么他就是把这个命题变成毫无内容的、抽象的、荒唐无稽的空话。"他认为："我们大家首先是把重点放在从基本经济事实中引出政治的、法的和其他意识形态的观念以及以这些观念为中介的行动，而且必须这样做。"② 换言之，经济是整个社会赖以存在的基础，但社会历

---

① 游国恩等：《中国文学史》，人民文学出版社 1963 年版。
② 《马克思恩格斯选集》第 4 卷，人民出版社 1995 年版，第 696、726 页。

史发展变化绝不是单一经济因素造成的，而是多种因素的总和，除了物质生产和生活、社会政治制度等客观因素之外，还包括社会意识形态、社会心理、民族文化传统、个人意志等主观因素。因此运用社会历史批评方法的文学研究，应该综合分析各种因素，并且侧重于那些主观方面的因素，因为主观的、精神的因素对文学有着更为直接的影响。因此，那种"文学史是现实主义和反现实主义斗争的历史"的文学史观，并不符合唯物史观，而是将社会历史批评简单化、庸俗化了。

随着社会历史批评的深入发展，一种新的研究范式——历史文化学批评——逐步形成。这是马克思主义文艺理论在古代文学研究中的进一步深化。社会历史批评强调从社会历史整体研究文学，关注文学的社会价值、倾向性、真实性等问题。新时期以来，文学研究向文学本位回归，文学研究更趋深入和具体，从宏观上把握文学发展规律、解决文学史上的具体问题，已经显得力不从心、捉襟见肘。研究风尚也就从"社会历史"批评转移到"历史文化"批评，即更加关注具体"文化"因素和文学的互动。学者们开始自觉从文化出发研究古代文学，主张加强文学研究的"文化意识"。傅璇琮和赵昌平认为："文学与哲学思想、政治制度，以及与宗教、教育、艺术、民俗等的关系，被人们逐步认识……研究一个时期的文化背景及由此而产生的一个时代的总的精神状态，研究在这样一种综合的'历史—文化'趋向中，怎样形成士人的生活情趣和心理境界，从而生出作家的独特的审美体验与艺术构思。这样的研究，主要的还不在于研究层面的扩展，而在于研究观念的拓新和研究思维的深进。显然，根据这种要求，人们不仅要考虑文学与其他社会意识形态的亲缘关系，更要探索文学在总的'历史—文化'环境中怎样显示其特色。""这就是古代文学研究中的文化意识。如果说，这些年来我们的古代文学研究真正有所进展的话，那末，这种文化意识的观念及其在实际研究中的运用，是最可值得称道的成就。如果我们要从理论上对古代文学研究的经验进行一些探讨，那末这个文化意识问题就是其中最值得重视的新的课题。"① 文学研究的文化意识，首先强调从文化的视角考察文化对文学本体特征、美感形式的影响，同时也注重文学与文化的互动，文化在文学中的表现和文学对文化的作用。文化意识突破了狭隘的阶级和经济分析，为文学研究开拓了广阔的天地。

历史文化学批评是社会历史批评的深化与延伸，它以社会历史研究为基础，关注具体的文化现象与文学之间的关系。罗宗强在《傅璇琮〈唐诗论学丛稿〉

---

① 傅璇琮、赵昌平：《谈古代文学研究中的文化意识——由〈佛教唐音辨思录〉所想起的》，载《文学评论》1989 年第 6 期，第 110 ~ 119 页。

序》中说："璇琮先生明确地朝着整个研究的方向开展他的工作的，事迹考辨也好，谱录编写也好，某一领域研究也好，目的都是认识一个时期文学的总的风貌，对这风貌做出解释与评价。这种整体研究，如果概括的话，似乎可以称之为文学的社会历史学研究。"而同是这一本书的序言，陈允吉却认为："璇琮同志确认古典文学研究要有新的突破，其有效途径之一，就是将古典文学作为一种社会意识形态，与其他亲缘学科、特别是文学（还包括哲学、美学、心理学等）结合起来进行交叉和综合的研究，从一个时代历史文化的整体运动中来审视它的价值和作用。这种研究不妨称之为对文学的历史文化研究，它首先要求研究者掌握和钻研大量史料，通过若干个案的细致分析由点及面，对某个时代的文化氛围与时代精神取得总体的了解。而社会、文化背景对于文学的影响，主要是通过当时士人的生活方式与心理状态作为中介来传递的。某一个时代社会、政局的变动，意识形态的转移贸迁，由种种因素交互作用的结果，造成了这个时代士人特定的精神面貌和文化心态，他们的审美趣味和文学爱好也随之而发生变化。作家既是时风激荡的敏锐感受者，又是文学创作的主体，历史上永流不歇的作家群体的发展，形成了文学作品多姿多采、变演无穷的丰富景观。璇琮同志对于作家群体的研究寄予高度的重视，认为这是考察历史文化意识渗入文学的途径与关键，由之对以进一步去揭示一个时代文学创作的复杂内容与艺术审美特征。"① 前者的结论是"社会历史学研究"，而后者更注意到其中的"历史文化研究"，同一个对象，得出两种似乎不同的认识，说明在社会历史研究与历史文化研究之间具有内在的一致性，不过是前者突出了"社会"，这是从整体角度看问题；后者强调了"文化"，从社会整体深入到与文学具有更加直接关系的作家精神面貌、文化心态、文化意识等方面。罗宗强又认为："至于《唐代科举与文学》，则纯粹是从文化史的角度研究文学的范例，它从一个侧面非常生动地展现了有唐一代士人的文化心态。"② 由此可见，历史文化研究是社会历史批评的深化与延伸，是在社会历史研究的基础上，侧重从文化学角度研究文学，或者着重于某一具体文化现象与文学之间关系的探讨。这种文化学研究，深入到具体的社会政治制度、风俗人情、社会风习、文化思潮等各个方面，研究的视野和范围既开阔又深远，使文学研究从片面的经济分析和阶级分析的狭隘性中解放出来。程千帆、曹道衡、傅璇琮、王水照、陈允吉、葛兆光等学者的研究成果，确立了这个时期历史文化学批评在文学研究中的基本格局和面貌。

---

① ② 陈允吉、罗宗强：《傅璇琮〈唐诗论学丛稿〉序》，载傅璇琮：《唐诗论学丛稿》，黑龙江人民出版社 1992 年版。

文化是一个宽泛的概念，内涵比较模糊，难以确定边界和规范，而这正是历史文化批评得以继社会历史批评之后成为新时期以来文学研究新的范式的原因。历史文化批评范式的特点在于以文学为本位，探索文化因素对文学审美特性的影响以及文学所承担着的文化精神，尤其是特定民族的文化心理和民族精神。正因为文化内涵模糊外延宽泛，才使它具有强大的包容性，它比"社会"具有更加丰富的含义。含义复杂包容广泛的"文化"概念，活跃了文学研究思路，有力地推动了文学研究的观念变革。这一概念的运用体现了文学研究多学科融合、跨学科交叉的必然性与可能性。特瑞·伊格尔顿认为："据说'文化'（culture）是英语中两三个最为复杂的单词之一，而'自然'（nature）这个有时被认为与之相对立的术语则通常荣幸地成为其中最为复杂的一个。""'文化'最先表示一种完全物质的过程，然后才比喻性地反过来用于精神生活。"① 可见，凡所与自然形成相对的事物，都可以称为文化。文化包括物质生活和精神生活两个方面。文化是一个组织严密的体系，文化存在于物质文化和精神文化的关系之中。庞朴认为："所谓文化，按照我的理解，最好把他同人的本质联系起来看。因为文化是人创造的……文化是人的本质的展现和成因，就是说它是人的本质的展开的表现和人的本质的形成的原因。"文化包括各种因素，整个文化形成一个大结构，可以划分为三个层次：物的层次（物质的层次）、心和物互相结合的层次、心的层次。文化的物的层次是指人的本质的对象化了的脱离了人的意识的物的东西；心物结合的层次是指文学、科学、教育、哲学、宗教、神话等，还包括各种各样的制度，从政治制度到每个具体的小制度；文化结构的第三部分是纯粹的心的部分，包括价值观念、思维方式、审美趣味、道德情操、宗教感情、民族心理或民族性格等。② 社会历史批评的哲学基础是"人是社会关系的总和"这一经典理论，人生活在社会中，离开社会就无法生存。但是人并不仅仅具有社会属性，还具有自然属性和文化属性等，人生活在社会中，创造了文化，人也就生活在文化环境之中，同时也就被文化所创造。同样道理，文学是文化环境中的产物，也必然被文化所创造。换言之，文学能够表现作家的文化修养以及在他身上体现出来的民族和时代的思想情绪、文化心态和精神。巴赫金指出："文学是文化整体不可分割的一部分，不能脱离文化的完整语境去研究文学。不可把文学同其他文化割裂开来，也不可把文学直接地（越过文化）与社会、经济等其他因素联系起来。这些因素作用于文化的整体，而且只有通过文化并与文化一起再作用于文学。文学过程是文化过程不可分割的一部分。在广袤无垠的文学世界中，19 世

---

① ［英］特瑞·伊格尔顿：《文化的观念》，南京大学出版社 2006 年版，第 1 页。
② 庞朴：《文化的民族性与时代性》，中国和平出版社 1988 年版，第 69～73 页。

纪的学术界（以及文化意识）只涉猎了一个小小的世界（我们则把它缩得更小）。东方在这个世界里几乎完全没有得到反映。文化和文学的世界，实际上如宇宙一样广大无垠。"① 历史文化研究范式的价值在于从社会历史批评的社会批判转向文化批判，从文化层面研究文学，探讨各种具体文化对文学美感的影响，同时，从文学探讨民族文化精神和审美理想。从文化角度研究文学，将文学看做一种文化现象，是学术界的一种共识。研究古代文学，将其放置于中国古代社会文化的宏观背景中，从广阔的文化学的角度考察文学，借助哲学、历史学、心理学、社会学、人类学、民俗学等学科的研究成果和方法，在学科交叉点上，梳理文学与当时的社会经济政治状况、文化思潮、风俗习惯、道德伦理、价值观念、审美趣味、宗教思想等千丝万缕的联系，可以更加全面真实地揭示中国文学的发展规律和生存状态。

曹道衡认为："在探讨南北朝文学的特点及其区别时，笔者认为其根本的原因还应该从当时的社会存在，即人们的生产和生活的方式中去探求。因为文学本身归根结底是一种社会意识形态。马克思主义关于社会存在决定社会意识的原理，毕竟是颠扑不破的真理。"② 评价南北朝文学及其兴衰，首先应该注意南北双方的种种不同的社会情况。在整体宏观把握基础上，曹道衡从门阀士族政治和文化传统、文化交流两个方面切入魏晋南北朝文学的研究。门阀士族政治是魏晋南北朝时期重要的政治制度，门阀士族既掌握政治上的特权，又关乎文化的发展和传承，他们的文化和文学风尚引领着时代的潮流。因此梳理门阀士族的变迁以及由此而形成的文化机缘对研究这一时段的文学研究至关重要。他认为："作家多数出身于上层门阀。门阀制度到南朝开始走向下坡，但依然保有巨大的惯性影响。高门大姓但求维护既得的经济、政治利益，出身于这个阶层的子弟随之失去了进取的锐气。传统中一些积极的精神面貌，诸如建功立业、济世安邦，已经消退殆尽。他们很少经历过时事的剧烈动荡，所感兴趣的，只是凭借富裕的生活条件和深厚的文化积累去领略自然界的秀美，咀嚼人世间的悲欢，以及在声色中寻求感官的刺激。他们的气质一般都比较平和纤细，笔下自然难以创造雄奇、壮阔的美学境界。"③ 士族门阀制度是政治文化之一种，而政治文化又是文化之一种。文学往往与当时的政治形态和政治文化具有直接的联系，因此从政治文化入手，揭示政治对文学的影响，是新时期以来文学研究的一大热点，成果也最为丰富。首倡其风的是程千帆。他在《唐代进士行卷与文学》中论述了进士行卷这一社会现象对文学的影响。有关进士科举与文学的关系，陈寅恪、冯沅君等人曾经做

---

① ［俄］巴赫金著，白春仁译：《文本·对话与人文》，河北教育出版社 1998 年版，第 403 页。
② 曹道衡：《关于南北朝文学研究问题之我见》，载《文学遗产》1995 年第 6 期，第 15～20 页。
③ 曹道衡：《南北朝文学史》，人民文学出版社 1991 年版，第 15 页。

过零星的分析。早在 1947 年，程千帆翻译了陈寅恪的《韩愈与唐代小说》一文，文中提到"行卷"。在接受马克思主义之后，程千帆在历史唯物主义原则的指导下，客观具体地分析了历史现象行卷与文学的关系。全书通过翔实的材料、严密的分析论证了行卷之风的由来、行卷之风的具体内容、举子及社会名流对待行卷的态度及其与文学发展的关系。"唐代进士科举对于文学肯定是发生过影响的。就省试诗、赋这方面说，它带来的影响是坏的，是起着促退作用的；就行卷之作这方面说，它也带来过一部分坏影响，但主流是好的，是起着促进作用的。"① 书中还具体论述了行卷对诗歌、古文和传奇小说的推动作用。此书具体论述了行卷这一历史现象与文学发展的密切关系，内容丰富，论点精确，是新时期以来切合学术本位的社会历史批评的杰作。傅璇琮《关于唐代科举与文学的研究》指出唐代的科举制度、特别是进士科的以诗赋取士，给文学带来消极影响，但科举制作为一种制度，起过进步作用。对于唐代科举制及其与文学发展的关系，把视野放开些，可以研究科举制对社会风气与文人生活的影响。科举制是面向地主阶级整体的，以文化考试为主要内容，刺激了地主阶级对子弟进行文化教育，客观上则对文化在社会上的普及起了推动作用，唐代灿烂的文学艺术是以文化的普及为基础的。科试诗赋的讲究声律对偶，刺激了文人对声韵的研究，科举考试扩大了文人行踪，开阔了他们的视野，有利于他们对现实生活的认识。② 傅璇琮《唐代科举与文学》第 2 版重印题记指出"想通过科举来展示唐代知识分子的生活道路与心理状态，以进而探索唐代文学的历史文化风貌"③。把唐代的科举与唐代的文学结合起来，作为研究的课题，通过史学与文学的相互渗透与沟通，综合考察古人历史记载和文学描写中的有关社会史料，研究唐代士子的生活道路、思维方式和心理状态，并努力重现当时部分的时代风貌和社会习俗。科举制度作为一项政治文化制度，在中国历史上长久地影响知识分子的生活道路、思想面貌和感情形态，掌握科举与文学的关系，可以从更广的背景认识唐代文学。

从政治文化角度研究文学，符合中国古代文学与政治制度、政治生活关系密切的历史事实。古代作家多侧身政治体制的中心，或被迫处于边缘地位，或游离于体制之外而一心想跻身其中，总之政治是他们最为重要的人生课题。一定的政治文化规约了作家的政治心态、情感状态和政治行为，必然会在文学中表现出来。因此研究文学，离不开对政治文化的视角，这个视角是具体的，换言之，文学研究要深入到政治制度、权力斗争、文人集团等具体层面，细致分析作家在其

① 程千帆：《唐代进士行卷与文学》，上海古籍出版社 1980 年版，第 55～56 页。
② 傅璇琮：《关于唐代科举与文学的研究》，载《文学遗产》1984 年第 3 期，第 1～12 页。
③ 傅璇琮：《唐代科举与文学》，陕西人民出版社 2003 年版，第 1 页。

中的情感、思想、心态及其对政治现实的应对，而不是空泛地谈政治与文学的关系，这样就会避免文学研究流于浮泛和空虚、将政治与文学的关系庸俗化和简单化。

　　社会意识形式或形态，是文化总体的一个组成部分，包括宗教、哲学、道德、历史、法律意识、政治意识、文学艺术、民俗学、人类学，等等，是文化的心物结合的层次，价值观念、思维方式、审美趣味、道德情操、宗教感情、民族心理或民族性格等需要通过这一层次的表达才成为具体的形象，为人所直接把握和理解。文学是社会意识形式或形态的组成部分，必然会与社会意识形式的其他部类发生错综勾连的关系。我国学术传统的特点之一是文史不分，从文学关照历史，或从历史看文学，文史交融形成一条源远流长的学术血脉。随着西方学术的引进，哲学、宗教学、民俗学、文化人类学等现代学科融入到这一血脉之中，丰富了这一学术传统。新时期以来，学术多元，形成文学研究多学科交融的局面，中国传统的经学、史学、子学与西方现代学术结合起来，共同拓展了学术研究的空间。如牟世金的《从文与道的关系看儒家思想在古代文学发展中的作用》，这篇文章全面地分析了儒家思想与文学的关系，对后来的文学研究产生深远的影响。陈允吉的《唐音佛教辨思录》认为宗教与文学具有彼此含纳的关系，佛教思想深刻影响了唐人生活，陈允吉具体研究了佛教所影响的唐代王维、杜甫、韩愈、白居易、李贺等诗人的行为方式、心理特征以及他们诗歌的题材和风格特点。他关于佛教对唐代文学的影响的研究，是以文学为本位，重点在于揭示佛教理念对诗歌中塑造的美感形象的影响。葛兆光的《想象力的世界》具体研究了道教与唐代文学的关系。王季思的《从〈凤求凰〉到〈西厢记〉——兼谈如何评价古典文学中的爱情作品》受到恩格斯《家庭、私有制和国家的起源》的影响，以家庭、性爱形式和婚姻形式等人类文化现象为参照，研究中国古代的爱情作品，认为古代爱情文学作品，并不是宣扬"爱情至上"，性爱是受到一定的生产力、生产关系以及在此基础上产生的家庭、婚姻形式等文化现象的影响的，文章考察了西汉时期卓文君和司马相如的爱情故事在文学中的表现及其流变。研究古代文学，将其放置于中国古代社会文化的宏观背景中，从广阔的文化学的角度考察文学，借助哲学、历史学、心理学、社会学、人类学、民俗学等学科的研究成果和方法，在学科交叉点上，梳理文学与当时的社会经济政治状况、文化思潮、风俗习惯、道德伦理、价值观念、审美趣味、宗教思想等千丝万缕的联系，可以更加全面真实地揭示中国文学的发展规律和生存状态。

　　历史文化学研究之所以成为一种研究范式，关键在于它是伴随着社会变革而进行的思想解放运动的成果。随着思想解放、改革开放的逐步深化，人们的思维方式、价值观念和精神状态发生了重大变化。政治制度和经济体制的改革必然要触及文化传统问题。具有悠久传统的前现代性文化在中国现代化过程中扮演什么样的角色，成为"中国现代化事业所提出来的一个巨大历史课题或任务。"① 一方面，作为前现代性的传统文化，必然与现代性的社会变革发生矛盾。通过文化批判和民族文化心理的现代转换，建设现代社会新文化是社会现实提出的重要课题。社会的发展和变革必然要求与之相应的新文化，新文化的建设离不开对传统文化的批判借鉴，因此历史文化研究一开始就具有文化批判的性质。另一方面，在全球化的时代，文化交流日益频繁。传统文化能够在本民族成员中起着沟通思想、交流情感的作用，能够增强民族认同，促进民族团结和社会凝聚。鉴于文化的这种性质，历史文化学批评对待文学就不能单纯进行阶级分析，而是要注重民族文化心态、价值观念、审美心理、社会习俗、政治制度等在文学中的表现和对文学的影响。同时，在全球交往日益紧密的时代，用世界的眼光重新关照中国古代文化，将其放在世界文化的格局中，探寻人类共有的原型、象征等模式，发掘中国文化中世界性因素，使其真正成为世界文化的一部分，成为人类共享的思想资源和价值。

---

① 甘阳：《古今中西之争》，三联书店 2006 年版，第 29 页。

第七章

马克思主义文艺理论视域下的
古代文论研究

20世纪前期，是中国社会急剧变革，文化、学术发生重大转型的时期。延续几千年的"天朝"被西方和东方帝国的大炮轰得粉碎，几千年的文明也遭遇了前所未有的冲击和怀疑。巨大的心理失衡和对自身落后的强烈自觉意识，让人们充满了抑郁和焦虑，导致了人们对激烈变革的渴望和急功近利的心态。因而从被动到主动，从被迫打开国门，到主动"变法"、"革命"，引进西方技术、政治和文化；从洋务运动到维新变法，从辛亥革命到"五四"运动，见证了国人渴求变革自强的历程。科学和民主深入人心，进化论代替了循环论，科学理性使传统经学变为科学学术，民主自由使国人从"臣民"变为独立自由、感情丰富的"人"。从而一批现代学术学科得以建立，人的观念和文学的观念得以自觉。文学批评史学科的建立也正是在这种背景下，在借鉴外来现代学科模式和吸收本国传统治学方法的基础上，建立了现代意义上的文学批评史学科，撰写了一批开创性的批评史著作；现代文学、文学批评、文学批评史等概念和批评史观得以明确；批评史学科界定，治学方法，资料整理都开创了最初的基础和模式。出国留学和现代大学教育，也造就了一批现代学科研究的人才。

然而，20世纪20年代末以后，人们的思想兴趣很明显从进化论转移到了马克思主义唯物论和革命论。与进化论相比，马克思主义更突出的是实践品格和革命色彩，武力革命和阶级斗争具有更强的现实针对性和可操作性。进化论让人们认识到了自身的落后和落后就要挨打，马克思主义和俄国十月革命则是给人们提供了摆脱落后挨打、走向自强的道路和方向。马克思主义的一切对中国当时的社会现实是那么的契合，更何况，我们传统儒家思想本来就有突出的实践理性色彩和人类大同的理想。因而马克思主义在中国的风行、扎根、发扬成为人们主动的选择和历史的必然。现实的契合和革命的需要使马克思主义理论与中国现实很快结合，演化、生成为中国化的马克思主义。与此同时的是马克思主义文艺理论的译介和传播。作为马克思主义思潮的一部分，马克思主义文艺理论同样也契合了中国社会现实的需要和旧有的文艺传统，使之成为了救亡的文艺、革命的文艺和大众的文艺，为革命政治服务、为国家民族自强服务的文艺。从"兴、观、群、怨"到文章"经国之大业"，从"文以贯道"到"文以载道"，我国本有文艺理论具有为国家政治服务的根深蒂固的传统，而马克思主义文艺理论特别是俄国社会主义革命文艺理论正是契合了中国文论的这一传统，同时又满足了革命现实的需要。

第一节　古代文论现代学科的建立

20世纪20年代末至40年代，陈钟凡、郭绍虞、罗根泽、方孝岳、朱东润、傅庚生、朱维之等人都撰写了各自的中国文学批评史著作或中国文艺思想史著作，这些经典文学批评史著作的问世，使中国文学批评史学科得以建立。而批评史学科的建立，不仅仅是因为开创性著作的问世，更主要的是因为这些著作已经有了自觉的批评史学科观念、现代文学观念和批评史观。这也正是中国文学批评史学科作为现代科学的一门得以确立的根本。

一、现代"文学"和"文学批评"观念的诞生

文学观念的转变，经过了文学革命中对传统"杂文学"观和"载道"文学观的批判。经过批判的荡涤以后，人们对文学观念有了独立思考和逐渐清晰的认识，在陈钟凡、郭绍虞、罗根泽、方孝岳等人的早期中国文学批评史著作中，几乎都对文学义界问题做出了这样或那样的回答。他们对文学的义界都已超越了清末民初朴学大师们的经学局限和早期部分文学史家们的"杂文学"观念局限。他们或者借鉴西方文学观念，在中西比较与调和中得出结论，或者通过历史溯源的方法将传统文学观念推阐到更为科学和现代的义界上。郭绍虞在批评史中专门列了一章"文学观念之演进与复古"，分析阐述了批评史上文学观念的演进过程。郭绍虞把文学观念的演进分为周秦、两汉、魏晋南北朝三个时期。"周秦时

期所谓'文学'，兼有文章博学二义：文即学，学不离文，这实是最广义的文学观念，也即是最初期的文学观念。"两汉"始进一步把'文'与'学'分别而言了，把'文学'与'文章'分别而言了。……汉时所谓'文学'虽仍含有学术的意义，但所谓'文'或'文章'，便专指词章而言，颇与近人所称'文学'之意义相近了。"魏晋南北朝"更进一步，别'文学'于其他学术之外，于是'文学'一名之含义，始与近人所用者相同。而且，即于同样美而动人的文章中间，更有'文'、'笔'之分：'笔'重在知，'文'重在情；'笔'重在应用，'文'重在美感。始与近人所云纯文学、杂文学之分，其意义亦相似。"① 他后来回忆自己治文学批评史的历程时还提到，"首先解决中国'文学'这问题，就花了不少气力"，并强调对于"文学一词，其含义有几种，这几种不同含义又是怎样演变的？文与学又是怎样结合为一的？"等问题，在中国文学批评史研究中"不能不追溯本源，找寻它演变的始末。"② 郭绍虞因此将中国文学批评的发展划分为文学观念演进（上古至东汉）、文学观念复古（东汉至五代）、文学批评完成（北宋至清中叶）三期，以文学观念为本体，抓住文学观念中复古与新变这对核心矛盾来结构和书写中国文学批评史的发展历程。罗根泽在清理"文学"在中国文学理论中的早期表述时也说："周秦诸子，是哲学家而不是文学家。……他们所谓'文'与'文学'是最广义的，几乎等于现代所谓学术学问或文物制度。"③ 罗根泽因此能够在其著"绪言"中对文学与文学批评之界限的区分，对文学史与批评史的关系、文学批评与文学批评家的关系、文学批评与文学体类、文学批评与时代意识的关系等诸多理论问题进行详尽阐述和辨析。

文学批评观念的辨析和明确，是在引进借鉴西方理论的同时，辨析中西文学批评观念的不同，确认中国文学批评的自身特质。陈钟凡的《中国文学批评史》，在考辨传统诗文评论之后，引入西方"批评"文学理论，已经注意到了中西文学批评的不同。到了罗根泽，对"文学批评"一词进行了较为严密的考辨。他考辨出"文学批评"是英文 Literary Criticism 的译语，原意为文学裁判，又由文学裁判引申到文学裁判的理论及文学的理论。结合对中国文学批评特质的认识，他进一步区分出狭义的文学批评就是文学裁判，广义的文学批评，则于文学裁判以外，还有批评理论及文学理论。他认为对"中国文学批评"的研究，"必须采取广义，否则就不是真的'中国文学批评'"④。在罗根泽看来，中国文学批评本来就是广义的，侧重文学理论，不侧重文学裁判。中国文学批评不像西方文学批评那样侧重具体作品的分析、评析和判断，而是一种在批评实践中融合了

---

① 郭绍虞：《中国文学批评史》（上卷），百花文艺出版社 1999 年版，第 5~6 页。
② 郭绍虞：《我怎样研究中国文学批评史的》，载《书林》1980 年第 1 期，第 4 页。
③④ 罗根泽：《中国文学批评史》（一），中华书局 1962 年版，第 46、8 页。

文学理论探讨的独特体系，它与西方文学批评学在文学鉴赏、文学批评、文学理论之间有着严格区分的特点，形成了鲜明的对比。罗根泽的分析事实上肯定了"中国文学批评"作为"另类"存在的独特性。朱自清通过对郭绍虞、罗根泽诸人文学批评史著作的研究，他在《诗文评的发展》一文中得出他的结论：传统的诗文评与现代意义上的文学批评之间的关系是"相当而未必完全一致"。他说："'文学批评'是一个译名。我们称为'诗文评'的，与文学批评可以相当，虽然未必完全一致。我们的诗文评有它自己的发展；现在通称为'文学批评'，因为这个名词清楚些，确切些，尤其郑重些。但轮到发展，还不能抹杀那个老名字。"①

二、历史唯物主义的传入和应用

在西方进化论历史观传入中国之前，中国古代没有"进步"的观念，只有历史循环论和复古主义。中国古代文学中所谓的以"复古"求新变，所谓的以"正"转"变"、从"变"归"正"的源流正变论等，都是历史循环论的体现。到了清末民初，在西学进化论的冲击下，循环论与复古主义已走到历史的尽头。

严复翻译的《天演论》对清末民初的中国思想界产生了巨大的震动，进化论历史观是对"天不变、道亦不变"的复古史观、循环史观的彻底否定。清末民初中国文学研究界所接受的进化论文学史观把文学史的发展演进视为一个由低级到高级、简单到复杂的过程，摆脱了旧有的只知"代胜"而不知"何以胜"的认识论局限。

进化论文学史观对古代文论研究的影响也是显而易见的。陈钟凡认为："晚近言文学者莫不谓：世界文学之演进，率由讴谣进而为诗歌，由诗歌而为散文。今征诸夏文学演进之趋势，其历程亦有可得而言者"，并得出结论说，"世界文学演进之趋势，无间瀛海内外，没能外是例也。"② 郭绍虞不仅接受了进化论文学史观，而且还将之同中国文学批评观念的演进结合起来撰写其批评史著作。他在《中国文学批评史》"总论"中说："我以为文学观念假使不经过唐代文人宋代儒家的复古主张，则文学批评的进行，正是一帆风顺尽有发展的机会。不过历史上的事实总是进化的，无论复古潮流怎样震荡一时，无论如何眷怀往古，取则前修，以成为逆流的进行，也未尝不是进化历程中应有的步骤。"③

① 朱自清：《诗文评的发展》，载《文艺复兴》第1卷第6期1946年7月。
② 陈钟凡：《中国文学演进之趋势》（原载《文哲学报》1922年第1期），《陈钟凡文集》，上海古籍出版社1993年版，第254、262页。
③ 郭绍虞：《中国文学批评史》（上），百花文艺出版社1999年版，第12~13页。

"五四"运动后，唯物论在中国学界的的迅速崛起则是不争的事实。进化论史观所蕴涵的单向的、不可逆转的线性时间观，其观念体系中的新与旧、传统与现代、进步与腐朽的二元对立思维模式，以及其观中所潜伏的一元化话语立场和目的论、意志论的史观模式，都带有先天的理论不足，这也许正是中国学界转向和接受唯物史观的主要原因之一。

而且，马克思主义文艺理论与中国传统文论存在着很大的相通性。中国传统文论中也明显地带有重视文艺和现实生活的联系、要求文艺创作积极地介入和干预生活的浓重色彩，从孔子的诗"可以怨"说，经司马迁的"发愤著书"说，韩愈的"不平则鸣"说，到欧阳修的"穷而后工"说，都强调艺术创作主体对黑暗现实的怨愤激情和否定批判态度，要求作家创作出具有充实的现实内容和深刻的思想力量的文艺作品，这一优秀的理论传统和马克思主义文艺理论产生了内在的沟通与共鸣。马克思主义文艺理论强调文艺作品的现实性内容，倡导文艺的倾向性、阶级性和战斗性，主张创作主体对现实的积极介入和干预态度，旨在"不可避免地引起对于现存事物的永世长存的怀疑"[①]，从而动摇和破坏旧秩序，建设新世界。风雨飘摇的旧中国，恰恰要求文艺家们积极投身于救亡图存的现实政治斗争之中，充分发挥其宣传鼓动力量。这便构成了中国传统文论接受马克思主义文艺理论的主要内在依据和基本逻辑走向，以后马克思主义文艺理论中国化的过程便大致循此展开。

马克思主义及其唯物史观系统地传入中国，正是从"五四"运动开始的。1919 年 5 月李大钊发表《我的马克思主义观》，明确提出："一切社会上政治的、法制的、伦理的、哲学的，简单说，凡是精神上的构造，都是随着经济的构造变化而变化。"[②] 随后又发表《唯物史观在现代史学上的价值》（《新青年》第 8 卷第 4 号，1920 年 12 月 1 日）、《史学要论》（商务印书馆，1924 年）等阐释唯物史观的论著，在《史学要论》中首次论述了唯物史观对历史研究的指导作用，并呼吁用唯物史观对中国历史"进行改作或重作"。

一批用唯物史观来研究中国古代社会历史状况的著作如吕思勉的《白话本国史》（商务印书馆，1923 年）、郭沫若的《中国古代社会研究》（上海联合书店，1930 年）、吕振羽的《史前期中国社会研究》（北平人文书店，1934 年）等，开始出现在中国学界。这些著作大多在极为明确的历史唯物论的指导下，将唯物史观的基本原理应用到中国历史研究中。例如郭沫若的《中国古代社会研究》就是在理解和把握社会生产方式的基础上，从生产力与生产关系、经济基

---

① 《马克思恩格斯全集》第 36 卷，人民出版社 1974 年版，第 385 页。
② 李大钊：《我的马克思主义观》，载《新青年》第 6 卷第 5 号，1919 年 5 月。

础与上层建筑的辩证关系切入的。在这部以历史唯物论解析中国古代社会状况的名作中,郭沫若特别强调他们的"批判"与胡适等人的"整理"非常不同:"我们的'批判'有异于他们的'整理'。'整理'的究极目标是在'实事求是',我们的'批判'精神是要在'实事之中求其所以是'。'整理'的方法所能做到的是'知其然',我们的'批判'精神是要'知其所以然'。'整理'自是'批判'过程所必经的一步,然而它不能成为我们所应该局限的一步。"①

唯物史观对古代文论研究的影响则集中体现在学者们已开始运用历史唯物论的基本理论来对中国文学理论与批评进行社会文化与思想背景的分析。杨鸿烈在《〈文心雕龙〉的研究》一文中认为《文心雕龙》有三大好处,其中之一就是刘勰"能看出并且能够阐明文学和时运的关系",他称赞说:"我们中国第一能懂得文学和时运的关系的人,也是刘彦和。"②

郭绍虞认为:"文学批评又常与学术思想发生相互联带的关系,因此中国的文学批评,即在陈陈相因的老生常谈中也足以看出其社会思想的背景。"③ 罗根泽在论述文学作品由言志转向言情时,曾从社会学术因素方面归纳出社会的转换、政治的倡导、经学的衰微、佛经的东渐四大原因。④ 朱东润则提出:"伟大的批评家不一定属于任何的时代和宗派。他们受时代的支配,同时也超越时代。"⑤ 事实上,在 20 世纪上半叶的古代文论研究中,进化论文学史观与唯物论文学史观往往并存于古代文论研究者的知识结构中。

三、现代科学研究方法的启蒙

清末民初之前,传统古代文论的研究有自己延续了几千年的一套方法和形式。主要有史志目录、纂辑与汇编、考证或校注、经籍批点和解题与提要等。这些方法有历史传承性强、形象灵活等特点,但是零散、缺乏逻辑性的缺点却也是十分明显,而且已经阻碍了传统文论研究的进一步发展。20 世纪以后,西方现代科学思想的涌入,开拓了人们的视野,改变了人们的观念和思维。古代文论的研究也经历了现代科学精神的启蒙,并形成了自己的现代科学研究方法。

在清末民初汉语知识界,"赛先生"广为流传,受到极大的推崇。人们宣扬

---

① 郭沫若:《中国古代社会研究》,载《郭沫若全集》历史编第 1 卷,人民出版社 1982 年版,第 7~9 页。
② 杨鸿烈:《〈文心雕龙〉的研究》,载《中国文学杂论》,上海亚东图书馆 1928 年版,第 4、14页。
③ 郭绍虞:《中国文学批评史》(上卷),百花文艺出版社 1999 年版,第 3 页。
④ 罗根泽:《中国文学批评史》(一),上海古籍出版社 1984 年版,第 127~131 页。
⑤ 朱东润:《中国文学批评史大纲》,上海开明书店 1944 年版,第 3 页。

的科学理性，就是以科学理性的普通性和必然性原则去批判传统经学的武断，以知识系统的精确性和逻辑性去否定传统经学阐释的随意性和含糊性，这不仅使得中国本土的知识系统在学术观念、学术方法和评估标准各个方面都发生了重大变革，也促进了中国学术从传统向现代的转型。

西方科学的实验的、分析的、辩证的、逻辑的等一系列方法被引入进来，极大地丰富了人们的思维层次，冲击了以经学考据学为代表的传统模式，对学术的现代转型发挥了巨大的作用。传统的注释式、评点式、诗话式或诗文式的研究方法开始被更为条理化、系统化和逻辑化的研究方法所代替；零散的、局部的、个别的、具体的感性鉴赏或直觉体悟开始被全局性的审视、理性的把握或宏观的研究所取代；简单的类比或比附开始被更为科学的归纳、演绎和推理等方法所取代；附着于具体作品的写作方式或言说方式也开始被新的现代的论文和专著形式所取代。西方的逻辑学、美学、文艺心理学、民俗学、人类文化学等新的研究视角和方法的引入，使得文学研究的视野得到了极大的拓展，思维的逻辑性也得到了加强。特别是马克思的辩证唯物主义和历史唯物主义观点与方法的引进，使得辩证的观点、发展的观点、历史的观点，深入到文学研究的底层，深刻地改变了汉语知识界的思维结构。

现代科学方法的影响，突出表现在理论阐释型方法的运用，首先表现在对中国文学理论体系的整体观照。从先秦到清代，我们的古文论研究，一直缺乏一种对中国文学理论内在体系的有意识的整体观照。而到了近代，在西方科学思想的影响下，傅庚生的《中国文学批评通论》一书借鉴西方文艺理论，采用横向的逻辑的写法，以感情论、想象论、思想论、形式论来构架古代文学理论体系，则完全是对中国文学理论作整体的全面的观照，并且这种整体观照的意识亦十分自觉。[1] 这一运用其次表现在对批评史内在演进规律的探索。郭绍虞对中国文学批评史内在演进规律的探讨已表现得十分自觉。他在《中国文学批评史》中明确提出划分批评史发展阶段的根本依据是文学观念的演变："大抵由于中国的文学批评而言，详言之，可以分为三个时期：一是文学观念演进期；二是文学观念复古期；三是文学批评完成期。自周、秦以迄南北朝，为文学观念演进期。自隋、唐以迄北宋，为文学观念复古期。南宋、金、元以后直至现代，庶几成为文学批评之完成期。简言之，则文学观念之演进与复古二时期，恰恰成为文学批评分途发展的现象。前一时期的批评风气偏于文，而后一时期则偏于质。前一时期重在形式，而后一时期重在内容。所以这正是文学批评之分途发展期。至于以后，进为文学批评之完成期，则一方面完成一种极端偏向的理论，一方面又能善于调剂

---

[1] 傅庚生：《中国文学批评通论》"自序"，商务印书馆1948年版。

融合种种不同的理论而汇于一以集其大成。由质言，较以前为精确、为完备；由量言，亦较以前为丰富、为普遍。"① 郭绍虞意识到文学或文学批评是一个历史的变化的概念，将文学看做一种历史现象，这种从历史主义的高度来阐述文学批评发展的研究方法本身则是理论意识达到某一高度的体现。

另外，传统朴学的内在科学精神，不断受到国学大师们的重视和发掘。章太炎就说过"汉学考证，则科学之先驱"②。胡适在《清代学者的治学方法》中明确指出："中国旧有的学术，只有清代的朴学确有'科学'的精神。"③ 胡适认定，清代乾嘉考据学实际上已经具有了"科学"的精神，"他们用的方法无形之中都暗合科学的方法"，所以他特别强调"把'汉学家'所用的'不自觉的'方法变为'自觉的'"④。民初以来，在继承传统考据学科学精神和方法的基础上，不断转化和创新，形成了现代历史考辨型研究范式。这种研究范式，主要表现为融文本校释与理论分析于一体。黄侃的《文心雕龙札记》将《文心雕龙》研究从传统的校注、评点中解放出来，开创了将文字校勘、资料笺证和理论阐述三者结合起来的新的研究方法，给人以全新的"龙学"方法论视野。范文澜的《文心雕龙注》注重以系统的观念梳理文心内在理论体系。新中国建立后，校注与义理阐发的融合更成为古典诗学文献考辨与释读的一种基本方法。

第二节　政治化和规范化的制约

新中国建立后，马克思主义文艺理论在中国取得独尊地位。随后的三十年，中国文论界都是在不断阐释、推行《讲话》奠定了其基本框架的毛泽东文艺思想。这个过程，忽视了《讲话》产生的特殊的战争年代，而且是一个教条化、神化毛泽东文艺思想的过程。结果是出现了很多僵化的文艺政策，并且由改造知识分子思想发展为广泛的政治运动，学术不再成为学术。在这样的理论和政治背景下，古代文论研究，在十七年中受到马克思主义文艺理论系统性和一些较开明的文艺政策的影响，取得了一定成就，但是同时却陷入了一种悖论，使古代文论

① 郭绍虞：《中国文学批评史》（上），百花文艺出版社 1999 年版，第 4 页。
② 章太炎：《自述学术次第》，载傅杰编校：《章太炎学术史论集》，中国社会科学出版社 1997 年版，第 392 页。
③ 胡适：《清代学者的治学方法》（原题《清代汉学家的科学方法》，原载 1919～1922 年《北京大学月刊》第 1 卷第 5、7、9 期），《胡适文存》第 1 集卷 2，上海亚东图书馆 1921 年版，第 216 页。
④ 胡适：《论国故学——答毛子水》（原载《新潮》2 卷第 1 期），《胡适文存》第 1 集卷 2，上海亚东图书馆 1921 年版，第 287 页。

成为教条化的"马克思主义文艺理论"的注脚。

虽然新中国建立后的三十年间，国家的文艺政策和文论研究的主流趋势是不断教条化和政治化的，但是在前十七年中，也提出了建立具有民族特色的马克思主义文艺理论体系，和"百花齐放"、"百家争鸣"等正确的文艺政策，虽然总体上没有得到很好的执行。以唯物史观为指导，以《讲话》的正确观点为基础，事实上建立起了在马克思主义文艺理论指导下，联系社会经济、政治、文化艺术思潮的发展，运用辩证唯物主义和历史唯物主义分析古代文论的发展历程和理论体系，努力建构具有民族特色的马克思主义文艺理论体系的一套学术研究规范。在这一学术规范的规约和指导下，古代文论研究逻辑性和理论体系化有了很大提高，的确取得了新中国建立后特有的成就。

但是，新中国建立后的古代文论研究，却出现了一个很大的悖论：学术界提出加强古代文论的研究，是为了研究和阐释中国古代文学理论的独特内涵，以便更好地解决中国文学自身的问题；但是实际研究中，重点却落在简单地套用当代的马克思主义文学原理去生硬地阐释古代文论，或用古代文论的表面说法去生硬地比靠当代马克思主义，无形中把古代文论"现代化"，实际上是取消了古代文论的独特内涵，并没有实现研究古代文论的初衷。除了少数文章着力于对民族理论独特内涵和特征的发掘、对文献的考辨①外，大多数的研究文章是从阶级论社会史观来直接考察古代文论。研究刘勰《文心雕龙》时，学者首先思考的是，刘勰的思想是唯心主义、唯物主义，还是二元论？代表什么阶级的立场？并据此给他的文艺思想下判断。

如当时研究《文心雕龙》的重要文章刘绶松的《〈文心雕龙〉初探》，就曾说"出身于一个没落的贵族家庭而且日益走向贫苦生活的刘勰，他是不会不看到当时人民的水深火热的生活状况的，他是不会不要求用文学这个武器来为改善国家的政治和人民的生活而斗争的"，还认为刘勰"肯定了文学艺术必须真实地反映现实这样一条现实主义的重要法则"。有论文如《〈文心雕龙〉的基本文学观点》，其解释刘勰所谓的"奇"，就是浪漫主义；所谓的"正"，就是现实主义。②刘勰几乎成了现代文艺理论的代言人。对于其他文论家的研究，也或多或少犯了这种把古人现代化的毛病。以时代文学思想去演绎古代文论，往往忽视古代文论术语、范畴的独特内容，而用现代术语来比靠、解释。

---

① 如夏承焘：《词论十评》，载《文学评论》1962 年第 1 期；钱钟书《通感》，《文学评论》1962 年第 2 期；王运熙《中国古代文论中的"体"》，《文汇报》1962 年 10 月 20 日；吴新雷《〈曲品〉真本的考见——曲海钩沉探源录》，《文汇报》1962 年 4 月 20 日等。

② 如此论述的还有：陆侃如：《刘勰论诗的幻想和夸饰》，载《文艺报》1962 年第 8 期；俞元桂：《刘勰对文章风格的要求》，载《文学遗产增刊》第 11 辑；王达津：《试谈刘勰的论风骨》，载《文学遗产》第 278 期，都是用"浪漫主义"和"现实主义"来解释"奇"、"正"两个文论术语。

不同的理论体系之间，只能互相参照、借鉴，一种理论只能从另一种理论获得思维方法、研究角度方面的启示，如果以一种理论为标准、尺度，去衡量、裁判、阐释另一种理论，必然会消解被阐释者的理论特性和意义，这样的衡量也会失去内在理据，产生灾难性后果。20 世纪五六十年代的古代文论研究多数犯下了这种错误。以当代的主流文艺思想（实际上是被教条化的"马克思主义文艺理论"而不是真正的马克思主义文艺理论）去演绎古代文论，古代文论就会成为当前这种所谓的"马克思主义文艺理论"和文艺思想的附庸和注脚，在现代阐释中消融了自身的理论内涵和独特价值。它往往表现为以当代被教条化的"马克思主义文艺理论"和文艺观念去"虚构"古代文学理论批评的历史，于是，古文论自身的历史与意义便被现代化，随着当代思潮的演变而变化。到了1964 年，陆侃如等在《如何批判继承文学理论遗产》里则提出，因为我国文学理论遗产大都是封建社会的产物，历代的批评家与理论家大都出身于封建统治阶级，所以他们的论点无不打上阶级的和时代的烙印。因此，"为了正确地批判继承文学理论遗产，我们应该坚持阶级观点，强调阶级分析"。当然，作者也没有忽视历史主义，但是他们认为"阶级观点是马克思主义历史主义的核心，它本身渗透着深刻的历史主义精神"①，实际上是以阶级观点代替历史观点。这与"文革"期间对传统文论采取虚无主义态度，只有一步之遥。

20 世纪 50 年代，思想文化界的思想改造运动在全国范围开展。毛泽东从1951 年冬起，在全国范围组织和领导的知识分子思想改造运动中的知识分子，主要就是指文艺家和教育家。而此后，思想改造的范围和程度不断推广和升级，并且由思想改造演变为批斗运动。而思想改造运动的结果，则是一大批经历过旧社会的知识分子带有了无法洗清的"原罪"，他们的心灵深处也因此产生了深深的"负罪感"和对"脱胎换骨"的渴求。他们甚至从内心深处感到过去的认识是错误的，落伍了，纷纷表示要学习马克思主义，努力改造自己的世界观，以便跟上时代的步伐。

这一形势反映到学术界和古代文论研究界，就表现为一大批经历过旧社会的学术大家开始不断忏悔和检讨自己的错误，并且从实际行动上开始修订自己以前的著作，用新获得的马克思主义思想（其实也未必完全是马克思主义的文艺思想）来指导自己的研究。这其中，古代文论研究界郭绍虞先生的修订文学批评史具有代表性。

五六十年代郭绍虞先生的批评史改写有两种版本。一种是开始于 1955 年并于 1956 年出版（上海新文艺出版社）的《中国文学批评史》。另一种改写本是

---

① 陆侃如、吕美生：《如何批判继承文学理论遗产》，载《文史哲》1964 年第 3 期。

1959 年由人民文学出版社出版的《中国古典文学理论批评史》。后一版本只出了上册，写到晚唐司空图，共约 19 万字。1959 年改写本郭绍虞先生下了更大的功夫，因而与旧本面貌完全不同。作者在书前的"以诗代序"，就充分透露了作者通过接受马克思主义、进行思想改造所获得"新生"的喜悦之情："我昔治学重隅隙，鼠目寸光矜一得。""自经批判认鹄的，能从阶级作分析。""心头旗帜从此变，永得新红易旧白。"① 这是在 50 年代极"左"思想浪潮中，中国知识分子主体意识失落、心悦诚服地放弃话语权具有典型意义的内心写照！在这样的思想支配下，郭绍虞的新编《中国古典文学理论批评史》以虚构的现代化的"现实主义和反现实主义斗争"为线索来贯穿文学批评的历史发展。第一章"绪论"中特立"发展规律中的斗争问题"一节，成为郭绍虞透视古代文论发展的主要视角。他认为"中国古典文学理论批评史可说是现实主义文学批评发生发展的历史，也就是现实主义文学批评和反现实主义文学批评斗争的历史。"在这样一种二元对立的"斗争"哲学思想方法的指导下，郭绍虞的《中国古典文学理论批评史》认为，《诗经》的创作以及围绕《诗经》的理论批评，和儒家的文学思想基本上近于现实主义的批评理论；而形式主义则是萌芽于汉赋时期，建安文学是"走上形式主义的开端"，陆机的理论，"基本上就是转向形式主义的理论"；至南朝，形式主义文论更加繁盛。刘勰、钟嵘即对这一形式主义泛滥成灾的现象进行了批判；唐代，作者以"诗人的斗争"和"文人的斗争"为标题，描述了当时的文学理论批评界对形式主义的斗争。作者对陈子昂"风骨"、"兴寄"的解说，不仅认为陈氏是在"用现实主义的兴寄来纠正形式主义的采丽"，而且认为"风骨是从现实主义产生的"。"另一点，就革命的浪漫主义讲，也可以和现实主义相结合，而这样结合的结果，也必然会有风有骨。"因此，陈子昂讲的风骨，"也许可能是浪漫主义和现实主义相结合的风骨。"这样，郭绍虞以先进的现实主义和落后的形式主义的斗争，归结中国文学理论批评史，和他 30 年代《中国文学批评史》根据文学观念"由混而析"、"渐趋正确"的发展来划分中国文学批评史的分期，已经具有了完全不同的理论视角。不过，郭绍虞虽然尽力要用现实主义与反现实主义二元对立的模式来归纳批评史料，但是更多的时候，却无法改变自己对史实的尊重，无法违背自己一贯科学、严肃的学术态度。在改写的《中国古典文学理论批评史》中，他多次强调以现实主义和反现实主义来类比中国古典文学批评不能"太简单化"，不能"粗暴地把错综复杂的文学现象认为非甲即乙"。在对具体评论家或作品进行评价时候，往往能够跳出二元对立思维局限，能根据事实进行辩证分析，得出科学和令人信服的结论。之后，郭绍

---

① 郭绍虞：《中国古典文学理论批评史》（上册），人民文学出版社 1959 年版，第 1 页。

虞渐渐对《中国古典文学理论批评史》的阐释框架和理论模式产生了怀疑。1962 年，他说："我总觉得：所谓现实主义和形式主义、唯物主义和唯心主义这些术语，在中国古代的用语中间是很难找到这样绝对化的词汇的。""这些术语并不是完全适合的帽子。"① 这可以说是郭绍虞对这种教条化的所谓的"马克思主义文艺理论"的怀疑和告别，这一现象在中国古代文论界的学者中，具有相当典型的意义。

黄海章先生的《中国文学批评简史》是新中国建立后新编写的第一部文学批评史，由广东人民出版社于 1962 年 9 月出版。《简史》产生在那个特殊的年代，深受极"左"思潮的影响，其编写遂呈现出鲜明的时代特点。"概说"部分即认为："在古代文学理论和批评中，有些是含有现实主义文学的因素，可以推动文学向前发展的，有些是偏于唯美主义、形式主义，会把文学拉向后退的。文学史上进步的，向上的，和落后的，反动的，两种矛盾的斗争，在文学批评史上也是同样的显现出来。"这一深染时代风气、不符合中国古代文学批评实际的简单化做法，当然也在《简史》中多有体现，从而整体上影响了著作的学术价值。但是我们也应该特别看到，理论帽子和具体的历史阐释在《简史》中往往有不一致处：一旦《简史》进入对中国古代文学理论的实际内容的具体分析时，往往能抛开那些理论"帽子"的框限，做出实事求是的评价和分析。

20 世纪 60 年代初，受周扬委托，复旦大学中文系古典文学教研组成立了以刘大杰为主编的编写组，开始编纂《中国文学批评史》。其后刘大杰先生去世，编写组其他人员继续了这一工程。在那个特殊的时代背景下，该书一个难得的特点就是平实。尽管编者在"说明"中说"本书编写，力图遵循马克思列宁主义的观点，比较系统地说明我国文学批评的发展过程和文学理论斗争的实际情况"，但在具体的编写过程中，编者却避免了简单化的倾向，尽量从材料出发，凭事实说话，力图全面、客观地揭示出中国古代文学批评的历史发展和各批评家的文学思想。书中有关阶级分析、唯物唯心之辩、评价现实主义等在全部内容中只能算是一些点缀，并没有影响《批评史》的主体构架和具体评骘。该书主要采用了以历史为序以批评家人物为纲的体例，在实际的操作中照顾到了重要的文学批评现象，如论南北朝的文学批评时就单列了"文笔说"和"声律论"两节。特别是该书每编的"绪论"，把握了一定时代文学思潮发展大体趋势，大大地弥补了以批评家为纲的编写模式所具有的对一定时代主要问题和文学思想发展嬗变的规律揭示不够的弱点。

---

① 郭绍虞：《照隅室古典文学论集》下编，上海古籍出版社 1983 年版，第 162～163 页。

第三节　新时期视野的多元开放

新时期以来，在批判"四人帮"的极"左"路线、拨乱反正的基础上，思想解放运动也深入到文化学术领域，对教条化的所谓的"马克思主义文艺理论"进行了深入的反思，研究古代文学和文论的指导思想发生了转变，并最终以中央文件和领导人讲话的形式明确解除了人们的思想禁锢，还给文艺和学术以自由。改革开放的实行，使世界各种先进思潮大量涌入，大大开拓了人们的视野，思想界空前活跃，各种思想自由发展。古代文论研究界也出现了多元开放发展的局面。无论是史的编撰、范畴体系研究还是中西比较研究，等等，都开拓了新的广阔的研究领域，取得了很多研究成果。这时的马克思主义文艺理论，在反拨的基础上恢复了本来面貌，得到了正确坚持，古代文论研究各层面的应用不断深化，并且有了创新发展。

一、解缚后的反拨与坚持

在党的十一届三中全会和思想解放运动的推动下，文艺各界展开了对文艺与政治关系的讨论，反拨了"文艺是阶级斗争的工具"、"文艺从属于政治"、"文艺为政治服务"等长期束缚人们思想的把马克思主义毛泽东思想教条化的观念。正是在这种条件下，古代文论研究开始了复兴。1979 年第一次中国古代文学理论学术研讨会召开。这次大会讨论了研究古代文论的意义，认为建立民族化的文艺理论需要认真研究古代文论，从而批判继承，推陈出新。研究方法方面，认为应采取实事求是的态度，要克服中国文论与外国文论、现代文论各自为家的情况，要把它们进行比较，发现我们的独特经验和规律。在这次大会上成立了古代文学理论学会，这标志着新时期古代文论研究的复苏。

20 世纪 80 年代，对于马克思主义研究方法的讨论，其主流是在反拨的基础上继续坚持和发展。在 1980 年中国古代文论学会召开的第二次年会上，黄保真先生提交的《中国古代文学和文学理论研究中的现实主义问题质疑》一文，[①] 就文艺理论界长期以来把"现实主义"奉为唯一圭臬和永恒规律，以"现实主义"

---

① 黄保真：《中国古代文学和文学理论研究中的现实主义问题质疑》一文，载《古代文学理论研究丛刊》第 4 辑，第 50 页。

裁剪中国古代文论的做法进行了反思。他认为现实主义既不能准确地解释中国古代的文学现象，也不能科学地整理中国古代的文学理论。另外，陈伯海从传统研究方法与现代研究方法的关系的角度，考察了作为传统方法的马克思主义社会历史研究方法在古代文论研究中运用的现状。他认为，由于形而上学世界观的影响和知性分析方法的大量渗入，造成了马克思主义文艺学研究方法运用中的简单化、庸俗化的倾向，今后应该在研究中将马克思主义的辩证思维方式发扬光大。① 汪涌豪则在《对运用历史唯物主义研究中国文学批评史的几点检讨》② 一文中指出，在发掘和整理中国文学批评遗产方面，还存在着"对马克思主义、特别是历史唯物主义的理解不够全面，有机械化和庸俗化的倾向"，如重视社会学的批评而缺少美学意义上的分析；重视平面定点研究而缺乏开阔视野和立体综合把握；比较研究流于简单比附而缺乏规律性的探索；等等。

与此同时，主流话语则是坚持和发展马克思主义、历史唯物主义。1980 年，周扬在"关于建立与现代科学水平相适应的马克思主义的中国美学体系和整理美学遗产问题"的谈话中重申了马克思主义基本原则对中国美学和中国文艺理论研究的指导地位。③ 1979 年，郭绍虞在《关于古代文学理论研究中的几个问题》④ 一文中就古代文论研究方法提出了三点意见：首先在坚持马克思主义立场、观点的基础上，用实事求是的态度对客观事物作全面的历史的探索，详细地占有材料，注意一个时代的政治经济和其他思想对文艺理论的影响，注意文艺理论本身的传承关系以及这种理论对文学实践的影响，然后用历史唯物主义和阶级分析的方法总结出经验和规律；其次通过比较的方法，克服过去研究中马列文论、西方文论、中国古代文论各自为家的情况，实现各有侧重而又相互合作；再其次对古代文论进行科学的阐释。陆海明在《古代文论研究中的方法论问题》⑤ 一文中认为，马克思主义的方法论是指导古代文论研究的大法，中国古代文论研究中的马克思主义方法论原则与适应本学科需要的特有的具体方法之间，并非是相互独立的关系，而是相互统一的关系。批判和继承传统的研究方法，利用和改造域外的研究方法，吸收和博采相邻学科的研究方法，并使用和完善考证手段，恰恰是坚持和发展古代文论研究中的马克思主义方法论思想的一项重要内容。

---

① 见陈伯海：《文艺方法讨论中的一点思考》，载《上海文学》1985 年第 9 期。
② 《文学遗产》1986 年第 3 期。
③ "谈话"载《美学》1981 年第 3 期。
④ 《学术月刊》1979 年第 4 期。
⑤ 《社会科学》（上海）1983 年第 4 期。

二、马克思主义文艺理论在应用中不断深化

新时期，古文论研究取得最突出成就的领域，要数文论史的研究了。研究者能够摒弃曾经的机械僵化研究，展开了批评史、理论批评史、文学理论史、文学思想史、批评通史等多个视角的自由开放研究。其中，马克思主义文论也不仅仅限于现实主义与反现实主义的斗争，更多关注到唯物史观所强调的经济、社会、文化、思潮等众多因素对文论史的影响，既注重宏观的逻辑与历史的统一，又注重微观史实的考辨；既还原历史真相，又保持主体史观视角。

敏泽的两卷本《中国文学理论批评史》写于"文革"之前，1981 年由人民文学出版社出版。该书在理论阐释和逻辑体系建构上取得了新的成就，力求以辩证唯物主义和历史唯物主义思想为指导，运用社会分析、阶级分析的方法对古代文论的思想内涵进行深入细致的理论剖析，而不是仅仅偏重材料的考证、辨析。全书按照朝代分为先秦、两汉、魏晋南北朝、隋唐五代、宋金元、明清、旧民主主义革命七个时期，每个时期开始都有专门绪论，运用辩证唯物主义和历史唯物主义理论，阐述该时期的社会经济、政治、文化思潮和文论发展概况。例如在第一个先秦时期的绪论中作者说："在辩证唯物主义观点看来，任何理论的基础都是社会实践。……我国古代文学理论批评的产生，就是人们从理论上去认识、说明和概括当时文学创作实践的问题。"[①] 不过，该书具有明显的时代局限，其鲜明的特点是对政治、经济对文学的决定关系的片面强调，在社会决定论观念的影响下，其视野不免有些狭隘。该书认为"文学总是阶级意识形态的表现，理论则是站在一定的政治立场上对于它的评述和概括"，由于整体上是以阶级的眼光看待古代文化遗产的，不免机械地陷入了执彼一端的囹圄。这些也都是该书写作的时代——"文革"前——所留下的烙印。新时期以后，作者对该书的问题也有清醒的认识，后来做了一次较大的修改，增补了一些内容，于 1993 年修订再版。

周勋初的《中国文学批评小史》于 1981 年由长江文艺出版社出版。该书篇幅不大，只有二十余万字，却特点鲜明，影响深远。正如论者评述："因有深厚渊博的学识作底里，其高屋建瓴的立意，宏肆博辩的议论，仍给人留下深刻的印象。"[②]《小史》全书显现了几个突出特点。首先，注重对中国文学批评发展整体上的研究，总结历代文论发展的成果和特色，试图勾勒出中国文学批评发展的整

---

① 敏泽：《中国文学理论批评史》，人民文学出版社 1981 年版，第 3 页。
② 蒋凡、汪涌豪：《发现中国文学批评论的独特会心——评周勋初〈中国文学批评小史〉》，载《社会科学战线》1997 年第 5 期。

体脉络和线索。其次，打破文学的封域，注意联系文学理论产生的时代、社会政治、经济、文化思潮等进行综合研究。再其次，表现出一些新的特点。其一，本书是文学批评史撰写中由博返约的典范，因此在剪裁上就有其独特观点。"研究一种文学论著，应该特别注意其论点的创造性。有些理论，尽管只是片言只语，但能开创一代风气，这样的理论就应考虑列入；而有些理论，尽管全面平稳，但按产生这种理论的时代来说，已经没有什么新鲜的意义，也就不一定要在'史'中占个位置了。"① 其二，面对古代诗文评的语言术语与现代文学理论的概念存在着时代和中西文化的差异问题，提出"既要克服佞古的倾向，也要克服过于现代化的倾向"。其三，文论与文学作品结合论述。针对中国诗文评语言的模糊性、启发性特点，选择若干有典型意义的作品或例句去印证，使读者自可玩味得之。《小史》成书于20世纪80年代初，正是马克思主义文艺理论在中国浸淫半个多世纪以后的反拨调整时期，《小史》既继承了唯物史观和唯物辩证法对中国文论体系研究的有效性，同时又尽量避免了前二三十年政治化机械论思想的影响。注重理论发展脉络和体系的探索，而又不僵化以论裁史；尊重史料辨析、考证，与文学史结合而又不局限其中，注重理论与时代、社会政治、经济、文化思潮等的联系起来阐述。

1987年由黄保真、蔡仲翔和成复旺著的五卷本《中国文学理论史》陆续出版。该书明确提出历史唯物主义的原理是关系到研究方向和研究方法的根本问题，对新中国建立后受极"左"思想影响的文学批评研究领域存在的问题进行了反思，提出要防止把历史唯物主义原理机械化并用来代替复杂细致的研究工作。对文学理论史编写过程中极"左"思想的影响进行反思，该书开风气之先。第一是关于经济基础的决定作用问题，该书指出在说明古代文学理论时，应该注意经济关系这个终极原因，同时也应揭示政治、哲学、道德、宗教等中间环节的影响；影响文学理论的因素是众多的，除此而外，还有其他艺术门类的理论如画论、书论、乐论等，文学理论还必然会受到文学创作实践和自身传统思想的制约。第二是关于阶级分析法问题，该书指出，运用阶级分析法于中国文学批评史的研究，要估计到历史的复杂性，防止把阶级分析简单化、绝对化。第三是关于世界观的问题，该书指出用唯物主义与唯心主义的斗争来概括中国古代文论发展的历史线索，是不适当的，要避免用粘贴"唯物、唯心"的标签来代替对历史的具体分析，要把唯心主义的文学理论中的合理内核小心地挖掘出来。

七卷本的《中国文学批评通史》由上海古籍出版社从1989～1996年最后出

---

① 周勋初：《中国文学批评小史》，长江文艺出版社1981年版，第2页。

齐。《通史》共分先秦两汉、魏晋南北朝、隋唐五代、宋金元、明代、清代、近代七卷。《通史》是在王运熙、顾易生主编的三卷本《中国文学批评史》基础上扩展而来，较之三卷本以及现有诸家著述，《通史》给人最鲜明的印象是它那种兼容并包、体大虑周的理论格局和作为通史所具有的"通古今之变"的理论广度与深度。作为一部空前的通史，该书表现出了以下几个突出特点。第一，资料搜集的广博。郭绍虞在传统的"诗文评"资料之外，又从大量的诗文别集、笔记、史书中勾稽出大量的文学批评史料，方孝岳又将材料扩大至总集，罗根泽所著也是旁搜远绍，发掘出音律、佛经翻译、诗格、诗句图等许多未为人注意的材料。新中国建立后和新时期批评史史料走向了系统化和分体化，《通史》在此基础上，进一步挖掘拓展，资料达到空前广博的程度：别集、总集、史传、小说、笔记、评点以致某些有关典籍的注释等，都是其资料来源。第二，方法的严谨、求实。本书作者的文风有一个显著的特点，就是重资料，重实证，对作家作品的评价，多是从原始资料中自然引出，尽量避免做过多的主观评论或任意发挥。当然，这并不是说只追求材料的堆积，而不做理论的分析；而是说在理论的指导下，精选有代表性的原始材料，做扼要精当的分析。第三，在历史唯物主义思想指导下，以科学的精神去进行全面辩证的分析和总结。《通史》注重对中国文学批评做综合的探索，对时代背景、文学体类和文学批评家与文学批评的关系做了全面的清理，并且采用全局关照、多面透视的研究方法，使得在研究具体的批评家和批评流派时，避免以偏概全之病，大大拓展了研究的深度。

罗宗强主编的《中国文学思想通史》（分《周秦汉文学思想史》、《魏晋南北朝文学思想史》、《隋唐五代文学思想史》、《宋代文学思想史》）代表了中国古代文论研究史撰写的一种新的思路。罗宗强认为，文学思想史与文学批评史、文学理论史既有联系又有区别，其研究目的在于描述文学思想发展演变的面貌，探讨影响文学思想发展演变的各种原因，以及对不同的文学思想进行评判。文学思想史研究的第一个任务是古代文学思想的还原。罗宗强先生认为，文学思想不仅反映在文学批评和文学理论著作里，它还大量反映在文学创作中。因此研究文学思想史，除了文学批评的发展史和文学理论的发展史之外，很重要的一个内容，便是研究文学创作中反映出来的文学思想倾向。《隋唐五代文学思想史》以及其后的《魏晋南北朝文学思想史》都考察了各个历史时期文学理论、文学批评的历史发展，也考察了文学创作实际中反映出来的文学思想的历史发展。傅璇琮先生在《玄学与魏晋士人心态》一书的序中说：《隋唐五代文学思想史》"把创作中反映出来的文学思想与理论批评著作结合起来"，"不仅是扩展了文学理论批评研究的范围，而且是为文学思想史的研究树立一个高的标准，把文学思想史的研究真正安放在科学的基础上"①。

三、范畴研究与体系探索

在马克思主义范畴理论的指导下，中国古代文论的范畴研究取得了重要进展。根据列宁关于范畴的论述，不少学者认识到，中国古代文论的范畴是处于整个古代文论之网的理论结晶，它往往从多方面体现着古代文论演变的进程。首先，一个新范畴的萌芽和诞生，是整个时代社会文化思潮和文学内部规律演变的必然结果；其次，古代文论范畴往往和哲学、美学范畴互相交叉和渗透，形成其意义的统一性和丰富性；再其次，范畴往往具有延续性，同一时代或不同时代的理论家可以运用或延用同一范畴，并赋予其新意。因此，从范畴入手可以形成一种既微观又宏观的开阔视野，它是深入研究古代文论的理论内涵和拓展古代文论研究领域的一条切实之路。

新中国建立前，郭绍虞、罗根泽、朱东润等批评史研究的开拓者，对传统诗文评研究中的言志、风赋比兴雅颂、文笔等重要范畴进行了研究。20 世纪 50 年代直到 80 年代初期，范畴研究主要集中在意境、风骨等主要范畴方面，或者借鉴西方典型理论来阐释和比较意境范畴，或者用"现实主义"和内容形式理论来分析风骨的内涵，都体现了在国内意识形态和西方思想影响下研究的简单化、教条化现象。

新时期以来，随着研究的自由开放发展，人们对范畴研究的方法和视角不断开阔，研究范畴的范围也不断拓展。在历史唯物主义的指引下，人们或者对单个范畴进行跨时代和多学科的研究；或者对某一特定历史时期的文艺范畴进行集中研究；或者结合社会文化或审美心态阐释古文论范畴内蕴；或者从发生学的角度剖析古文论范畴含义。一方面，是对古文论范畴意涵的不断阐释；另一方面是对古文论范畴系统、体系的梳理和建构。人们更多地以审美的眼光，发现那些具有中国艺术独特审美价值和艺术精神的范畴。蒋述卓的《说"飞动"》一文结合文论、书论、画论，对传统文学、绘画和雕塑艺术作品中所蕴涵的"飞动"观念进行了深入的探讨，阐发出其蕴涵的中国艺术精神：中华民族的生命意识与灵动、自由、和谐的精神。陈良运的《文与质、艺与道》就中国美学史上具有纲领性的两对范畴，从史的纵向进行了考察，在各个历史时期，又对它们进行了综合的概括，归纳出中国传统文艺发展中的文质观和艺道观。袁济喜的《和》上编从历史的角度考察了这一范畴奠基、成熟到衰变的发展历程，下编对"和"

---

① 罗宗强：《玄学与魏晋士人心态》，天津教育出版社 2005 年版，第 4 页。

这一审美范畴进行了解析，对审美对象的"和"、审美心态的"和"、审美主客体关系的"和"进行了分析，对"和"所体现的协调个人与社会关系的作用和传统思想的价值取向进行了考察和分析。涂光社的《势与中国艺术》对先秦两汉以来各种传统艺术中的"势"进行了清理，并从艺术动力学角度对"势"的意涵进行了探索。李炳海的《周代文艺思想概观》一书从意识形态角度，注意政治、道德、宗教、哲学、文艺观念的互相影响和彼此渗透。周代，文学与学术、文艺思想与其他意识形态还处于混沌不分的状态，政治、道德归结为礼，哲学、宗教归结为自然天道观。周代对礼的崇尚体现在文艺思想上，是把道德准则作为文艺规范看待，由此产生出文与质、性与情、礼与乐、中与和、隐与显、忠与信等不同因素相统一的文艺主张；周代的文艺思想和礼密不可分，礼又和阴阳学说结合在一起，由此产生出形与神、气与味、刚与柔、动与静、清与浊、虚与实等文艺范畴。詹福瑞的《中国文学理论范畴》分文德、文术、文体和文变四章，对中古时期关于文学本质和特征、文学创作、文学风格和文学发展等四大方面的范畴进行了清理。该书在考释和阐述中古文学理论范畴时，着重从哲学根源和创作基础两个角度入手，指出哲学范畴和文学创作对文学理论范畴的影响，不是单向的，而是交叉、混融的。它们与时代政治、社会思潮、士人生活共同构成了一个文化场，影响和作用着文学理论。

随着古代文论范畴研究的深入，有很多学者开始对中国古代文论范畴的体系和整体框架进行了思考。陈良运在《中国诗学体系论》提出中国诗学发端于"志"，演进于"情"与"象"，完成于"境"，提高于"神"，分"言志"、"缘情"、"立象"、"创境"、"入神"五部分，阐明中国诗学之发展历程与诗学体系之建构；[1] 吴调公认为文学美最重要的范畴是"意境"，"意境"是中国文学美学史的一根纵轴，主张以"意境"范畴为核心建构文学美学史。[2] 党圣元指出先秦哲学方法论为中国传统的理论思辨和分析方式奠定了基础，所以中国古代文论及其范畴自有其分析性、思辨性，有其逻辑与系统的特点；他认为可以按照文原论、文体论、功用价值论、作家主体论、创作论、作品论、风格论、批评鉴赏论和通变论概括范畴的主要理论指述诠释功能，从而大致显示出传统文论、美学范畴体系框架之基本轮廓。[3] 蒲震元对80年代以来古代文论（古代美学）研究中从微观渐及于宏观，从对概念、范畴的诠释逐渐拓展、深入到对思想体系的深层研究的理论取向进行了分析，指出通过对大量文艺现象与文论范畴的研究，由范

① 陈良运：《中国古代诗歌理论的一个轮廓》，载《文学遗产》1985年第1期。
② 吴调公：《论中国古典文学美学的建构》，载《文艺理论研究》1990年第2期。
③ 党圣元：《中国古代文论的范畴体系》，载《文学评论》1997年第1期。

畴研究向体系研究拓展，是一条可行之路。① 汪涌豪的《范畴论》清理了中国古代文论范畴的构成范式和主要特征，分析了中国古代文论范畴形成的内部规律，即古代文论范畴与创作风尚、古代范畴与文体的关系，剖析了中国古代文论范畴的逻辑体系。关于古代文论范畴的构成范式，该书着重考察了汉语的特殊性、基于自然人事的思维方式对范畴的品格的规定，并对中国古代文论范畴的形象直观性、超越逻辑性、可动作性进行了阐释。关于古代文论范畴的逻辑体系，该书通过对中国传统文化观念的考察，分析了"道"、"气"、"兴"、"象"、"和"五个元范畴对中国文论范畴形成的本源性意义；通过对本原性范畴、创作论范畴、作品形态和风格论范畴、鉴赏与批评论范畴的清理，指出了中国古代文论范畴"潜体系"的征象。作者还指出，中国古代文论范畴是一个尚未闭合的体系，作为一种思想资源，一种知识修养，乃至一种趣味，一种审察的角度，古代文论范畴对人的影响可以说是深刻的，并且可以预期将长久存在。对古文论范畴逻辑体系的探索，往往突出了中国古代文论那些最为本源、最为中心也最能体现审美规律的范畴。

中国古代文论范畴的研究和体系的探索，是马克思主义文艺理论的成功应用，是新时期中国古代文论研究的一个突破。

四、中西比较研究

新时期以来，在多元开放视野下，人们对中国文论、西方文论和马克思主义文艺理论之间的关系进行了探索。比较研究要向系统性进展，首先要处理好中学、西学和马克思主义学说诸种理论的关系。马克思主义文论已经化为一种方法论的指引，人们在坚持唯物史观和辩证法的基础上，应当更多地以世界性的眼光平等看待各种文论的丰富性和多样性。

中西比较研究的复兴，始于 1979 年出版的钱钟书先生的《管锥编》。钱钟书先生学贯中西，传统文化修养和古文功底深厚，同时对西方哲学、文化、文学和语言有精深理解。因此，该书能够在很深的和很广的层面比较中西文学和文化，既能在比较基础上融会、沟通中西，又能在辨析的基础上凸显中西文学和文化的各自独特品格和价值。首先，《管锥编》更注重对具体思想片断的探究，继承延续了中国传统诗话、文评的札记、散语形式，并充分发挥了这一形式的优长。与 30 年代的《谈艺录》一脉相承，《管锥编》是钱钟书先生阅读《周易》、《毛诗》、《左传》、《史记》等 10 部典籍的札记，全书以片断式的札记写成。钱

---

① 蒲震元：《从范畴研究到体系研究》，载《文艺研究》1997 年第 2 期。

钟书先生认为，"倒是诗、词、随笔里，小说、戏曲里，乃至谣谚和训诂里，往往无意中三言两语，说出了精辟的见解，益人神智"。因此去进行一些具体的思想片断的比较来探究文艺规律，比单纯去建立庞大的体系或动不动就以体系进行比较更具有实际意义。他说："许多严密周全的思想和哲学系统经不起时间的推排销蚀，在整体上都垮塌了，但是它们的一些个别见解还为后世所采取而未失去时效。好比庞大的建筑已遭破坏，住不得人、也唬不得人了，而构成它的木石砖瓦仍然不失为可资利用的好材料。"① 其次，《管锥编》在研究方法上，运用了多学科间的和跨国界的比较。《管锥编》沟通了哲学、文学、史学、考据学等学科，这是立足国学进行比较的前提。钱钟书先生曾指出，要把作品放在其生成的文化传统、社会背景、时代心理和个人心理等因素即更大的文化背景中综合起来加以考虑。② 钱钟书先生同时强调"邻壁之光，堪借照焉"，他打通了英、法、德、西班牙和拉丁文著作的语言和国别界限，应用了国外系统学、风格学、心理学、文化人类学、语义学等学科的方法，把上述典籍全部上升到比较诗学的高度进行比较，发掘它们在文学观念、哲学观念、艺术规律等方面所具有的共同的"文心"和"诗心"。钱钟书先生在评论乾嘉朴学时候，指出其由字到句到篇或全书即由局部到整体的解读，正与阐释学的阐释循环暗合，"积小以明大，而举大以贯小；推末以至本，而又探本以穷末；交互往复，庶几乎义解圆足而免于偏枯，所谓阐释之循环（der hermeneutische Zirkel）者是也。"③

王元化《文心雕龙创作论》既是在《文心雕龙》研究方面的突破，也是中西比较文论研究方面的新尝试。《文心雕龙创作论》第一次用科学、系统的方法把《文心雕龙》放在世界文艺理论的总体范围内进行考察，把《文心雕龙》的范畴、意蕴和体系在"释义"的基础上与西方文艺理论进行比较，从而探讨中外相通、带有最根本普遍意义的艺术特征、艺术规律和艺术方法，这就不仅仅拘囿于传统文论的范围，而是强调了传统文论的现实意义。作者倡导"古今结合、中外结合、文史哲结合"的综合研究法。④ 文史哲的结合使中西比较有了一个清醒的自我关照的基础——顾及了中国古代文史哲不分的特点，突出了边缘学科跨界研究的必要性，而古今的结合使中西比较建立在历史发展的观点基础之上。中西结合方面，作者在论述《文心雕龙》的有关问题时，将西方相关的文论以附录的形式作为参照，对涉及其中的艺术规律和艺术方法问题做出

① 钱钟书：《读〈拉奥孔〉》，《七缀集》，上海古籍出版社1985年版，第29、34页。
② 张隆溪：《钱钟书谈比较文学》，载《读书》1981年第10期。
③ 钱钟书：《管锥编》，中华书局1979年版，第171页。
④ 王元化：《论古代文论研究的"三个结合"——〈文心雕龙创作论〉第二版跋》，载《社会科学战线》1983年第4期。

进一步探讨。如在讨论《文心雕龙》的心物交融说时，作者以王国维的境界说和龚自珍的出入说与之进行比较，以黑格尔关于审美主客观关系的理论与之进行比较，从而强调了在艺术创作中，作为主体的作家的主观能动性与现实之间的关系。在阐释《文心雕龙》的"拟容取心"说之后，在附录中将之与歌德的"意蕴说"进行比较，指出它们的相似和不同。以附录的形式进行比较，可以说是一种潜比较。王元化先生说："为了慎重起见，这觉得与其勉强地追求融贯，以致流为比附，还不如采取案而不断的办法，把古今中外我认为有关的论点，分别地在附录中表述出来。"① 比较不是比附，这一思想在王元化先生的著作中提得最早。

20 世纪 80 年代中后期，比较诗学研究领域进一步拓宽、研究方法进一步多样化。出现了曹顺庆的《中西比较诗学》（北京出版社，1988 年）和《中外比较文论史》（山东教育出版社，1998 年）、刘小枫的《拯救与逍遥》（上海人民出版社，1988 年）、黄药眠等的《中西比较诗学体系》（人民文学出版社，1991年）、狄兆俊的《中英比较诗学》（上海外语教育出版社，1992 年）、周来祥等的《中西美学比较大纲》（安徽文艺出版社，1992 年）、张法的《中西美学与文化精神》（北京大学出版社，1994 年）、乐黛云的《多元文化语境中的文学》（湖南文艺出版社，1994 年）、饶芃子等的《中西比较文艺学》（中国社会科学出版社，1999 年）、余虹的《中国文论与西方诗学》（三联书店，1999 年）、王晓路的《中西诗学对话》（巴蜀书社，1999 年）等一大批各有特色的论著。曹顺庆的《中西比较诗学》从范畴和观念入手，对中西文论做了整体全面的比较。艺术本质论方面，作者通过典型论与意境论之比较，分析中国古代文艺的本质论、意境论的基本内涵，通过比较厘清了受苏联影响的文艺本质特点为"形象"的教条说法；艺术起源论方面，从"物感说"与"摹仿说"的比较来澄清文论界对中国艺术起源的含糊说法；艺术思维论方面，作者重在比较"神思"和"想象"两种理论的历史发展和异同；艺术风格论方面，作者比较了中西"风格"与"文气"两个命题，并对"风骨"与"崇高"的共同内涵进行了探讨；艺术鉴赏论方面，重在从"滋味"与美感的角度进行比较。"这种相异又相同的状况，恰恰说明了中西文论沟通的可能性和不可互相取代的独特价值：相同处愈多，亲力愈强；相异处愈鲜明，互补的价值愈大"② 。这种比较正说明了中西文论的沟通性和不可互相取代的独特价值。

20 世纪 90 年代以来，比较诗学研究的新趋向是以跨文化研究为核心，通过

---

① 王元化：《文心雕龙讲疏》，上海古籍出版社 1992 年版，第 322 页。
② 曹顺庆：《中西比较诗学》，北京出版社 1988 年版，第 271、269 页。

多种文化具体文本的比照对话发掘各国诗学的民族特点和共通意识。乐黛云的《中西诗学中的镜子隐喻》① 试图在跨文化的总体文学中寻求各种文化沟通的可能。通过对西方、中国和印度诗学中"镜子"这一隐喻的分析，发现西方用镜子来强调文学作品的逼真和完全，中国用镜子来强调作者心灵的虚静、澄明，而印度则用镜子强调世界的虚幻和无尽。这种观念的不同反映了各种文化的具体特点：西方之所以强调反映的逼真，是因为其传统思维重在对外在于主体的事物进行综合分析；中国传统思维是一种内省的思维，因这种返求诸己的思维倾向，故有心境的虚静、澄明的特点；印度佛教认为世界的本质是空，追求对轮回的超越，故有上面的隐喻。

---

① 乐黛云：《中西诗学中的镜子隐喻》，载《欲望与幻想——东方与西方》一书，江西人民出版社1991年版。

第八章

20 世纪中国古代文学、
文论研究的问题意识

20 世纪是一个充满问题的世纪，在社会各领域如政治、经济、思想文化等，每到历史转折关头，皆有从提出问题到问题论争再到解决问题的过程。当然，解决问题是暂时的，因为同一问题到新的历史时期可能又以新的面目出现，再次经历一个问题轮回。因此在这个世纪钻研学问者，已具备了问题意识，相应地，钻研这个世纪的学问者，更需以问题意识来观照之，方能独具只眼、慧心妙得。何谓"问题意识"？为何要将一般化的"问题"概念提升到"意识"的高度？先从"问题意识"的上位概念——"意识"来看，第一，意识在哲学角度是指与物质相对应的一种哲学范畴，它是与物质现象既相对立又相统一的精神现象，马克思主义哲学指出它来源于物质并反作用于物质。这启示我们，学术问题的存在与解决要建立在客观现实世界的基础上，尤须重视文学研究与现实政治状况、社会思潮争鸣的关系。第二，从心理学角度看，意识是指人类特有的心理现象，它不同于动物心理的独特之处是可借助语言对客观现实世界做出主动自觉的反映，是所有心理活动的最高形式。因此人类的"问题"皆反映了我们潜在独有的创新思维和创造能力。当然，这仅是一种可能性，要将可能转化为现实，更须把问题融化在意识中，获得长期性、持续性，使问题的提出与论证成为一以贯之的思维惯性。问题意识使学问研究者具备旺盛的求知欲，永不满足学术现状，总以怀疑与批判的探索精神关注自己时代的理论需要，在密集的现象中探寻事物本质、在重复的现象中追求客观规律、在新奇的现象中探索未来趋势，这正是我们当代学人所普遍缺乏的学术品质。以问题意识为中心出发，可以得出：20 世纪马克思主义文论中国化的进程反映在中国文学研究领域，是各种问题争鸣、观点对话乃至观念融通的实践过程，马克思主义在其中不仅作为哲学社会科学的理论形态存在，而且也是指导古代文学与文学理论学术争鸣的实用武器。

第一节　问题意识初步推出：争鸣与融通

20世纪的中国文学研究领域，几乎无处不存在问题意识。这个判断的做出，缘于世纪之交各种西方理论观点尤其是马克思主义传入中国，给中国传统学术思维造成的革命性冲击。学术研究鲜有不注重提出问题并致力于解决问题者，但传统的古典主义状态下的理论探究基本是"我注六经"式的述而不作，《易·乾卦》"君子学以聚之，问以辨之"及《礼记·学记》"善问者如攻坚木，先其易者，后其节目"，只不过指出了学问研讨的方式方法，其目标局限在经典中而不可能提出开创性的问题；《礼记·中庸》即言："君子尊德性而道问学"，"问学"的目的必是"尊德性"，学术研究只是遵从道德经义的手段和工具。"问题"的含义仅是"要求回答或解释的题目"，如《续资治通鉴·宋太宗太平兴国八年》："进士免贴经，只试墨义二十道，皆以经中正文大义为问题"，而不是"需要研究讨论并加以解决的矛盾、疑难"[①]。19世纪末至20世纪最初15年，即"五四"之前，西学逐渐引入，冲击着中国传统学风，现代文化的最初开创者如梁启超、章太炎、王国维、严复，既面对传统文学，处于信古的阶段，又接受新思想，并始疑古，不惜以今日之我否定旧日之我。"五四"新文化运动，更从疑古进到释古，研究方式更新，传统文学信念和问题观念逐渐被打破。"五四"以前的研究在"经学"范围内，"五四"后打破"经学"本位，以科学、民主精神指导研究。问题意识首先在新文化运动文学革新思潮中以胡适等人为代表鲜明地体现出来，由此既产生了它与马克思主义思维的争鸣，又造成两者融通的契机。

一、"问题与主义"之争

"五四"文学革命运动以1917年1月胡适在《新青年》发表《文学改良刍议》和2月陈独秀发表《文学革命论》为开端，持续到1928年初无产阶级革命

---

① 罗竹风：《汉语大词典》，汉语大词典出版社1997年版，第7131页。

文学的倡导，同时 1919 年 7 月 20 日胡适在《每周评论》第 31 期发表《多研究些问题，少谈些主义》，引起"问题与主义"的争论，持续至 1921 年后少年中国学会因对此问题的不同观点而分裂。同一时间段内，作为社会发展倾向斗争的"问题与主义"之争恰恰与作为文学发展问题的文学革新与守旧之争扭结在一起，可见文学革新主题是一个大的理论架构，马克思主义观念是其中的主要精神核心之一。

"五四"文学革命运动从整体上带有否定中国旧文学并创建具有真正现代意义的新文学的重要特征，同为文学革命派，"首举义旗之急先锋"胡适提出文学改良"八事"，其中五"事"——"须讲求文法"、"务去烂调套语"、"不用典"、"不讲对仗"、"不避俗字俗语"等是倡导以白话取代文言，可见他主要宣传语体革新。其后陈独秀高张"文学革命军"大旗，为胡适声援，提出"革命军三大主义"，不仅在语言形式上，而且在思想内容上否定了旧文学。这种"改良"与"革命"实际姿态上的差别缘于两者所秉持的主义不同，胡适坚持实验主义，陈独秀则接受了早期马克思主义学说。这种差别也表现在文学革命如何前行的问题上，胡适主张文学革命可以讨论，1917 年 4 月 9 日，他致信陈独秀谈到文学改良"八事"及革命"三大主义"说："此事之是非，非一期一夕所能定，亦非一两人所能定。甚愿国中人士能平心静气与吾辈同力研究此问题。讨论既熟，是非自明。吾辈已张革命之旗，虽不容退缩，然亦决不敢以吾辈所主张为必是而不容他人之匡正也。"陈独秀则明确答复道："改良文学之声，已起于国中，赞成反对者各居其半。鄙意容纳异议，自由讨论，固为学术发达之原则；独至改良中国文学，当以白话为文学正宗之说，其是非甚明，必不容反对者有讨论之余地，必以吾辈所主张者为绝对之是，而不容他人之匡正也。"他以古为喻，反对在文学革命根本问题上的犹疑彷徨。钱玄同赞赏陈的激进态度，也致信胡适表示："对于迂谬不化之选学妖孽，桐城谬种，实不能不以此种严厉面目加之。"于是在文学革命如何行进的问题上出现了温和的改良与严厉的革命这样两种意义重大的歧见。

胡、陈等对文学革命如何行进的不同意见是"五四"运动后第一次思想论战——"问题与主义"争鸣的前奏。胡适推崇杜威的实用主义，把其各派统称为实验主义，他不仅在《每周评论》上发表杜威在华的演讲录，而且在该刊发表《多研究些问题，少谈些主义》，坚持社会改良主义立场，引起"问题与主义"的争论。这首先引起蓝公武的反驳，1919 年 8 月 3 日，他在《每周评论》第 33 期上发表《问题与主义》，主张主义的研究是解决问题的第一步。李大钊、陈独秀等也发文批判胡适等。"问题与主义"的论争，就其中反映的问题意识而言，争论点在于是具体解决还是根本解决社会问题，马克思主义者坚持唯物史观，认为中国社会需要根本改造，反对枝枝节节地改良，李大钊进一步指出在政治、法律、家庭等诸多问题中，经济问题才是最重要的，"经济问题的解决，是根本解决"，一个有组织、有生机的社会，"必须有一个根本解决，才有把一个一个的具体问题都解决了的希望"①，为此，要进行阶级斗争与社会革命。陈独秀提出了"平民征服政府"的口号，在"五四"运动中他说如果政府不能满足市民要求，则市民"惟有直接行动，以图根本之改造"②。这就抓住了社会问题解决的关键。就问题意识背后所持主义而言，胡适以实验主义反对布尔什维主义即马克思主义，反对空谈"主义"。在反击中，李大钊宣称自己"喜欢谈谈布尔什维主义"，明确马克思的社会主义是既理想又可行的，只是要把它和中国社会的实际情况紧密结合，才能解决根本问题。"问题与主义"的论战最终使文学革命派分裂、新文化运动分化，这实际上是坚持文化使命的自由主义者与主张政治行动的马克思主义者的分道扬镳。而马克思主义者从中受益匪浅，论辩与争鸣使他们反对空谈，注意到理论与实践的结合，开始了马克思主义中国化的历程。曾强烈抨击胡适的李大钊说主义与问题间交相为用，应该一方面宣传马克思主义，一方面就种种问题研究实用的方法，好去本着主义做实际的运动。陈独秀把马克思学说归结为"实际研究的精神"与"实际活动的精神"，要求青年人不仅要研究马克思学说，"还须将其学说实际去活动，干社会的革命"③。毛泽东从钦佩胡适转而接受李大钊影响，在最初的 1919 年 9 月，据《北京大学日刊》记载，他发起"问题研究会"，提出大小问题 150 多个，但同年 12 月，他就接受李大钊思想，认识到"社会制度之大端为经济制度"④，需从这个根本问题出发创新。

与主张研究问题相一致，胡适又接过毛子水、傅斯年的看法，积极鼓吹"整理国故"。他在《新潮》发表《论国故学》，强调指出"研究学术史的人更当用'为真理而求真理'的标准去批评各家的学术"，"现在整理国故的必要，实在很多"。后又在《新青年》上的《新思潮的意义》一文中，把新文化运动概括为"研究问题，输入学理，整理国故，再造文明"。在胡适看来，"整理国故"就是要"重新估定"一切旧文学和旧文化的价值，所谓"国故"包括"国粹"与"国渣"，哪些该保留、继承，哪些该抛弃、批判，只有通过整理才能区分开。胡适还是一位"整理国故"的积极实践者。1921 年他撰写了《清代学者的治学方法》，1922 年创办《努力》周报，并附出《读书杂志》，随后又创刊《国学季刊》，完成了诸种古代文学研究著作。胡适的努力从学术层面看有合理意

---

① 《李大钊文集》（下），人民出版社 1984 年版，第 37 页。
② 《陈独秀文章选编》（上），三联书店 1984 年版，第 412、425 页。
③ 《陈独秀文章选编》（中），三联书店 1984 年版，第 178 页。
④ 毛泽东：《学生之工作》，载《湖南教育月刊》第 1 卷第 2 号，1919 年 12 月。

义，但时机不当，易为复古势力造就可趁之机，因此当时的思想文化界着重从政治上批判。李求实在《评胡适之的"新花样"》中批判了胡适提倡"整理国故"把青年引上"闭门读书"的道路，阻止他们参加爱国运动。沈雁冰在《文学界的反动运动》、《进一步退两步》等文中，对"整理国故"所造成的消极后果做了深刻揭示："在白话文尚未在广遍的社会里取得深切的信仰，建立不拔的根基时，忽然多数做白话文的朋友跟了几个专家的脚跟，埋头在故纸堆中，做他们的所谓'整理国故'，结果是上比专家则不足，国故并未能因多数人趋时的'整理'而得了头绪，社会上却引起了'乱翻古书'的流行病，攘夺了专家的所事，放弃了自己眼前做而且必须做的事情。"① 因此，也就会使守旧派借用"整理国故"的旗号，为复古守旧找到护身符，助长了复古势力的气焰，造成文学界"颇占优势的反动运动"。其他如李大钊、萧楚女、郭沫若、成仿吾等信奉社会主义的知识分子都著文批判。

"整理国故"的争鸣，实际反映了新文化运动中知识界面对文化遗产的不同观念。作为文化与文学层面的问题，它与"问题与主义"这个社会层面上的争鸣处在同一时期当然不是偶然的，它们都是处于初始阶段的马克思主义中国化进程中同一个问题的两面。马克思主义者坚守改造社会的历史使命，对于古代文化遗产所持态度较为激进，不容任何自由主义的立场存在，因此为以后特定阶段的文化悲剧埋下了伏笔。当然中国封建的文化遗存太过纷繁复杂，古典状态下复古传统的势力极端强大，如果稍有松懈和犹疑，就会回到抱持"国粹"乃至"国渣"不放的旧立场上，胡适由"整理国故"到开列书目要求中学生在"国文"课中以 3/4 的时间读古文就是例证。因此马克思主义者在特殊阶段的矫枉过正是可以理解的。马克思主义思维模式在此显露出它的最初锋芒。

二、问题意识的观念方法

"五四"时期的知识分子总是信奉"借思想文化以解决问题的方法"，"五四时代的知识分子相信思想与文化的变迁必须优先于社会、政治经济的变迁，反之则非是。反传统知识分子或明或暗地假定：最根本的变迁是思想本身的改变，而所谓最根本的变迁，是指这种变迁是其他变迁的源泉"。② 渴望通过更新学术去更新上层建筑的道德、政治及经济基础的技艺、器物，再去产生新国家、新世界。当然这种社会各领域革新的顺序，正把马克思主义的革命思想根本倒置了，

---

① 《茅盾全集》第 18 卷，人民文学出版社 1989 年版，第 444 页。
② 陈伯海：《近四百年中国文学思潮史》，东方出版中心 1997 年版，第 464 页。

马克思主义者的思维模式中，的确将思想文化尤其是文学研究视为主导社会经济、政治革命的积极武器，但是只有经济基础才是思想文化的决定力量，因此经济问题的解决是根本解决，而这要靠政治革命实现。不过也正是这种倒置，才促进以胡适为代表的知识分子首先关注文学领域，以来源于西方的科学、民主精神指导文学研究，使研究方式逐渐更新。

对"五四"新文化革命中研究模式的改变，胡适称之为新思潮，对这种思潮的含义，《新思潮的意义》一文做了表述："新思潮的精神是一种评判的态度"——"新思潮的手段是研究问题与输入学理"——"新思潮的将来趋势，以我个人的私见看来，应该是注重研究人生社会的切要问题，应该于研究问题之中做介绍学理的事业"——"新思潮对于旧文化的态度，在消极一方面，是反对盲从，是反对调和；在积极一方面，是用科学的方法来做整理的功夫"①。从此处引述话语的逐次递进中，可以看到胡适思想的内在变化，所谓"评判的态度"针对古代文化来说其实是疑古的态度，胡适思想与学术的重要来源之一是宋代理学，理学对他的治学方法有重大的启发，其中最重要的就是怀疑的精神，如胡适1921年7月在东南大学演讲中说："疑古的态度，简要言之，就是'宁可疑而错，不可信而错'十个字。"这其实与张载所说"于不疑处有疑"、朱熹所谓"读书无疑者，须教有疑"、陆九渊所言"为学患无疑，疑则有进"一致。怀疑的目的是为了研究问题，尤其是社会人生问题。但从这方面出发去探讨问题，就看出中国传统方法的不足，于是胡适强调输入西方的学理，尤其是科学精神与方法。他认为中国传统研究的最大弊端是"方法盲"，要学习西方方法的自觉。胡适引进杜威的实用主义，将其思想总结为"五步说"："（一）疑难的境地；（二）指定疑难之点究竟在什么地方；（三）假定种种解决疑难的方法；（四）把每种假定所涵的结果，一一想出来，看哪一个假定能够解决这个困难；（五）证实这种解决使人信用；或证明这种解决的谬误，使人不信用。"并进一步简化为"三步说"："一、认清疑难；二、制裁假设；三、证实。"更为人所熟知的是"大胆的假设，小心的求证"两步。在《介绍我自己的思想》一文中，胡适说："科学精神在于寻求事实，寻求真理。科学态度在于撇开成见，搁起感情，只认得事实，只跟着证据走。科学方法只是'大胆的假设，小心的求证'十个字。没有证据只可悬而不断；证据不够，只可假设，不可武断；必须等到证实之后，方才奉为定论。"②盲从是问题意识的大敌，疑问是问题产生的前提，只有大胆假设才能积极探索，小心求证正是坚持了客观公正的历史方法。"撇开成见，搁起感情"

---

① 《胡适文存》（一集），黄山书社1996年版，第533~534页。
② 《胡适文存》（四集），黄山书社1996年版，第463页。

的强调对中国学人特别有意义，因为中国古典状态下的学问在自然科学领域不发达，学者对严格的客观态度没有坚定的意识，当着回顾旧时的文化时容易跟着古人走，而丧失了客观的立场，来源于西方现代学术的一切凭事实、证据说话的思想恰恰矫正了中国传统之弊。

胡适将他的研究方法应用于社会问题时正与马克思主义思想遭遇，产生了"问题与主义"之争，在此表现出胡适的局限性，但他的主张从学术层面看有合理意义，在"整理国故"运动中他的科学方法表现出色，尤其是在文学研究方面。1923年1月在《国学季刊》发刊宣言中，胡适说："庙堂的文学固可以研究，但草野的文学也应该研究。……每一个时代，还它那个时代的特长的文学，然后评判它们的文学的价值。不认明每一个时代的特殊的文学，则多诬古人而多误今人。"① 这个主张的实施是在1928年出版的《白话文学史》中，书中讲上古文学时没有讲《诗经》、《楚辞》，而是从战国时期的文体谈起；对汉代文学的论述，不介绍《古诗十九首》，而专论民歌、散文以及汉魏时《孔雀东南飞》等叙事诗。之所以如此，实际表明了胡适对民间文学的重视，对传统的以文人文学为主体的文学观是一种反驳。胡适考证《红楼梦》的原因，如他所说："在消极方面，我要教人怀疑王梦阮、徐柳泉一班人的谬说。""在积极方面，我要教人一个思想学问的方法。我要教人疑而后信，考而后信，有充分证据而后信。"② "旧红学对《红楼梦》加以探幽索隐，寻找小说中'隐'去的'本事'或'微义'……其解释活动几乎没有什么发展，基本上是一种原地徘徊式的修补。而新红学的出现，打破了这种对原解释的重复或修补，而略作发展。如胡适《红楼梦考证》将宝玉与曹雪芹对应起来……这样，新红学的考据上的历史主义比旧红学的索隐多一些创造性，使自己的解释结论与原解释结论相比发生了衍生义，尽管仍未脱其窠臼，但仍产生了某种程度的意义增殖。"③ 从伽达默尔解释学的衍生论来看，胡适及其后俞平伯等新红学摒弃传统的穿凿附会、索隐猜谜的弊端，施以科学考证，是有重要意义的开端。胡适的思想方法的确代表了当时的大势所趋，在中国文学研究史上，是胡适第一次以科学的观念明确建立了"问题意识"，并采取科学的方法研究古代文学。他的文学研究被同时和后世的学人效仿和追随，如鲁迅的《中国小说史略》，周作人、顾颉刚对民俗民谣的收集整理，俞平伯的"红学"考辨等，皆粲然可观。

文学革命运动以倡导白话文代替文言文为外在形式和突破口，实际标志了学界对如何对待古代文学遗产问题的论争，而如何对待中国古代文学遗产，反映着

---

① 《胡适文存》（二集），黄山书社1996年版，第6~7页。
② 《胡适文存》（四集），黄山书社1996年版，第463页。
③ 胡经之、王岳川：《文艺学美学方法论》，北京大学出版社1994年版，第326页。

学界对中国古代文学思想资料与价值体系的态度，检验了马克思主义文论在古代文学领域中国化的程度。新文化运动及文学革命既是中国社会和文学自身矛盾运动的结果，也直接受到了马克思主义学说的影响。但是，20世纪之初的中国社会所面临的主要发展方向是从半殖民地半封建社会向更加合理的社会制度的变革，这个任务是当时的先进分子一致认同的，马克思主义一经输入中国，其迅即走上中国化道路的最鲜明特点就是具备强烈的革命功利目的，被用作救济社会、除去旧习的理论武器。手持这一武器的人们，在面对古代文学遗产时，首先是彻底批判其封建的种种因素，甚至达到了激进的程度，更从社会革命、根本解决中国社会问题的政治角度反对一点一滴累积变革的"问题意识"。不过今天我们要看到"问题"与"主义"间沟通协调的可能性，在文学研究中只靠主义思维是不够的，马克思主义是带有根本指导意义的方法论，在它的科学体系之中还需要包含问题意识以及由此产生的科学方法，才能构成更加完善适用的研究模式。20世纪20年代后，马克思主义唯物史观也进入古代文史领域，以郭沫若为始，郑振铎、吴晗、钱杏邨等都运用马克思主义进行古代文学研究，这是对胡适一派实验主义扬弃的结果，郭沫若也谈到在社会研究中"我们的眼睛每人都成了近视。有的……已经盲了"，但他的观点与胡适的不同，不仅认为是方法盲，更认为是中国封建制度造成古代社会史料被御用学者曲解、湮没，他从方法找寻背后的思想根源、制度基础，使见解更加深刻，同时证明了马克思主义的社会发展观念与科学合理的问题意识结合的威力。

第二节　问题意识曲折演进：泛政治化态势

20世纪三四十年代的马克思主义中国化，在文学领域主要体现在对"五四"以来新文学的研究中。在古代文学研究中，马克思主义思想观点的运用并未占过多地位，因而尽管这个时期产生了代表20世纪中国文学研究最高水平的学术论著，如郭绍虞的《中国文学批评史》、刘大杰的《中国文学发展史》、朱自清的《诗言志辨》、闻一多的《唐诗杂论》、钱钟书的《谈艺录》等，对古代文学及文论系统研究后提出了典范的问题，但我们不得不认识到，问题意识未能同马克思主义中国化的进程保持完全一致。究其原因，就政治状况看，来源于苏俄的马克思主义文艺思想作为意识形态被当局压制；在学术研究领域，书斋型学者受西方文艺思想和中国传统文化影响，对马克思主义尚不能给予充分注意。

同样在这个时期，毛泽东作为马克思主义中国化的领导人物，其文艺思想成熟起来。早年他从钦佩胡适转而接受李大钊影响，最终在延安时期初步完成了对问题意识的马克思主义化的阐述。所言"什么是问题？问题就是事物的矛盾。哪里有没有解决的矛盾，哪里就有问题。"① 使"问题"由相对静态的认识论范畴发展到运动的实践论概念。1938 年毛泽东在《中国共产党在民族战争中的地位》一文中强调"中国作风和中国气派"；1940 年在《新民主主义论》中对民族文化遗产主张"排泄其糟粕，吸取其精华"；1942 年在《在延安文艺座谈会上的讲话》中提出文艺为工农兵群众服务的方向，指出文艺来源于生活，辩证论述了文艺的源与流的关系，点明社会生活实践和继承一切优秀文学艺术遗产的不同地位及各自作用，这些都作为指导文艺运动和文学研究的政治方针对问题意识的发展方向、思维领域产生了制约作用，并延续至新中国建立后近 30 年。不过如上文所述，这种方针在 30、40 年代主要对现代大众化文学创作作用明显，在古代文学研究中不可能得到全面贯彻。直到新中国建立后，其影响才在古代文学研究中显现出来，而且其中的问题意识呈现出强烈的泛政治化的态势。

一、政治意识笼罩文学问题

新中国建立后，马克思主义迅速被确立为中国社会各领域的指导思想，甚至占据绝对统治地位。尤其是 1949～1976 年，中国文学研究与现实政治需要紧密相连，体现为思想学术争鸣被纳入政治运动中，文学研究的政治化取向由此确立。这就导致问题意识在古代文学研究领域被"主义"的研判所管制，尽管提出了许多问题，但问题的提出——论证——解决过程统统被笼罩在政治政策决定的"主义思维"之下。

在古代文学研究中，曾提出诸多问题，并被广泛讨论。这些问题都带有一定的政治色彩，皆自觉或不自觉地贯穿一个政治主题，这与国家政权确立文学研究政治标准第一、艺术标准第二的政治化方针，与以文学"党性原则"、党的基本政策来规范研究是一致的。早在毛泽东《在延安文艺座谈会上的讲话》中，就始终强调突出政治，"一切文化或文学艺术都是属于一定的阶级，属于一定的政治路线的。为艺术的艺术，超阶级的艺术，和政治并行或互相独立的艺术，实际上是不存在的"。因而提出"文艺是从属于政治的，但又反转来给予伟大的影响于政治"②。在文艺批评的两个标准中，是政治标准第一，艺术标准第二。《讲话》对文艺的政治属性和阶级意识的强调，突出了马克思主义文艺理论中关于文艺社会学和文艺政治学的一面，并将之发展得通俗化、民族化、中国化。《讲

---

①② 《毛泽东选集》第 3 卷，人民出版社 1991 年版，第 839、865～866 页。

话》的思想在新中国建立后成为文艺工作的指导方针，中国文艺事业的具体领导者都遵循了这一方向。1949 年在确立中国文艺发展方向的第一次文代大会上，茅盾在关于国统区文艺的报告中批评文艺创作不能反映社会矛盾与政治斗争，作品的题材和主题都不是工农兵的，提出文艺创作与批评应转向工农兵；① 周扬在关于解放区文艺的报告中提出文学体现工农兵方向要以党的基本政策来保证，② 这是接受了苏联强调的"文学党性原则"和"以政策为指针"的思想；邵荃麟提出的"文学服从政治"是"现实主义新要求"，强化了文学研究中的政治中心论。如前所说，在毛泽东推动下，展开了"反对在古典文学领域毒害青年三十余年的胡适派资产阶级唯心论的斗争"，把阶级和阶级斗争观点确立为马克思主义文艺理论的政治核心。胡风文艺思想被清洗标志着文学研究中对与政治全面一致特性的绝对强调。

　　文学研究的政治化倾向在古代文学的爱国主义、阶级性、人民性以及文学共鸣现象的激烈争鸣中表现得特别明显。新中国的建立对文学研究者的思想冲击是巨大的，使他们对国家的概念更加关注。因为国家在历史上是作为一个民族斗争和阶级统治的工具而存在的，新中国也是政治管理的工具，所以马克思主义思想认为国家是一个属于政治上层建筑的概念，爱国与否主要考验作家的政治态度，检验着作品的政治立场。于是古代文学研究者普遍关心古代文学作品中的爱国主义问题。如 20 世纪 50 年代开始在对唐代边塞诗的评价问题上引起了争论，焦点之一是讨论边塞诗中是否渗透着爱国主义精神。当时的论者对唐代边塞战争多采取了肯定的态度，因此多认为热情歌颂边塞战争的诗歌自然充满爱国精神。1957年沈玉成等指出"人民自己英勇地把保卫祖国的神圣责任担负在自己肩上。边塞诗就反映了爱国主义中这样一个特定的保卫祖国边疆的主题"。③ 北京大学中文系 1955 级学生在编著《中国文学史》时提出，爱国主义和边塞诗的反战主题是一致的，"爱国主义必须从爱人民的思想出发才有基础，这些诗人对人民所遭受的痛苦，发出了沉重的呼声，正是高度的爱国主义精神的具体表现。"④ 两者从战争与反战的正反两方面指出了边塞诗与人民的关系，而认为具有人民性就一定是爱国主义思想产生的前提。另如在李煜词、李清照词、岳飞词及岳飞戏、屈原和文天祥等人的研究中，都涉及爱国主义问题。这反映出新中国建立之初，战乱方息，人们对战争与反战的性质、国家的统一与分裂倾向、民族间团结与斗争问题十分关注，正是国家的外部政治环境制约了文学思潮甚至古代文学的研究。

---

① 《茅盾全集》第 23 卷，人民文学出版社 1996 年版，第 46～68 页。
② 《周扬文集》第 1 卷，人民文学出版社 1984 年版，第 512～535 页。
③ 《论边塞诗》，载《文学遗产》增刊三辑。
④ 《光明日报·文学遗产》1961 年 3 月 15 日。

新中国建立初，古代文学研究者关注文学的阶级性，并把它和马克思主义中国化过程中极端强调的人民性放在一起进行讨论。这集中体现在 1959 年初至 1960 年末的"中间作品"问题的争鸣中。其中心问题为，在古代文学中是否存有具备人民性和反动性之外的中间属性的作品。因为"中间作品"论和当时主流意识中文学的阶级性和人民性的理论有矛盾，所以遭到批驳。批驳者认为"中间作品"这一概念抹杀了文学的阶级性，不符合文学是上层建筑的思想和列宁的两种文化理论。同时，赞成者并不否认文学的阶级性，反而认为"中间作品"是有阶级性的，只是并不直接与阶级斗争有关，都不一定与人民的立场或反动的立场有关。这就使得在支持"中间作品"和其反对者的辩论中，实际上这个概念并没有达到统一的认识，并且导致了对何谓阶级性、何谓人民性以及二者间有何关系的认识也是众说纷纭、莫衷一是。值得注意的是，在讨论中由主要谈论作品进而论及作家，把作品和作家紧密联系，造成混乱的认识。首先，在研究的许多时候并不区分作家的主观思想倾向和作品的客观意义，而是认为作家的思想直接决定作品意义，如有的文章以否定中间阶层人物的思想中存在中间立场作为否定"中间作品"存在的理由；再如说"阶级社会作者的思想感情既不能不有阶级性，他的作品也就不能不有阶级性。"其次，把作家单个作品的意义和他整个创作的基本倾向同一，如一些研究者认为所谓中间作品大多篇幅短小，不能充分展开作家思想，因而没有表现思想倾向，但如果从作家创作的总和来看，它们实际是有倾向的，这样作为文学研究者，就应该把帮助读者提高到理性阶段来批判地对待古代文学遗产作为自己的责任。然而这种要求在当时助长了拔高作品本来微小的意义再去吹毛求疵或将作品本来没有的思想意识强行加诸作品再来批判的不良倾向。另外，有人认为由于作家对社会生活和政治斗争冷漠，可能对现实问题没有明确表现倾向，但根据列宁所说"对斗争漠不关心，实际上决不是回避斗争，拒绝斗争或者保持中立。漠不关心是默默地支持强者，支持统治者"，[①] 所以认为中立也是一种阶级性和倾向性。这就不仅把具体作品和作家的总体倾向紧密联系，而且进一步把两者都放在阶级对立的斗争范畴里，认为文学作品就是作用或大或小的剥削者和被剥削者、压迫者和被压迫者的斗争工具，从而得出了文学为政治服务是文学发展历史的基本规律之一的片面看法。

20 世纪 50 年代对李煜词的评价以及 60 年代对山水诗阶级性的讨论中，都涉及文学的共鸣问题，这是文学的一般理论问题，但对它的认识直接影响古代文学研究中对作品的理解、对作家的评价。针对共鸣的概念，少数意见认为，文学上的共鸣是读者与作家作品、人物形象所具有的相同的思想基础、一致的阶级倾

---

① 《列宁全集》第 12 卷，人民出版社 1987 年版，第 127 页。

向决定的，它不是精神或情感活动的全部，与一般的理解、欣赏和喜爱有别；多数论者不同意这种解释，觉得过于机械和简单，他们认为文学上的共鸣现象就是指作家或作品中的思想感情引起了读者也产生了相同或相似的思想感情，或者说，是作家、作品和读者之间在思想感情上互相呼应、融洽的现象。由此，前者认为共鸣发生在同时代同阶级的人物之间，而后者认为共鸣实际发生在不同社会、不同时代与不同阶级之间，从实质上说前者主张的是阶级共鸣说，后者是人性共鸣说。然而在那时人性论文学观始终只是可贵的萌芽，无法真正突破阶级论文学观，钱谷融以"文学是人学"这一命题论述了人道主义文学观，又从人道主义文学观出发阐释了古代文学的现代意义，说："一切被我们当做宝贵的遗产而继承下来的文学作品，其所以到今天还为我们所喜爱、所珍视，原因可能是很多的，但最基本的一点，却是因为其中浸润着深厚的人道主义精神，因为它们是用一种尊重人同情人的态度来描写人对待人的。"① 但他因对人性的强调不断受到打击，甚至被迫写了《〈论"文学是人学"〉一文的自我批判提纲》等自我否定性的文字。在政治运动对人性人情的批判环境中，文学研究的政治化倾向日益严重。"文革"中的评法批儒运动是文学研究政治化的极端恶例。

二、批判思维中的遗产继承

新中国建立初 30 年进行社会主义建设、发展社会主义文化的过程中，文学遗产问题成为文学艺术发展的重大理论主题，受到空前未有的重视，此时确立了文学遗产的批判继承原则，发生了关于批判继承之方法和态度的争鸣。

1949 年到 1960 年的三次文代大会逐步确立了关于文学遗产的最初政策，即"批判地继承和吸收，取其精华，去其糟粕，推陈出新"，随之而来的就是它在古代文学及其思想研究中的具体实施，但在这一过程中，对于批判继承的方法和态度问题，学术界产生了种种貌似统一而实际极端复杂的认识。

新中国的建立，促使人们以理想主义的精神推崇向前看的现实革新，而以革命主义的姿态摒弃向后看的历史沉思，因此在憧憬社会主义新文化的过程中传统文化受到冷遇，在对待文学遗产时，出现简单化的批评方法，强调批判而忽视继承。自新中国建立初到 50 年代初期，在全国百余人的古代文学研究队伍中，当谈到怎样对待古代文学与文化时，都会言之凿凿地说要坚持批判继承的总原则；但这种说法是抽象的，在具体研究某部作品或某个作家时，却往往以其不适应新社会而不欢迎、低估甚至于漠视其价值。如王瑶的《谈古典文学研究工作的现

---

① 钱谷融：《论"文学是人学"》，载《文艺月报》1957 年第 5 期。

状》所说："真正企图用马克思主义的观点方法来研究古典文学的工作，是在全国解放之后才开始了的"，但在研究中，"有这样一种态度，当谈到中国有悠久的优良文化传统的时候，他是首肯的，而且自己也是这样说；但在谈到某一具体的作家或作品时，他就觉得'不喜欢'或'没有甚么了不起'了。至多他可以承认，比如承认'杜甫是伟大的'等，但他并不喜欢杜诗，也不打算去学习，而伟大的文学作品原是应该引起人民的热爱的，这种态度可以叫做'抽象的肯定和具体的否定'"①。这在新中国建立伊始极为普遍，致使产生简单甚至粗暴的武断定论。

在由上述简单化做法趋向更加精深细致的研究中，强调批判而忽视继承的倾向不仅没有得到合理的纠正，反而愈演愈烈，导致1958年后学术批判运动中出现偏离批判继承方针的激进倾向。这场运动除受当时政治生活的"反右派运动"的影响外，更为直接的却是由于那时提出了"厚今薄古"的口号。这个指导性方针本来应是要求学者把主要精力贯注于当今、当前问题的研究。但在具体运用时，产生了很大偏向，当时流行的做法是千篇一律地硬要把它在很多文化工作领域包括考古学、历史学和古代文学研究工作中贯彻，试图使它成为指导一切社会主义文化生活的政策。这种超范围、泛政治化的应用，必然既造成对研究古代文学工作的轻视，又导致对古代文学的随意否定。古代文学研究者的研究对象本身就是"古"，要在这个领域内贯彻"薄古"，势必造成谬误和迷茫。尤其当它在实际效果中已经产生了凡是"今"都要"厚"，凡是"古"皆应"薄"的认识后，更显出这个口号本身具有形而上学的缺点。同时"厚今薄古"口号的提出者，把学术界描绘成"言必称上古三代"，也是不符合实际的，使人们看不到旧的事物中有精华，新的东西中也有糟粕，勇于说旧的必然是腐朽的，却不敢讲新的也会过时，对今人的创作就注定要保护、姑息，对古人的作品就要挑剔、苛求，这是学术上的不良风气，但它贻害广泛。如中国人民大学图书馆1958年10月编辑了《"厚今薄古"资料索引》，收集了同年3月11日至8月末全国各主要报刊谈此问题的文章和专辑，分为九个方面，贯穿了哲学、教育、历史等人文科学各领域，特别区分了艺术和文学，涉及古代文学史研究与教学的有十数篇，不仅指斥"厚古薄今"把青年引向了歧途，即便是"古今并重"亦受到责难，不仅反对"崇古非今"，更加自觉抵制"借古谤今"，像"跳出故纸堆，奔向红与专"更是带有浓重的政治化情绪，"揭发"、"批判"等词汇触目皆是。

1960年以后，强调学习文学遗产，讨论如何批判地继承古代文学遗产一时成为学术的热点，但其主流观点仍倾向于批判。1962～1964年批判继承问题的

---

① 王瑶：《关于中国古典文学问题》，上海古典文学出版社1956年版，第65、68～69页。

讨论中，首先涉及对"民主性精华"和"封建性糟粕"的理解，以及区分这两者是否是评价古代文学的唯一标准。有人提出"民主性"和"封建性"是属于政治范畴的概念，因此不能视为唯一标准，因为对古代文学作品，还需要从艺术的角度去衡量。这个说法本无可厚非，但在涉及具体例证时却又出现了烦琐的争议。其次如何理解毛泽东在《在延安文艺座谈会上的讲话》中提出的"无产阶级对于过去时代的文学艺术作品，也必须首先检查它们对待人民的态度如何，在历史上有无进步意义，而分别采取不同态度"。这本来只能是评价古代作品的政治标准，但有人进一步提出，"在历史上有无进步意义"应包括内容和形式两方面，认为如果一位古代作家在文学创作的形式方面提供了新的东西，就是有进步意义。这种见解的提出是很有意义的，但可惜没有深入地展开讨论。在这场讨论的后期，学者们越来越倾向于"批判"，强调古今界限。毛泽东在《在延安文艺座谈会上的讲话》中提到的"内容愈反动的作品而又愈带艺术性，就愈能毒害人民，就愈应该排斥"被引申为"越是精华越要批判"。其后批判继承问题上的"左"的错误发展到极端恶劣的程度，"从这种研究倾向，滑向'文革'期间对待古代文学的虚无主义态度，只有一步之遥"，[①] 古代文学艺术如戏曲等全遭否定。

对古代文化、文学遗产的"问题研究"做政治、主义的限制，是马克思主义中国化过程中其文艺思想面临中国文学现实处境时产生的某种偏离和曲折。今天回顾这种倾向，我们既要认识到其片面性和局限性，又要厘清其中的某种合理性与时代性。那个特定时代把问题意识笼罩在主义思维之下的做法，毕竟在相当程度上做到了问题与主义的结合，反映了从"五四"时期"问题与主义"论争到 20 世纪二四十年代毛泽东对问题意识的马克思主义化阐述以来的主义与问题间沟通协调、交相为用的发展趋势。只不过由于革命战争时期的惯性背离了和平建设的趋势，二元对立的斗争思维阻碍了辩证理性的清醒思想，使两者深度结合的同时出现了重大的方向性扭曲，如在这个历史阶段中，对文学遗产总体上坚持"批判地继承"的原则是合理的，并且始终作为一种基本政策在强调，然而在实际执行和应用中出现了严重偏差，把批判与继承分离而顾此失彼，总的倾向是以激进地批判为主，甚至愈益扭曲失控。文学研究中，从认识文学的党性原则到强调唯物主义与唯心主义的斗争，从使用阶级分析方法到只是强调阶级斗争，从理解经济基础决定上层建筑到广泛使用庸俗社会学方法，正印证了列宁所谓只要再多走一小步，仿佛是向同一方向迈的一小步，真理便会变成谬误。

---

① 黄霖、周兴陆：《20 世纪中国古代文学研究史·总论卷》，东方出版中心 2006 年版，第 220 页。

第三节　问题意识多元展开：潜浸与普适

　　新时期最初数年，学界对动乱中的混乱思想和败坏学风做出了清理，在此之后，学界不再或很少秉持主义去讨论原则思想，而是为了批判继承，去挖掘整理古代文学资料，实质上已经跳出批判继承的理念论辩与争鸣而进入更高层次上的寻找问题、解决问题的既继承又创新的实际操作阶段。问题意识浸润着文学研究者的头脑，潜入其思维深处，在学术研究中获得广泛认同，具备普遍适用性，因此学术研究的层面、研究方法的变革、理论话语的提出才呈现多元化趋势。

　　新时期的古代文学与文论研究者面对纷繁复杂的文学史实，本着以古还古、客观还原的理论原则持之以恒地做了文学挖掘、梳理与提炼的工作。学者普遍认识到："唯物主义的自然观不过是对自然界本来面目的朴素的了解，不附加以任何外来的成分。"依据这一方法论，文学研究者应坚持客观真实的立场，"充分地占有材料，分析它的各种发展形式，探寻这些形式的内在联系"。[①] 资料的真实客观是文学史的生命力所在，研究中首先要占有真实可靠的文学历史资料，即便历史复杂烦琐，也要在尊重历史事实的基础上，通过不懈的主观努力，无限地逼近历史的本来面目。为此研究者重视基础性的文献整理和考据工作，一般运用文字训诂、语词校注、资料辑佚和考据辨析等方法对有关古代文学的文献进行收录、辩证，对出土的文献和实物则进行研究和考辨。这种传统的研究方式曾经是古代文学研究的基本方式，但在新中国建立初30年内被排斥，新时期以来又得以恢复和发展，并且成绩卓著。新时期的学者还普遍重视文本细读式的作品研究和传记考订式的作家研究，对作家文集进行笺注、考订，撰作年谱，以多学科交叉的多元方法对作家作品采取全方位研究，各种研究学会适时成立，举凡著名的作家、经典的作品都拥有其研究会，在学会范围内展开合作研究和探讨是新时代新的研究模式，这加深了学者的相互理解，推动了作家作品研究。文学研究者重视历史方法，有清理历史事实的强烈意识，不是描述现象事实，而是深入内部，呈现本质意义上的结构图式，由此构成宏观的深刻。在种类繁多的文学史中，多注意对历史规律的探讨，对作家人生的揭示，而在文学批评史著作中，强调视野的开阔和概念的拓展，既有宏观研究又有本体研究，名目不再只有文学批评史，还有文学理论史、文学思想史、文学理论批评史乃至文艺美学史等。

---

① 《马克思恩格斯全集》第28卷，人民出版社1962年版，第527、286页。

　　新时期中国文学研究者的学术道路可以概括为：一是由外到内，即由着重考察文学的外部规律向深入研究内部规律转移；二是由一到多，即由单一的哲学认识论或政治阶级论角度转变为从美学、心理学、伦理学、历史学、人类学、精神现象学等多种角度来观察文学；三是由微观分析到宏观综合，即由孤立地就一个作品、作家或命题进行思考转变为从整体联系的观点进行系统的综合；四是由封闭到开放，既不断吸收外来文论尤其是当代西方文论的精华，又不断吸收文学之外的其他学科的养料，以丰富自己的内容和改造自己的形式。[①] 20 世纪 80 年代头三年，文学理论界和文学研究者处在探索新方法的过程中，在总体坚持马克思主义的唯物辩证法基础上，也提出要借鉴其他文化领域研究中的可行方法，如比较文学研究、系统分析方法、文化学分析方法等，丰富马克思主义的方法论。1984 年接续前期对方法论的探讨，并逐渐由对个别研究方法的试验发展到总体上认识方法论的探讨，同时引进自然科学方法，到 1986 年蔚为大观。1984 年钱竞在《文学研究方法论问题一瞥》中说："探讨和尝试文学研究方法的变革发展，是 1984 年文学理论范围里最引人注目的新动向。""最为显豁的特点就是力求引进自然科学乃至横断学科的方法论原则。"[②] 次年他又在《文学研究方法论问题的基本动向》中说 1985 年度"酿成着重探讨文学研究方法的新浪潮"，方法论问题"成为本年度文学研究最热闹的话题"。[③] 这种方法更新的热闹包含着马克思主义与文艺理论新方法关系的争论、文学研究与自然科学方法关系的争论等。到 1986 年，学界就大量探讨了马克思主义文艺学方法论与自然科学研究方法及西方现代文艺学诸流派理论模式的关系、正确评价和借鉴西方现代批评方法如精神分析方法现象学哲学方法的问题、方法论与文艺对象的关系、方法论与文艺观念的关系、文艺学方法论层次结构及相互间的关系、现代自然科学和其他学科研究方法引进文学研究方法论中的积极意义和局限等，这一系列讨论有总结 80 年代方法论研究热潮的意味。20 世纪 80 年代末期到 90 年代，古代文学研究领域呼吁"重写文学史"、"重新确立学术规范"，表明这一时期的文学研究者，对于一般宏观研究的普遍含义不满足，而要求进入到古代文学研究自身独特的层面。所以在研究方法上，重视古代文学文本，倡导解读、阐释文本的基本功训练，同时注意到与其他学科的联系，从而构成新的研究模式，如文化研究、审美研究、语言研究、心态史研究等，尚有相当多的研究成果实在难以归到某一绝对模式中而更带综合性。随着与国外、境外文化交流的日益加深，在全球化的研究格局中，中国学者更加摆脱了狭隘的圈子，越发注重研究中国文学在不同地域不

① 刘再复：《文学研究思维空间的拓展》，载《读书》1985 年第 2、3 期。
② 《中国文学研究年鉴（1985）》，中国文联出版公司 1986 年版，第 209～214 页。
③ 《中国文学研究年鉴（1986）》，中国文联出版公司 1988 年版，第 24 页。

同民族的接受。自《中国文学年鉴》1991～1992 年编有跃进的《台湾中国古典文学研究述要》、周发祥的《西方的唐宋词研究》起，探讨中外文学相互研究及其影响成为一个重要课题。当 21 世纪来临时，在全球化语境下文艺理论的发展和文学研究的走向问题成为探讨的焦点之一。

这些研究反映了新时期以来，政治对思想学术的控制基本松弛，古代文学研究也清算历史、思考未来，重新走向和现实政治的正常关系。20 世纪 80 年代中期至 90 年代后期，古代文学界摆脱了以政治为中心的思考模式，立足文学本身做研究，从自身特点出发参与社会思潮涌动和社会文化建设，在宽松的政治环境中开拓着研究的崭新局面。这给学术话语的自我选择提供了契机。学者以严肃的心态庄重地选择自己的言说方式：一是沿用"文革"前的话语讨论原有话题。这样做是为了清理新中国建立初意识形态话语的消极影响，有的学者不免受惯性思维作用，仍然陷入陈旧思维模式，更多人则在新的形势下获得崭新认识；二是在古代文学本身的研究中开拓新问题，发出新话语，重新辨别中国古代文论的审美境界、思维模式，在这种情形下，古代文论的现代转换问题引起人们的思考；三是受到社会文化制约，接受反映西方思维模式的话语，以致承认其在古代文学研究中的强势话语地位。

在学者们以各自的话语从事学术研究时，文学艺术及其理论的民族化和马克思主义文论的建设作为主流话语和政治要求在中国理论界一直被探讨着。20 世纪 60 年代初期《文艺报》和《文史哲》编辑部组织的"批判地继承中国文艺理论遗产"讨论，就是一例。80 年代初文论的民族化与马克思主义文论的发展被合并为建设有中国特色的马克思主义文艺理论的命题成为文论界的中心问题。到 1987 年《文艺理论与批评》编辑部组织以"建设有中国特色的马克思主义文艺理论"为主题的讨论会，其意图针对"怎样把马克思主义同新时期的文艺实践结合"、"怎样运用马克思主义的立场、观点、方法研究现状、研究历史、研究外国"、"怎样科学总结经验，以推动文艺实践"，可以看出文艺民族化同马克思主义文论中国化的密切关系。90 年代讨论进一步深入，发展到提出"建设有中国特色的马克思主义文艺学"，并试图提出其"体系"问题。朱立元的《关于马克思主义文艺学民族化的思考》深入美学和哲学思维层次，试图融通马克思主义文论辩证思维方式与中国传统文论带有整体思维、两端中和、流动圆合辩证因素的思维方式，"这样，我们才能建构起具有鲜明的中国特色、闪烁着中国式智慧的光芒的当代马克思主义文艺学体系来"①。1994 年《文学评论》、《文艺报》等举办"建设有中国特色的马克思主义文艺理论学术研讨会"，对马克思主义文

---

① 朱立元：《关于马克思主义文艺学民族化的思考》，载《学术月刊》1990 年第 8 期。

论与中国传统文论的关系做了进一步讨论，尤其认为对中国文化传统要有宽泛的理解，中国文化传统既包括古代文化传统，也包括"五四"新文化传统、新民主主义传统、社会主义文化传统。王宁发表的《全球化进程中中国文学理论的国际化》，认为"可以从马克思主义的辩证唯物主义和历史唯物主义立场对全球化反其意而用之"，肯定"在未来的世纪，世界文化的发展将是全球化与本土化的互动"，"如果我们借用'全球化'这一策略来大力弘扬中国文化和美学精神，那么我们的文学理论研究就不可能只是被动地接受西方影响，而是积极地介入国际理论争鸣，以便发出中国理论家的越来越强劲的声音"①。这些观点使马克思主义中国化的视域更为宽广了。

这种方式多样、杂语共生的局面归结起来，反映了人们问题意识的增强，在古代文学研究中或者善于挖掘问题的细部，不再为大概念争论不休，或者巧妙引入创新思维来重新解读旧有问题。但为了获得研究的宏观把握和纵深突破，古代文学研究必然需要具有一定普适意义的导向性思想，而在当代中国的语境中，为解决中国社会变革问题而深入人心的马克思主义及其文艺思想恰恰具备这样的品质。只有在中国化的马克思主义指导下，从社会问题到文学问题往复研究，文学的社会意义、尤其是古代文学问题的当代价值才能发扬光大、泽被后世。

总之，问题意识在20世纪中国文学研究中始终存在，但在各个时期、不同领域（传统古文学、现代新文学）的表现不同，它与马克思主义文艺理论中国化的进程有密切关系，但两者结合的程度要细致区辨。大致而言，马克思主义文艺理论中国化的进程始终在生机勃勃地进行，在这个实践过程中产生的正面经验或负面教训往往直接地影响马克思主义文艺理论在研究中国文学时所发挥的作用，同时决定了问题意识提出的深度和广度及其正确与否。"五四"时期被非马克思主义者提出的问题意识却很快引起了马克思主义者的关注，由于毛泽东等理论家的进一步发挥，在新中国建立后演化得蔚为大观；但由于主义思维过于浓重，问题的提出、论争、解决过程成为政治附庸，陷入机械化的格局。物极必反，进入80、90年代，学术研究的多元化造成问题意识的多向度展开，古代文学研究中问题意识与马克思主义方法论的结合在新的层面上受到重视。

新世纪的学术界在回顾20世纪时越来越明晰地认识到，20世纪是用马克思主义哲学观、方法论解决古代文学传统问题的世纪，而其中的重要题目之一是如何发挥古代文明的现实价值。马克思、恩格斯一方面肯定传统总是为现实的发展提供了无可回避的既定条件；另一方面强调现实总是在改变了的条件下接受传统，从而以新的方式延续传统，并且确认人们对传统的阐释总是以现实需要为根

---

① 王宁：《全球化进程中中国文学理论的国际化》，载《文学评论》2001年第6期。

据，为了满足其现实价值。① 要求人们面对传统时，"把我们的批判和实际斗争结合起来，并把批判和实际斗争看做同一件事情。"② 中国文学研究（特别要强调古代文学与文论研究）面临着的既定条件就是马克思主义文艺理论中国化的现实进程，在这一实际斗争过程中，所谓"批判"的工作其首要前提就是必须具备问题意识。因为问题意识使学问研究者以旺盛的求知欲关注自己时代的理论需要，以怀疑与批判的探索精神满足文学的价值。当前的中国文学研究者，以马克思主义观点、理论面对古代文学时，究竟应持何种问题意识，决定了中国古代文学研究正确、合理地应用马克思主义文艺理论和马克思主义文艺理论中国化的程度，而二者的有机结合是建立有中国特色的当代文艺学体系的重要前提。

---

① 姚文放：《当代性与文学传统的重建》，人民文学出版社 2004 年版，第 141～145 页。
② 马克思：《摘自〈德法年鉴〉的书信》，载《马克思恩格斯全集》第 1 卷，人民出版社 1956 年版，第 418 页。

第九章

20 世纪古代文学、文论研究
三个维度之反思

20 世纪的中国，壮怀激烈、九曲回肠。正如古老的黄河，总是不停地改道、再改道，既有良田之淤积，更多岸堤之摧毁；有时不绝如缕，乃至断流干涸；有时洪水滔天，浊流滚滚。战争既曾让中华民族危如累卵，亦曾让东方大国凤凰涅磐。革命是 20 世纪中国的最强音，变革是 20 世纪中国的主旋律。

20 世纪的中国，古今中西之争激烈持久。中国人从来没有像该世纪那样对于几千年的传统文化，发生如此大的动摇、怀疑，乃至憎恨、唾骂。实现现代化与保存传统这一对矛盾，从此成为中国人的心头之痛。在许多中国人看来，西方文化无疑是现代化的代表，强大、进步、科学、民主；而传统文化则意味着腐朽、落后、愚昧、专制。但是也有少部分中国人以为西方文化是人类战争之源、道德败坏之根，而中国文化恰是济世良药，提供了世界上不同文明间续存共处的最好方案。

马克思主义在中国人思想最混乱、信仰最迷茫的时候，在中国人围绕着新文化与旧文化、科学与玄学等问题论争最难解的时候，正式登上了中国文化、政治的舞台。自从它进入中国的那一天，就面临着双重任务：一方面是化中国；另一方面是中国化。化中国就是教育中国人民，动员广大群众，指引中国走向革命，以中国共产党为核心，主要通过政治革命、经济革命，使中国摆脱被压迫、受屈辱的处境，重新走向独立自主、繁荣富强。这个化中国的过程取得了举世瞩目的成就，是最引人关注的主线。中国化的过程则是并行的副线，看似淡化但也复杂。马克思主义之在中国生根发芽，发展壮大，正是中国化的结果。毛泽东思想就是马克思主义中国化的典型表现形态。就中国化这条副线而言，存在着政治显形态与文化隐形态两种表现形式。像毛泽东思想就首先主要是政治显形态，其次才逐步渗透到文化的各个层面、各个领域，以文化隐形态的形式发挥作用。

新中国成立后，由革命转向建设，则马克思主义在中国理应面临两大变化。首先，化中国这条主线将淡化为副线，中国将逐步从单纯的理论输入、理论吸收转向一定的理论创新、理论输出，中国化这条副线必然得以凸显而成为明线、主线。在这个过程中，政治显形态的马克思主义理论恰恰面临着转化为文化隐形态的任务。新中国成立后，最大的失误恰恰表现在此。这种政治显形态的马克思主义理论，不但没有追求逐步地、隐形地、平和地渗透，反而进一步政治化、泛政治化，于是一切文化领域都鲜明地打上了政治的烙印。这其中最惨痛的教训就是文化大革命。事实证明，新中国成立后，革命战争的主题必须转化为和平建设的主题。这就决定了中国化的马克思主义必须从政治显形态统治为主逐步过渡为文化的隐形态渗透为主。

20世纪的中国文学研究正是在上述情形下展开的。文学研究既然是文化的一部分，就决定了马克思主义要想成功地实现在该领域的运用与发展，最好的办法是采用隐形态的方式。但是可悲的是，20世纪的文学研究恰恰饱尝了革命化、政治化的恶果。把政治显形态的马克思主义强行推行于文学研究领域而又以政治显形态的形式表现出来，这样的做法可以说占据了20世纪的大部分时间。我们总结20世纪的中国文学研究，看到的更多的其实是显形态的马克思主义推行史、普及史。所以，20世纪的中国文学研究因此带有深深的革命化、政治化的印迹。革命进程与学术命运，二者就交织成了20世纪中国文学研究的总线索。

第一节　革命主题与学人主体

面对20世纪的中国古代文学研究，本节拟从三个角度来回顾反思：从学人主体的角度，反思革命主题对于文学研究的价值观念等影响；从学术研究范式的角度，反思20世纪文学研究两种范式的此消彼长；从研究对象之归宿的角度，反思中西古今之争与文化传统问题。此处先解决第一个问题。

一、政治革命与学术命运

20世纪中国的关键词非"革命"、"改革"两词莫属。"改革"实际也是"革命"之延续与变奏。"革命"实是20世纪的核心词。

　　1840年的鸦片战争，令古老中华的自尊心受到了强烈的刺激。但是，许多中国人并没有清醒过来，没有意识到自己的文化已经远远落后于世界潮流，没有意识到自己前所未有地遭遇了文明程度更高的西方文化的暴力挑衅。他们中的精英发起了洋务运动，采用中体西用的方略，"师夷长技以制夷"。然而，随着1894年甲午海战的灰飞烟灭，以及此后一系列丧权辱国的不平等条约，民族的文化自尊心也被轰击倒坍。中国人意识到，变革必须彻底，于是从先前器物层面的变革，发展到制度层面的变革。可是，百日维新这样改良式的政治变革却遭受了失败。于是，更为激进的辛亥革命继之而起，彻底地推翻帝制，以实现共和；结果却被袁世凯篡权，继而是河枯鱼烂的军阀混战局面。

　　中国的变革是被外国侵略者的刺刀戳出来的。这种变革从局部更新，到政体改制，再到全方位的文化层面的革命，一浪高过一浪，一次比一次彻底，一次比一次痛苦。不变，就要亡国灭种；变得慢，就要丧权辱国；变得不彻底，就要落后挨打。西方侵略者的达摩克利斯之剑时刻在刺激着中国人这样想，也只能这样做。激进主义由此成为百年来中国的主流。穷则思变，变就要变得彻底。中国的20世纪就避免不了血与火交进、汗与泪合流的革命战争之局。

　　自从被坚船利炮轰开国门，中国就不断涌现出有志有识之士，进行了一系列的试验。问题却日趋严重。双重怨恨积压在国人心头：首先是对于帝国主义的仇恨，这种仇恨反激起了一股强烈的对于传统文化的怨憎。西方之强大，暴露了中国之弱小；西方之优胜，暴露了中国之低劣；西方之科学民主，暴露了中国之愚昧专制。新文化运动、五四运动正是在中国与西方的矛盾达到至高点时发生的。

　　新文化运动之复杂，我们无暇缕述；但是有一点是清楚的：新文化运动在摧枯拉朽地对于旧文化进行拆解破坏的时候，却不可避免地带来了一个严重的问题，这就是，旧的文化体系崩坏之后，如何进行新的整合？比如认知机制、政治体制、价值体系怎么重新予以确立，以收拾那七零八落的崩坏之局，填补那迷茫一片的精神空白。必须有一种东西能够承担这一整合文化、凝固人心的任务，将一盘散沙的民族团聚成一致对外的力量。但是，文化保守主义者不行，不管他们的动机多么真诚、头脑多么冷静、思路多么圆融，仅仅由于大多数民众对于传统文化的极度失望与怨憎就足以否定掉他们不乏真知灼见的各种设想。全盘西化论者也不行，他们要全盘照搬西方的一套，且不说这些东西翻译、介绍、消化、吸收需要一个漫长的时期，仅他们的假洋鬼子的形象就足以令人反感，他们的洋八股架势也注定不受欢迎。① 科学与玄学之争，表明了人们对于精神层次、价值层

---

　　① 鲁迅：《阿Q正传》里形象地刻画了底层民众对于此类人物的反感心理。毛泽东的《改造我们的学习》、《反对党八股》等文章也曾经对"言必称希腊"的习气进行过辛辣讽刺。

面的企望与诉求。而科学只能解决认知的问题，不能解决世道人心、道德重建问题。

在以上情势下，在"问题与主义"的争论中，马克思主义的学说开始头角峥嵘。这乃是势所必至。马克思主义的学说恰恰可以充当上面提到的能够全面整合文化、尤其是整合民心的角色。在当时，中国最需要的首先是国土保全、主权独立、民生得安。马克思主义提倡科学社会主义，可以说既解决了认知问题，提供了一套科学有效的方法论；又主张解放全人类，实现无产阶级的政治翻身，这就既在道义上获得了有力的支撑点，又在政治体制上提出了明确的方案。进而又崇尚一种以天下为己任、大公无私的献身精神，这就解决了道德信仰问题。[①] 对比孙中山的"三民主义"以及其他诸种学说，我们自不难看出马克思主义的学说的优胜之处。尤其是，马克思主义学说对于西方资本主义持强烈的批判立场，对于被压迫国家与阶级一向是道义的支持方，对于无产阶级是最有号召力的学说。所以，马克思主义学说进入中国使其一方面可以获得批判西方资本主义的武器，使得对帝国主义有切齿之恨的中国人民有了一种认知的优势；另一方面可以获得鼓动下层广大无依无靠、朝不保夕的民众的思想资源，可以最大限度地调动群众，凝固民心，具有一种天然的道义优势与道德力量。而且，马克思主义与中国下层有一种天然的亲和力，比如尊崇均平、敢于造反、不怕牺牲等，一直是底层文化的传统。

中国最大多数的民众是随时待毙的农民、城市贫民，如同涸辙之鲋，他们急需获得拯救，那种徐图渐进的政治药方根本就不切实际。所以，杜威、胡适之说根本不能作为当时的救世良药。在全世界范围内，那些有着强烈的正义感、责任感的优秀知识分子，在 20 世纪纷纷信奉马克思主义学说，绝不是一种偶然。如果说，哪里有压迫，哪里就有反抗；那么也可以说，哪里有反抗，哪里就需要马克思主义；或者说，哪里有弱者，哪里就能获得马克思主义的传播条件。

马克思主义既然肩负着推翻压迫、拯救弱者的道义使命，则它在 20 世纪的中国的传播与实施就是不可避免的。要打倒帝国主义，救生民于涂炭，给民众以希望，完成兴国救民的任务，就必须采用暴力革命的方式。马克思主义就是最先进的革命学说。

不管人们怎么看待 20 世纪马克思主义在中国的传播、实践史，有一条是必须肯定的：百年来的这一红色运动确实实现了先前所有尝试都做不到的事情，实现了国家独立，让民众特别是最广大的农民有饭吃，翻了身。这就是伟大的功绩，且不说其他的伟大创举。

---

① 李泽厚：《中国现代思想史论》，东方出版社 1987 年版，第 148～160 页。

　　为什么要这样讲呢？这是因为近年来不断的反思浪潮中有一种忽略上述贡献而对马克思主义在中国的实践全盘否定的势头。这些声音有的来自海外，也有的来自国内。一个耐人寻味的现象是：一些在大陆解放后漂泊海外的学人，这些学人没有遭受过大陆此后一系列的政治运动，没有经历种种屈辱磨难，而是在外面安然地处于旁观者的地位；如今他们却可以大谈诸种事宜，俨然以胜利者自居。对比大陆学人，他们可以炫耀自身的学术优势，因为封闭的大陆没有那么多的外界学术营养；他们可以炫耀自身的道义优势，因为他们没有那种被批斗的经历，所以就不可能有灵魂被曝光，乃至心灵被扭曲的机会。他们既可以指点郭沫若等人的晚节，他们更可以指出鲁迅等人的弱点，乃至把这一切归罪于马克思主义运动。持这种论调的人当然是少数，但是却引发了一些大陆学人不加思考的认同。这就值得我们指出了。

　　提到学术牺牲，许多人举出陈寅恪先生。这里面许多人的目的并不一样。有人是引陈先生以自重，欲袭陈先生之遗产以暴富；有人则以陈先生之所见，来非议其他不同的治学路子，好像凡是不合陈先生之学术轨则的都当轻之贱之，这恰恰不是学术独立、精神自由的做派；还有人则别有用心，比如不断地抠取陈氏晚年的不幸遭际，来直接或间接地攻击马克思主义，或者中国共产党的领导。

　　又比如讨论到文学研究问题，过去那种政治标准第一、艺术标准第二①，乃至以政治标准取代艺术标准的做法无疑是不妥的，是带来了很严重后果的；但是，必须结合当时的情势与最迫切的任务去理解。我们的文学研究长期以来受到了教条化、政治化的干扰，这方面是付出了惨重代价的。凡此种种，都必须结合具体的场合、形势、条件去理解。不能因为这些问题就否定马克思主义运动的历史贡献，不能因此得出种种臆想的判断。

　　当然要反思，要吸取教训。但是，这种种反思都必须有一个前提：学术的纯粹化离不开安定和平的环境，离不开长期形成的特定学术传统。我们可以反思以前的学术独立不强，政治干预太多，我们可以反思我们的学术不够纯粹，学人不够自由。但是，在 20 世纪的中国，大部分时期根本就不具备学风纯正、学术自由的环境与条件。

　　20 世纪中国的大多数时期里，政治一优先、学术必牺牲乃是可悲而无奈的事实。必须质疑：这是否是本应避免而实际上却没能避免的悲剧？有的学人曾举出西方学人在战争年代、在政治对立下，仍苦守学术的事迹，还有的学人举出抗战时期西南联大学人的学术追求，以此来反衬大陆后来的学术驳杂之局。这些都可以讨论。但是，我们必须回答的是：为什么那么多的学人为此而牺牲了自己的

---

　　① 《毛泽东选集》第 3 卷，人民出版社 1991 年版，第 869 页。

独立思考的能力？尤其那些在国民党统治下不怕杀头的人，比如郭沫若，还有一批转向共产党的人，比如吴晗，都选择了这条道路呢？

二、角色错位与身份合法性危机

长期以来，我们的学人身份的自我认同感还不是很强烈，对自己的角色意识缺乏冷静的认识和贞固的操守。一个人在社会上有多种身份，也就有多种角色的交错情况。比如，一个学人在书房内专心治学，这时就是学者的身份；走上街头搞政治宣传，就是政治活动者的身份。现代社会分工日益细致，角色理应明确，定位应当清楚。政治与学术之间，当然有密切的联系；但是，在当代中国更应该提倡二者之间必要的甚至是严格的界限。

但是，这一界限在具体的实践当中没能落实。这就造成了 20 世纪大多数最有发言权的学人身份的复杂错综。不论是郭沫若，还是胡适，都是如此。当然，也有一些学人身份较为纯粹，比如陈寅恪、陈垣、吕思勉、顾颉刚、汤用彤等人。但就信奉马克思主义的学人而言，他们的学人身份意识往往会因为自身的现实使命感、政治身份的需要而受到很大的削弱乃至损害，直至扭曲。

一个典型的现象是：20 世纪最有影响力、号召力的中国文学研究家，不是纯粹的学者身份，而往往是革命家、政治活动家为第一位，学术研究仅为业余所及。毛泽东即是突出的例子。即便鲁迅、郭沫若、茅盾、周扬等人也不是专门的古典文学研究家。一个突出的问题是，古典文学研究界往往只是被动的理论接受方，而作为理论输出方的主要是政治理论界，然后是现代文艺研究界。外行干预内行、业余引领专业，曾经是普遍的现象。

这就是角色错位。马克思主义有着强烈的革命品格，一般秉承马克思主义理想的人也具有强烈的现实干预意识。马克思就强调：问题不在于解释世界，而在于改造世界。他还强调：批判的武器不能代替武器的批判。[①] 但是，真理只要超出一小步，就是谬误。一个政治家，当然采用现实干预的办法，通过发动群众进行武器的批判。但是，一个学者就应当主要采用治学的手段，来为社会做贡献，而且还要不计较一时一地之实效。作为学者，他必须限制、克制自己的干预冲动。要么埋头学术，要么献身于现实斗争，必须有所取舍。一个人当然也可以兼职，但是，此一时是学者身份，就当尽此一时学者之本分，保此一时学者之本色；彼一时是政治家，就应当不干涉学术，只关心政事。两者尽管要发生联系，但是也要力避直接的牵连、无谓的纠缠，最多是间接的影响，自然的流露。直到

① 《马克思恩格斯选集》第 1 卷，人民出版社 1995 年版，第 57、9 页。

今天我们学界在评价学术价值时还常把现实针对性强不强作为一个标准。这一条必须慎用。学者如果跟现实太紧，往往急功近利，学术价值反而易打折扣。术业有分工，各行尽其职。作为学者，就当治学第一，唯学术是问，舍此无它。

我们的教训就是过于强调政治与学术的联系，结果学术成为政治的延续。政治家干预学术，学者也干预政治。我们强调二者的区分是远远不够的，这造成了长期的角色混搅的状况。马克斯·韦伯说：课堂里容不下政治，必须把课堂的场合与公众集会的场合区分开来。① 我们未必全赞同其观点，但是我们过去把政治场合的做法带入课堂，不是付出过惨痛教训吗？

政治角色压倒学术角色、政治需要压倒了学术需要，由此而带来立场态度支配学术理性的现象。学者的立场态度往往直接决定了其治学的方向尺度，进而决定了其研究对象、研究成果的学术价值。

作为革命斗争的需要，首先就是要明确敌我。出于残酷的现实斗争的需要，敌我界限愈明，则立场越容易牢固。先入为主地挑选阵营，旗帜鲜明地确立立场态度，从革命的角度看，不仅是必然的，而且是必要的。但是，从学术的角度看，则往往因此而陷入某种成见、先见、定见里，学术研究无非是为这些成见、先见、定见服务罢了。

我们过去很长时间，就在于把上述政治斗争的策略移植到学术研究中来。这导致的是政治斗争的无限扩张，使得学术研究成为政治斗争的附庸。本来的学者身份被现实的政治身份掩盖了，本来的学者头脑被政治头脑偷换了。学术研究实际上成为了现实政治斗争的延续与补充。

比如过去我们古代文学界（哲学界、史学界更甚），爱强调唯心主义与唯物主义两条路线的斗争，爱划分阶级成分。以该作家的政治立场是非为其历史地位的确定标准，为其文学价值的确定标准。这里有一个明确的推导思路：从研究者的现实政治立场、阶级感情出发，分析研究对象的政治立场、阶级成分，最后确认该对象的学术价值、文学地位。例如，许多研究刘勰的文章，费尽了力气去考证、辨析刘勰到底是庶族还是士族，是唯物还是唯心。这要是客观研究也难说没有意义。但是，常常是带着先入为主的立场态度去考证，实际上所谓研究就流于形式，成为现实研究者自身立场态度的派生物。最有名的莫过于郭沫若的《李白与杜甫》。郭沫若非要把杜甫确定为地主阶级，以《茅屋为秋风所破歌》的"三重茅"来证明其地主生活之优裕，以其对"群童"的斥骂来证明其地主立场之反动。②

---

① ［德］马克斯·韦伯著，冯克利译：《学术与政治》，三联书店2005年版，第36～43页。
② 郭沫若：《李白与杜甫》，人民文学出版社1971年版，第214～215页。

学者角色的错位，导致了治学者的现实立场态度压倒了学术理性。实际上，独立的学术研究已经没有多大意义了。在那个特定时代，只要学者把自己的阶级立场、政治态度明确了，只要再会读几本书，会从书本里找材料，剩下的就是如何编排罗织成现实适用的东西了。立场态度正确，则一切正确；立场态度错误，则一切皆错。这正应了当代的一句流行语：态度决定一切。但是，学者理当遵循学术规则，尽量保持学术的中立，尽量克服自己的主观色彩，不是常识性的东西吗？

与此相似，相当长时期内，在泛政治化思潮支配下，形成了凡是唯心主义的肯定是反动的，凡是唯物主义的肯定是进步的既定逻辑；文学研究中凡是现实主义的作品肯定是代表人民利益的，凡是非现实主义的作品，肯定是等而下之的。按照这两条路线的斗争来书写古代文学和文论的历史就这样成为一些人的思维定式。

现实角色的掺搅，现实立场态度决定学术价值，这进一步发展下去当然是学者自身要加强自我改造了。因为只有站对了立场，定准了态度，才能保证学术成果具有社会价值。这就造成了解放后相当长的时期，学人一直存在身份合法性危机。人民性、阶级论的强调决定了知识分子一直是被改造的对象。思想改造的深度决定了学术作为的程度。这样的后果是学人身份的主体失落、自身独立性的丧失，直至学术独立的丧失。

知识分子一度是非常尴尬的角色，甚至可以说连手脚沾上牛粪的农民也不如，因为知识分子虽然手脚干净，但是思想灵魂却可能是肮脏的。① 肉体与灵魂的反差就这样强烈地震撼了众多知识分子的心灵，他们于是纷纷响应号召，力图改造自己，洗清灵魂的污染，取得合法的身份许可。在这种情势下，实际上再谈论学术独立就不仅是幼稚的，而且是可笑的。学者失去的是独立的思考，而换取的却是身份合法性。我们今天回顾这些，当然轻松得多了。我们当然可以居高临下地以审判者的架势对当年大批的知名学者主动交代思想问题、努力改造自我不屑一顾，或者斥责他们没骨气、没出息。不在其境，不处其位，怎解其味？像这样的指手画脚除了借贬低他们以自高还能有什么呢？

不要小看了这身份合法性。没有了身份合法性，所谓立场态度就统统错误，就等于站错了阵线，就等于是应当被彻底打倒的敌人。这就不仅是思想灵魂不保了，而是连肉体躯壳也可能遭遇伤害。

身份合法性危机可以说是当时知识分子的最大顾虑。这直接促使了大量的成名作家、学者纷纷不约而同地幅度不一地修改旧作。著名的文学史家刘大杰曾经

① 《毛泽东选集》第3卷，人民出版社1991年版，第851页。

三次大幅度调整《中国文学发展史》，每一次修改都意味着其现实身份受到了合法性危机的困扰，必须通过修改旧作来重新调整自己的立场态度才能确保自己能够在现实中安全稳固。① 这就倒转过来了：上面我们说学者的立场态度决定了学术价值，反过来则是，学术著作必须及时修正才能跟上作者的立场态度的变化。一切都是治学者的身份角色、主要是现实政治角色在起作用。学者的本色早已剥蚀不见。自我修正与重写改写旧作，导致的是研究主体的学术失声。

另外一个突出的现象是集体编写教科书的写作机制。要说集体编著的现象，古今中外都有。但是，只有中国那个特殊的年月里的集体编写机制最能说明该机制的问题。大跃进时北大等高校颇兴学生集体编写教科书。集体编写一个最大的问题是个人声音的被淹没，往往意见上取最大公约数，所以很可能是最没有学术个性的东西。当时的集体编写，直到现在还被人提起的文学史著作也就是游国恩等人的和社科院同仁的两套《中国文学史》。我们今天看这两套教材也还有学术价值，但是明显地带有一种整齐化一的色彩。其中也就钱钟书撰写的部分还能看出其难以掩盖的才气，行文用语有其钱氏风格。大量的集体编写，却是大量的集体失声。那种千人一腔、异口同声的写作导致的就不仅是个人失声了，而是整个群体缺位失落了。为了协调、明确学者的现实立场态度，单个人的力量还不行，只有以集体的名义才能产生那种立场坚定、态度鲜明的效果。凡此种种，都不难隐约窥见当时学人那种身份失落的心态。

我们回看 20 世纪学人身份与人民大众关系的变迁史，就会发现五四时代的学人开始是以知识精英自居的，但后来发生了变化，到了毛泽东《讲话》里，知识分子成为资产阶级、小资产阶级的成员，成为应当受教育和被改造的对象了，工农兵才是革命主力军。这种状况一直延续到解放后的很长时期，知识分子的角色一直不值得信任，乃至必须发动上山下乡改造才行。

随着"文革"的结束，知识分子终于可以舒一口气了，知识分子的地位获得了一定的提升。但随着改革开放，生意人、商人的身份在上升，人文知识分子的地位却在某种程度上被边缘化了。然而这种边缘化的现实境遇，有时候也可能是一种机遇。关键在于如何摆正学者自身的社会定位，作为学术研究理应认清学者的身份定位，不能以其他角色混淆学者角色。像以前那样，文史专家能够经常进入政治决策者的考量，比如胡适、俞平伯、吴晗、刘大杰，学术成果直接受到社会的瞩目。这显然已经是凋谢黄花。我们觉得这恰恰意味着文史学科的正常回归，意味着政治与学术的正常分离。人文学者当然也可以参政议政，但是今天却

---

① 董乃斌：《刘大杰文学史研究的成就和教训》，载陈平原：《中国文学研究现代化进程二编》，北京大学出版社 2002 年版，第 270～285 页。

不必付出当年学术牺牲的代价。

新时期以来，学人一直在努力摆脱意识形态干预，自觉追求学术独立性。一批当年被冷落的学者重新被大家重视，很多过去被打压的著作能够畅销于世，这就表明了学术的正常化。但是普通民众很少有人去读陈寅恪的竖排繁体书，钱钟书最畅销的也不是《管锥编》。这就表明真正的学术只能是曲高和寡。就拿黄仁宇的《万历十五年》来说，畅销量还比不上余秋雨等人的散文随笔。这里还必须把学术提高与学术普及区分开来。就大部分学人来说，还是更看重学术品位的定位高一点，而不是低一点，他们不肯去做普及工作。这其实是误区。学术普及尽管受众是普通大众，但绝不意味着迁就、迎合大众，而要考虑在普及中兼顾提高人民大众的学术、文化品位。近年来，易中天、于丹的《三国》、《论语》的解读著作迅速走红，名利双收，引发许多争论。这其实表明了人民大众与学者本位的一种张力关系。学者在回归本位，昂首天外之际，是否也有必要低下身子，放下架子，关注大众的文化需要呢？

所以，近年来古代文学研究日益边缘化，学者的身份日益纯粹，这既意味着学术本位的回归，意味着自身定位的重建，也意味着知识分子与普通民众的文化距离在拉开。知识分子不再成为全社会的关注中心了。普通民众要么关注那些成功的商业大腕，要么关注娱乐明星。作为学者就当选择：（1）甘居边缘，甘于寂寞，埋首学术，追求学术的纯粹价值。（2）身居边缘，心系现实，以严谨著述间接发挥作用。（3）重铸"贫贱不能移，富贵不能淫，威武不能屈"的士人品格，以卓尔不苟的人格魅力感染大众。由于马克思主义本身具有强烈的现实使命感，古代文学研究当然也可以自觉地运用马克思主义，立足于学术本位，像西方马克思主义学人那样以学者身份对现实发挥作用。如何摆正知识分子与大众的关系，如何适当调整二者的距离、并利用这种距离优势，以扎扎实实的学术成果、兢兢业业的治学精神间接地发挥对于社会的微妙作用？这是当今文史研究者必须思考的问题。比如陈寅恪治史，十分关注汉族与少数民族的关系问题，这里即有现实关切感。其治学有"求真实，供鉴戒"的思想①，但"求真实"之学术取向必须是第一位的。所以，这种现实关切感必须注意克制，仅仅为治学工作提供一种动机促进作用，而不能牺牲具体的学术来为直接现实需要服务。又比如陈垣先生的《胡注通鉴表微》、余嘉锡的《杨家将故事考信录》均著于抗战时期，明显有现实关切。② 只是这种关切最终要靠学术说话。当今之世，乃是追名逐利无所不至，我们以为宋朝以欧阳修、范仲淹、北宋五子为代表的士人很值得

① 王永兴：《陈寅恪先生史学述略稿》，北京大学出版社 1998 年版，第 21～30 页。
② 徐复观：《一个伟大知识分子的发现》，载徐复观：《中国知识分子精神》，华东师范大学出版社 2004 年版，第 89～95 页。

今天的学人借鉴。他们当五代乱世之后，面对世风不振，勇于挺立，卓然有所不为。作为学者，就当身体力行，担当扭转世风的责任，以清凛玉立之姿感染海上逐臭之辈。

总之，当前圈内热闹圈外冷的学术局面，我们以为是好事。学者本来就应当从普通民众的视线淡出。人首先必须吃穿住用，然后才能从事高一级的活动。学术文化就属于高一级的需求。普通民众与高雅学术的距离是必然的。人民大众更多的考虑还是物质生活问题，人文学者耐住清冷，立足提升学术品级，可谓各得其所，"求仁得仁，又何怨"？

我们的学术研究过去一直努力于挣脱政治的牢笼，目前还有人致力于意识形态话语的清算，这是任重道远的。值得警惕的是，我们有的学人目前又戴上了市场经济的紧箍咒，学术被物质金钱的牢笼给束缚住了。政治的牢笼是刚硬的钳制，而经济的牢笼则是温柔的诱惑。如何在知识商品化、文化市场化、消费低俗化的世风面前保持学术的独立、自由、纯正呢？这是拷问着与考验着每一个文学研究者良知的现实问题。

第二节　学术范式与"实事求是"

以上主要反思了研究主体的问题，此处拟对 20 世纪古代文学研究的学术范式做简要的回顾与进一步的思考。

一、两种学术范式的消长

章学诚曾说过："高明者多独断之学，沉潜者尚考索之功，天下之学术，不能不具此二途。"① 实际上，中国学术史也就是这两种派别之消长。所谓义理派与考据派，宋学与汉学，都不过是同义而异名，换用现代的说法，就是理论阐释型与实事考证型。这二派大抵而言，既有交叉融会、相资为用的时候，更多竞争排挤、出主入奴的时候。仅仅 20 世纪的文学研究，就是你方唱罢我登场的局势。

20 世纪理论阐释型研究的主流，就是马克思主义理论在中国的具体运用。以马克思主义理论来处理中国问题，以中国材料来充实印证马克思主义论断，曾是 20 世纪最流行的做法。马克思主义中国化，首先来自马克思主义原理与中国

---

① 章学诚：《文史通义校注》，叶瑛校注，中华书局 1985 年版，第 447 页。

实际相结合的意图。用毛泽东的话说，马克思主义原理是"矢"，中国问题是"的"，马克思主义中国化就是贯彻这样的"有的放矢"。①

具体到中国文学研究，有哪些关键性的理论呢？简单地说，就是唯物史观与阶级斗争学说。我们翻看20世纪的一册册学术史，特别是其全书概述或者每部分的概述、总说部分，总能看到那种高屋建瓴、宏通囊括的表述方式，换个时髦的说法，就是"宏大叙事"。在这些文字里，就离不开唯物史观的、阶级斗争学说的具体观点的运用与发挥。

善于总体把握、善于外部分析，这是马克思主义学术研究的传统优势。社会分析（经济基础决定上层建筑，立足于通过经济基础的分析来解释上层建筑的现象，由此分析文学艺术的兴衰变迁）、意识形态分析（占统治地位的意识形态只能是统治阶级的思想，由此分析作家作品的时代局限性）、阶级分析（阶级地位决定阶级意识，决定意识形态，由此分析作家的阶级局限性），如此等等，对于文学史、文论史的学科建设、学术发展居功至伟。这些方法与中国传统的"知人论世"思想有一致之处，可以说在一定程度上，成功地实现了马克思主义中国化，或者反过来说，实现了中国传统的马克思主义化。

但是，不可回避，在极"左"路线和思想支配的年代，在泛政治化的文化学术环境里，理论阐释型逐渐变成了政治教条的注脚，带有强烈的意识形态色彩和政治干预的性质。甚至学术著述变成了理论、原理的例证手册，变成了现实政治、政策方针的普及手册。严重的教条主义导致了占大学讲堂主流的是僵化刻板的教科书模式。一说分析作家作品，就千篇一律是"社会背景——思想内容——艺术特点"或者"作家经历——作家思想——艺术成就"之类的三段式；再糅以"一分为二"的思维模式，比如思想内容方面，分出积极与局限，艺术创作方面，分析出成就与不足如此等等。

进入20世纪80年代，上述的研究模式获得了一些大的突破。方法热、理论热可谓盛况空前，风云际会。从理论来源上说，吸收了马克思主义研究的新成果（如《1844年经济学哲学手稿》的研究），也吸收了西方非马克思主义的理论成果。所谓80年代思想启蒙，主要就是从理论来源上革新了以前单一僵化的教条式马克思主义占主导的局面。人们的思想活跃了，敢于采用非"正统"马克思主义的思想来探讨问题了。从方法上说，则引进了一系列的新方法，诸如系统论、控制论、信息论之类。就文学研究来说，最有价值的一点，是引进作品细读法，使文学研究从外部转向内部，从宏观转向微观。此外，还有心理分析方法之类，使人们耳目一新。

---

① 《毛泽东选集》第3卷，人民出版社1991年版，第801页。

这些研究的利弊得失是：积极方面，对于克服教条化的马克思主义有巨大贡献，对于突破文革的思想禁锢局面作用明显，出现了新的理论创造成果，活跃了曾经一片死寂的学术环境；消极方面，有的学者的理论探索带有明显的意识形态目的，削弱了马克思主义的权威地位，对于 20 世纪 80 年代与 20 世纪 90 年代之交的思想混乱局面负有一定责任。导致的后果是 20 世纪 90 年代以后理论探索进入低谷，特别是那种假大空的理论试验为后来反理论反体系、偏重实证的思潮提供了依据。

20 世纪实事考证派的主流是传统学术与现代科学精神的结合。这种学术研究相比于理论阐释型来说，显得较为边缘。尽管胡适为代表的新考证派曾经在新中国建立前处于主导地位，也曾经涌现出顾颉刚、傅斯年、陈垣、杨树达等人物，但是在新中国建立后这个派别一直是处于被批判或者被冷遇的地位。

耐人寻味的是：一方面由于理论阐释型风险大（需要配合形势，要有敏感的触角与冒险的勇气）；另一方面，理论阐释型研究需要资格（要有发言权，有理论解释或者政策解释的权威性），这反而使得一些学者只好去搞材料整理，去做些默默无闻的文献考证工作。傅璇琮先生的经历可谓实事考证型一派的典型案例。傅先生于不得志的年月埋头整理了不少研究资料，积累了厚实的学养，结果以《唐代诗人丛考》、《唐代科举与文学》等著述领风气之先，在唐代文学乃至古典文学界堪称翘楚。

从古代文学研究的整体看，就文学史教材的编写、学科的定型来说，理论阐释型功不可没。但是，从实际的学术价值看，实事考证性无疑占了上风。陈寅恪先生在 20 世纪 90 年代被学人崇拜，钱钟书先生的被动走红，都足以让实事考证型研究扬眉吐气。但是，陈、钱的治学路子都不是为考证而考证。陈寅恪胸怀着护文化的志趣，往往小处入手，大处张目。钱钟书则中西不拘，立意打通，屡讥学人之固陋而赞文人之机敏。绝不可把现代实事考证型研究等同于傅斯年所强调的只是史料之整理。① 近年来，一些学人把实事考证型研究等同于文献整理，相比陈、钱，实际上是欲倒退到乾嘉学派之故辙。

所以，一些理论阐释型学者讥讽该派固陋褊狭，甚至认为该派是材料搬运工，这是失之公允的。同样，一些实事考证型学者固步自封，看不清自身学派的发展方向，不愿意在此方向上继续前行，反而仅仅停留于文献之清点，也是没出息的。实事考证型研究的利弊得失是：积极方面，发扬传统学术精神，克服理论阐释型热衷宏大叙事大而空的弊端，扎实地整理了一系列古籍，对于学术规范、端正学风起到良好的作用；消极方面，有的学人带有明显的门户之见，助长了抵制理论创造的风气，出现了伪考证的不良学风。

---

① 傅斯年：《中国古代思想与学术十论》，广西师范大学出版社 2006 年版，第 184～186 页。

必须指出：在信仰迷失、道德滑坡、思想混乱、价值体系失范的社会转型期，急需新的理论体系的创造，特别是马克思主义急需与时俱进，重新发挥价值体系的规范指导作用。一些实事考证型学者有意冷淡理论乃至抵制理论，就无疑起了干扰作用。当前急需避免韦伯说的"专家没有灵魂，纵欲者没有心肝"① 的恶果，而实证派对此显然无能为力。但是，若能发扬该派扎实的学风、优良的传统，则对于克服学界浮躁空疏、粗制滥造之风无疑会产生积极效果。

二、"实事求是"与学术研究

"实事求是"一词，既是传统学术精神的体现，又经过现代人的阐释而赋有新的内涵。考察该词的沿革可以了解中国 20 世纪学术的大致走向，更重要的是，通过对其内涵的进一步挖掘，可以对学术研究范式有一个较深入的反思，进而获得较圆通的认识。

"实事求是"作为语典出自《汉书·河间献王传》："河间献王德以孝景前二年立，修学好古，实事求是。从民得善书，必为好写与之，留其真，加金帛赐以招之。繇是四方道术之人不远千里，或有先祖旧书，多奉以奏献王者，故得书多，与汉朝等。"② 从原始语境来看，"实事求是"主要概括一种治学精神，具体来说，就是搜集"善书"，以获得文献资料之"真"。这种治学是与书本打交道，主要是图书的搜集、校订等。

"实事求是"，颜师古注为："务得事实，每求真是也。"按其本义，"实事求是"一词，是"实事"、"求是"两部分联合，且"实事"、"求是"都是动宾式结构，"实事"即"务得事实"，"求是"即"每求真是"。特别需要指出："实"是使动词③，"实事"的本来意思就是"使事得实"。在原始语境里，"实事求是"主要是指使书籍的本来面貌得以还原，恢复其本来的样子。可见，实事求是作为本义，主要指向一种实事考证型的学术研究。

清代乾嘉学派可以说是这种学术研究的典型。但是，这种考证型研究正如许多学者指出的，最大的弊端是计小而忽大，特别是流于字面的订正或字词的训诂而不注意字面背后的意义精神的发掘阐扬。这种学派的弊端还在于门户之见很深，对于搞理论阐发的工作是不屑一顾的。比如戴震因晚年的《孟子字义疏证》

① [德] 马克斯·韦伯著，彭强、黄晓京译：《新教伦理与资本主义精神》，陕西师范大学出版社2006年版，第106页。

② 《汉书》，中华书局1995年版，第2410页。

③ 学界已有此类主张，如管怀伦《1999年版〈辞海〉"实事求是"本义献疑》，载《江海学刊》2005年第3期。

就颇受该派的非议。庄子主张得意忘言,不落言筌,禅家讲究不参死句,死蛇弄活;该派的末流则是倒行逆施,偏要得言忘意,落于言障,死于句下,活蛇弄死。本来应该是由训诂以通义理,字面训诂与版本订正只是过河的桥,上楼的梯,但该派的保守派,偏要死守那桥、那梯。戴震就因为过了河,上了楼,就要被讥讽一番。正如我们上文说过的,20 世纪的实事考证派与这种迂腐之辈不可同日而语,而是有了很大变化。

这里要说明的是,毛泽东对"实事求是"作了创造性阐释而赋予其全新的含义:"'实事'就是客观存在着的一切事物,'是'就是客观事物的内部联系,即规律性,'求'就是我们去研究。我们要从国内外、省内外、县内外、区内外的实际情况出发,从其中引出其固有的而不是臆造的规律性,即找出周围事变的内部联系,作为我们行动的向导。而要这样做,就须不凭主观想象,不凭一时的热情,不凭死的书本,而凭客观存在的事实,详细地占有材料,在马克思列宁主义一般原理的指导下,从这些材料中引出正确的结论。"① 从此,"实事求是"成为马克思主义理论精髓的中国式表述,成了中国共产党的重要思想路线和工作作风。新时期拨乱反正、解放思想,就是以"实事求是"为旗帜和出发点的。不过,我们应当分清毛泽东对"实事求是"的新释与"实事求是"原来的学术含义,分清其在政治与学术领域的不同意义。毛泽东对"实事求是"的新释作为党的重要思想路线和工作作风,早已深入人心,深入到人民的日常生活中,这是无可否认的现实。不过,我们在学术研究的范围内,尝试从学术研究的方式和规范角度对"实事求是"进行一种新的阐释恐怕也有必要。

首先,"实事求是"的"实事",如果尊重原始语境的本义,似可理解为动词结构,理解为"使事得实"。这样来理解也符合马克思主义精神。所谓"使事得实",就是通过人的实践活动让事实原委得以按其实际的样子呈现、显现出来。不管是考证,还是阐释,或者是政治宣传,都要立足于这个基础之上。也就是说,"实事求是"的"实事"是根本。

其次,"实事求是"的"求是","是"的汉字意义很多,总结上面提到的,可以采取三个义项:(1)正确;(2)这一个;(3)规律性。这样"求是"就表示三种形态的研究方向。一种是政治性的研究方向,主要是意识形态领域的研究与宣传、解释;二是实事考证型的研究,追求的不是别的,就是把事实的"这一个"搞清楚;三是理论阐释型的研究,追求的是规律性的探讨。

这样,我们理解的学术研究方面的"实事求是"既是对传统的继承,又有对毛泽东实践论思想的继承,同时也有发展。要而言之,在学术研究中,"实事

① 《毛泽东选集》第 3 卷,人民出版社 1991 年版,第 801 页。

求是"这个语词包含了一体、两面、双型的内涵。所谓一体，就是"实事"为唯一的本体，这个是根本点。一切研究都应该以通过实践使事得实为基础。强调这个本体，就贯彻了马克思主义实践观，贯彻了唯物主义。在此基础上，两面是就"求是"说的，分为政治层面的宣传、解释，其价值诉求是"正确"；以及学术层面的追求，这又分为两种范式的治学形态，这就是"双型"，即实事考证型，其价值诉求是"这一个"，和理论阐释型，其价值诉求是"规律性"。这样看来，在学术研究中实事求是的多层价值完全可以相互区分，和谐共存。

据此，我们既反对完全把学术层面加以政治化，也反对完全否定政治层面的研究价值，既反对实事考证派一统天下，也反对理论阐释派泛滥横流。同时，我们主张学术研究的价值中立性，应当避免强烈的政治倾向性，避免把现实的政治立场态度简单、直接地介入学术研究中来。我们主张这几方面各有存在合理性，期待它们各得其宜，和谐相处，而不是以强凌弱，霸道专行。一切都要靠事实说话，而最终要依赖于通过现实的实践（既包括物质实践，也包括精神实践）使事得实。

需要指出：实事考证型与理论阐释型的恩怨纠葛已久，彼此之间疆域分明，互相讥诮，学人相轻之习至今不衰。我们并无意于调和折中，而是借此指出彼此之间和谐共存的可能性。这里且以《四库全书总目》里的话做结："消融门户之见而各取所长，则私心祛而公理出，公理出而经义明矣。盖经者非他，即天下之公理而已。"[1] 学术乃天下之公器，区区门户之隘，岂足以遮天哉？"知识分子的作用就是要解开怀旧和嫉妒的难题。"[2] 让不同学术范式所导致的旧怨了结，面向未来，敞开学术自由的大门，不正是今天每个学者的职分吗？

第三节　中西古今之争

20 世纪的古代文学研究属于传统文化研究的一部分，此处拟立足于文化大视野来反思研究对象的文化命运与定位归宿问题。

一、现实功利视野下的中西古今关系

一切问题归结于中西古今之争。中西问题是首要的，古今问题乃因中西矛盾

---

① 《四库全书总目》，中华书局 1965 年版，第 1 页。
② 内尔纳·亨利·列维：《萨特的世纪》，商务印书馆 2005 年版，第 53 页。

而凸显。在中西关系上，经济、政治关系是首要的，文化关系是其次的。鸦片战争是中西关系的转折点。鸦片战争的发生态势是经济关系—政治关系—军事关系，先是经济贸易的侵略，然后是政治策略的对立，最后是矛盾激化，兵戎相见。战争的目的是要在经济上掠夺中国，政治上控制中国。中西文化之争至此而激化，至此而明朗，亦至此定下了基调——冲突的结局轻则丧权辱国，重则亡国灭种。

这种冲突必然是激化的形式，而不是缓和的形式；必然是强权凌弱的形式，而不是文明感化的形式；必然是优胜劣汰、顺昌逆亡的结局，而不是强弱平衡、求同存异的结局。100多年来的中西文化之争因此带有浓烈的政治色彩，浸透强烈的民族主义情绪。因此中西文化之争就远非单纯的学理层面的学术论争，而往往是充斥呛人的火药味的意气之争，乃至是秀才遇见兵、有理说不清的权力之争。任何文明间的冲突都根源于现实的利益之争。中西文化之争难以摆脱现实功利性。

被帝国主义的刺刀催逼出来的中西文化讨论，带有控制与反控制的强烈功利色彩。"师夷长技以制夷"也好，"中体西用"也好，都是立足于中国本位，欲借西方优势反戈一击。洋务运动时期，中国士大夫的文化自信力并未完全丧失，仍想用以中化西的策略达到以中驭西的目的。但到了胡适、鲁迅、陈序经等一代人，文化自信力已荡然无存，对于本族文化达到了痛心疾首的地步。正如钱钟书拈取的《毛诗正义》一则所说："人困则反本，穷则告亲，故言'我先祖匪人'，出悖慢之言，明怨恨之甚。"[1] 这种"怨恨之甚"的心态导致了全盘西化的主张。

全盘西化论不管怎么说，并没有实现。但局部的以西化中还是取得了实绩。废除汉字的主张经由20世纪初的倡导一直到现在还有余响，理由是相比西方文字，汉字难学废功，这当然是现实功利的眼光。至今还有些人，因为汉字输入难而恨不得将汉字拼音化。这种主张也必是狭隘短视。假如汉字拼音化推行的话，则对于中国古典文化必是一场浩劫。对于一个国家、一个民族而言，如果抛弃既有的语言文字，只需经过一两代人的时间，其文化精神便可彻底改弦更张。"亡国灭种"的呼喊向来振聋发聩，但蔑弃母语足以导致文化血脉隔代而斩却并未引起足够的重视。从文字废弃说的出现，足可见出以全盘西化思路的偏狭。

再说中国本位的立场。辜鸿铭、梁启超、陈寅恪等是代表。梁启超游历西方列国，乃慨然以为西方文明不足以拯世，反以为中华文明是济西方痼疾的良药，其《欧游心影录》是此种心态的产物。陈寅恪更是在西方盘桓多年，而所持文化立场仍然是"中体西用"。文化保守主义比如整理国故派、学衡派大都是如

---

[1] 钱钟书：《管锥编》第1册，中华书局1986年版，第148页。

此。如果说上述派别失之于急躁，则这一派恰失之于迂缓。

还有一派值得提出，比如何炳松等十位教授发表《中国本位的文化建设宣言》，不乏可取之处："不守旧，是淘汰旧文化，去其渣滓，存其精英，努力开拓出新的道路。不盲从，是取长舍短，择善而从，在从善如流之中，仍不昧其自我的认识。根据中国本位，采取批判态度，应用科学方法来检讨过去，把握现在，创造将来，是要清算从前的错误，供给目前的需要，确定将来的方针，用文化的手段产生有光有热的中国，使中国在文化的领域中能恢复过去的光荣，重新占着重要的位置，成为促进世界大同的一支最劲最强的生力军。"[1]

再聚焦到马克思主义这一系来说，历来也存在着全盘西化与民族本位的中国化、民族化两种立场。所谓全盘西化，就是不顾国情、不看条件，教条化地照抄照搬马克思主义的某些词句和具体观点，具体来说，就是照抄照搬苏联的做法。比如王明就是这样的典型，导致的结果是惨重的失败。以毛泽东为代表的共产党人走的是马克思主义与中国具体实践相结合的道路。中国化、民族化的任务也是毛泽东等人明确地提出并实践的，这方面的卓越成果就是毛泽东思想。但是，问题也不是这么简单。即就毛泽东而言，其新民主主义革命和人民革命战争的理论无疑是成功的，但其经济建设方面仍然有照抄照搬苏联教条的问题。邓小平等二三代领导人无疑是要走一条建设有中国特色的社会主义的独特道路。这条道路无疑已经被证明是正确而稳健的。所谓"猫论"、"过河论"，不是从既定的框框出发，而是抛弃一切不必要的理论争执，大胆地实践探索。我们再看中央第三代、第四代领导人的执政，明显地开始在文化上凸显中国智慧，开始尝试结合中国文化精髓进行现代化的阐扬。比如"与时俱进"观念来自《周易》，"和谐"观念更是中国文化的精髓。

中西问题催化了古今问题。现代化是西方的产物。自从西方侵略中国，中国的现代化进程就开启了。尽管西方的入侵在促进中国现代化方面客观上起了重要作用，但这绝其非本意，为殖民主义说好话可谓毫无心肝。

自从有了现代化的课题，在有些人眼里，一切既往的文化遗产，统统被看做是旧文化，一切至此以后的东西，统统是新文化。这种思想是很有问题的。20世纪思想界、学术界，最大的问题就是往往以自己的当下立足点为真理的顶点，纵横中西，激扬古今。比如胡适拿来了杜威的那一套，就以为真理在握，以此为标尺丈量文化。同样，有的自封的"马克思主义者"也是将一切非马克思主义皆看做是审判对象。这种"真理顶点主义"，就是只会一个角度看问题，只会定点观察问题，而不会多角度、动态地看问题。比如文化保守主义者站在中国本位

---

① 张岱年、敏泽：《回读百年》第 2 卷，大象出版社 1999 年版，第 660～661 页。

上，就只会从中国这个定点看世界，乃至把这个"定点"夸大为"顶点"，以之为衡量中西的标杆。20 世纪的学人尽管大都有变革、进化的思想，不少人却沉溺于这种以"定点"为"顶点"的集体无意识。

这就导致治学者大都自以为站在时代、真理的制高点来研究，于是所谓旧文化就愈益显得卑下低劣。指责、批判、谩骂、鞭尸……诸种闹剧在 20 世纪的文学研究、文化研究中屡见不鲜。厚今薄古，荣今虐古，是 20 世纪的治学常态。即使那些疑古派也缺乏这种先验批判意识。作为严肃的治学态度，应该杜绝一切"态度"。但是，胡适、顾颉刚等人在治学伊始，首先就是"疑"的态度。这个"疑"的态度是否也应当先行批判一番呢？比如"大胆假设，小心求证"，一向被奉为治学圭臬。但是，真正的治学，要什么"假设"先行呢？一旦存了"假设"，则所谓"小心求证"就很可能沦为"一心求证"。剩下的活计很可能全被这个"假设"蒙蔽掩盖，为证"假设"而"求证"。

进化论的最大危害就体现为后来居上、犹如积薪的"真理顶点主义"。社会是进化的，则治学者既然处于时代最前列，站在云头看来路，当然是超迈古昔了。于是所谓治学就是以今衡古，以今释古。正如马克思所指出："事情被思辨地扭曲成这样：好像后期历史是前期历史的目的，例如，好像美洲的发现的根本目的就是要促使法国大革命的爆发。"比如中国文学史这么讲：沈约等人提出声律，就是单等着李白、杜甫去完善与改进。唐代诗歌取得辉煌成就，就是为了逼使宋人另辟蹊径。前朝的文学创造者好像未卜先知似的为后来者或者提供准备，或者故设障碍。文学史就变成了创作思潮、流派、技巧的前赴后继的直线或曲线的进化史、演变史。这种治学风习，一直到今日还在盛行。文学史越是刻意地去总结规律，则相去历史真相往往越远。马克思说："其实，前期历史的'使命'、'目的'、'萌芽'、'观念'等词所表示的东西，终究不过是从后期历史中得出的抽象，不过是从前期历史对后期历史发生的积极影响中得出的抽象。"①

二、从对峙的死局到对流的活局

那种"定点"观察的思维方式，进而把"定点"当"顶点"，所谓一览众山小的不良之风是应当扭转的。无论是中国本位，还是西方本位，都是固定在某个立场上看问题，所见必狭，所论必陋。一隅之限，一隙之照，必是一孔之明。

在我们看来，中国文化本来就不是古今斩截开来的。胡适、鲁迅诸人的生活习性本身就是"旧"文化的活展示。抽刀断水水更流，以中国这样的文化韧性，

---

① 《马克思恩格斯选集》第 1 卷，人民出版社 1995 年版，第 88 页。

古今血脉是割不断的。"旧"文化当中往往有先进的"新"东西、"新"文化当中也往往有落后的"旧"习气。关键在于，我们把"定点"换作"动点"，不妨从时代的山顶上走下来，走到文化的崇山峻岭之中去。我们触摸文化的深处，从古人的角度，以当时的情态来审察一番今日。我们对待旧文化，不再是屁股高坐审判席，而是交换位置，让古人坐在审判席上，来审判一番我们。这种位置变动当然是相对的，我们毕竟不能起古人于地下，但是多一个观察角度则是可以的。

治学当有"换位"意识。既要以今衡古，也要以古度今。古今双向，动态交流。最关键的是以现代理性精神与古典理性精神来荡涤文化劣根性。现代理性精神张扬科学、民主，可以揭露、克服传统文化中的陈腐愚昧的东西。但是，必须看到，现代理性也有其本身固有的矛盾，这种理性发展到极致就变成技术理性，以技术控制精神，人成为物的奴役，人性泯没于物性。现代理性的贡献是把人从神（西方）、圣（中国）、佛（印度）恢复为正常人，其弊端则是使人沦为兽。古典理性精神西方有，我们传统文化也有，这主要是儒家为代表的伦理理性。旧有的弊端是让普通人成为圣人，夸大圣性而遏制人性。但是其道德理想主义的价值取向，确实是对治物欲横流、道德沦丧较好的方剂。我们必须改变单向式的维度，改变一味地用现代理性来否定这种在功利主义视野里显得迂阔可笑的古典理性精神的做法。比如，古代文学中流行的"忠"、"孝"观念，是否全是"愚忠"、"愚孝"？现代理性的末流是逢事斤斤算计利益得失，但是过于精明导致的是最基本的伦理精神的丧失。我们的社会恰恰缺乏古典理性的那种看似"愚"、"痴"的精神。

文化劣根性绝不是仅古人才有的，而是实实在在地就表现于我们当代文化新传统之中。这就使得我们的文化领域面临着双重的任务：一方面是清理古典，把其中的劣根性荡涤掉；另一方面是清理"新典"，也要把其中的劣根性荡涤掉。

我国向来就有"发思古之幽情"的传统，向来就有借古讽今的传统。这种传统是否一无是处呢？是否还值得今天借鉴呢？清理古代文化的同时，以传统文化的精粹、智慧救治现代化进程中的弊端，就是以古救今。翻开中国历史看看，东汉末期的儒生、北宋元祐的士大夫、明代的东林，都有不少的堪称中国脊梁的人物。我们再来看看现代史，这样的知识分子可谓罕见。现代化进程中一个很大的弊端就是这种文化血性、正直之气的丧失。乃至今天谁再提倡崇高，就会被讥讽为"伪崇高"。但是，即使"伪崇高"、"假道学"，总也比现在少数知识分子无耻无畏、公然为利益集团说话好吧？假如古代还要一层温情脉脉的面纱，则今日是连这层面纱也不要了。

我们的古代文学研究，对此又如何作为呢？表彰古代优秀知识分子的道义担

245

当精神，张扬他们的浩然正气之举，不是理所当然的吗？但是，古代文学研究不是日益萎缩于故纸堆了吗？马克思主义的那种批判精神，那种强烈的现实道义担当意识到哪里去了呢？

在当今市场经济条件下，在商业化和消费主义氛围中，出现了"专家没有灵魂，纵欲者没有心肝"①的现象。假如我们的文学史、文学研究还要么无动于衷、要么与之共谋合流，则必定斯文扫地。对于宫体诗、香艳风该怎么看？对于道学诗该怎么看？当然要客观公允。但是尽管治学需要价值中立，选题权毕竟在我们的手里。假如我们迎合世风，一味地搬弄古代的那些"狎妓秽亵"之篇什，乃至搞什么狎妓文学史、嫖娼文化史，就明显地是与时下世俗沆瀣一气。当然也不是禁止研究这些，我们也不是题材决定论者。问题在于，怎么研究、研究的导向是什么？我们强调价值中立，是指研究过程中，比如对于材料的甄别、研读、分析这些方面。但是过分地强调价值中立，乃至取消了价值评定尺度，采用后现代"没有对错，怎么都行"的态度，势必会造成认知混乱。比如当代重商主义抬头，唯利是图的风气盛行，根本不讲什么商业诚信等。那么，我们研究文学史就可以研究明清小说中的经商现象，以之来对照今天的情况。研究徽商、晋商与文化、文学的关系，就会发现当时的商人群体对于当地、对于社会是起着很大的正面效益，对于文化圈的形成，对于地域性的文化特色是起促进作用的。再研究清末民初之际的商人对于革命的作用，同样会得出这样的判断。这样的研究即使不做任何现实的联系，则其警世的效果还是见之于文外的。

学术中立，树立纯粹的学风，首先就应当与当今世俗保持恰当的距离。从古代的立场看当代，尤其是从优秀的古代文化精神的立场看当代，应该是一个必要的选择。假如我们一味以今日为是，以昨日为非，则所见无不是酸腐、迂阔。我国古代之弊端是一向重道德价值取向，忽视法制建设与经济实利，所谓"君子喻以义，小人喻以利"。但是，当代社会是否走向另一个极端了呢？什么都是以经济价值为尺度，以赚钱营利为目的，连学术亦无二致。这不就是今天的文化劣根性吗？这不就显得出古代文化的优势了吗？

在古今问题上，我们要克服定点观察的局限，在中西关系上也当如此。既要警惕文化自卑心理，更要警惕文化自大情绪。既不能夸大西方的学术之长，也不能仅关注其学术之短。陈寅恪先生说："必须一方面吸收输入外来之学说；一方面不忘本来民族之本位。"②但是必须指出：外来学说在变，民族本位也在变，

---

① [德] 马克斯·韦伯著，彭强、黄晓京译：《新教伦理与资本主义精神》，陕西师范大学出版社2006年版，第106页。

② 陈寅恪：《中国哲学史下册审查报告》，载陈寅恪：《陈寅恪史学论文选集》，上海古籍出版社1992年版，第512页。

此其一；输入吸收之外来学说一经进入民族内部，也不能不变，既经此一番输入吸收之后的民族本位也不能不变，此其二。所以，民族本位，应当理解为有大本而无定位。如此，方能应对余裕，通变有方。而此大本，首先是本民族血脉不断，种族不绝；其次是精神不坠，文化有继。但这个大本落实到现实层面上，就必须是国土完整，主权不丢，民生安康。有这个大本为前提，则可以抛弃狭隘的"本位思想"，敢于吸收、善于吸收西方文化一切优秀的东西。这个大本有政治家当作的事情，有治学者当为的事情。作为学术，主要是精神文化方面的诉求。就应当淡化现实功利性，古今、中西双向尊重、双向交流。

所谓"中体西用"、"西体中用"都是片面的。北宋邵雍说："体无定用，惟变是用；用无定体，惟化是体。"① 真正说来，体无定体，用无定用，以用为体，在具体实践中由不期而遇、不谋而合到互相靠拢和交融。真正说来，一切文化传承都不是抽象的空洞的卷面章句，而必须落实于现实之中的活生生的人，必须落实于现实的具体的实践。离开了现实的真正的中国人，则一切传统文化都是死去的东西。同样，只要是现实的真正的中国人在具体地实践着，运用着，则所谓的西方文化就本身已经是中国的东西。西方汉学家汉学做得再好，再怎么去还原中国文化的真相，这些纸面的文化绝不是中国的文化。关键在于，文化的载体最重要的不是物，而是现实中承担文化的人。思考中西关系，必须从单纯的纸上之争，落实到实在的现实之人上来。最终，一切文化之争，都离不开现实的人民去实践、落实。在这样的前提下，中西文化就都是平等的文化资源，完全可以广收博取、相资为用。文化传统这些所谓的"对象"、"客体"，必须从"主体方面去理解"，"把它们当作感性的人的活动，当作实践去理解"。②

当今世界是全球化大势所趋的时代，我们必须克服文化上的心理障碍，尤其是"文化幽闭症"。程颢有诗说："万物静观皆自得，四时佳兴与人同。道通天地有形外，思入风云变态中。"③ 对于中西文化，也必须追求"万物静观皆自得"的境界，追求"四时佳兴与人同"的和谐。既不要以西迁就中，也不要以中迁就西，学术上以西方还西方，以中国还中国，这才是各得其宜的"自得"之境。在各自面目真容彰显的前提下，才可能正常地相互交通往来。要"道通天地有形外"，就要进而打破中西这样的"有形"的壁垒方隅之限，文化上既要拿来，又要送去，实现往来赠答。问题在于，我们现在拿得出手的东西还太少。如何实现对等的文化交流，改变近代以来长期的"文化贸易逆差"，是摆在古典文学研究者面前的不容回避、责无旁贷的任务。

---

① 邵雍：《皇极经世》，九州出版社 2003 年版，第 361 页。
② 《马克思恩格斯选集》第 1 卷，人民出版社 1995 年版，第 54 页。
③ 程颢：《秋日偶成》，载程颢、程颐：《二程集》（上册），中华书局 1981 年版，第 482 页。

总之，我们处理中西古今问题，必须改变过去的那种对峙的死局，而实现古今双向互动、中西双向沟通的对流活局。在这样的双向维度而不是单向维度的视野下，才可以实现古今、中西双向的文化激活，这就是从单方的文化独白乃至话语霸权，落实到双方的文化对话与交融沟通之中。

三、融通地尝试马克思主义文论中国化

在古今接续、中西会通中，有一个根本的理论旨归，这就是在新的条件下运用马克思主义，发展马克思主义，与时俱进。必须立足于这个根本点，以此为指导展开新世纪的理论建构，推进马克思主义文艺理论的中国化。但是，这其中情势却是错综复杂的；以前运用失败的例子，以前重大的理论教训，是必须吸取的。

通常采用的"体用"术语，很容易实体化、僵化，无论中体西用还是西体中用，都难免事先存了个把两者区分、对立的念头。上面既已指出，那个"体"，绝不可实体化为哪一个，中西、古今最终都是"用"的问题；若非要认定个"体"，那只能理解为马克思主义的具体实践与灵活运用。所以，"体"最终不是哪一个具体的"体"，无非是具体的实践。这个实践首要的就是运用马克思主义的实践。这就是"以用为体"，以马克思主义的运用为体。在此基础上，我们进行理论建构最终是马克思主义文艺理论的中国化，表现出来的成果就是中国化了的马克思主义文艺理论。以用为体，就是把古今、中西的理论资源都融入到马克思主义哲学和文论的火炉里去，最后凝结为一种融通了的文学理论体系。就理论体系的融通问题我们有以下期待：

理论原点上融通而不是细枝末节处夹缠。既然从事的是理论建构工作，则必须立乎大而不泥于细。所谓同归殊途，就是讲万物在根本处是一致的，而差异、区别、分化主要是在枝节上表现出来的。这就表明各种理论资源只有从根本处着眼，才能融会贯通起来。在大关节上古今、中外是具有一致性的，是可以对话、沟通的。必须避开一些细节的纠缠，避开不必要的争端，就理论原点处从事融通整合。这正如朱立元先生曾指出的："马克思主义文艺学的民族化，最根本的是要在哲学基础和思维方式层面上寻求马克思主义文艺理论与中国文艺理论的融通点与接合部，而不能满足于浅表层次、个别观点的比附。"[1]

重在理论精髓的领会运用而不是个别观点的照抄照搬。既然是立乎大，重原点，则对于马克思主义文论的运用，就不是照搬照抄个别观点。像以前的教材那

① 朱立元：《思考与探索——关于当代马克思主义文艺学体系的建构》，上海社会科学院出版社1991年版，第50页。

样，无非是围绕着马克思、恩格斯诸人的观点来组织、补充罢了，这种方法实际上是把经典作家的具体文艺观点直接拿来作为理论预设和核心框架展开演绎，通常所做的理论建构无非是他们观点的注释罢了，无非是加一些例证和新鲜的个性化的阐发而已。而马克思主义恰恰是不迷信任何东西的，照搬照抄观点的教条主义做法是与马克思主义的批判精神直接相背离的。必须更注重于对马克思主义内在精神的领会，更注重于马克思主义文论的理论精髓的把握，然后以此来建构我们的理论体系。不是停留于在马恩诸人的著述里寻章摘句，作为我们行文的点缀；而是重新细读马恩的著作，发掘和把握其理论精髓和精神实质，同时吸收最新的学界观念与方法，摆脱陈见，与时俱进地理解马克思主义，运用马克思主义。必须拒绝把任何东西固定化、抽象化、绝对化。

两全基础上相互融贯而非杂糅拼盘。所谓两全，就是保全中西、古今理论资源各自的完整形态，不能牵强附会地把中西、古今的东西以彼就此或以此就彼地杂凑到一起，使理论体系的建构要么是变成各种理论观点的杂糅搅和，要么是变成各种理论观点的罗列拼盘。理论体系之所以还能称得上是体系，那就必须具有体系的内在的有机性，而不是外在的聚合、编排。必须有个一以贯之的理论批判精神，这就是马克思主义的辩证的否定观，马克思的话是最好的概括与说明："辩证法在对现存事物的肯定的理解中同时包含对现存事物的否定的理解，即对现存事物的必然灭亡的理解；辩证法对每一种既成的形式都是从不断的运动中，因而也是从它的暂时性方面去理解；辩证法不崇拜任何东西，按其本质来说，它是批判的和革命的。"① 有了这个根本精神，对于各种理论资源的取舍就允许有自身的标准，合则用，不合则弃，绝不让古今、中外的理论迁就我们，也不让我们去迁就古今、中西的某个理论。求同存异，对于那异的东西，姑且搁置，谨慎存疑。

胸襟开放，视野开阔，大胆吸收各种理论资源。只要确保所建构的理论体系的精神实质是马克思主义的，那么任何理论资源都不妨拿来借鉴，为建构理论体系服务。我们当然首先要以马克思主义文艺理论为指南，优先考虑我国传统文化的固有资源，但是绝不画地为牢、故步自封，而是同时面向外国特别是西方的各种理论资源。西方 20 世纪的著名哲学家比如胡塞尔、海德格尔、伽达默尔、梅洛·庞蒂，著名的哲学流派比如现象学派、结构主义，乃至形式主义，都可以拿来借鉴、吸收，最终化作我们自己的东西。

创造性地探索，大胆创新，构建新的理论形态。所谓新的理论形态，主要体现在方法新、观点新、表述新。方法、观点是否新，由读者判断。所谓表述新，

---

① 马克思：《资本论》第二版跋，载《资本论》第 1 卷，人民出版社 2004 年版，第 22 页。

既不是单纯盲目地生造新词，也不是仅仅沿用旧的说法，遵循的是理论体系的表述需要与否。对于一些词语，可以赋予新的含义，允许有新的阐释乃至创造性的误读，特别是可以采用许多中国传统文化里习用的词汇而加以创造性的再阐释，诸如毛泽东阐释"实事求是"，当代阐释"与时俱进"、"和谐"等观念，都是值得借鉴的范例。这些努力可以使我们的理论体系具有中国特色，最终成为中国化了的马克思主义文艺理论。

第三篇

马克思主义文艺
理论中国化与
当前文艺理论若干
重大问题研究

引　言

　　马克思主义中国化的根本目的，是要回答和解决中国革命和现代化建设的种种实际问题，在与中国革命和建设的具体实践的不断结合中，应用和发展马克思主义，并使之具有鲜明的中国特色。关于这一点毛泽东多次做过深刻的论述。他强调指出：学习、研究马克思主义不是抽象的无目的的，而应该"要有目的地去研究马克思列宁主义的理论，要使马克思列宁主义的理论和中国革命的实际运动结合起来，是为着解决中国革命的理论问题和策略问题而去从它找立场、找观点找方法的"，这"就是有的放矢的态度。'的'就是中国革命，'矢'就是马克思列宁主义。我们中国共产党人所以要找这根'矢'，就是为了要射中国革命和东方革命这个'的'的"①；他还说，"马克思列宁主义和中国革命的关系就是箭和靶的关系"，理论联系实际，就是要有的放矢，就是要"善于应用马克思列宁主义的立场、观点和方法，……从中国的历史实际和革命实际的认真研究中，在各方面做出合乎中国需要的理论性创造"②。很清楚，马克思主义中国化不是纯粹的理论问题，不是为了使马克思主义在形式上取得某些中国化的表面特色，而是为了根本上解决当时中国革命和现时现代化建设的具体实践问题，当然，与此同时也为了使马克思主义逐渐取得中国的民族形式，使之更好地为亿万中国人民所接受和应用，成为他们认识和改造世界的强大思想武器。

　　同样，马克思主义文艺理论的中国化也不是纯粹的理论问题，不是为了使马克思主义文艺理论仅仅在形式上取得某些中国化的表面特色，而是为了根本上解决中国新民主主义革命和社会主义现代化建设语境中的中国文艺问题。80 多年来马克思主义文艺理论中国化的曲折历程已经证明了这一点。

　　现在的问题是，进入新世纪，马克思主义文艺理论如何进一步中国化？这种中国化如何更加深入、如何取得更加实质性的进展？我们认为，我们应当遵循毛泽东上述"有的放矢"的基本态度和思路，即有目的地去应用马克思主义文艺理论的基本原则、观点和方法，来回答和解决当代中国语境中的各种中国文艺问题。这是马克思主义文艺理论中国化的唯一正确途径，也是使马克思主义文艺理论在解决当代中国语境中的中国文艺问题过程中得到进一步的创新和发展、从而

---

　　① 毛泽东：《新民主主义论》，载《毛泽东选集》（四卷本），人民出版社 1969 年版，第 667 页。

　　② 毛泽东：《整顿党的作风》，载《毛泽东选集》（四卷合订本），人民出版社 1969 年版，第 777 ~ 778 页。

推动这种中国化进程的主要方式。

那么,我们面对的是怎样一种中国文艺的现实语境呢?我们认为,一方面,应当看到,马克思主义文艺理论中国化经过80多年的实践,应该说,马克思主义文艺理论已经初步中国化了;同时,中国文艺学经过百年的发展、革新、积累、创造,特别是在马克思主义文艺理论的指导下,逐渐形成了不同于19世纪末之前的可概括为"古典文论"传统的一个新传统。这个新传统,尤其在20世纪最后20多年即新时期以来获得了长足的多元的发展,它的异于古典传统之"新",得到了充分的体现。这就是我们所立足的当代新文论传统。另一方面,随着西方文论话语的不断输入,全球化和市场化在思想领域造成越来越大的影响,同时随着我国改革开放的深入、社会主义市场经济的逐步建立、信息时代的迅猛展开,我国文学艺术和文化领域不断涌现出新情况、新现象,这些新情况、新现象构成了当前中国文学、文化发展的现实语境(包括当代中国文学创作和理论、批评的现状,中国古典文学与文论研究现状等)。而这一现实语境产生和提出了一系列新的"中国"文艺(或与文艺问题相关的)问题,要求马克思主义文艺理论给予科学的回答。结合中国文学、文化发展的现实语境,目前比较迫切要求回答的"中国"问题可以概括出许多,比如:(1)文学的主体性和主体间性问题;(2)文学研究的方法论问题;(3)拨乱反正、批判极"左"文艺思想问题;(4)文学与人文精神问题;(5)中国文学艺术中的现代性与后现代性问题;(6)后现代主义、解构主义与中国文艺理论问题;(7)文学的"语言哲学"问题;(8)"全球化"、"本土化"与"文化殖民主义"问题;(9)市场经济、大众文化、消费主义与文学、文论的关系问题;(10)文学的"新理性"、"新感性"问题;(11)"性"与当代文学、文论问题;(12)中国古典文学、文论的现代转型问题;(13)虚拟世界、网络文学问题;(14)加强与当代西方马克思主义的对话和交流问题;(15)中国特色的马克思主义文艺理论体系(包括基本思路、框架结构、逻辑起点、主要范畴、推演理路、叙述方式等)的建构问题;(16)当代中国审美文化的新特点及其应对策略问题;(17)马克思主义的艺术生产理论与中国当代文化艺术产业建设问题;(18)文学与审美意识形态论问题;(19)马克思主义文艺理论中国化的历史回顾和经验总结;(20)马克思主义文艺理论的人学基础及其在中国当代的应用问题;(21)马克思主义文艺理论与文学史研究新思路;(22)当代中国文艺学的真问题(真正的危机所在);(23)马克思主义文艺理论的本体论(存在论)维度问题;(24)马克思主义文艺理论中国化作为文艺学理论创新的基础问题;(25)文化研究与当代文学、文论研究问题;(26)从原始马克思主义到中国马克思主义文艺理论的真理性;(27)"中国化","非中国化"与"反中国化"之关系;(28)马克思主义与自由主义，守成主义文艺理论之关系；（29）当下社会主义意识形态与文艺实践之关系；（30）20世纪马克思主义文艺理论的中国传播对当下中国马克思主义文艺理论建构的影响。如此等等。

这些新的"中国"问题现实地要求马克思主义文艺理论给予及时的应对和回答。对于马克思主义文艺理论及其中国化而言，这些都是它应"射"之"的"、应当结合的实际，是很正常、也很自然的事情，同时，也是中国特色马克思主义文艺理论借此获得现实生命和创新发展的必由之路。面对如此多紧迫的现实问题，不仅是对马克思主义文艺理论的考验和挑战，同时也是当代文艺理论和整个文学研究取得重大突破和进展的极好时机和境遇。我们认为，密切关注当代中国文化、文艺语境中的现实问题，有的放矢，努力用马克思主义文艺理论的基本原则给予科学的回答和创造性的阐释，是把马克思主义文艺理论中国化推向深入、提升到新高度的最重要途径之一。

首先，马克思主义文艺理论中国化的过程，本质上就是马克思主义文艺理论在中国历史、文化和现实语境中对译、阐释、实践、沟通以及再阐释和再创造的过程。这既是一个不断展开的社会实践过程，也是一个直面现实的理论创新过程。作为马克思主义文论当代形态和基本范式之一，中国的马克思主义文艺理论本身就是这一过程的伟大成果。

其次，如前所说，20世纪中国文艺学近百年历程形成了新的人文传统。20世纪文艺理论百年历程是中国文艺学在马克思主义指导下不断借鉴、改造、吸收现代西方文艺理论并与中国文艺实践相结合的历程，也是不断汲取、融合中国古代文论理论资源并对之进行现代转换的历程，在一定意义上也是曲折前进的马克思主义文艺理论中国化的历程。经过百年的发展、革新、积累、创造，我国文艺学逐渐形成了不同于19世纪末之前的可概括为"古典文论"传统的一个新传统。这个新传统的核心和主体部分是马克思主义文艺理论，它在20世纪最后20多年即新时期以来尤其获得了长足的多元的发展，它异于古典传统之"新"，得到了充分的体现。

最后，立足于已经初步中国化了的当代新人文传统基础上，立足于当前中国文学、文化发展的现实语境中，关注并解答新的现实语境所产生和提出的一系列中国问题，这既是马克思主义文艺理论担当意识和实践精神的必然要求，同时也是马克思主义文艺理论中国化这一始终开放和无限展开的历史进程的一个有机组成部分。

总之，马克思主义文艺理论中国化与当前文艺理论重大问题研究将以初步中国化成果的当代人文新传统为基础，直面当代文艺理论发展的现实语境所产生和提出的一系列中国问题及其理论挑战，并努力用马克思主义文艺理论的基本原则对于这些问题和挑战做出科学回答和创造性阐释，以此把马克思主义文艺理论中国化推向深入、提升到新的高度。限于篇幅，本篇着力研究以下三个我们认为比较紧迫的现实问题：（1）新时期文学研究中的审美意识形态论问题；（2）文学的功能和价值问题，包括文学中的人性和马克思主义文艺理论的人学基础问题、人文精神与新理性精神问题等；（3）全球化语境下的文艺学建设和实践问题。

第十章

新时期审美意识形态理论
与马克思主义文艺理论中国化

意识形态与审美之间的关系问题历来是马克思主义文艺理论的重要论域。在马克思之后，苏联马克思主义者、西方马克思主义者（简称"西马"）以及中国马克思主义者都立足于各自不同的特定时代和历史语境进行了深入的思考和探索。在西马意识形态批评视野中，意识形态与审美的关系问题是其中的核心论题之一。而在中国现代文艺理论研究视野中，文艺和意识形态问题既有悠久的古典传统，又有现实的理论诉求。新时期以来，意识形态和审美关系问题一度成为文艺理论研究关注的焦点，进入新世纪，围绕审美意识形态论又进行了反思和争论。本章将直面审美与意识形态关系这一贯穿新时期乃至新世纪之初文艺学十分关注的现实理论问题，以新时期审美意识形态论为核心对意识形态与审美关系问题进行深入探讨。探讨将围绕三个问题展开：第一，新时期审美意识形态论仅仅是对于文革期间极端政治功利主义的反拨吗？为此，我们将考察 20 世纪文论视野中中国现代文论对于文艺本质论思考的历史足迹，以此作为探讨新时期审美意识形态论提出的理论背景和历史前提，然后描述新时期审美意识形态论的提出及其理论内涵；第二，新时期审美意识形态论是异域文艺思想和观点的翻版吗？为此，我们将考察新时期审美意识形态论与苏联马克思主义文论和西方马克思主义文论在新时期话语语境中的接受关系和影响关系，以在马克思主义文艺理论的当代发展形态的视域中审视新时期审美意识形态论提出的意义和价值；第三，如何看待 20 世纪末期和新世纪以来我国学界围绕新时期审美意识形态论的激烈论争？为此，我们将对这一反思和讨论进行再反思和再认识。

第一节 新时期审美意识形态论的提出

新时期文艺理论的新生和推进发轫于 20 世纪 70 年代末、80 年代初对于文艺工具论的批判，以及对于文艺政治维度的反思，并进而在审美自律性与他律性、文艺与政治的对立中恢复和确立了文艺自律性的地位，随着反思和探讨的深入而提出了审美意识形态论。然而，新时期审美意识形态论的提出并不仅仅是出于对于文革时期文艺极端政治功利化的反拨，而是有着更为深远的思想渊源和历史背景。我们认为，审美意识形态论不仅仅是新时期文艺理论对于文艺极端政治化、意识形态化反拨的结果，而且在某种程度上也是对肇始于 20 世纪初我国现代文艺理论意识形态论和审美论两脉的扬弃与重建，是马克思主义文艺理论中国化的最重要历史成果之一，它不仅代表了新时期以来文艺理论、特别是马克思主义文艺理论建设的重要突破，而且也是中国百年整个现代文艺理论发展进程中的一个重要收获。

就文艺意识形态与审美的关系而言，我国现代文艺理论对于文艺本质的认识①历来存在两种对立的观点：一种可以称为意识形态论的；一种可以称为审美论的。前者以认识论为理论起点来探讨文学本质问题，在经济基础和上层建筑的逻辑框架内将文学界定为反映和认识生活的一种社会意识形态；而后者则反对认识论、反映论、意识形态论这类提法，强调文学的本质在于审美。从历史演进角度考查，我们大体可以追溯到两个源头：一是梁启超；二是王国维。如果说梁启超突出了文艺的政治层面，那么王国维则强调了文艺的审美层面；如果说对于文艺功利性的强调以其与社会历史语境的一路契合而成为新时期之前我国现代文艺理论演进的显在线索，那么，对于文艺审美无功利性的认识则构成一隐在的线索。正是这显隐两条线索的演进，构成了新时期之前我国现代文论发展的基本形态，并通向新时期对于文艺本质的重新检讨。

考察文艺审美论和意识形态论的历史行程可以发现，新时期以前对于文艺本质的认识与民族命运、社会革命进程紧密结合在一起，并进而体现为与我国古典文论传统和马克思主义文论的密切关系。一方面，马克思主义文论对于文艺作品

---

① 一般认为，文艺的意识形态属性本身就是从其功能性存在的角度加以界定的，虽然其固有的功利性一面与服务于某特定目的并非一回事，但本子课题在认可这一差异的前提下，依然认为将意识形态属性与意识形态功能区分开来对于本文研究来说并非必要，换言之，将意识形态既看成文艺的属性、也看成其功能。

的现实内容的强调，对于创作主体积极介入和干预现实政治的张扬，以及对于文艺政治性、阶级性、战斗性的强调，对于打烂旧秩序、建设新世界的设想，这一切都极好地契合了我国社会的现代化进程和历史、现实对于文艺的基本诉求；而另一方面，我国源远流长的古典文论传统不仅划定了现代文艺理论发轫的前理解视野，而且在众多西方文论资源中赋予马克思主义文论以优先选择权，古典文论传统与马克思主义文论在文艺价值取向和社会功能上的共鸣使后者不仅很快被接受，而且在中国化的过程中直接决定了我国文艺理论研究对于文艺本质、功能的基本认识。中国化了的马克思主义文论规划了"文艺为政治服务"的基本轨道，文艺的意识形态性被张扬，而马克思关于文论关于"自由的精神生产"等阐述文艺审美自律的话语则被有意无意地遮蔽了，与此相应的还有文艺本质审美论的长期处于隐在状态。

对于文艺本质意识形态性以及对于文艺社会政治功能的强调与特定时代的社会生活现实相契合，使文艺的社会功能得到了充分发挥，但由于长期的左倾教条主义思想的影响，文艺的政治化理解不仅没有随着社会生活从战争到建设的转变而转变，反而进一步走向简单化、教条化、极端化和粗浅化，到"文革"期间更是达到了登峰造极的地步。意识形态被简化为政治，又将政治进一步狭隘化为特定时期的具体政策，而政策本身又常常是极"左"的。这样一来，文艺的真理性等同于政治乃至具体政策的传声筒，审美性完全被意识形态性所吞没，文艺彻底失去了自己应有的独立性。文艺意识形态与审美之间关系的认识与社会历史进程的紧密结合意味着对于文艺本质认识的流动性和历史性，随着社会生活重心的改变，一直潜行着的审美论迅速浮出地表，并与意识形态论进行了激烈论争。

说新时期文艺本质审美论从潜行而浮出地表，从隐在而显在，并不是说它取代了与其相对的意识形态论的地位，而是说文艺作为意识形态，其不同于一般意识形态形式的审美特性越来越得到发掘和重视。新时期伊始关于文艺的本质的几种较有影响的观点，不论是形象反映论、情感表现论还是审美反映论，它们的核心都在于强调文艺之为文艺的特殊性所在。蔡仪在《文学概论》中开宗明义："文学是反映社会生活的特殊的意识形态"，文艺作为社会意识形态，其特殊性就在于"文学以形象反映生活"。[①] 这固然还没有摆脱认识论思维框架的束缚，但显然已经与过去的机械反映论明显不同，而李泽厚则初步实现了从认识论向情感论的初步转换。在他看来，艺术的本质特征和作用"不只在给人一种认识而已，它毋宁是给人一种情感力量"，如果艺术没有情感，就不成其为艺术，因

---

① 蔡仪：《文学概论》，人民文学出版社 1979 年版，第 1、17 页。

此，"情感性比形象性对艺术来说更为重要。艺术的情感性常常是艺术生命之所在"。① 从认识论到情感论已经蕴含了审美反映论的萌芽，不久就有学者纷纷提出，文学是一种具有审美价值的形象化的特殊意识形态，认为文学的本质特征在于用语言塑造艺术形象，表现人对于现实的审美关系；② 作为对于文学是什么的深层次回答，审美是文学的本质，文学是社会生活的审美反映。③ 这些论述中一个基本相同的认识就是将审美视为文学的特殊本性之所在。随着 20 世纪 80 年代中期思想领域的进一步解放以及文艺"向内转"思潮的汹涌，文艺理论研究更加侧重于从文艺自身的特性出发切入对于文艺本质的认识，文艺的审美特性日益获得确认，正是如此，"审美特征论"被认为是新时期对于文艺本质最为重要的认识。

文艺本质审美论的确立必然引发它与意识形态论的关系问题，围绕这个问题，20 世纪 80 年代中期又一次发生了文艺本质问题的论争。如果说，20 世纪 70 年代末到 80 年代初的围绕文艺本质问题的论争明确了文艺具有意识形态性，那么，意识形态性是否反映文艺的本质则成为这一次论争的焦点。对此，存在三种基本观点：第一种观点认为意识形态性就是文艺的本质属性，二者同一；第二种观点认为意识形态性是艺术本质属性之一，与其他本质属性并存；第三种观点认为意识形态性并不是文艺的本质属性，审美性才是文艺本质属性。④ 随着讨论的深入，尤其是在经过文学方法论年和文学观念年的洗礼后，学界逐步认识到，仅仅局限于从文艺的某个属性上去界定文艺的本质，都难以避免地失之片面，要完整的认识文艺本质，必须用系统和综合的观点来整体把握，这就推动对于文艺本质问题的认识开始走向综合，正是在这一背景下，钱中文、王元骧、童庆炳等学者提出审美意识形态论，并逐步得到较多学者的认同。

1987 年，钱中文在总结当时苏联及我国学界关于文学本质的观点的基础上，提出"文学是审美意识形态"，力图把文艺的意识形态性和审美性结合起来，达到对文艺本质的更具说服力的表述："从社会文化系统来观察文学，从审美的哲学的观点出发，把文学视为一种审美文化，一种审美意识形态，把文学的第一层次的本质特性界定为审美的意识形态，是比较适宜的"；"文学作为审美的意识形态，以感情为中心，但它是感情和思想认识的结合；它是一种自由想象的虚构，但又具有特殊形态的多样的真实性；它是有目的的，但又具有不以实利为目

---

① 李泽厚：《美学论集》，上海文艺出版社 1980 年版，第 282、563 页。
② 易健、王先霈：《文学概论》，湖南教育出版社 1983 年版，第 15～30 页。
③ 童庆炳：《文学概论》，红旗出版社 1984 年版，第 47、51 页。
④ 陈理宣：《文艺的意识形态性讨论综述》，载《文艺研究》1992 年第 2 期。

的的无目的性；它具有社会性，但又是一种具有广泛的全人类性的审美意识的形态"。① 另外一处又说文学"具有阶级性，但又是一种具有广泛的社会性以及全人类性的审美意识的形态。"② 进入 20 世纪 90 年代以来，钱中文对"审美意识形态"的观点进行了进一步的阐发，认为文学作为审美意识形态不仅具有上述内涵，而且还是一个审美的本体系统，它的存在形式是艺术语言的审美创造、审美主体的创造系统、审美价值和功能系统以及接受中的审美价值再创造三者的结合，由此形成文学本体，而文学本体的三个组成部分逻辑的历史的展开构成文学的第三层次的本质特征。③

王元骧则从认识论与审美性的统一出发，明确将文学界定为一种审美意识形态，指出"文学是反映生活的一种特殊的思想意识形态。这就是说，文学就其最根本的性质来说，它是社会意识形态，但是，又与哲学、社会科学等一般意识形态不同，它是通过作家的审美感受来反映社会生活的，是作家审美意识的物化形态"，说"文学是一种审美意识形态"，就是说，文学"本质上是一种社会意识形态"，具有与其他意识形态形式共同的本质，同时又有"作为审美意识形态的特殊本质"。④

童庆炳在《文学理论教程》中将文艺本质审美意识形态论进一步系统化，该书从"文学的一般意识形态性质"、"文学的审美意识形态性质"、"文学是显现在话语含蕴中的审美意识形态"三个层面阐述了文学活动的审美意识形态性质，指出"文学从本质上说是意识形态。而作为意识形态，文学既具有普遍性质，也具有特殊性质。文学的普遍性质在于，它是一般意识形态；文学的特殊性质在于，它是审美意识形态。""文学的审美意识形态性质是对文学活动的特殊性质的概括，指文学是一种交织着无功利和功利、形象和理性、情感和认识等综合特性的话语活动。文学的这种审美意识形态性质，实际上告诉我们，文学的性质不是单一的而是双重的：文学具有审美与意识形态双重性质。"⑤ 至此，绵延了半个多世纪的文艺本质审美论与意识形态论两脉实现了融合，审美意识形态论成为新时期最有影响的文艺本质观，并被目前国内较重要的 20 多部"文学概论"类教材所采用。

审美意识形态论作为新时期文艺理论观念多元化的体现，它不仅是我国 20世纪前半叶文艺本质意识形态论和审美论的扬弃和综合，而且在经典马克思主义

---

① 钱中文：《文学是审美意识形态》，载《文艺研究》1987 年第 6 期。
② 钱中文：《论文学观念的系统性特征》，载《文艺研究》1987 年第 6 期。
③ 钱中文：《文学发展论》（增订本），经济科学出版社 1998 年版。
④ 王元骧：《文学原理》，浙江教育出版社 1989 年版，第 24～38 页。
⑤ 童庆炳：《文学理论教程》，高等教育出版社 1998 年版，第 49～75 页。

作家的相关论述中具有深刻的理论根源，同时与苏联马克思主义文论有着某种程度的应和。

首先，审美意识形态论辩证地吸取和扬弃了我国现代文论源头的意识形态论和审美本性说两派文艺本质观的成就和局限，在一种新的学术视野中对文艺的本性做了富于创造性的理论综合。它克服了意识形态论文艺本质观重视艺术的意识形态普遍性而轻视文艺自身的特殊性的偏颇，也克服了审美本性说以审美本性排斥艺术的意识形态性偏颇，将文艺的普遍本质与特殊本质有机的融为一体，从而对文艺的本质做出了新的阐释。

其次，审美意识形态论的提出不仅是对于前此以往的文艺本质认识的扬弃，而且显然在马克思主义文论那里有深刻的理论根源。马克思在《〈政治经济学批判〉序言》、《〈政治经济学批判〉导言》、《路易波拿巴的五月十八日》以及《致拉萨尔》信中，对于艺术和意识形态的关系问题做出了基本阐述，并在其政治经济学理论研究以及在唯物史观的研究中就已经形成了历史唯物主义美学思想和基本观点。当然由于历史条件的限制，马克思当时并没有系统地详尽地对于艺术、文学与意识形态的全部复杂关系展开阐述。正因为如此，经过马克思之后的不同时期、不同派别的马克思主义理论家们的不断探索，文艺与意识形态关系问题才成为马克思主义文论的核心命题。就此而言，新时期审美意识形态论作为新的艺术本质观，标志着我国的文艺学研究已经走出了对于马克思主义文论的简单依从和机械模仿的阶段，"就其理论成就来说，似乎在本世纪（按：20 世纪）马克思主义文艺学的发展中也应占有一席之地。"①

最后，审美意识形态论的提出也在某种程度上与苏联马克思主义文论存在着理论上的应和。众所周知，苏联文艺研究中也曾出现以波斯彼洛夫为代表的"意识形态本性论"与以布罗夫为代表的"审美本性论"的对立。布罗夫强调，"不仅艺术形式，而且艺术的全部实质，都应该肯定是审美的。"② 而波斯彼洛夫则批评审美本体论抹杀了文艺的意识形态倾向，以及文艺内容在认识论上的客观性，认为"美在艺术作品中的产生和存在，是与作品内容在意识形态上正确的倾向性，与作品内容在认识上的客观性不可分的。"③ 不容否认，这两种观点对于我国新时期关于文艺本质论争具有一定的启示作用。国内较早思考文艺审美意识形态问题的钱中文说，"'文学是审美意识形态'的观念，是在我对苏联和欧美对文论经验、特别是在我国几十年来文论教训的基础上，反反复复比较了多种

---

① 谭好哲：《文艺与意识形态》，山东大学出版社 2000 年版，第 119 页。
② ［苏联］阿·布罗夫著，高叔眉等译：《艺术的审美实质》，上海译文出版社 1985 年版，第 218 页。
③ ［苏联］格·尼·波斯彼洛夫著，刘宾雁译：《论美与艺术》，上海译文出版社 1981 年版，第 61 页。

文学观念的优缺点之后提出来的。"① 而童庆炳也认为，苏联的"审美学派"对于我们以审美的观点来审视各种艺术现象、阐明文艺的审美本质具有启示意义。②

审美意识形态论的提出不仅仅是新时期文艺理论对于文艺极端政治化、意识形态化反拨的结果，在某种程度上也是对肇始于 20 世纪初我国现代文艺理论意识形态论和审美论两脉的扬弃与重建，审美意识形态论是"把马克思艺术本质的两个方面的观点，即美学观点和史学观点，意识形态论和艺术掌握世界论完整地结合的理论创造。这一点正是中国新时期马克思主义文学理论中国化的重要成果"。③

新世纪以来，审美意识形态论依然是学界关注的热点，审美意识形态论也进一步走向深入。在我们看来，任何文艺观念的提出都有其特定的社会历史和思想文化背景，因而也有其特定的阐释效力和逻辑行程。对于审美意识形态论来说，要求它对无限复杂的文艺现象做出一劳永逸的阐释，显然是不现实的，但是，若以为文艺理论研究的发展总是必须建立在推翻以往认识的基础上才能继续前行，那也将是一种线性思维方式，一种非此即彼的思维方式。如何在新的历史条件下历史地、开放地理解和阐释马克思主义经典作家的有关阐述，如何辩证地、历史地理解、把握和反思审美意识形态论，并在此基础上以进一步深化对于文艺规律性的认识，似乎应该是新世纪审美意识形态论所要反思的重要问题。不仅如此，进一步讲，在新的历史条件下发展马克思主义文论，重要的不仅仅在于反思，而更在于建设。如何根据马克思主义文论的基本原理和基本原则下，对于新的事实、新的现象做出马克思主义的理论回应和合理阐释，是马克思主义文论中国化研究所不能回避的重要课题。

第二节　新时期审美意识形态论：影响视域中的合法性考察

如果我们承认审美意识形态论的提出可以视为新时期文艺理论发展和建设的重要成果的话，那么，这种承认本身就暗示了这一成果已经获得了马克思主义合法性，而这也正是学者所谓"中国新时期马克思主义文学理论中国化的重要成果"的实质所在。如此一来，立足于新时期文论发展的现实语境，我们也许应

---

① 钱中文：《新理性精神文论·自序》，华中师范大学出版社 2000 年版，第 4 页。
② 童庆炳：《文学审美特征论》，华中师范大学出版社 2000 年版，第 293～301 页。
③ 冯宪光：《意识形态的流转》，载《社会科学研究》2007 年第 1 期。

该首先追问：苏联文论、西马文论与我国新时期审美意识形态论的提出有关系吗？如果没有任何关系，那么我们将西马文论置于我国新时期文论视野中也就失去了任何谈论的意义。如果有关系，那么，这是否可以得出新时期审美意识形态论是异域观点的理论移植或者翻版？实际上，这一追问的目的并非主要去探源其理论的根基，而毋宁说，是意在考察新时期审美意识形态论在中国现实话语语境中的合法性基础。因此，对于一个马克思主义制度化了的社会主义语境中的马克思主义文艺理论研究来说，对上述问题的追问就可以进一步具体化为以下问题：如何看待审美意识形态论与苏联马克思主义文论的关系，又如何看待它与西马文论的关系？

不容否认的是，苏联马克思主义文论曾经作为中国人学习马克思主义文论的途径之一，对马克思主义文论中国化的进程产生了历史性重大影响，但是，这种影响在新时期以来尤其是 80 年代中后期以来随着社会政治经济的巨大变化已经急剧显著地降低了，这也是一个不争的事实。

如上所述，我国新时期文艺理论对于文艺本质的当代探讨和论争已具有自己特定的理论传统、现实语境和内在的逻辑理路，说苏联马克思主义理论家对于审美与意识形态关系问题的讨论对于我国新时期关于文艺本质论争具有一定的启示作用，并不等于说二者之间存在简单的复制或移植关系，更不能因此否定新时期审美意识形态论的理论创造性。那么，随着苏联马克思主义文论在新时期文论发展和建设中的影响逐渐淡化，审美意识形态论的提出如何在马克思主义文论研究的基础上获得合法性的外在启示和理论视野呢？

观察 20 世纪 80 年代中期围绕文艺意识形态本性论争可以发现一个值得关注的现象，那就是无论坚持意识形态本性论，还是坚持审美本性论，它们的理论根据却不约而同地安置在马克思主义经典作家的相关论述中，所不同的仅仅是对此做出了不同的阐发而已。比如对于马克思关于上层建筑与经济基础的论述，既有学者从中阐发出文艺的本质在于意识形态的结论，也有学者从中阐发出相反的结论，认为文艺高高飘浮在上层建筑之上，具有"精神活动的高层次性"，文艺是充分"显示出人类精神灵幻性、微妙性、丰富性、流动性、独创性"的东西，因而意识形态性并非文艺的本质。[①] 这一现象非个案，概观我国新时期以来的文论发展历程，几乎在每一次论争都有不同程度的存在。指出这一现象意在表明，就如同一时期我们对于西马文论的研究首先集中于判定其性质是否是马克思主义一样，新时期文艺观念多元化理解仍然需要从马克思主义文论那里获得合法性基础，这是由我们这个马克思主义制度化的国情所决定的，是建设社会主义文化所

---

① 鲁枢元：《大地与云霓》，载《文艺报》1987 年 7 月 11 日。

必须的。而另一方面固然也表明马克思主义经典作家的论述所留下的阐释时空，但是对于我们来说，与其说是体现了对于马克思主义经典阐述的重新认识的问题，毋宁说是理论资源和理论视野寻求的尴尬，具体到文艺本质的探讨，则不仅是对于马克思主义文论的阐释需要开拓更为宽广的视野，而且更是对于新时期文论渴望更为宽广的学术视野和思想资源的一种表征。对此，我们只要看一看当代学者个人学术体验就可以了。我国学者钱中文在后来回顾关于审美反映论的论争时曾经坦言，出版于 1986 年 9 月的《审美特性》（中译本），"我在 1987 年才看到，要是在拙文发表之前读过卢卡奇的这部著作，我的文章恐怕就会写成另外的样子"。① 这里所说的"拙文"指的是发表于 1986 年的《最具体的和最主观的是最丰富的》②，在该文中作者阐述了对于审美反映论的理解。《审美特性》是卢卡奇的美学巨著，也是较早译介成中文的西马美学著作，该书对于审美反映论进行了详尽阐述，其中关于包括审美反映的历史生成、艺术的本质特征、审美反映与科学反映的区别以及审美的结构本质等的论述，这些对于新时期文论思考传统文艺反映论及其争论来说，显然都应该是一个极好的理论资源。钱中文的上述回顾从一个侧面表明了当时学界对于新的理论资源的渴望。

事实上，当苏联马克思主义文论的影响迅速地淡出中国新时期文论视野，而新时期文艺理论研究视野的开拓仍然需要奠定合法性基础。在众多涌入的西方文艺理论和思想中，西马文论固然在 20 世纪 80 年代的话语语境中仍然必须首先面临着定性的问题，但显然还是一个差强人意的选项。西马文论一个方面处于"西马非马"还是"西马亦马"的争论漩涡之中，而同时却又逐步得到接受和研究，其原因也正在这里。

问题是，西马关于审美意识形态问题的阐述对于我国审美意识形态论的提出产生怎样的影响？对于这一问题的尝试回答意味着我们应该首先对于西马理论家在审美意识形态问题上的阐述做出梳理和阐释。众所周知，西马理论家都在不同程度上对于意识形态与审美关系问题做出了自己的思考和探讨，对此，诸多学者已经做出了重要的学术贡献，然而在究竟该如何把握西马理论家对此问题的看法上却似乎众说纷纭，而当涉及西马意识形态批评中是否存在着审美意识形态或审美的意识形态这一说法时，就基本是针锋相对了，而这种对立直接与我国新时期审美意识形态论紧密联系在一起。那么，西马理论家在此问题上表达了怎样的观点呢？就让我们从一本书的译名谈起。

1990 年 3 月，伊格尔顿出版了一部题为 *The Ideology of the Aesthetic* 的著作。

① 钱中文：《新理性精神文论》，华中师范大学出版社 2000 年版，第 118 页。
② 钱中文：《最具体的和最主观的是最丰富的》，载《文艺理论研究》1986 年第 4 期。

对于该书，国内有研究者给予高度评价，认为该书是集哲学、美学、政治学和社会学于一身的恢弘大气之作，作为对近代美学的一次全新考察，其在文艺及美学理论的意识形态批评引人注目，堪称当代最敏锐的探索，[①] 然而该书书名翻译却似乎颇费周折。1994 年中译本的译者之一提前发表了该书的导言部分，从这份译文来看，是将该书书名翻译为《审美的意识形态》；1997 年该书中译本出版，书名为《美学意识形态》，美学一词取代了审美，而在 2001 年的该译本再版本中，书名变成了《审美意识形态》，审美又取代了美学一词。[②] 从审美到美学再到审美的反复，表明了译者对 Aesthetic 一词及对该书美学和文艺观念认识的变化。译者在 2001 年版本中"再版后记"写道："根据书中的内容，伊格尔顿原著书名中的 Aesthetic 一词，既含有'审美'的意义，也含有'美学'的意义，但较侧重于'审美'之意。从审美意识形态理论的角度看，前者是这种意识形态现象的实践部分，后者是其理论部分，它们是一种机制的两个方面。伊格尔顿这部著作的主要目的是通过 20 世纪西方美学的批判性分析，思考美学理论作为一种意识形态现象的内在矛盾、复杂机制及其社会作用。这种对美学理论本身的深刻自我批判的思维方式是西方马克思主义思想家在 20 世纪 80、90 年代理论工作的一个特征。"[③] 品读这番解释可以发现，译者对于伊格尔顿的把握是以"意识形态现象"为基本出发点的，也就是说，审美意识形态是意识形态现象的重要表现之一，将审美意识及其形态置于更为宽广的人类意识及其形态视野中来考虑，应该说这是把握住了问题的关键所在。从词源学角度来看，Aesthetic 的确既有学科又有审美的含义：作为现代学科，美学显然是马克思社会结构理论意义上的作为上层建筑的意识形态的表现形式；而作为审美，它又以不同于理论的实践活动加入到社会运作的复杂机制之中，而这种运作机制中的审美实践活动对于社会的效应显然来得更为有力。也正是如此，从审美到美学再到审美的反复，绝不仅仅是译名本身的变化，从某种程度上讲，也绝不仅仅是源于 Aesthetic 一词及对该书美学和文艺观念认识的变化，而更为深层的缘由应该是中国文论和美学话语接受语境的变化。具体说，这一语境就是"西方马克思主义思想家在 20 世纪 80、90 年代理论中国"，下文将对此展开具体阐述，但在此之前，我们需要首先对于伊格尔顿的相关阐述做一澄清和梳理。

从伊格尔顿对于 18 世纪以来的审美问题的考察来看，目力所及，既有美学

---

① 参阅柴焰：《伊格尔顿文艺思想研究》，中国海洋大学出版社 2001 年版，第 136 页；傅晓林：《立场与方法》，四川出版集团巴蜀书社 2006 年版，第 279 页。

② ［英］伊格尔顿著，傅德根译：《审美的意识形态·导言》，载《国外社会科学》1994 年第 1 期；王杰等译：《美学意识形态》，广西师范大学出版社 1997 年版、2001 年版。

③ 王杰：《〈审美意识形态〉再版后记》，广西师范大学出版社 2001 年版，第 425 页。

著作，也有哲学、政治学和伦理学著作，审美问题被置于颇为广泛的精神领域，比如在与法律、自由、自律等问题联系中进行考察，用他在该书"导言"的话来说就是，考察并非着眼于美学的历史，而是为了"在审美范畴内找到一条通向现代欧洲思想某些中心问题的道路，以便从那个特定的角度出发，弄清更大范围内的社会、政治、伦理问题。"① 这就表明，对于审美意识形态的理解不仅仅是就审美的意识形态本身，而是将审美意识置于与其他社会意识形式的关系之中，置于社会意识及其形态的历史视野中来进行。然而，一个显然的问题是：伊格尔顿何以确信，对于审美意识形态的考察能够"找到一条通向现代欧洲思想某些中心问题的道路"呢？在伊格尔顿看来，这种确信首先源于他对于启蒙运动以来欧洲思想情势的观察和思考，即美学在欧洲总体思想中执着地令人难以置信地占据着很高的地位。造成这一现象的基本原因有两个：一是审美能够建设一种非异化的认知方式，以其人道主义价值对抗启蒙运动以来日益膨胀的工具理性，因此指向人的理想性生存；二是艺术本身的意识形态性质，"美学著作的现代观念的建构于现代阶级社会的占统治地位的意识形态的各种形式的建构、与适合于那种社会秩序的人类主体性的新形式密不可分"②，也就是说，审美和现存社会及其意识形态总是存在着复杂的关系，这关系的核心应该就是对统治意识形态的拒绝和抵抗。也正是如此，对于审美意识形态的考察才能够"弄清楚更大范围内的社会、政治、伦理问题"，这就涉及如何认识伊格尔顿在文艺与意识形态关系问题上的阐述。

需要指出的是，伊格尔顿对审美和意识形态关系问题的理解并非简单化，他一方面将审美视为政治的，视为塑造资产阶级主体的手段，同时又看到审美作为反对资产阶级权力塑造的领域的一面，因而只有彻底消除那些刻写它们的权力，才能彻底消除这种反抗的冲动。实际上，从意识形态与生产方式的多元、互动关系考察文艺与意识形态的关系，显示出伊格尔顿对于意识形态中话语的权力因素的重视，以及对于文艺与意识形态之间的曲折复杂关系的清醒认识，用他的话来说就是，如果不把握意识形态在社会整体中"怎样由特定的、与历史相关的、巩固特定社会阶级权力的知觉结构所组成，我们也就无法理解意识形态"，③ 而这也是他考察审美美学意识形态的基本思路。

伊格尔顿的审美意识形态是在讨论意识形态生产时提出的，并在与一般意识形态和作家意识形态的关系中进行了初步阐述。他写道，审美意识形态（Aesthetic Ideology）是指包括在一般意识形态中而又具有相对自主性的一个特殊的审

①② ［英］伊格尔顿，王杰等译著：《美学意识形态·导言》，广西师范大学出版社 2001 年版，第 1、3 页。
③ ［英］伊格尔顿著，文宝译：《马克思主义与文学批评》，人民文学出版社 1980 年版，第 13 页。

美领域，与伦理、宗教等其他领域相连，为一般生产方式所最终决定。审美意识形态是一般意识形态中的"文化意识形态"的一部分，包含着审美价值、意义、功能等。而文学艺术构成审美意识形态的组成部分，文学话语、风格、传统、实践以及文学理论都属于审美意识形态。① 从伊格尔顿对于审美意识形态解说以及对审美意识形态与一般意识形态、作者意识形态关系的阐释中，我们可以概括以下几点：第一，审美意识形态是一般意识形态的组成部分，因而具有贯穿在审美活动和美学话语中的意识形态属性；第二，审美意识形态同时又是具有相对独立性的审美领域；第三，作者意识形态与一般意识形态和审美意识形态之间的关联、重构而又对立、冲突的复杂关系决定了文本只能是多元决定的产物，而不是意识形态的简单对等物；第四，文学文本是审美意识形态的生产。一言蔽之，审美意识形态范畴体现了审美自律性与意识形态属性的辩证认识。

15 年以后，伊格尔顿在《审美意识形态》一书中对此进行了更为详细的研究。他写道，"审美从一开始就是个矛盾而且意义双关的概念。一方面，它扮演着真正的解放力量的角色……主体在达成社会和谐的同时又保持着独特的个性"；另一方面，审美"把社会统治更深地置于被征服者的肉体中并因此作为一种最有效的政治领导权模式而发挥作用"。② 在伊格尔顿看来，任何社会权威的有效化都必须以"经验生活的感性直接性"为基础，而且要"从市民社会中充满感性和欲望的个体那里入手"，如此，审美则理所当然地成为确立资产阶级社会秩序、使资产阶级领导权合法化的有效途径，就此而论，审美显然是一种意识形态活动；而另一种，审美的领域又是一个以自由、自律、无功利为标的领域，它坚定地指向人的审美的解放。而对于美学来说，作为对于审美领域理论反思和学术建构的产物，也就不能不具有相应的内在矛盾性：一方面，美学话语作为对于人的审美活动的理论形式，其自由性、自律性以及超功利性直接对抗着启蒙运动以来的工具理性，从而内在地瓦解着资本主义自身的理性基础；另一方面，美学话语建构本身作为脱离资产阶级意识形态建构的组成部分，通过审美感性愉悦的形式履行着意识形态控制的职能，一直将资产阶级意识形态锚碇在个体的无意识结构之中。正是如此，伊格尔顿意味深长地说，自从 18 世纪以来，审美"这个词的词义可谓整个统治方案的概述"③。

要之，伊格尔顿的审美（美学）意识形态论作为对西马意识形态批评辩证综合的产物，具有以下特点：首先，审美活动是一个感性交流的过程，身体作为物质载体奠定了审美活动的经验基础，但这并不意味着审美是一个纯粹自律自足

---

① Eagleton, *Criticism and Ideology*, London：Verso, 1978, P. 60.

②③ ［英］伊格尔顿著，王杰等译：《审美意识形态》，广西师范大学出版社 2001 年版，第 16～17、32 页。

的领域，而是在其中潜行着权力运作之手；其次，审美意识形态以其自身的辩证法表明了审美的意识形态属性与审美的超越性之间的互动，美学话语中潜涌着资产阶级对于意识形态统治地位的欲望，并通过审美这种感性的愉悦内化于个体的无意识结构中，从而成为统治的一种同谋，而同时审美自身的自律性、自由性以及对于现实的超越性又培育了反抗控制的自由主体，从而使审美成为统治意识形态的颠覆者；再其次，身体范畴作为审美与意识形态之间的中介，进一步表明了美学作为理论话语建构和物质实践过程的两个层面，为美学存在和发展奠定坚实的基础，并且通过审美主体的建构进一步呈现了审美与意识形态的关系；最后，审美意识形态范畴包含审美活动和美学话语两个层面，但无论哪一个层面，其中渗透的审美与意识形态的关系原则是一致的，因此将美学意识形态视为包含在审美意识形态中的一个领域是一种误解，两个层面着眼于不同的理论视野考察文艺与意识形态的关系问题，将他们之间的关系视为包容关系存在着美学意识形态的理论视野狭隘化的危险。

通过以上分析，我们现在可以对先前提出的问题做出初步回答：第一，作为西马理论家的伊格尔顿通过审美意识形态范畴简明地揭示了审美与意识形态的辩证关系，并且将这一揭示奠基于马克思主义意识形态批判和人的解放的理论指出之上；第二，由于直接阐述该问题的《审美意识形态》虽写就于1976年，但迟至1990年出版，1997年译为中文，因此应该认为，它对于中国新时期文学审美意识形态论的提出并没有产生直接的影响；第三，真正发生影响是在90年代后期尤其是新世纪以来对文学审美意识形态论的反思中（参看本章第三节）；第四，即便如此，我们仍然可以发现中西马克思主义文论关于审美意识形态论的理解存在诸多关联，因此对它们做一平行比较研究是必要的；第五，审美意识形态这一范畴本身包含着审美活动与美学话语两个层面，这就为其留下阐释空间和产生歧义的可能，正是如此，我们才既可以方便地在20世纪80年代以审美意识形态来谈论文学的本质，也可以在20世纪90年代以后用它来讨论审美的自律性与他律性问题，既可以在20世纪90年代中后期以来以伊格尔顿的理解来反思和批判我国学者自己的理解，也可以使将其中的权力话语同大众文化研究牵手。从中我们看到的正是新时期以来的我国文论话语语境的变迁对于阅读和接受的影响，看到的是接受中的一种为我所用的集体无意识。这也就是上面所提到的译者所言"这种对美学理论本身的深刻自我批判的思维方式是西方马克思主义思想家在20世纪80、90年代理论中国的一个特征"的含义所在。

显而易见，中西马克思主义文论关于审美意识形态论的理解中所存在诸多的关联源于他们共同的理论根基，这就是马克思主义经典作家的基本阐述。马克思关于文学是意识形态这一基本界说是在其社会结构理论中提出的，这一界说：

（1）指出了文学在社会结构中的位置；（2）指出了文学作为意识形态的共性；（3）文学的意识形态性质作为共性，是一般，而不是个性，不是特殊。也正是如此，马克思之后的马克思主义文论家们才不断寻求文学之为文学的特殊性所在。从某种意义上说，这也是审美意识形态论的基本逻辑起点。因此，中西马克思主义文论关于审美意识形态的思考不约而同地立足于马克思主义文论基本立场之上而把握两个基本点：审美特性与意识形态性。就此而论，审美意识形态论就是在文学本质问题上对于这两个基本点的融会和综合。所谓融会和综合，就是说，审美意识形态并非审美加意识形态的拼合，也并非是对于前者或后者的强调，而是力图从文学的两个基本特性来对于文学本质的一个全面把握，这在中西马克思主义文论中基本相同。但仔细对比，还可以发现二者在理论侧重点上的明显区别。

对于伊格尔顿来说，审美意识形态中的权力运作，尤其是统治的意识形态如何通过审美活动的感性愉悦植入个体建构新的审美主体，以及美学话语如何作为意识形态控制机制的组成部分发挥意识形态国家机器的职能，这些尤其是关注的焦点。而对于我国新时期文学审美意识形态论来说，重要的不是揭示话语中权力运作问题，而是如何实现对于文学本质的揭示，以及这种揭示的有效性问题。如果说，西马文论更多的是在知识社会学的意义上来理解，从审美话语和意识形态的建构关系来把握，那么，我国新时期审美意识形态论则显然更倾向于一种本质主义的理解，倾向于把握对象的不变的一种本质性实体；如果说，伊格尔顿的思考路向始终执著于在审美与意识形态之间进行动态的辩证的把握，那么，我国新时期审美意识形态论则更多地探究现象背后的直插事物本身的东西，而同时又将历史主义的视野收入眼帘。一个了然的事实是，在对于审美意识形态论的阐释中就有学者将思考的目光从共时性把握转向历时性溯源，考察审美意识形态的历史性发生问题。钱中文在20世纪80年中期提出审美的意识形态后不久，就从人类意识发展的层面论证了文学作为审美的意识形态的历史行程："从文学的发展来看，在原始初民那里，是不存在文学的。在那时作为前文学现象，如说说唱唱、故事叙述，只是原始初民的审美意识的表现，审美意识是人的本质的确证。之后，人在社会性不断加强的交往中，完善了自己的语言，产生了能够传情达意的文字，并通过文字、节奏而记述了自己的思想感情、传说故事，这时才完成了从审美意识向审美意识形态的过渡，产生了审美意识形态，即真正意义上的文学。"① 这一论述清楚地表明，首先，作者是从审美意识的历史发展来考察审美

---

① 钱中文：《新理性精神文论》，华中师范大学出版社2000年版，第118页，又见：《论文学形式的发生》，载《文艺研究》1988年第4期。

的意识形态的理论生成，也就是说，审美意识形态论在从意识和审美意识的历史演进中具有深厚的人类学基础；其次，从审美意识到审美意识形态的生成也是历史的，与文学的发生同步，这就将对于文学的文论思考与文学的发生联系了起来。由以上两个方面可以推论，审美意识形态不仅不是审美与意识形态的硬性拼凑，不是审美的意识形态（无论这个词组的重点在前还是在后），而是审美意识的形态，也就是审美意识向审美意识形态的历史性生成。这就与伊格尔顿的理解有了显著的区别，同时意味着，新时期审美意识形态论的提出绝非是对于西方文论的简单移植或者模仿。

正如有学者所言，"对审美意识形态问题的理论研究，一方面要积极地研究、批判性地借鉴国外马克思主义美学和文学理论在这个问题上的重要成果；另一方面，要认真深入地研究当代中国的审美经验和审美关系，获得中国马克思主义美学在审美意识形态问题上的具体性和现实性，从而准确地分析和把握其中的理论意义。从理论上说，只有我们在这两个方面都有深入的研究，我们对马克思的理解才具有当代性，我们对基本理论的阐释才会具有中国的特色。"[①] 这一评析是清醒的和理性的，对于我们思考苏联文论、西马文论与马克思主义文论中国化问题同样具有启示意义。

---

① 王杰：《当代中国语境中的审美意识形态理论》，载《文艺研究》2006年第8期。

第十一章

人文精神与马克思主义文艺理论中国化

20世纪90年代以来，在市场经济和社会转型的影响下，随着西方解构主义思潮以及后现代话题的不断输入，文学创作与文学理论中人文精神的失落成为比较突出的现实问题，"人文精神"大讨论、"日常生活审美化"论争就是针对人文精神失落而爆发的争论，而"新理性精神"文艺理论则提倡用新理性去指导人文精神问题。弘扬人文精神、抵制文艺日益庸俗化的倾向是马克思主义文艺理论中国化的价值坐标，同时，人文精神的弘扬也只有在马克思主义文艺理论的指导下才能落在实处。问题是：对于马克思文艺理论来说，弘扬人文精神的理论基础植根于何处？在马克思主义文艺理论的中国化视域中，又该如何审视和反思围绕人文精神而产生的一次次论争？为此，我们将首先对马克思主义文艺理论中国化的人学基础做出再阐释，然后将人文精神大讨论以及新理性精神文论讨论等置于马克思主义文论中国化视域中进行审视和思考。

第一节　马克思主义文艺理论中国化的人学基础再阐释

如果说，文艺理论直面现实、关注现实是马克思主义文艺理论中国化进程的应有之义和必然要求的话，那么，对于中国当代文艺理论来说，首先需要关注的无疑是人。文学是人学，文学所描写和展现的是人的丰富心灵和复杂人性的方方面面。这一点眼下已经成为学界多数人的共识，也是我们重新强调文艺研究的人学理论基础的一个根据。而且在当前，这个问题尤其迫切。众所周知，在当代经济全球化、中国的经济发展日益融入世界经济的大格局和我国社会主义市场经济日趋成熟的语境下，在举国上下奔小康、构建和谐社会的大潮中，突出以人为本、强调人的全面发展也前所未有地成为主流意识形态的话语。如果我们从作为社会关系总和现实的人之间的交往、交流关系角度看，文学在关怀人的生存和命运、展示人性的善恶、打动人的情感、沟通人们的心灵、净化和改善人性、使人性获得自由全面的发展、塑造美好健全的灵魂、协调与和谐人际关系等方面，更是有着其他种种方式（包括其他文艺方式）所无法取代的独特功用。最近，有一位学者作家把文学的这种担当和功用精辟地概括为"为人类构筑良好的人性基础"①，我们非常赞同这个看法。所以，在当前，探讨文艺理论的建设不但绝对离不开人学问题，而且应当作为一个基础性的问题来思考；同样，研究马克思主义文艺理论的中国化，也离不开人学这个根本问题。

一、历史背景与现实诉求

毫无疑问，人性应当是人学研究的核心问题。我们欣喜地看到，"文革"结束前那种谈人性色变的时代已经过去。但是，我们也不能不注意到，在当代中国，人们对人性问题有着特殊的敏感。这是有深刻的历史原因的。毛泽东同志于1942年《在延安文艺座谈会上的讲话》揭开了对人性论批判的序幕，而且明确地把批判矛头指向"作为所谓文艺理论基础的'人性论'"。② 如果说在那个抗日烽火弥漫、民族和阶级矛盾尖锐的时代，这种对人性论的批判有其合理性（其实即使在当时这种批判也已经伤害了一些自己的同志，而非敌人）的话，那么，在全国解放之后，在中国社会经济建设和发展生产力成为主要任务，人民内部矛盾上升为主要矛盾，而阶级矛盾和斗争降低到次要地位时，依然延续战争时期的"斗争哲学"思维，无限夸大阶级矛盾，甚至人为制造阶级斗争空前激烈的神话，并发动一次又一次的政治运动，对包括人性论在内的所谓"资产阶级反动理论"展开旷日持久、无限上纲的全民大批判——这种批判在"文革"时期达到顶点——就不但毫无合理性可言，而且是大错特错了。这种批判带来的恶果是极其巨大的，不但政治上制造了大批冤假错案，伤害了成千上万的好人，而

---

① 曹文轩：《文学：为人类构筑良好的人性基础》，载《文艺争鸣》2006年第3期。

② 毛泽东：《在延安文艺座谈会上的讲话》，载《毛泽东选集》（四卷核订本）1967年版，第827页。这里并非说在毛泽东之前没有对人性论的批判，如鲁迅就批判过梁实秋的抽象人性论，但是，并非有组织的大规模的批判，而是双方之间的论争；而且鲁迅的批判不同于毛泽东的，并没有完全否定共同人性。

且对文学艺术的摧残、扼杀尤其严重，特别是对广大文艺（包括理论）工作者心灵的打击和损伤更是贻害无穷，难以弥补。其恶劣影响直到"文革"后的80年代还没能完全消除。新时期以来直到80年代末，人性论禁区的突破就经历了一个曲折起伏的、多次反复因而不断"心有余悸"的艰难过程就是明证。而且我们不能认为今后中国就不再会出现对人性论设置新的禁区或变相排斥、压抑的可能。

进入20世纪90年代之后，随着经济全球化浪潮的奔涌和中国市场经济的迅速走向成熟，在西方消费主义思潮的影响和大众传媒的助推下，大众文化以不可阻挡之势席卷神州大地，"三消（消费、消闲、消遣）文化"迅速上升到文化艺术市场的主流地位，但人性问题却以想象不到的另外一种方式在文学艺术中再次迷失。这突出表现为部分文学创作和欣赏中感官欲望的无度扩张、享乐主义的大肆泛滥和人文精神的日渐失落。在"隐私写作"、"身体写作"乃至"下半身写作"等口号下，有的作品以露骨的性描写刻意渲染、刺激人的生理本能和感官欲望，有的甚至以欣赏的笔触津津有味地描写婚外恋和乱伦中的性爱，无度地召唤着人性中动物性的部分。这些不但颠覆了文学的审美特性，而且向文学提升人生境界、塑造美好心灵、构筑人性家园的本性发起挑战。更加令人担忧的是，文艺理论和批评界也有人对这样一种倾向从理论上给予支持，把这种无限扩张感官欲望的文艺现象美化为"恢复"美学的感性学本义。这实际上是从相反的方向对作为文艺理论基石的人性论的扭曲和挑战。当代中国文化艺术和文论、美学的这一现实状况和语境，迫切需要马克思主义文艺理论给予理论的回应、科学的阐释，并指明切实可行的解决之途，这是自觉将马克思主义文艺理论与中国当代经济、社会、文化语境下的中国文艺的实际相结合的必由之路，因而也是马克思主义文艺理论中国化的题中应有之义。

二、马克思主义人学理论再阐释

要确立马克思主义文艺理论的人学基础，必须要真正确立以人为本的根本理念，要承认人除了有具体的、变化的、社会集团（如阶级、阶层等）的人性外，同时还有一般的、共同的、普遍的人性；文学要"为人类构筑良好的人性基础"，就有必要、有权利，也有义务去表现这种一般、普遍的人性。这个问题在当前我国学术界和文艺界并没有取得共识。而这个问题不解决，马克思主义文艺理论中国化在很大程度上只能流于空谈。

首先要明确"以人为本"到底是不是马克思主义的基本观点？长期以来，国内的主流看法是，"以人为本"是西方近代以来资产阶级人道主义或人本主义的主张，而不是马克思主义的观点，理由是"以人为本"的"人"是抽象的、一般的人，同样，"人性"也是抽象的、一般的、普遍的人性或人的一般、普遍的共同性，而马克思主义则只承认现实的社会关系中具体的人和具体的人性，即在阶级社会中只承认阶级（阶层和其他社会集团、群体）的人和人的阶级（阶层和其他社会集团、群体）性。近年来，随着"以人为本"进入党的十六大、十七大报告而成为主流话语的关键词之一、成为国家意识形态的战略目标之一后，理论界对这个口号（命题）也改变了正面反对和批判的态度，而采取了重新阐释的策略，即把"以人为本"的"人"解释为广大人民群众即"人民"，于是这个命题实际上变成"以民为本"了。但是，"以民为本"与"以人为本"之间可以画等号吗？这种替换符合十六大、十七大精神吗？符合马克思主义的原意吗？在我们看来，这个替换的要害在于不承认马克思主义人学理论内在地包含着人道主义和人本主义的基本原则，从而把马克思主义与人道主义、人本主义人为地对立起来，似乎人道主义、人本主义成了资产阶级的专利。而这是我们认识"以人为本"思想的一大误区。

其实，马克思、恩格斯在创建马克思主义的时期就继承和改造了德国古典哲学、特别是费尔巴哈的人本主义思想。在一定意义上可以说马克思主义社会革命理论一开始就是从"以人为本"的思想出发的。在《〈黑格尔法哲学批判〉导言》中，马克思明确提出应该"实现一个不但能把德国提高到现代各国的现有水平，而且提高到这些国家即将达到的人的高度的革命"，他对费尔巴哈的宗教批判理论做了革命性的阐发，指出"人的根本就是人本身"，"对宗教的批判最后归结为人是人的最高本质这样一个学说，从而也归结为这样一条绝对命令：必须推翻那些使人成为受屈辱、被奴役、被遗弃和被蔑视的东西的一切关系"。①在此，人就是最高目的、最高本质，社会革命就是为了彻底推翻压迫、奴役人的旧的社会关系，达到人和人类的彻底解放。如果说，近代资产阶级人本主义主要是针对中世纪神本主义、神权至上的抗争和批判，那么马克思的人本主义则是对人类历史上最残酷地压迫、奴役人的现代资本主义社会关系的彻底批判和否定。在此，"以人为本"的批判性、革命性是毋庸置疑的。

这里，问题的关键是马克思"以人为本"思想中的"人"究竟是普遍的、一般的人，还是具体的阶级的人？其实，只要我们不带任何偏见，那么从上面引文中不难发现，马克思说的"人的根本就是人本身"、"人是人的最高本质"等，就是、也只能是指普遍的、一般的人，而不是指具体的、阶级的人。换言之，马克思明确承认存在着普遍的、一般的人，当然，也顺理成章地承认存在着普遍

① 《马克思恩格斯选集》第1卷，人民出版社1972年版，第9页。

的、一般的人性，即人的族类性或共同人性。

在此，需要澄清的是，既然马克思曾经批判费尔巴哈离开社会现实，把人仅仅理解为抽象的（自然的）人，又怎么能够说马克思承认存在着普遍的、一般的人和普遍的、一般的人性呢？此话貌似有理，其实不然。且让我们看一看马克思是如何批判费尔巴哈关于人的观点的，他说：费尔巴哈"（1）撇开历史的进程，孤立地观察宗教感情，并假定出一种抽象的——孤立的——人类个体；（2）所以，他只能把人的本质理解为'类'，理解为一种内在的、无声的，把许多个人纯粹自然地联系起来的共同性"①。显然，这里马克思并没有否定存在一般的人和人的一般本性，而是指出费尔巴哈的错误在于离开历史进程和社会存在，孤立地、自然地理解人和人的本质，费氏的人只能是纯然感性的自然人共同组成的"类"，这种人的"类"本质只能是所有感性自然人的共同属性的抽象。而马克思在《1844 年经济学哲学手稿》（《巴黎手稿》）中虽然也借用了费尔巴哈的"类"、"类本质"等术语，但却注入了社会、历史的内涵，从而与费尔巴哈有了本质的区别。马克思指出，"作为类意识，人确证自己的现实的社会生活"②；他一方面肯定"人直接地是自然存在物"，是"有生命的自然存在物"③，另一方面指出个人"同时又是社会存在物"④；针对费尔巴哈把人只看作许多作为自然存在物的个人及其共同自然属性的概括，而与社会相分离的倾向，马克思强调："应当避免重新把'社会'当作抽象的东西同个人对立起来。个人是社会存在物。因此，他的生命表现……也是社会生活的表现和确证"⑤。由此可见，马克思这里所说的人虽然也是普遍、一般的人，但却是自然性与社会性、个人与社会相统一的人，他所说的人的一般本性或普遍人性也是自然性与社会性、个体性与社会性的统一，与费氏所说的作为"人类个体"的人和作为"内在的、无声的、把许多个人纯粹自然地联系起来的共同性"的普遍人性，显然有着本质的区别。这正是马克思主义的人道主义、人本主义与费尔巴哈非历史、非社会的人本主义的根本区别。对此，我们不可不察。

那么，马克思是在何种意义上承认普遍的、一般的人和人性呢？我们认为，一是相对于神和神性而言的，这是马克思继承和发展了西方近代以来的启蒙思想传统，包括对近代人本主义思潮、特别是费尔巴哈人本主义思想的吸收和改造；二是相对于自然界特别是相对于动物而言的，是强调作为族类（即社会）的人对动物的整体超越和质的飞跃。我认为，"以人为本"的"人"正是上述两种意义的综合。这里着重讨论后一种意义上的"人"。在马克思看来，人一方面是自

---

① 《马克思恩格斯选集》第 1 卷，人民出版社 1972 年版，第 18 页。
②③④⑤ 《马克思恩格斯全集》第 42 卷，人民出版社 1979 年版，第 123、167、119、122～123 页。

然界的一部分；另一方面又通过实践活动既创造了人自身，超越自然界而成为社会的人，同时又改变自然界，使自然人化，成为人的自然。这样，实践就成为人与动物的分水岭，是人之为人的根本标志。关于这一点，马克思在《巴黎手稿》中做了极为深刻、充分的论述。

马克思曾经深刻地揭示出人与动物的根本区别在于两者的生命活动的性质不同，"动物和它的生命活动是直接同一的"，而人的生命活动的"类特性恰恰就是自由的自觉的活动"，即实践活动。① 我认为，这里"人的类特性"就集中体现为人的实践活动，这就是人区别于动物的一般本质，因为只有人能够进行自由自觉的实践活动，而动物则不能。所以，"有意识的生命活动把人同动物的生命活动直接区别开来。正是由于这一点，人才是类存在物"②。马克思还强调指出这是人的"精神本质，他的人的本质"。正是通过实践这种"自由的自觉的活动"，"人则使自己的生命活动变成自己的意志和意识的对象"；人的这种自由、自觉的生命活动，实质上就是"创造对象世界"，"改造无机界"，是"人的类生活的对象化"即人的本质力量的对象化；而人正是通过这种自由、自觉的生命活动，"证明了人是有意识的类存在物"，并且使"自然界才表现为他的作品和他的现实"③。更为重要的是，马克思还对人的生产（实践）活动与动物的生产的本质区别做了经典性的阐述，他说："动物的生产是片面的，而人的生产是全面的；动物只是在直接的肉体需要的支配下生产，而人甚至不受肉体需要的影响也进行生产，并且只有不受这种需要的影响才进行真正的生产；动物只生产自身，而人在生产整个自然界；动物的产品直接同它的肉体相联系，而人则自由地对待自己的产品。动物只是按照它所属的那个种的尺度和需要来建造，而人懂得按照任何一个种的尺度来进行生产，并且懂得处处都把内在的尺度运用于对象；因此，人也按造美的规律来构造。"④这里，马克思不但从性质、范围、目的、产品等方面对人与动物两种生产的本质区别进行了深刻比较，突出了人的生产（实践）高于动物的生产的最本质特征在于自由性，从而把自由自觉的实践活动上升到人之为人的类本质（人区别于动物的人的共同本质、一般本质）高度，把实践上升为人的基本存在方式的存在论（本体论）高度；而且由人的实践活动的自由性出发，提出只有人、只有有意识的、自由对待自己的生产活动和产品的人，才能够按照美的规律来进行构造，进行美的创造，这就在美学史上首次将审美和美的规律奠基于人的有意识的生命活动即实践活动之上，为美学、文艺学理论确立了实践存在论的基础。这一点，对于马克思主义美学和文艺理论的中国化无疑具有极为重要乃至根本的指导意义。

---

① ② ③ ④ 《马克思恩格斯全集》第 42 卷，人民出版社 1979 年版，第 96、96、96 ~ 97、96 ~ 97 页。

由上可知，马克思明确地肯定了区别于动物的一般的、族类的人的存在，并把自由、自觉的生命活动（实践）看做人的类本质或一般本质。换言之，人有着可以抽象的、区别于动物的一般的、普遍的、人的族类性、共同性，即人的一般本性或普遍人性。但有人认为这是马克思早期的不成熟的表述。那么我们可以以他在成熟著作《资本论》中的一段话语作为佐证。马克思在批评英国哲学家边沁的"效用原则"时明确指出："效用原则并不是边沁的发明。他不过把爱尔维修和18世纪其他法国人的才气横溢的言论平庸无味地重复一下而已。假如我们想知道什么东西对狗有用，我们就必须探究狗的本性。这种本性本身是不能从'效用原则'中虚构出来的。如果我们想把这一原则运用到人身上来，想根据效用原则来评价人的一切行为、运动和关系等，就首先要研究人的一般本性，然后要研究在每个时代历史地发生了变化的人的本性。但是边沁不管这些。他幼稚而乏味地把现代的市侩，特别是英国的市侩说成是标准人。凡是对这种古怪的标准人和他的世界有用的东西，本身就是有用的。他还用这种尺度来评价过去、现在和将来。"[1] 在此，马克思告诉我们：第一，"效用原则"并非边沁的发明；第二，效用只是相对于所发生效用的主体而言的，是对于特定主体的一种特定关系，离开了特定主体，无所谓效用和效用原则；第三，而要研究效用的具体内容，就必须对所发生效用的特定主体的一般本性深入研究，因为特定效用只能产生于特定主体的本性，马克思以动物狗这种比喻性主体（非真正主体）为例，认为"假如我们想知道什么东西对狗有用，我们就必须探究狗的本性"；第四，据此做出"如果我们想把这一原则运用到人身上来，想根据效用原则来评价人的一切行为、运动和关系等，就首先要研究人的一般本性，然后要研究在每个时代历史地发生了变化的人的本性"的重要推论，毫无疑问，这里的"人"是作为接受效用的主体的普遍、一般的人，这里的人性既有"人的一般本性"，又有"每个时代历史地发生了变化的人的本性"这样两个方面。这是马克思正面肯定存在着"人的一般本性"的确凿证据；第五，马克思批判边沁的核心观点是，认为边沁没有正确区别"人的一般本性"与历史变化着的人的本性，而是"把现代的市侩，特别是英国的市侩"打扮成"标准人"，即一般的人，把他们那种代表特定时期特定阶级、阶层狭隘利益的特殊的人性扩展为人的一般本性，并以此为处处时时适用的普遍原则和永恒尺度，应用于现实的方方面面和"过去、现在和将来"的一切时代。对边沁的上述批判从另一侧面证明马克思肯定了一般的人（但绝不是边沁的"标准人"）和人的一般本性的存在，同时揭露了边沁把特定时期狭隘的具体的人性冒充为普遍、永恒的一般人性（"人的一般本性"）

---

① 马克思：《资本论》第1卷，人民出版社2004年版，第704页注63。

的卑劣伎俩。

由此可见，承认存在着本质上区别于动物的普遍的、一般的人，承认存在着普遍的、一般的人性和人的类本质，即人的自由自觉的生命活动（实践），承认这就是人区别于动物的类的共同性或"人的一般本性"，乃是马克思主义的观点，而不应该当作资产阶级和修正主义的观点来批判；当然在应用这一观点时，应当根据有关研究对象，将"人的一般本性"与"在每个时代历史地发生了变化的人的本性"结合起来研究。因此，马克思主义以人为本的观点，就是指以区别于神和动物的普遍的、一般的人为本，而不是什么以"民"为本，因为"民"的范围远远小于"人"（其实，"民"本身也是一个普遍的、一般的概念）。

三、马克思主义人学理论与马克思主义文艺理论中国化的人学基础

也许有人会说，如果以普遍的一般的人为本，马克思主义人学理论岂不是丧失了革命的、批判的意义了吗？我们认为这是一种严重的误解。如果我们结合马克思的异化劳动理论和科学社会主义学说来看其以人为本的人学思想，就不难理解它的巨大革命意义了。

马克思的《巴黎手稿》并不是为肯定人的一般本质而讨论人的一般本质的。马克思是以一种极其宽广的宏观历史眼光来审视整个人类社会的演进与人的解放和人性演变之关系及其内在规律的。其基本理路是：人在实践活动中生成为人——出发点：未被异化的一般的人和人的一般本质和本性（自由自觉的生命活动）——私有制特别是资本主义私有制下的异化劳动造成人的异化（"私有财产即人的异化"①），使人的一般本质（本性）被异化（扭曲、肢解、分裂、畸形化、片面化、机械化等）甚至丧失，如马克思所说"私有制使我们变得如此愚蠢而片面"，于是一般的人和人的一般本性也就不再存在——无产阶级的社会革命彻底推翻私有制、建立共产主义社会，就能够彻底解放全人类，也就把人从异化状态下解放出来，使被异化的一般人性得以重新复归，使人在更高的层次上重新成为具有自由自觉的生命活动的一般本性的一般的人。这也是马克思从一般的人和人的一般本性出发向更高的一般的人和人的一般本性回归的历史逻辑："共产主义是私有财产即人的自我异化的积极的扬弃，因而是通过人并且为了人

①《马克思恩格斯全集》第42卷，人民出版社1979年版，第120页。

而对人的本质的真正占有；因此，它是人向自身、向社会的即合乎人性的人的复归"①。显然这种复归不是简单地恢复，而是在更高水平上的提升和发展，即马克思所说的"人以一种全面的方式，也就是说，作为一个完整的人，占有自己的全面的本质"②。这里，共产主义扬弃了人和人性的异化，扬弃了人性的扭曲和片面化，不仅恢复到起始阶段的一般的人和人的一般本性，而且提升到"完整的人"和"占有自己的全面的本质"的人的新高度，使人的一般本性（普遍、共同人性）达到全面发展的更高水平。这是一个否定之否定的螺旋型上升的过程，是一部人类社会通过革命和批判逐渐迈向更高、更文明阶段的历史。联系到《共产党宣言》关于共产主义社会中"代替那存在着阶级和阶级对立的资产阶级旧社会的，将是这样一个联合体，在那里，每个人的自由发展是一切人的自由发展的条件"③ 的理想目标的表达，以及《经济学手稿（1857—1858）》中关于人类社会第三阶段（共产主义社会）是"建立在个人全面发展和他们共同的社会生产能力成为他们的社会财富这一基础上的自由个性"④ 的论述。可以清楚地看到，无论在前期还是后期，马克思承认存在着"合乎人性的人"即合乎人的一般、普遍本性的一般的人，同时把人的一般本性看成是"通过人并且为了人而对人的本质的真正占有"。概而言之，"一般的人和人的一般本性——私有制下人和人的一般本性的异化——共产主义即私有财产的扬弃，即一般的人和人的一般本性在更高阶段和层次上的复归"，这实际上是马克思从人的异化和异化的扬弃（人——异化——完整的人）的特定角度对人类历史发展规律的总体概括和宏观描述。

应当指出，上述马克思的异化劳动理论关于"人——异化——完整的人"的历史概括，有着极为深刻的理论和实践意义。

首先，它所包含的对资本主义私有制的批判意义和社会主义的革命意义远远超越了以往一切（包括资本主义）的人道主义和人本主义。我们知道，关于异化和异化的扬弃的思想并非马克思的创造，而是黑格尔在《精神现象学》中首先提出关于自我意识的异化及异化的扬弃的思想。马克思认为这一思想是"作为推动原则和创造原则的否定性的辩证法"，肯定其"伟大之处首先在于，黑格尔把人的自我产生看作一个过程……看作外化和这种外化的扬弃；因而，他抓住了劳动的本质，把对象性的人、现实地因而是真正的人理解为他自己的劳动

① 马克思：《1844年经济学哲学手稿》，人民出版社2000年版，第81页，参阅《马克思恩格斯全集》第42卷，第120页，本文采用前面一种版本的译文，因为向"合乎人性的人"的译法更能体现马克思对一般的人和人的一般本性的肯定和认可。
② 《马克思恩格斯全集》第42卷，人民出版社1979年版，第123页。
③ 《马克思恩格斯选集》第1卷，人民出版社1972年版，第273页。
④ 《马克思恩格斯全集》第46卷（上），人民出版社1980年版，第104页。

的结果"①；同时，鲜明地指出其"片面性和局限性"在于：第一，他只局限于在意识、思维、精神领域来推演这种自我意识的异化及其扬弃，因而"黑格尔唯一知道并承认的劳动是抽象的精神的劳动"②，而不是现实的物质劳动，所以是片面的。第二，他的人、人的本质等于自我意识，"因此，人的本质的一切异化都不过是自我意识的异化。自我意识的异化没有被看作人的本质的现实异化的表现……相反地，现实的即真实地出现的异化……不过是真正的、人的本质即自我意识的异化现象"③，显然是头足倒置的，在他那里，"全部外化历史和外化的整个复归，不过是抽象的、绝对的思维的生产史，即逻辑的思辨的思维的生产史"④；而实际上，马克思认为，"可以把这个运动本身看成是工业的一个特殊部分"，"因为全部人的活动迄今都是劳动，也就是工业，就是自身异化的活动"，这是一种现实的人的活动，在此意义上，"工业的历史……是一本打开了的关于人的本质力量的书，是感性地摆在我们面前的人当然心理学"⑤。第三，更重要的是，"他只看到劳动的积极的方面，而没有看到它的消极方面"，⑥即没有看到在私有制、特别是资本主义私有制下异化劳动对劳动者、对工人阶级的残酷压迫和奴役，对他们人的本质的戕害、扭曲和片面化。费尔巴哈虽然"是唯一对黑格尔辩证法采取严肃的、批判的态度的人"，他批判了黑格尔异化思想的"宗教和神学"的实质，⑦把被黑格尔头足倒置的自我意识的异化重新置于现实的感性的人的异化即宗教的异化之上，看到了现实中宗教的异化背后深层原因是人的异化，这是他的伟大之处；然而，他心目中的人只是感性的、自然的人，而不是社会的实践的人，他对现实的批判也只能停留在对宗教异化批判的层次上，所以，马克思批评其唯物主义的"主要缺点是：对事物、现实、感性，只是从客体的或者直观的形式去理解，而不是把它们当作人的感性活动，当作实践去理解，不是从主观方面去理解"，"没有把人的活动本身理解为客观的活动"，也因此"他不了解'革命的'、'实践批判的'活动的意义"。⑧ 唯有马克思的异化劳动理论既吸收了费尔巴哈宗教异化理论的人本主义合理因素，对黑格尔唯心主义的异化思想实行了唯物主义的颠倒，又吸收、改造了黑格尔的否定性辩证法思想，批判了费尔巴哈非实践、非社会、非历史的人本主义学说，实现了对他们两人的双重超越；既看到了人的异化的积极方面，即人在劳动实践中的自我创造和生成，又揭示了这种异化的消极方面，即私有制、特别是资本主义私有制下异化劳动对劳动者的残酷奴役和压迫，造成人的本质的极度扭曲和片面化；进而指出只有实行社会主义革命，消灭资本主义和一切私有制，才能获得人（全人类）的彻底解

①②③④⑤⑥⑦ 《马克思恩格斯全集》第 42 卷，人民出版社 1979 年版，第 163、163、165、161、127、163、157~158 页。

⑧ 《马克思恩格斯选集》第 1 卷，人民出版社 1972 年版，第 16 页。

放，才能在更高层次上回归人的一般本性，使人性得到全面的发展。

其次，它提供了人的解放的伟大理想目标，并在这一理想的烛照下赋予人的一般本质以富有革命性的内涵。有的学者认为，马克思的"人的一般本性"其实"只是一个供推论用的预设的尺度"，"它同时建立在科学论证的基础之上，被作为历史发展的一个目标提出来的"，因为只有到了共产主义社会，才能实现"人的本质的现实的生成"①。我认为这个观点是有道理的。因为前述马克思的异化劳动理论关于"人——异化——完整的人"的历史概括，确实有一个关于未来目标的明确指向，这就是向共产主义——对一切私有制的扬弃和在新的高度上向完整的人和普遍人性即人的一般本性的复归。这的确是一个理论预设，同时又是一个总结过去、引领现在、指向未来的理想性尺度。这个一般人性的尺度作为一种社会理想，同时具有对资本主义现实的强大批判力量，和烛照现实、引领人们走向人（个人和全人类）的彻底解放的共产主义社会。因此，说这个预设尺度是"被作为历史发展的一个目标提出来的"观点可以成立。其革命意义也是显而易见的。但要说"一般的人"和"人的一般本性""不是一个现实的尺度"，则说服力还不够强。如前所述，在"人——异化——完整的人"的历史发展序列中，前面这个"人"（一般的人和人的一般本质）既可以说是一种理论假设，同时也是对人在实践活动中脱离动物界历史地生成（人的自我创造）和发展的现实的理论概括和逻辑抽象。相对于神和相对于动物界，这个普遍的、一般的人，这个以实践这种自由自觉的生命活动为一般本质、本性的人，是客观存在的，当然不是脱离具体、个别的人而独立存在的（那只能是一种抽象的黑格尔式的虚构），而是存在于每一个现实存在的具体的个人身上。正是前面这个一般的"人"作为一个理论预设和宏观尺度，成为马克思对资本主义造成"人"全面异化的现实的深刻批判的基本尺度和主要依据，也成为后面这个理想的一般的"人"的立论基础，所以它虽然只是一种理论预设，但其现实性和革命性却是无可置疑的。

再其次，它在当代世界和中国的现实语境中，具有特别重要的实践意义。当代中国处于世界性的全球化历史环境中，随着我国经济全面融入全球化的进程中，文化全球化的浪潮已经越来越进入我国，我们所面对的许多问题，已经大大超过阶级、阶层、国家、民族等的范围，而带有全人类亦即"一般的人"的共同性。就当前国际的形势看，虽然局部的冲突乃至战争不断发生，但是，和平与发展逐渐成为时代的主题，于是"人"的一般的、共同的问题，全人类的共同问题，逐渐凸显出来。比如人权问题就在全世界扩展，中国也越来越重视人权问

---

① 王元骧：《质疑文学评价中的"人性"标准》，载《文学评论》2006年第2期。

题，越来越注意加强保护人权的法制建设；比如保持生态平衡一直是人类生存和发展的基本条件，但是，中国作为现代化建设的后续国家，这方面相对落后，生态的破坏、环境的污染十分严重，这方面的问题同样是全人类共同的利益所在；又如各种资源（当前特别是能源）也是人类在地球上共同生存的物质基础，中国地大人多物不博，资源匮乏十分突出，就全世界而言，资源枯竭问题也日益尖锐；再如社会公共生活领域中，也存在着大量属于人类共同利益和需要的问题，像市场、消费、交通、治安，等等。更加重要的是，在精神文化领域，为了保证人类社会向更高的文明迈进，各国、各个民族都需要民主化、法制化的建设，并需要这种建设具有越来越多的共同性和可交流性，还需要适合于全社会遵守的公共道德的规范和建设；反腐倡廉成为全世界各国政府和政党的共同目标，不同社会制度下的工商企业对诚信原则都有提倡和承诺，所有宗教对慈善事业的热心和日益向全社会拓展的趋势（最近"股神"巴菲特将个人全部财产的百分之八十捐献给慈善事业），如此等等。在当代中国，这些情况、这个现实语境，都促使全人类的共同利益和需要比以往任何时候都成为现实的、紧迫的问题，也就使一般的人、人的一般本质（性）问题凸显出来，迫切需要寻求马克思主义给予理论的回答。这样，上述马克思关于一般的人、人的一般本质（性）和人的全面发展等问题的论述，关于"人——异化——完整的人"的历史概括，就具有极为重要、极为紧迫的现实意义和实践意义。我觉得，这正是马克思主义人学理论在当代中国社会语境下中国化的现实依据和最佳时机，也为马克思主义文艺理论中国化提供了极为重要的理论基石。

第二节　人文精神大讨论与马克思主义文艺理论中国化的价值坐标

　　马克思主义人学理论为马克思主义文艺理论中国化奠定了坚实的人学基础。马克思主义经典作家"通过人并且为了人而全面占有人的本质"的伟大思想，以及对于人的全面发展的设想和追求，在我国文艺理论实践中具体化为对于人的现实命运的关注、对于人文精神的弘扬，并作为连接文学艺术与现实生活的最为直接的通道而贯穿于文艺创作和文艺理论发展和建设始终。人文精神成为新时期以来文学艺术高举的大纛，同时也成为中国学术界二十多年来的热点论域，这一事实本身就是马克思主义文艺理论中国化的鲜活体现。

一、人文精神大讨论：一个简单的回顾

1993 年第 6 期的《上海文学》，发表了王晓明等人的《旷野上的废墟——文学和人文精神的危机》，提出了文学和人文精神危机的问题。此后，《读书》、《东方》、《文汇读书周报》等报刊杂志也参与了讨论，遂引起人文精神讨论，讨论主要涉及人文精神的理解、人文精神的危机、人文精神重建、重建人文精神的同时如何认识和对待中国传统文化以及人文精神与终极关怀等问题。

第一是对人文精神的理解。概括来看，一是学者基本上是将人文精神与人的生存及其价值联系起来考虑，比如认为人文精神显示了人的终极价值，它是道德价值的基础和出发点，或者认为"人文精神"主要指一种追求人生意义或价值的理性态度。二是注意到这一概念的复杂性，认为人文精神至少包含三层含义："一般地可以说，它是对人性、人的价值全面关怀的思想观念"；"具体地说，它是对人性的全面关怀"；"从另一角度来看，它也是强调人文学科、人文学术领域的精神文化活动在市场经济条件下不可缺少的重要作用。"进一步可归纳为三项规定：作为精神文明底蕴，普遍的人类意义；作为历史性现象；人文精神具有强烈的理想风格。三是注意这一概念的开放性。四是普遍性、个别性和实践性。①

第二是关于人文精神的危机。虽然个别学者对此提出质疑，但是讨论大多数学者认为当前确实存在着人文精神的失落和危机。人文精神讨论有这么几条比较明确的看法：（1）我们今天置身的文化现实正处在深刻的危机之中；（2）作为这危机的一个重要方面，当代文化人的精神状态普遍不良；（3）从知识分子自身原因讲，在于丧失了对个人、人类和世界的存在意义的把握；（4）知识分子普遍的精神失据是在近代以来的历史过程中，由各种政治、军事、经济和文化因素合力造成的；（5）要想真正摆脱这样的失据状态，很可能需要几代人的持续努力；（6）作为这个努力的开端，特别愿意来提倡一种关注人生和世界存在的基本意义，不断培植和发展内心的价值需求，并且努力在生活的各方面去实践这

---

① 参阅：袁进：《人文精神寻踪——人文精神寻思录之二》，载《读书》1994 年第 4 期；王一川：《从启蒙到沟通——90 年代审美文化与人文精神转化论纲》，载《文艺争鸣》1994 年第 5 期；朱立元：《试论当代"人文精神"之内涵——关于"人文精神"讨论之我见》，载《学习与探索》1996 年第 2 期；钱中文：《文学艺术价值、精神的重建——新理性精神》，载《文学评论》1995 年第 5 期；《新理性精神与文学理论》，载《东南学术》2002 年第 2 期；王蒙：《人文精神问题偶感》，载《东方》1994 年第 5 期；吴炫：《我们需要怎样的人文精神——人文精神寻思录之三》，载《读书》1994 年第 6 期；朱学勤：《人文精神：是否可能和如何可能——人文精神寻思录之一》，载《读书》1994 年第 3 期；张汝伦：《人文精神：是否可能和如何可能——人文精神寻思录之一》，载《读书》1994 年第 3 期。

种需求的精神；（7）人文精神实践是一个不断生长、日益丰富的过程，一个通过个人性和差异性来体现普遍性的过程，就此而言，正是这种实践的丰富性和多样性，真正体现了人文精神的充沛活力。①

第三是人文精神重建问题。人文精神的重建，首先是针对这种在思想解放和商品大潮中的困惑，以求重新获得信念的支持和角色的重新定位。一方面要重视大众文化在当前积极性、正面性的功能，充分肯定它；另一方面还要想想有关意义、价值方面的问题。要展望后现代的前景来处理现代问题；要研究中国传统中政教合一的问题。② 其次，学界普遍将这一问题同知识分子联系起来，强调知识分子承担人文精神的价值立场和责任，人文精神讨论"带有知识分子自省的意味"。③ 对此，知识分子要想真正获得自身的文化话语权，或者必须同大众、大众文化更好地"合谋"，这种"合谋"是一种文化上的联合，两者共同发展；或者提倡理性精神。④ 钱中文从新理性精神的角度提出人文精神的重建，"必须发扬我国原有的人文精神的优秀传统，在此基础上，适度地汲取西方人文精神中的合理因素，融合成既有利于个人自由进取，又使人际关系获得融洽发展的、两者相辅相成互为依存的新的精神"。⑤

第四是在重建人文精神的同时如何认识和对待中国传统文化。当前重建人文精神应当重视自身的传统，但对传统本身应有具体分析的态度，我们所说的文化传统是看不见、摸不着，不断发展变化，不断生成更新的"将成之物"，是不断形成着各种文化产品并不断对历史和现实进行新的阐释的一种根本动力。分清"活的文化传统"和已经凝固的"传统文化产品"是十分必要的。同时，在中西文化的对比上，我们也不可以盲目自大。⑥ 胡绳指出，我们今天要向世界开放，充分大胆地吸取西方有用的东西，但我们不能全盘西化，不能忘记从中国的具体国情出发；同时要尊重中国的历史文化传统，很好地利用传统来建设社会主义精神文明，开拓中国的新文化。⑦

第五是人文精神与终极关怀。在人文精神的讨论中，很多学者提到，人文精神应具有终极关怀。但应当看到，终极关怀不应当是抽象的，远离现实的。因

---

① 王晓明：《批判与反省——〈人文精神寻思录〉编后记》，载《文艺争鸣》1996年第1期。

② 参阅：蔡翔：《道统、学统与政统——人文精神寻思之三》，载《读书》1994年第5期；李泽厚：《关于文化现状、道德重建的对话》，载《东方》1994年第5期。

③ 陈思和：《道统、学统与政统——人文精神寻思录之三》，载《读书》1994年第5期。

④ 参阅：王德胜：《关于文化现状、道德重建的对话》，载《东方》1994年第6期；张汝伦：《文化世界：解构还是建构——人文精神寻思录之五》，载《读书》1994年第7期。

⑤ 钱中文：《文学艺术价值、精神的重建——新理性精神》，载《文学评论》1995年第5期。

⑥ 参阅：乐黛云：《文化冲突及其未来——参加突尼斯国际会议的随想》，载《文艺争鸣》1994年第4期；罗卜：《国粹·复古·文化——评一种值得注意的思想倾向》，载《哲学研究》1994年第6期。

⑦ 胡绳：《如何认识和对待中国传统文化》，载《中流》1995年第2期。

此，有学者对此提出批评，认为近年来终极关怀被人云亦云地滥用着，想象力、文化积蓄和思想深度远远与终极无缘的朋友，还是先来一点现实吧。① 同时，王晓明提出，应强调终极关怀的个人性，具体说就是：（1）你只能从个人的现实体验出发去追寻终极价值；（2）你能够追寻到的，只是你对这个价值的阐释，它绝不等同于这个价值本身；（3）你只是以个人的身份去追寻，没有谁可以垄断这个追寻权和解释权。正是在这个意义上，人文学者在学术研究中最后表达出来的，实际上也首先是他个人对于生存意义的体验和思考。② 此外，也有学者注意到了人文精神讨论中存在的内在矛盾。

总的来看，人文精神讨论尽管存在着诸多不足，但有几点值得重视：（1）人文精神的理论基础问题虽然在讨论中正面展开得不够充分，但实际上是以新时期以来对马克思主义的人学理论的新认识（对人性论禁区的突破和普遍人性的承认）为基础的；（2）人文精神成为衡量现实生活中思想、精神特别是文化艺术领域的一个重要的价值尺度，这在过去是难以想象的；（3）它直面了中国社会发展、文学演变中出现的问题，并进行了深入地思考和讨论，深化了人们对文学的认识、对知识分子当前责任的认识，具有重要的理论价值和实践意义；（4）人文精神讨论虽以对文学的讨论发端，但逐渐延伸、扩展到了整个文化、精神领域，为整个人文社科学界所关注。而沿着这一思路，将这一讨论的积极成果运用于文艺理论建设之中，建构文艺理论的新的形态和价值，是钱中文等人所提出的新理性精神文论。

二、人文精神与新理性精神文论

新理性精神文论的提出，是针对当代中国人文精神的淡化、文学艺术的贬值以及人的生存意义的缺失等现实状况，并试图以此重新理解和阐释人的生存和文艺的意义与价值。1995 年以来，钱中文率先提出了文学理论中的"新理性精神"，许明等进行了积极呼应，他们并对其具体内涵进行了不断深入的探讨。"新理性精神"文论提出后在学界获得热烈反响，许多学者对这一构想表示赞成，并就新理性精神文论建设中的一些具体问题做了多方面探讨，强调了文学艺术的现实指向，推进了对中国当代文论形态的思考和研究。

"新理性精神"文论是以马克思主义的唯物史观和人学理论为依据的，又是对人文精神讨论的深化和发展。钱中文认为，文学艺术价值的下滑、人文精神的

---

① 王蒙：《人文精神问题偶感》，载《东方》1994 年第 5 期。
② 王晓明：《人文精神是否可能和如何可能——人文精神寻思录之一》，载《读书》1994 年第 3 期。

淡化和贬抑，与人的生存质量、处境密切相关。当前，我们需要寻找一个新的立足点，重新理解和阐释人的生存和文艺的意义和价值的立足点，新的人文精神的立足点，这就是新理性精神；新理性精神从大视野的历史唯物主义出发，首先来审视人的生存意义，看到了人的生存的挫折感；物对人的挤压；科技进步造成的人文精神的下滑。针对这种情况，新理性精神坚信人要生存和发展，而支撑着人的精神家园的，就是人文精神。人文精神就是对民族、对人的关怀，对人的生存意义、价值的追求和确认。人文精神作为精神文明底蕴，具有普遍的人类意义；人文精神是一种历史性现象；人文精神具有强烈的理想风格；新的人文精神的建立，必须发扬我国原有的人文精神的优秀传统，适度汲取西方人文精神中的合理因素，融合成既有利于个人自由进取，又使人际关系获得融洽发展的、二者相辅相成互为依存的新的人文精神。在这一过程中，文学艺术是营造精神家园的重要部门：文艺要高扬人文精神；强化人文精神的批判精神；改造主体性，使人摆脱渺小的感觉。总的来看，新理性精神文论站在审美的、历史社会的观点上，着重借助于运用语言科学，融合其他理论和方法，重新探讨审美的内涵，阐释文艺的意义、价值。新理性精神文论不是"纯粹的审美"，它重视审视传统，并在文化交流中力图贯彻对话精神；它意在探讨人的生存与文学艺术的意义，在物的挤压中，在反文化、反艺术的氛围中，重建文化艺术的价值与精神，寻找人的精神家园。①

在对"新理性精神"具体内涵的理解上，钱中文认为，新理性精神作为一种对于文化、文学艺术内在的精神信念，是对旧理性的扬弃，它从现代性、新人文精神、交往对话精神、感性与文化问题等四个方面确立自己的理论关系：（1）新理性精神把现代性看做是促进社会进入现代社会发展阶段，使社会不断走向科学、进步的一种理性精神、启蒙精神，一种现代意识精神和时代的文化精神；新理性精神把现代性本身看做一个矛盾体，应当看到它的两面性，以避免使其走向极端；新理性精神主张现代性是在传统基础上建立起来的现代性，又是使传统获得不断发展、创新的现代性。（2）新理性精神把新人文精神视为自身的内涵和血肉。人文精神是针对现实生活中的非人性与反人性而说的，是针对物的挤压、人的异化而说的，是针对文学艺术漠视人的精神伤残而说的。新理性精神要在大视野的历史唯物主义、进步的人道主义观照下，弘扬人文精神，以新的人文精神充实人的精神，以批判的精神对抗人的生存的平庸与精神的堕落。（3）新理性精神奉行交往对话精神，倡导人与人之间、思想与思想之间确立起一种新型的平等的交往对话关系；在对历史现实、文化遗产的评价中，提倡一种可以去蔽的、历

---

① 钱中文：《文学艺术价值、精神的重建——新理性精神》，载《文学评论》1995 年第 5 期。

史的整体性观念，一种走向宽容、对话、综合、创新的包含了一定的价值判断、总体上亦此亦彼的思维。这是对阻碍文艺学、美学突破、创新的二元对立思维方式的重要超越。（4）新理性精神虽然崇尚理性，但也给感性以重要的地位，因为生活本身就是感性的表现。人的感性需求应是人的文化的需求，即具有文化内涵的感性的需求。新理性精神承认非理性乃至反理性的存在的合法性，特别承认在文艺创作中非理性有着理性所不可取代的重要作用，但同时它反对以非理性的态度与非理性主义来解释现实与历史。总结这四个方面，可以把新理性精神理解为一种以现代性为指导，以新人文精神为内涵与核心，以交往对话精神确立人与人的相互关系，建立新的超越二元对立模式的思维方式，包容了感性的理性精神。这是以我为主导的、一种对人类一切有价值的东西实行兼容并包的、开放的实践理性，是一种文化、文学艺术的价值观。①

新理性精神文论提出后，在学界产生很大反响。总体来看，正如王元骧所指出的，新理性精神既是现实需要的反映，又是理论发展的必然，现实需要方面，我们今天面临着由于科技文明片面发展所造成的人的异化与物化的现象，这就要求我们对人的生存的意义和价值做出思考和抉择；另一方面，旧理性所着眼的只是一种抽象的、普遍的人，而不是具体的、感性的、有生命的个体存在。因此，我们应当对旧理性进行改造，使之向现代理性、新理性精神转化。只有树立起这样一种理性观念，我们才能克服现代工业文明所造成的人性异化、实现人性的复归，使人性获得全面发展，社会实现全面进步的理想，在现实的层面上得以落实。② 我们认为这个概括是准确的。新理性精神推进了对中国当代文论形态的思考和研究，是 20 世纪 90 年代文艺理论的一个重大突破和创新，是当代文艺学多元发展中最为系统、最有影响力的收获，也是马克思主义文艺理论中国化的重要实绩。

可以看到，作为对市场经济和世俗文化冲击的一种回应，新理性精神文论是以精英文化超然独立于世俗文化的姿态出场的。它面对感性消费浪潮中价值失范、信仰危机和知识分子的市侩化，坚守理性精神，试图建立一种市场经济基础上的现代理性。在文学领域，它试图接续 20 世纪 80 年代的启蒙理性精神，对新兴起的当代文化运动中的非理性主义思潮进行批判。它认为这种非理性主义的崇尚生命本能，否定"规律"、"本质"的文化立场，带有明显的模仿性，既没有清晰把握西方思想史的走向，又缺乏对现实中国社会文化走向的认真研究，因此无法构成出自民族文化内部需要的现实需要和理性超越。而且这种非理性思潮用

---

① 钱中文：《新理性精神与文学理论》，载《东南学术》2002 年第 2 期。
② 王元骧：《"新理性精神"之我见》，载《东南学术》2002 年第 2 期。

"感性主义"和"新感性"与人类的科学理性分庭抗礼,无视科学理性中实用理性与人文理性的结合,而将科学理性作为人文性的对立物,一概摒弃,从而导致了人文思想界对于科学的理性精神的歧见和拒斥,而 20 世纪 90 年代出现的调侃神圣、瓦解意义的非理性主义文学,正是由此得以衍生。新理性精神文论的倡导者对于 20 世纪 80 年代非理性思潮的批判正是抓住了它对于科学理性的片面化歧见,才显示出理论的力度。所以新理性精神坚持融科学主义与人文主义为一体的文化哲学思路,主张认真汲取西方近代以来文化理性批判运动的成果,即狄尔泰以来的建立在思维科学和心理科学发展背景上的科学与人文相综合的思路。这是一种既承认规律,承认历史发展的客观规定性,又承认偶然性、随机性和人的相对自由和能动性的哲学立场。出于这一立场,新理性精神才得以在直面现实社会存在和中国特殊问题的前提下,强调人格独立、人的终极关怀和道德理想,并去探讨人文精神和理性重建问题。

总的来看,新理性精神文论的提出,迫切显示出中国当代人文知识分子建设一种新的文化意识形态的需要,充分显示了新时期文艺学强烈的现实关怀,具有重大的理论意义。正如有学者所指出的,它关注着文化哲学的基本问题,追问知识分子在各种思潮变化中所应有的立场和方法;它与当今中国人实际存在方式和意识形态结构紧密相关,是对中国独特问题的思考和解答,是对市场经济大潮中滋生的文化虚无主义的有力回应与反拨。①

三、人文精神与马克思主义文艺理论中国化

马克思主义文艺理论作为马克思主义的有机组成部分,同样洋溢着浓烈的人文精神。马克思主义文艺理论虽然没有形成体系性专著,但其相关思想自身仍能构成一个完整的文艺理论。在马克思主义文艺理论体系中,对人的关注依然是其理论出发点,人的解放和自由是马克思主义文艺理论体系衡量文学作品价值的最高标准。马克思主义文艺理论的人文精神集中体现在对资本主义社会现实的批判上。立足于人的全面发展,马克思得出了艺术与诗歌同资本主义相敌对的结论。马克思对荷马史诗和莎士比亚戏剧的高度评价,正是因为后二者人文精神的充溢和高扬。

按照马克思主义的观点,文学艺术的创造是自由的精神性创造。不仅创作主体应当完全占有自己的本质,是完全自由的;就是作品,也应当是完全自由的,即使创作者也不能完全决定作品的存在。艺术创造集中体现了人的自由自觉的本

---

① 张婷婷:《中国 20 世纪文艺学学术史》(第四部),上海文艺出版社 2001 年版,第 330~332 页。

质，而资本主义生产的目的不是为了满足人们的精神需要和审美需要，而是为盈利而生产，使劳动过程从属于剩余价值的积累。恩格斯说："封建奴隶制的消灭使'现金交易成为人们之间唯一的纽带'。因此，财产——这是天然的、冷酷无情的法则，和人类应有的合乎人性的准则正相对立——就被捧上宝座，最后，为了完成这种异化，金钱——财产的异化了的、空洞的抽象——就成了世界的统治者。人已经不再是人的奴隶，而变成了物的奴隶；人们的关系被彻底歪曲。"①在以金钱为表现形式的资本统治下，作家失去了创作自由，沦为雇佣劳动者，文学创作沦为商品制作。马克思举例说："弥尔顿出于同春蚕吐丝一样的必要而创作《失乐园》，那是他的天性的能动的表现。后来，他把作品卖了 5 镑。但是，在书商指示下编写书籍（例如政治经济学大纲）的莱比锡的一位无产者作家却是生产劳动者，因为他的产品一开始就从属于资本，只是为了增加资本的价值才完成的。"② 艺术创作一旦沦为资本增值的手段，其自身的自由特质就丧失了，它所体现不再是人的自由状态，而是人的被奴役。"资产阶级抹去了一切素被尊崇景仰的职业的庄严光彩，它使医生、律师、牧师、诗人和学者变成了受雇佣的仆役。"③

人文关怀在马克思对有关文学作品的评论中多有体现。比如在 1844 年与恩格斯合著的《神圣家族》中，马克思以"以人为本"的思想作为理论支点，系统批判了青年黑格尔派的重要人物施里加关于欧仁·苏的长篇小说《巴黎的秘密》的评论，并提出自己的人性和人道主义观点。施里加从唯心主义和虚伪的人道主义立场出发，对小说中鲁道夫对刺客的道德感化大加颂扬，对此，马克思写道："'刺客'给我们揭穿了自己的批判转变的最玄奥的秘密，他向鲁道夫表白说，他对他就像看家狗对自己的主人一样顺从……。昔日的屠夫变成了狗。从此，他的一切德行都将是狗的德行，是狗对主人的绝对'忠顺'。他的独立性，他的个性完全消失了。但是和蹩脚的画家不得不在自己的画上题字来说明画的内容一样，欧仁·苏也在'刺客'这头'看家狗'的嘴上贴了一张标签，这就是'刺客'时刻诵之于口的一句话：'你有心肝和骨气这几个字使我成了人'，一直到咽最后一口气，'刺客'都不是在自己的人类个性中寻求自己的行为动机，而是在这句标签式的话中去寻找这种动机。"④ 这段话马克思一针见血地揭露了资本主义社会道德的虚伪性和对人的一般本性的剥夺、异化。这种道德原则通过将人的一般本性异化的方式——使人不是按照人所应有的方式来行动、来思考，而

---

① 《马克思恩格斯全集》（第 1 卷），人民出版社 1972 年版，第 663～664 页。
② 《马克思恩格斯全集》（第 26 卷），人民出版社 1972 年版，第 432 页。
③ 《马克思恩格斯全集》（第 4 卷），人民出版社 1958 年版，第 468～469 页。
④ 《马克思恩格斯全集》（第 2 卷），人民出版社 1979 年版，第 169 页。

是按照某种抽象原则、某种说教来行动和思考，不是肯定了人的本性，而是扼杀了人的本性。人一旦被这种道德所束缚，他就不再是一个具有人的个性和独立人格的人，而是成了没有灵魂的躯壳。

又比如在对欧仁·苏的长篇小说《巴黎的秘密》中原本具有人性却被异化了的人物玛丽花的评价上，更清楚地体现了马克思强烈的人文关怀，即对一般人性的承认和对非人环境（异化）的批判："玛丽花所理解的善与恶不是善与恶的抽象道德观念。她之所以善良，是因为她不曾害过任何人，她总是合乎人性地对待非人的环境。她之所以善良，是因为太阳和花给她揭示了她自己的像太阳和花一样纯洁无瑕的天性。最后她之所以善良，是因为她还年轻，还充满着希望和朝气。她的境遇是不善的，因为它给她一种反常的强制，因为它不是她的人的本能的表露，不是她的人的愿望的实现。因为它令人痛苦和毫无乐趣。她用来衡量自己的生活境遇的量度不是善的理想，而是她固有的个性、她天赋的本质。"在马克思看来，人的最深层的本性即"有意识的生命活动"、"自由自觉的活动"，一切有利于人的发展的都是合乎人性的，束缚了人性发展的道德、宗教、法律都是违反人性的。玛丽花的生活遭遇是不幸的，但这并不妨碍她的人性的发挥、对自然的热爱，反而是在她受了基督教的感化成为修女后，她丧失了人性，也失去了生命。"鲁道夫就是这样先把玛丽花变为悔悟的罪女，再把她由悔悟的罪女变为修女，最后把她由修女变为死尸。"①

毛泽东文艺思想、邓小平文艺思想作为马克思主义文艺理论中国化的具体体现和伟大成果，同样重视对人文精神的阐发，这集中表现在他们给文艺确立的为最广大人民群众服务的方向和定位上。在《在延安文艺座谈会上的讲话》中，毛泽东首次提出了文艺为什么人服务的问题，这是毛泽东对马克思主义文艺理论的独特贡献。坚持文艺为人民大众的根本原则，是毛泽东文艺思想最根本最核心的问题。毛泽东明确主张文学是为人民大众的，主张文学应该关注"一方面是人们受饿、受冻、受压迫，一方面是人剥削人、人压迫人"的异化现实，"把这种日常的现象集中起来，把其中的矛盾和斗争典型化，造成文学作品或艺术作品"，并希望通过文学作品对这种异化现实的再现而"使人民群众惊醒起来，感奋起来，推动人民群众走向团结和斗争，实现改造自己的环境"，② 以消除异化，获得自身的解放。

邓小平文艺思想的核心是"文艺为人民服务，文艺为社会主义服务"的"二为"方针，他强调人民是我们文学艺术工作者的母亲，文艺家"作为灵魂工

① 《马克思恩格斯论艺术》（第三卷），人民文学出版社1963年版，第49~61页，

② 陆贵山、周忠厚：《马克思主义文艺论著选讲》，中国人民大学出版社2003年版，第403页。

291

程师"，应该"自觉地在人民的生活中汲取题材、主题、情节、语言、诗情和画意，用人民创造历史的奋发精神来哺育自己，这就是我们社会主义文艺事业兴旺发达的根本道路"。[①]

作为毛泽东和邓小平文艺思想的历史继承者，江泽民同志的"三个代表"重要思想、胡锦涛同志的"以人为本"思想都包含了对马克思主义文艺理论中人文关怀品格的重大发展，同样是马克思主义文艺理论中国化的重要成果。他们都将人的全面发展确定为社会主义文艺（化）事业的终极目标。江泽民指出："我们建设有中国特色的社会主义的各项事业，我们进行的一切工作，既要着眼于人民现实的物质文化生活需要，同时又要着眼于促进人民素质的提高，也就是要努力促进人的全面发展。这是马克思主义关于建设社会主义新社会的本质要求。"[②] 胡锦涛认为："坚持以人为本，就是要以实现人的全面发展为目标，从人民群众根本利益出发谋发展、促发展，不断满足人民群众日益增长的物质文化需要，切实保障人民群众的经济、政治和文化权益，让发展的成果惠及全体人民。"[③]

可见，弘扬人文精神不仅是马克思文艺理论的价值取向，也是马克思主义文艺理论中国化的价值坐标。坚持以人为本、实现人的全面发展，是我们党坚持解放思想、实事求是、与时俱进的思想路线所取得的重要理论成果，表现在文艺指导思想中，就是要坚持文艺为人民服务，文艺为社会主义服务，提倡在文艺作品中弘扬积极向上的、健康的人生观和价值观，发扬文艺对现实的批判精神，以健全人的理性、促进人的全面发展。

在今日中国，当人们回首那场轰轰烈烈的"人文精神大讨论"，在肯定其理论意义和对时代精神呼应时，也不能不看到其讨论内容有的失之于空疏和抽象。故此，我们认为，站在新的时代高度总结历史经验教训十分必要。当前，面对全球化时代各种思想文化相互激荡的大潮，面对国家发展和人民生活改善对文化发展的要求，面对文学创作多样活跃的态势，如何在文艺理论中把握社会主义建设的时代精神，使人文精神落在实处而不落空，最根本的还是要诉诸马克思主义文艺理论中国化的指导。

如前所说，从马克思主义文艺理论中国化的人学基础出发，把"以人为本"的"人"理解为一般的、全人类意义上的人，不仅具有深刻的理论意义，也具有深刻的现实意义。坚持以人为本，以人的全面发展为目标，我们会发现当代文艺创作中人文精神的缺失已非常严重。文学创作中消解崇高、嘲弄理想、一味媚

① 邓小平：《邓小平论文艺》，人民文学出版社 1989 年版，第 8 页。
② 江泽民：《论三个代表》，中央文献出版社 2001 年版，第 179 页。
③ 胡锦涛：《在中央人口资源环境工作座谈会上的讲话》，载《人民日报》2004 年 4 月 5 日。

俗的倾向依然存在，更有甚者，在作品中任由感官欲望无限扩张、享乐主义泛滥，把写作变为欲望的狂欢和发泄。因此，只有以马克思主义文艺理论中国化为指导，正确处理理性、感性和非理性的关系，明确其对文学中构建新人文精神的意义，才能为当代文学的健康发展指明方向，弘扬文学中的人文精神才能真正落在实处。

第十二章

全球化语境下文艺理论的实践与
马克思主义文艺理论中国化

20 世纪 80 年代中期以后，全球化成了一个我国学术界、商业界、传媒娱乐界等领域常常用到的术语，至 90 年代中期以后，"全球化"问题已被作为了文艺理论所需应对的重要问题之一。尤其有文艺学研究者认为知识经济和信息时代、通信技术和网络平台所带来的市场化和全球化，必然会在文化文学领域出现新的变化。比如传媒资讯的普及发达、网络文化的快速兴起、消费主义的迅猛增长、通俗文艺的方兴未艾，以及各种文艺思潮的空前活跃，使一些研究者认为终有一天会出现"地球村"。尽管一些学者主要是基于技术决定论、媒介万能论等层面来论证"地球村"的终将到来，但是这也让另一些文艺学研究者更有信心推测全球化是一种可经验到的现实或不可逆转的发展趋势："21 世纪的历史上演了最后一幕，全球化终于成为——甚至是不可抗拒的现实。资讯、技术、商品和人员——尤其是货币资本正在全球范围内空前频繁地往来，市场的开拓与扩张有力地突破国家、民族、文化风俗以及意识形态划出的传统疆域。""不论是国际关系、政治利益、财富分配方式、文化霸权还是日常生活，全球化主要无不显示了深刻的后果。"[①] 因此，文艺学必须关注全球化所带来的深刻后果。

---

① 南帆：《全球化与想象的可能》，载《文学评论》2000 年第 2 期。

第一节　全球化语境下的文艺理论的教材体系建构与教学实践

自从 1492 年哥伦布发现新大陆以来，西方文化观念随着资本主义、帝国主义的殖民扩张而向世界各地传播。中国等东方国家有越来越多的人直接接触到了西方文化观念，其中不少有识之士自觉不自觉地接受了西方文化思想，他们借用某些西方思维方式来看待世界、理解问题。尤其 19 世纪随着西方自然科学、社会科学和人文科学的知识理论大规模进入中国，中国教育引入了一整套西学知识体系和教育理念，在西方的学科建制、学校体系等输入中，我们教学、研究界逐渐形成了今天的学科格局。我国现代形态的文艺理论体系在 20 世纪初的创建主要移植和仿效西方文艺理论体系。此后，从总体上看，我国文艺理论界继续借鉴和吸收西方文论、挖掘和阐释中国古代文论，走着一条中西互释的文论建设和发展之路。马克思主义译介到我国以来，特别是新中国建立以来，来自西方文化传统的马克思主义文论与我国文艺实际相结合，我国文艺理论的教学和教材建设取得了不少成果，更为我国当前文艺理论的建设和发展提供了经验和启示。下面我们重点论述新中国建立以来文艺理论的体系建构和教学实践。

一、新中国建立以来中国文艺理论教材体系建构和教学实践

自新中国建立以来，我们的文艺理论体系的发展建设和高校教学实践，大致可以勾勒出以下的衍化轨迹。

第一个时期，20 世纪 50 年代主要引进和接受前苏联文艺理论模式和体系。童庆炳说："当时苏联的任何文艺理论的小册子都被看作是马克思主义的经典，得到广泛传播。"[①] 一是从前苏联那里引介的文艺理论教材，带有强烈的意识形态特色，在文艺的本质、经济基础与上层建筑的关系，文艺与政治、文艺的本质形式和规律等方面都有着鲜明的无产阶级和社会主义政治倾向。二是由仿效和套用前苏联文艺理论体系而发展和建设起来的我们文艺理论教材，还吸收了俄国革命民主主义文论家别林斯基等人的某些观点。在这样一种文艺理论体系中，文艺

---

① 童庆炳等：《新中国文学理论 50 年》，安徽大学出版社 2000 年版，第 4 页。

作品所承担的任务主要被看作是反映社会生活的本质和规律，向人们传授知识。

第二个时期，20 世纪 60 年代，周扬受中央委托主持全国文科教材的统编工作，在坚持社会主义革命政治倾向的同时，也开始注意吸收中国传统文论的优秀成果，使文艺理论教材体系逐步摆脱苏联模式的影响。这一教材体系可以以两套文艺理论教材（以群《文艺学基本原理》和蔡仪《文学概论》）为标志。这些教材打上了当时的时代烙印，比较集中概括了革命导师和重要领袖人物的文艺思想，但对文艺自身的审美特点则顾及不够，而且中外文学史上许多重要的作家、作品由于不符合革命或进步的意识形态倾向而或者遭到排斥，或者被贬低，对于现代主义文学思潮则予以全盘否定。但在那个特定时代，这两部教材比起以往一些教材（如大跃进时期大学生短时间内仓促地集体编写的文学概论教材，基本上是以毛泽东的《讲话》为框架加上作品例子编织而成的），无论在理论的系统性、严密性或论述的客观性、准确性上，乃至民族化的自觉追求上，都还是有了显著的进步。所以，在"文革"以后一直到 80 年代中期它们依然在许多高校中被广泛使用。

这第一、第二个时期的文艺理论在文艺学研究界往往合并起来研究。它们反映出了我国 20 世纪 80 年代之前的文艺理论和批评方面的基本观念和立场。文学被看作是对生活真实的反映，对生活典型的反映，对生活本质的反映，强调文学是一种认识，文学的任务是帮助人们认识生活，反过来改造生活。这样文学也自然成了改造社会、改造国民的工具，或者说成了革命的工具。因此文艺理论主要是一种认识论和工具论的混合体。马克思主义文艺理论在某种程度上被简单化、片面化、狭隘化乃至教条化，并在大学文艺理论教学中占据了绝对的统治地位。我们赞成钱中文先生的概括，他认为 20 世纪 80 年代以前的文艺理论和评论常常"以不容争辩的绝对真理的预设性、不可动摇的话语的独断性、先验假设的绝对正确性来界定有关文学的基本观念，显示了极强的本质主义倾向和由于过分强调阶级性而具有强烈的宗派性和排他性"。[①] 这个评价也基本适合于第一、二时期的文艺理论教材。

第三个时期，文艺理论转向对文艺理论自身内在规律的探求。20 世纪 80 年代以来，新引介的各种新潮理论，发展了的文学创作和文学批评，对既有文艺理论教材提出了挑战。文艺理论这个时期主要体现出对文学自身内在规律的关注。首先，原来强调的阶级性、党性、人民性等功能色彩开始淡化，文艺理论和批评转向对文学自身的情感性、语言性、形象性等审美特质的关注。"文学是社会生

---

① 钱中文：《文学理论反思与"前苏联体系"问题》，载《交叉与融通：文艺学的新格局》，中国传媒大学出版社 2006 年版，第 7 页。

活的审美反映"、"文艺是人类对现实的审美认识的重要形式"、"文学是审美的意识形态"等观念先后出现在各种教材里。审美反映论、审美意识形态论逐渐成为这一时期文艺理论领域的基本思想和主要思潮。其次,有教材体现出对现代主义文学创作和理论思想的关注,也对相关学说进行了比较客观的阐释,这反映出人们视野的扩大,在文学理论上是一个突破。这一时期在文艺理论体系构建上逐渐形成了今天我们依然可以看到的一种理论格局:马克思主义文论、中国古代文论、外国其他文论三大部分并立但结合不够紧密的格局。

当然,新译介各种理论背后的深层需求和内在动力是我们文艺理论所面临的全球化语境下出现的新现实、新问题、新情况。20 世纪 90 年代以来,随着经济全球化趋势的日益加速和我国社会主义市场经济的迅猛发展并逐渐融入国际经济大格局中,我国的文化艺术包括文艺理论可以说进入了一个新的时期、新的语境、新的氛围。这一时期文艺理论虽然很有成就,但就当下迅速发展、变化着的现实语境来说,似乎更多地让人们看到了它所存在的问题与危机,人们较普遍地感到文艺理论与现实文艺的发展之间存在着某种脱节——它显然跟不上全球化语境下文艺的新现实、新情况、新问题向文艺理论所提出的新要求、新挑战。这种危机也表现在大学教学中。如陶东风所指出,在当前全球化语境下,"在大学文艺学研究和教学中,或者说在教科书形态的文艺学知识的生产与传播中,文艺学的危机表现得尤为突出。学生明显地感觉到课堂上的文艺学教学知识僵化、脱离实际,它不能解释现实生活中提出的各种问题,也不能解释大学生们实际的文艺活动与审美经验,从而产生对于文艺学课程的厌倦、不满以及消极应付的态度。"①

回顾新中国建立以来我国文艺理论体系建构和教学实践概况,我们有必要首先对文艺理论研究和教学中曾经比较突出的单纯的认识论文艺本质说和文艺从属论、服务论、工具论等学说进行反思。长期以来,文艺学教材主要从哲学认识论角度阐释文学的本质,把文艺的本质仅仅或主要归结为对社会生活的认识和反映,而忽略了文艺的实践和价值本质,特别是忽略了文艺的审美特质;与此相应,把文艺与政治看成从属的关系,即文艺从属于政治、为政治服务,文艺的功能于是被简约化为阶级斗争的工具,从而把文艺理论引入了极"左"的死胡同。其次,我们的文艺理论体系受本质主义思维方式的影响比较严重。文艺理论界有不少学者都已指出了许多"文学理论"教科书的一个弊病,即把文学视作一种具有"普遍规律"、"固定本质"的实体。相当一部分文艺理论教材不是在特定的语境中提出并讨论文艺理论的具体问题,而是先验地假定了"问题"及其

---

① 陶东风:《大学文艺学的学科反思》,载《文学评论》2001 年第 5 期。

"答案"，并相信只要掌握了正确的方法，就可以把握这种"普遍规律"、"固有本质"，从而生产出普遍有效的文艺学"绝对真理"。如一些学者所指出，以各种关于"文学本质"的元叙事或宏大叙事为特征的、非历史的本质主义思维方式严重地束缚了文艺学研究的自我反思能力与知识创新能力，使之无法随着文艺活动的具体语境的变化来更新自己。再其次，以上两点又直接导致了另一个不良后果，即文艺学研究与不断变化的社会现实以及日新月异的人民群众的实际文化活动、文艺实践、审美活动之间的联系比较隔膜、脆弱，这使当代文艺理论较难及时回应新近的文艺现实特别是全球化语境下的文艺新现实所提出的问题。下面我们将对此作进一步的论述。

二、在全球化语境下我国大学文艺理论教学实践的现状与不足

我们认为，文艺理论在经济全球化的现实或趋势的影响下会出现一种世界历史性的交往现象。马克思很早就预见性地提出了"经济全球化"对文化发展的影响："资产阶级，由于开拓了世界市场，使一切国家的生产和消费都成为世界性的了。……物质的生产是如此，精神的生产也是如此。各民族的精神产品成了公共的财产。……于是由许多民族的和地方的文学形成了一种世界的文学。"[①]这里我们可以从精神文化产品的世界历史性交往现象来看经济全球化背景下的文艺理论的世界历史性交往现象。首先，各个民族的精神产品包括文艺理论越来越成为"公共的财产"。因为成了"公共的财产"，所以世界上任何一个民族的人都有机会来了解、接受它们，并对之有所比较、批判、借鉴、吸收等。这里的"公共财产"是指各个民族或国家的共同的财产，如果不承认或取消这一共同财产所拥有者的广泛性，那么就无所谓公共的财产了。当然公共财产本身在其内部可能包含存在着一些矛盾和冲突，因此公共财产本身是多元共存的。就文艺理论来说，我们认为当今中国古代文论、西方文论、马克思主义文论是在当今经济全球化背景下的一种"公共财产"，虽然它们各自之间存在着矛盾和冲突，但它们可以在我国文艺理论界并存；我们有义务也可以面对当前全球化语境下中国文艺的新现实、新问题，以马克思主义文艺理论为基础，通过借鉴和整合中国古代文论、西方文论中的某些理论资源来创造性地建构当代文艺学体系。其次，对狭隘民族主义文化文学观的冲击。这里所说的狭隘民族主义文化文学观通常可以区分为下列两种：一是人为地隔裂与其他民族文化文学的关系；二是认为自己民族的

① 《马克思恩格斯选集》第 1 卷，人民出版社 1995 年版，第 276 页。

文化文学优越于（或应当凌驾于）其他民族文化文学之上。经济全球化现实或趋势所带来的文艺理论等精神产品的世界历史性交往中，一方面由于消费文化全球化对各民族的文化文学所带来的冲击和影响是不平衡的，因此可能产生民族隔阂，会出现某种盲目抵制外来文化、保护民族文化的论调；另一方面也会在一定程度上对保守、狭隘的民族文化文学观会带来冲击。我们认为，鲁迅的"拿来主义"的文化态度和策略仍然适用，也符合马克思主义文艺理论中国化的精神。再者，应当重视中华民族自己的文艺理论立场。"各民族之间的相互关系取决于每一个民族的生产力、分工和内部交往的发展程度。"① 就文艺理论来说，马克思主义这一原理给我们的启示之一是，在一定的世界历史前提下，民族或国家文化文学的发展状况对文化全球化是起决定作用的。鉴于此，我们在谈论全球化语境下的中国当代文艺理论问题时，必须坚持我们自己的文艺理论立场，应当以我们自己的两大传统即古代文论传统和现代文论新传统为立足点和出发点。

据此来衡量目前大学教学中所使用的文艺理论教材，可以发现存在着一些明显的不足：

第一，文艺理论教材有着某种滞后性。就目前大学教学所使用的文艺理论教科书来说，它们不能有效地用来阐明当前新出现的文学、文化现象，这主要表现在下列几个方面：一是现行文艺理论教材往往主要关注已公认的、经典的作家、作品，而对当下新出现的中外作家、作品与现象的阐释显得相对薄弱。二是现行教材中，对过去文学现象和问题的不少分析、评价和阐释仍是有启发性，但是有些分析和阐述，在当代语境看来，并不十分到位。三是现行教材的部分观点、学说已显得陈旧，理论创新性不足。它不能及时应答当下文学实践中出现的一些重要问题，不能充分有效地阐释全球化语境下新出现的文学作品、现象和思潮，不能给当下文学实践以更积极的指导。我们认为文艺理论固然需要有效地解读一些已有定论的、经典的作家作品，因为它们对文艺理论来说更具有代表性和典范性，而且基于这些作家作品之上的文艺理论似乎显得更具权威性和解释力，然而，如果漠视或回避当前新出现的文学现象和问题，不能及时有效地阐释当前的文学现象、文学作品，文艺理论就会缺乏一种理论的前瞻性、创新性，就会滞后于文学发展的新现实，其作为理论的指导意义和生命力就会大打折扣。

第二，现行文艺理论的普适性、有效性乃至合法性等受到了不少学者的质疑。文学理论的一些早先建构起来的重要范畴、命题和观念，在全球化语境下更受到了挑战。正如钱中文先生指出："在当今实施市场经济的条件下，创作自由度加大，相当部分写作变为欲望写作、私人化写作，而且花样翻新，层出不穷，

———————————
① 《马克思恩格斯全集》第3卷，人民出版社1960年版，第24页。

大大地逸出了原有的规范；同时当今资本、批评与媒体共同制造文学时尚，进行集团式的高额有偿批评，进一步使原有的社会价值原则失范，评价体制紊乱与瓦解……文艺理论对于这些刚刚出现的新的文学现象，难以及时地、确切地、恰如其分地形成一些比较普遍认同的理论原则来，从而产生了严重的不适应性。"① 的确，从全球化趋势或视野来看，随着现代性和后现代性的同时展开以及社会结构的变化，原来文艺理论中的一些重要概念、范畴和命题，如文学的形象、典型、形象思维等，以及关于文学起源、本质、功能等许多原来的观念在当下都引起了争议。这种与文艺现实新发展相脱节的现象，导致文艺理论的普适性、有效性乃至合法性等受到挑战。

第三，现行文艺理论教材中仍存在着某种"本质主义"、"普遍主义"思维方式。有学者对文艺学教学和研究中的"本质主义"、"普遍主义"思维模式进行了严厉的批评，他们认为数十年来，文艺学教学和研究中存在"本质主义"、"普遍主义"的"僵化、封闭、独特的思维方式"，非要把本是历史的、具体的文艺现象本质主义化、普遍主义化，找出"放之四海而皆准"的"普遍规律"和万古不变的"固有本质"。② 这一批评虽然尖锐，但有利于我们去反思文艺学教学实践中的某些误区。文艺理论试图发现文学创作、文本构成与文学接受的心理机制，试图揭示文学的某种本质的、规律性的东西，这本来是无可指责的，我们反对本质主义、普遍主义，并非绝对不要"本质"、"规律"、"普遍"这些概念，如有学者所说，肯定文艺现象有"变动中的相对稳态"、"多样性中的相对统一性"、"运行中的相对规律性"等仍是有必要的，不然，世上的事物（包括文艺现象）就会完全不可捉摸、不可掌握。③ 但是，企图寻找先验存在的、固定不变而普遍适用的文学"本质"和"规律"，就陷入本质主义、普遍主义的泥潭了。与此相关，在文艺理论中，有人简单套用自然科学的思维方式，用进化论的眼光来看待、描述和概括文学的历史演变，往往不同程度地遮蔽了文学史的真实面貌。

三、当代文艺理论教材体系建构与马克思主义文艺理论中国化

全球化语境下，文艺理论教材如何建构更符合现实要求的文艺理论体系？如何编撰一部（或几部）更能适应文艺发展新现实、新趋势又能体现马克思主义

---

① 钱中文：《文学理论反思与"前苏联体系"问题》，载《交叉与融通：文艺学的新格局》，中国传媒大学出版社 2006 年版，第 11 页。

② 陶东风：《大学文艺学的学科反思》，载《文学评论》2001 年第 5 期。

③ 杜书瀛：《文学会消亡吗》，中山大学出版社 2006 年版，第 240 页。

文艺理论中国化的文艺理论教材呢？我们认为，应当以马克思主义文艺理论为指导，在百年来的中国现代文论新传统的基础上，广泛吸收当前文艺学研究新成果，多方面借鉴西方最新文学思想和理论学说，创造性地转换中国古代文论传统，从而建立一套符合中国文艺新现实的、有中国特色的马克思主义文艺理论体系，并编写成教材。这一体系能对文学本质、文学作品、文学创作和接受等一系列基本问题作出既富时代精神又有民族特色的科学分析和论述，既去除了教条化和简单化，又体现出知识性和探索性。

第一，全球化语境下，我国当前文艺理论教材建设更重要的是寻求和建立一套适应我国文艺现实和发展的理论，而不是简单地为了寻求和建立一个"完整"的理论体系。我们认为，文艺理论教材固然应当尽可能有一个相对完整的理论体系，或者应当有比较系统的文艺理论框架和逻辑思路，但是我们的当前文艺理论教材建设的着力点却更应当落在寻求和建立能够更好地适应当前我国文艺新现实、新发展的理论学说上。我国现代形态的文艺理论体系的建构过程中曾有过一个相对完整的理论体系。如20世纪60年代，我国文艺理论教材具有相对完整的文艺理论体系，有着明确的贯穿思想和线索。然而那种教材缺乏应有的开放性、多元性。它所遵循的是严格按意识形态要求构建的原则，采取的是由党政领导部门用行政手段统一组织编写的方式，因而这种"统编"教材在全国高校使用中占绝对支配地位，不可能有其他选择。当然，这与当时中国文化艺术界处于比较"左"的路线控制下的特殊意识形态背景有直接的关联，如文学机构、文学报刊承担着一种政治宣传的使命；文学的写作、出版、传播、阅读、评价等环节中渗透着过多的非文学的因素，当时也力图构建一种组织化的文学世界；那一时期文学创作和理论批评上比较突出的现象是题材、主题、艺术风格、方法等都受到阶级斗争工具论等简单化倾向的影响；如此等等。所以，当时这种相对"完整"文艺理论体系其实并不真正符合中国化的马克思主义文艺理论的要求，就连20世纪80~90年代社会文化的历史性转型都无法适应，因而新时期出现了一大批新的文艺理论教材取而代之，更不用说远不能适应当前全球化语境中新的文艺现实了。

第二，从我国文艺理论教材的写作情况看，曾经借鉴过中外不同的理论模式，其中不少东西对我们有启发，至今仍然值得我们继续借鉴。大致说来，我国文论写作有中国式、苏俄式、西方式几种不同的"模式"。中国式是由王国维《红楼梦评论》开创、此后发展起来的写作模式，它与古典形态的中国文论有明显区别，也与西方文论的写作模式有明显区别；苏俄式（"苏联体系"）虽然与西方古典文论模式比较接近，但它一是按照对马克思主义文艺理论的传统认识建构的，二是与当代西方文论，包括西马文论也有明显区别，在新中国建立前后，这种模式影响较大；西方式主要是 20 世纪中后期现当代西方文论的写作模式。我国新时期以来新编的文艺理论教材"混合型"的居多，往往将既有教材中马克思主义文艺理论的概念，与最新引进的西方文艺理论的概念，以及传统文论中的概念相"并置"，这一方式成了我们通行教材编写的主要方式。这与我国多层次大学教育体制的迅猛发展密切相关，从全日制学校的本、专科教育，到自学考试，再到社会上的各类业余教育、继续教育等，凡是汉语言文学等文科专业往往都设置了文艺理论课程，这就需要大量文艺理论的教材。因此，采用上述混合型写作方式的教材弥补了当时文艺理论教材比较匮乏的局面，起到了应文艺理论课程教学之急的作用。我们目前文艺理论教材编写虽然有了长足的进步，出现了一些比较优秀的、开始突破和超越了混合型写作方式的教材，如童庆炳主编的《文学理论教程》、吴中杰撰写的《文艺学导论》等。然而毋庸讳言，不少教材仍主要采取了"西方式"、"苏俄式"、"中国式"等几种不同写作模式"并置"的策略，还没能把几种写作模式有机地融合起来。这些教材中，有的对 50、60 年代文艺理论教材既有保存，又有较多改造；有的增加了一些新引进的西方文艺理论概念；有的尽量加强中国古代文论的内容，如此等等。我们认为，在这种情况下，在写作导向上不必过于强调借鉴西方式、苏俄式（"苏联体系"）、中国式的任何一方，而随意排斥、偏废了另外一方或两方，关键一是其理论内涵要努力贴近当前全球化语境下的文艺现实，要能以马克思主义文艺理论观点回应和回答中国当前文艺的新现实、新问题；二是要努力对几种模式在马克思主义文艺理论基础上加以融合，而不是混合。

第三，我们文艺理论体系的建构工作可能在今后相当长一段时间内继续在"实验"中前进。这可从下列几个层面来看：一是 20 世纪 80 年代以来，文艺理论一直在不断地探索如何建立一种新的、当代的马克思主义文艺理论形态，以便更好地适应文学发展的新现实、新潮流、新特征；随着全球化的进程，以及 20 世纪 90 年代以来中国化的马克思主义理论的新发展（中国特色社会主义、"三个代表"重要思想、科学发展观等理论），对建构当代形态的马克思主义文艺理论提出了新要求，也提供了新机遇。但这种建构无疑也是一个不断探索、不断尝试、不断实验的过程。二是建构有中国特色的、当代形态的文艺理论体系需要把西方式、苏俄式、中国式这几种理论模式加以更有机的融合，而这也必须由许多学者采取多种不同思路和方式进行多种多样的实验，在短时间内很难作得到。三是在当前全球化语境下，进入电子媒体和图像时代，出现了一些新的文学写作、传播、接受和活动方式，其形态、模式、形式等都在发展、变动中，其前景都带有不确定性，它们在某种程度上也造成了当前文艺理论建构的不确定（实验性）品格。四是全球化语境下，市场化的运作模式、商品化的价值转换，文学创作在某种程度上似乎被职业化了，我们的文艺理论界似乎也正遭遇被职业化的危险。所谓职业化，指的是文艺理论成了文艺理论圈子里专业人士的一项职业。这种职业化反过来使文艺理论在全球化背景下更多地成为一种文艺理论圈内相关教学研究人员的一项谋生职业。于是文艺理论本身的作为和价值似乎被削减了。这一情况也在某种意义上导致我国当前文艺理论教材建设会有一种"实验"的特色。不过，在我们看来，这种"实验"本身并不是坏事，它可以提醒我们：其一，任何建构当代文艺理论新体系的努力都不可能是完善的，更不可能一劳永逸，而只能是开放的、不断更新和改进的；其二，它也需要文艺理论界同仁在马克思主义文艺理论指导下，各显神通，采取多种方式、思路进行实验，百花齐放，百家争鸣，建构起多种多样的文艺理论新体系，既相互竞争，又相互补充，共同推进当代形态的文艺理论新体系的建设。过去那种定于一尊、排斥异己的作法与全球化语境是格格不入的。

第四，加强文艺理论教学和研究的历史化和语境化，通过为新的文学现象提供评判和阐释的理论观念和评价体系而使自己重新获得其合法性。如前所说，有学者指出我们的文艺理论在理解文学的性质时存在严重的普遍主义与本质主义的倾向，认为纠正这种倾向必须有条件地吸收包括"后"学在内的反本质主义的某些合理因素，以发挥其建设性的解构功能（重新建构前的解构功能）。反本质主义与反普遍主义要求我们摆脱非历史的（de‐historized）、非语境化（de‐contextualized）的知识生产模式，强调文化生产与知识生产的历史性、地方性、实践性与语境性。[①] 比如文学艺术的自主性问题，他就曾提出要历史地理解文学艺术的自主性，在充分肯定其历史意义与现实合理性的同时，不能把自主性视作自明的、先验的本质加以设定。我们必须充分肯定20世纪80年代中国文艺学界自主性诉求的历史意义，它即使在今天也仍然具有其重大的现实合理性。自主性诉求的直接批判矛头指向了"文革"时期的"工具论"文艺学——"文革"意识形态的重要组成部分。在这个意义上，自主性诉求具有远远超出了文艺本身的社会文化意义。到了90年代以后，文艺自主性诉求的批判对象发生了微妙却重要的变化。自主性诉求本来就有两个否定的对象，一是政治权力，二是市场/商业压力。如果说80年代文艺学自主性诉求主要要求摆脱其政治奴仆的地位；那么，由于语境的变化，特别是中国社会主义市场经济与经济全球化逐渐接轨，使90年代文艺自主性诉求的批判对象多了一维（市场/商业之维）。值得注意却往往被忽略的是，政治对于文艺的控制与市场经济对于文艺的操控和牵制毕竟是有区别的。在特定的情况下，文艺与市场的联合还有助于使文艺摆脱对于政治权力

---

① 陶东风：《大学文艺学的学科反思》，载《文学评论》2001年第5期。

第十二章 全球化语境下文艺理论的实践与马克思主义文艺理论中国化

的依附。再如反本质主义并不是要排斥文艺学研究中对研究对象的本质和规律的探讨。本质和本质主义是两回事。我们主要反对极端的、教条的本质主义，而并不反对对研究对象作必要的本质界说。就文艺理论来说，对文艺理论对象——文学——的本质界说，是旨在刻画出一种可能有所变化但却又相对稳定的文学边界。当然，随着时代的变迁、历史的发展、社会的转型和文化语境的变异，对"文学本质"界说会有相应的调整。如《在延安文艺座谈会上的讲话》提出对当时历史条件下的文艺要为人民服务，首先要为作为人民的大多数群众的工农民服务，强调文艺的政治属性、政治本质、政治功能是积极的，但是随着时代的变迁、历史的发展、社会的转型和文化语境的变异，对"文学本质"界说就应该有相应的调整，完全可以而且应当从马克思主义人学理论来界定文学本质（如"文学是人学"）。马克思"以人为本"的思想和党中央提出的以人为本的科学发展观完全可以而且应当成为我们今天界定文学本质的重要思想理论资源和理论范导价值。

此外，文艺学教学和实践中重视阅读和写作的训练。面对视像和其他媒介文化的冲击，米勒等学者认为文学系的课程应该是阅读和写作的训练。"文学系的课程应该成为主要是对阅读和写作的训练，当然是阅读伟大的文学作品。但经典的概念要大大拓展，而且还应该训练阅读所有的符号：绘画、电影、电视、报纸、历史资料、物质文化资料。"① 尽管米勒认为阅读的对象不光光是传统的文学作品了，还可以是电视、电影、绘画乃至物质文化资料，在一定意义上把文艺理论研究与文化研究联系起来了，然而他强调训练，体现出他仍然认同和坚持文学的价值，或者说仍有一种精英的立场来看待文学。当前我国文艺理论的教学实践中应该重视阅读和写作训练的意义。

综上所述，全球化语境下我国当前文艺理论教材建设，针对以上几点情况特别是不确定性和实验性，应当在马克思主义文艺理论指导下，以开放的胸怀积极借鉴、吸收古今中外各种文化的积极因素，既吸收一些西方文论中有创见的理论观念，也挖掘中国传统文论中有生命的内容，百花齐放，百家争鸣，逐步建构起当代具有中国特色的马克思主义文艺理论教材体系。目前中央马克思主义理论研究和建设工程文学组已经初步编写完成了一部文学理论教材，我们衷心希望这将是一部体现马克思主义文艺理论中国化最新成果、达到上述要求的优秀教材。同时，我们希望将有更多种类优秀的文艺理论教材问世。

---

① ［美］希利斯·米勒：《全球化时代文学研究还会继续存在吗？》，载《文学评论》2001 年第 1 期。

第二节　疏离现实：全球化语境下文艺学的危机诊断

在全球化语境下，中国当代文艺理论的发展在某种意义上存在危机已经成为文艺学界的共识。虽然这种说法对一直勤勉工作的中国文艺学学者来说有不公之嫌，但是拿一般人们公认的关于人文学科的发展标准来衡量，说中国当代文艺理论发展存在危机似乎也并不过分。那么，这种学科的危机从何而来？如何认识？不同的学者从不同的出发点、不同的立场和角度进行了深入反思，并提出了不同的解释及答案，这对于中国当代文艺学的发展无疑是有益的。但是，无论如何，要为今天中国文艺理论的发展开出药方，就必须首先给出准确的诊断，然后才能对症下药，否则，就难免产生误诊，乃至误治和误导，贻害文艺理论的发展。这里，我们将从马克思主义文艺理论中国化进程来对文艺学学科建设问题进行考察，我们的结论是：中国当代文艺理论的危机和缺陷，主要表现为对其研究对象，即对文艺现实发展的疏离。当然，说疏离现实是当代文艺学发展危机之所在，并不等于说现有文艺理论的话语系统内部就不存在问题了，我们只是想强调指出，与此相比，同现实文艺发展相疏离和不相适应的问题，不仅是引发人们对文艺学学科危机感的直接诱因，而且也是当代文艺学发展和建设更为关键的问题所在。

当今中国处在前所未有的思想文化、社会生活的大变动中，进入 20 世纪 90 年代以来，消费时代大众文化的风起云涌和屡掀狂澜，新兴"艺术"或者"类艺术"现象的到处风行，以电子技术为核心的各种现代大众传播媒介（从电视、网络到移动通讯）几乎深入每个人的生活，"图像"文化正在向文字文化挑战，经典与非经典的界限日渐模糊，作家、学者的明星化和理论、学术的市场化……面对着这样巨大的文化变迁，包括文学现实的变化，中国当代文艺理论却没能正视这些现实，缺少相应的理论创新。我们不是说文艺学要放弃文学研究的本位，不是的，我们不同意在"日常生活审美化"的理由下无限扩大文艺学的边界，更不赞成文艺学搞所谓"文化研究转向"[①]。而是说，我们在坚持文学的本位研究（我们认为到目前为止文学与非文学的界限还没有到分不清楚的地步）的同时，应当把文学发展的现状放在上述当代整个中国文化巨变的大趋势、大背景下

---

　①　朱立元：《文学的边界就是文艺学的边界》，载《学术月刊》2005 年第 2 期；《对文艺学"文化研究转向"论的反思》，载《天津师范大学学报》2005 年第 3 期。

加以审视和考察，不然，就看不清当代文学发展的真相，就更加疏离文学现实了，也就更加减少自身的理论话语权和学术影响力了。

关于当前文艺学疏离现实的问题和局部危机可概括为以下三方面：

第一，文艺学对中国当代文学发展的新现实、新思潮、新特点有所疏离，特别是20世纪90年代以来更为突出。

"文革"以后，新时期文学创作出现了初步繁荣，作品无论在数量、质量、品种和艺术探索方面都有了长足的进步；特别是文学创作从80年代中期起出现了很大变化，现代主义思潮汹涌进入，先锋派的各种实验纷纷登场，诚如一些批评家所说，西方近百年现代主义各种流派短短几年间就在中国文坛上统统操练了一遍。与创作实践相比，文艺理论则相对落后。20世纪80年代以来，虽然高校文艺理论教材出版了不下百种，一些文艺理论研究者个人也出了不少文艺学专著，其中，有的及时跟踪国内外文学发展的新态势，尽力从理论上作出新的概括和阐释，体现出较为开阔的理论视野和美学素养，如前所说，也在一些重要的基本理论问题上有所突破（如人性论、审美反映论、审美意识形态论等），但更多的是体系、观点、方法都较陈旧，有的甚至思想上比较僵化。面对新时期以来中国文学所发生的巨大变化，所出现的许多过去从未见到过的新现象、新思潮，我们当时的文学理论总地说来反应是滞后的，要么视而不见、避而不谈，要么不得不操起原先那套理论术语勉强给予评论，结果往往隔靴搔痒，不得要领。理论与创作之间的这种滞后、隔膜，到90年代之后变得更为突出。随着市场经济的崛起，市民文学也呈现多姿多彩的繁荣景观。现代主义实验已被迅速抛弃，更新的"后现代"写作开始侵入文坛，一方面写作的"零度"状态、语言游戏、调侃人生、削平深度，直至近年的"私人化"追求、"木子华"等的性体验写作，以及"80后现象"等，频频更迭，令人目不暇接；另一方面则是大众文艺借助传媒的力量迅猛席卷而来，把纯文学的领地降到极为狭小的圈子内，因此，文学的审美功能也大为萎缩。对于这些纷至沓来的文学新现象、新态势，我们的文学理论更显得准备不足，在不少方面甚至可以说无能为力。即使有少数理论家仓促引进西方后现代主义文论的某些观点和词句，但由于仓促，对西方后现代文论与中国文学现状两个方面都未"吃透"，因而也不可能在理论上作出令人满意的说明。这正应了歌德的一句名言："理论是灰色的，而生命之树常青。"

第二，对世界文学发展的新现实、新思潮、新特点有所隔膜。

文艺学或文艺理论，作为对文学一般本质、特征及发展规律的理论概括，理所当然应有较大的普适性，它不仅应能说明中国古今文学的各种现象，同样应能说明世界古今文学的各种现象，否则它就终止其为"文学理论"的资格。

从20世纪后半叶以来，世界文学经历了巨大的历史性变迁。西方传统的现实主义、浪漫主义文学让位于形形色色、名目繁多的现代主义实验文学；苏联和东欧则冲破旧现实主义樊篱而高扬"社会主义现实主义"大旗。60年代以来，后现代主义思潮闯入文坛，文学创作跌落为特殊的写作活动，它用语言游戏来抹平深度，抹去历史意识，切断与传统的联系，最后导致主体的"零散化"与失落。对于世界文学一个世纪以来的千变万化，我们的文学理论家知之甚少。从1949年到1976年"文革"结束，长达近三十年，文化上的闭关锁国政策，使我们对世界文学发展的了解几乎是一片空白。"文革"后世界文学发展的信息通过一些译著逐渐为文论界了解，但多数人限于外语的阅读障碍和文学翻译的相对落后（无论数量和质量），对世界文学（无论东西方）的发展态势、思潮更迭、代表性作家和作品及其审美特质等情形的了解，都是若明若暗，模模糊糊，一知半解。在这种"隔膜"的情况下，文艺学很难对世界文学近百年的状况，特别是近二三十年的新发展、新特点，从理论上作出较为准确切实的概括。至于将中国文学与外国文学作为一个整体，互为参照，对它们的共同本质、特征、规律加以理论的描述和阐发，就更力不从心了。这说明我们对世界文学的历史与现状还了解不多，研究不深，存在种种隔膜。这是文艺学与现实疏离的又一方面。

第三，对信息时代的大众传媒文艺、网络文学等新鲜的文学形态和体制，关注不够，研究更薄弱。

近十年来，随着大众传媒，特别是电视媒介覆盖面的日益扩大，电视多方面的传播信息功能的充分开发，文学的存在方式发生了重大的变化。借助于电视传播形象化、生活化手段，文学与电视联姻的方式也日趋多样，除电视剧外，电视散文、电视诗歌、电视小说、电视传记等交叉品种纷纷出台，纯书写文学作品本身经电视艺术的渲染，也获得了更多的读者。与此相关，大众文学或通俗文学也空前繁荣，言情小说、武侠小说、侦探小说及记实文学均风靡读者市场，使纯文学或严肃文学的读者群日益缩小，相关文学刊物份数普遍大幅下降。对当代大众文学的发达，文论界持不同态度，一种类似西方马克思主义的态度，即以精英文化立场对大众文化（"文化工业"）采取抵制和批判；另一种是主张文论界对大众文学的研究，给予应有的评价与引导。实际上，当代文学最广大的读者群在大众文学这一边。文学理论不能漠然置之。目前我们对大众文学现象的基础理论研究薄弱；介入具体的大众文学作品和现象的评论力量薄弱；批评界与大众文化娱乐界的联系细弱。①

更值得注意的是，近年来随着信息时代的到来，电脑的普及，互联网的便

---

① 见《文学报》1999年10月28日《大众阅读》第二版《"何老师"与"草根阶层"孰是孰非》的讨论。

捷，网络文学引人注目地闯入文学的殿堂，它是文学又一种新的存在和传播方式。进入新世纪以来，网络文学取得了更加迅猛的发展和令人瞩目的成就。毫无疑问，它是人类生存方式、生活方式、思维方式、交流方式发生根本变革的特征，它也必将变革文学的现状，它的前途是难以限量的。对于文学发展的这种新品种、新态势，我们的文学理论虽然已有一些学者给予关注和研究，但还远远不够。

此外，当代文艺理论同文学批评理论也存在某种脱节；文艺学对我国当代大众文化的重要组成部分通俗文学的关注和研究相对忽视，相当薄弱。① 长期以来，我国文艺理论的发展一直是文艺学基础理论研究与文学批评理论的双线平行发展的态势。批评理论与有关文学的基础理论问题的研究有所不同，它更加关注现实的文学活动、现象和思潮，不但参与到具体批评中去，力图把种种文学现象纳入到这些批评理论的框架之中，而且还经常用某种批评理论去"制造"、推动时髦的文学思潮。虽然其间不乏"命名情结"作祟，但是其关注不断变化发展中的当代文学新现象、新思潮、新趋势、新问题却是值得肯定和赞许的。相比之下，文艺学基础理论研究则对不断发展着的文学现状关注不够、了解不多，存在隔膜，我们甚至对上述种种批评理论也不太重视、不太关心，满足于一知半解。所以会出现文艺学基础理论研究与文学批评理论的双线平行发展而互相交流、沟通不多的现象。这突出表现为文艺理论对通俗文学的研究相当薄弱。从现实状况看，20世纪90年代以来，我国通俗文学空前繁荣，言情小说、武侠小说、侦破小说及纪实文学等等均风靡读者市场，对高雅或严肃文学造成严重冲击，使之读者群日益缩小。这是一个不争的文化事实，也是文艺学不得不面对的严峻现实。而且通俗文学本身也在不断发展，其形制、样式也有变化、创新。但是，总地说来，文艺理论界对通俗文学重视不够，研究不多。其中原因很多，但精英主义倾向恐怕是重要原因之一。必须承认，实际上，当代文学最广大的读者群在大众、通俗文学这一边。文学理论不能漠然置之，更不应该简单地抵制和排斥，而应该对大众喜爱的通俗文学热情地关注、大力地研究，给予公正的评价与正确的引导。

这方面一个具体的例子，就是许多文艺学教材或专著往往只用古典的经典作品来说明一些理论观点。文艺学以文学经典为例证本来无可指责，但是，经典也是一个动态的概念，历史上曾经被当作经典的，在新的时代语境中有可能失去经典的地位；相反，一些曾被历史尘土埋没的作品在新的时代语境中有可能被发掘出来，升格为经典；再者，随着时代的推移，新的经典又会形成、涌现。如果所

---

① 朱立元：《关于当前文艺学学科反思和建设的几点思考》，载《文学评论》2006年第3期。

论所持只局限于中外古典的经典，就会自觉不自觉地把现代的、新的经典排除在视野之外。此外，有些论著对经典的解读在思路、观念、方法上亦显得陈旧，因而经典的多重思想、审美意义并未得到充分的理解和阐述。近年来，在大众文化中还出现了某些颠覆经典的现象，比较突出的有以下两种形态：其一，对"经典"的戏仿，较有代表性的有周星驰《大话西游》以及《春光灿烂猪八戒》等电影、电视剧，文学作品有网络小说《沙僧日记》、《悟空传》、《Q版语文》等。此类戏仿除保留作品人物名字和被戏仿作品的大致框架之外，故事情节、人物形象几乎是全新的，而且在话语方面则与当下社会生活具有密切联系。其二，颠覆"红色经典"，所谓红色经典，主要指新中国建立前后，以反映中国共产党的革命战争历史为主题的一系列戏剧、小说等文学作品。比较有代表性的具有颠覆性意义的作品有发表于 2003 年《江南》第一期的中篇小说《沙家浜》，以及 2006 年初出现的网络 DV《闪闪的红星之潘冬子参赛记》。对于这样一些颠覆、戏仿，争论颇多，褒贬各异，其间也不乏主流意识形态话语的介入，甚至对于"红色经典"是否经典也存在着不同的看法。但是，无论如何，作为一种盛行的乃至颇受青少年喜爱的文艺形式，颠覆经典、颠覆"红色经典"这一文艺和文化现象是实实在在存在的，而且也一直渴望着文艺理论对其作出理论的阐释和剖析，然而对这些新的文艺现象，我们文艺理论还缺少足够的关注和研究。

综上所述，我们认为，中国当代文艺学的问题和局部危机不在话语系统内部，而主要在于同文艺发展的现实语境的疏离或脱节，就是说，理论落后于现实。事实上，纵观新时期以来文艺学的发展，正是对现实的关注和理论思考，才使得文艺学始终保持着旺盛的生命力和高涨的理论热情，甚至一度站在时代思想的前列，起到了思想启蒙的作用。如新时期伊始，学界关于人道主义、异化问题的讨论，以及后来关于人文精神的讨论，都有着深刻的社会背景，体现出高度的现实关怀。同时，关注现实还意味着在理论研究中提出和思考中国自己的问题，与中国的实际相结合。但现在，我们也不能不承认，当下文艺学的发展在一定程度上丧失了这曾经使自己焕发生机和活力的宝贵精神，而这正是中国当代文艺理论的建设和发展所面临着的危机和挑战。

第三节　对三个传统的现代审视与马克思主义文艺理论中国化

如果我们承认，中国当代文艺理论的危机在于疏离、落后于中国当下社会生活和文艺现实，乃至无力于阐释社会生活文艺现实，那么，我们就必然承认，中国当代文艺理论要直面现实，并且现实具有有效的阐释效力，就必须将其自身建设和发展立足于更为深厚的理论基础和价值坐标之上，就必须面向更为宽广的理论资源和思想传统。如何面对古今中外文艺理论和思想传统，并将其吸纳到中国当代文艺理论建设和发展之中，学界已进行了诸多颇为有益的思考，本文将通过立足于现代性视域来审视当代文艺理论面对的三大传统即现代文论新传统、古代文论传统和外国主要是西方文论传统，来进一步探讨马克思主义文艺理论中国化问题。

一、面对古今、西方三个传统

我们认为，对"传统"要有新的理解。现在有一种比较流行的看法，把中国传统文化或文化传统完全等同于古代文化，而未注意区分传统文化与古代文化。在我们看来，"传统"是开放的，因而也必然是发展的，在发展中又有承继。昨天的传统有可能在思想史的汰沥中进一步去其糟粕，取其精华，并在对于现实的应对中常青其生命力，今天的思想文化也会在历史的延伸中获得传统的阐释性、权威性，成为"传统"。一个民族的文化传统并不完全等同于其古代文化，文化传统的范围应比古代文化传统更大。一般说来，古代文化无疑属于传统文化的范畴，但现代文化似乎也不应排除在文化传统之外。

前文已经提到，现在我们面前的中国文化、文论传统不只是一个，而是两个：一个是 19 世纪末以前的古代文化、文论传统；另一个是百年以来，特别是"五四"以来逐步形成的，以"现代性"为灵魂、融合中西所形成的现当代文化、文论新传统。这一新传统的形成，"首先是中国文论不断超越古典走向现代的过程"；"是中国文论不断超越直观、走向科学的过程"；"是中国古代文论借鉴、吸纳、融合西方文论，不断实行现代转换的过程"。① 而且，现当代文论传统本身就是古代文论不断进行现代转换的动态过程，这一过程还将继续下去。我们不能只是看到前一个传统，而无视或轻视后一个传统；更不能只承认前一个传统为传统，而否认后一个传统为传统，甚至认为后一个传统完全是反传统或与传统整体断裂。事实上，在新旧两个传统之间虽然有质变与断裂的一面，但同样存在着保存与继承关系的另一面。也就是说，古代文论传统与现当代新文论传统之间，虽然有过像"五四"那样猛烈改变的"革命的时代"，但在两个传统的深

---

① 朱立元：《走自己的路——对于迈向 21 世纪的中国文论建设问题的思考》，载《文学评论》2000年第 3 期。

层，还是有一定的继承关系，在新传统中还是有"远比任何人所知道的多得多的古老东西在所谓改革一切的浪潮中仍保存了下来"。[①] 所以，古代传统与新传统之间既有联系又有区别，既有断裂又有延续，新传统中融入了古代传统和西方传统的部分资源，而"现代性"成为现代文化、文论新传统中的主导因素。如果在一个更大的时空范围内反观这两个传统，或者站在中国以外的视界来看待二者，它们仍然是时空跨度更大的同一个中国文论大传统中的两个阶段、两个环节而已，虽然其间发生过多次重大的甚至根本性的变动。

应该承认，目前我们所处的直接传统是现当代文论新传统。众所周知，任何时代的任何人无不处在直接传统的包围和影响之中，不管他们是否承认或是否意识到这一点。这里存在一个从当代人立场出发，与新、旧两个传统之间发生的不同关系：时空的距离关系和影响的直接、间接关系。毫无疑问，当代中国人所处的乃是现当代文化、文论的新传统，这里不存在时空的距离；新传统与当今现实紧密交融，现实就浸润在传统的包围之中，传统也融入了今天的生活之中；而古代文化传统则与当代人之间有着百年以上的时间距离和社会生活、环境、制度和精神文化氛围的变迁所形成的空间距离，这种时空距离造成当代人与古代传统之间的陌生感与隔膜。新传统由于直接进入当代人的生活之中，因而其影响虽不知不觉，却迅捷、强烈而明显；旧传统由于远离当代人的生活，其影响只能是间接的，力度相对较小，表现得亦不太引人注目，并且也只能是一种间接影响。

中国当代文艺学建设，毫无疑问应当首先立足于现当代文论新传统，由此出发，并在此基础上发展。这个新传统就是我们发展新文论的根。我们寻"根"，"根"就在我们脚下，而无须退回到百年以前的古代文论传统中去寻。当然这决不意味着抛弃或拒绝百年以前的古代文论传统。而是应当从现实需要出发，对古代文论传统作深入研究与反思，以古鉴今和以今释古，古今对话，互释互动，从建设新文论的实际需要和语境出发，有选择、有重点地完成古代文化"现代转换"，进而使之成为"现代性"的组成部分，逐步融入当代新文论系统之中。

而对于中国以外的第三个传统即西方文化、文论（特别是现代文论）传统则要依据当代中国的现实语境和紧迫的中国文学、文化的特殊问题，进行有选择的对话、借鉴、改造、吸收和融化，使之中国化、本土化、当代化。

总之，在某种意义上可以说，当代中国文艺学的建构、创新过程实质上就是对三个（中国古代、现代和西方）传统不断进行"现代"转换的动态过程（当前西方文论传统的中国化在某种意义上也是一种现代转换）。在这三个传统中，

---

① ［德］伽达默尔著，洪汉鼎译：《真理与方法》（上卷），上海译文出版社 1999 年版，第 361 页。

现代文论传统应当成为建构新文艺学的直接而首要的资源。① 一句话，21 世纪的中国文论应该走"立足当代，今古对话，中西融通，综合创造"的路。②

二、古代文论的现代转换

有的学者提出通过对中国古代文论的传统进行"现代转换"来"重建中国文论话语的"主张。③ 我们认为，虽然"重建中国文论"不能仅仅局限于"话语"问题，但是提出古代文论的"现代转换"思路无疑是十分深刻、非常正确的。

学界对于古代文论的现代转换问题进行了诸方面颇为深入的思考，由于立场和视角的不同，这些思考又具有理论的个性色彩，具体说来，古代文论的现代转换又可以归纳为五种意见：一是"西论中用说"，主张"移植西论以为中用"。认为从中西文学交流史来看，"西论中用"作为比较文学研究的一个重要方面，对中国当代文论建设具有一定的启发和借鉴意义。④ 与此相近的看法是，认为以跨文化的视野，借鉴西方文论对中国传统文学文本和文论进行现代阐释，对于当代文论建设十分重要⑤。二是"古代文论母体说"，主张"当代文论建设必须以古代文论为母体"。如张少康分析了中西文论的异同，重点论证了中国古代文论的当代价值，认为中国现当代文论走的基本是"西学为体"、"借胎生子"的道路，与古代文论不搭界，因而主张以古代文论作为当代文论的母体和本根。⑥ 三是话语重建和异质利用说，提出"重建中国文论话语"的具体途径是在保有传统文论的"异质性"的前提下利用传统文论，以"镶入"传统知识的"异质方式"来调整、建构现代诗学。⑦ 四是"综合创造"论。敏泽认为"古代文论的现代转换"的提法虽有合理成分，但作为建设新文论的原则存在明显局限，因而提出"综合创造论"，认为当代文论建设应立足于民族和时代的需要，走古今

---

① 本文以上关于文化传统、新旧两个传统、现代学科知识谱系等论述，参阅：朱立元：《走自己的路》，载《文学评论》2000 年第 6 期。

② 朱立元：《走自己的路——对于迈向 21 世纪的中国文论建设问题的思考》，载《文学评论》2000 年第 3 期。

③ 参阅：曹顺庆、李思屈：《重建中国文论话语的基本路径及其方法》，载《文艺研究》1996 年第 2 期。

④ 周发祥：《试论西方汉学界的"西论中用"现象》，载《文学评论》1997 年第 6 期。

⑤ 陈颖红：《西方理论与中国传统文论的现代阐释》，载《东方丛刊》1999 年第 2 期。

⑥ 张少康：《走历史发展必由之路》，载《文学评论》1997 年第 2 期。

⑦ 参阅：曹顺庆、吴兴明：《替换中的失落》，载《文学评论》1999 年第 4 期；曹顺庆：《从"失语症"、"话语重建"到"异质性"》，载《文艺研究》1999 年第 4 期。

中外、广采博纳的综合创造之路。① 五是立足现实的"融合"论。钱中文分析了当代文论面临的三个传统,即古代文论传统、西方文论传统和近百年来形成的现代文论传统,指出我们只能以现实的传统起步,以现代文论为基点和主导,融合古代文论和西方文论,建设中国特色的文艺理论新形态。② 此外,还有一些学者提出建设性观点,如王晓路的中西文论"理解与对话"说,李清良的异质文论"激发"说,蒋述卓的古今文论"对话""融合"说,蔡钟祥的"局部理论入手"说,以及罗宗强的从队伍建设的根本作起等。③

赖大仁对中国古代文论的现代转换提出了质疑,认为从古今文学形态、意识形态与文化语境、思维方式及理论形态诸方面的巨大差异可以看出,要实现中国古代文论的现代转换是困难的。当代文学理论批评的建构应跳出"西体中用"或"中体西用"的思维模式。比较切实可行的选择,是以现代化为"体",以中外文论资源为"用",立足现实,面向未来,建构有中国特色的开放性的当代文学理论批评形态。④

有学者提出,中国文论必须引进系统思维,应该以世界文明系统的转型与交替时期为契机,力促中国古代文论话语的现代转换,从而打破世界文论话语的既有结构,使中国文论话语参加到世界文论话语系统中,发出自己的声音。⑤ 还有观点认为,中国文论话语权力的失语,并不可怕,可怕的是作为我们"母语"的汉语无法言说我们的生存样式和诗性意义。中国文论的拯救之路是从西方"存在论"处借得"火"来煮自己的"肉",使中西方文化和诗学以不同的路径走向一种更高层次的融合,使中西文化和诗学在更高境界上向各自能够通达存在时意的原初"母语"的回归,进入"逍遥"之境,这是中西方文论的共同前景。⑥ 还有学者提出,所谓"古代文论的现代转换"很难成为话语重建的理想途径,单纯的民族特色亦非理论建构的第一要旨。问题的关键是对当代社会文化和文学现实的深刻研究;文学理论话语的建构必须从文学批评和文学史的实证性研究中

---

① 敏泽:《综合创造论与我国文化与美学及文论的未来走向问题》,载《文艺研究》1999 年第 3 期。

② 钱中文:《再谈文学理论的现代性问题》,载《文艺研究》1995 年第 3 期。

③ 参阅:王晓路:《理解与对话:西方文论与中国文论建设的思考》,载《东方丛刊》1999 年第 2 期;李清良:《异质文化的"激发"与中国古代文论的现代转换》,载《东方丛刊》1999 年第 2 期;蒋述卓:《论当代文论与中国古代文论的融合》,载《文学理论》1997 年第 5 期;蔡钟祥:《古代文论与当代文艺学建设》,载《文学理论》1997 年第 5 期;罗宗强:《古文论研究杂谈》,载《文艺研究》1999 年第 3 期。

④ 参阅:赖大仁:《当代文学批评形态重构:必要与可能》,载《江西教育学院学报(社会科学版)》2000 年第 2 期;《当代文学理论批评的建构问题》,载《江西师范大学学报》2000 年第 2 期。

⑤ 姚建斌:《从系统思维看中国文论话语的"失语症"》,载《中国文学研究》2000 年第 3 期。

⑥ 赵海:《"拯救"与"逍遥":中国文论的话语权力——从"存在论"意义对"失语症"的"思"的观照》,载《西南民族学院学报(哲社版)》2001 年第 4 期。

自然生发出来，而且具有历史的特定性和暂时性，有待于不断调整和变换。①

吴元迈从方法论的角度探讨这个问题。他指出，马克思主义的方法论是方法论的最高层次，是各门学问的一般方法或指导性方法，但不能代替适合具体对象的具体方法，外国的一切科学的和正确的具体方法都可以批判地吸收和利用，同时也应该是中国自身的文论和方法。特别是中国古代文论和方法有鲜明的民族特色，其中某些概念和范畴虽然不易把握，但是它关于文艺本质、文艺创作过程、创作心理、文艺鉴赏等都有一套极具浓重民族特点的东西，而且具有科学性和合理性，是民族艺术经验的概括；但吸收这些精华又不等于可以代替外国文论中一切有益的东西。② 这无疑是比较辩证的。

总体上看，关于古代文论现代转换问题的讨论，是在马克思主义文艺理论指导下，在西方学术思想的影响下，当代文艺理论界对中国传统文论资源的一次全面反思，它一方面推进了学界对于古代文论本身的研究，另一方面也促使人们思考古代文论与当代文论之间的关系，思考当前应当如何吸收古代文论资源，如何建设现代形态的文艺学学科等问题，其间不乏具有建设性的意见。通过古代文论的现代性转换，古代文论传统中仍具有生命力、仍可为今所用的思想、观念、范畴、方法和话语等重新获得现代性新质，从而有可能成为中国当代文论建设和发展的理论资源和思想基地。

三、以现代性为理论视角探索马克思主义文艺理论中国化

那么，在马克思主义文艺理论中国化视域中，对于中国当代文论的建设和发展来说，古代文论的现代转换这一策略是现实可行的，但不是根本的。我们认为，对于当前文艺学理论创新以及对于当代文艺学创新建构来说，马克思主义文艺理论中国化可能更具有根本性。

毫无疑问，中国古代文论对于我们建设中国当代文论来说，始终是宝贵的理论资源，通过古代文论的现代转换，古代文论作为理论资源和文化传统流动于中国当代文论的建设和发展之中，它的内在精神和血脉已经深深地融入了当代文艺学之中，在深层次上影响着当代文艺学的建设和发展，其意义和价值是毋庸置疑的。但同时，我们也必须看到，我们当下所面对的理论资源远远不止这些，如前所说，也包括 20 世纪百年文论历程所形成的新的文化、文论传统和理论成果；还包括外国的特别是西方的文化、文论传统。

① 沈立岩：《关于文论"失语"和"话语重建"的再思考》，载《南开学报》2001 年第 3 期。
② 吴元迈：《也谈外国文学研究方向和方法》，载《外国文学评论》1995 年第 4 期。

从马克思主义文艺理论中国化视域来看，中国当代文艺理论建设，总的思路应当以马克思主义唯物史观为指导，以"现代性"及其内部冲突为理论视角，采取以实证为基础的历史与逻辑统一的方法，立足当代文学和文艺理论发展的现实，探索马克思主义文艺理论中国化的现实途径，做出学科的理论创新。具体而言，要从现代性视角切入，对中国文论尤其是百年来中国文艺理论的历史进程进行系统的梳理和深入的反思，以应对21世纪之交文艺领域出现的一系列新现象、新问题、新思潮，作出有创造性的理论阐述；同时，对中国古代文论传统和西方文论资源加以"现代性"和"本土化"的改造和转化，以建构出既有中国本土特色，又有普遍阐释效应、富有现代性和前瞻性的马克思主义新文艺学。

把马克思主义文艺理论作为基本的思想资源，为了解决中国现实思想文化语境中的文艺实践和理论发展的实际问题而加以创造性的应用，并在应用中发展马克思主义文艺理论。而马克思文艺理论中国化的现实切入点，我们认为就是现代性的理论预设。现代性及其内在矛盾构成了近代以来西方思想文化包括文艺理论和美学发展的内在动力和基本脉络。百年来中国文学、文艺理论及美学的发展实际上也是现代性逐步获得和生长以及现代性内在矛盾逐渐形成和彰显的历史过程。过去我们较少从这个方面去审视、考察文艺理论的历史与现状，使中国文论发展的一些重要特点受到遮蔽或得不到科学有效的阐释。以现代性作为建构新文艺学的主要视角与基本线索，我们就有可能"去蔽"，重新认识"传统"与现代、中国与西方的问题。马克思主义本身就是在现代性及其内在冲突中生成和发展起来的，它的许多基本内容既具有现代性，同时又具有对现代性负面效应的批判性。比如马克思主义关于现代资本主义制度、现代社会和国家的理论，关于人性、以人为本、人的自由全面发展的人学理论，关于超越近代认识论、建立实践论为内核的存在论和价值论即实践的唯物主义或唯物史观，等等，都充分体现了现代性积极方面和对现代性消极方面的批判。马克思主义的传入又开辟了中国"现代性"发展的新途径。立足于已经形成的、具有一定现代性品格的中国现当代文论、美学的新传统基础上，以现代性眼光融会中国传统文论和西方文论两大资源，并吸收两者合理的、有生命力的因素，使之成为"现代性"文论的组成部分，这是需要我们去作的工作，也是需要我们进一步讨论的。所以，我们以为，以现代性预设为理论抓手，是尝试马克思主义文艺理论中国化的一个较好的，也较现实的方案。下面就此谈几点具体看法。

首先，弄清现代性及其内在矛盾的基本内涵以及艺术、审美现代性的双重意义，并以此为理论视角对中国文论尤其是其古今演变进行回顾和反思，总结其中的历史经验，用以指导当代文艺学的建设。

第一，对"现代性"概念进行梳理。要区分一般现代性即西方现代性与中国现代性，弄清它们之间的联系与区别。中国的现代性在基本方面当然与西方的现代性是一致的，但现代性并不完全等同于"西化"，中国的现代性具有不同于西方现代性的自己的特色。在西方，已经有作为现代性的对立面的或变化了的延伸的后现代性出现（虽然不等于现代性在西方已经死去），而在中国，现代性作为一个整体仍然是远远未竟的事业（虽然后现代文化现象在中国也已经屡见不鲜）。这里需要辨析"现代性"与"后现代性"以及它们的文论之间的关联，要看到"后现代"社会文化现象中也有"现代性"的折射、延续。在中国，前现代、现代和后现代文化现象并列、交织的复杂情况尤其突出，犹如距离我们不同光年（历时）的群星在同一天空（共时）呈现一样。在当代中国情势下，我们既面临着全球化和市场化的语境，这种语境与世界性的后现代文化现象有着密切的联系；又面临着启蒙现代性使命远没有完成、许多文化现象还停留在前启蒙状态的现实。文学理论既不能置启蒙现代性使命于不顾，一头扎进后现代文艺和文论中而亦步亦趋；又不能对全球化和市场化的大趋势视而不见，对与后现代和新媒体紧密相连的大众文化潮流不闻不问。我们认为，现代性及其内在矛盾、现代性与后现代性的联系与区别，乃是决定文艺学和整个文学学科性质的核心东西。现代性作为一种活的因素渗透、体现、展示在文艺学的各个组成部分、理论层次和整个发展过程中。无疑，文艺学应当充分利用现代性研究的新思想、新成果，用现代性的视角和思维进行理论创新，来建设、发展和完善当代新文艺学。

第二，用现代性的视角来梳理、归纳整个中国文论的发展历程及其特点，特别要关注中国文论古今演变的过程，分析古代文论与现代文论在哲学基础、理论资源、思维方式、价值取向、范畴体系和话语模式等方面的异同，揭示从古到今的历史性转型的具体历程和复杂原因。章培恒先生等学者发起和主持的"中国文学古今演变"的研究（其中也包括一些文论演变的研究），已经取得了令人瞩目的成果，值得我们重视和借鉴。我们要重点研究中国文论的古今演变。要运用历史的实证方法，疏扒清末、民国时期的史料，发掘"文学"、"文学理论"、"文学概论"、"文学批评"、"文学史"等重要词汇在 19 世纪和 20 世纪之交的出现、转化和定型的过程，揭示文艺学乃至整个文学学科在中国的生成乃是现代性的重要成果。必须承认，受西方科学思潮的影响我国学科分类的细化、专门化（包括文学理论、文学史、文学批评等专业学科的产生）不是一种倒退，而是学术研究的一种开拓和进步。在一定意义上可以说，中国文艺学学科的形成与发展乃是现代性获得与逐步深化的过程，也是逐步走向科学化的过程。中国文论走向现代化的科学形态的过程主要包含以下四方面：其一，文学的评论首次获得了学科的形态和地位，文艺学的诞生使文学的理论研究在人文社会科学中占有一席之地；其二，文学理论从文体的评论（如诗、文、小说评论等）发展为统一的理论学科，提高了文学研究的综合度、抽象度和概括度；其三，从零散的感性经验的描述和印象式的点评为主，上升为理性的思维、范畴的设置、理论的概括、逻辑的演绎和体系的综合；其四，从直感、感悟的方法上升为分析与综合结合的辩证方法，这就使中国文论完成了从古典直观形态向现代科学形态的质的飞跃，是一个巨大的历史进步。此外，我们还应对我国文艺学学科的独立发展、课程建设和教材编写等问题进行历史的梳理和分析。要看到，总体上中国的文艺学学科发展经历了一个从政治化到逐步自主化的过程；课程建设则随着大学建制而出现，有一个由"次"到"主"，最后成为统设的主干课程的历程；教材的编写虽然取得了很大成绩，但也存在原创性不足、观点体系缺乏变化、资源重复浪费等问题。

第三，以现代性眼光重点考察和总结中国现代（20 世纪）文学和文论的新传统。需要强调的是，按照现代性视野，形形色色的文学工具论（他律论）与审美自律论是中国百年现代文论传统发展的两条基本路径，内涵上，前者以政治现代性的路线为目标，后者以艺术现代性的追求为旨归，两者一直既在交锋、冲突，也在交流、沟通，此起彼伏，从不间断，构成整个现当代文论传统的内在矛盾和基本走向。我们要全方位地重新理解和解释现代文论史上长期以来争论不休或有历史的和认识的局限性的若干观点、问题，诸如工具论（他律论）和艺术自律论、反映论和主体论、阶级论和人性论、现实主义和现代主义、精英文化和大众文化、艺术生产和艺术消费、文学创作和文学接受、审美现代性和启蒙现代性等，重点应对、回答当前文化、文学转型中出现的新情况、新问题，以改变文艺学的滞后性问题。

第四，要恢复文艺基本理论与当今世界哲学思想资源至深的关系，积极吸纳世界思想大师们的成果，特别是在思维方式上实现现代性转化，突破近代以来西方主流哲学和中国现代思想流行的实体性、对象性地看待世界的方式即主客二分的思维方式，进而突破整个二元对立的思维模式。既然中国正在进行现代化的建设，这最深的思的层面上现代性的命题与西方并无二致，吸纳、借鉴西方的思想成果对我们自身的理论建设是很有帮助的。我们要站在新的思想高度对文艺学所涉及的一系列重要问题进行重新审视，作出新的思考，就必须对学术研究之"本"——我们用以进行审视、思考的思维方式——进行重新审视，就要对我们长期习惯使用的二元对立的思维方式进行反思和变革。我们的文艺学长期以来也由于在内容/形式、主体/客体、表现/再现、情/理、理性/非理性、思想/形象、审美性/意识形态性、自律/他律、阶级性/人性、虚构/真实、艺术真实/生活（历史）真实、个性/共性等一系列二元对立中摇摆、徘徊，所以难以取得重大的突破。当然，我国文艺学、美学界在新中国建立以来也一直存在着一种努力突破二元对立思维的潜流，新时期以来，这种努力更加明显，并取得一些重要进展，如前面说到的有关文学本质的"审美意识形态"论，就开始打破这种二元对立思维格局。20 世纪 90 年代以来，钱中文等先生针对当代文化商品化的趋势、文学艺术意义、价值的下滑和人文精神的淡化、贬抑的现状，率先提出和倡导"新理性精神"文论，①在一系列基本问题上体现了超越二元对立的狭窄视域的现代性大视野。比如"新理性精神"文论在"审美意识形态"论的基础上进一步深化到更高的层面上重新阐释文学的审美内涵和语言形式的关系，令人信服地超越了审美/意义、价值；形式/内容等传统的二元对立，它"将站在审美的、历史社会的观点上，着重借助与运用语言科学，融合其他理论与方法，重新探讨审美的内涵，阐释文艺的意义、价值"；它"极端重视审美，但不是所谓的纯粹审美，"即缺乏意义、价值的"语言游戏"，而是要突破纯语言游戏的牢笼，使文学的审美与意义、价值的交互融合得到完整的阐释。又如它对传统的保存与革新也采取了融通、综合而非二元对立的态度。钱中文先生深刻批判了对传统的虚无主义态度，认为"对传统采取全面颠覆的态度，一脚把它踢开，那实在是一种反理性主义"，因为文化传统是人类几千年间积累起来的精神成果，它不纯粹属于过去，"它是通向未来、构成未来的过去"，所以他主张对传统"完全可以给予改造，使之参与新理论的建设"。再如中外文化和各民族文化的关系上，他主张"贯彻对话精神"，反对简单地否定或粗暴的斗争，坚持不同民族、异质文化之间进行交往对话。钱中文先生承认异质文化间的异质成分存在绝然对立的东西，会形成文化冲突，但他主张它们通过对话"求同存异"，互相"取长补短"，达到"汲取与融合"、"推陈与创新"，"在综合与融合中获得新质"。在超越二元对立思维方式方面，除了"新理性精神"文论外，还有不少文艺理论家也作出了努力，取得了可喜的成果。当然，我们还不能说，这种超越已经完成，其实我们前面的路还很漫长，但无论如何，上面所说的进展为我们在新世纪进一步拓展超越二元对立思维方式之路奠定了基础。

总之，在现代性理论视野下建构当代新文艺学的思路是：要走自己的路，以马克思主义文艺理论为指导，立足于我国现当代已形成的文论新传统的基点上，打破长期以来形成的僵化的惯性思维尤其是二元对立的思维模式，逐步建立起对话交往思维方式；以开放的胸怀，一手向国外（主要是西方）的传统，一手向古代的传统，努力吸收人类文化和文论的一切优秀成果，进行创造性的融合和发展，逐步建构起多元、丰富的适合于应对和说明中国和世界文学艺术发展新现实的，既具现代性又有中国特色的马克思主义文艺理论开放体系。

---

① 钱中文：《文学艺术价值、精神的重建：新理性精神》，载《文学理论：走向交往对话的时代》，北京大学出版社 1999 年版。

第四篇

信息化、消费化
时代的审美文化
与艺术产业

引　言

　　艺术生产理论是马克思主义文艺理论的重要组成部分，在《〈政治经济学批判〉导言》中，马克思就明确提出和使用了"艺术生产"的理论概念。在当代艺术生产、消费方式发生巨大变化，文化生态步入转型的历史语境中，艺术生产理论已经成为学界关注的焦点，从某种意义上说，它已经成为当代马克思主义文艺理论的重要的理论增长点。

　　本篇围绕马克思主义文艺理论中国化的主旨，首先回顾和梳理马克思主义艺术生产论的产生和发展历程，即它的理论谱系与现实展拓，从西方思想的底基处寻求马克思主义艺术生产理论之出现的理论渊源，并描摹出马克思及其之后的西方思想界在这一问题上的深入，确立马克思主义艺术生产理论在西方思想传统中的历史地位，进而介绍中国学界对此一理论的接受情况。其次，应用马克思主义的生产理论考察和探讨作为当代中国审美文化重要一翼的艺术产业，对当代中国艺术生产的面貌和现实发展状况进行整体性的描述，概括出处于历史转型期的中国艺术生产的审美特点及其可持续发展策略等重要而紧迫的现实问题。在此基础上，归结和概括出包括平等策略、社会效益与经济效益相统一的原则、意识形态取向、内在结构的逆转模式等当代中国艺术产业发展的内在逻辑。最后，从马克思主义艺术生产与艺术生产力的理论维度对当代中国的艺术产业和艺术生产力的发展趋势进行尝试性的推导。

第十三章

马克思主义艺术生产论：理论 谱系与现实展拓

第一节 马克思主义艺术生产理论的嬗变

一、前马克思时代的准艺术生产思想

世界上的任何理论主张都不是空穴来风，马克思主义艺术生产理论同样如此。这一理论是马克思、恩格斯批判继承欧洲自古希腊以来的文艺生产制作观念的结果。

艺术生产思想早在古希腊时代就已初露端倪。在古希腊时代，艺术常被视为制作、生产和技艺，而与作为高级精神活动的"诗"的创造相区别，"古希腊所说的艺术主要并不是指一种产品，而是指一种生产性的制作活动，尤指技艺"①。当柏拉图在《理想国》中说画家是"影像制造者"的时候，他既强调了艺术的表象性特征和无力抵达理式世界的现象层级，也强调了绘画的生产制作性和与低贱的体能劳动一致的一面。柏拉图的弟子亚里士多德虽然也深受这种精英主义艺术观的影响，虽然也像古希腊的大多数圣哲一样信奉摹仿说，但他却把一切艺术都视为生产、制造，而且在他看来，艺术的生产制作性、艺术的摹仿本质与其能动性、创造性并不对立。"艺术必然是创造"，"一切艺术的任务都是生产，这就是设法怎样使一种可存在也可不存在的东西变为存在的，这东西的来源在于创造

---

①　朱狄：《当代西方艺术哲学》，人民出版社 1994 年版，第 8 页。

者而不在于所创造的对象本身"①。古希腊时代的这种见解一直延续到了中世纪。中世纪教父学的代表人物圣·奥古斯丁就认为如同上帝是数的制造者一样，人类艺术家也运用数去制作各类物体。圣维克多的理查德更把雕塑、绘画、写作、耕作等相提并论，都视为创造。他说"艺术作品，亦即制作的作品，则见于雕塑、绘画、写作、耕作以及人的其他创造之中……"②。但是古希腊和中世纪的学者、艺术家们在强调艺术活动与物质生产的共同一致性时又往往将二者混为一谈，不加区别。尽管一些人如生活在公元6世纪的卡西奥多已开始认识到"制作物与创造物间有某种差异。对我们来说，无力创造的人，仍然能够制作"。③但受制于时代文化条件，多数人还对艺术的精神性质和审美独特性认识不够，还往往将艺术与诗视为两种截然不同的东西，并把诗认作是神启的结果。直到文艺复兴时代，随着新型资本主义经济的迅猛发展，随着人本主义和个人主义的高涨，长期以来盛行的上帝赐灵的见解才基本上被荡涤了。这一时期的学者们大都主张文艺不是天国的折射，而是世俗世界的镜子。文艺作品不是神启的结果，而是艺术家头脑的创造物。"文艺复兴运动出现了天才和作为天才个性表现的艺术作品的概念。……这时候不仅创造的个人完全意识到自己的独特性并要求获得特别的权力，而且公众的注意力也开始从艺术作品转向艺术家本人。"④ 文艺的独立性、艺术家的个性受到了极大的肯定和重视。"文艺复兴运动产生了'天才'这一概念。那时的所谓天才指的是，艺术作品是超传统、超规则的个性表现的结果。"⑤

文艺复兴之后，康德、黑格尔等德国古典美学家进一步深化了世人对文艺创造的精神审美特质的认识，高扬了艺术家的能动性、创造性。也像古希腊时代的人们一样承认文艺活动是一种深刻的实践。康德主张艺术创造是人的感性活动和理性活动的统一，强调艺术作为天才的创造物，能够促进心灵诸力的陶冶以达到社会性的传达作用。黑格尔也强调艺术活动深刻的实践性、创造性，强调艺术是人类"要在直接呈现于他面前的外在事物之中实现他自己，而且就在这实践过程中认识他自己"的"自我创造"的"冲动"的结果⑥。但与古希腊时代盛行的生产制作文艺观不同，德国古典美学家更热衷于从主体向度看待文艺，更强调文艺创造活动中天才独创和精神超越的一面。虽然黑格尔也承认艺术创造是天才和技艺的统一，承认在艺术中包含着一个很接近手工业的纯然技巧的方面，但黑格尔唯一知道并承认的劳动只是抽象的精神劳动。德国古典美学家们也大多把文

---

① 转引自朱光潜：《西方美学史》（上卷），人民文学出版社1979年版，第70页。

②③ ［波兰］沃拉德斯拉维·塔塔科维兹：《中世纪美学》，中国社会科学出版社1988年版，第245、109页。

④⑤ ［匈］豪泽尔著，居延安编译：《艺术社会学》，学林出版社1987年版，第23、54页。

⑥ ［德］黑格尔著，朱光潜译：《美学》（第1卷），商务印书馆1979年版，第39页。

艺归结为纯粹心灵的产物，强调文艺的精神超脱性和独立自足性。如果说古希腊时代的人们更多地强调了文艺与体能劳动的一致性，突出了文艺的客体性、物质性和生产制作性，那么，从文艺复兴到德国古典美学则日益走向另一个极端，过分强调文艺的非物质性和自足性，而忽视了文艺的受动性和世俗性的一面。马克思唯物辩证的艺术生产观正是对上述思想进行批判继承的结果。

近代资产阶级的古典经济学也对文艺生产问题多有探索，"在人类思想史上，资产阶级古典经济学家是最早明确提出并试图系统探讨精神生产理论的派别"。① 他们的研究成果与德国古典美学一起构成了马克思主义艺术生产理论的重要理论来源。英国古典经济学家们，特别是亚当·斯密（Adam Smith）在其对资本主义生产规律的研究中深刻感悟到了经济发展和精神文化发展的密切联系，看到了资本主义商品生产对精神文化发展的巨大影响。斯密在《国民财富的性质和原因的研究》中指出了异化劳动对艺术、审美的双重效应，特别是社会分工引起的艺术畸变。他们的研究成果从多方面启发了马克思，从马克思关于资本主义生产同某些精神生产部门如艺术和诗歌等相敌对的命题中也不难看出亚当·斯密等人理论的影子。斯密还区别了生产劳动和非生产劳动，在他看来，生产劳动就是直接同资本交换的劳动。反之，演员、歌手、舞蹈家等社会上等阶级人士的劳动和家仆的劳动则是非生产劳动②。斯密的这一观点启发马克思进一步深入思考了市场经济语境中艺术创作的复杂效应。马克思称赞斯密从"从资本主义生产观点给生产劳动下了定义"，"触及了问题的本质，抓住了要领"③。同时，在《剩余价值论》中马克思也驳斥了斯密否认精神生产具有生产性的观点，他举歌女为例，指出同一种劳动可以是生产劳动，也可以是非生产劳动。他说，一个自行卖唱的歌女是非生产劳动者，但若她被剧院老板雇用而去歌唱，她就是生产劳动者，因为她生产了资本。同样，"密尔顿创作《失乐园》得到5镑，他是非生产劳动者。相反，为书商提供工厂式劳动的作家，则是生产劳动者。密尔顿出于同春蚕吐丝一样的必要而创作《失乐园》，那是他的天性的能动表现。……但是，在书商指示下编写书籍（例如政治经济学大纲）的莱比锡的一位无产者作家却是生产劳动者，因为他的产品从一开始就从属于资本，只是为了增加资本的价值才完成的"④。

亚当·斯密之后，萨伊也对生产性劳动和非生产性劳动的区分问题进行了思考，他主张效用即财富，认为精神劳动生产精神产品，满足了人们的精神需求，

---

① 景中强：《马克思精神生产理论研究》，中国社会科学出版社 2004 年版，第 33 页。
② ［英］亚当·斯密：《国民财富的性质和原因的研究》，商务印书馆 1972 年版，第 304 页。
③ 马克思：《剩余价值论》第 1 分册，人民出版社 1975 年版，第 148 页。
④ 《马克思恩格斯全集》第 26 卷第 1 分册，人民出版社 1972 年版，第 432 页。

因此，包括文艺生产在内的精神生产也属于生产性劳动，如，医生生产了健康，教授、作家生产了文化，音乐家和演员给人以愉快等。在他看来，凡是产生某种效用的劳动就是生产性劳动。无独有偶，德国的弗里德里希·李斯特（1789～1846）和俄国的经济学家昂利·施托尔希（1766～1835）也批判了亚当·斯密等人否认精神劳动为生产性劳动的观点①。李斯特还在《政治经济学的国民体系》第二篇第十三章"国家商业动作的划分与国家生产力的联系"一节中明确地提出了"精神生产"这一重要范畴。

但是古典经济学家们的研究还主要局限在资本主义时代的艺术生产上，还未能对艺术生产作历史的、哲学的深度透析，也未能科学、辩证地揭示物质生产和精神生产的复杂关系和内在逻辑关联，还带有资产阶级政治经济学的严重局限性。欧美现当代的一些文论家，如克罗齐、弗罗伊德、尧斯等人也视艺术创造为生产，例如，弗罗伊德就"没有把文艺当作一种反映，而是作为一种生产，生产的原料是潜意识、幻想与梦或性爱，将这些分别表现出来，就是文艺"，英伽登在《文学理论》中也指出，弗氏意识到"象梦一样，作品包括'原材料'——语言、其他文学文本、知觉世界的方式——并且依靠某些技术把它们变成一个产品，使这一产生得以实现的技术是我们认作'文学形式'的各种设计"②。但他们所说的艺术生产与通常所说的艺术创作毫无二致。

只有马克思的艺术生产思想才不再像前人那样只是星星点点的观点，只是零碎的个别论断，只是一种简单的比附性说法，不再或过分强调艺术生产对物质生产的依附性，或将精神艺术的超越性、自足性极端夸大，而是形成了一个严整、科学的体系，体现了坚定的唯物史观和深邃、辩证的眼光，迥然有别于前人的文艺思想。

二、马克思的艺术生产理论

马克思第一次明确使用"艺术生产"一词是在《〈政治经济学批判〉导言》中，但是艺术生产思想的萌生可追溯到《1844年经济学哲学手稿》。在《1844年经济学哲学手稿》中，马克思指出"宗教、家庭、国家、法、道德、科学、艺术等，都不过是生产的一些特殊的方式，并且受生产的普遍规律的支配"③。这里，马克思初步论述了物质生产与艺术生产的支配与被支配的关系，更多强调

---

① 景中强：《马克思精神生产理论研究》，中国社会科学出版社2004年版，第36～37页。
② 胡经之、张首映：《西方二十世纪文论史》，中国社会科学出版社1988年版，第69页。
③ 《1844年经济学哲学手稿》，人民出版社2000年版，第82页。

的是精神文化的受动性、艺术生产与物质生产的内在一致性。在之后的《德意志意识形态》、《共产党宣言》、《〈政治经济学批判〉导言》、《〈政治经济学批判〉序言》中马克思还反复提到了"精神生产"、"艺术生产"、"艺术劳动"、用"艺术方式加工"、"艺术精神掌握世界的方式"等，多次论述了"精神生产"从物质生产中萌生发展的历史过程、商业时代脑力劳动和艺术劳动都变成了交易的对象、"艺术生产"与物质生产发展具有着不平衡关系、艺术生产和艺术消费间存在着双向互动的辩证关系等问题。直到后期的《资本论》和《剩余价值论》中，马克思仍然对艺术生产问题津津乐道。一方面，他仍然强调艺术生产受制于经济基础、社会状况和物质生产，指出物质生产的不同发展阶段具有着不同的特点，深刻地影响着不同时代的艺术生产的特点，"与资本主义相适应的精神生产，就和与中世纪生产方式相适应的精神生产不同"[①]。另一方面，他又高度重视文艺创造的精神审美特质，指出在文艺生产、消费中商业逻辑只在有限的规模上被应用，文艺的商品生产、消费机制并不会从根本上改变文艺的审美天性[②]。

在大量著作中，马克思对艺术生产与物质生产的内在联系、艺术生产与人类发展的关系、艺术生产的性质和历史发展状况以及艺术生产力等问题均作了较为深入的探讨。艺术生产思想大多是马克思在论述经济学问题时附带地阐发的。马克思主义经典作家认为繁茂芜杂的政治、科学、艺术、宗教等精神意识形式都是由经济基础决定的，这就在根本上改变了以往研究者单纯从人类意识角度探讨艺术和审美的作法，转而从人类生活最基本的物质生产实践层面入手，从人类社会生产的总体系统入手进行探索与思考。

众所周知，艺术生产是一个唯物史观的范畴，艺术生产论体现了马克思对人类艺术创造活动的深刻见解。在马克思看来，艺术活动是人类社会生产的一个子系统，和物质生产一样，也是人类社会中基本的社会化生产活动，也涉及生产、流通、消费等一系列问题，也遵循着生产的普遍规律。马克思主张从社会生产角度考察和理解人类的艺术活动，认为只有在与社会生活特别是物质生产的联结中考察艺术生产才能对艺术活动的性质、特征、发展规律形成科学的认识。他把人类社会生产分成物质生产、人口生产和精神生产三大基本部类，并把哲学、科学、艺术等纳入精神生产的系统，认为艺术是一种特殊的精神生产。这样，马克思就在人类社会生产的复杂总体结构中为艺术活动定了位。"艺术生产"在马克思看来不仅是一个唯物的范畴，而且是一个历史的范畴。马克思认为如同物质生产一样，艺术生产也处在不断的发展变化之中。较之物质生产，艺术生产在生产目的、生产对象、加工方式、生产中精神活动状况、产品性状、生产功能等方面

---

①②　马克思：《剩余价值论》第一册，人民出版社 1975 年版，第 296、442～443 页。

都表现出了极大的特殊性。足见在"艺术生产"这一术语中包含着丰富、深刻的意蕴，完整全面地体现了马克思主义创始人对文艺活动的基本见解。

长期以来，学界对如何理解马克思主义经典作家所论述的"艺术生产"问题曾产生过不少分歧。实际上，在马克思不同时期的著作中，马克思曾从不同角度，从不同层次，基于不同的问题域，针对特定的论敌，对艺术生产问题进行了多层次、多维度的论述，也为我们理解这一理论提供了一个比较清晰的纲目。经过新中国建立以来特别是新时期以来长期的探索，国内学者逐渐认识到马克思有关艺术生产问题的大量论述既有着鲜明一贯的基本指归，又有着不尽相同的侧重点和针对性。如针对古典经济学家仅从物的角度考察精神生产，把精神生产仅仅理解为国民经济财富增长的手段和原因的缺憾，马克思更多强调精神生产和艺术生产的"属人方面"。从人与动物相区别的角度把精神生产理解为"真正的生产"、"自由自觉的生命活动"，强调人类的精神生产和艺术生产的超本能性；针对黑格尔神秘主义的绝对理念说，马克思明确强调精神艺术的生产不是绝对理念的逻辑外化，而是根源于人类特有的生命活动；针对费尔巴哈的机械唯物主义和人本主义主张，马克思更多强调的是精神生产的全面性、社会性[1]。

大致说来，在马克思的著述中，"艺术生产"具有如下几方面的含义：艺术生产既是一种社会的生产，也是一种艺术家个体的、微观的、具体的文体创作过程；艺术生产既是人类自由自觉的生命活动的表征，是人的本质力量的对象化和人性的一种提升，具有着鲜明的人学本体论色质和生命精神化的超越性品格，又具有着明显的物质性和世俗性特征，深深植根于世俗世界、日常人生中；艺术生产既是一种生产制作，和劳动者的生产实践、体能技艺息息相关，又是一种用艺术精神掌握世界的独特创造活动，闪耀着奇瑰的异彩，遵循着独特的规律；艺术生产在马克思的著作中既常常被作为一个抽象的概念、普遍性的范畴使用，又常表现为具体的历史的形式，作为与特定时代语境对应的断代范畴出现。

首先，"艺术生产"总是作为社会的生产、世俗的生产的艺术生产，视文艺活动为生产也必然意味着艺术创造是一种社会性的生产活动，艺术生产的这种社会语义是其中心语义。人类的任何生产都必然是社会生产，"生产也不只是特殊的生产，而始终是一定的社会体即社会的主体在或广或窄的由各生产部门组成的总体中活动着"[2]。马克思认为艺术创造不是一种纯粹个人的、孤立的活动，而总是在一定社会条件下进行的，是社会集体协作的结果，不仅艺术生产的生产资料、生产对象在很大程度上是由社会生产提供的，而且艺术家的审美能力也是在

---

① 景中强：《马克思精神生产理论研究》，中国社会科学出版社 2004 年版，第 27 ~ 28 页。
② 《马克思恩格斯选集》第 2 卷，人民出版社 1995 年版，第 4 页。

社会中形成和发展的。艺术生产的性质、规模、发展方向乃至艺术品的流通、消费状况都深受着社会生活状况的影响。在《德意志意识形态》中，他曾批驳了施蒂纳关于"拉斐尔的绘画跟罗马当时的分工无关"的谬论，指出"象拉斐尔这样的个人是否能顺利地发展他的天才，这就完全取决于需要，而这种需要又取决于分工以及由分工产生的人们所受教育的条件"。认为"和其他任何一个艺术家一样，拉斐尔也受到他以前的艺术所达到的技术成就、社会组织、与当地有交往的世界各国的分工等条件的制约"①。这是因为任何艺术家要想进行艺术创造，都不能不借鉴和吸收前人所创造的文明成果，都不能不依赖于现实社会生活所创造的物质、精神条件，都无法在真空中生产。同时，由于物质生活制约着包括精神生活在内的整个社会生活，艺术生产也在很大程度上为物质生产所制约，受到社会生活的深刻影响。艺术生产的这一社会学语义，柏拉威尔教授曾一语道破，他说：马克思之所以"把主要用于经济学的术语也用在文学和其他艺术的历史上，如生产等"，是因为在他看来应"把艺术放在其他社会关系的框子里来考察，特别是应该放在物质生产关系和生产手段的框子里"②。

当然，强调艺术生产的社会性丝毫不意味着否定艺术家的独创的重要性。马克思始终强调艺术家个体创造的重要性和对于艺术成功的首要意义。他指出"一切生产都是个人在一定社会形式中并借这种社会形式而进行的对自然的占有"③，而艺术生产较之其他生产来说尤其具有深刻的精神个体性、独创性，是以个体创造为直接达成手段，以社会协作为其必要条件的"社会个人的生产"④。艺术生产的社会性和个体性是对立同一的，艺术的社会生产只有作为社会中个人的生产才能获得其现实性，而个人的生产只有在一定的社会结构中才成为可能，才能实现。在批判继承英国古典政治经济学的过程中，马克思曾系统深入地论述了社会生产与个人生产、生产与消费的辩证关系。同时也从这一独特角度对艺术创作与艺术接受、艺术对象与审美主体的关系作了新颖的思考。马克思指出：生产直接是消费，消费直接是生产。生产与消费每一方直接是它的对方，同时在二者之间存在着一种媒介运动。"生产中介着消费，它创造出消费的材料，没有生产，消费就没有对象。但是消费也中介着生产，因为正是消费替产品创造了主体，产品对这个主体才是产品。产品在消费中才得到最后完成。""消费从两方面生产着生产：（1）因为产品只是在消费中才成为现实的产品，……（2）因为消费创造出新的生产的需要。"⑤ 在马克思看来，这一论述同样也适合于文学创

① 《马克思恩格斯全集》第3卷，人民出版社1972年版，第459页。
② ［英］柏拉威尔著，梅绍武等译：《马克思和世界文学》，三联书店1980年版，第383页。
③④ 《马克思恩格斯全集》第2卷，人民出版社1995年版，第5、3页。
⑤ 《马克思恩格斯选集》第2卷，人民出版社1995年版，第9页。

作与文学接受。在文艺活动中，"生产不仅为主体生产对象，而且也为对象生产主体"，"艺术对象创造出懂得艺术和具有审美能力的大众"①。

其次，它具有深刻的人文命意，这是艺术生产的最深层语义。一切生产都具有着鲜明的实践性，马克思曾研究并摘要詹姆斯·穆勒的《政治经济学原理》，他认为如果我们作为人进行生产，就会在这一过程中双重地肯定了自己和另一个人："（1）我在我的生产中物化了我的个性和我的个性的特点，因此我既在活动时享受了个人的生命表现，又在对产品的直观中由于认识到我的个性是物质的、可以直观地感知的因而是毫无疑问的权力而感受到个人的乐趣。（2）在你享受或使用我的产品时，我直接享受到的是：既意识到我的劳动满足了人的需要，从而物化了人的本质，又创造了与另一个人的本质的需要相符合的物品。"② 在这里，马克思又从社会实践、社会的普遍联系角度和人学本体论的高度论述了美感形成的根因。可见，马克思在侧重从形而下的角度论述生产的世俗性、受动性的同时也注重从形而上的角度对艺术和审美进行审视和研究。

艺术生产也意味着艺术活动也是一种实践，是人的本质力量的对象化，是人类自我达成、自我提升的有效手段。众所周知，马克思主义关于生产劳动的学说迥异于前人也因而高明于前人之处恰在于他摒弃了世人长期以来对生产劳动所持的鄙夷态度，揭示和强调了劳动的深刻的人文命意，把物质生产视为人类最基础的、枢纽性的生命活动。马克思指出物质生产不仅是人类的基本生存方式，是每一个体"肉体存在的再生产"，"在更大程度上是这些个人的一定的活动方式、表现他们生活的一定方式"③。所以，"正是在改造对象世界中，人才真正地证明自己是类存在物。这种生产是人的能动的类生活"④，"是人的能动和人的受动"，"是人的一种自我享受"⑤。视艺术生产为生产也与这种信念深有关系，在马克思看来人类的艺术创造活动也是人的能动的类生活，是一种重要的实践活动，是人类的自由的生命表现和自我提升。如同在物质生产中一样，在艺术生产中，人类也不断获得本质力量的新证明和新充实，从而促使人类社会不断向前发展。马克思曾不无感慨地指出："工业的历史和工业已经产生的对象性存在，是一本打开了的关于人的本质力量的书，是感性地摆在我们面前的人的心理学；对这种心理学人们至今还没有从它同人的本质的联系上，而总是仅仅从外表的效用方面来理解"。那么，对于人类的艺术活动，不也同样应该从它同人的本质的联

---

① 《马克思恩格斯选集》第 2 卷，人民出版社 1995 年版，第 10 页。
②④⑤ 《马克思恩格斯全集》第 42 卷，人民出版社 1979 年版，第 37、97、124 页。
③ 《马克思恩格斯全集》第 3 卷，人民出版社 1972 年版，第 24 页。

系上来理解吗？不也同样应"理解为人的本质力量的现实性"[①]吗？不也同样意味着艺术活动是对客体和主体的双重创造吗？

再其次，艺术生产这一术语还包含着工艺语义。视艺术创造活动为生产，也意味着艺术生产具有着物质性和生产制作性，其中包含着一个类似工艺生产的方面。一则，艺术生产有一个纯技艺性的方面。关于艺术创造是天才与技艺的结合，黑格尔曾有过精辟表述，他指出："除才能和天才以外，艺术创作还有一个重要的方面，即艺术外表的工作，因为艺术作品有一个纯然技巧的方面，很接近于手工业；这一方面在建筑和雕刻中最为重要，在图画和音乐中次之，在诗歌中又次之。这种熟练技巧不是从灵感来的，它完全要靠思索、勤勉和联系"[②]。二则，艺术生产在物化方面与物质生产有着相同之处。在艺术创造过程中，物化阶段是一个重要的、不可或缺的阶段，没有这一阶段，艺术创造就难以最后完成。在艺术创造中，艺术家必须将审美体验物化，必须将审美感受、情趣凝定在一定的媒介载体中。因此，在艺术生产中如同在物质生产中一样，"过程消失在产品中。……劳动与劳动对象结合在一起。劳动物化了，而对象被加工了。在劳动者方面曾以动的形式表现出来的东西，现在在产品方面作为静的属性，以存在的形式表现出来"[③]。而"一切艺术和科学的产品、书籍、绘画、雕塑等只要它们表现为物，就都包括在这些物质产品中"。三则，艺术生产需要借助物质生产技术。"艺术象其他形式的生产一样，依赖某些生产技术——某些绘画、出版、演出等方面的技术。"[④]尤其是当艺术生产发展到较高阶段时，艺术品的复制成为了可能。复制技术深刻地影响、促进着艺术生产的效率，复制日益成为艺术生产的一个不容忽略的方面。印刷技术的出现和推广，极大地促进了图画和文学作品的生产、流通、消费。而现代微电子技术的产生更给艺术生产带来了深刻的变革，不仅使图画等艺术品被大量复制，使真本的独一无二性、真本与摹本界限的不可逾越性受到了严重挑战。而且，以往被认为不可重复消费的音乐、歌舞也能以固态形式保存了，可以存储在光盘、磁带、拷贝上反复欣赏。复制技术的出现和迅猛发展使艺术生产的工艺性日益强烈，古典形态的充满膜拜意味的仪式化艺术日益为现代形态的"机械复制"、"电子复制"艺术所取代，技术本体化成了艺术生产的题中应有之义。

当然，如前所述，艺术生产作为人类的艺术创造活动，其核心和根本仍是艺术家的个体创作，但是又不能把艺术生产和艺术创作完全等同起来，视为同义

① 《马克思恩格斯全集》第42卷，人民出版社1979年版，第127页。
② ［德］黑格尔著，朱光潜译：《美学》（第1卷），商务印书馆1979年版，第35页。
③ 《马克思恩格斯全集》第23卷，人民出版社1972年版，第205页。
④ 《马克思恩格斯全集》第26卷第1分册，人民出版社1975年版，第165页。

语。首先，二者意味着两种不同的考察角度。视艺术活动为生产主要是从社会学、经济学的角度考察艺术的结果，侧重于从社会生产的总体结构中把握艺术活动的性质、规律，强调艺术创造是一种社会性的生产活动，是社会协作的结果。艺术创作则是从文体创作学角度考察艺术活动的结果，侧重于探究艺术创作的基本规律、基本方法和具体过程。艺术生产隐含和指向着艺术消费，而艺术创作则隐含和指向艺术接受、艺术批评。艺术生产侧重宏观考察，而艺术创作则侧重微观探究。艺术生产更强调社会性、集团性、生产性，而艺术创作更强调个体性、精神性。其次，就具体实现过程看，二者也不尽相同。艺术创作基本上包括构思阶段和将主体的审美体验物化为艺术品的阶段，而艺术生产的具体过程则不仅包含这两个阶段，而且也包含产品的生产、复制阶段和流通、发行及消费阶段。艺术创作主要是艺术家个体的精神实践，而艺术生产则主要是社会各相关部门、人员（如文化管理部门、出版公司、大众传媒、新华书店等发行渠道、对艺术品进行生产复制的工作者等）的集体运作活动。再者，"艺术生产"包含着人文命意、社会命意和工艺命意，在今天的市场语境中还尤其具有着商品化、资本化、娱乐化、世俗化、高技术化的意味。恩格斯说过："一门科学提出的每一种新见解，都包含着这门科学的术语的革命"①，"艺术生产"作为马克思主义文艺学特有的术语，是与马克思主义文艺学对人类文艺活动特别是资本主义商品生产时代的艺术活动的"新见解"密切相关的。而"艺术创作"则基本上只是一种文体创作学意义上的客观事实指谓和创作论术语，不具有"艺术生产"所包含的复杂丰富的内涵和意味。何况，在今天这一术语原初拥有的那种创世般的灵光和天才灵犀的神启色彩已在习见滥用中丧失殆尽。

总之，"艺术生产"是马克思对人类文艺创造活动的一种命名，它是一个唯物的、历史的范畴，具有着复杂、丰富的文化内涵和社会意蕴，在今天的市场语境中它尤其具有着商品化、资本化、娱乐化、世俗化、高技术化的意味。在今天，这一理论愈发显示出了其内在的理论活力和强烈的现实指导意义。

第二节　西方马克思主义理论家的艺术生产思想

西方马克思主义（简称"西马"）理论家的艺术生产思想与经典马克思主义的艺术生产理论有着一脉相通之处。马克思、恩格斯从青年时代起就倾向于从物

---

① 《马克思恩格斯全集》第23卷，人民出版社1972年版，第34页。

质生产和社会实践出发解释精神文化现象。之后，在长期的政治经济学研究中，他们自觉地把艺术看作一种特殊的社会生产部门，致力于在社会生产的总体系统中考察艺术生产的运行机制和独特发展规律。在《剩余价值论》等著作中尤其对他们身处的资本主义时代艺术生产的双重特征和复杂状况作了精辟的论述。如同马恩强调在文艺批评中兼顾历史的观点和美学的观点一样，在艺术生产问题上他们也追求意识形态性与审美性、艺术性的有机化合。如前所述，在马克思的艺术生产理论中，艺术生产的社会集体性、生产实践性、人文审美性都得到了重视和强调。虽然，马克思等人在不同时期、不同情况下论述艺术生产问题时或侧重于意识形态、政治革命，或重点强调精神艺术对物质生产的依附性、受动性，但他们对艺术生产问题的思考是全面的，基本观点是稳定一贯的。把艺术生产与物质生产、经济活动、政治革命、人性提升、人类解放联系在一起通盘考虑是马克思艺术生产理论的要义所在。这一思路都对后来的西马理论家产生了深刻影响，西马理论家的艺术生产思想正是在马恩有关论述的基础上展开的。但由于西马理论家置身的时代文化语境与马克思、恩格斯相比有着巨大的变化，各位西马理论家自身的学术背景千差万别，所以他们在阐发自己的艺术生产理论时也呈现了许多与马恩不尽相同的特点。

按照科尔纽在其《马克思恩格斯传》中的说法，青年马克思、恩格斯在开始自己的新世界观建构时，所走的路径有所不同，马克思侧重于哲学政治的探索，恩格斯侧重于经济社会的考察。正是在恩格斯的"政治经济学批判的天才大纲"的直接启发下，在就任《莱茵报》主编时需要对物质利益问题发表意见的现实状况促使下，马克思开始了对经济社会问题旷日持久的探索。马克思的艺术生产理论建构与其唯物史观的形成是同步迈进的。正是由于黑格尔法哲学思想在现实中四面碰壁，马克思从1844年春开始才转向了对市民社会的政治经济学考察。在成熟的马克思著作中，马克思倾向于把哲学政治问题和经济社会问题联结为一。

而在后来的西马理论家身上，马克思倾向于把哲学政治问题和经济社会问题联结为一的追求却往往被分割开来。西马理论家大多是"书斋里的马克思主义者"，他们的社会探索多局限于理论层面。同时，由于马克思之后的20世纪资本主义世界的社会结构、劳资关系、统治状况发生了很大变化，精神文化问题的重要性空前凸显，文化艺术与经济基础、物质生产空前渗透融合，主流文化、流行艺术和政治体制、社会秩序也越来越呈现出同一性关系。如何通过文化重建来抵抗日益稳固的物化社会，打破资本主义统治秩序的铁笼成为了焦点问题。因此，西马理论家更重视精神文化领域的问题，文化霸权、阶级意识、文化工业成为了他们重点关注的问题。所以，不少西马理论家的艺术生产理论虽然葆有马克思式的政治敏感性，倾向于美学政治化，但也多把艺术生产问题仅仅局限于精神文化领域，简单化为意识形态生产。同时，也有部分西马学者从艺术文化与经济生产交融的角度对艺术生产问题作了新的论析。如伊格尔顿就敏锐地看到文艺虽是处理人类意识的，但在现代社会它本身也是"一种经济方面的实践，一类商品生产。……一种与其他形式并存和有关的社会、经济生产的形式"①。足见，所谓的西方马克思主义艺术生产理论本身也是非常复杂的。

一、布莱希特：生产美学

提起西马艺术生产理论，人们往往第一会想到本雅明。实际上，这一传统远承马克思而肇始于布莱希特（Brecht）。布莱希特的史诗剧和陌生化理论非常明显地体现了他的"生产美学"诉求。而这一诉求第一根源于他将文艺当作变革现实和进行社会政治革命手段的行动主义信念。出于变革社会的考虑，他主张把现实主义作为斗争的方法，强调辩证法批判和变革社会的积极功能，认为辩证法的优越性在于"把社会状况当成过程来处理，在它的矛盾性中去考察"②布莱希特非常自觉地运用唯物史观和辩证法观察分析社会问题，在《戏剧小工具篇》中他指出生产的高涨也引起了贫困的高涨，由此导致了社会的矛盾和变革③。在布莱希特看来，社会要发展必须清除一切窒息生产的东西，使生产成为可能④。由此，戏剧的生命力也恰恰在于与社会变革的洪流、投身于社会变革的人的联结上。他说，我们邀请观众到我们的剧院来，我们把世界呈现在他们的智慧和心灵前，以便让他们按自己的心愿改造这个世界。同时，戏剧必须投身于现实中去才有可能和有权利创造出效果卓著的现实的画面⑤。正是基于这一思路，布莱希特认为文艺也是一种生产，这意味着文艺不应被仅仅视为反映，而应被视为是对现实的介入，是变革生活的一种努力。在此生产与实践的意义是相通的。这也有助于理解布莱希特的史诗剧与亚里士多德的戏剧体戏剧的差异。布莱希特之所以坚决地排斥共鸣和移情的亚里士多德戏剧传统，是因为感情共鸣是占统治地位的美学一根最基本的支柱，它钝化了大众的批判意识，加固了既定社会秩序永世长存、命运不可逆转的政治神话，维护了社会的虚假和谐。因此放弃感情融合对戏剧来说是一个巨大抉择，史诗剧的价值正在于使人的精神获得解放、震动、奋起

① ［英］特里·伊格尔顿著，文宝译：《马克思主义与文学批评》，人民出版社1986年版，第66页。
②③⑤ ［德］布莱希特著，丁扬忠等译：《布莱希特论戏剧》，中国戏剧出版社1990年版，第23、12、13～14页。
④ ［美］詹姆逊著，陈永国译：《布莱希特与方法》，中国社会科学出版社1998年版，第132页。

333

和其他力量①。

第二，布莱希特的生产美学和视文艺为生产的观念与他对生产、科学、工人阶级的乐观信念是息息相关的。在此，生产与进步未来、幸福快乐、可能性有着内在的关联。在布莱希特看来，生产劳动是社会进步和人类幸福的根源，"在布莱希特的作品中，'生产力'蕴涵着更深刻的进步意义，并与生产活动相关"②。文艺也是一种生产，首先是因为它"把生产劳动当成主要娱乐源泉"③。其次这意味着文艺和生产力、科学一样也是一种推进人类进步的强大力量，艺术家也隶属于不断推动生产力和社会进步的工人阶级。布莱希特对科学、工艺技术和机械装置高度重视，原因是他们可以用于改造人类社会，艺术所以是生产也部分地在于它根植于生产能力，有助于培养科学精神和增进人类的快乐幸福。他指出"科学和艺术的共同点，在于二者皆为轻松人类的生活而存在；一个服务于其生计，另一个服务于其娱乐。在未来的时代，艺术将要从新的生产劳动中汲取娱乐，这种生产劳动能够大大改善我们的生计，这种生产劳动倘不受羁绊，可能是最大的娱乐"④。他的这种乐观见解既与立体主义、建构主义的影响有关，也根源于他对工人阶级的生产品质的信念，这在日后的本雅明身上表现得更为明显。和本雅明一样，布莱希特也认为艺术家将作为劳动人民的一部分，作为生产者，加入到社会生活的进程中⑤。

第三，艺术之所以是一种生产，还在于它与物质生产具有相似的内在结构。艺术技巧对艺术生产的重要性恰似劳动工具对物质生产的重要性。正如所有的物质生产都建立在分工协作的集体性之上，艺术生产也是一种集体性和民主性的活动。艺术家不是超尘脱俗的天才，而是整个社会生产的参与者。因此，布莱希特将剧场称为"实验工场"⑥。把布莱希特的这一观念和马克思在《德意志意识形态》中关于拉斐尔等人的艺术成就与既有的艺术积淀、当时的社会组织、分工、国际交往密切相关的论述进行比较，不难发现二者的相通之处。当然，布莱希特"生产美学"的形成是多种因素影响的结果。既与经典马克思主义传统有关，也与当时方兴未艾的现代主义艺术运动对科技解放潜能、艺术创新的积极意义的确信有关。更与受到柯尔施一反当时从《巴黎手稿》出发的人本主义马克思主义潮流，坚决从《资本论》出发阐释马克思主义的取向的深刻影响有关⑦。

---

①③④　[德] 布莱希特著，丁扬忠等译：《布莱希特论戏剧》，中国戏剧出版社 1990 年版，第 59 ~ 61、14、13 页。

②　[美] 詹姆逊著，陈永国译：《布莱希特与方法》，中国社会科学出版社 1998 年版，第 200 页。

⑤⑥　温恕：《布莱希特的史诗剧与陌生化理论》，载《西南民族大学学报》2004 年第 2 期。

⑦　冯宪光：《马克思主义文艺学的当代问题》，中国社会科学出版社 2005 年版，第 40 ~ 41 页。

二、本雅明：机械复制时代的艺术政治学

瓦尔特·本雅明（Walter Benjamin）承继并极大地推进了布莱希特的生产美学。和布莱希特一样，本雅明也视文学为社会生产的重要组成部分，视作家为生产者，也认为文学生产是对社会的一种介入，奉行艺术政治学的取向。和布莱希特高度重视戏剧的工艺技术一样，本雅明也强调艺术对技术的依赖性，认为艺术技巧对于提高艺术质量和表达艺术的进步倾向举足轻重。和布莱希特强调要对技术作功能置换一样，本雅明在《作为生产者的作家》和《机械复制时代的艺术品》中不仅要求艺术家运用先进的技术服务于政治实践，而且要求进步作家对旧有艺术手段进行功能置换。与布莱希特把共鸣和间离效应相对立类似，本雅明也把韵味（Aura，亦译"光晕"）与震惊效应、有韵艺术与机械复制艺术对举。他认为与光晕相应的是静观、体验和沉思默想的心境，消极无为、怡然陶醉的超功利态度。随着光晕和膜拜价值的消失，一种新的审美旨趣和效应——震惊应运而生。与震惊相应的则是主体心灵的骚动不安，电影通过蒙太奇手法将混乱的知觉重新缀合为一个整体，使观众看到被遮蔽了的社会的本来面目。促使主体坐立不安，警醒起来，对现实持批判和审视的态度。电影将震惊效应发挥到极致，充分显示了艺术对历史进程的干预力和反作用①。

但本雅明也极大地推进了布莱希特的生产美学。这种推进表现在两个方面：一是使布莱希特的思想得到了有力的落实，清晰地阐述了艺术何以是及如何才会是社会生产的一部分，艺术家如何使自己的创作体现艺术的生产性和变革社会的实践性。使艺术生产理论变得更有可操作性了。二是细化和深化了布莱希特倡导的生产美学观，其艺术生产理论更显系统化，比布莱希特的理论更为精深。如前所述，艺术生产思想在马克思著作中已清晰地浮现出来，但在马恩之后，无论是梅林、拉法格，还是普列汉诺夫、列宁，都更偏重对文艺意识形态性的阐发，而马克思的艺术生产理论却长期被忽视。布莱希特和本雅明把这一被中断的线索重新接续了起来。但布莱希特的生产美学还很不系统，20世纪30年代，本雅明才开始比较系统地从艺术政治学和文化生产的角度论析文艺。1934年，他在《作为生产者的作家》这一著名演讲中把艺术家的创作看作是一种生产，把艺术家的创作技巧视为艺术生产力。首次深入思考了技术对文学政治倾向性的作用、生产的艺术改变现存社会生产关系的作用、作品在生产关系中有何作为等问题。在随后的《机械复制时代的艺术作品》中，本

---

① 王雄：《论瓦尔特·本雅明的"艺术生产"理论》，载《南京大学学报》，1995年第4期。

雅明以电影为例淋漓尽致地论析了复制技术的革命性，他认为随着社会生产力的发展，艺术生产力也会提高，近代出现的复制技术就是艺术生产力发展的表现，19 世纪末以来，机械复制技术的大量应用改变了艺术生产与消费的性质，使艺术走向了大众，由少数人的专利品、垄断物变成了大众的共享品。而且，复制技术深刻影响了艺术和审美的范型。"技术复制达到了这样一个水准，它不仅能复制一切传世的艺术品，从而以其影响经受了最深刻的变化，而且它还在艺术处理方式中为自己获得了一席之地。"① 机械复制技术由此得以重构艺术和审美的理念，使将艺术神学改造为艺术政治学成为可能，使以往建立在仪式基础上的充满膜拜气息的有韵艺术面临着新型的建立在政治基础上的具有展示价值的机械复制艺术的挑战。"艺术作品的可机械复制性在世界历史上第一次把艺术品从它对礼仪的寄生中解放了出来。……艺术的整个社会功能就得到了改变。它不再建立在礼仪的根基上，而是建立在另一种实践上，即建立在政治的根基上。"②

本雅明艺术生产思想的形成与他受布莱希特史诗剧理论影响转向马克思主义，从对美学领域的单纯关注转向对美学与社会、政治、心理问题关联性的关注和探索是分不开的。本雅明生活的时代法西斯主义将政治美学化，以及本雅明思想美学政治化的总的取向，乃是确切理解本雅明的艺术生产思想的必要前提。也因此，本雅明与布莱希特在艺术生产问题上也有着不小的差异。这首先在于二者的问题意识和关注焦点不同。布莱希特更关注对工人阶级阶级意识的维护和批判意识的激发，其目标更具有长远性，其论述针对的是旧传统和旧秩序，并无具体针对性和确指性。他更多通过对戏剧领域变革的关注实现其艺术干预现实改善人生的抱负。而本雅明倡导美学政治化、艺术政治化的根本用意在于消解和抵制法西斯主义的政治美学化，对资本主义社会文化的批判具体化为对法西斯主义把美学引进政治，把现存财产结构美学化的企图的抵抗，现实感非常强烈。而且他的关注目光不仅仅局限于艺术领域而是波及了整个文化和社会，他举电影为例论述机械复制时代的艺术问题还是意在社会政治，意在考察物质技术手段对现代艺术生产和艺术家与公众关系的影响，其艺术生产的有关论述中更多的是政治学和社会学的分析。其次，他对技术的态度比布莱希特更为辩证，思考更为深入。布莱希特实际上也已看到技术令人恐惧的另一面，但他对技术所持的态度总体说还是相当乐观的。技术同样是本雅明艺术生产论的中心概念。本雅明强调艺术生产对物质技术手段的依赖性，强调技术本身所具有的解放潜能，以及技术的肯定性作

①② ［德］瓦尔特·本雅明著，王才勇译：《机械复制时代的艺术作品》，中国城市出版社 2002 年版，第 7、17 页。

用。这与布莱希特是一致的。他盛赞艺术进入机械复制时代所导致的艺术功能、价值的变化，赞扬机械复制艺术以展示价值取代传统艺术的膜拜价值，导致了艺术的解放、艺术与民众的结合。他也看到了技术发展的历史悖论，看到了传统艺术的"韵味"、"现时现地性"在当代的失落、"传统的大崩溃"。但他对技术的态度是非常辩证公允的。"尽管本雅明本人对'灵韵'艺术有一种怀恋情愫，但是他不以线性的'进步'或'倒退'观念为衡量标准，而是基于他的革命辩证法，对后'灵晕'艺术（机械复制艺术）也抱着积极的态度"①。《机械复制时代的艺术品》中，本雅明指出技术并不具有必然的进步性，对技术既可以积极地加以利用，用于推动社会变革和文化进步，也可以用它来维护既定的反动统治。

本雅明的艺术生产论颇为独特。本雅明认为生活属于创造的领域，而艺术属于生成的领域，艺术只是赋予无形之物以形式和秩序。他的论述给长期以来流行的资产阶级创造论美学以沉重一击②。他认为艺术家不是享有特权的创造者，而是生产者。艺术不是纯粹精神性的创造，而是物质性的存在，文学技术与生产技术具有着同一性，这固然有唯技术主义之嫌，但也对艺术与经济、技术的关系作了别开生面的极富启发性的阐述。他坚持将文化现象纳入经济关系之中，认为艺术的政治性源自艺术的生产性。本雅明将文学当成经济的表现，这有别于正统马克思主义对经济和文化之间的因果关系的强调。本雅明认为基础与上层建筑之间是一种表现性关系，他所要描述的是经济在其文化中的表现，而非文化的经济起源③。这一观点也表明他力图克服传统文学观中文学与经济二元对立、不相兼容的缺陷，对艺术生产与物质生产的高度同一性和互动融合状况作出更为科学切实的阐释。他的这一研究思路不仅与阿尔都塞、马谢雷等的意识形态生产的文学生产论迥乎不同，而且与马克思、布莱希特、伊格尔顿的有关理论也不尽相同。

三、阿尔都塞、马谢雷：意识形态的生产

阿尔都塞（Althusser）、马谢雷（Pierre Macherey）的文学生产论建立在阿尔都塞结构主义的马克思主义之上，与布莱希特、本雅明的物质技术—经济政治视角不同，阿尔都塞、马谢雷的文学生产论更多着眼于文学生产与意识形态的关

---

① 刘北成：《本雅明思想肖像》，上海人民出版社 1998 年版，第 180 页。
② 王雄：《论瓦尔特·本雅明的"艺术生产"理论》，载《南京大学学报》，1995 年第 4 期。
③ 温恕：《从〈机械复制时代的艺术作品〉看本雅明的艺术生产思想》，载《重庆师范大学学报》，2004 年第 3 期。

系，坚持文学是对意识形态的生产。这一观点的形成至少是由于两个原因。一则，阿尔都塞划分出了社会实践的不同领域：生产实践、政治实践、意识形态实践和理论实践①，他认为实践即生产，即运用一定的生产资料把某种原料加工成产品的过程②。在他看来，人类的一切思想和理性活动都是实践，也是生产。文学作为一种意识形态的实践当然也是一种对意识形态的生产。这种见解尤其明显地表现在阿尔都塞的《意识形态和意识形态的国家机器》一文中。再则，阿尔都塞高度重视意识形态问题，在他看来意识形态是人与世界建立关系的中介和途径，"意识形态涉及人类同人类世界的'体验'关系……意识形态是人类依附于人类世界的表现，就是说，是人类对人类真实生存条件的真实关系和想象关系的多元决定的统一"③。文学当然也总是产生于和浸润于意识形态氛围中，而且意识形态构成了文学生产的基本加工对象。

阿尔都塞的意识形态生产理论本身也经历了发展变化。阿尔都塞早期从科学与意识形态对立的理性主义立场出发强调艺术处于科学和意识形态之间，是与二者若即若离的一种活动。当艺术屈服于平庸时它就滑入意识形态的深渊，当它拒绝堕落追随崇高时就飞向科学的天宇。在此，阿尔都塞对艺术寄予了厚望，在他看来艺术和艺术生产有其独特性，它既与意识形态不完全一致，也与科学知识大为不同。"艺术（我指的是真正的艺术，不是那些平庸的作品）并不给我们严格意义上的知识，因此艺术不能代替知识（即现代意义上的科学和知识）。但是艺术给予我们的东西仍然与知识保持着某种特定关系。这是一种差异关系，不是同一关系。"同时艺术既脱离开意识形态，又暗指着意识形态，"我相信艺术的特性就是'使我们看'、'使我们感知'、'使我们感觉'某种暗指现实的东西……作品与产生它的意识形态保持一种退后姿态或内部距离"。④ 艺术生产的任务也恰在于帮助人们窥见意识形态的真相，确立对社会和个人存在状况的科学认识。

晚期阿尔都塞不再过多强调科学与意识形态的对立，而是更多强调意识形态的社会实践功能。阿尔都塞早在《保卫马克思》中即已指出"作为再现体系的意识形态之所以不同于科学，是因为在意识形态中，实践的和社会的职能压倒理论的职能（或认识的功能）"⑤。在《意识形态和意识形态国家机器》中，阿尔都塞更重视意识形态存在的物质性和实体性。他指出每一个社会要得以延续都要再生产其生产条件，这不仅仅是一个生产力的再生产问题，因为"劳动力的再

① ② ③ ⑤　［法］路易·阿尔都塞著，顾良译：《保卫马克思》，商务印书馆1984年版，第139、156、203、201页。
④　［法］路易·阿尔都塞：《关于艺术问题给安德烈·达斯普莱的复信》，载［英］拉曼·塞尔登编，刘象愚、陈永国等译：《文学批评理论：从柏拉图到现在》，北京大学出版社2003年版，第466页。

338

马克思主义文艺理论中国化研究

生产需要的不仅是其技术的再生产，同时，还有劳动力对既有秩序规则的顺从的再生产，即工人对主导意识形态的顺从之再生产，以及为剥削、压迫的代理人正确地使用主导意识形态的能力的再生产，以便他们也将能够'用语言'规定统治阶级的统治"①。与强制性国家机器不同，教会、家庭、教育机构、法律机构、媒体等意识形态国家机器以非暴力的意识形态方式发挥作用，进行生产关系的再生产。由此文艺的意识形态的生产与物质生产在机制上和内在逻辑上具有了相通性。

马谢雷是阿尔都塞思想的忠实继承者，他的文学生产论就建立在早期阿尔都塞思想的基础之上。和阿尔都塞一样，马谢雷也认为文学是对意识形态的生产。但他的理论并不是阿尔都塞理论的简单翻版，在许多方面，他拓展了阿尔都塞的意识形态生产观，他的文学生产论有着自己鲜明的特色和独到的贡献。他的学说的独特性在于：其一，在整个文学生产流程中，他关注的不是生产者和生产工具，而是作为文学产品的文本和原料在形态上和功能上的差异。其二，在文学赖以进行的全部材料中，他把意识形态视为作品所由产生的直接母体，因而文学和意识形态的相互关系成为他的文学生产论的中心议题。其三，他所说的生产既非是指物质或技术手段的施用过程，也不是受制于语言中心论的代码的操作行为，而是指特定的语文功能和审美形式对意识形态对象的批判性塑造活动②。马谢雷秉承了本雅明、布莱希特、阿尔都塞以来强调文学的生产性的艺术生产论传统，对生产与创造作了细致辨析，他认为视作家为创造者的观念根源于反动的人本主义意识形态，我们必须把属于人特性还给人，因此生产才是值得提倡的科学概念。作家并不是全能的创造者，文学也并不是一种创造活动，相反，文学是一种生产活动③。和阿尔都塞一样，马谢雷所说的生产也是指人们使用生产资料将原材料加工成产品的活动。马谢雷基于劳动的材料不同于产品的观点，强调文学作品作为对意识形态原料的加工与意识形态既密切相关又有质的不同。和阿尔都塞一样，他也强调文学和意识形态的离心关系，认为文学对意识形态的加工不是一种简单的反映，但和阿尔都塞相比，他对文学与意识形态关系的复杂性有着更深入的理解。和卢卡奇、戈德曼近乎机械的反映论、同构论思想相比，他的观点更为辩证，更显合情合理。他指出文学作品是由它的不完整性来说明的，"在文学文本中，意识形态被从一种有意识的状态打碎、变换和消

---

① ［法］路易·阿尔都塞：《意识形态和意识形态国家机器（一项研究的笔记）》，载［斯洛伐克］斯拉沃热·齐泽克、［德］泰奥德·阿多尔诺著，方杰译：《图绘意识形态》，南京大学出版社 2002 年版，第 137 页。

② 王雄：《试论彼埃尔·马谢雷的"文学生产理论"》，载《外国文学评论》1994 年第 2 期。

③ Macherey, Pierre. *A Theory of Literary Production*. trans. Geoffery Wall. London, Henleyand Boston: Routledge & Kegan Paul, 1978. 66 – 67.

解，……作品确实是由它与意识形态的关系设定的，但这种关系不是一种类比关系（例如不是一种复制），作品与意识形态总是或多或少地处于矛盾状态。作品既对立于意识形态又来源于意识形态。……文学通过使用意识形态而来挑战它"[1]。

马谢雷的艺术生产论以其科学主义的追求而区别于布莱希特和本雅明艺术生产思想的行动主义的激进诉求和切入具体社会语境的现实感。马谢雷虽也认为文学与意识形态具有离心关系，认为文艺能够昭显意识形态的真相和不足，但他并不认为文艺真的能颠覆意识形态。他建构艺术生产理论的目的也主要不在于推进政治实践。马谢雷有感于马克思主义没有系统的文学批评理论，试图以阿尔都塞结构主义认识论为指导建立一种科学的批评理论。马谢雷的研究有其独到的贡献。他的文学生产论重点关注的不是文学的社会本质和文学为什么能存在，而是文学作品是如何制成的[2]。马谢雷清醒地强调必须同时警惕作者中心论和读者中心论两种极端化见解，既不能重蹈创造者的神话，也不能走向另一极端，以公众的神话取代创造者的神话。相反，我们应当高度重视文学生产本身的机制。他对文学意识形态生产的复杂机制和特点也有着清醒辩证的认识。他认为文学生产具有独特规律，是运用文学手段对意识形态原料所进行的加工，这种加工不能违背文学生产自身的特点与规律，不能无视作为文学生产重要手段之一的文学语言的特殊功能。

四、伊格尔顿：文化生产论

与马谢雷基于早期阿尔都塞思想建构自己的文学生产论不同，伊格尔顿（Terry Eagleton）更多得益于晚期阿尔都塞的意识形态思想。在西马理论家中，伊格尔顿尤显视野广阔、博闻强志。他对各家理论多有采撷，于弗洛伊德、阿尔都塞、布莱希特、本雅明、威廉斯、马谢雷等诸家理论均有吸纳，他的文化生产理论就是在兼取综合阿尔都塞的意识形态思想、威廉斯的文化唯物主义、本雅明的文学生产论、马谢雷的意识形态生产论等的基础上融会贯通而成的。伊格尔顿是从雷蒙德·威廉斯的"文化与社会"问题框架开始其美学理论和批评理论的建构的，他积极采纳了威廉斯用文化的动态发展来涵盖和分析社会生活方式的研究方法。他也深受阿尔都塞关于意识形态国家机器的论述和对艺术与意识形态的结构关联的探索的启发，由此他强调了艺术兼具精神性和物质实体性的双重形

---

[1] Macherey，Pierre. *A Theory of Literary Production.* Ibid. 133.

[2] 王雄：《试论彼埃尔·马谢雷的"文学生产理论"》，载《外国文学评论》1994 年第 2 期。

态，这促使他去建构一种能够涵盖作为意识形态的文学和作为物质生产的文学的富有包容性的独特文学生产理论。布莱希特和本雅明对于文学生产物质技术性和社会性的强调也引发了他对如何"把作品以一种生产方式来分析与把它当作一种经验方式来分析这两者"① 有机结合起来的深思。他与马谢雷在强调艺术生产的特殊机制规律和文学与意识形态关系的复杂性上也颇多神会②。

与马谢雷类似，伊格尔顿也探讨了文学与意识形态的复杂关联。强调了艺术意识形态生产的特殊性和能动性，反对从反映论立场看待文学与意识形态的关系。他认为艺术生产不可能疏离于意识形态之外，文艺生产必然同时是审美意识形态的生产，即用审美形式对意识形态进行的加工，由此意识形态和审美形式必然产生双向互渗的复杂关系。"决定文本（原译为'本文'，现据通行译法译为'文本'，下同——笔者注）的价值的，是它插入思想系统和文学论述的通用等级的二重方式。文本正是用这种方式，跟环绕着它的历史决定的价值、兴趣、需要、权力和能力的永远是偏袒性的范畴发生关系：不是它'表现'或'再生产'这些东西（因为文本是由词组成的，不是由需要组成的），而是它在与这些东西被译成的思想符号建立的关系中形成了它自己"③。伊格尔顿反对传统的意识形态内容/美学形式的简单二分法，指出美学的形式也是意识形态，文学文本、审美形式与意识形态的关系是充满矛盾的、复杂的。文学文本、审美形式一方面具有意识形态性，另一方面又往往溢出和超越意识形态话语。

伊格尔顿的审美意识形态生产理论是一种典型的文化生产理论。伊格尔顿的思想虽一直处于快速的发展变化中，但无论早期追随雷蒙德·威廉斯的"文化与社会"理论从社会物质关系诠释文学和文化，还是之后受阿尔都塞"科学的"马克思主义影响试图建立一门以意识形态为基础的"文本科学"，乃至晚近对文化政治批判的再度热衷④，对意识形态问题高度关注，把文本分析与意识形态分析、文化阐释有机结合的取向却是一以贯之的。在伊格尔顿的批评用语中，"文化理论"与"批评"或"文学批评"经常是同义词。他认为"文化"包括三个意义：一是指具体的艺术作品和思想作品及其制作和鉴赏过程；二是指社会的习俗、信念、道德、美意识等整个价值体系；三是指扩大为制度层面上的包括艺

① ［英］伊格尔顿著，文宝译：《马克思主义与文学批评》，人民文学出版社 1980 年版，第 80 页。
② 参看冯宪光：《论伊格尔顿的"文化生产"美学》，载《文艺理论与批评》1997 年第 3 期；马海良：《伊格尔顿的思想历程》，载《山西大学学报》2000 年第 2 期；冯宪光：《马克思主义文艺学的当代问题》，中国社会科学出版社 2005 年版，第 43～44 页。
③ 陆梅林选编：《西方马克思主义美学文选》，漓江出版社 1988 年版，第 710 页。
④ 马海良：《伊格尔顿的思想历程》，载《山西大学学报》2000 年第 2 期。

术、经济等的整个社会生活方式①。因此，他思想发展的三个阶段关注侧重点虽不断变化，但都未脱离文化生产的研究范式。他以文化生产的理念为基，把一般生产方式、文学生产方式、一般意识形态、审美意识形态、作者意识形态、文本等众多范畴联结在了一起，构成了一个息息相关、相互表征的网状系统。由此，作为经济生产的文艺与作为意识形态的文艺、文本与作者意识形态、一般意识形态获得了内在的逻辑关联。正如伊格尔顿在《批评与意识形态》中所提出的："每一个文学文本都在某种意义上内化着特定的社会生产关系，每一文本都以其适当的惯例指示着它被消费的方式，表征着意识形态的代码。"② 伊格尔顿力图揭示的作家、文本、意识形态、一般生产方式相互再生产的复杂交互关系和具体状况。

第三节　马克思艺术生产理论在当代中国

新时期以来，特别是 20 世纪 90 年代以来，不少学者基于对市场语境中文学艺术活动状况的关注和思考，将目光更多地转向了马克思及其后学的艺术生产理论，主张运用马克思的艺术生产理论研究、阐释当代中国的文艺活动和文化现象，为当代文论建设注入强劲的活力。可以说艺术生产研究是 90 年代文论研究的一道新景观。它既是 50 年代直至 80 年代中期关于艺术生产与物质生产发展不平衡问题的三次大论争的自然延续和深化，更是市场经济时代文艺实践发展的迫切要求。商品大潮的冲击，文艺的商品化、产业化，俗文化对雅文学的挤兑，精神与物质的错位，文艺管理体系的转轨……促使人们重新深入思考文艺的性质、功能，探索在新的时代条件下如何促使文艺健康、高效、稳定地发展，以有效地对文艺活动进行宏观调控和积极引导，防止其畸变、失范。艺术生产论正是在这样的时代语境中崛起的。早在 80 年代，朱立元、田文信、董学文、李益荪、何国瑞等先生就开始深入探究马克思艺术生产思想的基本内容。进入 90 年代后，这一研究愈演愈烈，到 1993 年秋，《文艺报》召开了艺术生产研讨会，进而组织了艺术生产大讨论，一时间聚讼纷纭，出现了种种议论。这一方面使艺术生产活动得到了颇为细致全面的研究，极大地深化了国人对马克思主义艺术生产理论的理解和领会；另一方面也促使国内的艺术生

---

① 马海良：《文化政治学的逻辑——伊格尔顿的文化批判思想概要》，载《外国文学》1999 年第 4 期。
② Eagleton，Terry. *Criticism and Ideology*. London：Verso，1978. 48.

产理论研究和应用研究相互配合，相得益彰，齐头并进，日趋全面、细致、深入。

新时期以来，在改革开放、现代化建设和精神文化事业迅猛发展的新形势的感召下，我国学术界对文艺生产消费的研究无论是广度上，还是深度上都有了巨大发展。大体说来，这种发展表现在以下几个方面：

第一，对马克思主义艺术生产理论的研究日益深化，理论研究心态和理论认识日益客观、公允、辩证，研究范围得到了不断拓展，从马克思主义艺术生产论的产生到历史发展，从经典作家的若干论断、命题到这一思想产生的理论渊源、现实依据、历史影响，研究日趋细致、周密、充分。深入探究艺术生产问题的首要前提是弄清何为"艺术生产"，而长期以来的艺术生产研究恰恰是在这一重要问题上存在着严重分歧。概括起来，大致有五种较有影响的观点：特指说（艺术生产特指资本主义社会的艺术生产）、唯物史观范畴说、多义说、意识形态生产说、物化说。随着研究的深入，近年来学界逐渐形成共识，越来越多的人认识到艺术生产作为马克思主义文艺学的一个重要术语，在马克思不同时期著作中曾多次使用，体现着马克思的一系列重要思想，与马克思力主辩证、全面、历史、唯物地审视文艺现象的一贯精神是一致的，因此艺术生产概念在马克思的著作中虽因使用场合不同而有广、狭义之分，侧重点不尽相同，但却绝不能拘于某一论述而穿凿附会、断章取义，将其含义绝对化。事实上，在马克思的著作中，"自由的精神生产"、"艺术生产"、"艺术劳动"、用"艺术方式加工"是内在相通的，只不过侧重点不同而已。马克思主要是针对资本主义时代艺术商品生产状况论述艺术生产问题的，但艺术生产不等于资本主义时代的艺术商品生产，不同时代的艺术生产具有着不同的"历史的形式"。在资本主义时代，"艺术劳动"既可以表现为生产劳动，也可以表现为"非生产劳动"。在这一点上，马克思与后来的众多西方马克思主义理论家们还是颇为不同的。

20世纪80年代以来，针对这一问题曾出现过主干说（艺术生产论是马克思主义文艺理论主干）、超越说（艺术生产论是对现有艺术观的超越）、派生说（艺术生产论是意识形态论的派生）、并列说（艺术生产论、意识形态论等是马克思从不同视角关注文艺问题的结果）、逻辑整体说（它们只不过是对同一艺术现象所作的不同表述，并无质的差异）等不同观点。一时间，大有以艺术生产论取代传统的文学反映论和意识形态论，重建马克思主义文艺学范式之势。跨入新世纪的今天，学界逐渐倾向于艺术生产论、能动反映说、意识形态论的基本观点在马克思的著作中都可以找到立论的根据，认识到能动反映说主要是从认识论、反映论的角度审视文艺，主要关注和强调文艺的认识、反映根源，马克思的意识形态论则主要是从社会生活的结构层次角度给文艺定位，强调它与哲学、宗教等同属于人类精神生活领域，一样受制于经济基础和物质生活。而艺术生产论则主要是从政治经济学角度审视文艺活动，强调文艺活动与物质生产、社会生产的内在关联。三者同中有异，异中有同，它们同以马克思主义的历史唯物主义和辩证唯物主义为其理论基石，同以文艺活动为其观照对象，都承认文艺活动的受动性和自身的特殊性。就三者的提出和有关阐述看，它们也是紧密关联、不可割裂的。如在《德意志意识形态》中马克思指出宗教、艺术等意识形态没有自己的历史，它们都是社会存在的"反射"、"回声"，同时也强调一切精神生产即意识形态生产。在《政治经济学批判》的《导言》、《序言》中也是时而论及艺术是意识形态形式，时而论及"艺术生产"问题，时而强调一定的"对自然的观点和对社会关系的观点"是艺术的基础。因此，三者都是比较典型的马克思主义的文艺理论观点，将其中某一个绝对化，以其中一个取代或消解另一个，并不符合马克思主义文艺理论的精神实质。可以说，艺术生产必然是程度不同地浸染着意识形态色调的审美精神生产，审美意识形态也必然是动态地存在于艺术生产全过程中的意识形态，而作为一种以"艺术精神"掌握世界的活动，文艺必然包含着对社会生活的能动反映。三种观点并无本质的差异，只不过研究角度、表述方式、侧重点不同罢了。

同时，学界也对马克思主义艺术生产论的理论渊源、现实依据、历史影响展开了深入细致的研究，董学文教授、冯宪光教授、景中强博士、马海良博士、温恕博士等人的研究成果深化和细化了马克思主义艺术生产理论发展史的研究，尤其引人瞩目。

第二，由注重对文艺生产与物质生产的不平衡关系进行多维度的研究逐渐向注重深入研究文艺创作生产自身的特征、结构、系统和文艺生产方式变化。20世纪50年代直至80年代中期，学界对马克思艺术生产论的研究基本上停留在对艺术生产与物质生产不平衡关系的分析上，20世纪80年代后期和90年代，受社会文化转型和学术研究自身积累的影响、促进，学界开始大规模深入细致地研究文艺生产自身的特征、结构、系统和文艺生产方式的新变化。这一时期，涌现出了叶向东的《论文艺生产方式》、李中一的《何谓艺术生产力》、王少青的《艺术生产关系论》、黄书泉的《论文学生产与消费关系中的作家、作品、读者二重性》、宋晖和赖大仁的《文学生产的麦当劳化和网络化》等比较有影响的论文。

第三，由注重对文艺创作生产的研究逐渐向文艺社会生产、消费研究并重变化。如果说20世纪50年代直至80年代中期关于艺术生产与物质生产发展不平衡问题的三次大论争还主要局限于对艺术生产问题的思考，那么1984年贾方洲率先发表《论文艺消费》的论文则开启了国内文艺消费研究的潮流。之后，花建研究员在

1989 年出版的《文艺消费学》中对文艺消费问题从文艺社会学角度进行了较细致的论述。进入 90 年代后，黄书泉、金元浦、高小康、欧阳友权、陶东风、仰海峰等学者则对当代文化产业和文艺生产消费问题进行了多层面的研究。

第四，对文艺生产消费的研究从注重对马克思、恩格斯等经典作家的论述进行理论阐述到注重实际的文艺生产消费状况、趋势的具体研究转化。新时期以来，特别是 1990 年代以来，黄鸣奋、王晓明、李衍柱等学者开始自觉地将当代文艺生产机制和审美文化实践的新变化与文化研究范式的转换结合起来进行思考。康晓光、李频、高江波、邵燕君、孙燕君、韩敏、师永刚、伍旭升、李益荪等人对当代文学消费倾向、文学生产机制的市场化转型、期刊杂志的生产消费状况与策略、当代文化产业的特点与规律等进行了大量实证性的研究。此外，周宪、姚文放等人的当代审美文化研究，祁述裕、魏天祥等人的当代文艺新变化研究，蒋述卓、刘士林等人的城市文艺与城市文化研究，陈炎的审美文化史、艺术生产力和文化资源研究等也对文化生产消费问题有所涉及。

第五，文艺生产消费研究日益呈现多层次、多角度、多方面的立体多维的格局。朱立元、何国瑞、金元浦、陶东风等学者尝试运用马克思等人的艺术生产理论、当代西方马克思主义理论家的文化批评观点（如法兰克福学派的大众文化批判理论、葛兰西的文化霸权理论、伯明翰学派代表人物威廉斯的文化唯物主义理论等）分析解决当代文艺和审美领域的新问题。钟涛、赵敏俐、万莲子等学者还把艺术生产消费的研究模式拓展到对元杂剧艺术生产状况、中国古代诗歌艺术生产与消费的基本方式、"左联"时期的文学生产与编辑出版行为等的研究上。这些研究打开了国内文艺研究的思路。而且艺术生产消费研究还逐渐由注重对个别问题、个别领域、个别理论家的论述进行具体研究向基础理论研究与个案研究并重，注重进行大规模综合性的系统研究的方向稳步发展的态势。同时，国人对文艺生产消费的中国问题也越来越投以关注的目光。对当代中国的文艺生产消费现实进行深入剖析，多角度、多层面地探讨当代中国文艺生产消费的前景和出路正在成为学界研究的热点之一。

应当看到，中国独特的国情和现代化状况深刻影响了中国当代文艺生产消费的性质、规模和状况，赋予了它与众不同的独特面貌。正如以色列社会学家艾森斯塔特的多元现代性理论所昭示的，现代化必然是一个基于特定时代生产力状况、社会制度、文化传统等因素的多样化选择过程，中国的现代性文化不可能也不必要重蹈欧美现代性文化之覆辙。同样，中国的文艺生产消费、文化产业、精神文化建设也应强调中国特色，坚定不移地走自主发展道路。

在共时性的全球文化语境和历时性的民族文化语境犬牙交错的"文化场"中，中国当代的文艺生产消费状况必然是极为复杂的，几千年封建文化的积淀、

20 世纪如火如荼的民族革命与民主革命的英雄主义传统、社会主义制度和马克思主义对现代中国半个多世纪的深刻塑造、市场经济大潮和信息媒体革命的冲击、中国国内东西部地区经济文化发展的严重不平衡、长期以来形成的城乡二元对立社会结构带给经济体制改革、现代化建设和民主政治建设的重负、后现代景观、农耕文化残迹、现代工业化潮流的错落叠合……这一切都必然会影响到当代中国的精神文化生活，使当代文艺生产消费呈现出独特的"复调"性质。在当代中国，不仅多种类型的文艺生产消费严重不平衡（如通俗文艺长势迅猛，高雅文艺则严重匮乏），而且城乡之间、东西部地区之间、不同社会阶层之间、不同年龄段之间文艺生产消费的状况、规模、水准、机会、成本也存在着巨大差距。因此，当代中国的文艺生产消费和精神文化建设有着独有的复杂性和严峻性，机遇与挑战并存，深入研究中国当代的文艺生产消费和文化产业问题是时代摆在我们面前的紧迫课题。

例如，对于艺术商品化、产业化问题，我国学界长期以来多倾向于片面理解马克思关于资本主义与艺术和诗歌相敌对的命题。新时期以来，伴随着改革开放和现代化建设的迅猛发展，文化艺术领域呈现出了前所未有的新景观，文艺的产业化特征愈益明显，消费文化、传媒文化日益渗入当代审美文化实践，这给当代文艺生态建设提出了不少新的亟待解决的理论问题和实践问题。与此相应，新时期以来，学术界对商品经济与精神文化发展的关系、艺术生产是否应当商品化、当代中国文化产业如何才能健康发展等问题进行了长期的探讨和争鸣。但新时期以来学术界在探讨商品经济对精神文化发展的影响、艺术生产商品化的复杂效应、如何协调文化产业的社会效益与经济效益的关系时也仍然多沿袭法兰克福学派大众文化批判理论的精英主义思路。这实际上忽视了当代中国与西方社会文化的异质性、国情的差异性，犯了教条主义的错误。诚然，中国作为一个社会主义国家的社会制度性质、意识形态导向客观上不允许文学艺术像西方资本主义国家那样空前商业化，但是文艺的商品化、产业化客观上也确实存在着使精神文化低俗化、平面化的危险，然而在当代中国，文化产业的发展又是有力促进精神文化事业发展和国民经济迅猛发展，提高综合国力的重要途径，文艺的商品化、产业化的积极意义远大于消极影响，因此问题不在于文艺是否应当商品化、产业化，而在于如何通过种种宏观调控措施，促使艺术文化产业良性发展。① 国人普遍认

---

① 近年来不少政界和学界人士提出了"科技生产力"、"文化生产力"、"美学与艺术也是一种生产力"等命题（如邓小平的《科学技术是第一生产力》，《邓小平文选》第 3 卷，人民出版社 1993 年版；刘大椿主编的《科技生产力：理论和运作》，重庆出版社 1996 年版；李思孝的《文化也是生产力》，载《马列文论研究》第 13 集，人民大学出版社 2002 年版；陈炎的《美学与艺术也是一种生产力》，载《文史哲》2004 年第 3 期；李金齐的《文化生产力探析》，载《胜利油田党校学报》2005 年第 2 期）。

识到伴随着全球化、知识化、信息化、智能化、网络化、数字化的浪潮，随着知识经济、创意产业的日益高涨，美学和艺术作为生产力的要素越来越显得重要，文化生产力已成为社会生产力的主要组成部分和高级形态，而要发展我国的文化生产力就必须大力发展文化艺术产业。①

---

① 参看陈炎：《美学与艺术也是一种生产力》，载《文史哲》2004 年第 3 期；李金齐：《文化生产力探析》，载《胜利油田党校学报》2005 年第 2 期。

第十四章

中国当代艺术产业现状分析

马克思在《〈政治经济批判〉序言》（1859）中指出："物质生活的生产方式制约着整个社会生活，政治生活和精神生活的过程……随着经济基础的变更，全部庞大的上层建筑也或快或慢地发生变更。"[1] 艺术品的价值体系是一个复杂的分层系统，在这一系统中，艺术品的最终指向是装饰、展览、私人馈赠还是赏玩之物、励志之品，是求得艺术形式、内容的变革、传承传统的精髓或模式，还是意在大规模的复制，从而纳入工业化的流通，都依从于社会语境和社会需求的变化。伴随着生产方式的变革，当代文化艺术领域内迅速调整并引发了深层变革，艺术以产业的方式规定和投射了艺术的生活在场，不过是艺术在当代社会寻求生存和发展之途的选择。

第一节　社会转型与艺术产业的兴起

艺术产业是在文化产业的整体框架中被提及的，而文化产业的发展是随着后工业社会在社会结构、政治、文化格局的变化而必然出现的产业形势。文化产业的提法应上溯到法兰克福学派的代表人物阿多诺和霍克海默，他们在其《启蒙辩证法》中提出了文化工业（Culturak Industry）一词。但阿多诺和霍克海默主

---

[1]　《马克思恩格斯选集》第 2 卷，人民出版社 1995 年版，第 82 页。

要是在批判的意义上指出文化与工业结合的现象。而将文化作为产业，并提出文化产业发展策略的是美国前总统克林顿，而后英国前首相布莱尔提出了创意产业，并都将之视为 21 世纪全球经济一体化时代的"朝阳产业"。

从文化产业的产业定位看，文化产业化的理念起始于 20 世纪 50 年代西方社会学家对社会类型的预测分析。戴维·里斯曼在 1958 年提出了"闲暇社会"的概念，将之描述为"人类历史上第一次大量人们必须对付闲暇时间而不是对付劳苦工作"的社会。[①] 贝尔则于 1959 年夏季在奥地利利萨尔茨堡会议上第一次用"后工业社会"描述未来的社会趋向，认为在这样的社会"大多数劳动力不再从事农业或制造业，而是从事服务业，如贸易、金融、运输、保健、娱乐、研究、教育和管理"。[②] 他们预先意识到生产力发展到一定阶段时，物质匮乏的状况将会结束，而精神匮乏将是社会亟待解决的问题。也就是说当某一国家人均 GDP 达到 4 000～20 000 美元时，人们的需求发生了变化，人们对精神的需求将超越物质需求，更注重"服务和舒适——保健、教育、娱乐和文艺——所计量的生活质量"，[③] 因此社会学家预测的重点放在社会产业的变化上。如贝尔以第三产业替代第一、二产业成为主导产业作为后工业社会的标志之一，日本学者堺屋太一则称在"下一个社会"将不再如工业社会以大型化、大批量化和高速化为标志，而是以省资源化、信息化、多样化为标志，知识的价值受到重视并渗透到社会生产的各个层面。[④] 第亚尼在一定程度上细化了对未来社会的预测，他以非物质社会描述未来社会，指出了社会的发展将以非物质文化资源的挖掘和使用为趋向。诸多学者立足于社会结构的变化，指出一旦社会经济发展达到一定水平且物质资料的占有不再处于主导地位时，社会民众日益增长的精神需求就会逐渐代替了物质需求，并刺激文化产业在新的社会的勃兴。从美国、英国、日本等发达国家的现状来看，文化产业已经处于社会产业结构中的重要地位。这也就意味着传统的文化艺术产出模式、目标定位及评定标准都要相应的调整，以适应新的社会阶段日益增长的文化艺术需求。

何为文化产业？根据联合国教科文组织的界定，文化产业被定义为：按照工业标准生产、再生产、储存以及分配文化产品和服务的一系列活动。包括 12 大类别：即视觉艺术，表演艺术，工艺与设计，印刷出版，电影，广告，建筑，歌舞剧与音乐制造，多媒体、视听产品，文化观光，运动。在此，联合国教科文组织把文化产业的核心归结为"结合创作、生产等方式，把本质上无形的文化内容商品化。"而其范围则主要是那些"内容受到知识产权的保

---

①②③　［美］丹尼尔·贝尔著，王宏周等译：《后工业社会的来临——对社会预测的一项探索》，商务印书馆 1984 年版，第 504、20、143 页。

④　［日］堺屋太一著，黄晓勇等译：《知识价值革命》，三联书店 1987 年版。

护，其形式可以是商品或是服务"的文化。可以说，以产业的结构优化文化的资源，延伸文化的价值效度，这基本上成为文化产业化的共识，但不同国家对于文化的理解有别，而产业化的侧重点也各不同。因此，各国对文化类产业的名称、界定和分类没有统一的标准。美国、澳大利亚、加拿大等国家将之界定为版权产业，指"其存在和发展依赖于版权保护的很多方面各不相同的产业。"以版权作为分类标准，美国将之分为核心版权产业、部分版权产业、发行版权产业和关联版权产业四大类。① 而英国、新加坡、新西兰等国称为创意产业，根据 1998 年的《英国创意产业路径文件》的界定，创意产业是指"那些从个体的创造性、个体的技艺和才能中获取发展动力的企业，以及那些通过对知识产权的开发，可创造潜在财富和就业机会的，它通常包括广告、建筑、艺术和古玩市场、工艺品、时尚设计、电影和音像、互动性休闲软件、音乐、表演艺术、出版业、软件和计算机服务、电视和电台等。此外，还包括旅游、博物馆和美术馆，遗产和体育等。"日本则称之为内容产业，分为内容制造产业、休闲产业和时尚产业等三大类。而韩国则称之为文化内容产业，基本上是以艺术为核心的产业类型，包括漫画产业、电影产业、音乐产业、电玩产业、动画产业和人物产业等六大类。相比而言我们国家文化产业起步较晚，在分类上借鉴了西方国家的文化产业分类方法，并以文化体制改革为轴心，其界定紧紧围绕着"满足人民日益增长的文化需求"的方针。根据 2004 年国家统计局发布的《文化及相关产业分类》，文化产业被界定为"为社会公众提供文化、娱乐产品和服务的活动，以及与这些活动有关联的活动的集合。"包括文化产业核心层、文化产业外围层和相关文化产业层。共分为：文化服务和相关文化服务两大部分，新闻服务，出版发行和版权服务，广播、电视、电影服务，文化艺术服务，网络文化服务，文化休闲娱乐服务，其他文化服务，文化用品、设备及相关文化产品的生产，文化用品、设备及相关文化产品的销售等九个大类，24 个中类，80 个小类。

虽然不同国家对文化产业的界定不同，但都兼顾了这一新兴产业的文化属性和产业属性。目前一些发达国家采取了比较相似的产业发展策略，即重新调整产业结构，完善文化艺术的产销体系，以商业交换逻辑处理文化产品的生产消费，加快文化产品的传播速度。各国政府也以不同的方式在政策上加以支持，并通过趋向完善的法律、法规保护文化产业。高度发展的文化产业不仅提供了丰富多样的文化产品，缓解了各国社会民众精神匮乏的问题，而且各国的文化产品因其文

---

① 徐登明：《福建、浙江两省版权产业发展状况的考察报告》，http：//www.sccopyright.org/xsyd/lw3.htm.

化内涵和表达方式逐渐从本国市场向国际市场扩展，为国家带来了良好的经济收益。近几年美国、英国、日本、韩国等发达国家的文化产业发展迅猛，这突出表现于文化产业产值占 GDP 的比率、文化及相关产业从业人员数在社会从业人员比例提升等方面。2000 年英国创意产业产值占英国 2000 年 GDP 的 7.9%，2001年其产值则达到 1 125 亿英镑（见易湘云：《"台北国际艺术村"观察纪录》），2002 年实现增加值 534 亿英镑，占当年 GDP 的 8%。美国 2002 年的版权产业增加值达 12 500 亿美元，产业占 GDP 的比率的 12%，[①] 而日本 2002 年的文化事业预算约为 985 亿日元，占日本整个财政年度的 0.12%；而同年文化产业的市场规模达 84 万亿日元，约占国内生产总值的 16.5%，[②] 2003 年日本文化产业产值近 100 万亿日元，占日本当年 GDP 的 18.3%。当然各国文化产业发展规模、重点、核算方法等都有差别，且各国 GDP 也各不相同。但由文化产业产值占 GDP 的比率，可以部分地反映出发达国家的文化产业对于国民经济等方面的积极作用。

同样，不断扩展其规模、高附加值的文化产业也为各国提供了相应扩大的空闲就业岗位，以安置社会人员。如新西兰 2000～2001 年创意产业的就业人数是 4.9 万人，占总就业人数的 3.6%，新加坡 2000 年创意产业的就业人数是 7.9 万，占总就业人数的 3.8%，而芬兰和加拿大的文化产业就业人数占总就业人数的比例则更高，分别为 5% 和 6%。[③] 由于文化产业的规模在逐渐扩张，随着产业结构调整和文化资源的不断挖掘，其人员的吸纳力也在逐渐增强。如 1999～2000 年澳大利亚的版权产业就业人数是 34.5 万人，占总就业人数的 3.8%，到 2000～2001 年比例则提升为 10%。而英国 2001 年创意产业的就业人数为 130 万人，到 2003 年其就业岗位则增至 190 万个，1997～2003 年就业平均年增率为 3%，远远高于英国经济 1% 的就业年增率。[④] 而作为文化产业发展巨头的美国，2002 年的产业就业人数达到 1 147 万人，占总就业人数的 8.41%。

文化产业的经济高产值、高回报率、资源的可持续应用以及人员的吸纳能力，不仅加速了产业的发展，而且因为人才、资金等方面的良性发展，推动了产业结构的优化进程。在这样良好的产业结构背景下，艺术始终作为新的经济生长点，占据着文化产业的重要位置。根据美国国际知识产权联盟的《美国经济中

---

① 《广州创意产业发展简报》，广州时尚网，http：//www. gzfashion. cn/detail. asp？id = 2094.

② 卢娟：《日本的文化产业政策及运作》，载《青年记者》，2006 年 3 月 10 日。

③ 陈文玲：《论文化产业的特殊性及市场定位》，载江蓝生：《2001～2002 年中国文化产业发展报告》，社会科学文献出版社 2002 年版。

④ 刘润生、佟贺丰、李薇、张泽玉：《英国文化创意产业发展》，中国科学技术信息研究所，http：//www. chinainfo. gov. cn/data/200707/1_ 20070702_ 157448. html.

的版权产业——2004 年报告》，其第一类核心版权产业，即是"以电影、录音、音乐、图书、报刊、软件等创造享有版权的作品作为其主要产品的产业"。① 从中可以发现电影、音乐等艺术为核心的产业占据核心地位。艺术及与艺术紧密相关的产业在市场运营的模式下，其商业利润极为可观。1996 年，美国电影电视的营业额为 525 亿美元，音像制品 295 亿美元；而到了 1998 年，美国的电影、电视、录音带、音乐出版的总收入第一次超过农业和飞机制造业，成为第一大出口产品。而在澳大利亚 1998 年，整个艺术界的收入为 113 亿澳元，② 几乎占当年澳大利亚文化（版权）产业总收入的 47%。而韩国仅动漫产业 2005 年的产值就达到 50 兆韩币。可以说，艺术在以产业化的形式渗透到日常生活方面的能力，带动了整个文化产业的发展。而各国艺术及相关产业在就业人员的吸纳能力上，同样处于核心位置。虽然如伊丽莎白·希尔等在《艺术市场创新》中曾指出，"在 90 年代，整个商业的大背景极为混乱，作为艺术产业，只能为从业人员提供一线生机，大多数人的工作极不稳定，回报极不丰厚。不过这一行业还是为求业人员提供了大量岗位。"③ 但随着各国文化产业政策的调整，艺术产品由国内市场到国际市场的传播，艺术产业已逐渐改变了这种就业上的"不稳定"。据美国纽约艺术联盟的《文化资本：纽约经济与社会保健的投资》报告显示，仅 2000 年，纽约艺术与文化营利与非营利性组织就创造了 145 亿美元的经济效益，为社会提供了 13 万个工作机会④，在美国从事艺术及其相关工作的人数达 1 700 万人。⑤ 仅非营利性文化艺术产业每年就可以吸纳 130 万人就业。在产业化的生产经营模式中，艺术潜在的社会功利价值被激发出来，艺术在社会人员安置、财富创造等方面的上佳表现不仅显示了一个国家艺术产业化的程度，而且共同促进了世界各国艺术产业化的进程。

---

① 徐登明：《福建、浙江两省版权产业发展状况的考察报告》，http：//www. sccopyright. org/xsyd/lw3. htm

② ［澳］海伦·纽金（2000 年 10 月）：《艺术与文化的民营化及产业化》，何国庆（主持人），"艺术管理与文化经营。跨世纪艺文信息交流国际研讨会"，台北国家图书馆国际会议厅。

③ ［英］伊丽莎白·希尔、［英］凯瑟琳·奥沙利文、［英］特里·奥沙利文著，杜丽霞、李三虎译：《艺术市场创新》，中国时代经济出版社 2002 年版，第 6 页。

④ 金元浦：《经营文化：大竞争时代的城市博弈》，载叶取源等：《中国文化产业评论·第三卷》，上海人民出版社 2005 年版，第 87 页。

⑤ 陈立旭：《都市文化与都市精神中外城市文化比较》，东南大学出版社 2002 年版，第 198～199 页。

第二节　当代中国的艺术产业状况

　　艺术产业的良性发展有很多前提，诸如经济发展状况、科技发展水平、管理运营模式与市场机制的健全度以及社会的供给需求能力等，在这些方面中国与西方发达国家无疑存在差距。在当下时代，文化不仅作为满足人们日益增长的精神需求的"悬浮的意识形态"，而且因为其物质转化力量成为社会发展的新的经济生长点。但文化产业在中国还属于新兴产业，还不可能成为国家经济发展的主导产业，这与我国的经济发展状况和国民的消费水平密切相关。

　　从社会性质看，陈炎先生曾在《艺术与美学也是一种生产力》的文章中指出，当前中国"是以工业社会为主导的，兼有前工业社会和后工业社会经济要素的发展中国家。"[①] 工业为主导的社会条件，意味着我们国家的发展重点依然是第一、第二产业，大多数劳动力还必须重点从事第一、第二产业。而兼顾发展第三产业，则是国家决策及纲领文件中所强调的物质建设和精神建设并重。从我国的经济发展状况和国民的消费水平看。2005 年中国的人均 GDP 为 1 703 美元，相比日本的 38 890 美元、美国的 44 180 美元，还存在巨大差距。这也就意味着我国人民群众的整体消费能力与发达国家相比还偏弱，从消费类型上看，中国还属于生存消费型为主，逐渐向发展消费型和享受消费型过渡的国家。相比发达国家文化消费支出占总消费支出 18% 的高比率（不包含教育消费），中国 6%（一半为教育支出）的比率无疑处于低端水平。2005 年我国的恩格尔系数为 46%，根据联合国粮农组织划分贫困与富裕的标准，恩格尔系数在 59% 以上者为绝对贫困，50%～59% 为勉强度日，40%～50% 为小康水平，30%～40% 为富裕，30% 以下为最富裕。这意味着，我国的第一、第二产业在提高国民的物质生产资料的分配和占有上还起着主导作用，而文化艺术产业只起到辅助作用。

　　另外观念的滞后成为制约中国文化产业发展的障碍。中国从计划经济到市场经济体制的过渡并未完善，文化艺术产业化的理念并不健全。回顾中国近 20 年文化的产业化状况，1988 年我国才正式提出"文化市场"的概念（《关于加强文化市场管理工作的通知》），到 1999 年的九届人大二次会议的《政府工作报告》和《国民经济和社会发展计划草案的报告》中，才明确提出"推进文化、体育、非义务教育和非基本医疗保健的产业化"，把文化等产业化发展定位于

[①]　陈炎：《美学与艺术也是一种生产力》，载《文史哲》2004 年第 3 期。

"积极引导居民增加文化、娱乐、体育健身和旅游等消费，拓宽服务性消费领域"，作为文化产业的重要一维的艺术产业开始在政策导向上有了保证。而"文化产业"概念直到 2000 年才正式提出（《中共中央关于制定国民经济和社会发展第十个五年计划的建议》）。虽然中国的文化产业逐渐成型，从体系上看我国的文化艺术产业基本上沿用了西方发达国家的产业化模式，把经济化作为文化产业发展的中轴原则，而对文化产业发展内水平也依从于西方的文化产业产值在 GDP 中的比率作为评判标准。并没有形成具有中国特色的产业化模式。

虽然中国目前发展文化艺术产业还有诸多不利条件，但通过借鉴西方文化产业发展的模式，结合当代中国的实际情况，在十几年的时间里中国文化产业已经初具规模。尤其在艺术产业发展方面，为了更好地发展艺术产业，中国引入了西方较为成熟的市场运作模式，省察中国艺术产业化的发展实际，从政策、资金、人员配备上对艺术等文化产业给予支持，鼓励艺术企业、艺术集团的建立。使文化通过产业模式以产品的形式生产和销售，这加快了传统文化的现代转型和不同文化交融的进程，推动了现代文化向国民日常生活的渗透以及经济价值的实现。艺术在产业化模式下，改变了其传统的创作—接受模式被纳入消费体系中。不仅凸显了艺术被遮蔽的商业属性，而且因产业化艺术的巨大商业利润而处于文化产业的核心层。近几年，我国在政策上、资金上以及法律法规上对文化艺术产业的倾斜，刺激了诸如艺术园区、艺术企业、艺术集团的发展。《国民经济和社会发展"十一五"规划纲要》明确了社会主义文化建设的方向是："推进经营性文化事业单位转制，努力形成一批坚持社会主义先进文化方向，有较强自主创新能力、市场竞争能力的文化企业和企业集团。"

艺术产业的现有状况及未来的发展空间引起了各级政府关注，目前如何进一步发展文化（艺术）产业已成为各省市建设中的重要问题，对未来（文化）艺术产业已经从宏观上的指导转入微观上的规划，诸如艺术从业人员数目、艺术产业园区的数量及艺术产值在国民生产总值中的比率等调整等问题都成为规划的重点。湖南省在《加快湖南文化产业发展》中提出的目标是："到 2010 年，全省文化产业增加值达到 600 亿元，占 GDP 的 7%。文化从业人员达到 150 万人，占全省从业人员的 4%。"[①] 而广东省则明确了艺术产业在文化产业中的地位，把艺术产业作为广东省建设的六大支柱产业之一，称之为"文化产业系统的感染性产业"。社会环境为艺术产业提供了良好的发展空间。浙江省则在《浙江省文化建设"四个一批"规划（2005～2010）》中指出，十一五期间要加大扶持戏剧产业区、工艺美术产业区、金石书画产业区等。

---

① 杨正午：《加快湖南文化产业发展》，载《求是》2003 年第 14 期。

　　政府资金及政策上的支持使中国的艺术产业逐渐形成了完善的生产营销网络。从产业结构来看，艺术产业的"生产—消费"系统已逐渐走向规范化和精细化，形成了包括艺术生产者、艺术策划者、艺术营销网络、艺术市场调查网络和分析机构、艺术发行人、出版商、艺术策展人、艺术中介机构等组成的较为健全的体系，刺激并带动了诸如动漫公司、艺术设计公司、艺术装潢公司等新兴的艺术企业集团的发展。从艺术产业区的建设看，全国已建立了颇具规模的艺术产业区和品牌产业，如北京的大山子艺术中心（"798"艺术区）、通州国际文化艺术产业园区、上海的春明艺术产业区、广西中国—东盟文化艺术产业园区等，深圳的大芬村、中国美协苏州胥口书画名家街等。这类艺术产业园区带动了艺术品产量上的剧增，为艺术走入日常生活提供了保证，也在很大程度上推进了艺术借由消费生活化的速度和广度。此外，艺术产业的集群式的发展模式，能够借助规模经营适应市场的细分要求，缩短和简化产销流程，满足不同消费者的多样需求，提高产业园区的产业增加值，从而提高艺术产业产值在国民生产总值中的比重。如 2000 年仅文化部门主管的文化娱乐业、音像业、演出业、艺术品经营业等门类的产业单位，年上缴各项税金 20.2 亿元，创增加值 118.9 亿元。（见张芳：《发展文化产业，促进公民教育》）而近几年艺术产业产值的数据也呈逐年提高的趋势。以广东为例，据广东社会科学院的《关于"文化大省"建设专题调研的综合研究报告》，"由于大力推动体制改革和体制转换，原来 75% 处于亏损状态的文化经营单位开始走出困境，初步步入良性循环轨道……2001 年专业艺术表演团体艺术演出场次 18 289 场，全年收入合计 25 191 万元，其中演出收入 6 174 万元。艺术表演场所全年演（映）出 6 万场，其中艺术演出 0.8 万场，总收入 9 289 万元。"而据《中国艺术产业年度发展报告之一——艺术经营业》的数据，1996 年全国艺术业的产值为 15.05 亿元，到 2002 年产值则上升为 23.75 亿元，艺术业占文化产业的百分比也从 1996 年的 7.1% 上升到 2002 年的 9.5%。

　　中国的艺术产业是在文化产业的大框架下发展的，其发展始终会围绕着人民大众的需求，不仅表现在经济效益上，更表现在社会效益上。电视媒介、网络媒介的迅速发展不仅带来了艺术传播方式的变化，而且通过其免费艺术传播方式扩展了艺术的影响力，从而在更大层面上实现了对人民群众艺术感悟力、艺术鉴赏力以及审美文化素养的培养和提高，并最终影响到国民文化素质的提高和文化观念的转变。以广电业为例，2004 年广播电视人口综合覆盖率分别为 94.5%、95.59%，有限电视用户达 1.16 亿户。从电影生产数量上看，2004 年全年为 212部，2005 年则为 260 部；2005 年全国中央和各省级电视台共有 288 个频道，其中播放电视剧的频道有 233 个，占总频道数的 80% 以上。2004 年全国共生产电视剧 505 部、12 265 集，2005 年则生产 514 部、12 447 集。截至 2005 年 4 月，我国电子书销售总册数达到 805 万册，出版总量达到 14.8 万种，而网络文学艺术类占很大比重。艺术产品生产数量上的提高刺激了国民的艺术消费。以 2003 年的娱乐教育文化消费为例，全国的人均月消费值为 104.38 元。中国的几大城市，如大连的人均月消费值为 90.84 元，太原为 93.44 元，上海为 152.55 元，广州为 153.13 元，北京为 163.73 元，而深圳则达到 219.74 元。从中国城镇消费调查数据看，截至 2005 年上半年，国民在教育文化娱乐服务类上的支出比 2004 年增长了 6.2%。艺术消费等文化消费比重的加大，在一定程度上改变了物质消费与文化消费之间的不平衡关系。

而从就业安置的角度看，虽然目前我国从事艺术及其相关工作人数还比较低，但近几年却发展迅速。这与全国文化产业发展的大趋势相关。2003 年全国文化市场产业从业人员 1 274 万人，占全部从业人员（7.44 亿人）的 1.7%。[1] 与 1999 年相比，我国文化产业的从业人员增加了 1 160.6 万。1999 年，我国艺术及相关产业机构只有 27 万余家，从业人员 113.4 万人，[2] 到 2003 年则升至 305 603 家，从业人员 1 605 136 人，2004 年达 349 055 家，从业人员数为 1 658 793 人，2005 年增长到 381 512 家，从业人员数达 1 798 718 人。从另一角度看，我国艺术产业在从业人员安置上还有着极大的空间，随着艺术产业在文化产业中比重的不断加大以及艺术产业化水平的不断提高，不但可以增加艺术产业的产值，而且可以缓解就业压力，促进各产业人口的比例平衡。

应该说，艺术产业的发展模式加速了审美价值的经济转化，实现了艺术生产的集约化和规模化、艺术价值的商品化、评价标准的市场化等，改变了艺术与经济基础的遥远关系，带动了社会各方面的发展，成为社会生产的助推力。对于中国而言，艺术作为刺激中国经济发展的"朝阳产业"，不仅带来了中国经济发展新的增长点，而且使艺术最大限度地深入到人民的日常生活中。

第三节　艺术产业发展中的理论分歧

当我们为中国艺术产业的发展喜悦之时，却不得不面对艺术与产业结合后可能出现的问题。如马克思曾指出的，"……旧社会的一切关系一般脱去了神圣的

---

[1]　张晓明、胡惠林、章建刚：《2005 年中国文化蓝皮书：中国文化产业发展报告》，社会科学文献出版社 2005 年版，第 6 页。

[2]　郑百灵、周荫祖：《关于我国文化产业发展的思考》，载《当代财经》2002 年第 9 期。

外衣，因为它们变成了纯粹的金钱关系。同样，一切所谓最高尚的劳动——脑力劳动、艺术劳动等都变成了交易的对象，并因此失去了从前的荣誉。"① 随着艺术产业的发展，艺术的商品化已经是不容争辩的事实，因此问题被转化为艺术产业独特性的讨论。一种观点认为艺术产业不同于其他产业，艺术生产不能完全由市场消费决定，必须保持大部分艺术产品的"品格和稀有度"，否则艺术产业化发展的最终结果是颠覆和破坏艺术产业。相比而言，另一种观点更值得注意，即以市场为导向，让艺术作品成为商品，让艺术创作成为商品生产。这种模式的核心是艺术的产业化。如深圳著名的艺术产业区——大芬油画村，在村口高悬的标语就是："艺术与市场在这里对接，才华与财富在这里转换"。在此，关于艺术的传统观念被弃置一旁，艺术不再是一个涉及社会审美精神建构的存在，而是可直接转化为财富的商品。产业化模式为艺术产品的制作和销售提供了良好的平台，但这是否意味着产业化艺术必然合理？是否意味着艺术的商品属性会成为艺术本质的核心属性？

艺术产业可能导致艺术堕落是哲学家、艺术家以及社会学家普遍关注的问题，西方马克思主义学者如阿多诺、霍克海默等人就曾把艺术大生产看作艺术水准整体滑落的危险信号。这种担心在马克思那里已经出现。在分析作家作为"生产劳动者"时，马克思曾指出："作家所以是生产劳动者，并不是因为他生产出观念，而是因为他使出版他的著作的书商发财，也就是说，只有在他作为某一资本家的雇佣劳动者的时候，他才是生产的。"② 艺术以生产形式进入社会生产体系时必然与商业价值相联系，而这异化了艺术家的劳动，间接损害艺术的审美价值。在 1857 年的《导言》中他进一步指出："当艺术生产一旦作为艺术生产出现，它们就再不能以那种在世界史上划时代的、古典的形式创造出来，因此，在艺术本身的领域内，某些有重大意义的艺术形式只有在艺术发展的不发达阶段上才是可能的。"③ 这里马克思明确了"艺术生产"的最大危害是"某些有重大意义的艺术形式"再不能被创造出来。如果限定于艺术领域内，产业化过程改变了艺术的传统程式，取消了审美价值的中心位置，这种改变无疑损害了艺术的内在逻辑。

一般大众文化、艺术研究者都认识到了工业技术的发展对艺术产业的影响与带来的巨大变化。本雅明在《机械复制时代的艺术》就已经对此进行了详细的描述，不过他的着眼点不在于单纯提出这一特征，而是通过"灵韵"（aura）的消失，抨击工业化对艺术可能造成的毁灭性打击。对于当时的艺术者来说，艺术

---

① 《马克思恩格斯全集》第 6 卷，人民出版社 1965 年版，第 659 页。
② 《马克思恩格斯全集》第 26 卷，人民出版社 1975 年版，第 47 页。
③ 《马克思恩格斯全集》第 12 卷，人民出版社 1962 年版，第 760～761 页。

的自足性与内在逻辑是至关重要的。艺术顺从经济环境的变化及由此带来的种种弊端，成为大多数知识者憎恶艺术商业化的，并以刻薄或伤感的话语进行批判的最大原因之一。比如阿多诺在《启蒙辩证法》对艺术的商品化表示了极大的敌意，他说："艺术也是商品，这并不新鲜，这一变化新就新在艺术心悦诚服地承认自身就是商品；艺术宣布放弃其自律性，并且以能够在消费品中占有一席之地而骄傲"。① 霍克海默则在批判阿德勒关于电影是"大众的诗歌"时，声称艺术与商业的结合带来的只能是"阻止着对每件艺术作品内在逻辑的追求——即艺术作品本身的自律需要。"并认为："叫作流行娱乐的东西，实际上是被文化工业所刺激和操纵以及悄悄腐蚀着的需要。因此，它不能同艺术相处，即使它装作与艺术相处的好"。② 或许是对艺术自律性的忠诚，使阿多诺和霍克海默等批判者无视艺术在新的历史环境中的自我调适功能。他们秉承康德关于艺术或审美"无功利"的本质规定，把艺术的自律视作拯救大众的工具。这种工具理性以特有的二元律思维，漠视了艺术所具有的多重价值属性，忽视了在特定语境和社会需求中不同的价值属性得到极大发展的可能。在这一层面上，他们背离了马克思的唯物历史观。坚持历史发展论的马克思反对固守某一传统范畴与观念，他主张"观念、范畴也同它们所表现的关系一样，不是永恒的。它们是历史的暂时的产物。"③

而另一类学者则对于艺术工业化发展的趋向、艺术商品等表示出极大的善意，在他们看来文化艺术的工业化是与资本主义社会的发展深化伴随的。他们的描述简直就是一曲关于资本主义大生产与技术革命的赞歌。在阿诺德·豪泽尔的观念中，法兰克福学派关于工业化、文化工业的所有焦虑和哀叹被弃置一旁，施拉德对大众传播的盛赞也转化为对批量生产的艺术品，而且是"统一的艺术品"的盛赞。在阿诺德看来，正因为大众是社会民主的产物，而且自19世纪初以来，艺术与文化民主化就一直在进行着。④

艺术市场、艺术产业的问题在中国学术界也曾有一番争论，如1985年《文艺报》关于市场经济与通俗艺术的讨论和1994年《哲学研究》的艺术商品化问题的争鸣，不同理论家对于艺术与市场的结合、艺术作为商品的观点形成了支持与反对的两个阵营。艺术界对于艺术能否商品化同样有支持与反对两种态度。1992年"兰州艺术团"的《葬》中提出了三打（打倒）、三反，对艺术的市场化持拒绝的态度；与此相反，1992年于广州成立的"新历史小组"，则主张清除

① ［美］马克·波斯特著，范静哗译：《第二媒介时代》，南京大学出版社2001年版，第23页。
② ［德］麦克斯·霍克海默著，李小兵等译：《批判理论》，重庆出版社1989年版，第273~274页。
③ 《马克思恩格斯全集》第4卷，人民出版社1958年版，第144页。
④ ［匈］阿诺德·豪泽尔著，居延安编译：《艺术社会学》，学林出版社1987年版。

传统固有的观念，在行为艺术"新历史·1993 大消费"中明确了人人消费艺术、艺术消费人人的理念①。指出艺术只有通过产业化运作与经济结合，才能进入百姓市井之中，与社会的结合，从而消解了中国当代艺术与政治的关系，拓展了艺术的发展之路。从艺术的社会学角度看，艺术与产业的结合，是在工业社会与后工业社会共存的社会条件中，通过损害艺术的独立性为艺术争取到了继续生存的发展空间，实现了艺术的现代转型。从一定意义上说，艺术不再以贵族式的方式存在，而是更为日常化、通俗化，通过产业化的方式生产和传播艺术拉近了与日常民众的关系。但从艺术发展的角度来看，艺术为交换价值逻辑左右时却难以避免媚俗的倾向。冯骥才先生在《民间艺术的当代变异》中以民间艺术为例，指出经济方式的引入导致了民间艺术本质的变异。在他看来"民间艺术原本是一种地域的生活文化，一种民俗方式"，当民间艺术创作的目的转化为"对主顾的招徕与诱惑"时，"它的特色被无度地夸张着，它内在的灵魂与生命都没有了"②。

把艺术产业看作单纯的商品生产，等同于第一、第二产业，这是当代艺术发展过程中的畸变观念。艺术产业应以艺术的审美性及其内在逻辑的维护作为前提，在这一前提下，商业体系就成为艺术展示自身价值的另一平台，借助并通过商业评估、市场调查及艺术消费的反馈机制，获取艺术品与社会需求之间的关系数据，并以此作为艺术形式、内容革新和艺术现代转型的依据。因此，这种提法意味着对艺术的多重价值属性的抹杀。艺术不仅具有商业价值、审美价值、娱乐价值、信息价值等，还具有政治价值、文化价值、教育价值甚至科学价值。这意味着艺术可以被当作商品来消费，按照市场营销方式实现货币转化，在以经济建设为中心的当代中国，或许正应该强化艺术的商业价值，通过艺术经济的刺激推动社会生产的全面发展，而成为生产力的要素。但却不能忽视艺术的其他价值，要形成各类价值平衡发展的内在机制。避免某一价值的畸形发展，就如避免艺术曾经有过的政治畸形一样。

但这并不意味着艺术要抛弃审美价值的准则，而完全遵循商品交换价值逻辑进行生产。产业化并非取消艺术的审美性，而是使其在商业中得到更大的展示，并通过这种展示的反馈机制促进艺术的革新和转型。当马克思指出："劳动产品一旦作为商品来生产，就带上拜物教性质，因此拜物教是同商品生产分不开的"，③ 实际上已经意识到社会生产力的发展及社会关系、社会结构的调整等必然会使艺术等文化资源进入商业系统，受到商品价值规律的制约。但正如马克思

---

① 高岭：《中国当代行为艺术考察报告》，《今日先锋》第七辑，第 68 页。

② 冯骥才：《文化批评》，中州古籍出版社 2005 年版，第 305 页。

③ 《马克思恩格斯全集》第 23 卷，人民出版社 1972 年版，第 89 页。

在《1844年经济学哲学手稿》中强调艺术作为"生产的一些特殊的方式"① 一样，他强调了艺术的独特性及艺术自身的发展规律。推动艺术产业化趋向的主要力量之一是社会对艺术以及美学的需要，这种需要体现在对实用性之外的审美性的渴望，也即对个性、和谐等的渴望。这种渴望表现在创作中则是形式、内容的独创性表达，表现在商业社会中则是对工业产品的艺术设计，诸如汽车外型的设计、建筑设计、流行服饰及年度流行色调的发布等。如果说社会生产力的发展改变了当代的生产关系，艺术必须与时代的发展步伐一致实现其现代转型，那么艺术与产业的结合在更大程度上属于外在模式上的转型，而相应的内在转型则必须依从艺术的内在逻辑要求，通过艺术形式等方面的革新，保持艺术的"灵魂和生命"。后者表现为自80年代以来的艺术实验活动对传统的历史观、道德观、人生观的反思，对艺术与政治、艺术与生活关系的理解，以及对必然性法则、总体性和一体化规则的质疑。在这一过程中，艺术者以虚构和不合逻辑的生活事项、对仿象世界的描摹以及生活的符号化、象征化使用，冲破关于现实的一元化理解，使艺术在社会生活中的功能逐渐加强。而作为外在模式转型的艺术与产业的结合则借助市场、媒介、中介机构、广告策略等的综合运用，扩大了艺术的影响力，这对于艺术的现代转型是必需的。但艺术与产业的结合以及艺术商品的过度强化无疑也会破坏艺术的良性发展，使艺术背离了其内在的逻辑要求。在这一方面我们应该借鉴西方的一些观念，比如英国在其文化创意产业的框架下把艺术视作提高人们的生活质量的工具，其目标就是最大限度地把艺术的贡献从艺术部门渗透到各行各业。而一些社会学家如贝尔则认为艺术引导人们探求生活的秩序，最终使社会成为一件艺术品，实现社会秩序的和谐。② 也就是说，艺术应该保持其潜在的审美教育功能，保持其对社会人群良性人格的建构功能，保持建构社会的和谐关系的功能，把艺术精神转化为社会精神，为社会的艺术化走向提供借鉴。因此，产业化艺术无论是以商品的面目还是以娱乐品的面目出现，要以维护人的审美精神的中坚力量作为主导的、基本的目的，重视审美价值、社会价值的生产，而商品价值只是艺术生产过程中的附加值。

无论产业化对艺术意味着什么，在当代艺术发展的格局中，艺术产业的兴起以及发展是一个必须面对的历史事实。在中国，艺术与产业的结合实现了艺术生产、消费、流通、分配的系统化和规模化，扩展了艺术的社会影响力，趋向成熟的艺术产业不仅有巨大的商业空间，而且具有创生新的观念，优化社会环境的作用。维护艺术的审美价值和社会价值等同样会推动艺术产业的良性发展。因为社

---

① 《马克思恩格斯全集》第42卷，人民出版社1979年版，第121页。
② ［美］丹尼尔·贝尔著，王宏周等译：《后工业社会的来临——对社会预测的一项探索》，商务印书馆1984年版。

会始终存在对艺术以及美学的需要，这种需要体现为对实用性之外的审美性的渴望，也即对个性、和谐等的渴望。因之，产业化艺术的生产应遵循艺术价值与商业价值相结合的审美优先性原则。艺术家要始终处于艺术产业的中心，根据情感逻辑关注社会民生、展示人类的思维困境、批判或建构现实、表达人类最为微妙的情感等。当艺术家把其观念的表达具象化和物质化后，借助出版、印刷、拷贝等纳入工业生产体系，市场营销机制才开始发挥其价值转化的作用，通过规模化的经营将艺术产品的商业利润推至最高。这样，通过维护艺术的审美价值，艺术生产不仅带来了经济产值的提高，而且发展为后工业时代的一种物质力量。

第四节　艺术产业的可持续发展策略

在《2004 年中国文化蓝皮书：中国文化产业发展报告》中，调查者指出，从文化消费量上看，中国 2006 年 7 760 亿元，2020 年可能达到 29 460 亿元。但从供给上看，"目前我国文化产业是 5 300 亿元，距离以上的理论需求（10 900 亿元）有 5 600 亿元缺口。如果继续以目前 10% 的速度增长，到 2020 年，仅能达到29 460 亿元，距离以上计算的理论需求（42 400 亿元）的缺口将达到 12 940亿元。"[①] 这一消费缺口对包括艺术产业在内的文化产业提出了更高的要求。因此，对于中国未来艺术产业发展，应该结合中国的现实境况，优化艺术产业规则、解决存在的各种不平衡问题。

对于目前中国的艺术产业而言，首要问题是产业发展中的不平衡问题。如艺术产量与艺术产值的不平衡。中国近些年的艺术品产量与发达国家的相比已不再处于劣势，但数量与产值之间却存在巨大的差距，以音像市场的发行数量为例，中国 2003 年达到 4.56 亿张，是美国的 43%，日本的 152%，但产值却只是美国的 2.3%，日本的 6%。而电影产量 2003 年 140 部，2004 年 212 部，2005 年达260 部、但其中除了《手机》、《天地英雄》、《英雄》、《十面埋伏》等十几部电影有较好的票房外，其余的作品票房都没有超过 1 000 万元（人民币）。在一个针对北京观众的调查中显示，46.6% 的观众认为内地影片不景气的原因是国产片质量差，而 32.6% 的人认为票价昂贵[②]，这一差距折射出艺术产品的社会分享率与社会影响度偏低的现实状况，也反映出中国艺术供求之间的不平衡，即"客

---

① 张晓明、胡惠林、章建刚：《2004 年中国文化蓝皮书：中国文化产业发展报告》，社会科学文献出版社 2004 年版，第 11 ~ 12 页。

② 祁述裕：《中国文化产业国际竞争力报告》，社会科学文献出版社 2004 年版，第 144 ~ 145 页。

观可得的文化产品已经大大超过了社会的任何一个成员的吸收能力。"① 因此，未来艺术产业的发展重点不在数量，而在质量。在扩展生产规模和营销网络的同时，要注重培养相应的艺术消费群体，提高社会成员的吸收能力。而如艺术产业区的地区分布不平衡（大多数的艺术产业集中在北京、上海、广州等大中城市）；艺术产品传播与消费上的城乡差别；艺术产业内部门类发展的不平衡（电影、电视、绘画等都有了快速发展，但民间艺术等依然处于弱势等），则折射出目前中国艺术产业在结构等方面的不合理，以及艺术产品在提升人民群众文化能力上的低效能。在未来的发展，艺术产业应更好地利用纸媒介、电子媒介、网络媒介、电视、电影媒介等，实现文化艺术资源的共享；要针对不同的文化区域与经济区域实行差别营销模式，改善中国人民群众的文化发展不均衡，全方位、多层面地更新中国当代人群的观念与信息。因此，在未来艺术产业的发展中要遵循大众化原则。

根据需求增加艺术产品的产量曾经受到了西方马克思主义者的质疑。阿多诺在对文化产业批判时指出："就艺术迎合社会现存需求的程度而言，它在很大程度上已成为一种追求利润的商业。"而这样带来的恶果就是"表面上繁荣的艺术种类与艺术复制……实际上早已衰亡和失去意义"。② 阿多诺更多是从艺术的自律性角度而非社会学的角度看待艺术的大众化生产。毕竟在不同的社会、不同的时代，艺术的主要功能会有所调整，而艺术受众的审美能力及审美需求也千差万别。如果按照传统的整一化观念要求不同时代的艺术，只会导致艺术与时代、民众的脱节和停滞不前。在中国艺术产业刚刚起步的阶段，通过加大一次性、短期消费娱乐产品建构的生产机制，依靠规模化经营增加艺术产品的产量，根据不同的民众制定不同的生产销售策略，确立不同的传播途径，满足不同层次的消费者的艺术审美需求，这不仅实现了艺术产业经济产值的迅速提升，而且培养了消费者和相应的文化艺术消费市场。虽然这会在一定程度上使艺术产品存在粗糙、廉价和简单等缺陷，但这对于当代中国来说是必需的和迫切的。

大众化的艺术生产只是艺术产业中一个不可或缺的层面，艺术产业品牌的建立要以大众化作为基础，大众化的艺术生产重视产品的数量，以数量带动消费群体审美欣赏水平的提高，并由此为艺术产业带来高额的利润回报。在此基础上，艺术产业不仅有了足够的资金和丰富的产业运作经验，而且由此储备了优秀的艺术创作人才。但我们也要看到，产品在数量上的增加未必都是有效增长。如2004 年中国的故事片产量是 214 部，但真正在影院上映的只有 43 部。这一方面

---

① ［美］乔治·瑞泽尔著，谢立中等译：《后现代社会理论》，华夏出版社 2003 年版，第 225 页。

② ［德］阿多诺著，王柯平译：《美学理论》，四川人民出版社 1998 年版，第 32 页。

是因为机制上存在着问题；另一方面则是生产本身存在的质量问题，比如故事片题材选择上的重复、情节叙事上的粗糙、艺术品格上的平庸及表演上的造作等。艺术产业是以知识价值和艺术价值的生产作为主导的生产模式，而知识价值可分为恒定性价值和流动性价值。在最大可能发挥流动性价值的同时，支撑未来艺术产业的核心价值应该是具有人性魅力的、具民族特色和文化品格的产品。只有这类产品才可以满足国内不同群体高层次的艺术消费需求，并由此获得国际市场的认可。电影《英雄》的成功即是一例，取得了国内票房 2.5 亿元人民币，海外票房超过了 11 亿元人民币。这一例子提醒我们在大众化的基础上要通过对艺术产品的精心加工，增强艺术产业的发展动力及其在国际市场上的竞争力。创造艺术精品，创立产业文化艺术品牌，是在深层次上推进文化艺术产业发展的根本。因此在《中华人民共和国国民经济和社会发展第十一个五年（2006～2010 年）》目标中，国家提出了"积极发展文化事业和文化产业，创造更多更好适应人民群众需求的优秀文化产品……推进文化创新，实施精品战略，繁荣艺术创作，提高文化艺术产品质量。"将创造文化精品提升到文化产业发展战略的高度上加以强调。而《胡锦涛在党的十七大上的报告》中更明确提出要"鼓励文化创新的政策，营造有利于出精品、出人才、出效益的环境。"

打造品牌艺术，创造艺术精品不仅可以获得高额的产品利润回报，而且对于知识产权的转让和产品开发等艺术产业的后续发展大有裨益。以美国影片《泰坦尼克》为例，这部融合着爱情、冒险、历史灾难及死亡的影片，在全球的票房收入是 18 亿美元，而后续的餐饮、服装、旅游、音乐 CD 等产业收入则达到 35 亿美元。这是由于《泰坦尼克》精心打造的爱情神话，凸显了人性的魅力，从而感染了全球的观众。而电影产生的影响力，使关于《泰坦尼克》的音乐 CD、服装及旅游、餐饮等受到了全世界的热捧，使影片的延伸产品开发产生了超过影片本身的利润。享誉世界的迪斯尼品牌，则更依靠由沃尔特·迪尼斯创造的米老鼠、唐老鸭、皮特狗等动画形象及塑造的动画天地，获得了世界的认可。在此基础上，迪斯尼由动画品制作公司制作动画片，到开发服装、玩具、食品、礼品、文具，到建立迪斯尼唱片公司，再到在世界各地成立五个"迪斯尼乐园"，建立迪斯尼宾馆。[①] 迪斯尼以其动画为品牌，带动了以动画产业为轴心的产业链的急速、高效的发展，成为一个世界性的文化象征和标志。而这不仅获得了巨大的经济回报，而且获得了更为重要的文化回报，美国的文化观念在迪斯尼的世界传输过程中，也被悄然的传播并接纳。这一方面我国与美国等发达国家还

---

① 花建等：《软权力之争：全球化视野中的文化潮流》，上海社会科学院出版社、高等教育出版社 2001 年版，第 34 页。

存在很大差距，尤其在产品的国际传播和国际市场占有率上，差距更为明显。对于我国的艺术产业来说，时时面临着世界各国艺术产业的竞争，而在国际竞争中，创造产业艺术精品，提高市场竞争力，不仅是经济学的问题，而且是文化学、政治学、社会学的问题。从文化战略的角度看，产业艺术精品的生产，艺术产业品牌的创立，是实现国际间文化交流的重要筹码，只有生产出质量过硬的艺术产品才可能在国际间流通，实现文化间的传输，从而改变文化的单向传输状况，消解西方后殖民文化的战略意图，实现真正意义上的文化平等和相互尊重。

虽然说文化艺术精品战略，在客观上能够带动艺术产业的发展，扩展其规模，提高艺术产业的产值，但我们要摆脱按照艺术产值在 GDP 中的地位、利润结构的西方评价模式。因为这一模式限定了艺术功能的发挥，不利于艺术的现代转型。更关键的是完全依据西方的文化艺术产业评价模式，会影响中国艺术产业的发展取向，也不利于着眼于解决中国艺术产业问题的产业理论体系的建构，而这会限制有中国特色的艺术产业的完善和发展。虽然目前艺术产业化园区、艺术文化公司、集团等发展迅猛，并都有很好的商业利润回报，但从长远来看，过于重视商业化的运作必然影响艺术品的质量，这会导致市场上号召力的降低并影响其经济回报。这种状况不仅会阻碍社会生产力发展，而且会造成民众的审美需求与社会艺术生产能力之间新的失衡。社会学家指出，人们在艺术中探求生活的秩序，并设法使社会成为一件艺术品。这一理念强调艺术对于国家、社群结构、制度、人际关系等取向和谐的影响力和建构力，也就是说，艺术的和谐精神为未来社会的发展提供了依据和范型。而艺术的产业化如果秉持着这一思路，才能在未来的发展中起到良好的作用。以其产品，提升艺术的审美教育功能，建构社会良性人格结构，促进社会和谐关系的形成，为社会的艺术化走向奠定基础。

推动艺术产业的内驱力不是市场的消费需求，而是社会对艺术及美学的恒久的需要，这种需要首先体现在人们艺术需求的逐渐提高。如深圳商报社等对 256 名深圳市民（月收入在 2 000～8 000 元）接受高雅艺术的消费调查显示：50% 的被调查者期望每个月的艺术消费在 200 元以上，24% 的被调查者认为听音乐会主要目的是为了"艺术享受"。[①] 其次体现为对现实生活在实用基础上的艺术化设计等。如日常生活中公众对时装、美食、雅居的青睐，对实用器物的外型的审美化渴望。为了适应这种需求，产品制造商则调整产品设计的理念，追求产品的个性化、趣味化及艺术韵味。企业在广告宣传和产品定位上纷纷提出了像"生活环境个性化"、"用艺术设计生活，让生活充满艺术"、"凝固的时尚艺术，灵性的组合空间"等理念。可以说，当代的实用性产品在积极向门迪尼

① 张兴衍：《深圳人想在高雅艺术上多花钱》，载《深圳商报》，2003 年 6 月 5 日。

（Mendini）所提倡的"能引起诗意反应的物品"① 方向发展。因此，艺术产业应保证艺术在社会生产体系中的自主性、独立性，使艺术生产不依附于政治逻辑、商业交换逻辑等外在逻辑。逐渐摆脱艺术产业化初期的类工业化运作模式，使艺术的审美价值、意义功能等在生产、消费、流通中的流失趋向最小，营造艺术现代转型良好的社会空间、文化空间和经济空间，使艺术生产具有创新性和可持续发展性。

要建立中国自己的产业模式，不能忽视中国社会主义意识形态语境，以及国家精神文明建设的长远规划。我国在第十一个五年规划中强调艺术产业要出艺术精品并走向世界，通过其高效的生产机制和流通机制扩大艺术的审美价值和社会精神建构力，成为社会精神的支柱产业。也许只有紧紧围绕着中国人民群众的实际需要，开掘中国各民族的文化资源并加以适度转化，中国的产业化艺术才可能以民族特色和现代品格走入其他国家，促进各国家之间艺术文化更深入的交流。而坚持"以人为本"的发展理念才可能最终促进中国艺术产业的良性发展，并以此为其他国家的艺术产业提供借鉴。

---

① ［美］马克·第亚尼著，滕守尧译：《非物质社会——后工业世界的设计、文化与技术》，四川人民出版社1998年版，第4页。

第十五章

当代中国艺术产业发展的内在逻辑

在《中华人民共和国国民经济和社会发展第十一个五年规划纲要》中，社会主义文化建设的目标是"牢牢把握先进文化的前进方向，坚持为人民服务、为社会主义服务的方向和百花齐放、百家争鸣的方针，繁荣社会主义文化，不断满足人民群众日益增长的精神文化需求。"这一文化建设定位为中国的艺术产业发展确立了方向，使其区别于其他国家的艺术产业的发展。在中国，平等是国家推进文化消费带动社会趋向和谐的核心理念，而"把社会效益放在首位，作到经济效益与社会效益相统一"，则是激发中国的文化艺术生产单位走入日常生活，贴近民众的首要原则，而这不仅影响了文化产品的功能定位，使艺术产业的发展始终与"社会主义核心价值体系建设"相结合，而且导致了文化生产—消费系统内在结构的不断调整。

第一节 平等策略

无论波德里亚认为消费是社会地位的表征，还是费瑟斯通指出消费的后现代主义特征在于差异，都把消费设定为表征身份差异和社会地位等级的符号系统，在这一系统中社会人的消费能力和需求被视作社会分层的标志。但这类理论因其产生语境与阐释语境与中国语境存在差异，并不完全适用于中国的文化消费现实。从国家政策导向上看，中国始终强调"物质文明与精神文明的共同发展"，

366

强调通过文化建设满足人民日益增长的物质文化需求。当前国家的政策导向和努力目标是，竭力拉近城乡之间、不同阶层的民众之间、不同文化群体、不同收入群体的民众之间的差距，激发社会的消费需求，实现人与人在需求上的平等以及面对物品消费上的平等。可以说，在我国的文化消费及发展战略中，实现民众的平等而不是差异成为一个主导策略。这一策略具有政治上的诉求。比如国家提出村村通工程，截至 2005 年底全国广播人口综合覆盖率达到 94.48%，城乡差别降为 4.66%（城市为 97.33%，农村为 92.67%）、电视人口综合覆盖率达到 95.81%，城乡差别降为 2.74%（城市为 97.48%，农村为 94.74%）。[①] 从消费实践上看，政治理念上人与人之间的平等在文化消费实践中得以更好实现。

在中国，长期以来存在的是社会地位、政治身份与文化消费的匹配，在特定历史时期，即使有同样的钱，一般民众也无法获得紧缺的消费品。中国社会市场经济的发展确立了消费品的商品交换逻辑，也就意味着国民消费文化产品时具有相同的权利。消费的交换逻辑破坏了统购统销机制，扭转了国家一贯的总体化（计划经济）模式。但这并不意味着意识形态色彩的消失。在我国，时尚的引导与西方一样都被置于经济的杠杆下，文化消费的货币化使交换的条件变为经济关系，改变了物品与人的社会地位的关联性。这是经济发展为中心与文化消费的结合，物质建设与精神建设的结合，却使得文化消费不可能处于无度的狂欢中。理性消费作为中国主导的消费类型，始终与公众的生活支出能力相联系，并最终与国家的主导发展目标相一致。

但文化消费全面推进依赖于中国的经济发展水平，只有当社会的生产力发展到一定程度，社会的物质产品能够满足社会各层面在物质上的需求，社会民众才会把消费目标定位于与人相关的各种精神意识需求。也就如社会学家贝尔所预测的，只有解决了物质匮乏问题，社会精神匮乏的问题才会上升为社会问题，推进社会精神生产的快速发展，以满足社会的精神消费需求。这样的社会阶段或者被称为后工业社会，[②] 或者被称为非物质社会，[③] 或者被界定为晚期资本主义社会，[④] 但无论何种称谓都是以社会的经济发展水平为前提，即社会的人均 GDP 达到 20 000 美元以上，比如美国、日本、英国、法国等国家。根据 2005 年的调查，日本的人均 GDP 已达到 38 890 美元、而美国为 44 180 美元。与这类发达资

---

① 《广播电视城乡发展情况》，http://gdtj.chinasarft.gov.cn/Tiaomu.aspx? DocId = 384（国家广播电影电视总局网）。

② ［美］丹尼尔·贝尔著，高铦等译：《后工业社会的来临——对社会预测的一项探索》，商务印书馆 1984 年版。

③ ［美］马克·第亚尼著，滕守尧译：《非物质社会——后工业世界的设计、文化与技术》，四川人民出版社 1998 年版。

④ ［美］詹明信著，张旭东编，陈清侨等译：《晚期资本主义的文化逻辑》，三联书店 1997 年版。

本主义国家相比，中国还有很大差距。2005 年中国的人均 GDP 仅为 1 707 美元①（2006 年约为 2 040 美元）。国家统计局国新办新闻发布会 2006 年国民经济运行情况介绍，2006 年国内生产总值 209 407 亿元。2006 年底人口约为 13 157 万人。美元对人民币汇率的中间价按 1 美元对人民币 7.8 元测算——2006 年 12 月 28 日银行间美元对人民币汇率：1 美元对人民币 7.8149 元，2007 年 1 月 4 日为 7.8073 元），我国城镇居民家庭恩格尔系数为 36.7%，农村居民家庭恩格尔系数为 45.5%，② 从消费类型上看，当前中国还属于生存消费型为主，逐渐向发展消费型和享受消费型过渡的国家。

社会经济上的落后不仅带来了文化消费上的低迷，还造成了中国目前存在的另一问题即文化消费的不平衡现象。这表现在文化消费能力的城乡差别，文化产品资源分布上的区域不平衡（大多数文化艺术产业集中在北京、上海、广州等大中城市）；文化艺术产品传播城乡差别等。当西方的社会学家、文化学家把社会主体追求差异作为理论分析的焦点时，对于中国而言，解决社会现实存在的差异，扭转民众在文化消费上出现的两极分化趋势成为第一要务。

为了实现文化消费上的平等，国家从政策、发展规划等方面作了诸多努力，保证各类文化产品在数量上的增加。2000 年政府在《中共中央关于制定国民经济和社会发展第十个五年计划的建议》首次明确文化产业战略，开始着手调整国家的产业格局，把文化产业的发展作为与国际社会接轨的重要战略。这不仅促进了国际间的文化交流，带动了中国各社会阶层对民间文化资源、传统艺术资源等的发掘，而且促进了中国当下文化产业链的形成。文化企业、文化集团以及文化产业园区的建立不仅保证了产品种类的繁多，而且保证了数量上的飞速提高。

以电影产量为例，2004 年全年为 212 部，2005 年则为 260 部。③ 在一定程度上解决了全社会的精神产品相对匮乏的问题。而文化艺术产品在题材、主旨以及形式上的创新设计等既适应了公众的消费趣味，又提高了公众的文化鉴赏能力，带动了新的消费，促进了文化创意生产与消费系统进入良性循环。

另外，则是提供一个商业化平台，使消费通过舞台、文本、电视电影媒介、网络等，实现其传播上的普泛化。从近几年广电发展的数据可以看到明显的变化，2005 年，全国中央和各省级电视台已达到 288 个频道，其中播放电视剧的

---

① 刘爱华：《"十五"时期我国经济社会发展取得巨大成就——"十五"时期我国社会经济发展回顾系列报告》，国家统计局网站：http：//www. stats. gov. cn/was40/gjtjj_ detail. jsp? searchword = % C8% CB% BE% F9GDP&channelid = 6697&record = 9.

② 《中华人民共和国 2005 年国民经济和社会发展统计公报》，http：//www. stats. gov. cn/tjgb/ndtjgb/qgndtjgb/t20060227_ 402307796. htm（国家统计局网站）。根据联合国粮农组织划分贫困与富裕的标准，恩格尔系数在 30% ~40% 为富裕，40% ~50% 则属于小康水平。

③ 周婷玉：《精彩纷呈扮荧屏——我国电视剧产业现状扫描》，载《人民日报》，2006 年 3 月 24 日。

频道有 233 个，占总频道数的 80% 以上，截至 2006 年上半年，有限电视用户已达 130 617 295 户。这一切努力都保证民众对文化艺术产品在接触上的快捷化和便利化，实现了民众在文化娱乐上的基本消费。文化产品的日益丰富、传播途径的快捷化、多元化、文化消费价格的低廉化，以及面向不同民众审美趣味的服务意识的建构等，都为文化消费的日常化、全民化提供了保证。

第二节　社会效益与经济效益相统一的原则

　　艺术产业的发展推动了文化艺术消费，而不断增长的社会艺术消费需求则引发了艺术产业系统的调整和变化。当前中国把经济发展作为中心任务，只有当文化艺术产业作为"朝阳产业"出现，带动社会经济发展，并符合文化艺术自身发展的逻辑时，文化艺术的生产——消费才算走入了良性的、可持续发展的循环系统。因此，文化艺术产业与消费的核心原则就偏离了传统的审美系统，以商业交换逻辑寻求新的平衡点，而利润自然成为文化艺术在商业社会中生存和发展至关重要的依据。如同谢勒尔谈到产业利润问题时指出的："从长期看，只有一个简单的工商企业的生存准则：利润必定是非负的。不管……多么强烈地想要追求其他目标，也不管在一个不确定性和高信息成本的世界中找到利润最大化策略有多么难，不能满足这一准则必定意味着企业将从经济舞台上消失。"[1]

　　如果说平等是国家推进文化消费带动社会趋向和谐的核心理念，那对于商业利润的追求则激发中国的文化艺术生产单位的活力，为艺术产品走入日常生活，并贴近人民群众打下了良好的基础。美国社会学家丹尼尔·贝尔在《后工业社会的到来》中指出，不同的社会以及国家根据不同的中轴原理，其社会结构、政体和文化的侧重点与会有所变化。[2] 虽然国家有各类政策推进文化产业发展，但对于一些曾是政府扶植的文化艺术团体，如何适应当下的经济环境，解决生存问题成为第一要务。过去政府资金扶持、定点演出、旱涝保收的一贯制已经被打破，适应市场需求、接受观众的检验是必然面临的问题。因此充足的资金保证、演员队伍的稳定、高水平人才的培养和吸纳、硬件设施的改善都成为维护生存的

---

　　① ［法］吉恩·泰勒尔著，张维迎总校译：《产业组织理论》，中国人民大学出版社 1997 年版，第 53 页。

　　② ［美］丹尼尔·贝尔著，高铦等译：《后工业社会的来临——对社会预测的一项探索》，商务印书馆 1984 年版。

重要条件。而在失去政府资助的市场经济条件下，提高演出质量，获取更为广大的观众群，以具有特色的演出节目、多渠道的宣传等获得更好的市场声誉和票房收入，成为提高利润的商业运作战略。应该说，利润成为艺术团体、企业等自立更生的保证。这一策略使艺术文化发展过程中一些与民众距离较远的艺术题材、形式、门类逐渐被搁置和漠视，甚至被淘汰。艺术文化的生命力在商业标准中得到考量。

以中国的木偶艺术剧团的发展为例，经过了国家支持的时期、困顿期、变革期和繁盛期，这都与经济紧密相连，而利润成为拓展文化场所、文化表演以及艺术内部革新的原动力。[①] 一方面为艺术作品的再生产和广泛传播提供资金支持；另一方面，则带来了艺术作品创作理念和未来定位的变化。而从当前电影、电视、音乐 CD 的前期宣传策划中，可以看出产业化的模式已形成了成熟的市场机制，能够作到宣传上的全方位介入，进而带动公众的消费热情，以"注意力"的吸引到"深入了解"的渴望，再到具体的涉及消费行为实施的文化消费参与，从实践的角度使消费行为得到最终完成，在此过程中使利润得到最大化实现。但单纯依靠宣传等外在包装可以起到一定作用，却无法保证文化产品在长期市场评价中的口碑、收益等，而宣传上的欺诈很可能影响到文化产品的后期开发。因此，还要针对中国当代多重观念交相辉映、消费者艺术需求变化快、不稳定等特点，加快艺术产品的产销速度，根据需求类型划分由不同艺术题材、形式等映射出的分层消费场域。即通过艺术产销系统的分层机制，确立不同的产销策略，以此把握社会需求，获得了相应的利润回报。

从产业发展的角度考虑，按照商业交换逻辑运作，考虑艺术产销中的回报利润，自有其必要性。但文化艺术消费品毕竟不同于其他日用消费品，因为文化艺术是一种非物质的观念形态，与人类的精神建构相关联，即使它以被固态化的产品形式出现，被消费的依然是观念、情绪等意识形态的东西。因此，在追求艺术产业的利润时，也需要正视文化艺术被置于商业系统中引发的各种争议。如本雅明、阿多诺、霍克海默等人的批判，其主旨都在担心文化的商业化会消弭文化中的价值意识、伦理关怀以及精神建构力等。虽然费瑟斯通等理论家认为，这种站在精英立场上的批判和叹息已经不足为虑，但从文化的特质及功能指向上看，适度抑制艺术产业发展中的利润膨胀，才会避免迎合大众的低俗、劣质的艺术产品的出现。艺术产业品牌的建设，需要艺术精品，依赖于文化固态化和商品化过程对文化的现代性表达和阐释深度，也依赖于民众的消费的认可度及生成的文化依赖感和信任感。而一旦形成具有社会影响力的文化品牌，其文化资本带来的效益

---

① 王永章主编：《中国文化产业典型案例选编》，北京出版社 2003 年版，第 9～15 页。

就远远超出经济效益。

而在中国的社会类型以及长远规划目标中，以利润为主导艺术产业原则与中国的发展目标相背离。国家制定政策推动产业化发展，目的是解决人们日益增长的文化需要这一总体需求，而艺术产业被市场化规则和交换价值逻辑所引导，目的是艺术产品在货币化过程中实现艺术的日常生活化。如《国民经济和社会发展第十一个五年规划纲要》指出的，大力发展中国文化（艺术）产业，目的是"创造更多更好适应人民群众需求的优秀文化产品"。而胡锦涛同志在十七大报告中更明确指出："要坚持社会主义先进文化前进方向，兴起社会主义文化建设新高潮，激发全民族文化创造活力，提高国家文化软实力，使人民基本文化权益得到更好保障，使社会文化生活更加丰富多彩，使人民精神风貌更加昂扬向上。"也就是说，无论是文化艺术产业还是公益性文化事业，都要把"社会效益放在首位"，关心满足人民群众精神文化需要的实现程度，并承载提高国民的文化修养，有助于建构社会和谐关系等重大功能。当前，要调控艺术产业的商业利润追求与高品位艺术创作的关系，保护艺术自身的生态建设。

在社会主义条件下，艺术的生产消费如果被看作经济行为，那么这一行为必然与利润直接相关，且必然是短暂的、分时段与流动的，不可避免会出现屈从需求的生产。但如果把艺术生产消费与社会建构相联系，那它将是不为利益裹挟的自主选择行为。这符合当代中国关于文化、艺术产业发展的政策导引。当前，科学发展观的"以人为本"思想和和谐社会理念的提出，对以利润代替一切的经济化原则起到了纠偏的作用。这使追求产业利润的内在驱动演变为推动艺术作品生产与传播的积极力量，使艺术在商业价值之外的多重价值得以随社会需求的变化交替呈现。目前，艺术产业的发展在追求利润的同时，突出了其公益性的一面，强化艺术对社会的服务功能。比如艺术在商业活动、产业化过程中社会改造功能的实现。中央电视台主办的"梦想中国"、湖南电视台的"超级女生"、山东电视台的"综艺满天星"、江苏电视台的"绝对唱响"、从香港走入内地的亚洲小姐评选等选秀节目，不仅引发了评选的民主化的思考，且因其互动性和极高的参与性，在社会中的影响度和引发的热度高居不下；而电视热播剧如《大长今》、《亮剑》、《金枝欲孽》、《血色残阳》等，此起彼伏的热点制造与相应问题意识的抛入和淡出，使大众不再扭结于某一中心问题不能自拔，而是在繁盛的社会事件中匆忙穿梭，充盈并使自己的生活视域逐渐开阔，走向立体化、多彩化和生动化，在消费的快乐中与社会自然融合，进而左右社会观念的消长。

第三节　意识形态取向

　　艺术的产业化发展不仅为当代中国创造了巨大的经济利益空间，满足了社会各阶层民众在文化艺术上的消费需求，而且在这一过程中通过积极的传播机制、营销网络契合于国家的要求，从而使产业化艺术在新的社会语境中成为建设社会主义核心价值体系的重要力量之一。产业化的生产模式虽然改变了艺术传统的产销模式，却不能从根本上改变艺术生产所必然蕴含的意识形态倾向。

　　文学与政治的关系始终是在文艺界颇受诟病的关系，很多论者认为政治的影响遏制了文艺发展的空间，影响到艺术按照自身逻辑的发展。但这种理解不免偏狭，因为艺术服务于谁，又是如何实现这种服务，始终是每个国家、时代的艺术必须面对的问题。当代关于资本主义与社会主义的意识形态之争暂时处于静默状态，但其斗争却从未停止。尼克松在《1999 不战而胜》中宣扬“对于彻底消灭世界上的共产主义，光利用战争的手段解决是远远不够的，我们必须要用和平演变的方式，彻底消灭他们！我们把所有希望，应当寄托于共产党国家的第二代和第三代领导人身上，为此我们充满信心。”其中和平演变最重要的策略之一就是文化渗透策略，即通过文化艺术的传输，传输资本主义的意识形态、价值观念以及信仰，向新一代中国青年展示资本主义社会在生活等方面的优越，从而在潜移默化中影响、改变中国新一代青年对于资本主义社会制度等的态度。对于西方资本主义国家文化渗透、文化殖民、文化侵略的策略，较为有效的抵制方式即是快速发展中国的艺术产业，以优秀的文化艺术产品固化民族文化，重塑民族的凝聚力，建构社会民众对于社会主义国家的信心。正如中共中央总书记胡锦涛在2003 年中央政治局第七次集体学习会上指出：“一切有利于加强我国社会主义文化建设的有益经验，一切有利于提高我国人民精神境界的文化成果，一切有利于发展我国社会主义文化事业和文化产业的管理方式，都要积极研究借鉴。要始终高举社会主义文化旗帜，在文化观念上决不照抄照搬，在发展模式上决不简单模仿，坚决防范和抵御各种腐朽落后的文化观念侵蚀干部群众的思想，确保国家的文化安全和社会稳定。”这一发言中即蕴含着对于文化艺术内在力量的强调。但正如一些研究者指出的：“中国文化产业弱小，必然造成国家的核心价值观的传播不力，限制了民族凝聚力的重塑。随着人民生活水平的提高，人们对大量文化产品和文化服务的消费需求，仍然不能得到充分的满足，这样就可能在一段时间内出现无法满足大众文化需求的‘真空’，而西方国家强大的文化产业竞争力，则势必要填补这个真空。"① 因此，产业化发展的艺术绝不能仅仅停留于娱乐、利润或者为民众提供感性的历史，或是凸显历史的感性化、形象化，成为生动的艺术文本资料。而是应当同时关注如何通过对题材的重新叙述、重新建构，凸显被尘封的历史事件，重新弘扬为商业化所抑制的民主、自由意识。这一逻辑所指向的是社会的关联性、价值信仰的建立以及社会主义意识形态的巩固。

抵制西方意识形态的文化侵入不能依靠拒绝、限制等政治行为，或把文化艺术作品变为政治理念的传声筒。艺术有其多维的发展空间，只有适应艺术的特性，并加以现代改造，才能使艺术产品具有标示性、认知度和亲和力，而社会主义意识形态理念也正是在被接纳、消费的前提下才深入人心的。以革命历史题材作品的生产为例。在消费时代，革命历史题材作品面对的不单纯是政治体制的规约，还有市场根据大众需求与审美喜好等形成的商业规约等，它不仅有承载革命宣传、革命形象内化到革命精神固化的意识形态作用，而且具有独特的历史美学价值，而这也适应并培养了当代社会的消费需求。对于日趋多元的中国艺术而言，利用好革命历史题材这一巨大的资源宝库，更好地协调好革命历史题材作品在商业化、审美化及意识形态化追求上的关系，才能实现审美价值、意识形态价值及商业价值的共赢。

在文化消费备受重视的当今社会环境中，由于社会中主要矛盾的变化，相应的政治意识形态的展示方式也发生了变化，如吉登斯在《失控的世界》中所说的，当今世界政治取向的总方向已经发生了变化，"从解放政治向生活政治转变"，而后者是"生活方式的政治"，是"社会认同和选择的政治。"② 也就是说，当代意识形态问题不是斗争的问题，而是争取的问题，即通过何种策略建立一个被社会普遍接纳的社会信仰体系的问题。而最好的方式就是在生活方式上的影响和吸纳。

"生活方式的政治"影响了当代的革命历史题材创作，成为其循着意识形态逻辑重新构建革命事件的新的发展方向。创作者更注重艺术作品记忆价值在当代生活的建构力。比如通过叙述社会主义国家建立历程的回溯，突现诸如长征、抗日烽火、国内革命战争等历史事件对于当代生活的基础价值。像《激情燃烧的岁月》、《亮剑》等都把革命回望与和平年代生活贯通在一起，以革命历史题材的现代延伸使欣赏者认识到革命与新社会的联系。通过语境的强化或者弱化，题材与中国当代国情的融合，历史价值现实化、日常化的艺术表达，革命历史题材向当代社会价值延伸能力被进一步强化，广蕴的价值内涵得到彰显。复仇主题、

---

① 花建等：《文化产业竞争力》，广东人民出版社 2005 年版，第 45 页。
② ［英］安东尼·吉登斯著，周红云译：《失控的世界》，江西人民出版社 2001 年版，第 116 页。

爱情主题、人性主题及战争反思主题远远跃离了传统的二元模式，也使政治理念成为与新的文化观、历史观、人性观、道德观等共存的观念之一，并通过这种共存，更深地揭示出革命历史现场中事件中交织的矛盾、彷徨、斗争等复杂的状态。新的叙事模式在表象上弱化了文本的体制力量，却在功效上更容易获取现代人群的接纳和认同，使曾经被极端化方式传输和固化的信仰得以深化和日常化。更能配合于国家的政策导向，成为一种新的意识形态策略。另外，则是通过价值转化的方式，把革命的政治价值延伸为当代的社会的价值信仰，凸显革命者的人格魅力与革命信念感奋人心的激发功能。这种由外在宣传到内部精神价值理念探究的转变，表征着当代艺术生产由单一政治体制层面向哲学文化层面的功能转移、权力转移。但这种转移并不是对政治体制的放弃，如弗朗西斯·马尔赫恩所说的"政治理论极少能放弃对文学生产的实际和可能过程进行评论"，① 因此，向哲学文化层次的功能转移、权力转移更应该视为是在新的层次上的推进和互动建构。诸如艰苦奋斗、革命乐观精神、奉献等价值理念都符合当代中国人的教育观念，并具有聚合社会的作用。而这对于当代物质丰裕但精神匮乏的民众，无疑具有精神支撑的作用，在一定程度上抑制了后现代的消极思想与反社会思想的蔓延，成为具有叛逆性格与创新意识的一代人新的价值坐标。

革命历史类作品产业化生产模式下的现代转化为当代的艺术生产提供了借鉴，即社会主义的意识形态观念可以以更为多样、现代的形式得到传播。在艺术产业发展的初期，曾存在着意识形态不利产业化发展的观点，把产业发展与意识形态传播相对立，这是对于意识形态观念的狭隘化。实际上，如四川省新闻出版局有关领导曾指出的，"产业化与意识形态没有任何矛盾，在社会主义条件下，还可以规避媒介产业化在资本主义条件下所出现的消极的东西。"有的学者则从文化产业的发展与社会主义意识形态的内在关联上，强调了文化艺术产业与意识形态的内在关联，以及意识形态对于文化艺术产业发展的推进作用。他认为文化艺术产业化改革、产业结构的调整同样是国家意识形态建设内的事务，"演出业、文化娱乐业、新闻出版业、广播电影电视业这样的一种文化产业结构成分的划分，实际上是我国政府根据文化的意识形态在产业形态上的不同表现方式所作的一种划分，反映的是对我国政府文化行政管理权限分工的一种行业范围的表述……反映的还是政府从意识形态管理需要出发，对文化产业资源配置的一种权力安排与部署。"② 意识形态与艺术产业之间是一种共建的关系，但意识形态在市场环境的传播，更需要通过产业改革的方式进行。尹鸿、萧志伟在《好莱坞

---

① ［英］弗朗西斯·马尔赫恩著，刘象愚等译：《当代马克思主义文学批评》，北京大学出版社 2002年版，第 3 页。

② 胡惠林：《论文化产业结构的战略性调整与创新》，载《新华文摘》2003 年第 11 期。

的全球化策略与中国电影的发展》中指出："适应市场需要进行产业化改革，应该成为新世纪中国电影最重要的政治经济学主题。"①

詹姆逊在论述晚期资本主义社会的文化时，曾把后现代主义看作其文化逻辑，其文化产业的发展是在审美的民本主义基础上渗透支配性的价值观念，并使之在社会传播。在当代中国，艺术产业的发展同样需要服务于社会主义社会的文化逻辑，在"以人为本"的科学发展观的基础上，建设社会主义核心价值体系。在艺术生产中"弘扬民族优秀文化传统，发掘民族和谐文化资源，借鉴人类有益文明成果，倡导和谐理念，培育和谐精神，营造和谐氛围，进一步形成全社会共同的理想信念和道德规范，打牢全党全国各族人民团结奋斗的思想道德基础。"②

第四节　内在结构的逆转模式

在社会主义语境中多侧面、多层次的文化消费带动了文化生产，影响了文化产品的功能，使文化生产——消费系统不断调整内在结构。这突出表现为系统局部的逆转模式。一是消费对象的逆转。文化产品的消费对象由少数人转化多数人，消费的最终目标则转化为提高全民的文化艺术素质，建构社会的和谐精神。二是消费品身份的逆转。基于社会在文化产品的生产、传播等方面的迅速发展，文化消费品由奢侈品、身份的表征物逐渐向民众日常消费品转化。三是评判模式以及服务理念的逆转。就艺术而言，表现为艺术的功能转向、服务转向等。艺术家无论是经济利益的驱动还是政治意识形态利益的驱动，其竭力张扬的精英意识已必然走向民众意识，这是一个趋向，并从根本影响到艺术的生产、传播的模式以及评价体系。

由物的消费到精神的消费，体现了当代社会对人的精神需求的更新，也展示了人们对人类自身主体性以及生命质量的推崇。而在社会主义语境中，则是与意识形态相关的问题，文化消费的良性循环以及消费文化的多维模式，则既是表征又是本质，促进了文化自身的转型，使之永处于活态之中。消费意识的弥漫使人们更关注产品的消费情况。诸如近些年风起云涌的多元文化思潮、艺术革新试验

---

① 尹鸿、萧志伟：《好莱坞的全球化策略与中国电影的发展》，http：//media.people.com.cn/GB/5258904.html.

② 胡锦涛：《在中国文联第八次全国代表大会、中国作协第七次全国代表大会上的讲话》，载《人民日报》，2006年11月11日。

以及无厘头的恶搞事件等，凡此种种的变化中既有建构社会、呼唤传统伦理的表达，也不乏反社会、反经典、批判一切的作品。但人们面对品类繁多、风格各异的文化产品一般能够作到处变不惊。即使面对迥异传统的后现代主义作品，也已不再惊诧于其反叛和消解一切的姿态，而开始关注这一类作品如何吸纳各类题材，对各种事件采用何种嘲讽态度，以及如何消解和戏弄各种意义等。如果以后现代作品为例，它们反叛、消解、宣扬自由、抛弃传统、拥抱未来的姿态成为其之所以出现、扩散、风行的根本原因，它激发了民众内心深处被压抑的自由情愫。但即使这种决绝的反叛在消费过程中也会得到转化，因为消费的力量正在于对文化的改造，尤其是对反叛文化的改造。使之服膺于经济规则，使反社会的表达成为吸引社会民众趣味、融入社会深层欲望，并在接受上适应民众的"社会表达"。

因此，消费带来的逆转不单纯是表象上的逆转，而是本质上的逆转——即对社会民众的心理性再造，对社会各种观念的商品化改造。它以注意力、利润、影响度等作为原色，调整各种文化艺术的发展趋向。既保证它们在自身逻辑中的形式变革与内容求新，又使之最终进入消费体系，服从于消费规则，从而实现文化产品由部分人拥有到大多数人拥有的日常消费化。

但文化产品的日常化消费不过是当前中国文化艺术发展过程中的一个必然阶段，在这一阶段日常化诉求部分导致了文化艺术产品质量的下降，而对于民众来说，也存在着把文化艺术消费等同于娱乐、消闲消费的倾向。这种状况对于文化艺术的未来发展和民众的审美人格的建构都存在隐患。康德曾把艺术分为快适艺术和美的艺术，这部分类似于当前文化艺术中的两种趋向。对于民众消费而言，前者很容易为大众接受，但对于快适的追求容易导致媚俗的产生，也容易导致为了片面追求经济利润而倾轧文化艺术内在价值的生产，由此而来的消费类同于日用品消费。从美学意义上看，我们把文化消费重新还原为文化体验、艺术欣赏或者审美经验过程，这种还原当然不是为了以传统的美学理论去比附、解释消费，而是突出文化消费的主体特征正在于此。从长远看，社会文化艺术生产需要以审美作为前提，构建新的言说与传播意蕴，进而调整消费投入的比例，使之平衡。并最终把文化消费由快餐式消费、盲动式消费发展为美的、有蕴含的、持续的文化享受，使文化消费成为促进文化而非遏制、贬损文化的过程。基于此，文化消费才会从商业化体系中逐渐走入社会的公共文化服务体系中，成为一种调适心理、建构和谐，维护和谐的力量。

第十六章

当代中国的艺术产业与艺术生产力

艺术以产业化形式变革自身从而顺利转型，可以看作审美日常生活化过程中的一种现实形态。艺术产业的迅速发展、艺术市场体系的逐渐完善使艺术的社会定位与功能指向也日趋多元，在这一过程中艺术与美学在现代社会的发展中逐渐成为生产力的重要要素，其资源效应、功能价值得到多侧面、多层次的开掘，在社会主义经济建设、政治建设、社会建设中的作用日益突出，并成为革新社会生产方式、变更生产关系、建构社会价值信仰系统、塑造国家形象等不可替代的重要力量。或是凸显为经济层面的艺术经济力，或是表现为化育人格、调节社会关系、建构社会价值信仰系统的艺术公益力，或是显现为维护意识形态等方面的竞争力。艺术从上层建筑的玄学层面转化为实在之物，干预、改造、影响生活、社会的取向和进程，在社会生活的深层发生影响。

第一节 马克思的艺术生产力思想

经济发展、技术更新、信息传媒业等的发展促进了社会生产力的发展，包括物质生产力和精神生产力的发展。但精神生产力的概念并未被学术界普遍接受。很多研究者虽然承认精神生产力，但在论述中仍以物质生产力作为划定标准探讨生产力的要素，客观上造成了对精神生产力的漠视；还有一些研究者则认为把"本来属于上层建筑意识形态范畴的东西都变成了生产力"，是一种"泛生产力

377

论"，在理论上是一种错误。① 在这一意义上，诸如艺术生产力、美学生产力等精神生产力概念都在批判之列。

实际上，艺术生产力是马克思主义艺术生产理论的题中应有之义。马克思在早期著作中确实没有把艺术等意识形态范畴的东西当作生产力，而是看作"生产的一些特殊的方式，并且受生产的普遍规律的支配"②，但到了后期，马克思在《巴枯宁〈国家制度和无政府状态〉一书摘要》中，已经提到了"精神方面的"生产力——"已经获得的生产力（物质方面和精神方面的）"。③ 在《经济学手稿（1857～1858）》则明确提出"精神生产力"的概念——"货币……是社会形式发展的条件和发展一切生产力即物质生产力和精神生产力的主动轮。"④且指出："固定资本的发展表明，一般社会知识，已经在多么大的程度上变成了直接的生产力"。⑤ 或许以此为基础，西方马克思主义哲学家阿多诺才称"美学的生产力"为"纯粹的生产力"，并认为："艺术产品是社会产品。艺术生产力在本质上与社会生产力并无差别。"⑥ 而马尔库塞则把艺术看作"一种基本上自主的否定性生产力"。⑦ 但他们都把艺术当作批判社会、抵制异化的武器，忽略了艺术生产力对社会的建构力量，忽视了"劳动过程的技术条件和社会条件"⑧的变化对艺术生产力发展的积极影响。针对后工业社会的发展实际，当代学者陈炎提出"艺术与美学也是一种生产力"。指出"美学与艺术也是一种生产力"，"已经在我们周围的一切生活用品和交换方式中得到了充分的体现。"虽然"从文学作品到舞台演出，从唱片录音到影视欣赏，从艺术展览到电脑游戏，这其中仍免不了科学技术所提供的条件，但其中最为直接、最为重要的已不是技术而是艺术，已不是科学而是美学了。"⑨ 他通过对生产力要素的历史分析，结合当代科技发展与艺术经济事件，避免了线形思维逻辑对艺术生产力潜在能量的遮蔽，指出了艺术生产力与社会和谐发展的内在关联。第一次从历史和逻辑的层面指出："人类生产力要素的历史性丰富，也正是人的体力、智力和审美创造力的逻辑性展开，"⑩从而辨析了一直以来被忽略的艺术以及审美在精神文明和物质文明建设中的价值和力量。这种力量在后工业时代被现实化，与物质生产力以及其他

---

① 武高寿：《评"泛生产力论"》，载《生产力研究》1997年第2期。
② 《马克思恩格斯全集》第42卷，人民出版社1979年版，第121页。
③ 《马克思恩格斯全集》第18卷，人民出版社1979年版，第682页。
④ 《马克思恩格斯全集》第46卷（上），人民出版社1979年版，第173页。
⑤ 《马克思恩格斯全集》第46卷（下），人民出版社1980年版，第219～220页。
⑥ ［德］阿多诺著，王柯平译：《美学理论》，四川人民出版社1998年版，第404页。
⑦ 陆梅林选编：《西方马克思主义美学文选》，漓江出版社1988年版，第261页。
⑧ 《马克思恩格斯全集》第23卷，人民出版社1972年版，第350页。
⑨⑩ 陈炎：《艺术和美学也是一种生产力》，载《文史哲》2004年第3期。

精神生产力共同改变着现有的生产方式和生产关系。

艺术生产力的观念是在重视消费的社会语境中被突出，并在艺术产业化的过程中被现实化。马克思在《资本论》、《1844 年经济学哲学手稿》等著述中论述了生产—消费问题，探讨了生产与消费的关系，在其历史唯物论框架下确立了生产的核心地位。但作为前工业社会时期的经典理论，随着后工业时代社会格局、经济规则、媒介传播等变化，其历史适应性正在发生变化。一些西方学者自 20 世纪中后期针对社会生产/消费活动的实际表现，提出了新的观点。诸如费瑟斯通在《消费主义与后现代文化》、波德利亚在《消费社会》等论著中，指出消费已经不单纯是传统时期对具体物品的购买、使用的过程，而是一个涉及消费者的身份意识、社会地位、意识形态表达、性别观念等更为复杂的文化过程。在他们看来，"生产与消费"在社会大生产内部位置出现了历史性颠倒，导致了当代社会的中心由生产价值逻辑转化为消费价值的逻辑。[①]"消费主义时代"、"消费社会"、"消费语境"等术语的流行，不仅凸显了物的商品属性在当代社会的影响力，而且隐含着对交换价值处于价值体系核心位置的默许。虽然消费主义时代、消费语境、消费社会等新的总体性描述未必能涵盖社会时代的全部，但消费群体、消费取向、消费者心理、消费驱动力、社会消费数据及消费的商业模式等已经成为当代社会颇受关注的主题词。这在另一方面也显示出，生产—消费系统中的核心已不再是或不仅仅是生产，而是包括或者生产与消费并重，甚至消费在很大程度上成为带动整个社会再生产的内驱力。

第二节　当代中国的艺术产业化趋势和艺术生产力的更新、发展

社会生产—消费——流通——分配系统中消费的地位变化对各种社会实践活动，尤其文化艺术的产业化发展，带来了巨大的冲击。为了适应社会的消费体系以及商品/交换逻辑规则，艺术工作者不得不逐渐调整既有的生产规则、流通方式，并根据消费需求调整艺术产品的价值依据。商业价值准则的通行影响到了艺术者安身立命的传统定位，艺术者为此不得不调整自我以适应市场的要求。如 1989 年 1 月以刘恒等 12 名作家组建"海马影视创作中心"为代表的文学事件，正是中国作家适应艺术市场化需要的一次积极回应。艺术家面向市场的转变从根

---

①　［法］波德里亚著，刘成富、全志钢译：《消费社会》，南京大学出版社 2000 年版。

本上扭转了艺术的存在状态和发展方向，从艺术产业化的角度看，艺术与商业利益的挂钩推动了艺术市场的形成乃至逐渐成熟。在消费语境中，艺术作为商品在一定程度上影响了艺术的自主地位，除非借助精神产品、思想、审美趣味等话语，有时确实难以把摆放于书店中的艺术品与诸如手机、饰品、时装等日常消费品从属性上区分开。审美价值在艺术系统中的核心位置在纳入商业体系过程中被重新考量，一些出版商、发行者、媒体、企业等片面夸大了艺术的商业属性，使艺术的商业价值——艺术生产过程中的附加值——成为艺术的主导价值。

艺术的商业潜能的发掘，使传统评定艺术的标准在当代消费体系中发生着变化。本雅明在《机械复制时代的艺术》中曾指出印刷术、照相术等撼动了艺术作者的权威性，进而造成艺术生产领域中"真确性"标准的废止，而这一切导致了"艺术的全部功能就颠倒过来了"。[①] 同样，经济全球化的出现，网络技术、电子传媒的飞速发展，也导致了艺术"内在逻辑要求"的变化，影响到"艺术自律性"，并因而影响到"艺术的全部功能"的变化。在商业市场作用下，如文化底蕴、形式革新、人文关怀等"高标准"逐渐失去其权威性和效力，而通俗易懂、喜闻乐见、大众口味等更为多样的标准开始左右艺术生产。这种标准的多元化与去中心的特性，对当今文化建设构成了巨大冲击。艺术创作者开始关注艺术建构过程中民间因素的提炼和对大众审美趣味的迎合，商业、政治等功利欲求被结合到艺术家精心构建的审美世界，以一种商业化的方式走入公众的视野与生活中。而艺术品潜隐的社会功能的实现与否，更多取决于它在市场营销中的成功与否。即使一直被视作艺术本质规定的"无功利性"也为消费体系所转化。这并非说商业/交换逻辑使艺术与美学完全抛弃了自身的本质规定，而是说审美"无功利性"特征成为艺术进入消费体系的首要条件，并转化为艺术市场中新的质素，使艺术在当代社会取得了特有的商业价值。即艺术正因为它的审美性、超功利性和特有的虚拟性和广泛的可传播性而优越于其他的精神产品，并最终取得了在新时期消费语境中的商业地位。

虽然客观上艺术的市场化促进了艺术创作上的繁荣、艺术制作群体的增加，使题材选择的广度和形式创新有了极大变化，但同样带来了许多弊病。诸如艺术生产与商业利益之间过从甚密的关系结构，影响到艺术的生产质量。艺术品制作与生产数量的激增，部分反映了商业影响艺术的状况。以中国当代的长篇小说为例，从1993年开始，长篇小说出版数量激增，从最初每年300部，发展到每年500部、700部，到2000年达到1 000部。而仅2004年一年的长篇小说就有1 100多部，而网络文学的发展更是神速，仅5个月帖在网上的小说就达3 800

---

① 陆梅林选编：《西方马克思主义美学文选》，漓江出版社1988年版，第248页。

多部。① 朱大可曾评价："长篇小说正在变成快餐，写作的速度快，出版的速度也快。"但数量上的激增与艺术在审美韵味、意义底蕴上的巨大缺失形成反差。如白烨给出的量多质差、"繁"而不"荣"的评价，他认为好的和比较好的长篇小说作品所占的比例，一直徘徊在百分之一二左右。② 此外，商业逻辑衍生出的同一化规则，在客观上导致了艺术的工具性理解，比如艺术被一些人看作出名、获得巨额利润的工具，在选材上出现了雷同化，文本处理上的平面化、生活世象表达上的表层化以及生活意蕴提炼上的主观随意化等弊病。而另一些着眼于新题材、新写法的作品，但这类艺术的"新"却是着眼于恶俗，"对合理进步禁忌的破坏"，③ 或是以"各种胡乱杜撰的魔法、妖术和歪门邪道"、"混乱的、颠倒的"价值体系建构幻想世界。而取法混乱、颠倒的"装神弄鬼"，不过是用来"掩盖自己除装神弄鬼之外其他方面艺术才华的严重贫乏"，只有在艺术者"想象力畸形发展或受到严重误导的情况下才会大量出现。"④ 可以说，艺术作为精神生产系统的独特结构，在关于身份、性别、意识形态的思考上的功能在很大程度上被抑制。进而影响到艺术生产和消费系统的良性循环。

艺术生产力的实现所依靠的并非艺术以商品逻辑进行的无度、无序的生产，而是通过协调艺术内在逻辑和商业/交换逻辑等多重价值逻辑及规则，以艺术的创新、变革，产销模式的转换，从依附市场到占领市场，实现艺术的现代转型，转化为社会生产力的重要因素。产业与艺术的结合，在一定程度上突破了"悬浮的意识形态"这一前工业时代的身份规定，这是一个历史渐变的过程。但如果意识不到艺术商业化的运作模式不过是使艺术获得转化物质资料与精神资料力量的中介，那借助在市场中的实际效能实现的艺术经济力，将会得不偿失。从这一意义上说，艺术"以能够在消费品中占有一席之地而骄傲"，所骄傲的决不是艺术与商业价值的交换，而是借助这种交换实现的功能性延伸和自身的社会性突破。因此，当消费话语随后工业社会的来临衍生为全球共同关注的范畴，并内化于不同国度、民族的日常生活中时，当代中国"已将前工业、工业、后工业三个历史阶段压缩到共时的社会环境之中"、各种经济要素共存的发展中国家而言，⑤ 更要积极在维护艺术在消费时代的积极转型的同时，为艺术的自我调适和发展提供良好的理论空间。既要利用艺术的市场化带动社会的经济活力，借助市场规律、消费观念、商业价值体系等向社会各个层面的渗透，同时要完善艺术市

① 雷达：《茅盾大奖能否给网络小说点甜头？》，http：//www. jxdaily. net. cn/gb/misc/2005 – 07/27/content_ 231535. htm.
② 谢迪民：《长篇小说出现危机》，http：//www. cbbr. com. cn/info. asp？ ID = 5569&ArticlePage = 2.
③ 刘法民：《当代恶艺术的辨析与批判》，载《江西教育学院学报》2007 年第 4 期。
④ 陶东风：《中国文学已进入装神弄鬼时代》，载《新华文摘》2007 年第 4 期。
⑤ 陈炎：《艺术和美学也是一种生产力》，载《文史哲》2004 年第 3 期。

场，维护艺术的创造力。艺术生产体系改变了艺术中各个要素的存在方式、作用、功能。以艺术代替消费作为生产力时，也就把当代公众逐渐商业化了的"审美活动"重新拉回到其应在的位置，也为当代文艺市场的火爆注入了反思的药剂。马克思强调生产决定消费，消费反作用于生产，当消费取代生产的地位时，这种"异化"状态只是暂时的，而回到艺术本身，以艺术为生产力恰恰是恢复艺术生产的核心地位的一个不可替代的中介环节。

后工业时代是信息和电子传媒迅速发展的时代，也是艺术生产系统走向完善和多维化发展的时代。虽然希利斯·米勒曾预言："新的电信时代正在通过改变文学存在的前提和共生因素（concomitants）而把它引向终结"①，但他的论调随艺术的现实发展而不攻自破。因为新技术革命的到来给疲惫的传统艺术提供了新的活力。艺术生产与其他生产一样，同样面临革新和求变的问题，面临生产力递减的问题。新技术的出现为艺术生产置换要素和改变结构提供了保证。以文学为例，传统创作的手写方式不仅速度慢，而且难以修改，电脑的发明以及各类文字输入、处理软件图形软件的升级、换代，极大地提高了修改、定稿的速度，使作家有更多时间从整体构架上完善作品。而音乐制作软件的开发，如 Cakewalk9cn、PsmPlayer，绘画制作软件如 AdobePhotoshop、SmoothDraw、CorelDraw 等，使音乐创作以及绘画、雕塑的制作能够在电脑上完成设计、修改、定稿以及模拟显示。电脑以及电脑软件的普及使用，在一定程度上缩小了专业人士与业余人士的差距，使每个人都有机会参与创作，并通过互联网展示自己的作品。比如 1995 年雪村的 flash 作品《东北人都是活雷锋》，2004 年走红大江南北的杨臣刚的《老鼠爱大米》，2005 年借《香水有毒》窜红的胡杨林等，都是这方面最为成功的案例。互联网技术的日臻完善不仅改变了艺术品的创作方式、传播空间和传播速度，而且改变了艺术文本信息上的确定性。如陈凯歌的电影《无极》与胡戈的《一个馒头引发的血案》，后者正是借助影视科技手段把电影《无极》镜头进行剪切，并使之与《中国法制报道》栏目的某些镜头合成，从而改变了导演创作《无极》的本原信息，而置换为带有调侃甚至讥讽的信息。这种变化在一定程度上使艺术走出了传统艺术生产模式的拘囿，而变得更为开放和具有活力。

艺术生产力的更新和发展在生产流通过程中趋向完善和功能齐全。从艺术生产到消费到生产的整个流程看，它包括艺术品生产者、经纪人、出版商、发行者、中介机构、市场营销人员、广告策划人员等各类机构与人员，已发展为要素齐全、分工明确的集"制作—加工—宣传—销售"于一体的强大系统。这一系

---

① ［美］J.希利斯·米勒著，王逢振译：《全球化时代文学研究还会继续存在吗?》，载《文学评论》2001 年第 1 期。

统一方面保证了艺术生产者审美意图的物化；另一方面保证了文字、线条、声符甚至创意等静态文本的动态传播，实现艺术价值的货币化，并通过艺术市场的评定，刺激艺术的创新。如果艺术仅仅在其系统内部实现其价值，那根本说不上艺术与美学作为后工业时代生产力的主要要素，它的力量恰是表现于通过系统艺术与美学的观念深入人心，并从根本上改变了人们的价值观、消费观、生存观等。比如家居装饰费用的急速提高、美容行业、休闲旅游业的迅速发展等即是证明。从具体的工业产品、日常消费品等消费来看，人们已经不再仅仅以实用作为标准，而开始产生实用与审美相结合的需求。这一需求使艺术、审美向物质生产领域的渗透成为可能。如现代工业产品，日常消费品的生产厂家开始追求外形设计上的审美效果，并希图通过这种美学上的追求，提升产品在同类产品中的竞争力，带来更大的商业价值。因此，美学理念被不同业界借用并形成了不同的美学，如汽车业界提出"汽车美学"、空调业界提出"空调美学"、TCL 甚至提出"科技美学化"以应对市场需求。艺术内部的要素置换和结构调整，以及对艺术外部审美的商业需求的刺激，实现了审美资源的社会化，推动了日常生活的审美化建设，使美学理念通过更为多元的、更为细腻的方式渗透到设计、装潢、修饰、人际交往中去，使公众所处的环境——无论是物质环境还是精神环境——向和谐的方向发展。

这一切改变着人们对艺术与现实的关系的理解。马尔库塞称"艺术的世界是另一种现实原则的世界"、布莱希特主张"间离"、阿多诺把艺术活动看作不同于"客观存在的具体现实"等，都是依据对现实世界的总体性理解观审艺术世界，并以此提炼艺术的本体特征。但如马斯特指出的，在新技术如互联网的发展下，出现了"虚拟现实"，"它所暗示的是，现实可能是多重的或者可呈现为许多形式"，"人们在社会中所遇到的'现实'种类增多"。[1] 因此，艺术生产力的增加以及发展的多维化取向都是基于现实多维化之上，始终随现实的变化而变化。艺术的这种自由空间的获得使其可以突破地域、国度、文化的拘囿，借助市场、网络、文化交流等形式在全球传播，为人的发展提供更为丰富的给养，使"各个单独的个人才能摆脱各种不同的民族局限和地域局限，而同整个世界的生产（也包括精神的生产）发生实际联系，并且可能有力量来利用全球的这种全面生产（人们所创造的一切）。"[2]

每个人对艺术发展所持的标准不同，对当代艺术的进步与否的评判也就有所差别。但无论人们对当代艺术持何种态度，对当代艺术的创作业绩、社会影响力

---

① ［美］马克·波斯特著，范静哗译：《第二媒介时代》，南京大学出版社 2001 年版，第 41～43 页。
② 《马克思恩格斯全集》第 3 卷，人民出版社 1960 年版，第 42 页。

以及在社会生产中的地位的提高都有目共睹。应该说，艺术在社会、文化转型时期实现了自身呈良性倾向的转型。艺术生产力并不是可以触摸的力量，它的提高表现为当代艺术生产方式的革新、艺术生产关系的变化以及艺术功能的扩展，并表现于对社会生产力的促进上。当代艺术的发展带来的不仅是审美标准的更新、审美观念的变革，还带来了人们认知世界、理解生活的方式的变化。就如杜尚的《涂珐琅的阿波利奈尔》（挪用了一个油漆品牌"萨柏琳"（Sapolin）的广告，即去掉了 Sapolin 中的"S"，把"a"变为大写的"A"，并为单词加上一个后缀"ère"，然后在广告中加上了一个姑娘的秀发在镜中的倒影）传递的信息——"生活中普通的东西，放在一个新地方，给了它一个新的名字和新的观看角度，它原来的作用消失了。"① 认知世界、理解生活的方式的变化带来的不仅是人们对生活审美化的体悟和追求，而且还通过接纳艺术、审美在消费语境中改变的身份标示，表达对艺术与社会内在多重性关联的认可等。在不同的历史情境中，艺术与人、社会、自然的关系不断调整，与政治、伦理、哲学、商业、权力、意识形态等的关系不断变换，而每一次变换和调整都是艺术与整个社会生产关系的调整，都会因"新的名字和新的观看角度"产生新的作用。

当代社会的消费热潮为艺术自身的转型以及生产力的发展提供了良好的环境，艺术在生产方式、生产关系以及功能取向上的一系列变化，让人感受到艺术自身潜藏着无限的能量。但重视消费的当代社会毕竟把商品及交换价值的逻辑作为核心逻辑，这必然在一定程度上造成生产与消费之间的对立，对艺术生产造成消极影响。如马克·波斯特指出的："变成消费客体的是能指本身，而非产品；消费客体因为被结构化成一种符码而获得了权力和魅力。"② 消费客体的符码化暗示着客体在消费过程中的自我取消。这也就是为什么波德里亚会以影子的比喻——消费创造了现实的影子，一旦影子转化为真实的存在必然会威胁到本体——指责消费带来的虚妄。他称消费社会是一个"物品及其表面富裕的陷阱"，而这造成了"人际关系的空虚"、"物化社会生产力的巨大流通的空洞轮廓"。如果把生产与消费视作二元对立的关系，这种忧虑确实惊心动魄。

但正如社会生产体系显示的，生产与消费处于这一过程的两极，以流通和分配为中介，保证"生产—分配—交换—消费—再生产……"的良性循环。无论是前工业和工业社会中生产决定消费，还是后工业社会中消费决定生产，都不过是某一历史时期的、暂时的情况。马克思在《〈政治经济学批判〉导言》中，从另一角度分析了生产和消费之间的同一性，即"生产是消费，消费是生产，"两

---

① ［美］丽莎·菲利普斯著，凌珺、梁卉莹译：《艺术与传媒文化》，载《美术学报（广州美术学院学报）》2004 年第 2 期。

② ［美］马克·波斯特著，范静哗译：《第二媒介时代》，南京大学出版社 2001 年版，第 144 页。

者相互独立，在一定条件下又互相转化，彼此创造着对方。当生产和消费以一种和谐共处的关系共存时，消费逻辑也就由社会的核心转化为市场的核心，而艺术的生产等生产领域的核心逻辑则是其内在的价值逻辑，两种逻辑规则在各自的有效区域内被人们使用。因此，对于艺术下一步的发展而言，艺术首先要以自身的独特性和审美性作为生产前提和消费要件。在这一前提下，要积极从艺术的流通和分配上，发掘艺术在当代社会的商业价值，利用各种有效传播手段扩大艺术的应用空间。而通过市场调查、分析等后期运作，为艺术的再生产提供数据支持和理论依据。

艺术生产力的发展还不能仅依据于此，它还必须借助艺术的交往作用，且具有"世界性质"，"以大工业为基础的时候，只有在一切民族都卷入竞争的时候，保存住已创造出来的生产力才有保障"。① 虽然当代社会的经济、文化、信息等的全球化、科学技术的飞速发展，成熟的竞争机制、市场机制、文化建设机制等，都为社会各群体的参与和各民族之间的交往沟通的实现提供了保障。但在这个日新月异的时代，还要更好地利用不断兴起的新媒介，保证城市和乡村人群、知识者与非知识群体、不同民族文化群落、不同价值观念的人群对艺术文本的共享，延伸公众的信息触角和思维触角；更好地利用网络信息平台，强化关于艺术文本的欣赏、评论与意见交流，扩大艺术的影响力，深化艺术的交往行为。也正是在这一过程中，艺术逐渐呈现出在经济力之外的社会公益力，即对于社会价值体系、信仰观念、文化道德系统的建设能力和塑形力量。

在社会主义语境中，艺术在经济层面能量虽然受到了政府的重视和积极推进，却并非以经济利益为其本位，如胡锦涛在十七大报告指出的："在时代的高起点上推动文化内容形式、体制机制、传播手段创新，解放和发展文化生产力，是繁荣文化的必由之路。要坚持为人民服务、为社会主义服务的方向和百花齐放、百家争鸣的方针，贴近实际、贴近生活、贴近群众"。并且明确了艺术未来的发展要"始终把社会效益放在首位，作到经济效益与社会效益相统一。"这实际上意味着无论艺术是作为产品进入市场体系，还是按照传统的艺术创作——欣赏模式进入流通，都不过是艺术介入社会与社会连接的步骤，其根本目的则是满足社会人民的精神需求。艺术具有改变社会生活的积极力量，而这种力量在产业化体系中得到强化，这也是西方马克思主义者为什么一直以艺术作为批判资本主义社会的重要力量的原因之一。只有依靠并运用艺术的这类积极的力量，把艺术的精神转化为社会的精神，才能有助于解决社会生活中存在一些社会问题，解决人与人之间的现代性冷漠，建立和谐的社会人际关系，从而使社会趋向类似于艺术

---

① 《马克思恩格斯全集》第 3 卷，人民出版社 1972 年版，第 61 ~ 62 页。

的和谐境界。

但和谐社会的建构不仅要依靠艺术生产力在经济领域和社会公益层面的表现，还与中国艺术在国际上的影响力及国际间文化艺术传输等方面的竞争力息息相关，包括国际间艺术品的市场占有率、艺术承载的意识形态观念、文化观念的渗透能力等。文化艺术作为一种"软力量"的观念已经为社会各界关注，并以之作为文化传播、国家形象传播和建构的重要力量，已有研究者指出"软力量已经直接在综合国力的战略竞争中产生决定性作用。"① 但"软力量包括文化产业是一种要素资本与组织过程相结合的系统，它决不会自然而然地形成，而是根据全球市场需求积极建构，并且在竞争中优胜劣汰地发展起来的。"随着现代社会经济变革的持续深入，各国、各民族逐渐意识到文化艺术在提升国家、民族的世界形象上的重要地位，并积极采用各种文化艺术的官方、非官方的交流、经济与非经济的营销策略，建构国家、民族的品牌。如由英国人克里斯廷·辛纳（Christine Sinner）策划的"创意英国"活动，举办了英国"莫奇葩乐队（Morcheeba）巡演"、"'亚洲土地'雕塑巡回展"、"激情英伦时尚设计大赛"、"现代家居设计"、"灵感之旅·中英作家列车在线"、"设计盛宴"等涉及文化、教育、科技、商业的活动与展览。② 以上宣传英国，"向中国人民展示富有创造力和创新精神的现代英国，改变中国人对守旧英国的负面印象，还希望重新树立并强化国家品牌形象。"③ 借助文化艺术传递一个国家民族的性格、气质、气度，确实有助于校正国家在世界上的形象。中国近几年把文化艺术与国家形象宣传结合，积极采取各种文化交流的外交策略，举办和组织了各式各样的文化年。如2003年10月至2005年7月举办的中法文化年，2006年启动的中印友好年、中国意大利年，2007年启动的中韩文化年、中希文化年和中俄文化年等。借助各式各样"以中国美学为主要特征的作品"，以其"内在的精神力量延续着一个城市的文脉，一个国家的记忆，一同见证着大中国文化更加恢弘的复兴。"④ 时任中国文化部部长孙家正在点评"中法文化年"时，则指出其意义在于树立了一个改革开放的中国形象，让世界了解了一个真实的中国。借助艺术的力量，不仅校正了国外对中国形象的定势思维，而且以中国艺术潜移默化的力量改变了中国在国际上的舆论弱势状况。

无论当前艺术生产力的表现形态如何多样，都始终与社会的变革密切相关。胡锦涛在党的十七大上的报告中指出："推进文化创新，增强文化发展活力。在

---

① 黄仁伟：《中国和平崛起与软力量建设》，载《文汇报》2003年12月23日。
② 黄哪：《"创意英国"的文化营销》，载《南风窗·新营销》2003年第11期。
③ 李坚：《"创意英国"塑造国家品牌》，载《大经贸》2004年第7期。
④ 金阙：《2006艺术中国年》，载《大美术》2006年第2期。

马克思主义文艺理论中国化研究

时代的高起点上推动文化内容形式、体制机制、传播手段创新，解放和发展文化
生产力，是繁荣文化的必由之路。"作为文化生产力的重要组成部分，其对社会
建设同样有着重要意义。随着世界政治、经济、文化上的变革，艺术生产会在新
的语境和需求中不断调整其生产方式、传播方式，并呈现新的作用功能和力量，
而艺术生产力也会因之提高或降低。以"艺术和美学作为一种生产力"作为当
代中国文艺建设的现实基点，作为文艺理论与美学研究的逻辑起点，不仅有利于
推进艺术/审美的日常生活化的深入，扩展艺术的社会性功能，而且有利于中国
当代文艺理论立足现实生活、立足当下、立足中国深入发展，形成适应现代艺术
变革和对艺术发展有影响力的话语系统。这或许才是马克思主义文艺思想的中国
化的题中之义。

第五篇

马克思主义文艺
理论话语中国化
问题的艺术人类
学解析※

※ 本文系笔者主持的子课题"人
类学本土化运动与 21 世纪马克思主义
文艺理论中国化"的核心内容之一，
这部分内容共分三章，其中第十七章
和第十九章的部分章节已在权威期刊
《文艺研究》、教育部人类学名栏期刊
《广西民族学院学报》上发表［详见郑
元者《艺术人类学的生成及其基本含
义》，《广西民族学院学报》2006 年第
4 期；郑元者《完全的艺术真理观：艺
术人类学的核心理念》，《文艺研究》
2007 年第 10 期（人大复印资料《文艺
理论》2007 年第 12 期）］，其余章节的
内容亦即将在核心期刊上发表。

引　言

　　马克思主义文艺理论经过百年的中国化之演历，既有成功的形式，亦有深切的教训。从中国化了的马克思主义文艺理论的种种学理分歧和理论表现来看，迄今确乎还不能说马克思主义文艺理论的话语中国化的合法性问题已有普遍化的甚或终极性的结论，也不能说中国化的马克思主义文艺理论的话语体系已经达到了圆融无碍、自由自在的境界。的确，"没有哪一种哲学或理论能在现代世界史上留下如此深重的影响有如马克思主义；它在俄国和中国占据统治地位已数十年，从根本上影响、决定和支配了十几亿人和好几代人的命运，并从而影响了整个人类的历史进程。……就中国来说，这一事实是如何可能的？它在中国的过去、现在和未来是怎样的？显然是一个具有头等意义的现代思想史课题。"① 就马克思主义文艺理论在 21 世纪中国的未来发展问题而言，它所面临的各方面挑战，既不是一个仅靠绕山绕水就可以避开的问题，也不是一个仅靠关门对表就能从容应对的问题。正如有学者所坦诚指出的那样："实事求是地讲，全球化时代马克思主义文艺理论面临着挑战和新的发展机遇。所谓挑战，是指既有的理论的涵盖面在缩小，对新的世界性的文艺现象的某些方面的说服力在减弱。"② 显然，21 世纪马克思主义文艺理论的中国化，亦同样面临着严峻的挑战，而如何应对和解决"既有的理论的涵盖面在缩小"问题，无疑成了一个异常凸显的学术大课题。

　　本篇试图以人类学本土化运动为背景，立足于一种有别于西方传统艺术人类学的新式艺术人类学的理论视野，对 21 世纪马克思主义文艺理论中国化问题进行研究。本文将选取"话语中国化"这一问题层次，着重从艺术人类学的理论视野作一番尝试性的解析。

　　关于马克思主义文艺理论或马克思主义美学与艺术人类学、人类学美学之间的关联问题，10 多年来国内学界逐渐有了越来越充分的认识。在 20 世纪 90 年代初曾有学者指出："在东、西方文论的交流与碰撞中，中国马克思主义文艺理论的传统观念遇到了西方文论各种学术思潮的挑战。从弗洛伊德的精神分析学说、意识流的创作方法到迪斯科音乐、霹雳舞，从西方马克思主义到生命哲学、人类学美学，等等，这些文艺思潮与学术思潮的思想影响与日俱增，为马克思主

---

① 李泽厚：《马克思主义在中国》，三联书店 1988 年版，第 1 页。
② 畅广元主编：《马克思主义文艺理论》，高等教育出版社 2000 年版，第 23～24 页。

义文艺理论的发展提供了一个极好的时机，应该在更高的理论层次上对这些不同的理论学说给予批判吸取和科学综合，作为利用改造和变革创新的参照。诸如，艺术观照中的直觉、意识和无意识之间的关系，感情、非理性与理性之间的关系，非理性在文艺创作和欣赏中的地位以及接受美学、艺术符号学、艺术人类学、艺术文化学中的不同学说等等，在这些丰富多样而又相当驳杂的学术成果中间，确有其精彩、深刻和独到之处，完全可以寻找到汲取借鉴的理论涵蕴。"[①]意识到人类学美学、艺术人类学等"为马克思主义文艺理论的发展提供了一个极好的时机"、"完全可以寻找到汲取借鉴的理论涵蕴"，这固然是一种有见识的学术判断，但从近 10 年来中国当代人类学美学、艺术人类学学科的良好发展势头以及学界的新认知来看[②]，把人类学美学和艺术人类学仅仅看作是西方文论、西方美学的某种文艺思潮或某个学术流派，恐怕已难免有些跟不上学科发展形势的味道。

为了便于对新世纪马克思主义文艺理论的话语中国化问题进行艺术人类学解析，这里很有必要对艺术人类学的生成以及有别于西方艺术人类学的新式艺术人类学的基本含义做一番说明和诠释。

[①] 杨治经、曲若镁、张松泉主编：《马克思主义与当代文艺理论建设》，中国文联出版公司，1992 年版，第 17～18 页。

[②] 参见廖明君：《艺术起源学研究与当代人类学美学的学科建设——郑元者访谈录》，载《民族艺术》1998 年第 2 期（人大复印资料《文艺理论》1998 年 08 期）；蒋孔阳：《艺术起源学研究的新创获——〈艺术之根〉序》，载《复旦学报》1998 年第 1 期（人大复印资料《文艺理论》1998 年 04 期）；蒋孔阳、郑元者：《关于马克思主义人类学的思考》，载《文艺理论研究》1997 年第 2 期；朱存明等：《人类学美学的崛起》，中华美学学会第五届全国美学会议论文集，1999 年（亦见朱存明《20 世纪中国美学精神》，西苑出版社 2000 年版）；汤学智：《90 年代文学理论批评走向考察（续）》，载《文艺评论》2000 年第 4 期（人大复印资料《文艺理论》2000 年第 10 期）；张德礼：《新世纪文学批评断想》，载《南都学坛》2002 年第 1 期（人大复印资料《文艺理论》2002 年第 5 期）；冯宪光、傅其林：《审美人类学的形成及其在中国的现状与出路》，载《广西民族学院学报》2004 年第 5 期（人大复印资料《美学》2004 年第 11 期）；徐迎新：《心灵的亲证：中国艺术人类学探寻历程》，载《广西民族学院学报》2006 年第 4 期，等等。

第十七章

艺术人类学的生成及其基本含义

第 一 节　艺术人类学的生成

正如"人的自由而全面的发展"这一理念被许多人当作马克思主义中永恒不变的东西一样，人类学要有爱美之心，作为人类学家们的一种永久理念和心结，听起来也确乎是一个朴素而又透明的道理。面对田野工作中的"参与观察"（participant observation）遭遇的各种困难给人类学知识的确定性问题所带来的挑战，有的人类学家甚至意识到"人类学家们只得像儿童那样，运用同样的知识才能，去获悉一些审美标准。"① 但笔者始终认为，人类学的爱美之心一旦落实到人类学家的身上，就不是一种姿态或者不期而至的性情而已，更不是一时兴起的豪言壮语，而是关系到人类学的知识特性和精神气质的一种审美尺度，一种需要在田野工作和理论高原上不断成长、不断历练、不断反思的心灵能量或思想艺术。所以，要使人类学风骨可鉴，爱美之心可谓是固其根本的魂魄。

可是，自从柏拉图掏出"美是难的"这么一张警示牌，"美"就几乎成了两千多年来美学记忆的百宝箱中最令人望而生畏的字眼之一，以至于哲学家约翰·杜威（John Dewey）在《艺术即经验》一书中干脆表示："美是一个最不可分析的字眼，因而在理论中最不能用作说明或别类工具的概念。……用于理论，这个

---

① Michael Carrithers. *Why Humans Have Cultures：Explaining Anthropology and Social Diversity*. Oxford，New York：Oxford University Press，1992，P. 148.

词是一种障碍。"① 尤其是当那个指称"美的艺术"（fine arts）的"艺术"概念，与人类学、美学之间的关系越来越成问题的时候，情况更是变得不可收拾，人类学的爱美之心也自然会变得异常复杂和沉重，无怪乎人类学家 A. 盖尔（Gell）会振臂一呼："在设计一门艺术人类学时，必须采取的第一步就是要和美学完全决裂"②，如此决绝的立场和态度虽然不无偏激和仓促之处，但其背后所折射出来的对美学的焦虑和失望之情，似乎也足以表明，传统美学中的"美"、"艺术"和"审美"等关键概念或范畴，在人类学（尤其是新式的艺术人类学）领域已出现明显的水土不服甚或缺氧的症状。这就意味着，人类学的爱美之心也必然会遭遇一段又一段艰难而又漫长的心路历程，而考察和诠释艺术人类学的生成问题及其基本含义，正是审视这种心路历程的一个历史契机和理论应对之道。

　　在笔者看来，艺术人类学的诞生可谓是人类学与艺术之间长期离合、交变和共振的结果。人类学与艺术之间的关系由来已久，渊源深厚。虽然 Anthropology（人类学）一词的用法在 19 世纪以前相当于我们今天所说的体质人类学，但这似乎不影响人类学与艺术早早就开始牵手。据 R. 威廉斯（Williams）考证，Anthropology 一词 16 世纪末出现在英文之中，其最早的使用记录是 R. 哈维（Harvey）于 1593 年在其著作中所记载的文字："他们所拥有的系谱，他们所学习的艺术，他们所作的活动。这部分的历史就名为 Anthropology"③。可惜的是，在随后的漫长岁月里，这种象征性的记录并没有总是给人类学与艺术带来一个个风雨无阻的牵手故事。早在 20 世纪 70 年代，音乐人类学家 A. P. 梅里亚姆（Merriam）就提出过一个总结性的批评意见，指称人类学与艺术之间的关系"过去很少得到与人类学研究的其他方面相适应的某种富有成效的探讨和论辩"④，尽管人类学文献论及绘画和雕塑之类的视觉艺术、音乐以及口头文学的地方很多，但戏剧、舞蹈和建筑等艺术样式却未能在人类学研究中获得应有的角色。

　　这种来自当代西方人类学内部的批评声音，即使到了 20 世纪 90 年代也尚无停息的意思，例如，A. 盖尔针对人们抱怨现在的社会人类学（尤其是英国的社会人类学）忽视艺术话题、原始艺术研究的边缘化之类的现象，甚至毫不讳言地指出："现代社会人类学对艺术的忽视是必然的、故意的，这是由社会人类学实质上或天生就是反传统艺术（anti-art）的这一事实引起的。这看上去肯定是个骇人听闻的断言：大家都赞成是好东西的人类学，怎么会反对也被大家普遍认为同样是好东西（甚至是更好的东西）的艺术呢？但我担心真的会如此，因为

---

① 蒋孔阳主编：《二十世纪西方美学名著选》（上卷），复旦大学出版社 1988 年版，第 352 页。
② Alfred Gell. *The Art of Anthropology*. London：The Athlone Press，1999，P. 162.
③ 雷蒙·威廉斯著，刘建基译：《关键词：文化与社会的词汇》，三联书店 2005 年版，第 13 页。
④ 艾伦·P·梅里亚姆著，郑元者译：《人类学与艺术》，载《民族艺术》1999 年第 3 期。

依照一些根本不同的并且相冲突的标准，这两样好东西都是好的。"①如果真的如A. 盖尔所说社会人类学实质上是反传统艺术的，并且已成为"事实"，那就意味着人类学与艺术之间几乎不可能形成任何友好的界面甚或牵手的场景，而作为一门独立学科的艺术人类学自然也无缘诞生，这恰恰与艺术人类学学科生成和发展的历史事实不符，同时也正好说明盖尔的断言是局促的、脆弱的。好在他作出如此惊心的断言，主要是基于他在自己的著作中论及的爱好美术的公众怀着近乎宗教敬畏般的审美敬畏，对凝聚着民族艺术传统精神的艺术的陈列所——（伦敦的）国家美术馆、人类博物馆——等等东西抱有不可救药的民族中心主义的态度有感而发，并以此重申人类学反对民族中心主义的立场。然而，人类学同艺术相冲突的断言却并不意味着人类学智慧的诉求在于将国家美术馆拆除，然后把这个位置变成一个毫无生机同样也丧失一切民族文化差异的停车场，更不意味着他要反对艺术的人类学研究。A. 盖尔的断言固然显示了人类学家反对民族中心主义的决心，但过于以学科伦理的姿态来诊断人类学与艺术的关系，难免会溢出学理诊断的轨道，开出过激的理论药方，显然是不可取的，更何况，疑心所有爱好美术的公众对国家美术馆和人类博物馆都会抱有民族中心主义的态度，也是没有根据的。

但是，艺术的确有过一种长期得不到人类学公正对待的境况，不时地游离于人类学的视野之外，因而给艺术人类学的生成制造了历史性的障碍。诚如 E. A. 霍贝尔（Hoebel）在 E. P. 哈彻（Hatcher）《作为文化的艺术》一书的"序言"中所概述的那样："从历史上看，视觉艺术在人类学存在的大部分时间里有过一个相当不自在的位置，就像原始艺术曾有过这样的位置一样，直到最近在艺术界情况才有所不同。作为人工制品的艺术品曾引起人们长期的兴趣，其中许多被搜集和保存，但通常没有太多的记录或分析。而当艺术和人类学被分成越来越多的专业时，很少有人能考虑到它们本身既作为人类学又作为艺术都是称职的。"②好在艺术与人类学的关系似乎有着一种天生的韧性和黏性，艺术在人类学面前的那种长期不自在的、貌似离合的状态，自 20 世纪 60 年代以来已有所改观，到 80 年代，对艺术人类学各分支学科的学理思考终于渐成气候。有民族音乐学"圣经"之称的梅里亚姆的《音乐人类学》（1964）、A. P. 罗伊斯（Royce）的《舞蹈人类学》（1977）、W. 伊瑟尔（Iser）的《走向文学人类学》（1978）和《虚构与想象：绘制文学人类学》（1991）、F. 波亚托斯（Poyatos）主编的《文学人类学》（1988）、E. 巴巴（Barba）的《戏剧人类学》（1982）、R. 谢克纳

---

① Alfred Gell. *The Art of Anthropology*. London：The Athlone Press, 1999, P. 159.
② Evelyn Payne Hatcher. *Art as Culture*. Lanham, London：University Press of America, 1985, P. vii.

（Schechner）的《在戏剧与人类学之间》（1985）、V. 特纳（Turner）的《表演人类学》（1987）以及 B. 内特尔（Nettl）的《民族音乐学研究：三十一个问题和概念》（2004）等论著，对艺术人类学各分支学科的探究作出了各自的历史性贡献；而 C. M. 奥滕（Otten）主编的《人类学与艺术：跨文化美学读本》（1971）、R. 莱顿（Layton）的《艺术人类学》（1981、1991）、E. P. 哈彻的《作为文化的艺术》（1985）以及 A. 盖尔的《人类学的艺术》（1999）等著作，则在艺术人类学学科总体性建构上表现出鲜明的意识，这些论著无疑给该学科的生成并最终获得独立的合法地位创造了条件，其学术理念和具体的研究内容，也逐渐给人类学、美学、艺术学和文艺学等人文科学带来了不小的震动和影响。

从总体上看，20 世纪 80 年代以来西方人类学界对艺术人类学的发展持积极应对的态度，但在学科体制、教学实践等多个层面的操作措施上似乎略显迟缓，或者说有点过于谨慎。例如，美国佛蒙特大学 W. A. 哈维兰教授的《文化人类学》自 1975 年第一版问世以来，每版都作了不同程度的修改，已成为北美许多大学和学院普遍采用的人类学通论教材之一，从 1983 年的第四版到 1990 年的第六版（国际版），在"艺术"一章中均设有"艺术的人类学研究"（The anthropological study of art）[1] 这一标题，分述口头艺术、音乐艺术和雕刻艺术，但该书的第六版仍然未提"艺术人类学"（The Anthropology of Art）这一学科名称，只是一再强调艺术是"人类学研究的一个适当而又特别的领域"[2]，无意确认这方面的研究领域已发展成为专门化的学科。这看起来似乎有点跟不上形势，但作为一般教材，其处理方式也无可厚非。

在中国，对艺术人类学学科的生成更具战略意义的、颇具中国特色的一个举措，就是该学科开始跃升为一门与人类学同属二级学科的独立学科。复旦大学中文系虽然从 1995 年开始率先在国内高校开设本科生专业课程《艺术人类学》，并分别于 1998 年和 2001 年开始在文艺学专业招收艺术人类学方向的硕士生和博士生，但学科的依附性相当明显。经国务院学位办公室正式批准，复旦大学近年建立了我国第一个艺术人类学博士点，设有艺术人类学理论与实践、文学人类学、视觉人类学和音乐人类学等研究方向。此外，四川大学还自主设置了我国第一个文学人类学博士点，中国艺术研究院和复旦大学均成立了艺术人类学研究中心，上海高校音乐人类学 E - 研究院也正式开始运作。这些在国际学术界亦属新锐的重大举措，无疑是艺术人类学在中国已成长为一门独立的学科、在学科建制

---

[1][2]　William A. Haviland. *Cultural Anthropology*. Orlando：Holt, Rinehart and Winston, Inc. , 1990, P. 386、P. 384.

和知识生产上已获得合法地位的见证，也是 21 世纪人文科学的学科格局和知识版图发生变迁的又一重要气象。这种学科建制上的新举措，既是艺术与人类学之间那种长期不自在的紧张关系的一次制度性的交变和消解，又是艺术人类学学科摆脱依附、步入自主轨道的历史界碑。这样，艺术人类学与一般人类学的关系就像美学与哲学的关系一样，既有天然的联系，同时又各自独立。特别是随着艺术人类学硕士和博士学位授予点的创立，相关教学活动的开展和高级专门人才的培养，确乎在学科建制上给艺术人类学带来安全的生成环境，营造了前所未有的自由探索的空间。同时，除了文学人类学和音乐人类学以外，艺术人类学的其他分支学科如视觉人类学（美术人类学、影视人类学、建筑人类学、设计人类学、书法人类学等）和表演人类学（戏剧人类学、舞蹈人类学等）等，也将拥有愈来愈大的成长机会和发展前景。可以说，作为一门独立学科的艺术人类学的诞生，象征着艺术首次与一般人类学之间实现了无缝连接，有望在态势上形成学科共振的新格局，同时亦有望为马克思主义文艺理论和美学及其中国化的未来发展提供新的时机、理路和活力。

第二节　新式艺术人类学的基本含义

当然，一门成熟的新学科真正得以生成的关键环节，并不限于它如何从自身复杂的发生史脉络中走到学科建制的前台，更为重要的是在这个学科共同体内是否塑造和凝聚了一小批始终视学术为生命并能苦心孤诣、潜心钻研该学科的原始问题的学者，是否形成了成熟而又清晰的核心理念、基本观念和实践措施等方面的学科内涵，而一个学科的基本含义是比学科建制更为基础的、更具前提性的东西，它是该学科的定位是否准确、研究对象是否明确而又具活性、学科目标和学术价值观是否明朗的一个关键指数。因此，我们甚至可以说，一门富有永久活力的新兴学科的生成史，很大程度上也就是该学科共同体内相关学者的心灵史，因而也是该学科的幸福指数的生成史。

纵观西方艺术人类学所走过的学术历程，我们可以看到一个洞若观火的历史事实：艺术人类学的基本含义就是主要以研究无文字社会（原始社会、前文明社会）的艺术为己任。R. 莱顿（Layton）的《艺术人类学》在 1981 年首版时，虽然考虑到使用"原始的"（primitive）一词所带来的基本困难，对"原始艺术"这一术语已弃之不用，其研究目标是更多地考察遍布世界各地的近代小型社会（small - scale societies）的艺术，如非洲的无首领社会和澳洲土著社会的艺术等，但"小型社会"意味着艺术的起源和早期发展尚能在现代文化中得到了解①，所以，这更多地反映了 R. 莱顿在研究策略上的一些考虑，并不表明艺术人类学的基本含义此时已有什么实质性的变化，1986 年首版的《麦克米伦人类学词典》"艺术人类学"词条对该学科基本含义所作的解释，即是一个较有权威性的佐证："人类学家们把注意力集中在无文字社会的艺术的研究上，并且也研究那些属于民间文化或者属于某种有文字的优势文化里面的少数民族的艺术传统。"② 诸如此类的界说显然是依传统人类学的原则行事，在实际研究上延伸出来的各种作法沿袭至今，流布甚广，并在艺术人类学各分支学科上反映出来，比如，美国民族音乐学家 B. 内特尔（Nettl）曾经指出，就民族音乐学的实际发展过程及其最具特色的研究来说，或许应该认为这门学科是"有关无文字社会的音乐的研究"，而所谓的"无文字社会"系指"现存的、尚未发展出一套可阅读和书写的文字体系的社会"③。此类表述在艺术人类学的其他分支学科中亦屡见不鲜，可谓是《麦克米伦人类学词典》"艺术人类学"词条释义的收藏版，尽管有一定的历史合理性，但显然已跟不上学科发展的步伐，散发着浓厚的保守甚或过时的气息。换言之，以研究无文字社会的艺术为主旨的艺术人类学已属旧式的艺术人类学，新式的艺术人类学作为一门有系统的学科，唯有在学科内涵上重新注入一些昭昭有光的真切深厚之旨，才能有效地应对和担当自身在新世纪的学术使命。

关于艺术人类学独特的学术追求，笔者在 1999 年所撰的《艺术人类学与知识重构》一文中曾作过一些有别于西方学者的、自认为较有自主性和原创意味的新表述，如发掘一种全景式的人类艺术（史）景观图、为人类艺术的历史内容和系统结构提供合理的全方位的知识体系、真正以艺术性的方式看待艺术、健全和完善该学科的知识范式和思想体系等④，指称艺术人类学的研究对象是"全景式的人类艺术景观"，学科目标和使命是"直面人的存在，直面艺术的真理和人生的真理"，试图把艺术人类学定位成一门立足于人类学的立场和方法、从艺术的角度研究人的学科。笔者之所以在理论上尝试性地作出这样一些推定和规约，推究起来自然有一些基本的考虑。

作为一门立足于人类学的立场和方法、从艺术的角度研究人的学科，新式艺术人类学视野中的"艺术"显然不能简单地移植西方美学传统中的那个"美的

① Robert Layton. *The Anthropology of Art*. Columbia University Press，1981，P. 1.

② Charlotte Seymour – Smith. *Macmillan Dictionary of Anthropology*. London and Basingstoke：The Macmillan Press LTD，1986，P. 16.

③ 董维松等编：《民族音乐学译文集》，中国文联出版公司 1985 年版，第 183 页。

④ 郑元者：《艺术人类学与知识重构》，载《文汇报》学林版 2000 年 2 月 12 日。

艺术", 也不仅仅是有关"无文字社会的艺术"的研究, 艺术人类学学者们戮力同心所要面对的艺术, 应该是全球范围内的艺术。在理想的情形下, 艺术人类学的研究对象和范围可以推及全景式的人类艺术景观图, 也就是说, 理想型的艺术人类学的研究对象应与全球艺术或全景式的人类艺术景观图匹配, 如果艺术人类学研究只是侧重于无文字社会的艺术或部分小型社会的艺术, 研究对象似乎比较清晰, 在某种意义上亦能达到看山是山、看水是水之功效, 在研究基调上也的确颇具特色, 但如此一来, 艺术人类学几乎变成了传统人类学原则指引下的某种断代性的、特殊的艺术史研究领域。这显然是新式艺术人类学所不乐意看到的, 也不合艺术人类学的内在要求和知识格局的变动趋势。

近年来, 艺术人类学的触角已开始延伸到各个历史时期和各个层面的人类文化和艺术制作。比如, 现代艺术原先难以进入艺术人类学研究的领域, 在 R. 莱顿的笔下, 为了说明他所认定的两个艺术定义对小型社会的造型艺术的适用性, 认为不能把制图和路标之类的视觉表现当作艺术, 而某个对马歇尔·杜尚 (Marcel Duchamp) 富于"冷嘲式幽默感"的人却会把路标放置在画廊里①。很明显, 杜尚在 R. 莱顿的艺术人类学观念的制导下只是简单地成了一个否定性的征引案例, 因其作品不具"艺术性", 还无缘从实质上进入艺术人类学的视野。时隔 15年后, A. 盖尔在发表于《物质文化》杂志的《苏珊·沃格尔的〈网〉: 作为艺术品的陷阱与作为陷阱的艺术品》一文中, 则给予杜尚以更多的肯定性评价和学理分析, 因为在他看来, 以往的西方艺术人类学总归有一种遗憾: "艺术人类学只不过是以最愚蠢的、极端保守主义的方式来和'现代'艺术会师: 说得更精确些, 因为艺术人类学据称是关于'原始'艺术的", 而他这篇论文的一个主要目的, 就是要恳求人们"与其把非西方民族的物质文化看作是原始的和野蛮的, 不如看作是先进的和富于机智的 (像杜尚的艺术品一样)。"② 这虽然更多地还是一种象征性的努力, 但至少已表明艺术人类学仅限于"原始艺术"的研究这样一种传统作法, 在当今西方也已开始失去市场, 而包括杜尚及其之后的观念艺术 (conceptual art) 在内的现代艺术和后现代艺术, 笔者以为完全有理由进驻艺术人类学的学科平台。在中国, 近年来不但古代山水画、青铜器艺术等已成为艺术人类学专业或相关研究方向的博士论文选题, 而且, 当代城市公共艺术、城市音乐文化、影视文化和各种流行时尚, 也已开始在艺术人类学相关研究领域得到有效的推展。

按笔者的一贯主张, 艺术人类学视野中的"艺术"在时间性和地区性上要

---

① Robert Layton. *The Anthropology of Art.* Columbia University Press, 1981, P. 7.

② Alfred Gell. *The Art of Anthropology.* London: The Athlone Press, 1999, P. 18.

有更大的范围，只有涵盖各个历史时期、各个区域、各个族群和各种表达方式的艺术品与人工制品及其相应的观念与行为，才能充分揭示人类艺术的多样性和复杂性，从而为重建迄今为止世界上所有民族的艺术性的生活方式作出独特的贡献，这样，艺术人类学才有望真正直面艺术的真理。当初笔者之所以提出"全景式的人类艺术（史）景观图"这么一个概念，主要的学术动机是试图从理论上破解那种长期困扰着艺术人类学等相关学科的西方艺术中心论，拓宽和强化艺术人类学在艺术问题上的学术和思想涵盖力。也就是说，就像有待于绘制、解析和确认的人类基因图谱一样，全景式的人类艺术景观图看似挂在艺术人类学学者脖子上的一张硕大无边的磨盘，但正因为有这样一张磨盘存在（哪怕是理论上的），所谓的"非西方艺术"就可以合法地和西方艺术在同一张磨盘上共存，它们都是同一片艺术蓝天下的艺术形态或艺术种类，都是人类艺术共同体成其为共同体的初始成员或后发性成员，谁都不能为了获取自己的生存权、发展权和价值观上的优先性而无条件地漠视对方的存在和特性。这种艺术共同体的成员共生息的契机和场景越多，彼此在人类艺术的意义链上进行沟通、理解和共享的机缘也越多。当然，在当下的现实情境中，伴随着西方艺术中心论所形成的话语链和话语优势，在相当程度上也是已然的事实，面对这样的境遇，如果我们还总是习惯于仰视甚或臣服于形形色色的西方话语，不加鉴别和批判地移植或套用各种西学概念或范畴，或者还只是热衷于牵住旧式的艺术人类学所提供的几叶理论独木舟，那肯定与诸多理论和实践上的壮举无缘。所以，艺术人类学要想在新世纪真正有所作为，履行自己的承诺，势必要寻找理论上的安全出口和实践上的操作通道。哪怕这种出口和通道一时还只是具有相对意义甚或象征意义，但比起单向制导或主导的西方中心主义文化史观和艺术史观来，自然是更富有文化上的黏性和亲和力的东西，而凭借此类出口和通道，我们就有望寻觅到人类艺术复杂的思想脉络和精神地址，探视到文化和艺术上的人性公约数。

更进一步地说，一旦我们借助于人类学的立场、方法和整体学科优势，以全景式的复杂性思维来透析世界上曾经有过的和现存的所有文化和艺术形态和样式，把各种有着自身的思维气质和文化特性的非西方艺术与西方艺术置于同一个人类艺术大景观、大历史的过程性之中来考量，让那些非西方艺术至少在理论上不缺位，在实践中尽其所能地各司其职、各美其美，而不只是充当西方人类学、美学和艺术理论的印证材料和试验场，那么，在人类艺术的大宝库中就有望激发出前所未有的可能性，塑造出新的问题领域、话语形态、理论创造空间以及相应的思想索道和意义链。这时，人类学理论上所津津乐道的"他者"，就不是西方中心主义这面魔镜单向性地折射出来的那个大弧度、大向度的他者，相反，西方文化和艺术本身也会成为非西方文化和艺术视野中的他者。笔者相信，只有形成这种互为他者、双向乃至多向制导的全景式机制，他者之间的互动、对话和交变才能成为现实。如此一来，全景视野下的他者必然会走向多维化、细密化，一方面，同时代的不同族群、不同民族或不同国家的文化艺术之间可以互为他者，另一方面，在不同时代或不同的生活区域，也可以有无数个历史上的他者或区域上的他者，这两方面的合力，使得不同的文化艺术系统之间必然会形成多个层面的他者之间的复杂交响。这里的他者模式既有"你－我－他"式的，亦有"你们－我们－他们"式的，而这些他者模式在人类文化艺术的问题链、话语链和意义链上既可以自呈自现，也可以在互动、对话和交变中彼此亲和、彼此校正，从而在最大限度上抑制西方文化艺术中心论的统辖力，克服东（中）西二元论的思维定势。如果成功的话，或许还能够在当今全球化境遇中培育出诸如中国艺术、印度艺术、日本艺术等具有充分自主性的增长极，从而在现实性上弱化那种潜伏在西方艺术话语和理论背后的无边的合法性。这也正是笔者之所以强调艺术人类学研究中的"中国问题、中国话语和中国理论"、中国艺术人类学研究"需要自己的精神现象学"① 的一个深层逻辑。概而言之，艺术人类学如能堂堂正正地面对全景式的人类艺术景观，而不限于"无文字社会的艺术"的研究，这在理论上就预示着审视人类艺术问题的某种独特的全知视角，而具备这种视角的艺术人类学，恰恰在一个根本的含义上区别于旧式艺术人类学，并为自身最终成为一种完全的艺术人类学设置了一个相对安全的理论出口和实践操作通道。

如此一来，艺术人类学无异于把自己的研究范围推展成一个前所未有的冲浪区。全景式的人类艺术景观必将给这一冲浪区平添不可估量的感性色彩，但它同时又是一个知性的、思想性的冲浪区，一个有着真理性指向的智慧冲浪区。笔者的意思是说，完全的艺术人类学还有一层根本性的含义，那就是它不仅仅是关于"艺术"的，也不仅仅是关于"艺术"的感性学或某种新的知识论，而且还是一种人类学立场上的艺术真理论。惟其如此，完全的艺术人类学必须关乎人的存在和人生的真理。事实上，从史前艺术演化至今，人类艺术总是与特定的生活状况、生活经验、生命感受和生存理解直接相关，从而在最大的情境性上呈现出复杂的观念、动机、目的和行为，表达多维的功能和价值意味。历代人类学家对自己的一个发现几乎确信无疑："艺术反映出一个民族的文化价值观念及其所关心的事物，特别是口头艺术（神话、传说和故事）的确如此。"② 人类艺术背后的文化价值观必然承载着人生真理的意蕴，即便是神话，它也"不是人类心灵的幻构之物，也不只是某种不可企及的神秘的隐喻性符号，神话之所以有着巨大的

---

① 郑元者：《中国问题、中国话语与中国理论》，载《杭州师范学院学报》2004 年第 6 期。

② William A. Haviland. *Cultural Anthropology.* Orlando：Holt, Rinehart and Winston, Inc., 1990, P. 383.

现实效用，那是因为神话本身就是人的生存理解的体化物。"① 但是，在全景式的人类艺术景观这一冲浪区，人生化的艺术和艺术化的人生本身并不能自动透露真理的奥秘，它有待于冲浪者的劳作。我们对不同的历史和文化情境下的人类艺术的感知、理解和诠释，更多的是情感、思想或精神上的情境性交流和对话，是对艺术图景背后的历史人生的一次又一次穿游。倘若艺术人类学研究仅限于艺术，满足于哪怕是全方位的人类艺术知识体系，甚或为艺术而艺术，无意与多文化或多民族背景下的艺术所投射的历史人生的真理互通讯息，无缘直面多维的艺术人生和人生艺术中的真理，那么，我们对艺术的感知、理解和诠释显然是不充分的、不完全的，艺术人类学学者在很大程度上也很可能会沦为现代学术体制下的知识技工或职员，而这样的艺术人类学势必也是不完全的，它最终会被降格为一种无魂的艺术人类学。

正如 T. W. 阿多诺（Adorno）针对艺术作品的真理性问题所提醒的那样："美学必须以真理为目标，否则会被判为无足轻重的东西，或者更糟的是，会被判为一种烹饪观。"② 其实，艺术人类学也不例外，它必须以真理为念，驻守人类学所固有的文化多样性的视野，从艺术的真理中透析人生的真理，以免在学科格局上变成知识烹饪术或者学术冲浪者的利益寄存处。换言之，"艺术" 既不是一般人类学准则的依影图形，也不是艺术人类学的终极目标，它是艺术人类学直面人生真理的过程中的一个中介。由于艺术人类学既关注史前时代和现代土著民族的艺术活动，又关注世界文明中心形成之后艺术发展异常丰富而又复杂的历史事实和现实境况，既关注以往的美学和艺术学所着重考察的那种 "美的艺术"，又关注世界各民族的那些似乎不直接出于审美目的但同样具有创造力和想象力的艺术，亦即所谓 "技艺"（craft）或人工制品（artifact），所以，艺术人类学视野中的 "艺术" 这一中介就有了空前的历史客观性、现实针对性和表现形式上的多样性，凭借这样一个中介，艺术人类学就可以生成更为充分的知识论条件和思想蕴含，从而在窥破艺术真理和人生真理的征途中增添更多的精神脚手架。

总之，艺术人类学既是一门不断地处于生成之中的学科，同时又是一种超乎学科格局的精神现象学，它的基本含义所承载的学科诉求，并不只是知识性的诉求，更是一种精神期待上的诉求，因而不会满足于一般意义上的人类学与艺术之间的交叉。正像活生生的音响往往比乐谱更能说明问题一样，艺术人类学通过自己所面对的各种鲜活的人类艺术活动图景和事实来留存艺术真理和人生真理的形迹，较之历代哲学家和美学家往往跨越艺术实际甚或凌驾于艺术之上对艺术真理

---

① 郑元者：《艺术之根：艺术起源学引论》，湖南教育出版社 1998 年版，第 232 页。
② T. W. Adorno, *Aesthetic Theory*, Translated by C. Lenhardt, Routledge & Kegan Paul, 1984, P. 475.

和人生真理所作的各种抽象界定，或许更能直接地测定自己独特的精神音响，更加有效地助飞人类学"爱美之心"的梦想。

正如很多人所看到的，马克思以前的美学家、文艺理论家所犯的一个通病就是从抽象的人和抽象的人性出发来说明各种文艺现象和美学问题，而马克思、恩格斯明确指出："我们不是从人们所说的、所想象的、所设想的东西出发，也不是从只存在于口头上所说的、思考出来的、想象出来的、设想出来的人出发，去理解真正的人。我们的出发点是从事实际活动的人，而且从他们的现实生活过程中我们还可以揭示出这一生活过程在意识形态上的反射和回声的发展。甚至人们头脑中模糊的东西也是他们的通过经验来确定的、与物质前提相联系的物质生活过程的必然升华物。"① 而作为一门立足于人类学的立场和方法、从艺术的角度研究人的学科，以"异文化"视角、注重世界各族群各时代的文化艺术多样性和"地方特有的知识"，以"全景式的人类艺术景观"为研究对象来直面人生的真理的艺术人类学，恰恰可以全景式地面对和解释世界各族群、各时代的现实生活过程及其观念上的"升华物"。

---

① 《马克思恩格斯全集》第 3 卷，人民出版社 1960 年版，第 30 页。

第十八章

基本话语中国化问题的
艺术人类学评估和展望

第一节　基本话语的艺术人类学价值增量

在 21 世纪马克思主义文艺理论的话语中国化问题上，尽管不能总是徘徊在过去，仅仅满足于种种历史基本话语的梳理和评介，也不能在马克思主义文艺理论的话语中国化的过去、现在和将来之间创造出某种神奇的等式，但当我们试图展开以未来为本的种种考量和探究时，又确乎离不开马克思主义文艺理论中国化历程中基本话语的历史合法性和价值重估问题。所以我认为，如果要认清 21 世纪马克思主义文艺理论的话语中国化的本质，中国化的历史话语及其未来价值仍是牢不可破的规约力量，而这也是文艺理论、美学和艺术人类学研究应该要极力推展和落实的"历史优先性原则"① 的又一体现。而且，当我们试图以前文所阐发的新式艺术人类学的基本内涵为视点，对马克思主义文艺理论的话语中国化图景中的一些基本话语进行艺术人类学重估时，或许还能在一种新的思维层次上发掘出它们潜在的学术价值增量空间和未来发展的思想因子。

一般认为，就中国艺术人类学学科的前史来说，它最初是和蔡元培等先贤联系在一起的。蔡元培 1920 年发表在《北京大学日刊》上的《美术的起原》一文

---

① 郑元者：《文学史研究中的历史优先性原则》，载《文学评论》1996 年第 2 期；郑元者：《试论艺术起源研究中的历史优先性原则》，载《江海学刊》1998 年第 4 期。

可以说是中国艺术人类学研究的拓荒之作。① 他写道："考求人类最早的美术，从两方面着手，一是古代未开化民族所造的，是古物学的材料。二是现代未开化民族所造的，是人类学的材料。人类学所得的材料，包括动静两类。古物学是偏于静的，且往往有脱节处，不是借助人类学，不容易了解。所以考求美术的原始，要用现代未开化民族的作品作主要材料。"② 从这一表述来看，蔡元培已自觉地运用了文化人类学的方法，而他关于"考求美术的原始，要用现代未开化民族的作品作主要材料"这一话语，其方法论意味至今并未完全失效，仍为一些艺术人类学学者所推重。其他学者包括王国维、闻一多、郑振铎、鲁迅、茅盾等，也曾经用文化人类学的方法来研究中国戏曲史、古典文学，都取得了丰硕的成果。

如果我们从马克思主义文艺理论中国化的历史整体来看，其基本话语中国化的艺术人类学蕴涵，亦可找到一条新的话语价值增量的轨迹。马克思主义介绍到中国，最初多是从日本转译而来，而且正面涉及马克思主义文艺思想的论著极少，但早在1903年上海广智书局出版的赵必振翻译的日本学者福井准造所著的《近世社会主义》一书中，介绍到《资本论》时称马克思"观察历史之眼，先描画其原始之状态，次述进步之阶梯，以稽查过去与现时，以进未来之社会，而待变革一新之期。断言之曰，社会原始之状态，生产之业未开。人人皆汲汲于自求其衣食，上下贵贱皆粉身碎骨而不暇他图。当此时也，社会无甚贫富之差，又无资本主义与劳动者之别。之后，社会稍稍进步，饱食暖衣之乐，渐普及于人民。或生游乐之情，或以其余暇而注心于文学美学之嗜好。于是多数之人民，日日从事于劳动，以从事于生产。"③ 赵必振的这段译文，显然已触及到艺术的起源以及生产劳动与文学的关系之类的基本问题，而关于原始社会"以其余暇而注心于文学美学之嗜好"这一中文表述，可以说是马克思主义文艺理论中国化初期在译介这个环节的一种珍贵的话语尝试。

从十月革命尤其是"五四"运动开始，中国真正开始介绍马克思主义文艺思想，而有的学者也开始用马克思主义的立场、观点和方法来研究一些文艺问题。虽然当时对马克思文艺观的专门研究还比较缺乏，但通过对唯物史观的探究，其实也正面触碰到了马克思主义文艺理论的话语中国化的脉搏。例如，鲍庵在《马克思主义——一称科学社会主义》一文对马克思主义的文化史观作出概括时指出："自马克思倡其唯物的历史观以后，举凡社会的科学，皆顿改其面

---

① 郑元者：《中国艺术人类学：历史、理念、事实和方法》，东京大学东洋文化研究所编：BI（美），Vol. 1（日文版），2007年3月30日（创刊号）；亦载《杭州师范学院学报》2007年第6期。

② 《蔡元培美学文选》，北京大学出版社1983年版，第87~88页。

③ 见《马克思主义在中国》（上），清华大学出版社1983年版，第109页。

目。昔之学者，咸谓人类特长，在有灵性，能驱驾万类，故以为人类文化史实由于人类之精神所成；人类的精神，不随历史而变化，故文化的根本方向亦无变化，于是立一定之法道，作文化之标准，以一时代一地方之形式，而范围各时代各地方的现象，此其弊在消极的固使多数人不能进步，在积极的仍发生无限痛苦也。然马克思之论文化史，谓不成于人类的精神，而成于物质的境遇。"① 在笔者看来，匏庵在这里为了比照马克思的文化史观，指称昔之学者"立一定之法道，作文化之标准，以一时代一地方之形式，而范围各时代各地方的现象"，而他对这一话语的否定性评判，似乎已有点儿像后来的一些有所觉悟的人类学家不满于纯粹以西方知识的标准来衡量非西方社会的知识、转而强调非西方社会所特有的"地方性知识"这种作法的味道。

　　当然，在 20 世纪马克思主义文艺理论中国化的总体历程中，许多学者或革命人士的文艺主张虽不怎么系统、完整，对文艺现象的特点和规律也研究得不够，而且在话语形态上亦时有阶级斗争工具论、文艺从属政治论的端倪或倾向，但从他们的主张和表述来看，却有不少与后来的艺术人类学知识谱系、问题意绪和话语痕迹相通的基本话语，比如，陈独秀关于"比较"方法的理解，关于"人类心理上有普遍的美感"的话语，肖楚女关于艺术"同是人类社会底文化"的见解，沈雁冰关于"处处用人类学的神话阐释法"、"普遍到民间"的话语，鲁迅在文艺起源问题上的著名话语，如此等等，都可以从艺术人类学的理论新视野进行仔细的分析和评估。但考虑到篇幅的限制，以下仅以基本话语中最有代表性的关于"文学是一种审美意识形态"这一基本为案例来展开论述。

　　历程数十年的话语中国化的演化，特别是在新时期以来的中国文艺理论建设中，围绕着文学的本质问题形成了诸多基本话语和观念，审美意识形态论、文学活动论、艺术生产论和艺术情感论等较有代表性，而且，在它们之间似乎也难以找到神奇的等式。在诸如此类的这些文学观念中，以审美意识形态论的影响为甚。最近又有学者撰文指出："文学'审美意识形态'论，是一个时代的学人根据时代要求提出的集体理论创新，它是对'文革'的文学政治工具论的反拨和批判。它超越了长期统治文论界的给文艺创作和文学批评带来公式主义的'文艺为政治服务'的口号，但它的立场仍然牢牢地站在马克思主义上面。"② 对此不少学者深表关切，例如有学者指出："论者的目的已经不是如伊格尔顿那样，以'文化生产'的观念来连接基础与上层建筑的复杂关系，而是欲将这一概念作为文艺学的第一原理，并冠之以马克思主义的立场，这就需要文艺理论工作

---

① 匏庵：《马克思主义——一称科学社会主义》，载《马克思主义在中国》（下），清华大学出版社1983 年版，第 71 ~ 72 页。

② 童庆炳：《新时期文学审美特征论及其意义》，载《文学评论》2006 年第 1 期。

者，特别是持马克思主义立场的文艺理论工作者审慎对待了"，并进而指出，虽然"文学可以成为各种社会意识的表现形式"，但"审美意识形态""其实是一个不能成立的虚幻概念"，继而引申到文学理论的生存危机问题，指证"文艺理论的美学化，也使我们面临这样一个尴尬的局面，一方面近年来出版了大量的文学理论的新版教材；另一方面，我们又不难发现，这些文学原理与众多的艺术原理、艺术概论、甚至是美学原理、美学概论在体例与问题的表述上如出一辙，文学理论乃至于文艺学其学科本身还有无存在的必要似乎都成了问题"①。

要是诸如此类的论争和指证在一定程度上折射出当今中国文艺理论研究的真实状况的话，那就意味着，在 21 世纪的中国，马克思主义文艺理论的话语中国化图景所凸显的依然是一条条充满艰险的求索之路。在这里，我们无意介入争论，只是本着学术建设的态度，选取"文学是一种审美意识形态"这一基本话语为例，立足于新式艺术人类学的学术视野作一番初步的反思，这或许能给 21 世纪马克思主义文艺理论的话语中国化问题提供些许启示。

的确，"意识形态"是马克思主义文艺观的中心概念，甚至连西方学者也表示："马克思主义批评家认为文学根本上是一种意识形态"②。对此，人们似乎没有太多的异议。但是，一旦引入"审美"这一概念，并把它用来修饰或限定"意识形态"，作出"文学是一种审美意识形态"这样的陈述、继而试图把它升格为中国特色的马克思主义文艺理论的一种基本话语或者作为"作为文艺学的第一原理"的时候，问题本身也确乎变得异常关键和严峻。

马克思在《德意志意识形态》一文中阐述自己的历史观时指出："这种历史观就在于：从直接生活的物质生产出发来考察现实的生产过程，并把与该生产方式相联系的、它所产生的交往形式，即各个不同阶段上的市民社会，理解为整个历史的基础；然后必须在国家生活的范围内描述市民社会的活动，同时从市民社会出发来阐明各种不同的理论产物和意识形式，如宗教、哲学、道德等，并在这个基础上追溯它们产生的过程。""这种历史观和唯心主义历史观不同，它不是在每个时代中寻找某种范畴，而是始终站在现实历史的基础上，不是从观念出发来解释实践，而是从物质实践出发来解释观念的东西"③。这种历史观意味着，包括"文学是一种审美意识形态"在内的各种文艺理论话语都不应该割断自身与历史、特别是整个人类艺术史之间的复杂关系。在这一点上，鲁迅曾有一个深切的体会。他在编译卢那察尔斯基的文艺评论集时曾指出："虽然不过是一些杂摘的花果枝柯，但或许也能够由此推见若干花果枝柯之所由发生的根柢。但我又

① 王杰：《审美意识形态：一个有待进一步探讨的文学观念》。
② ［荷］佛克马、易布思著，林书武等译：《二十世纪文学理论》，三联书店 1998 年版，第 92 页。
③ 《马克思恩格斯全集》第 3 卷，人民出版社 1960 年版，第 42 ~ 43 页。

想，要豁然贯通，是仍须致力于社会科学这大源泉的，因为千万言的论文，总不外乎深通学说，而且明白了全世界历来的艺术史之后，应环境之情势，回环曲折地演了出来的支流。"① 这虽然是一个较高的要求和境界，但"文学是一种审美意识形态"之类的基本话语要想获得最大限度的真理性因子，确乎应该是"明白了全世界历来的艺术史之后"才有可能，用上述新式艺术人类学的基本内涵来说，甚至是必须面对了"全景式的人类艺术景观"和各种特定意识形态的历史考量之后才有可能。

许多人类学家认为，每个人类社会都有自身的文化，它包含四个主要的区域或子系统（subsystem），那就是技术、社会交往、意识形态和语言。也有人类学家把"语言"这个子系统除外，认为文化发展的一个普遍规律就是：文化是由三个相互联系的方面组成的，即技术的、社会的和意识形态的。在促使文化进化的过程中，技术的方面起着基本的作用，社会的方面经常被看作是发挥第二位的作用，而意识形态的方面所产生的作用则是第三位的，或至少在决定文化进化的转变上产生影响。② 尽管这种文化唯物主义的观点本身还是可以争论的，但由社会成员的各种观念、信仰和态度组成的意识形态在每个社会或每一种文化中占有非同寻常的位置则是无可争议的，史前时代自然也不例外。但是，在"意识形态"的含义和意识形态理论上，却存在着很大的分歧。即便在马克思主义者那里，这种情形也客观存在。据说，R. 威廉斯（R. Williams）从马克思的手稿中分辨出了关于意识形态概念的三种一般含义，而 A. 亨特（A. Hunt）在《马克思主义理论中的意识形态及其作用》一文中则重申了 G. 格维奇（G. Gurvitch）从马克思那里发现了关于意识形态概念的不少于十三种的含义，如此等等。③ 当代社会学家也申述了自己的看法："意识形态是关于自然的、社会的和超自然的世界的共同信念。如，它们可以是对超自然存在物、最高的管理形式和民族自豪感的陈述。意识形态有助于个体去解释各种事件。它们也给某种特定的行为方式提供理性依据。"④ 显然，给出一个具有普遍有效性的"意识形态"定义是很困难的。

仅就史前艺术来说，情况也要远为复杂一些。如，仪式是史前意识形态的一种非常重要的行为表征，它的具体寓意和操作方式，在不同的人类集团中会呈现

---

① 《鲁迅全集》第 10 卷，第 302 页。

② T. R. Williams. *Cultural Anthropology*. Englewood Cliffs, New Jersey：Prentice – Hall, Inc. , 1990. P. 25；E. Staski, J. Marks. *Evolutionary Anthropology*：*An Introduction to Physical Anthropology and Archaeology*. Fort Worth：Harcourt Brace JJovanovich College Publishers, 1992. P. 18.

③ J. Wolff. *The Social Production of Art.* New York：New York University Press, 1992. P. 50.

④ D. S. Eitzen, M. B. Zinn. *In Conflict and Order*：*Understanding Society*. 6th Ed. Boston：Allyn and Bacon, 1993. pp. 112 – 113.

出斑驳陆离的景象，许多洞穴艺术作品对它们的表现也是千姿百态，但它们实质上都是作为史前意识形态的可见形式而存在的，仪式在人们的生活中也就显得越来越重要，来自阿尔塔米拉、拉斯科和其他史前遗址都提供了确切的证据，而佩什－梅尔洞穴的马与手印这幅作品，恰恰是一个著名的例子。对此，坎贝尔指出："除非我们愿意承认人类的仪式生活是在没有明显的原因的情况下突然形成的，否则我们就必须认为这些有着著名的绘画的洞穴（不是居住场所）在功能上是与马格德林时期的文化系统的其他部分相联系的。"① 就史前艺术的总体状况来说，这种联系在本质上就表现为意识形态上的联系，在史前时代的许多仪式画中都有充分的体现。研究表明，"虽然史前人类在仪式画的制作上的确需要一定的审美能力，但审美能力毕竟不等于审美动机，史前艺术家的审美能力的运用在某种意义上也受制于史前意识形态的总体背景，而且，旧石器时代的这些仪式画大多处在洞穴深处的某个相对难以到达的地方，这一事实就几乎不能符合对它作装饰性的或审美性的解释的想法。"②

如此一来，当我们力图着眼于"全景式的人类艺术景观"、从人类文学艺术的发生和发展脉络来分析其意识形态要素和意识形态性时，唯有采取"历史优先性原则"③，才能在最大的现实性上找到与对象本身的复杂性相匹配的话语类型，在充分揭示"审美"与"意识形态"之间的同质性和异质性的基础上来指证文学艺术是否在本质上是一种"审美意识形态"，理论上又是何种意义和何种程度上的"审美意识形态"，这样的话语才有普遍性的效力。

意识形态作为马克思主义唯物史观的一个重要内容，的确是建构马克思主义文艺理论的重要理论基石之一。马克思在《〈政治经济学批判〉序言》中指出："不是人们的意识决定人们的存在，相反，是人们的社会存在决定人们的意识。社会的物质生产力发展到一定阶段，便同它们一直在其中运动的现存生产关系或财产关系（这只是生产关系的法律用语）发生矛盾。于是这些关系便由生产力的发展形式变成生产力的桎梏。那时社会革命的时代就到来了。随着经济基础的变更，全部庞大的上层建筑也或慢或快地发生变革。在考察这些变革时，必须时刻把下面两者区别开来：一种是生产的经济条件方面所发生的物质的、可以用自然科学的精确性指明的变革，一种是人们借以意识到这个冲突并力求把它克服的那些法律的、政治的、宗教的、艺术的或哲学的，简言之，意识形态的形式"④。

---

① B. Campbell. *Human Ecology*：*The story of our place in nature from prehistory to the present.* New York：Aldine Publishing Company，1985. P. 107.

② 详见郑元者：《艺术之根：艺术起源学引论》，湖南教育出版社 1998 年版，第 217 ~ 228 页。

③ 郑元者：《文学史研究中的历史优先性原则》，载《文学评论》，1996 年第 2 期；郑元者：《试论艺术起源研究中的历史优先性原则》，载《江海学刊》1998 年第 4 期。

④ 《马克思恩格斯选集》第 2 卷，人民出版社 1995 年版，第 32 ~ 33 页。

在这里，马克思明确地把艺术归属于社会意识形态的范畴，这样一种理论取向自然也被许多学者用来分析文艺理论和美学的基本问题，并进一步提出文艺是一种审美意识形态的论断。毋庸讳言，意识形态的含义与意识形态理论存在着很大的分歧，一般说来，意识形态是指适合一定的经济基础并代表着社会主体力量根本利益的情感、表象和观念体系的总和，其基本特征是用想象性中介来沟通个体与社会、人与现实之间的联系。这样，意识形态及其功能的普遍性，也就成了文艺的意识形态属性或价值的普遍性的逻辑背景。换句话说，无论身处于何种社会体制和社会关系，人作为意识形态的存在物，他总是在生命实践活动的过程中按照客观世界不同的规律性，立足于自身的情感、表象和观念背景以及富有个性特征的目的和愿望来改造客观世界，而这种改造活动不仅会引起客观世界外在形态的变化，而且能够显现和提升人的本质力量，从而在文艺实践、审美活动和审美关系中按照美的规律把这种本质力量自由地转化为令人愉悦的形象，并在这种令人愉悦的形象世界中充分地表现自己的情感、表象和观念体系。于是，意识形态的人和实践活动的人、感性的人和理性的人得到了真正的统一。因为在现实生活关系中，人与自然、个体与社会、人的内在现实与外在现实之间的关系往往是冲突的、矛盾的，在阶级社会中甚至是对立的，而作为意识形态存在物的人总是会面对这种冲突、矛盾和对立，运用自身的情感、表象和观念世界的力量，通过文艺实践和美的创造来实现内在现实与外在现实的完满统一。这种统一的过程既是人的富有个性特征的目的和愿望的实现过程，同时也是文艺的意识形态属性或价值的实现过程。所以，逻辑地看，我们可以把文艺界定为以情感为中介的意识形态属性或价值。

历史地看，文艺的意识形态属性或价值在不同的历史时期有其不同的样式和功能意味，而组建这些不同样式和功能意味的观念、形象和思想内容等，在不同时代的社会文化存在总体中必然会经历种种历史性的变迁过程。由于不同历史时代的人们有着不同的生活世界，有着以不同的情感、表象和观念体系所组成的意识形态形式，所以，不同历史时代和不同生活世界的人们在艺术和审美活动中必将创造着不同的意识形态价值或属性，表达不同的"艺术"和"美"的观念。诚如美学史家 W. 塔塔科维兹所注意到的："一个美学史家，如果他想要描述人类关于美的思想演变过程的话，那么，他就不能把自己局限于'美'这个名词。因为这些思想还以其他名称出现过。……'美'这个名词常指与我们今天对这个词的理解不同的事物：在古代社会，它意味着道义上的价值而不是美学上的价值。"①塔塔科维兹这里所说的"美学上的价值"，指的是学科意义上的美学通常

---

① ［波］W. 塔塔科维兹著，杨力等译：《古代美学》，中国社会科学出版社 1990 年版，第 7 页。

所指的那种审美的价值，但在美学学科诞生之前，包括史前人类在内的社会族群就已经开始艺术和美的创造了，有的族群尽管没有美学学科意义上的"美"这个名词，也不一定总是从审美的动机出发从事美的创造和欣赏活动，但他们早已在生命实践活动中创造着与自己的情感、表象和观念体系相应的意识形态价值或属性。在现代社会，随着社会现代化进程的不断开展，人作为整体的生命形象逐渐分裂为劳动、愿望、意志等相对独立的领域，人不得不在相对分裂和对立的社会条件下开展自己的文艺和审美活动，于是，为了超越现实，创造人生的价值，文艺和审美也就成了一种意识形态现象，成了社会现代化过程中的一种必然性的现象。更进一步，"'价值'必定被从'事实'中推断出来，在堕落的现实实践中辨认它，并且成为值得奋斗的未来远景。这的确就是通常被轻蔑地称之为目的论的最生动的意义。一种不会轻易使我们患病的乌托邦思想，能够探索在现实内部所缺乏的一致性，这是可以实现的未来能够发芽的地方——在这里，未来使现实虚假的完满失去光彩并呈现出它的空洞。"① 由此看来，即便在现代社会，人的文艺实践和审美创造还是有其意识形态性或是意识形态的价值特质。这种意识形态属性或价值在蒙克的《呼喊》、毕加索的《格尔尼卡》、安迪·沃霍尔的《玛丽莲·梦露印刷肖像》以及杜安·汉森的《旅游者》等诸多现代主义艺术作品中得到了鲜明的体现。

可见，文艺和美作为某种特定文化情境中的意识形态属性或价值，既是逻辑的必然，也是历史的必然。当然，文艺和审美的意识形态属性或价值有别于法律、哲学、伦理、宗教等一般意识形态的属性或价值，其中最主要的一个方面就是文艺和审美的意识形态以情感为基本中介。也就是说，由于不同人类文化形态里的情感和想象的特殊性，文艺和审美意识形态才呈现出与经济基础较远的距离和较为复杂的辩证特性；由于情感的基本特点是具有想象和幻想的能力，而想象和幻想又是主体内在要求的一种表达方式，所以，文艺和审美意识形态才有助于人在正视各种现实生活关系的前提下，把生产力的巨大力量转化为表达人的富有个性特征的愿望并与人类幸福生活这个目的相一致的建设性力量；把五彩缤纷的自然现象、社会现象和艺术现象转化成包含了人的情感的审美对象，从而在审美活动和审美关系中掘发和提升自己的本质力量，不断地创造出令人愉悦和乐于观赏的形象。

总之，当文艺和美作为特殊的社会文化存在形式，又与不同人类文化形态里的一定的情感媒介、表象内容和观念体系不可分割地联结在一起的时候，它在不

① ［英］特里·伊格尔顿著，王杰等译：《美学意识形态》，广西师范大学出版社 1997 年版，第 222 页。

同的历史时代就会表现出不同的意识形态属性或价值特质。这样，我们有理由在广义上把文艺和美看成是特殊的社会文化存在形式，在狭义上把文艺和美理解为以情感为中介的意识形态属性或价值。而且，作为以情感为中介的意识形态属性或价值的文艺和美，也是社会文化存在总体中的一个有机组成部分，它既体现了人在文艺和美的观念上的开放性，也体现了意识形态的开放性；而文艺和美的观念的这种开放性与意识形态的开放性，恰恰是文艺和美的多样性、差异性和审美交流得以开展的一种确证。此外，文艺和美的意识形态性意味着人作为有意识的、自由的"类存在物"，必然会从自身的生存方式和文化情境出发，在艺术创造和欣赏中介入意识形态之中，超越自身的意识形态局限，在全球文化多样性和文化互动性中不断地把握现实关系，不断地改善和提升自身所处的社会文化存在总体的质量，使艺术和美的创造成为真理性的人生事件，成为健全社会和健全人性的标志，成为诗化人生的隐喻。正是在这种意义上，我们说文艺创作将不断地通过对社会、艺术和审美文化现象的分析而把握现实关系，并通过改变人们的价值观念、生活态度而实现对现实的改造，以诗化的方式实现对世界的掌握。

我们知道，在马克思的本体论中，"任何社会存在都与有意识的行为不可分割地联结在一起"①。由此，我们可以认为，人作为有意识的"类存在物"，同时也是意识形态的存在物，而人的意识或意识形态并不是外在于社会存在并与之抽象对立的东西，而是内在于社会存在的，是社会存在的一个基本的、不可分离的组成部分，这样，身处于社会文化存在总体中的意识或意识形态同样是有机的、现实的力量，具有本体论的特征，是本体论意义上的存在物。如此一来，与人同生同息的文艺和美，它作为特殊的社会文化存在形式，也会与意识形态发生本质性的关联，并表现为以情感为中介的意识形态属性或价值。

总之，在马克思主义文艺理论的基本话语的中国化建构上，马克思所说的那种对历史的观察方法，无疑还是今后研究工作的指南，亦即"必须重新研究全部历史，必须详细研究各种社会形态存在的条件，然后设法从这些条件中找出相应的政治、私法、美学、哲学、宗教等等观点。"② 在这方面，由于新式艺术人类学以重新研究"全景式的人类艺术景观"为念，既关注史前时代和现代土著民族的艺术活动，又关注世界文明中心形成之后艺术发展异常丰富而又复杂的历史事实和现实境况；既关注以往的文艺理论、美学和艺术学所着重考察的那种"美的艺术"，又关注世界各民族的那些似乎不直接出于审美目的但同样具有创造力和想象力的艺术，亦即所谓"技艺"或人工制品。所以，除了审美意识形

---

① ［匈］卢卡契著，张西平等译：《关于社会存在的本体论》上卷，重庆出版社 1993 年版，第 768 ~ 769 页。

② 《马克思恩格斯选集》第 4 卷，人民出版社 1972 年版，第 474 ~ 475 页。

态说这一基本话语以外，艺术人类学研究还有望为新世纪马克思主义文艺理论的话语中国化问题的整体反思和建构，提供更为充分的知识论条件和学理内容。

第二节　话语中国化与文化情境延展

从人类的文艺、审美实践的总体历史来看，由于每一个族群、民族都是根据自己的文化图式和审美经验来建构自身的现实生活过程和观念体系，所以，在新世纪马克思主义文艺理论话语的中国化问题上，借助于新式艺术人类学视野的"文化情境"观念而不是一般的文化学视野，并在种种时代的、族群的或民族的具体文化情境中来延展文艺理论话语中国化的新历程，应该不失为一种有效的应对之道。

托马斯·门罗曾严正地指出："文化的范围在十九世纪和二十世纪的扩大，对近代美学产生了革命性的影响。美学不仅具有了国际性，而且涉及各种文化之间的相互关系。美学判断所需的资料，已经是来自世界所有民族的艺术产品和经验。我们很快就抛弃了那种认为西方的艺术在一切方面都必定是最好的自傲观念……这样作的一个明显效果，是使美学理论更具有相对性。这样，如果人们仍然坚持用一种简单的规则或固定的标准来评价极其多样化的风格，就会越发显得没有道理。"[1] 就文艺的本质问题上的话语建构来说，我们注重文艺与具体的文化情境之间的关联问题，有望在文学艺术和审美的复杂性和文化内涵上达成新的认识。例如，西非的约鲁巴人有独特的宇宙观、身体观念和医学观念，同时，像宗教一样，包括诗歌和雕刻在内的约鲁巴艺术，也是维持约鲁巴人传统生活不可或缺的东西。[2] 他们有系统地把"美学上的美"（aesthetic beauty）跟"文化品质或养分"（cultural goodness）相提并论。R. F. 汤普森曾以罕见的彻底性对约鲁巴人的审美价值观念进行了研究，从大量的资料中透析出十二条普遍性的审美原则，它们通常被约鲁巴人用来判断一件特定的雕刻品的优劣。虽然有的审美原则与西方的审美价值体系有相似之处，比如，一件按约鲁巴人的标准被认为是很好的（或美的）小雕像，必须有"ifarahon"（visibility，清晰度）才行，但约鲁巴人的其他审美价值观跟西方鉴赏家就截然不同了，其中也许是最重要的一条美学

---

① ［美］托马斯·门罗著，石天曙等译：《走向科学的美学》，中国文联出版公司1985年版，第184～185页。

② G. O. Olusanya（ed），*Studies in Yoruba History and Culture*，Ibadan：University Press Limited，1983，P. 153.

上属于优秀的标准就是"青春"（ephebism），或者说是对时值盛年的人们的描绘。对此，R. L. 安德森归纳说："约鲁巴人的艺术批评的准则既不是随心所欲的，也不是由纯粹的视觉因素或形式主义因素来决定的。相反，约鲁巴艺术风格反映出基本的文化价值。"① 因为在约鲁巴人的思想中，"美"（ewa）是"文化品质或养分"的具体显现，而这种"文化品质或养分"则包括两个特殊方面的思想，即道德和伦理。而纳瓦霍人的那个通常被译为"美"的"霍佐"（hozho）观念，则有着更为复杂的文化语境上的约定信息，在文艺和美的本质问题的生态重建上同样有启发性意义②，因为"霍佐"既是一种"宇宙意象"或"世界意象"，又是人生"安乐"的源泉，与纳瓦霍人的完满、和谐、幸福等整个人生哲学观念融为一体，而作为恶与丑的对立面，"霍佐"又与宗教观念等社会意识形态有着原初性的内在关联。

这些例子至少已经表明，如果我们还只是按西方社会的审美价值体系来考量文艺和美的本质问题，漠视中国等东方社会和各种小型社会所固有的"艺术"和"美"的观念，或者在话语建构上只是满足于对艺术和美的本质作出各种纯哲学式的抽象界定，跨越包含中国各少数民族在内的世界各民族的文化情境和具体的艺术、审美实践，那么，上述托马斯·门罗所担心的那种"越发显得没有道理"的境况将会继续重演。

换句话说，文艺和美的社会属性不是孤立的，而是与文化情境和文化特质紧密地交融在一起。人类学的研究表明，与其他物种相比，人的社会性还有一个特别令人惊异的特点，那就是人类社会的多样性。例如，人类学家们普遍认为，仅新几内亚岛上就有 700 种语言，也就是说有相应的 700 种文化和社会形式。这样，当我们在审视文艺和美的本质问题的时候，仅是一般性地看到文艺和美是一种社会现象是不够的，还要看到文艺和美的文化属性，充分关注文艺和美的本质与文化多样性之间的关联。一方面，人在本性上就是文化的动物，人既创造文化，同时也被文化所创造，在这种互动性的创造活动中，人的自然性和社会性、物质性和精神性以及历史性和历史感等都能得到最充分的显现，而文艺和美的创造也寄寓在文化的创造之中，一个社会所能拥有的文艺和美的品质在很大程度上有赖于这个社会的文化创造行为的品质；另一方面，文艺和美的多样性和同一性始终与文化的多样性和同一性休戚相关，只有当我们对文化的多样性有了充分的了解和研究，尽可能清楚地了解本文化与各种区域的异文化中的文艺和审美观念的多样性及其历史发展，找出规律性的东西，从而在文化的多样性中了解文艺和

---

① R. L. Anderson, *Art in Small - Scale Societies*, Englewood Cliffs, New Jersey: Prentice - Hall, Inc., 1989, P. 19.

② 详见郑元者：《原始问题、学术忠诚与美学生态重建》，载《文艺理论研究》2003 年第 6 期。

美的多样性和复杂性，在文化的同一性中寻觅美的同一性，使文艺和美的本质问题的求解能真正扎根于深厚的文化时空之中，由此得出来的有关文艺和美的界定性话语，才有可能具有某种普同性的意义。在伊努伊特（Inuit）爱斯基摩人那里，虽然他们具有高度发展的艺术才能，却没有一个专门的词汇是来表示"艺术"的，所有"人工的"物体都被包括在"人为之物"一词之中，而不计其实际效用如何。这并不是说伊努伊特人没有关于"美的"或"艺术的"价值观念，只是他们把造型艺术主要应用于具有工具性价值的物品中，如各种工具、护身符和武器等。由此，许多人类学家认为，要想按任何普遍的标准来衡量文艺和美的价值和形式，那将是困难的。应该说，人类学家的这种意见是颇为中肯的，我们确乎不能简单地把它归结为在文艺和美的本质问题的话语界定上的悲观论调或是某种相对主义的主张，它至少揭示了有关"文艺"和"美"的问题的复杂性。迄今为止，文艺理论和美学史上之所以还没有哪一种有关文艺或美的界定性话语得到举世公认，之所以不能全面深入地解释文艺和美的共同性和差异性的辩证关系，其根本的原因之一就在于对文艺和美的文化属性缺乏深切的理解。所以，我们对文艺和美的本质问题的话语理解和提炼，应始终不离文化这一维度，在把文艺和美看作社会现象或社会行为的同时，还要把它们看作是文化现象或意识形态现象。

此外，我们不仅要认识到文艺和美的社会属性和文化属性，而且还要充分认识到它们的存在属性。也就是说，文艺和美在本质上是一种特殊的社会文化存在形式。首先，从文艺和美对人类的必要性来看，对包括史前社会和现代土著社会在内的所有人类社会和族群来说，人对"文艺"和"美"的需要是相似的或一致的，而且，这也是一种本源性的、普遍的和难分高低的人生需要，而这种需要本身则是客观的，它既受制于每个时代特定的生存现实，又对这个时代的生活具有当下的规定性意义。其次，从人类的基本经验世界来看，人总是力图从特定的社会关系出发对自身生存的内在现实和外在现实作出基本的衡量和区分，以寻求某种切实有效的人生表达关系，从而创造出与自身的人生经验、生活信念、价值观和意识形态背景相匹配的基本生活图景。其中，文艺和美可以说是不同历史时期和不同族群的人区分生存现实的最具本源性和基础性的尺度，因为文艺和美既能转移人在日常生活中的困顿、焦虑、无助和绝望等情绪，给人带来官能性、情绪性和精神性的自我调节和自我提升的可能和条件；同时，就本质而言，文艺和美还能时刻让人活生生地记起某种诗意的生活世界，在严重的意义缺失和生活失真的情境下看出人性的脆弱、生活的凡庸和人生的有限，乃至于在日常的生活中、在精神的漂泊无根中看出人生的意义、人的希望和人的未来。由此看来，艺术和审美是人的生活世界中最为友善、最富于人性化意味的基本经验，它不但让人在可能的人生条件下克服日常生活中的喧嚣和无奈，守护心灵的宁静和澄明，而且也能点亮人的心灵之火，以期寻觅到某种最能顺应自身本质力量的人生创造、人生实现和人生解放之路，并为此而奋发以求。最后，就人生真理而言，艺术和美的存在属性则另有一番实质性的意味。在自然界中，人类的存在是一种特殊的存在，它以有意味、有文化的生活为旨归。文艺和美作为特殊的意识形态，它有别于其他意识形态的特殊之处就在于美一方面始终扎根于人的有意味、有文化的生活，同时又是对人的现实生活关系的一种情感性和想象化的表达。所以，每个时代的人们都在追求和实现自身最高的人生价值和意义，这既是人生真理的历史性表达，也是历史人生的真理性显现。

文艺和美惟其对每个时代的人们都是基本的文化需要，因此，从根本上说，它们作为意识形态是人类社会文化存在的基本方式，它不仅是意识性的和精神性的，而且其本身就是每个时代的现实人生的一种实际的生活方式。于是，人人都可以面向美和艺术的世界，都可以来往于美和艺术的世界，都可以与它们建立起表达性的关系，在表达中求交往，在交往中求表达，从而就在美和艺术中看生活世界，在生活世界中看待艺术，并最终走进、融入美和艺术的世界。这样，人的生活世界虽然并不就是美和艺术，却来自于美和艺术，人就在美和艺术中，与它们共患难，互通人生的奥秘，因而美和艺术也就不再是仅仅用来供人观赏、享用和驱使的对象或工具，而是成了人与世界进行文化交往并表达这个世界的难舍难分的人生驿站和精神纽带；同时，就文艺和美而言，它们在本性上也来自于人的生活世界，也时刻需要面向人的生活世界，需要每个有生命的个体存在和各历史时代的生活世界的某种特别的支撑和呵护，甚至需要某些特殊的生活者（文艺家和美学家等）为它们提供和补充人生的资讯，为它们承担常人可能难以承担的伦理价值要求，使它们就在面向人生的过程中走近人生、表达人生，在创造交往关系和表达关系的过程中，感悟人生的真理，提升人生的境界。这就表明，文艺和美的世界对人生有着本源性的意义，它们作为人生的基本存在方式，作为人生的本源性亦即真理性的世界，是人生的一种基本尺度，是人生的一种精神呼告，因而与人生之间始终有着一种不可分离的共存共生关系。换言之，文艺、美与人生是同一的，它们之间有着某种同质性的隐喻关系，它们不是理性高原上的抽象存在物，相反，它们就在人的生活世界中，与人及其生存一道承担着某种需要默然承担的神圣职责。正是在这种意义上，我们可以广义地把文艺和美看成是特殊的社会文化存在形式。

的确，马克思主义文艺理论和美学作为世界性的学问，应该综合世界范围内各地区、各民族的艺术实践和审美经验，不能再以某一局部地区的"艺术"和"美"的观念作为人类共同的审美标准。因此，只有充分地考虑到艺术和美的各种具体形态，及其在不同民族生活背景下的情境性表现，对文学艺术与美的本质问题的探讨和话语提炼，才不至成为偏于一隅、自言自语的玄虚之学。在这方面，艺术人类学的视角已显示出自身的学科优势。一般说来，人类学有一个双重目标，它首先是要描述那些分布于各个人类种族中间的不同社会文化系统，然后试图去探索令人困惑的多样性下所隐藏着的社会文化模式的规律性。① 据此我们有理由相信，在21世纪马克思主义文艺理论的话语中国化问题上，注重不同社会文化系统特别是中国各民族文化系统中"文学"、"艺术"和"美"与文化情境之间的关联，是探讨文艺理论和美学话语的中国特色的一条富有效力和前景的新途径。而探讨"审美"关系在多民族的文化情境中的延展以及对象性形式，从而提炼出最具中国特性的、富于原创力量的话语形态，正是话语"中国化"的关键和远景目标。由于"审美"关系是审美主体与审美客体之间共同构成的关系，情感世界是形成审美关系的中介，审美主体与审美客体在实际的审美活动中并不能作认识论意义上的逻辑切分，而是受制于人在改造自然和改造社会中的各种现实关系，并在这些关系中生成和变化。因此，"审美"关系并不是某种突兀于现实人生之上的逻辑形式，而是人对现实关系的一种活生生的、整体性的掌握，是对人的社会文化存在方式的真理性显现。这样，对"审美"关系来说，最重要的恐怕不是认识论意义上所预设和追求的那种主、客体关系上的完全一致，而是对人的社会文化存在的切实关怀。

正如马克思所说："在一个学究教授看来，人对自然的关系首先并不是实践的即以活动为基础的关系，而是理论的关系；……人处在一种对作为满足他的需要的资料的外界物的关系中。但是，人们决不是首先'处在这种对外界物的理论关系中'。正如任何动物一样，他们首先是吃、喝等，也就是说，并不'处在'某一种关系中，而是积极地活动，通过活动来取得一定的外界物，从而满足自己的需要。"② 就具体的文化情境中的文艺"审美"活动而言，人自然也会根据自身的社会文化存在状况，不断地创造对象性关系，开掘对象性的形式，以满足自身的审美需要。在《1844年经济学哲学手稿》中，马克思把对象性之间的相互关系看作是存在物之间的任何一种本体论关系的原初形式，他说："一个存在物如果在自身之外没有对象，就不是对象性的存在物。一个存在物如果本身不是第三者的对象，就没有任何存在物作为自己的对象，也就是说，它没有对象性的关系，它的存在就不是对象性的存在。非对象性的存在物是非存在物。"③

---

① R. L. Anderson, *Art in Small - Scale Societies*, Englewood Cliffs, New Jersey: Prentice - Hall, Inc., 1989, P. 187.

② 《马克思恩格斯全集》第19卷，人民出版社1963年版，第405页。

③ 《马克思恩格斯全集》第42卷，人民出版社1979年版，第168页。

缘受到关注。

推究起来，艺术人类学家在艺术真理问题上的这种几乎是集体退却的姿态和事实，固然有诸多原因，但艺术人类学学科发展的特定历史阶段往往有其相应的问题领域的选择或许是主要的原因之一。例如，E. A. 霍贝尔（E. A. Hoebel）在 E. P. 哈彻《作为文化的艺术：艺术人类学导论》一书的"序言"里曾颇为中肯地指出，在处理将人类学理论应用于艺术这件事情上，E. P. 哈彻的著作与其说是"最新版的博厄斯"（Boas up to date），倒不如说是在检验一些特定的概念①。其中，检验的重点还只是"原始艺术"这一概念及其相关的问题，指证艺术人类学领域称为"原始艺术"的讨论自 1970 年以后就已经从考虑"原始的"一词转向考虑"艺术"一词，其"新的兴趣点集中在该词的用法是否是民族中心主义的、是否应当被应用于那些没有这样一个词的民族的活动中去、它又该如何界定这样一些问题上。"②

相比之下，A. 盖尔的艺术人类学理论明显要新锐一些，激进一些。他不但意识到艺术人类学要关注现代主义艺术，"赞同和艺术人类学在很大程度上存在的那些美学先入之见决裂"，而且认为"美学方法的平庸并没有被其他可能存在的方法充分地表现出来"③，例如 P. 布尔迪厄（P. Bourdieu）的唯社会学论实际上从未考虑艺术品本身，而仅仅考虑艺术品表示社会差别的能力，如此等等。不过，A. 盖尔的此类观点尽管出现在 20 世纪 90 年代，但在他试图与之"决裂"的西方美学理论和观念清单上，艺术的真理观问题还是未能直接进入其中，因而也照例无意把艺术真理问题纳入艺术人类学视野。这似乎又表明，对艺术真理问题的回避或忽视与艺术人类学学科的发展处于何种历史阶段没有必然的联系。不管怎么说，这种集体性的回避和退却已成事实，它毕竟在艺术人类学本身的问题链上留下了一个根本性的缺环，甚至可以说是艺术人类学学科发展理念滞后的一种表征。

富有意味的是，在 E. P. 哈彻出版《作为文化的艺术：艺术人类学导论》一书的第二年，亦即 1986 年，推出了一本颇具地震效应的、在西方人类学史上具有划时代意义的书《写文化：民族志的诗学与政治学》。该书编者之一 J. 克利福德（J. Clifford）旗帜鲜明地为该书撰写了题为"部分真理"（partial truths）的导言，在他看来，民族志的写作至少受到语境、修辞、制度、文体、政治和历史上的决定因素支配，因此，他称民族志为虚构（fictions），"民族志的真理本质

---

① ② Evelyn Payne Hatcher, *Art as Culture: An Introduction to the Anthropology of Art*, Lanham, London: University Press of America, 1985, P. ix、8.

③ Alfred Gell, *The Art of Anthropology*, Edited by Eric Hirsch, London: The Athlone Press, 1999, P. 162.

上是部分的真理——受约束的（committed）、不完全的（incomplete）真理"①。
由于该书的论题并未有意识地正面应对艺术人类学的"部分真理"问题，而编者也坦承该书的人类学偏见使它忽视了对摄影、电影、表演理论、纪录片艺术、非虚构小说等艺术文本的关注②，再加上以上所述的艺术真理问题在西方艺术人类学学科发展中的总体处境，所以，我们确乎有理由认为，艺术的真理问题（哪怕是所谓的"部分真理"问题）对艺术人类学学科来说还是一个新鲜的疑难话题。这样，尽管在《写文化》出版 10 多年后问世的《写文化之后》一书的编者判定《写文化》已逐渐被看作是一部"有几分像人类学思想上的分水岭"③那样的书，但就艺术真理问题而言，这条分水岭实质上并没有清晰地绵延到西方艺术人类学的田园之中。

关于艺术的真理问题，笔者在 1999 年中国艺术人类学研究会成立之际所撰的《艺术人类学与知识重构》一文中曾把该学科的一个根本追求定位成"重新追问艺术真理的学术知识生产运动"，随后的一些文章或演讲又进一步强调这样一门立足于人类学的立场和方法、从艺术的角度研究人的学科是一种新式的艺术人类学，它不仅仅是关于"原始艺术"的，"不仅仅是关于'艺术'的，也不仅仅是关于'艺术'的感性学或某种新的知识论，而且还是一种人类学立场上的艺术真理论"④。这里拟针对上文所阐述的问题情境，对笔者所主张的"完全的艺术真理观"这一艺术人类学的核心理念作一番尝试性的阐述。

事实上，我们一旦把艺术真理问题引入艺术人类学的议事日程，首先就会真切地体会到类似于法国哲学家保罗·利科所表述的那种复杂心情和态度取向："一方面，各种哲学相继出现，相互矛盾，相互诋毁，使真理看上去是变化的，在这种情况下，哲学史是怀疑主义的课程；另一方面，我们向往一种真理，精神之间的一致即使不是其标准，至少也是其标志"⑤。不过，如此鲜明的态度取向并不能直接拿来给 J. 克利福德所标举的"部分真理"说作出属性判断。因为这一民族志写作的理念确乎在很大的程度上注意到了文化叙述的真理（the truths of cultural accounts）所遭逢的语言、修辞、权力和历史诸方面带来的不确定性或偶

---

①② James Clifford and George E. Marcus（ed.），*Writing Culture*：*The Poetics and Politics of Ethnography*，Berkeley and Los Angeles：University of California Press，1986，pp. 6 – 7、19.

③ Allison James，Jenny Hockey and Andrew Dawson（ed.），*After Writing Culture*：*Epistemology and Praxis in Contemporary Anthropology*，London：Routledge，1997，P. 1.

④ 详见郑元者：《艺术人类学与知识重构》，载《文汇报·学林版》2000 年 2 月 12 日（亦见施宣圆主编：《中华学林名家文萃》，第 466～469 页，文汇出版社 2003 年版）；郑元者：《艺术人类学的生成及其基本含义》，载《广西民族学院学报》2006 年第 4 期；郑元者：《中国艺术人类学——历史、理念、事实与方法》，载日本东京大学东洋文化研究所编：BI（美），Vol. 1（日文版），2007 年 3 月 30 日（创刊号），载《杭州师范学院学报》2007 年第 6 期。

⑤ ［法］保罗·利科著，姜志辉译：《历史与真理》，上海译文出版社 2004 年版，第 27 页。

然性，这对文化叙述的真理的复杂性和丰富性无疑是一种尊重，一种张扬，因而我们也确乎不能说这种"部分真理"说只是在简单地修读"怀疑主义的课程"；但 J. 克利福德同时又声称："至少在文化研究中，我们不再会认识到完整的真理，或者哪怕是宣称接近它"①，这显然是急剧地朝着极端的文化相对主义甚或怀疑主义的方向挪步，并终将稀释和失落"部分真理"说原本所具有的那份反思和鞭策的意义。

由此，我们不难推想，如果艺术人类学家在面对纷繁复杂的人类艺术现象和艺术史的时候，无意把艺术人类学与艺术真理问题勾连起来，无意警惕和克服极端的相对主义或怀疑主义的理论迷雾，无心打造甚或自动放弃种种寻求艺术真理的武器或可能性，转而简单地移植或运用迄今仍被许多西方人类学所信奉的、随时有可能走得太远的"部分真理"说，那么，艺术人类学研究工作的意义本身很可能就会大打折扣。

其实，在这一关键点上，J. 克利福德本人的一番交代恰恰成了某种有力的印证："我在这篇'导言'中一直极力主张的那种不完全性（partiality）总是预先假定了一个地方性历史的困境"②，并声称自己的这种历史主义观念应大量地归功于弗雷德里克·杰姆逊，但在各种"地方叙事"（local narratives）和它们的替代物亦即"主导叙事"（master narrative）之间并没有接受后者。在笔者看来，这里所假定的这种"地方性历史的困境"同时也是他的"部分真理"说所要面临的困境，而其内在的迷障作用，在某种程度上与 C. 格尔兹所倡导的"地方性知识"（local knowledge）有着异曲同工之妙：一是在逻辑上预设了非"地方性知识"或非"地方性历史"的存在，而它们事实上指的是西方知识或西方历史；二是在这种非"地方性知识"或非"地方性历史"中，依然隐含地指称存在着优先于非西方世界的普遍性和自主性的价值③。由此，我们不难体会到"部分真理"说背后所潜藏着的寓意微妙、具有悖论意味的理论指向。

这样，在艺术人类学的核心理念的定位、设计和选择上，我们与其在那种"部分真理"说的万花筒里端详艺术真理的种种局部的、变幻莫测的容貌，还不如明智地选择有望在"一"与"多"之间、在完全性与不完全性之间进行平等贯通和整合的一种完全的艺术真理观。

那么，围绕新式艺术人类学的这一核心理念，又有那些基本理念在支撑呢？笔者认为至少有以下几个方面：

---

①② James Clifford and George E. Marcus（ed.），*Writing Culture：The Poetics and Politics of Ethnography*，Berkeley and Los Angeles：University of California Press，1986，P. 25、P. 24.
③ 详见郑元者：《地方性知识的迷障：音乐的中国经验及其艺术人类学价值》，载《音乐艺术》2006 年第 2 期。

第一，通过把研究范围推及全景式的人类艺术来达成艺术真理的完全性。以往的艺术人类学主要研究无文字社会的艺术，以及文明社会里的民间艺术或少数民族的艺术传统。新式的艺术人类学尽可能地把自身的研究范围推及全景式的人类艺术，把世界上所有民族和所有文化系统内的艺术作为自己的合法的关注对象。如果还是继续像从前那样主要研究无文字社会的艺术，而此类社会的很多艺术形态都已经消失，而且有些还在随时随刻地消失，那么，这个学科可以研究的东西事实上是走向萎缩的，因此，只有在最大的时间性和空间性上逼近人类艺术的过去、现在和未来，我们才有望在各种或大或小的艺术世界中追索到完全的艺术真理的讯息，而因艺术人类学研究的对象总有其实在性和情境约定性，所以，在艺术真理的叙述或书写上即便需要某种"想象"或"虚构"的诗学，需要融入一些打破情境约定才能顺利叙述或书写的情境非约定性因素，但它们本身并不能改变艺术真理在总体指向上的确定性、一致性和完全性。

第二，在"作为文化的艺术"这一艺术观念总谱中努力寻求艺术真理的完全性。以往的艺术人类学已经有一个变化，注意力开始从"美的艺术"（fine arts）转向"作为文化的艺术"，考察艺术与文化之间的联系，并进一步形成了几个主要的相关观念，一是把艺术视作"文化的表现"；二是"作为文化系统的艺术"；三是"作为技术系统的艺术"。这和原先美学里所面对的那个"艺术"概念相比，显然已经有了很大的变化和实质性的差别。对此，E. P. 哈彻的体会颇有代表性。由于在实际的现代用法中，"艺术"一词不再限于雕塑和绘画，其界定的范围非常广泛，并且包括纺织品、人体绘画、机遇剧以及诸如此类的东西，因此她感到，过去那些狭隘的定义就像它们从前所作的那样虽然并不限制跨文化的观点，但是，当我们试图从跨文化上来使用"艺术"观念时，还是有许多问题，尤其是因为在西方文化传统内有许多艺术定义，并且只有某种非常宽泛的一致意见。因此，"在工业文明中，当艺术概念在媒介和内容方面被放宽到异乎寻常的程度时，至少含蓄地表明艺术概念的用途、功能和意义已经被缩小了，而艺术与它的（文化）语境之间的关系也越来越少。这正是那种被当作纯粹为了审美静观、为艺术而艺术、纯粹艺术、称为'艺术'之物的无用之必要性的艺术概念。它对跨文化研究来说不是一个很有用的概念，即使有人相信有如此纯粹的动机存在。"① 基于这样的认识，E. P. 哈彻就把"艺术"的成分解析为纯粹审美（purely esthetic）、技能或技术（craftsmanship）、意义（meaning）这样三个

---

① Evelyn Payne Hatcher, *Art as Culture：An Introduction to the Anthropology of Art*, Lanham, London：University Press of America, 1985, pp. 8 - 9.

层面。而 A. 盖尔在 20 世纪 90 年代试图从"作为技术系统的艺术"（art as a technical system）这样的艺术人类学观念上来考察包括原始艺术和现代艺术在内的各种艺术的魅力技术（the technology of enchantment）①，显然又是一种有效的推进。

诸如此类的艺术观念群及其相应的研究方式或学术转向，说明艺术人类学已不再把"美的艺术"作为一个终极性的考察目标，而是在"作为文化的艺术"这个观念总谱的鞭策下，勘探人类艺术形态和观念上的复杂群落，注重发掘艺术与某种具体的文化表现、文化行为和文化技术之间的普遍联系。虽然这里也难免还是有一些艺术概念上的预设，有一些猜想性的成分，但艺术人类学研究努力把这些预设和成分融入一个个情境性的解析过程之中，通过这种解析的过程的展开，不断地反思、检验和调整自身的艺术观念，让它们经受旧石器时代以来人类各个时期、各个区域和各个族群的艺术所构成的事实大熔炉的考量，从而全方位地解析出人类艺术的真理性因子，在最充分的特殊性、最高的普遍性上提炼艺术真理的话语，于是，艺术人类学在艺术观念和艺术真理的话语问题上的种种"作为"式的语句和表述，也就有望经受最大限度的、最完全的合法性洗礼。当然，这种集群式解析的过程性演历，既要有与解析对象之间充分的情境关联，以期掌握充分的事实判据，又不排斥解析主体与解析对象之间复杂的情境性互动，建构情境性表达关系的空间，从而在艺术观念和艺术真理的复杂认知和书写的历史过程性中通过不断地扬弃不确定性和不完全性来达成艺术真理的完全性。

第三，在艺术人类学研究中反思性地、有限度地运用那种强调空间性和地域性特征的地方性知识，转而强调非西方艺术的种种样式、形态、意识、观念和价值与西方艺术至少处在理论上完全平等和合法的境地，中国艺术、日本艺术和印度艺术等，都不只是具有某种"地方性知识"、地方性经验和地方性价值的东西，确切地说，它们各自都是某种情境性的艺术，它们在认知自身的艺术经验、表达自身的艺术真理或本民族的人生真理的历史过程中，均有各自特有的生命感受和生存理解上的情境约定、情境内涵，因而和西方艺术一样有其自身独特的价值，具有西方艺术所无法替代的知识性价值和真理性内容。由于无意把它们置入那种依然隐性地带有西方知识至上和西方价值优先意味的"地方性知识"的阴影中自我降格，因而随着新式的艺术人类学研究的不断推展，历代的东方艺术和世界上各种小型社会的艺术都将有望被视作一个个在艺术的真理性内容上具有足够的自主性的世界，而不只是流于西方人类学田野调查和民族志书写的一个个带

---

① Alfred Gell, *The Art of Anthropology*, Edited by Eric Hirsch, London: The Athlone Press, 1999, P. 163.

有被压迫意味的对象。于是，这样一些独特的艺术世界就有可能被赋予自呈自现、自我决断的机理，从而在一定的现实性上和西方艺术世界之间形成一种互为他者、双向乃至多向制导的全景式机制，让艺术真理的完全性问题在不断多维化和细密化的他者之间的互动、对话、交流甚或交变中得以开显。也就是说，各种艺术世界的自主、自恰和价值地位上的平等，必将在现实性上强化艺术真理的完全性程度。

第四，以往的艺术人类学研究偏重于对艺术作品的静态描述，而忽视对艺术家的行为以及行为过程的动态解释，换句话讲就是对艺术的研究总是习惯于针对艺术品本身，而制作、观看艺术品的人在研究视野中往往是缺席的。新式的艺术人类学研究除了继续重视艺术品的解析之外，也关注人类艺术活动当中的艺术行为和人的在场（包括艺术家的在场）这些环节，力图对各种文化情境条件下从事艺术制作、艺术生产和进行艺术交往的艺术家、艺术作品和艺术行为等整体流程进行情境性的探究，以期在具体的艺术生产、艺术交往或艺术消费的完整格局中来全面地考察人类在艺术需要、艺术创造和艺术交往上的真理诉求。

此外，提倡一种自我反思、自我批评式的艺术人类学，因而注重艺术人类学的实验性写作，也是新式艺术人类学的基本理念的有机组成部分。虽然它是从侧重于研究者的角度对艺术人类学学科品格等主体性风貌的一个规约，但无疑也是寻求完全的艺术真理观的一个重要中介。英国人类学家奈杰尔·拉波特和乔安娜·奥弗林在 2000 年出版的《社会文化人类学的关键概念》一书中解释"科学的人类学"时引述说，模糊性和不确定性"对人类学也许是有益的"，由于人类学是"社会科学中最人文主义的学科，人文学中最科学的学科"，所以人们应该意识到"关于知识与真理的本质的模糊性，这将使人类学'更像它自己'"[1]。这么说来，作为一门立足于人类学的立场和方法、从艺术的角度研究人的学科，当"艺术"人类学把追寻完全的艺术真理观作为自身发展的核心理念时，似乎更有理由以真理的"模糊性"为由让它"更像它自己"，这显然是一种无奈的甚或推卸责任、有辱使命的学科发展论调。C. 格尔兹在晚年曾经发出一个警示："所有的人文科学都是混杂的、变化无常的和不明晰的，但文化人类学滥用了这种特权"[2]。试想，要是新式的艺术人类学又开始用新的方式滥用这种特权，那么，它在寻求人类艺术真理的路途上必将踏上不归之路。实际上，我们注重艺术人类学的自我反思、自我批评和实验性写作，正是基于战略性和战术性的双重考

---

[1]　引见［英］奈杰尔·拉波特、［英］乔安娜·奥弗林著，鲍雯妍、张亚辉译：《社会文化人类学的关键概念》，华夏出版社 2005 年版，第 265 页。

[2]　Clifford Geertz, *Available Light: Anthropological Reflections on Philosophical Topics*, Princeton, New Jersey: Princeton University Press, 2000, P. 107.

第十九章　话语中国化、本土化和真理性意味

量，一方面，希望艺术人类学不再只是流于艺术知识的重新淘洗这一层面，而是以真理为念，有更高层面的人文追求，全景式地解析过去、现在和未来各民族民间艺术中所折射出来的种种生存理解、生命感受和生命情怀，巡视每个时代的艺术在超越个体有限性、寻求精神无限性上的种种努力，倾听种种鲜活的、富于人生真理意味的信息，而不是用静态的方式、猎奇的方式看艺术，用一时一地、一族一国、一维一相的方式看艺术；另一方面，又希望以学科自身所秉持的那种富有深度和效力的反思性和实验性，来持久应对艺术人类学研究中可能随时会遭遇的艺术知识和艺术真理的模糊性，凭借实验与反思的力度、深度和效度来不断地扬弃这种模糊性，以免让这种模糊性、不确定性和不完全性成为随意性甚或否定完全性的借口。一句话，艺术人类学的实验性写作不是目的，而是过程，最完全的实验性和反思性，意味着最完全的艺术真理观的最终达成。

记得约翰·诺里斯说过，"每个人在历史上都有只属于他自己的一刻"。对新式的艺术人类学理论和实践来说，但愿每一个决意追问人类艺术真理问题的人也都有这样的一刻。如果可以把人类艺术的真理比作天使的话，那么，我们希望并相信这样的天使从来未曾离开过，但更希望探索艺术真理的人们能够通过自己的奋力劳作让这位神奇的天使显出完全的面容，而不是有意无意地折断了她的翅膀。在对待新世纪马克思主义文艺理论话语中国化追求所蕴涵的真理指向问题上，我们也应该作如是观。

第二节　话语中国化、本土化与真理指向

国内学界往往根据毛泽东等人首先提出来的"马克思主义中国化"或"民族化"的概念，以及新中国建立之初在前苏联帮助修订后的"使马克思主义在中国具体化"这样一种提法来阐释马克思主义中国化的基本内涵。一般认为，"作为一种外来的思想文化，马克思主义在中国这块民族土壤上生根、开花、结果的过程，必然的只能是一种不断中国化的过程"，而所谓马克思主义中国化的问题核心就是"使马克思主义适合于中国的国情即中国的实际，并使之与中国革命的具体实践相结合的问题"[①]，特别是使之具有一定的民族形式的问题。这在马克思主义文艺理论的中国化问题上亦有类似的印证。例如，在《建立具有中国特色的文艺理论》一文中，蒋孔阳先生开篇即表示："在目前古今巨变、中

---

① 杨奎松：《马克思主义中国化的历史进程》，河南人民出版社1994年版，第1页。

外交汇的形势下，我国的文艺理论也只能是走古今中外的路。也就是说，一方面现代化，对外开放，接受西方的文艺理论；另一方面，发扬已有的民族传统，建立具有中国特色的文艺理论。"① 可见，"中国化"、"中国特色"是和"民族化""民族传统"规约在一起的。

这就意味着，在新世纪马克思主义文艺理论的中国化这一维度，强调话语的民族化有其必然性。最近又有学者对马克思主义"中国化"的基本内涵作出了更为细致的梳理，从四个层面进行归纳，一是马克思主义的民族化，其中有表达方式、传播方式和理论形态的民族魂这样三个环节；二是马克思主义的具体化，比如理论形态的具体化、理论内容的客观化以及用社会实践的具体结果来检验这样几个方面；三是坚持和发展马克思主义的统一化；四是实践过程和认识过程的同一化。在这样的梳理和归纳的基础上，论者进一步指出："在空间这个层面上，与时俱进是马克思主义基本原理必须与具体国家的实际情况相结合，必须因地制宜，实现马克思主义的本土化或民族化"②。如此一来，马克思主义的"本土化"又与"民族化"等同起来。这样的等同是否确切，在这一节里暂且不论但有一点应该说是确切的，亦即马克思主义文艺理论作为一种外来的思想和文化，在中国化的成功过程中必须从中国本土文化中找到其生长点和结合点。尤其是就马克思主义文艺理论的话语中国化来说，其过去是如此，现在是如此，将来恐怕也是如此。

对于这一点，近几十年来全球性的人类学本土化运动，也可以给予充分的佐证。面对西方话语的支配性，人类学者开始在文化态度、文化立场和学科发展等环节意识到"本土化"的重要性和迫切性。伴随着"学术研究的本土化"的声音，对全球文化的生态和不同文化之间的"异质"性乃至文化"冲突"问题的关注日益加剧，而且，随着全球经济一体化的发展，文化的多样性、文化的地方特质就像生物多样性那样受到普遍尊重。问题在于，据笔者以往的研究表明，在全球化时代完全的本土化已几乎不可能，我们所面对的应该是现代性追求背景下的"本土化"或"本土化的现代性追求"③。也就是说，马克思主义文艺理论和中国传统文化是两种"异质"文化，有着笔者此前所提出的艺术人类学中"互为他者"、"他者的多维化、细密化"等命题所投射的内在特性，所以，在马克思主义文艺理论的未来的"中国化"的过程中，包括话语中国化在内的马克思主义文艺理论"中国化"，必然离不开"互为他者"这一属性，而在未来"中国

---

① 《蒋孔阳全集》第 3 卷，安徽教育出版社 1999 年版，第 713 页。
② 何继龄：《马克思主义中国化问题研究》，中国社会科学出版社 2006 年版，第 290 页。
③ 详见郑元者《"本土化的现代性追求：中国艺术人类学导论"述要》，载《文艺研究》2004 年第 4 期。

化"的过程中，本质上只是"中国化"的实现程度的不同，所以，马克思主义文艺理论"中国化"的未来活动空间，会更多地表现在"本土化"或"民族化"的程度和实现方式、途径等现实环节上，并不断地游移在"互为他者"的先在属性上，不断地克服彼此的异质性，而这，很可能是一个永无止息的漫长过程。因此，笔者始终认为，在21世纪马克思主义文艺理论和美学"中国化"的宏大历史进程中，如果始终只是把焦点集聚在不断的"中国化"、"本土化"或"民族化"上，寻求"中国化了"、"本土化了"或"民族化了"的马克思主义文艺理论，满足于诸如"审美"加"意识形态"之类的话语构筑，这样的"中国化"、"本土化"或"民族化"，笔者以为是不完全的，不彻底的，而且"中国化"历史过程中的种种不可避免的迂回和曲折，也会使这样的"中国化"路数增添诸多不可测的、甚至自我消解的因素；这样，文艺理论"中国化"、"本土化"或"民族化"的关键，应该是着力于原创性地构筑"中国问题"、"中国话语"和"中国理论"①，这才是完全的中国化，理想的中国化状态。

另一方面，对马克思主义文艺理论中国化的未来图景来说，还有一个更让人焦虑的问题，亦即"中国化了"、"本土化了"或"民族化了"的马克思主义文艺理论在真理指向上是否只是"部分真理"？马克思主义文艺理论是一种国际性的理论，在马克思主义者看来无疑有其"普遍真理"，但经过"中国化了"、"本土化了"或"民族化了"的马克思主义文艺理论是否依然是"普遍真理"？米歇尔·奥克肖（Michael Oakeshott）在《经验及其模式》中曾提出一个论断："每个真理只有在适当的地方才是真的"②。诸如此类的看似朴素的论断，对21世纪马克思主义文艺理论中国化而言，应该说也有积极的鞭策意味。

邓小平曾经明确地指出："马克思列宁主义的普遍真理与本国的具体实际相结合，这句话本身就是普遍真理"，"离开本国特点去硬搬外国的东西，这条普遍真理就不能实现"③。在21世纪马克思主义文艺理论中国化的未来征程中，随着中国的经济和综合国力的极大提升，随着中国的文艺实践和文艺理论品质的不断提升，随着当代中国发展模式和发展道路的全球性影响和世界性内涵的不断扩大，世界将不断地"中国化"，中国也将不断地"世界化"。马克思在《〈黑格尔法哲学批判〉导言》中说："理论在一个国家的实现程度，决定于理论满足这个国家的需要的程度。……理论要求是否能够直接成为实践要求呢？光是思想竭力体现为现实是不够的，现实本身应当力求趋向思想。"所以，当人们在文艺实践中注重创造性地提出中国问题、中国话语与中国理论，把马克思主义文艺理论

---

① 郑元者：《中国问题、中国话语与中国理论》，载《杭州师范学院学报》2004年第6期。
② 引见史蒂文·夏平，赵万里等译：《真理的社会史》，江西教育出版社2002年版，第187页。
③ 《邓小平文选》第1卷，人民出版社1993年版，第258页。

的中国化不断地推向更高的阶段，其真理指向和普遍性真理的意味也将逐渐成为现实，中国化的马克思主义文艺理论既是马克思主义的，又是中国的，也是世界的。到那时，当人们发现这已不属于人类学家所担心的两种"异质"文化能否真正通约的问题，也不属于某种战略"意外"，而是一种战略实现，那么，这或许本身就有望成为一个真理。

后 记

　　2004 年底，教育部重大攻关项目"马克思主义文艺理论中国化研究"批准立项以来，经过复旦大学和山东大学联合课题组全体成员三年多的艰苦努力，项目研究终于按时完成，并通过了教育部组织的专家组的评审，受到了好评。现在呈现在读者面前的这部著作就是我们根据专家组的意见再次进行了认真修改的课题的最终成果。

　　这一成果是一个典型"集体创作"，是五个子课题所有成员共同辛勤劳动的结晶。每个子课题都是由一位教授牵头负责，组织、带领部分青年教师、博士后或博士生共同完成的。具体分工如下："总论"由朱立元负责，撰稿人为朱立元、张德兴、王振复、孙士聪；第一篇"20 世纪马克思主义文艺理论中国化历程的回顾总结和理论反思"由王振复、张岩冰负责，主要撰稿人为张岩冰、张宝贵、朱立元，撰稿人有乔东义、王宏超、韩振华、赵娟、刘琴等；第二篇"马克思主义文艺理论中国化与 20 世纪古代文学、文论研究"，由汪涌豪负责，撰稿人为汪涌豪、张胜利、田义勇、马兆杰、邱景源；第三篇"马克思主义文艺理论中国化与当前文艺理论若干重大问题研究"由朱立元负责，主要撰稿人为朱立元、孙士聪，撰稿人有程镇海、刘凯、于云、栗永清；第四篇"信息化、消费化时代的审美文化与艺术产业"由陈炎负责，主要撰稿人为何志钧、李波；第五篇"马克思主义文艺理论话语中国化问题的艺术人类学解析"由郑元者负责并撰稿。全书最后由朱立元修改、统稿、定稿。

　　项目进行过程中，我们始终得到了教育部社科司有关领导和工作人员的关心、支持、指导和帮助，在此特表衷心的感谢！

已出版书目

书 名	首席专家
《马克思主义基础理论若干重大问题研究》	陈先达
《网络思想政治教育研究》	张再兴
《高校思想政治理论课程建设研究》	顾海良
《马克思主义文艺理论中国化研究》	朱立元
《弘扬与培育民族精神研究》	杨叔子
《当代科学哲学的发展趋势》	郭贵春
《当代中国人精神生活研究》	童世骏
《面向知识表示与推理的自然语言逻辑》	鞠实儿
《中国大众媒介的传播效果与公信力研究》	喻国明
《楚地出土戰國簡册〔十四種〕》	陈 偉
《中国特大都市圈与世界制造业中心研究》	李廉水
《WTO 主要成员贸易政策体系与对策研究》	张汉林
《全球经济调整中的中国经济增长与宏观调控体系研究》	黄 达
《中国产业竞争力研究》	赵彦云
《东北老工业基地资源型城市发展接续产业问题研究》	宋冬林
《中国民营经济制度创新与发展》	李维安
《东北老工业基地改造与振兴研究》	程 伟
《中国加入区域经济一体化研究》	黄卫平
《金融体制改革和货币问题研究》	王广谦
《中国市场经济发展研究》	刘 伟
《我国民法典体系问题研究》	王利明
《中国农村与农民问题前沿研究》	徐 勇
《城市化进程中的重大社会问题及其对策研究》	李 强
《中国公民人文素质研究》	石亚军
《生活质量的指标构建与现状评价》	周长城
《人文社会科学研究成果评价体系研究》	刘大椿
《教育投入、资源配置与人力资本收益》	闵维方
《创新人才与教育创新研究》	林崇德
《中国农村教育发展指标研究》	袁桂林
《高校招生考试制度改革研究》	刘海峰
《基础教育改革与中国教育学理论重建研究》	叶 澜
《处境不利儿童的心理发展现状与教育对策研究》	申继亮
《中国和平发展的国际环境分析》	叶自成
《现代中西高校公共艺术教育比较研究》	曾繁仁

即将出版书目

书　名	首席专家
《中国司法制度基础理论问题研究》	陈光中
《完善社会主义市场经济体制的理论研究》	刘　伟
《和谐社会构建背景下的社会保障制度研究》	邓大松
《社会主义道德体系及运行机制研究》	罗国杰
《中国青少年心理健康素质调查研究》	沈德立
《学无止境——构建学习型社会研究》	顾明远
《产权理论比较与中国产权制度改革》	黄少安
《中国水资源问题研究丛书》	伍新木
《中国法制现代化的理论与实践》	徐显明
《中国和平发展的重大国际法律问题研究》	曾令良
《知识产权制度的变革与发展研究》	吴汉东
《全国建设小康社会进程中的我国就业战略研究》	曾湘泉
《数字传播技术与媒体产业发展研究报告》	黄升民
《非传统安全与新时期中俄关系》	冯绍雷
《中国政治文明与宪政建设》	谢庆奎